SHERRYL WOODS

Süße Magnolien

Ein Wunder geschieht

SHERRYL WOODS

Süße Magnolien

Ein Wunder geschieht

ROMAN

Ins Deutsche übertragen von Michael Krug

blanvalet

Die Originalausgabe erschien unter dem Titel »Feels Like Family« bei
Mira Books, Toronto 2007.

FSC
www.fsc.org
MIX
Papier | Fördert
gute Waldnutzung
FSC® C014496

Klimaneutral*
Druckprodukt
ClimatePartner.com/14044-1912-1001

Penguin Random House Verlagsgruppe FSC® N001967

1. Auflage 2023

Redaktion: Daniela Bühl
Umschlaggestaltung: © bürosüd, München
Umschlagillustration: www.buerosued.de
LO Herstellung: sam
Satz: GGP Media GmbH, Pößneck
Druck und Einband: GGP Media GmbH, Pößneck
Printed in Germany
ISBN: 978-3-7341-1226-3

www.blanvalet.de

Liebe Freunde,

ich freue mich sehr, dass der dritte Roman der Reihe *Süße Magnolien* wieder erhältlich ist, rechtzeitig zur neuen Netflix-Serie Süße Magnolien mit JoAnna Garcia Swisher, Brooke Elliott und Heather Headley in den Hauptrollen. Als ich ursprünglich auf die Idee für eine Reihe über drei lebenslange Freundinnen kam, die zusammen durch dick und dünn gegangen sind, hatte ich noch keine Ahnung, wie viele Frauen im Verlauf der Jahre hinzukommen würden. Ebenso wenig hätte ich gedacht, dass die Leserinnen und Leser so begeistert von diesem Zusammenhalt und der gesamten Gemeinde von Serenity in South Carolina sein würden. Ich hoffe, die Netflix-Zuschauer werden ähnlich empfinden.

Ich denke, als Frauen ist uns allen bewusst, dass Freundinnen neben der Familie die wichtigsten Menschen in unserem Leben sind. Und die besten Freundschaften sind über Jahre bewährte Bande mit Frauen, die unsere Geschichte, unsere Fehler, unsere schmutzigen kleinen Geheimnisse kennen und uns trotzdem lieben. Freundinnen sind da, um uns aufzumuntern, ob wir einfach einen schlechten Tag hatten oder eine gewaltige Lebenskrise zu meistern haben. Sie bringen uns zum Lachen, feiern mit uns, weinen mit uns und erinnern uns daran, dass selbst der schlimmste Tag noch lebenswert ist.

Wenn Sie Maddie, Dana Sue und Helen gleich zum ersten Mal begegnen, hoffe ich, es bereitet Ihnen Freude, sie kennenzulernen. Wenn Sie Ihre Freundschaft mit ihnen erneuern, hoffe ich, es zaubert das ein oder andere Lächeln in Ihr Gesicht. Vor allem aber hoffe ich, dass Sie herzliche, wunderbare Freundinnen in Ihrem Leben haben und jede Minute mit ihnen schätzen.

Alles Gute

Sherryl

KAPITEL 1

Eigentlich hielt sich Helen Decatur für eine sachliche, kompetente Frau, die auf ihren Verstand setzte, um Fälle zu gewinnen. Dennoch verließ sie das Gerichtsgebäude in Serenity mit dem starken Drang, einigen der klüngelnden Persönlichkeiten von South Carolina mit ein paar kräftigen Hieben sowohl Vernunft als auch Anstand einbläuen zu wollen.

Beweisen konnte sie – abgesehen von wöchentlichen Golfpartien – nichts. Dennoch war sie überzeugt davon, dass der Richter, der gegnerische Anwalt und der baldige Exmann ihrer Mandantin unter einer Decke steckten, um der Frau vorzuenthalten, was ihr nach fast dreißig Jahren zustand, die sie ganz ihrem Mann, seiner Karriere und ihren Kindern gewidmet hatte. Es ließ sich nicht übersehen, dass die ständigen Verzögerungen und Aufschübe Caroline Holliday zermürben sollten, bis sie sich mit einem Bruchteil dessen zufriedengeben würde, was ihr Ehemann ihr schuldete.

Und früher oder später *würde* Caroline einknicken. Helen hatte die Niedergeschlagenheit in ihren Augen gesehen, als der Richter heute Brad Hollidays Anwalt einen weiteren Aufschub gewährt hatte. Jimmy Bob West behauptete, sie hätten einige Dokumente noch nicht gesehen, die Helen bereits vor Wochen bei Gericht eingereicht hatte. Auch Helens Vorlage einer unterzeichneten

Kurierquittung für die Zustellung der Unterlagen hatte Richter Lester Rockingham nicht davon abgehalten, dem Antrag ihres Gegners stattzugeben.

»Helen, es besteht kein Grund zur Eile«, hatte der Richter in herablassendem Ton gemeint. »Wir verfolgen hier alle dasselbe Ziel.«

»Nicht ganz«, hatte Helen leise gebrummelt, hatte jedoch keine andere Wahl gehabt, als sich mit der Entscheidung abzufinden. Vielleicht könnte sie die zusätzliche Zeit nutzen, um Brads Finanzen noch genauer unter die Lupe zu nehmen. Irgendwie hatte sie das Gefühl, dass ihm dadurch das selbstgefällige Lächeln vergehen würde. Wer so schnell so umfangreiche Unterlagen zur Verfügung stellte wie Brad, verbarg unter der Papierlawine oft Vermögenswerte und hoffte, sie würden begraben bleiben.

Brads selbstgefälliger Gesichtsausdruck ärgerte sie maßlos, doch sie fand ein wenig Befriedigung darin, dass Jimmy Bob darauf achtete, tunlichst ihren Blick zu meiden. Er kannte sie schon lange und wusste, dass man es besser nicht darauf anlegte, ihr Temperament mit ihr durchgehen zu lassen. Wenn es nach ihm ging, hütete er sich davor, sie zu weit zu treiben. Wenn ihn ein Mandant anstachelte, ließ er sich gelegentlich dazu verleiten, Risiken einzugehen – so wie diesmal.

Jimmy Bob hatte zurückgegeltes Haar, einen rötlichen Teint und einen derben Humor. Er hatte schon so oft die Klinge mit Helen gekreuzt, dass sie recht genau wusste, was sie von ihm zu erwarten hatte. Der Mann war in South Carolina geboren und aufgewachsen und hatte schon an der Highschool die Gabe besessen, sich aus jeder Bredouille zu reden. Soweit Helen wusste, hatte er zwar noch nie eine ethische Grenze überschritten, aber so regelmäßig, wie er sich auf Gratwanderungen einließ, kam es einem Wunder gleich, dass er noch nie das Gleichgewicht verloren hatte und in einem rechtlichen Sumpf gelandet war.

»Tut mir so leid«, wandte sich Helen an Caroline, während sie ihre Unterlagen einsammelte. »Aber damit können sie nicht ewig weitermachen.«

»Natürlich können sie«, entgegnete ihre Mandantin müde. »Brad hat es nicht eilig. Er ist zu beschäftigt damit, Viagra einzuwerfen und mit jeder Frau ins Bett zu steigen, die ihm über den Weg läuft, um sich darum zu scheren, wann die Scheidung endlich durchgeht. Tatsächlich hat er bei seinen Affären damit die perfekte Ausrede, warum er keine Verpflichtungen eingehen kann. Er ist gerade im siebten Himmel, kann ohne Konsequenzen tun und lassen, was er will. In seinen Augen lässt sich jede Frau wissentlich auf eigene Gefahr mit ihm ein.«

»Was haben Sie nur je in einem solchen Kerl gesehen?«, erwiderte Helen.

Ihr fiel auf, dass sie in letzter Zeit vielen ihrer Mandantinnen diese Frage stellte. Wie landeten intelligente, attraktive Frauen bei Männern, die derart unter ihrer Würde waren? Ihrer Ansicht nach ließ man von der Ehe am besten die Finger. Ihre Freundinnen meinten, sie wäre bloß abgestumpft, weil sie für ihre Mandantinnen schon zu viele hässliche Rosenkriege ausgefochten hatte. Das konnte sie zwar nicht leugnen, aber die glücklichen Ehen, die sie kannte, ließen sich an einer Hand abzählen. Eine führte ihre Freundin und Geschäftspartnerin Maddie Maddox – allerdings auch erst, nachdem sie sich von einer miesen ersten Ehe erholt hatte. Ihre andere Freundin und Geschäftspartnerin, Dana Sue Sullivan, war seit Kurzem wieder mit ihrem Exmann Ronnie zusammen, und sogar für Helens zynische Augen sah es so aus, als würde es diesmal von Dauer sein.

»Brad war nicht immer so«, sagte Caroline. Ein nostalgischer Ausdruck trat dabei in ihre Züge. »Als wir uns kennengelernt haben, war er aufmerksam und rücksichtsvoll. Er war ein großartiger Vater und Versorger. Und bis vor wenigen Monaten hätte ich gesagt, wir haben eine solide Ehe geführt.«

Den Rest hatte Helen schon in der einen oder anderen Version gehört. Brad war an Prostatakrebs erkrankt, der seine Potenz bedroht hatte. Danach hatte er den Bezug zur Realität verloren. Er wurde geradezu besessen davon zu beweisen, dass er immer noch ein Mann war, indem er mit einer Reihe jüngerer Frauen schlief. Dabei übersah er völlig, dass ein richtiger Mann bei der Familie geblieben wäre, die ihm während seiner Behandlung und Genesung zur Seite gestanden hatte.

Als Helen das Gerichtsgebäude verließ, fühlte sie sich noch zynischer als sonst. Nur zu gern wäre sie ins *Corner Spa* gegangen, das sie zusammen mit Maddie und Dana Sue gegründet hatte, um dort eine Stunde zu trainieren. Doch sie wusste, dass in ihrer Kanzlei ein randvoller Terminkalender wartete. Normalerweise hätte sie das als erfüllend empfunden, doch in letzter Zeit fragte sie sich immer öfter, wofür sie eigentlich so hart arbeitete.

Sie war beruflich erfolgreich, hatte ein hübsches Sümmchen auf dem Bankkonto und ein wunderschönes Haus in Serenity, das sie zu selten genießen konnte. Außerdem hatte sie gute Freundinnen. Nur zu der Familie, die sie sich früher für sich vorgestellt hatte, war es nie gekommen. Stattdessen begnügte sie sich mit der Rolle der hingebungsvollen Ersatztante für Maddies Kinder – Tyler, Kyle, Katie und Jessica Lynn – und für Dana Sues Tochter Annie.

Die Schuld lag bei ihr selbst, das wusste Helen. Sie war immer zu getrieben gewesen, hatte sich zu sehr für ihre Mandantinnen aufgeopfert, die sich auf sie verließen. Deshalb hatte sie nie die Zeit gefunden, sich einen Mann zu suchen, der sich für eine ernsthafte Beziehung und vielleicht eine spätere Ehe eignete. Und je höher der Anteil von Scheidungen bei ihren Fällen wurde, desto weniger hielt sie davon, das eigene Herz für etwas aufs Spiel zu setzen, bei dem es keine Garantien gab.

Als sie ihre Kanzlei in einem kleinen Haus in einer Seitenstraße nahe dem Zentrum von Serenity erreichte, übergab ihre Sekretärin ihr einen dicken Stapel Nachrichtenzettel und deutete mit dem Kopf in Richtung ihres Büros.

Barb Dixon ging auf die sechzig zu, trug das Haar ungeniert grau und arbeitete bereits seit dem Tag der Eröffnung der Kanzlei für Helen. Die Witwe hatte drei Söhne allein großgezogen und alle durchs College gebracht. Barb besaß einen unerschöpflichen Vorrat an Geduld und Mitgefühl für Mandantinnen und unerschütterliche Loyalität gegenüber Helen. Außerdem hielt sie es zugleich für ihr Recht und ihre Pflicht, sich Helen von Zeit zu Zeit zur Brust zu nehmen – was sich nicht viele Menschen trauten.

»Dein Zweiuhrtermin wartet seit einer Stunde in deinem Büro«, sagte sie tadelnd. »Und dein Dreiuhrtermin wird jeden Moment hier sein.«

Helen warf über Barbs Schulter einen Blick auf den Kalender, den die Frau gewissenhaft führte. Sie wusste instinktiv, wann sie etwas mehr Zeit für jemanden einräumen musste und wann sie einen Termin besser auf fünfzehn Minuten beschränkte, um Helens Geduld nicht zu strapazieren.

»Karen Ames?«, fragte Helen. »Sie arbeitet im *Sullivan's* für Dana Sue. Was macht sie hier?«

»Hat sie mir nicht gesagt. Sie hat nur gemeint, sie müsste dringend mit dir reden. Heute Nachmittag hat jemand abgesagt, deshalb habe ich sie gestern angerufen und ihr den Termin gegeben. Wenn du ihn kurz hältst, kannst du ein bisschen aufholen.«

»Na schön, dann lege ich mal los. Entschuldige dich für mich bei Mrs Hendricks, wenn sie kommt. Bring ihr eine Tasse Tee und ein paar der Kekse aus dem *Sullivan's*. Sie wird zwar sagen, sie wäre auf Diät, aber das kaufe ich ihr nicht ab. Erst neulich hat sie sich bei *Wharton's* über einen Erdbeereisbecher hergemacht.«

Barb nickte. »Geht klar.«

Helen betrat ihr Büro mit den antiken Möbeln und den pfirsichfarbenen Wänden. Karen saß angespannt auf einem Stuhl für Gäste und kaute nervös an den Fingernägeln. Das blonde Haar trug sie zu einem Pferdeschwanz zurückgebunden, der ihre zierlichen Wangenknochen und großen blauen Augen betonte. Sie wirkte kaum älter als ein Teenager, obwohl sie auf die dreißig zuging und zu Hause zwei noch sehr kleine Kinder hatte.

»Tut mir so leid, dass Sie warten mussten, Karen«, entschuldigte sich Helen. »Bei Gericht ist es nicht pünktlich losgegangen, dann hat es auch noch länger als erwartet gedauert, einen neuen Verhandlungstermin zu vereinbaren.«

»Schon gut«, erwiderte Karen. »Ich bin ja froh, dass Sie mich überhaupt empfangen.«

»Was kann ich für Sie tun?«

»Ich glaube, Dana Sue will mich feuern«, platzte Karen mit weinerlicher Stimme heraus. »Ich weiß nicht, was ich tun soll, Ms Decatur. Ich hab zwei kleine Kinder. Mein Exmann zahlt seit einem Jahr keinen Unterhalt mehr. Wenn ich den Job verliere, könnten wir auf der Straße landen. Der Vermieter droht uns schon mit der Zwangsräumung.«

Helen fühlte mit der blassen, offensichtlich überlasteten jungen Frau, die vor ihr saß. Es ließ sich nicht übersehen, dass Karen mit ihren Kräften am Ende war.

»Sie wissen, dass Dana Sue und ich nicht nur befreundet, sondern auch Geschäftspartnerinnen beim *Corner Spa* sind«, sagte Helen. »Warum kommen Sie zu mir? Ich kann Sie nicht vertreten. Aber ich empfehle Ihnen gern jemanden, der es kann.«

»Nein, bitte«, protestierte Karen. »Ich habe ja eher gehofft, Sie könnten mir irgendeinen Rat geben, eben *weil* Sie beide befreundet sind. Mir ist klar, dass ich sie in letzter Zeit viel zu oft im Stich gelassen habe, aber das war nur wegen der Kinder. Da ist eins zum anderen gekommen – erst die Masern, dann hat die Babysitterin gekündigt. In erster Linie bin ich Mutter. Das muss ich sein. Sie haben ja sonst niemanden.«

»Natürlich haben sie höchste Priorität«, sagte Helen, obwohl sie selbst zu ihrem wachsenden Bedauern nie erlebt hatte, was es bedeutete, Kinder und Beruf unter einen Hut bringen zu müssen.

»Die Vorstellung, mit zwei Kindern obdachlos zu werden, jagt mir eine Heidenangst ein.«

»Dazu lassen wir es nicht kommen«, erwiderte Helen entschlossen. »Haben Sie sich schon mit Dana Sue zusammengesetzt und ihr von Ihrem Exmann und der drohenden Zwangsräumung erzählt?«

Karen schüttelte den Kopf. »Das ist mir zu peinlich. Ich finde es unprofessionell, meine finanziellen Probleme bei der Arbeit anzusprechen. Deshalb hab ich weder mit ihr noch mit Erik je darüber geredet. Wenn ich anrufe und Bescheid gebe, dass ich nicht kommen kann, sage ich immer die Wahrheit. Trotzdem müssen sie es inzwischen leid sein, von einem Problem nach dem anderen mit den Kindern zu hören. Ich hab mich mit dem Job zur Anwesenheit im Lokal verpflichtet. Dana Sue hat jedes Recht, das auch von mir zu erwarten.«

»Also verstehen Sie ihre Lage«, sagte Helen.

»Natürlich«, erwiderte Karen sofort. »Und sie hat ja nicht viel Personal, das einen Ausfall auffangen kann. Tatsächlich kommen wir manchmal kaum mit der Arbeit zurecht, wenn wir alle da sind. Ich versuche ja, eine andere Babysitterin für die Kinder aufzutreiben. Aber haben Sie eine Ahnung, wie schwer es ist, jemanden zu finden, der bereit ist, zu den Zeiten, wenn ich arbeiten muss, auf zwei kranke kleine Kinder aufzupassen? Es ist fast unmöglich. Kindertagesstätten haben nicht so lange offen. Und krank hätte ich sie ohnehin nicht hinbringen können.«

Niedergeschlagen ließ sie die Schultern hängen. »Bis das alles passiert ist, war ich eine gute Mitarbeiterin. Sie können Dana Sue oder Erik ruhig fragen, wie hart ich gearbeitet habe. Es gefällt mir im *Sullivan's* so unheimlich gut. Dana Sue hat mir eine fabelhafte Chance geboten, indem sie mich von dem Diner weggeholt hat, in dem ich vorher war. Es macht mich so fertig, dass ich sie vermassle.«

»Noch haben Sie gar nichts vermasselt«, tröstete Helen sie. »Ich weiß, dass Dana Sue große Stücke auf Sie hält.

Aber Sie haben schon recht. Sie braucht Personal, auf das sie sich verlassen kann.«

»Das *weiß* ich«, beteuerte Karen elend. »Und das verdient sie auch. Ich fühle mich im Moment einfach hoffnungslos mit allem überfordert. Können Sie mir irgendwie helfen? Wie soll ich damit umgehen?«

Helen ließ sich die Situation durch den Kopf gehen. Obwohl Arbeitsrecht nicht zu ihren Fachgebieten zählte, war sie ziemlich sicher, dass Dana Sue eine Mitarbeiterin, bei der Abwesenheit überhandnahm, völlig legal entlassen konnte, vor allem, wenn sie wiederholt verwarnt worden war. Gleichzeitig wusste sie, dass ihre Freundin nie jemanden treten würde, der auf dem Boden lag. Das *Sullivan's* war unter anderem deshalb so erfolgreich, weil Dana Sue die relativ kleine Belegschaft immer als Familie betrachtet hatte. Das gehörte mit zu den Gründen, warum sie zögerte, sich zu vergrößern.

»Was halten Sie davon, wenn wir uns mit Dana Sue zusammensetzen und gemeinsam versuchen, eine Lösung zu finden?«, schlug Helen vor. »Dana Sue ist ein einfühlsamer Mensch. Bestimmt nagt die Vorstellung, Sie entlassen zu müssen, an ihr genauso sehr wie an Ihnen. Außerdem weiß ich, dass sie viel Zeit in Ihre Ausbildung zur Souschefin investiert hat. Im Gegensatz zu Ihrem Vorgänger, den sie bei der Eröffnung hatte, passen Sie perfekt ins Team. Ich hab auch gehört, dass Sie mit viel Eigeninitiative neue Rezepte für das *Sullivan's* entwickeln. Und als Dana Sue eine eigene Familienkrise hatte, da *waren* Sie zur Stelle. Vielleicht kann ich irgendeinen Kompromiss vermitteln, um Ihnen Zeit zu verschaffen, Ihr Leben wieder zu ordnen.«

»Das wäre unglaublich«, sagte Karen.

»Leider wäre damit nur ein Teil des Problems gelöst. Eine zuverlässige Babysitterin müsste trotzdem noch gefunden werden«, erinnerte Helen sie. »Aber zusammen kennen Dana Sue und ich eine Menge Leute. Bestimmt gibt es irgendjemanden, der Zeit hat und sich darüber freuen würde, gebraucht zu werden.«

Kurz flammte Hoffnung in Karens Augen auf, verblasste jedoch schnell wieder. Die Frau schien sich damit abgefunden zu haben, Niederlagen als Norm zu akzeptieren.

»Tut mir sehr leid, wenn ich Sie in eine unangenehme Lage bringe«, entschuldigte sie sich.

»Unsinn«, entgegnete Helen. »Wenn Sie das *Sullivan's* wegen ungerechtfertigter Entlassung verklagen wollten, könnte ich Ihnen aufgrund meiner engen Beziehung zu Dana Sue nicht helfen. Aber wir sprechen ja lediglich davon, dass sich drei vernünftige Frauen zusammensetzen und offen miteinander reden. Meiner Ansicht nach ist Offenheit gegenüber Dana Sue hier die einzige Möglichkeit.«

Karen bedachte Helen mit einem besorgten Blick. »Ich hab keine Ahnung, wie hoch Ihr Honorar ist, aber ich verspreche Ihnen, ich bezahle Sie so bald wie möglich. Sie können sich gern über meine Kreditwürdigkeit erkundigen. So schwierig es auch ist, seit mein Mann uns verlassen hat, ich habe mich immer bemüht, meine Rechnungen pünktlich zu bezahlen. Einmal war ich mit der Miete im Rückstand. Der Vermieter ist durch die Decke gegangen, obwohl er das Geld eine Woche nach Fälligkeit bekommen hat. Er lauert nur auf ein weiteres Versäumnis, damit er uns rausschmeißen und vom nächsten Mieter mehr verlangen kann.«

»Vergessen wir vorerst mal das Honorar«, sagte Helen. »Wie gesagt betrachten wir es ja lediglich als zwangloses Gespräch unter Freundinnen, okay?«

Tränen traten Karen in die Augen und ergossen sich über ihre Wangen. Sie wischte sie ungeduldig weg. »Ich weiß nicht, wie ich Ihnen danken soll, Ms Decatur. Echt nicht.«

»Zunächst mal, indem du mich Helen nennst und wir uns duzen, in Ordnung?«, sagte sie. Karen schaute überrascht drein, nickte aber bereitwillig. Helen fuhr fort. »Und bevor du mir dankst, warten wir ab, ob wir auch eine für alle Beteiligten vorteilhafte Lösung finden, ja?«

Helen glaubte nicht, dass es ein Problem damit geben würde, sobald Dana Sue die Hintergründe kannte. Das *Sullivan's* lief gut genug, dass sie es sich leisten konnte, bei Bedarf eine zusätzliche Teilzeitkraft einzustellen, die einspringen konnte, wenn Karen eine weitere unabwendbare Krise mit ihren Kindern zu meistern hatte. Schlimmstenfalls könnte sogar Helen selbst einspringen und aushelfen. Das hatte sie schon gemacht, als Dana Sue wegen eines Notfalls nicht im Restaurant sein konnte.

Dabei hatte Helen festgestellt, dass ihr die Arbeit mit Erik tatsächlich Vergnügen bereitete. Er war der wahrscheinlich einzige Mann auf dem Planeten, der sich von ihr nicht im Geringsten einschüchtern ließ. Was sie zugleich erfrischend und frustrierend fand.

Außerdem fühlte es sich seltsam beruhigend an, in der Küche so zu hacken und zu würfeln, dass es seine hohen Ansprüche erfüllte. Nach einem harten Tag bei Gericht hatte es ihr beim Stressabbau geholfen, sich einen besonders widerspenstigen Zeugen oder mürrischen Richter auf dem Hackklotz vorzustellen, während sie arbeitete.

Und heute hätte sie es als besonders befriedigend empfunden, Richter Rockingham, Jimmy Bob oder Brad Holliday imaginär mit dem Messer zu bearbeiten.

»Arbeitest du morgen?«, wollte Helen von Karen wissen.

»Sofern meine Babysitterin aufkreuzt, bin ich ab zehn zur Vorbereitung fürs Mittagessen im Lokal und bleibe bis sieben, helfe noch beim Anfang vom Abendansturm mit.«

Helen nickte. »Ich erkundige mich bei Dana Sue nach ihrem Terminplan, danach melde ich mich bei dir, okay? Wir kriegen das schon hin, Karen. Versprochen.«

Sie wollte aufrichtig tun, was sie konnte, um Karens Job zu retten, selbst wenn sie eine Zeit lang regelmäßig beim *Sullivan's* in der Küche aushelfen müsste. Vielleicht könnte sie sogar etwas wegen des zahlungsunwilligen Ehemanns unternehmen, obwohl Karen in der Hinsicht gar nicht um Hilfe gebeten hatte. Das würde sie mit Freude unentgeltlich für die Frau übernehmen.

Als Karen die Kanzlei verließ, war ihr wesentlich leichter ums Herz als bei ihrem verzweifelten Anruf mit der Bitte um einen Termin. Sie hatte genug über die Anwältin gehört, um zu wissen, dass sie hart für ihre Mandanten arbeitete – wie bei allem, was die Frau in Angriff nahm. Wenn Karen je eine Alphapersönlichkeit kennengelernt hatte, dann Helen. Dana Sues Perfektionismus in der Küche des *Sullivan's* wirkte im Vergleich dazu wie ein niedlicher kleiner Spleen.

Als Karen zu ihrer Zweizimmerwohnung in einem reizlosen Klotz von einem Gebäude zurückkehrte, klopfte sie an die Tür ihrer Nachbarin. Frances Wingate, die über achtzig sein musste, es aber nicht zugeben wollte, hatte eingewilligt, die Kinder für ein, zwei Stunden zu sich zu nehmen. Mehr verkraftete sie nicht mit der ungestümen fünfjährigen Daisy und dem lebhaften dreijährigen Mack. Länger als zwei Stunden ließ sich Daisy nicht mit ihren Buntstiften oder ihren Büchern beschäftigen. Und Macks Nickerchen dauerte in der Regel sogar nur halb so lang. Während Karen darauf wartete, dass Frances an die Tür kam, hörte sie Mack bereits weinen.

»Du Riesenbaby, jetzt schau nur, was du mit meinem Bild gemacht hast!«, schimpfte Daisy, als Frances die Tür öffnete.

Karen schenkte ihr einen entschuldigenden Blick. »Tut mir leid, dass es so lange gedauert hat.«

Frances wirkte nicht annähernd so erledigt, wie Karen erwartet hatte. »Ach, ist schon gut. Das Theater hat gerade erst angefangen. Mack ist vor einer Minute aufgewacht und direkt zum Tisch gerannt, wo Daisy gemalt hat. Er hat ihr Lieblingsbild zerrissen, das sie für dich gemacht hatte. Ich wollte den beiden gerade Kekse und Milch bringen – das sollte sie beruhigen. Komm doch rein und gönn dir auch was davon. Sind Kekse mit Schokosplittern. Ich habe sie heute Morgen gebacken.«

»Sind Sie sicher, dass Sie den Krawall noch länger ertragen?«, fragte Karen besorgt. »Bestimmt sehnen Sie sich schon nach Ruhe und Frieden.«

Frances bedachte sie mit einem schiefen Blick. »In meinem Alter sind Ruhe und Frieden nicht mehr so ein Segen, wie man meinen möchte. Ich hab gern Kinder um mich herum. Sie erinnern mich an meine eigenen, obwohl ich ungern sagen möchte, wie lang es her ist, dass sie so jung waren wie Daisy und Mack. Ich habe Urenkel, die älter sind als die beiden.« Sie zog Karen in die Wohnung. »Jetzt setz dich hin und leg die Füße hoch. Ich versorge die Kinder, dann können wir zwei ein bisschen plaudern.«

Als Karen vorhin bei Frances nachgefragt hatte, ob sie auf die Kinder aufpassen könnte, hatte sie als Grund nur gemeint, sie müsste mit jemandem über Probleme bei der Arbeit sprechen. Die alte Dame hatte keine Sekunde gezögert. »Natürlich«, hatte sie gesagt. »Geh du nur und erledige, was du zu erledigen hast.«

Während Frances nun in die kleine Küche eilte, betrat Karen das Esszimmer, wo die Kinder immer noch ihren lautstarken Streit über das zerstörte Bild austrugen. Kaum hatte Daisy sie bemerkt, rannte sie zu ihr und streckte die Arme hoch, weil sie hochgehoben werden wollte.

»Mami, Mack hat mein Geschenk für dich zerrissen«, klagte Daisy empört, und in ihren großen blauen Augen schimmerten Tränen.

Obwohl Daisy allmählich zu schwer für Karen wurde, um sie lange zu tragen, wiegte sie ihr geliebtes kleines Mädchen in den Armen. »Schätzchen, er ist erst drei. Bestimmt wollte er das Bild nicht kaputt machen.«

»Aber es ist ruiniert«, jammerte Daisy.

»Ich wette, du kannst mir ein anderes malen, das sogar noch schöner ist«, schlug Karen vor. »Du malst so tolle Bilder.«

Noch während sie sprach, klammerte sich Mack an ihr Bein. Seine Schultern zuckten, während er untröstlich schluchzte. »Mami!«, heulte er. »Hoch!«

Karen spürte, dass sich pochende Kopfschmerzen anbahnten. Hin- und hergerissen zwischen ihren beiden aufgebrachten Kindern, gelang es ihr, sich mit Daisy nach wie vor in den Armen, an den Tisch zu setzen. Sie verlagerte ihre Tochter auf ein Knie und zog Mack auf ihren Schoß. Sofort wollte Daisy runter, fühlte sich offenbar verraten, weil sich die Aufmerksamkeit auf ihren kleinen Bruder verlagerte.

»Noch nicht«, sagte Karen streng zu ihr. »Reden wir erst darüber.«

»Er ist ein Baby«, sagte Daisy mürrisch. »Er hört nie auf mich.«

»Und geht es nicht genau darum?«, fragte Karen. »Wenn er noch zu klein ist, um zu verstehen, dass dir etwas wichtig ist, musst du die große Schwester sein und wichtige Sachen so aufbewahren, dass er sie nicht erreicht. Kannst du das versuchen?«

»Denke schon.« Daisy klang resigniert.

»Danke«, sagte Karen mit ernster Miene zu ihr.

»Na, wer will Milch und Kekse?«, fragte Frances vergnügt.

Blitzartig lösten sich die Kleinen von Karen, kletterten runter, liefen zur Küche los und hatten die Meinungsverschiedenheit bereits vergessen. Frances' Kekse erfreuten sich bei den Kindern immer großer Beliebtheit. Sie mochten sie lieber als die ausgefalleneren Desserts, die Karen manchmal aus dem *Sullivan's* mitbrachte.

»Was haltet ihr davon, wenn wir daraus ein Picknick machen?«, schlug Frances vor. »Ich lege ein großes Tischtuch auf den Boden vor dem Fernseher, dann könnt ihr die Milch und die Kekse dort naschen.«

»Ich liebe Picknick!«, rief Daisy begeistert.

»Ich auch«, vertraute Frances ihr an. »Und weißt du, was das Beste daran ist, wenn man im Haus picknickt?«

»Was?«, fragte Daisy.

»Keine Ameisen.«

Daisy kicherte.

Karen half Frances, eine rot karierte Tischdecke aus Kunststoff auszubreiten, auf der sie einen Teller mit Keksen abstellte. »Zwei für jeden von euch«, betonte Frances. »Mack, hier eine Schnabeltasse mit Milch für dich, Daisy, hier ein Glas für dich.«

Sie schaltete den Fernseher ein und reichte Daisy die Fernbedienung. »Such den Zeichentrickkanal, den ihr beide so mögt, ja?«

Auch das liebten ihre Kinder an Besuchen bei Frances. Sie hatte Kabelfernsehen mit etlichen Sendern, die sich Karen nicht leisten konnte. Zu Hause hatten sie nur die drei großen Sender und einen Lokalsender, der uralte Wiederholungen ausstrahlte.

»Damit sollten sie ein Weilchen beschäftigt sein«, meinte Frances. »Ich habe uns Tee zu den Keksen gemacht. Setz dich an den Esstisch, und ich bringe alles.«

»Bitte lassen Sie mich helfen«, sagte Karen.

»Wenn ich mal nicht mehr in der Lage bin, einen Teller mit Keksen und zwei Tassen Tee zum Tisch zu tragen, melde ich mich selbst in dem Pflegeheim an, das sie vor ein paar Jahren in der Nähe gebaut haben«, entgegnete Frances.

Karen wusste, dass es keinen Sinn hätte, mit der Frau zu diskutieren. Sie hatte noch kaum jemand so Willensstarken und Unabhängigen wie Frances kennengelernt. Wahrscheinlich kam sie deshalb nach wie vor so gut allein zurecht. Hin und wieder schaute eines ihrer Kinder vorbei und klopfte dann immer bei Karen, um sich zu erkundigen, ob Frances ihrer Meinung nach allmählich zu greis wurde, um allein zu leben.

Karen hatte es nie als notwendig empfunden, die Wahrheit auch nur im Geringsten zu beschönigen. Ihre Nachbarin besaß nach wie vor einen scharfen Verstand und für eine Frau ihres Alters reichlich Energie. Sie engagierte sich in der Kirche und ging mindestens einmal die Woche in die Bibliothek, um sich etwas zum Lesen zu holen. Bis vor wenigen Monaten hatte sie sogar ehrenamtlich im Regionalkrankenhaus mitgeholfen, doch die lange Fahrt war ihr letztlich zu viel geworden. Mittlerweile opferte sie täglich die eine oder andere Stunde dafür, im Ort nach Bettlägerigen zu sehen. Sie rief sie an oder stattete ihnen Besuche ab, um mit ihnen zu plaudern und sich zu erkundigen, ob sie mehr als ein paar Minuten Gesellschaft brauchten.

Obwohl Frances' Wohnung genauso groß wie die von Karen war, wirkte sie gemütlich und einladend, was Karen von ihrer nicht behaupten konnte. Vielleicht lag es an den Erinnerungen eines Lebens, die sich in Form von Bildern und verschiedenen Sammlerstücken manifestierten. Hinter jedem Nippes überall im Wohnzimmer steckte eine faszinierende Geschichte. Überraschenderweise hatten die Kinder – sogar Mack – schnell gelernt, sie anzuschauen, aber nicht anzufassen. Als ein einziges Mal zu Karens Verdruss doch etwas zu Bruch gegangen war, hatte Frances den Unfall unbekümmert abgetan.

»Ein Teil weniger zum Abstauben«, hatte sie nur gemeint und dabei aufrichtig geklungen.

Während sie Tee in nicht zusammenpassende Ziertassen einschenkte, musterte sie Karen aufmerksam. »Du hast immer noch diesen besorgten Ausdruck in den Augen. Ist das Treffen nicht gut verlaufen?«

»Eigentlich sogar besser als erwartet«, erwiderte Karen. »Aber wirklich weisen wird es sich erst morgen. Die Anwältin, bei der ich war, hat vorgeschlagen, sich mit meiner

Chefin zusammenzusetzen. Sie will gemeinsam eine Lösung für das Problem erarbeiten, dass ich in letzter Zeit so oft zu spät oder gar nicht bei der Arbeit erschienen bin. Und sie ist zuversichtlich, dass es klappen wird. Ich bin mir da nicht so sicher.«

»Du kannst doch nicht glauben, dass Dana Sue dich feuern würde«, entfuhr es Frances, sichtlich verblüfft. »Geht es darum?«

Karen nickte. »Und ich würde ihr keinen Vorwurf daraus machen.«

»Liebes, Dana Sue ist eine der nettesten jungen Frauen, die ich kenne. Es steckt nicht in ihr, jemanden zu entlassen, der gerade eine schwere Zeit durchmacht. Hast du gewusst, dass ich sie in der zweiten Klasse unterrichtet habe?« Kopfschüttelnd verzog sie die runzligen Züge zu einem Lächeln. »Meine Güte, war sie damals temperamentvoll. Dagegen kommt einem deine Daisy wie ein kleiner Engel vor.«

Karen grinste. »Kann ich mir nicht vorstellen.«

»Deshalb habe ich ihre Eltern gut gekannt«, fügte Frances hinzu. »Und Dana Sue erst recht, weil sie in den Pausen oft drinnen bleiben musste. Daran erinnert sie mich jedes Mal, wenn ich mit meiner Gruppe aus der Kirche zum Mittagessen ins *Sullivan's* gehe. Sie meint, ich wäre die Letzte gewesen, der es je gelungen ist, sie im Zaum zu halten. Wenn du meinst, es könnte helfen, rede ich gern mit ihr.«

»Wirklich helfen würde mir nur, jemanden zu finden, der auf die Kinder aufpasst, damit ich dann zur Arbeit kann, wenn ich zum Dienst eingeteilt bin«, erwiderte Karen.

Frances bedachte sie mit einem bedauernden Blick. »Ich würde dir zu gern helfen, wenn ich könnte. Mit Daisy würde ich vielleicht ein paar Stunden zurechtkommen, aber ich bin zu alt, um Mack hinterherzujagen.«

»Glauben Sie mir, an manchen Tagen fühle *ich* mich zu alt, um mit Mack mitzuhalten«, erwiderte Karen und meinte es ernst. »Ich bin Ihnen so dankbar, dass Sie die beiden gelegentlich für ein, zwei Stunden übernehmen. Länger würde ich Ihnen das auf keinen Fall zumuten.«

Frances bedachte sie mit einem mitfühlenden Blick. »Hast du in letzter Zeit mal etwas von ihrem Vater gehört? Zahlt er Unterhalt für sie?«

Karen schüttelte den Kopf. Allein beim Gedanken daran, wie Ray die Kinder und sie sich selbst überlassen und sich einfach aus dem Staub gemacht hatte, kündigten sich wieder pochende Kopfschmerzen an. »Damit kann ich mich im Moment nicht mal auseinandersetzen«, sagte sie und gab sich keine Mühe, ihre Verbitterung zu verbergen. »Vorerst muss ich mich ganz darauf konzentrieren, meinen Job zu behalten, damit ich das Dach über dem Kopf nicht verliere.«

»Falls es dazu kommt, ziehst du einfach hier bei mir ein, bis sich alles wieder einrenkt«, bot Frances sofort an. »Ich lasse doch nicht zu, dass die Kleinen und du auf der Straße landen, und damit basta. Also mach dir deswegen mal keine Sorgen.«

»Das geht doch nicht«, protestierte Karen.

»Natürlich geht das. Freunde helfen sich gegenseitig. Ich kann vielleicht nicht den ganzen Tag auf die Kinder aufpassen, aber ich kann sehr wohl dafür sorgen, dass ihr ein Dach über dem Kopf habt.«

Fassungslos schweigend, saß Karen da. Sie betete zwar darum, nie darauf zurückkommen zu müssen, doch allein das Angebot war das Wundervollste und Großzügigste, was jemals jemand für sie getan hatte. Und da zudem Helen bereit war, ihr beim Kampf um ihren Arbeitsplatz zu helfen, verwandelte sich ein Tag, der mit einem Haufen Sorgen begonnen hatte, zunehmend in einen voller Segen.

KAPITEL 2

Es war fast sieben Uhr, als Helen mit der letzten Mandantin fertig wurde. Da Barb bereits vor einer Stunde gegangen war, schaltete sie die Lichter aus und schloss die Kanzlei ab, erleichtert darüber, den Arbeitstag hinter sich zu haben.

Draußen wog sie ab, ob sie in ihr leeres Haus oder zu *Sullivan's* gehen sollte, um sich eine feine Mahlzeit zu gönnen und Dana Sue ein paar Minuten ihrer Zeit zu stehlen. Wann immer sie eine Gelegenheit sah, eine der süßen Magnolien zu sehen, wie sie sich früher genannt hatten, packte Helen sie beim Schopf. Vielleicht könnte sie sogar ein wenig vorfühlen, bevor Karen und sie sich morgen offiziell mit ihr im Restaurant treffen würden. Barb hatte den Termin für zwei Uhr vereinbart. Um die Zeit würde der Mittagsansturm bereits ausklingen.

Das Restaurant hatte sich auf neue Südstaatenküche spezialisiert, wie Dana Sue die kulinarische Ausrichtung nannte. Wie an den meisten Abenden erwies es sich als berstend voll. Obwohl in Serenity selbst nur etwa 3500 Seelen lebten, hatte sich der Ruf des *Sullivan's* dank hervorragender Kritiken in den Zeitungen von Charleston und Columbia in der gesamten Region verbreitet.

Helen wurde an der Tür von Brenda begrüßt. Die Kellnerin wirkte gehetzt. »In ein paar Minuten sollte ein Tisch frei werden«, sagte sie zu Helen. »Macht's dir was aus zu warten?«

»Überhaupt nicht. Meinst du, ich riskiere Kopf und Kragen, wenn ich kurz in die Küche schaue, um Dana Sue hallo zu sagen?«

Brenda grinste. »Ich würde sagen, das hängt davon ab, wie bereit du bist, mit anzupacken. Sie und Erik haben heute Abend alle Hände voll zu tun. Seit dem Bericht über uns in der Zeitung von Columbia können wir uns vor Gästen kaum retten. Wenn's so bleibt, wird sie wohl zusätzliches Vorbereitungspersonal für die Küche und mehr Leute im Service einstellen müssen. Paul und ich schuften uns heute Abend krumm und bucklig, obwohl wir Hilfskräfte dahaben. Und nur, damit du's weißt, die Abendspezialitäten sind uns vor einer Stunde alle ausgegangen.«

»Werd's mir merken«, erwiderte Helen und trat den Weg zur Küche an.

Als sie die Tür aufschob und eintrat, erblickte sie Dana Sue am großen Gasherd. Mit von der Hitze gerötetem Gesicht jonglierte Dana Sue ein halbes Dutzend verschiedener Pfannen, übertrug den Inhalt schwungvoll auf bereitstehende Teller, fügte Saucen und würzige Salsas als Dekor hinzu und schob sie zum Abholbereich für das Servicepersonal.

Erleichterung trat in ihre Züge, als sie Helen bemerkte. »Schnapp dir eine Schürze«, befahl sie. »Wir brauchen dich. Hier geht's zu wie in einem Irrenhaus.«

»Sieht mir eher so aus, als bräuchtest du mehr geschulte Leute. Wo ist Erik?«, fragte Helen. Zackig streifte sie ihr Jackett ab, hängte es an einen Haken in der Speisekammer, suchte sich eine Schürze und legte sie über ihre zweihundert Dollar teure Designerseidenbluse an.

»Direkt hinter dir«, grollte eine tiefe Stimme. »Achtung. Bin schwer beladen.«

Sie drehte sich um und erblickte ihn mit einem Tablett voller Kuchen, frisch aus dem Ofen. Die berauschenden Aromen von Pfirsichen, Zimt und Vanille stiegen ihr in die Nase.

»Wenn du mir ein Stück davon gibst, bin ich für den restlichen Abend deine Sklavin«, bot sie an.

Erik grinste. »Ich heb dir einen ganzen Kuchen auf, aber jetzt ist keine Zeit, ihn zu essen. Du musst eine Ladung Mango-Papaya-Chutney für den Fisch anrühren.« Sein Blick wanderte flüchtig über ihr Outfit, und er schüttelte den Kopf. »Dir ist schon klar, dass die Bluse danach fällig für die Reinigung ist, oder?«

Helen zuckte mit den Schultern. Sie hatte noch ein Dutzend im Schrank. Das konnte sie verkraften. »Kein Problem.«

Herzlichkeit trat in seine dunklen Augen. »Das gefällt mir so an dir. So unkompliziert. Unter der eiskalten Fassade, die du im Gerichtssaal zur Schau stellst, wie ich höre, steckt die Seele einer Frau voller Leidenschaft für gutes Essen. Und einer Frau, die jederzeit bereit ist, Freunden in Not zu helfen, koste es, was es wolle.«

Das Kompliment überrumpelte sie. Wenn der sonst so einsilbige Erik mit etwas Unerwartetem oder Tiefgründigem herausplatzte, was er gelegentlich tat, fragte sie sich immer, wie seine Geschichte lautete. Sie zwinkerte ihm zu. »Das nehme ich nur deshalb so locker, weil sich Dana Sue bei dem Andrang heute Abend bestimmt spielend die Kosten für eine neue Bluse leisten kann.«

»Nicht«, protestierte er. »Raub mir nicht meine Illusionen. Weißt du noch, wie man das Chutney macht?«

Helen schüttelte den Kopf. »Aber keine Sorge. Ich weiß, wo die Rezepte sind. Dort suche ich mir das richtige heraus und hole dann die Zutaten aus dem Lager. Der Nachschub wird im Handumdrehen fertig sein. Du musst mich nicht beaufsichtigen.«

»Kannst du knicken«, warf Dana Sue von ihrem Platz am Herd ein. »Erik freut sich immer so, wenn er mal jemanden beaufsichtigen kann, dass er sich die Chance mit Sicherheit nicht entgehen lässt.«

Im Nu fügte sich Helen in den hektischen Rhythmus der Küche. Bei jeder sich bietenden Gelegenheit spähte sie zu Erik und bewunderte die Effizienz seiner Handgriffe beinah so sehr, wie sie sich nach den Desserts sehnte, die er unübertroffen zubereitete. Ursprünglich war er als Patissier eingestellt worden, unmittelbar nach seinem Abschluss am Atlanta Culinary Institute – das er offenbar erst nach einer anderen, von ihm nie genannten Laufbahn besucht hatte. Im Verlauf der Zeit jedoch hatte sich seine Rolle in der Küche des *Sullivan's* ausgeweitet. Dana Sue verließ sich auf seine Unterstützung und hatte ihn erst vor wenigen Wochen zu ihrem offiziellen Stellvertreter ernannt.

Er war Ende dreißig oder Anfang vierzig, besaß einen scharfen Verstand, ein sanftmütiges Auftreten und uneingeschränkte Loyalität gegenüber Dana Sue. Das gefiel Helen an ihm fast genauso sehr, wie sie seine Kreationen mochte und sich gelegentlich lustvoll nach seinem Sixpack und seinen kompetenten Händen sehnte. Dass ihr bei ihm überhaupt solche Gedanken kamen, empfand sie als überraschend, weil sie eigentlich immer geschniegelte Manager gegenüber den starken, stillen, sportlichen Typen vorgezogen hatte.

Die nächsten zwei Stunden lang wurde Helen mit den niedrigsten Arbeiten bedacht, trotzdem gefiel es ihr, am geschäftigen Treiben in der Küche mitzuwirken. Die Aromen waren köstlich, die Hektik und der Stress geradezu greifbar. Wenn das Kochen zu Hause nur halb so aufregend wäre, würde sie es vielleicht öfter tun. Stattdessen beschränkten sich ihre kulinarischen Unterfangen auf Rührei, wenn sie daran dachte, Eier zu kaufen, und gelegentlich auf eine Ofenkartoffel. Aber sie konnte ohne Eigenlob behaupten, eine verdammt gute Margarita zu mixen. Das hatte sie in mehreren Sommern in Hilton Head gelernt, wo sie während des Jurastudiums als Barkeeperin gearbeitet hatte. Dabei hatte sie stattliche Trinkgelder abgestaubt, hervorragende Kontakte geknüpft und viel über die menschliche Natur erfahren.

Als das letzte Gericht serviert war und nur noch wenige Gäste bei Kaffee und Nachtisch saßen, fühlte sie sich erschöpft vom langen Stehen, ganz zu schweigen davon, dass sie mittlerweile halb verhungert war.

»Okay, ihr zwei, das war's«, sagte Erik und scheuchte sie zur Tür zum Gastraum. »Rein da jetzt und setzt euch. Ich bringe euch in ein paar Minuten das Abendessen.«

Dana Sue schüttelte den Kopf. »Nur, wenn du dich zu uns setzt«, sagte sie zu ihm. »Du hattest auch den ganzen Abend keine Pause.«

»Gern«, erwiderte Erik. »Aber du musst sofort was essen, und Helen muss raus aus diesen lächerlichen Stöckelschuhen, die sie aus irgendeinem Grund ständig trägt.«

Leicht verschnupft über die Bemerkung, streckte Helen den Fuß vor, der in einer eleganten hochhackigen Sandale steckte, dem extravagantesten Luxus, den sie sich gönnte. »Was hast du gegen meine Schuhe?«

Eriks Blick verweilte erst auf ihrem Fuß mit den perfekt manikürten rosa Zehennägeln, dann wanderte er langsam ihr Bein hinauf zum hochgerutschten Saum ihres Rocks, der ein paar Zentimeter des Oberschenkels preisgab. »Als Mann hab ich daran nichts auszusetzen«, erwiderte er und sah sie belustigt an. »Aber da mir nicht entgangen ist, wie du dich in den letzten Stunden damit gequält hast, würde ich sagen, sie sind völlig ungeeignet dafür, länger auf den Beinen zu sein.«

Beschwichtigt grinste sie. »Da hast du vielleicht nicht unrecht. Wenn's zur Gewohnheit wird, dass ich hier einspringe, sollte ich wohl besser ein paar Turnschuhe in Dana Sues Büro lassen.«

Dana Sue bedachte sie mit einem verdutzten Blick. »Du hast Turnschuhe?«

»Tu nicht so überrascht. Was hast du denn gedacht, was ich anhabe, wenn ich trainiere?«

»Ach ja, stimmt, diese personalisierten Dinger, die du dir online in den Farben deiner Trainingskluft bestellt hast«, sagte Dana Sue.

Erik sah Helen schmunzelnd an. »Was stimmt denn nicht mit Turnschuhen, die man im Einkaufszentrum kriegt?«

Helen warf ihm einen abschätzigen Blick zu. »Die hat doch jeder«, antwortete sie. »Komm, Dana Sue. Ich kann mich nicht länger mit einem Kerl in verwaschenen Jeans und T-Shirt mit Fettspritzern abgeben, der keinen Tau von Mode hat, und wenn er sich für noch so sexy hält.«

Erik lachte leise, während Dana Sue meinte: »Im Moment interessiert mich nur, dass er was von Essen versteht.« Sie zwinkerte Erik zu, bevor sie mit Helen den Gastraum betrat und sich für einen Eckplatz abseits der wenigen verbliebenen Gäste entschied.

Kaum hatten sie sich hingesetzt, streifte Helen, stöhnend unter dem Tisch, die Schuhe ab. »Bitte sag's nicht Erik, ja? Die Dinger sind *wirklich* eine Qual, wenn ich zu lange auf den Beinen bin. Meine Tanzschuhe werden sie mit Sicherheit nie.«

»Ist ein kleiner Preis dafür, sexy auszusehen.« Dana Sue grinste. »Ich hab solche Schuhe seit Jahren nicht getragen. Wahrscheinlich würde ich mir den Hals damit brechen.«

»Wenn du Ronnie das nächstes Mal vom Hocker reißen willst, dann leihe ich dir ein Paar von meinen«, bot Helen an.

Dana Sue wackelte mit den Augenbrauen. »Ich reiße ihn immer vom Hocker, egal was ich trage.«

»Also sind die Flitterwochen noch nicht vorbei?«

»Weißt du, die Frage kannst du dir sparen«, erwiderte Dana Sue selbstzufrieden. »Ronnie und ich rechnen damit, uns noch monatelang wie in den Flitterwochen zu fühlen. Vielleicht auch jahrelang. Und diesmal werd ich tun, was ich kann, damit diese Ehe niemals endet, auch wenn irgendwann der Glanz nachlässt.«

Helen musterte sie wehmütig. »Ich hätte nie gedacht, dass ich das mal über deine Wiedervereinigung mit Ronnie sagen würde, aber ich beneide euch.«

Dana Sue musterte sie einen Moment lang mitfühlend, dann jedoch schlug ihre Miene in einen ungeduldigen Ausdruck um. »Und was unternimmst du dagegen? Wann hattest du zuletzt ein Date? Und damit meine ich nicht, dass du dich mit einem Anwaltskollegen zusammengesetzt und beim Kaffee über Paragrafen, Delikte oder dergleichen geredet hast.«

»Wer hat dafür schon Zeit?«, gab Helen defensiv zurück. »Durch die Arbeit, Kleinigkeiten im *Corner Spa* und den Versuch, regelmäßig Sport zu treiben, bleiben mir keine fünf Minuten die Woche.«

»Wirklich?«, fragte Dana Sue skeptisch. »Du hast gerade zwei Stunden in meiner Küche verbracht. Das wäre genug für ein anständiges Date.«

Helen zuckte mit den Schultern. »Das hat Spaß gemacht. Da drin herrscht kein Druck.«

Dana Sue zog eine Augenbraue hoch. »Echt jetzt? Kein Druck? Obwohl dir Erik eine anspruchsvolle Anweisung nach der anderen um die Ohren gehauen hat? Die letzten beiden, die zum Probearbeiten hier waren, hat er damit vergrault.«

»Er ist bloß Perfektionist, mehr nicht. Gott weiß, das verstehe und respektiere ich. Für dich und für ihn steht ja auch viel auf dem Spiel. Ich packe nur gelegentlich freiwillig mit an. Was wollt ihr schon groß tun, wenn ich dabei was vermassle?«

»Ich würde dich wahrscheinlich für immer aus der Küche verbannen, kann aber natürlich nicht für Erik sprechen«, erwiderte Dana Sue. »Übrigens, bist du heute Abend aus einem bestimmten Grund hergekommen, oder wolltest du bloß zur Arbeit vergattert werden?«

»Um ehrlich zu sein, hab ich auf ein paar Minuten deiner Zeit gehofft, um mit dir zu reden«, gab Helen zu.

»Worüber?«

»Karen.«

Dana Sues Augen wurden groß. »Du willst mit mir über Karen Ames reden? Warum? Hat Barb deshalb angerufen und einen Termin für morgen Nachmittag vereinbart? Ich dachte, es hätte was mit dem *Corner Spa* zu tun.« Sie hob die Hand. »Warte. Da kommt Erik mit unserem Essen. Wenn's um Karen geht, sollte er es vielleicht auch hören. Er sollte bei jeder Besprechung dabei sein.«

Erik stellte drei Teller mit Zackenbarsch auf den Tisch, garniert mit Mango-Papaya-Chutney, Wildreis und Babykarotten mit brauner Zuckerglasur. Alles genauso kunstvoll angerichtet, als wäre es für zahlende Gäste.

»Wo ist mein Kuchen?«, fragte Helen sofort.

»Den gibt's erst, wenn dein Teller leer ist«, erwiderte er und ließ sich neben ihr am Tisch nieder. »Der Kuchen ist die Belohnung, nicht der Hauptgang.«

Helen sah ihn stirnrunzelnd an. »Sagt wer?«

»Der Koch«, gab er zurück. »Also. Haut rein.«

Alle drei griffen sich ihre Gabel und begannen zu essen. Nach einer Minute fragte Erik: »Worüber habt ihr gesprochen, als ich rausgekommen bin? Für zwei Frauen, die sich eigentlich entspannen sollten, habt ihr mir verdammt ernst ausgesehen.«

»Karen«, antwortete Dana Sue mit düsterer Miene. Sie nahm einen weiteren Bissen von ihrem Essen. »Helen hat damit angefangen.«

Als Erik den Blick auf Helen richtete, wirkte er schlagartig argwöhnisch. »Was hast du mit Karen zu tun?«

»Sie ist heute zu mir gekommen. Weil sie glaubt, dass sie demnächst gefeuert wird.«

Dana Sue wechselte mit Erik einen zerknirschten Blick, der Bände sprach.

Helen seufzte. »Wie ich sehe, liegt sie damit wohl richtig. Es geht um ihre vielen Fehlzeiten, oder?«

Dana Sue nickte. »Ich bin darüber todunglücklich, aber ich hab keine andere Wahl, Helen. Der gesamte Küchenbetrieb leidet, wenn eine meiner wichtigsten Mitarbeiterinnen die halbe Zeit abwesend ist. Selbst wenn ich eine brauchbare Aushilfe finde, so viel, wie wir derzeit zu tun haben, brauche ich eine Assistentin, auf die ich mich verlassen kann.«

»Wisst ihr zwei auch, warum sie so oft fehlt?«

»Jedes Mal, wenn sie anruft, geht's um die Kinder«, meldete sich Erik zu Wort.

»Und dafür hab ich aufrichtig Verständnis«, fügte Dana Sue hinzu. »Aber es läuft trotzdem darauf hinaus, dass ich in der Lage sein muss, den Laden hier am Laufen zu halten. Es ist nicht fair, dass Erik und ich uns ständig zerreißen müssen, um für sie einzuspringen. Ich brauche jemanden, der zuverlässig ist.« Besorgt musterte sie Helen. »Will sie rechtlich dagegen vorgehen? Ist sie deshalb zu dir gekommen?«

»Nein.« Helen legte die Gabel hin. »Ich glaub nicht, dass es so weit kommen muss. Und selbst wenn, würde ich sie nicht vertreten. Ich will nur, dass du dich morgen mit Karen und mir hinsetzt, um zu sehen, ob es nicht irgendeine andere Lösung gibt. Eine, mit der du deine Küche vernünftig führen kannst und sie trotzdem nicht ihren Job verliert.«

»Du drängst Dana Sue gerade in eine unmögliche Lage«, regte sich Eriks Beschützerinstinkt. »Ehrlich, Helen, sie ist hier nicht die Böse.«

»Das weiß ich«, gab Helen zurück. »Aber Karen ist nicht bloß ein verantwortungsloser Teenager. Ihr habt eine Menge Zeit investiert, um sie einzuschulen. Hört euch einfach ihre Erklärung an, und wir schauen, ob wir nicht irgendeine Lösung finden.«

Erik wirkte zwar alles andere als begeistert von dem Vorschlag, dennoch nickte Dana Sue. »Das kann ich tun.«

»Danke«, sagte Helen, bevor sie sich an Erik wandte und in strengem Ton hinzufügte: »Und du hältst dich dabei zurück, okay?«

»Werd mich bemühen, weil's die Verfechterin der Außenseiter so will. Aber glücklich bin ich nicht darüber. Ich habe vor, bei der Besprechung dabei zu sein. Und nur, damit du's weißt, mich überrascht ein wenig, dass du dich auf Karens Seite statt auf die deiner besten Freundin stellst.«

Helen wurde zunehmend irritierter. »Eigentlich versuche ich, mich auf *keine* Seite zu stellen«, gab sie zurück. »Bei einer erfolgreichen Verhandlung gewinnen alle Beteiligten.«

»Dann erklär mir doch, was genau Dana Sue davon hat«, verlangte er.

»Sie behält eine hervorragende, gut ausgebildete Mitarbeiterin«, argumentierte Helen, die sich bemühte, einen neutralen Ton beizubehalten, obwohl seine Einstellung sie allmählich auf die Palme brachte. Nicht nur er wollte Dana Sue beschützen. Sie deckte ihrer Freundin schon wesentlich länger den Rücken als er. Ihr verging langsam der Appetit. »Du weißt, dass Karen gut ist. Das hab ich dich schon oft sagen gehört.«

»Nur bringt das nichts, wenn sie nie hier ist«, sagte Erik.

Seine sture Weigerung, Karen eine Chance einzuräumen, verärgerte sie zunehmend. »Das ist jetzt übertrieben«, konterte sie barsch, als ihr der Geduldsfaden riss.

»Oha«, ging Dana Sue dazwischen. »Es ist nur eine Besprechung, Erik. So viel sind wir Karen schuldig. Helen hat recht. Wenn Karen da ist, leistet sie Spitzenarbeit.«

»Ich will nur, dass du dich von deiner Freundin hier nicht dazu manipulieren lässt, was zu tun, das nicht im besten Interesse des Restaurants ist«, sagte er.

»Ich hab in meinem ganzen Leben noch nie jemanden manipuliert«, rechtfertigte sich Helen gereizt. Ihr Appetit war vollends verschwunden.

»Ach ja?« Erik schnaubte spöttisch. »Wessen Idee war es denn, Ronnie Sullivan aus der Stadt zu verbannen, als Dana Sue und er sich getrennt haben? Hat ja echt toll für ihre Tochter funktioniert, nicht wahr?«

Dana Sue sah ihn bestürzt an. »Das ist Schnee von gestern, Erik. Annie geht's wieder gut, und bei Ronnie und mir läuft es auch bestens.«

»Aber nicht dank Helens Einmischung«, konterte er.

Helen funkelte ihn an. Seine Anschuldigung kränkte sie. Als Dana Sue etwas auf seine Bemerkung erwidern wollte, bremste Helen sie mit einem Blick. »Ich kann für mich selbst eintreten«, sagte sie mit fester Stimme. Sie drehte sich Erik zu. »Damals warst du noch nicht hier. Du hast keine Ahnung, was zu dem Zeitpunkt das Beste war.«

»Stimmt«, räumte er ein und beugte sich mit eindringlichem Blick vor. »Ich bin gerade rechtzeitig gekommen, um mitzuerleben, wie die Hölle losgebrochen ist, weil Annie ins Krankenhaus musste.«

»Das war *nicht* meine Schuld«, gab Helen hitzig zurück.

»Echt nicht? Ihre Essstörung ist zum Teil davon ausgelöst worden, dass ihr Vater sie verlassen hat. Oder hab ich das falsch verstanden?« Er wartete keine Antwort ab, bevor er weiterpflügte: »Und dafür hast du gesorgt.«

»Das ist ein bisschen zu vereinfacht dargestellt«, warf Dana Sue ein, obwohl ihr beide keine Beachtung schenkten.

Helen befand sich praktisch Nase an Nase mit Erik. »Was fällt dir ein, so eine Anschuldigung vorzubringen?«

»Ich sag's nur so, wie ich es sehe, Süße.«

»Du kannst mich mal.« Helen stupste Dana Sue, damit sie aus dem Weg ging und sich Helen von der gekrümmt um den Tisch verlaufenden Bank erheben konnte. Sie warf ihrer Freundin einen Blick zu, als sie ihre Schuhe unter dem Tisch hervorholte. »Wir sehen uns morgen«, sagte sie, bevor sie sich mit finsterer Miene Erik zuwandte. »Dir schlage ich vor, die Besprechung auszulassen.«

»Kannst du vergessen«, entgegnete er. »Irgendjemand muss nämlich dafür sorgen, dass die Vernunft nicht auf der Strecke bleibt.«

»Und das musst du sein?«, fragte Helen. »Wie denkst du darüber, Dana Sue?«

»Ich bin noch ziemlich baff darüber, wie dieses Gespräch gerade aus dem Ruder gelaufen ist«, antwortete sie. »Was ist los mit euch beiden? Ich hab noch nie erlebt, dass ihr euch so aufführt.«

»Anscheinend holen besserwisserische Anwältinnen das Schlimmste aus mir hervor«, sagte Erik verkniffen.

»Und voreingenommene Männer, die sich vernünftige Argumente nicht mal anhören wollen, aus mir«, kam von Helen.

Erik musterte sie mit einem Ausdruck, bei dem ihr Hitze durchs Blut raste. »Dann willst du den Kuchen wohl auch nicht, den hab nämlich ich gebacken.«

Die Erinnerung an den Pfirsichkuchen, der während der Arbeit in der Küche ihre Gedanken beherrscht hatte, stürzte sie in ein schweres Dilemma. Ihr lief immer noch das Wasser im Mund zusammen, als sie ihn vor ihrem geistigen Auge sah. Allerdings gebot ihr Stolz, es ihn nicht merken zu lassen.

»Das hab ich nie gesagt.« Mit einem Schnauben stapfte sie in die Küche und griff sich den gesamten Kuchen von der Arbeitsfläche.

Nur einen Bissen, dachte sie, während sie tief einatmete und das Aroma genoss. Was konnte es schon schaden? Sie stellte den Kuchen ab, nahm sich eine Gabel und stach durch die krosse Kruste in die duftende Pfirsichfüllung. Helen seufzte, als sich ihr Temperament eine Spur beruhigte. *Vielleicht zwei Bissen*, entschied sie. Erik würde es nie erfahren. Sie genoss den zweiten Bissen, bevor sie den Kuchen wieder aufhob. Helen marschierte damit zurück in den Gastraum, und bevor sie es sich ausreden konnte, schleuderte sie Erik den Rest mitten ins verdatterte Gesicht.

Neben ihm sog Dana Sue erschrocken die Luft ein, bevor sie damit zu kämpfen hatte, ein Lachen zu unterdrücken. Helen beobachtete, wie der Kuchen über Eriks Gesicht und auf sein T-Shirt lief. Sie konzentrierte sich zu sehr darauf, wie sich der Glibber auf seiner beeindruckenden Brust verteilte, dass ihr das verruchte Funkeln in seinen Augen entging, bis es zu spät war.

Bevor sie die Flucht ergreifen konnte, hatte er sich den Großteil des Kuchens aus dem Gesicht gewischt und war aufgesprungen. Blitzschnell schlang er die Arme um sie und senkte die heißen, fordernden Lippen auf ihren Mund, während die Reste dieses göttlichen Pfirsichkuchens unwiderruflich in ihre Seidenbluse gerieben wurden.

Eine neue Bluse könnte Helen jederzeit kaufen. Aber es würde wohl ewig dauern, die Erinnerung an Eriks atemberaubenden Kuss aus dem Gedächtnis zu löschen, vor allem mit Dana Sue als gebannt zusehender Augenzeugin. Das würde Dana Sue sie ihr Lebtag nicht vergessen lassen. Und da sich noch ein paar Gäste im Restaurant aufhielten und sie sich in Serenity befanden, würde es sich bis zum nächsten Morgen in der gesamten Stadt herumgesprochen haben. Helen Decatur, die vernünftigste der süßen Magnolien, die sonst immer anderen aus Schwierigkeiten half, war gerade selbst in einem Haufen davon gelandet.

Als Erik sie schließlich aus dem unüberlegten Kuss entließ, warf er Dana Sue einen entschuldigenden Blick zu und verabschiedete sich in die Küche. Er musste überlegen, welcher Teufel ihn geritten hatte, eine Frau wie Helen Decatur erst zu reizen und dann zu küssen.

Sie war wirklich eine herrische, arrogante, besserwisserische Anwältin, zugleich jedoch die beste Freundin seiner Chefin und Stammgast im *Sullivan's*. Außerdem hatte sie schon öfter wie an diesem Abend bereitwillig mit angepackt, um ihnen in der Küche aus der Patsche zu helfen.

Vielleicht bestand darin das Problem, folgerte er. Einerseits widerstrebten ihm ihre schicken Klamotten und ihr anmaßendes Auftreten, andererseits erlebte er in der Küche des *Sullivan's* regelmäßig eine völlig andere Seite von ihr. Dort bekam er eine Frau zu sehen, der mehr an ihrer Freundin und deren Bedürfnissen lag als an oberflächlichem Krempel wie Designerkleidung. Außerdem ließ sie ihr Ego an der Tür zurück und erledigte klaglos, was immer von ihr verlangt wurde. Noch dazu verdammt gut, wenn er ehrlich sein wollte. Tatsächlich mochte er sie.

Meistens jedenfalls. An diesem Abend war sie ihm aus irgendeinem Grund unter die Haut gegangen. Ungeachtet seiner Worte, wusste er sehr wohl, dass sie sich nie gegen Dana Sue auf die Seite von jemand anderem stellen würde.

Dass er sie geködert hatte, konnte er noch verstehen. Aber jener Kuss war eine andere Geschichte, die kein gutes Ende nehmen konnte. Damit hatte er eine Grenze überschritten, und früher oder später würde er sich dafür entschuldigen müssen.

Natürlich konnte er nicht verdrängen, dass sie bereitwillig mitgemacht hatte. Tatsächlich hatte sie im Verlauf des Kusses eine so unerwartete Leidenschaft entwickelt, dass sie ihn damit praktisch in die Flucht geschlagen hatte. Er war nicht mehr vor einem weiblichen Wesen weggerannt, seit Susie Mackinaw ihm in der dritten Klasse unter dem Gejohle seiner Freunde einen ungewollten Kuss auf den Mund gedrückt hatte.

Nein, das stimmte nicht, korrigierte er sich, als er sich eine Tasse Kaffee einschenkte und trank, bevor er methodisch begann, die Küche zu putzen. In Wirklichkeit rannte er vor Frauen weg, seit seine Gattin bei der Geburt ihres Kindes gestorben war. Damals war er Rettungssanitäter in Atlanta gewesen. Er hatte Samantha im Krankenwagen begleitet, nachdem bei ihr vorzeitige Wehen und Blutungen eingesetzt hatten. Die Fahrt zum Krankenhaus hatte eine Ewigkeit gedauert. Noch bevor sie in der Notaufnahme angekommen waren, hatte er gewusst, dass es zu spät sein würde. Sam hatte zu viel Blut verloren. Ihre Vitalfunktionen versagten nach und nach, und für das Baby war es zu früh, um es zu retten.

An dem Tag war ihm das Herz aus der Brust gerissen

worden, und er konnte seinen Job nicht länger ausüben. Wenn er als Sanitäter nicht mal seine eigene Frau retten konnte, wie sollte er dann je wieder darauf vertrauen, dass er anderen helfen könnte?

Nachdem er sich einen Monat Urlaub genommen und sich jeden einzelnen Tag davon in die Besinnungslosigkeit betrunken hatte, war er ins Büro seines Chefs gegangen und hatte gekündigt. Gabe Sanchez diskutierte damals mit ihm, flehte ihn förmlich an, sich einer Therapie zu unterziehen und anschließend zurückzukommen. Aber Erik wusste, dass seine Tage im Gesundheitswesen endgültig vorbei waren.

Vermutlich wäre er danach ziellos durchs Leben gedriftet, hätte ihm nicht eine Freundin seiner Frau das Atlanta Culinary Institute empfohlen. Zuerst lachte Erik nur darüber, doch Bree ließ damit nicht locker. Auch ihr Mann sprach sich dafür aus.

»Von allen, die wir kennen, bist du mit Abstand der beste Koch«, argumentierte Bree. »Und wichtiger noch, du hast Freude daran. Zumindest würde dich die Ausbildung aus deinem Tief holen. Und wer weiß schon, was nach dem Abschluss wird? Vielleicht eröffnest du ein eigenes Restaurant, wirst Caterer oder kommst auch nur einmal im Monat zu uns, um für Ben, mich und die Kinder zu kochen. Spielt keine Rolle. Am wichtigsten ist die Ablenkung. Sam würde es das Herz brechen, was du dir gerade antust. Sie würde nicht wollen, dass du ewig trauerst.«

Erik hätte die Idee vielleicht trotzdem verworfen, aber wenige Tage später stand Bree mit Bewerbungsformularen bei ihm auf der Matte. Sie saß neben ihm, während er sie ausfüllte, bevor sie einen Scheck ausstellte, alles in einen Umschlag steckte und ihn persönlich zur Post brachte. Offensichtlich wollte sie nichts dem Zufall überlassen.

»Betrachte es als Geschenk für deine Zukunft von Ben und mir«, sagte sie. »Wenn du mal dein eigenes Restaurant hast, kannst du dich ja mit kostenlosen Mahlzeiten zu unseren Jahrestagen revanchieren.«

Wenige Wochen später wurde er angenommen, kurz danach besuchte er seine ersten Kurse. Schon gegen Ende des ersten Monats wusste er, dass es, abgesehen von seiner Ehe mit Samantha, die beste Entscheidung war, die er je getroffen hatte. Und als er seinen Abschluss in der Tasche hatte, fragte er sich, wie er je auf einem anderen Gebiet hatte arbeiten können.

Dann wandte sich Dana Sue an die Schule, weil sie einen Patissier suchte, worauf sich Erik spezialisiert hatte. Anfangs war er alles andere als überzeugt vom Umzug in eine Kleinstadt in South Carolina, doch kaum hatte er Serenity besucht und das *Sullivan's* gesehen, war er begeistert. Tatsächlich bot ihm beides genau die Veränderung, die er brauchte, um Atlanta und all die Erinnerungen dort hinter sich zu lassen. Abgesehen davon hatte Dana Sue etwas Besonderes in einer Gemeinde geschaffen, die nach wirtschaftlich schweren Zeiten wieder auf die Beine zu kommen versuchte. Sämtliche Kritiken lobten das *Sullivan's* begeistert als seltenes kulinarisches Juwel, und es erfüllte Erik mit Freude, daran mitzuwirken.

Auch Dana Sue selbst war etwas Besonderes. Eine Zeit lang hatte er sogar unterschwellig gedacht, aus ihrer beruflichen Beziehung könnte sich eines Tages mehr entwickeln. Allerdings war schnell klar geworden, dass die kurvige Schönheit immer noch ihren Exmann liebte.

Trotzdem waren Dana Sue, ihre Tochter Annie und sogar die irritierend unzuverlässige Karen zu einer Ersatzfamilie für ihn geworden. Und so hartherzig er sich für Helen offensichtlich angehört hatte, an Karen störte ihn in Wahrheit nur, dass ihre Probleme auf Dana Sue übergriffen, die den zusätzlichen Stress schlichtweg nicht gebrauchen konnte.

Im Gegensatz zu Dana Sue brauchte Helen niemanden, der auf sie aufpasste. Auch ein Grund, warum sich Erik beim besten Willen nicht erklären konnte, warum er sie vor wenigen Minuten so innig geküsst hatte. Erik fühlte sich von Natur aus als Ernährer und Beschützer, sozusagen ein selbsternannter Ritter in glänzender Rüstung. Die Vorstellung, die knallharte Helen könnte einen Ernährer und Beschützer brauchen, war geradezu lächerlich.

Andererseits war der Kuss vielleicht unvermeidlich gewesen. Sie war eine umwerfende Frau, wenn auch ein wenig zu steif und *viel* zu eigensinnig für ihn. Aber manchmal führte gerade eine solche Mischung früher oder später zu einer Explosion. Mittlerweile lag der Kuss hinter ihm. Der Dampf war abgelassen, daher standen die Chancen gut, dass es nie wieder vorkommen würde.

Er beglückwünschte sich gerade innerlich dazu, dass er es sich nachvollziehbar erklärt hatte, als Dana Sue in die Küche kam und sich zu ihm an die Spüle stellte, wo er Pfannen schrubbte. Sie griff sich eine Pfanne aus dem Seifenwasser und stupste ihn mit der Hüfte an.

»Also, was sollte dieser Kuss?«, fragte sie und ließ dabei den Blick auf die fettige Pfanne in ihren Händen gerichtet.

»Ein spontaner Impuls«, wiegelte er ab.

»Irgendwas sagt mir, dass sich dieser Impuls schon eine Weile angebahnt hat. Es liegt immer etwas in der Luft, wenn ihr beide euch im selben Raum aufhaltet.«

»Spannung«, meinte er.

»Wohl eher sexuelle Spannung«, erwiderte sie mit einem Funkeln in den Augen. »Warum hast du nicht schon früher was gemacht?«

Er verdrehte die Augen. »Helen und ich? Bist du verrückt?«

»Ich denke nicht. Du bist ein unglaublicher Mann. Sie ist eine unglaubliche Frau. Ihr verdient beide jemand Besonderen in eurem Leben.«

»Keine Ahnung, wie das bei Helen ist, aber ich bin nicht auf eine Beziehung aus«, behauptete er.

»Früher hast du mal gesagt, dass du mich willst«, erinnerte sie ihn.

Er grinste. »Weil ich gewusst hab, dass du in tausend Jahren nicht ja sagen würdest.«

»Also hast Du nur gesagt, dass du mich willst, weil ich ohnehin unerreichbar war?«

»Genau.«

»Kauf ich dir nicht ab. Wenn du jemand Unerreichbaren als Herausforderung willst, könntest du's gar nicht besser treffen als mit Helen. Stell dir nur vor, was für Spaß es machen könnte, ihr den Kopf zu verdrehen.«

»Und was dann? Ihr sagen, dass alles nur ein Spiel war?«

»Nein, du Trottel. Dann verliebst du dich unsterblich in sie und heiratest sie.«

Erik lachte. »Das seh ich irgendwie nicht. Ich kann mir Helens Designerklamotten nicht so recht im Schrank neben meinen Levi's vorstellen.«

»Ich nach dem Kuss heute Abend schon«, gab Dana Sue zurück. »Und so, wie Helen fluchtartig rausgerannt ist, kann sie es sich wohl auch vorstellen.«

»Hör auf zu kuppeln, Dana Sue. Sie ist deine Freundin. Das allein reicht mir als Grund, mich von ihr fernzuhalten.«

»Warum? Du hast doch meinen Segen. Tatsächlich befürworte ich es sogar.«

»Und was, wenn ihr oder mir dabei das Herz gebrochen wird? Auf wessen Seite stellst du dich dann?«

Die Frage schien Dana Sue leicht zu verunsichern. »Dazu würde es nie kommen«, erklärte sie schließlich.

»Wirklich? Kannst du in die Zukunft sehen?«

»Nein, aber ich hab Vertrauen in euch beide. Und heute Abend hab ich was gesehen. Einen Funken, der mir bei euch beiden vorher noch nie aufgefallen ist. Leidenschaft – die der echten Art, die zur Liebe führt – kommt selten vor. Lass dir gesagt sein, einen solchen Funken sollte man nicht ignorieren.«

»Tja, und ich tu's trotzdem«, erwiderte Erik schlicht.

»Wir werden sehen«, stichelte Dana Sue. »Mir fällt bestimmt etwas ein, um dich umzustimmen.« Sie zuckte mit den Schultern. »Oder Helen. Es muss nur einer von euch überzeugt sein, um den Ball ins Rollen zu bringen.«

»Das liegt nicht bei dir«, sagte er, obwohl er längst erkannt hatte, dass er nur den Atem verschwendete. Ab sofort würde er ständig auf der Hut sein müssen.

Verdammt! Und dann noch diese Besprechung morgen. Er würde sich im selben Raum mit Helen und Dana Sue aufhalten müssen und würde die Erinnerung an jenen lodernden Kuss noch zu frisch im Gedächtnis haben.

KAPITEL 3

Während des ersten Teils ihrer Schicht vor der Besprechung, die Helen für zwei Uhr nachmittags arrangiert hatte, schlug Karen das Herz bis zum Hals. Erik warf ihr immer wieder stechende Blicke zu, als wäre er wegen irgendetwas verärgert. Sie bekam den Eindruck, dass er wohl gegen die Besprechung gewesen war. Obwohl Dana Sue dem gegensteuerte, indem sie sich besonders freundlich zeigte, zehrte die Anspannung in der Küche an Karens Nerven.

Hinzu kam, dass sie einen Gast aus der Hölle hatten, eine Frau, die ihr Essen dreimal zurückgeschickt hatte. Erik und Dana Sue entschieden mit Strohhalmen, wer von ihnen hinausgehen würde, um mit der Frau zu reden und dafür zu sorgen, dass sie das *Sullivan's* trotzdem glücklich verlassen würde. Dana Sue zog den Kürzeren. Kostenloser Champagner und Nachtisch für alle in ihrer Runde besänftigten die Frau schließlich, allerdings ruinierte die Aktion Dana Sues Stimmung. Mittlerweile war sie so finster drauf wie Erik.

Um Punkt zwei Uhr stöckelte Helen herein. Sie trug einen der von ihr bevorzugten Anzüge, dazu Schuhe von Jimmy Choo, die wahrscheinlich mehr kosteten, als Karen in einer Woche, vielleicht sogar in einem Monat verdiente, und eine Designersonnenbrille, die sie aufbehielt.

Helen ignorierte Erik demonstrativ, lächelte Karen an und wandte sich danach an Dana Sue. »Wo setzen wir uns zusammen? In deinem Büro dürfte es ein bisschen beengt sein. Außer, Erik verzichtet auf die Teilnahme.«

In ihrer Stimme schwang ein frostiger, beinah feindseliger Ton mit, den Karen nicht zu deuten vermochte. Jedenfalls spürte sie instinktiv, dass er nichts Gutes für das bevorstehende Gespräch verhieß.

»Vergiss es«, erwiderte Erik knapp und trug damit seinerseits zur angespannten Atmosphäre bei.

»Die letzten Gäste sind gerade gegangen. Wir können uns in den Gastraum setzen«, ergriff Dana Sue das Wort. »Karen, willst du Limonade oder so? Helen?«

»Für mich nichts, danke.« Karen fühlte sich zu nervös, um irgendetwas zu trinken. Immerhin stand ihre Zukunft auf dem Spiel.

»Für mich auch nicht«, sagte Helen.

»Dann fangen wir an, ja?«, schlug Dana Sue mit unüberhörbar gezwungener Unbeschwertheit vor und ging voraus.

»Kann ich vorher kurz mit dir reden, Helen?«, fragte Erik mit verkniffener Miene.

Dana Sue hängte sich bei Karen ein und zog sie mit sich durch die Tür zum Gastraum. »Wir lassen euch eine Minute allein«, sagte sie zu den beiden.

»Worum geht's da?«, fragte Karen mit gedämpfter Stimme.

Dana Sue grinste. »Sie hatten gestern Abend eine kleine Meinungsverschiedenheit. Glaub mir, es ist für alle Beteiligten besser, wenn sie das vor der Besprechung klären.«

Doch kaum hatte Dana Sue zu Ende gesprochen, tauchte Helen mit derselben Gewittermiene wie Erik unmittelbar hinter ihnen auf.

Karen warf Dana Sue einen besorgten Blick zu, beugte sich zu ihr und flüsterte: »Das ist kein gutes Zeichen, oder?«

Dana Sue seufzte. »Nicht besonders.« Sie runzelte die Stirn, als Erik dicht hinter Helen aus der Küche kam und noch verdrossener als zuvor dreinschaute.

»Okay«, begann Helen, nachdem sie alle Platz genommen hatten. »Denkt dran, dass wir lediglich ein Gespräch unter Freunden führen. Das Ziel ist eine Lösung, mit der alle gut leben können. Karen ist sehr wohl bewusst, dass ihre häufige Abwesenheit in letzter Zeit eine echte Belastung für euch beide ist. Karen, erklär doch mal, was genau bei dir los ist und warum du bisher nichts gesagt hast.«

Karen schluckte schwer, mied Eriks harten Blick und konzentrierte sich stattdessen auf Dana Sue, während sie von den Masern der Kinder erzählte, der Kündigung der Babysitterin und der finanziellen Belastung, weil Ray keinen Unterhalt zahlte.

»Ich habe bisher nichts gesagt, weil *meine* persönlichen Probleme nicht eure sein sollten«, erklärte sie. »Ich weiß, dass ich unzuverlässig gewesen bin und das inakzeptabel ist. Aber ich schwöre, wenn ihr es noch ein bisschen länger mit mir aushaltet, bis ich eine brauchbare Aufpasserin für die Kinder gefunden habe, bin ich danach jede einzelne Minute meiner Dienstzeit hier. Dann muss ich mir nicht mehr jeden Tag irgendeine Notlösung einfallen lassen.«

Helen hob die Hand. »Gib keine Versprechungen ab, die du nicht halten kannst, Karen. Machen wir uns nichts vor, das Dasein als alleinerziehende Mutter ist nun mal unberechenbar. Dana Sue, du kannst ein Lied davon singen. Mein Vorschlag wäre folgender, vor allem, nachdem ich gestern Abend selbst miterlebt habe, wie's hier zugeht.

Wäre es nicht an der Zeit zu überlegen, einen weiteren Koch oder zumindest Jungkoch einzustellen, um ihn so auszubilden wie Karen? Dann wäre Ersatz zur Stelle, wenn bei Karen eine weitere unvermeidliche Krise eintritt.«

»Warum sollte Dana Sue wegen Karens Problemen zusätzliches Personal einstellen?«, fragte Erik barsch.

»Weil ihr ohnehin Hilfe braucht«, antwortete Helen, bevor Dana Sue etwas sagen konnte. »Gestern Abend hätte Karen keinen Dienst gehabt, und in der Küche ist es drunter und drüber gegangen. Wenn ich nicht aufgetaucht wäre …«

»Hätten wir es trotzdem geschafft«, fiel Erik ihr ins Wort. »Tun wir immer.«

»Komm schon, Erik, Helen hat recht«, warf Dana Sue ein. »Wir sind für die Zahl der Abendgäste in letzter Zeit wirklich unterbesetzt. Ich hatte schon Bewerbungsgespräche mit einem halben Dutzend Jungköchen. Zwei davon habe ich zum Probearbeiten eingeladen, aber es hat niemand richtig zu uns gepasst. Ich muss wirklich intensiver suchen. Das hab ich irgendwie vor mir hergeschoben, weil ich mir nicht sicher war, ob wir längerfristig so gut besucht bleiben. Manchmal treten nach begeisterten Kritiken vorübergehende Spitzen auf. Dann kommt die Küche ein paar Wochen lang kaum mit der Arbeit nach, bis die Leute zu ihren Gewohnheiten zurückkehren. Wenn man dafür aufrüstet, hat man plötzlich mehr Personal, als man braucht, und muss Leute entlassen.«

»Einen Jungkoch einzustellen ist eine Sache«, räumte Erik ein. »Aber wie soll damit das Problem gelöst werden, dass uns Karen fehlt, solange wir auf sie zählen und sie ausfällt?«

»Wenn bei Karen ein Notfall eintritt, kann ja ein anderer geschulter Mitarbeiter einspringen«, sagte Helen.

»Und dafür Überstunden bezahlt bekommen?«, konterte Erik. »Inwiefern ist das Dana Sue gegenüber fair? Weißt du, sie muss auch die Kosten berücksichtigen. Außerdem ist ein Souschef ein völlig anderes Kaliber als ein Jungkoch. Da ich jetzt Dana Sues Stellvertreter bin, brauchen wir jemanden, der diese Position übernehmen kann.«

Karen beobachtete Erik und Helen und merkte, dass sich zwischen den beiden etwas abspielte, das nichts mit ihr zu tun hatte. Unabhängig davon kristallisierte sich heraus, dass die Besprechung nicht zu ihren Gunsten enden würde, wenn sie sich nicht mit einer eigenen Lösung einschaltete. Zum Glück war ihr irgendwann mitten in der Nacht tatsächlich eine eingefallen. Bisher hatte sie gezögert, damit herauszurücken, doch allmählich schien es so, als hätte sie nichts mehr zu verlieren.

»Ich hätte eine Idee«, meldete sie sich leise zu Wort.

Alle drei sahen sie überrascht an, beinah so, als hätten sie vergessen, dass sie anwesend war.

»Nur zu«, ermutigte Helen sie.

»In dem Diner damals hab ich mit einer anderen Köchin zusammengearbeitet, bis sie gehen musste. Sie hatte dasselbe Problem wie ich jetzt. Alleinerziehende Mutter. Auch sie musste sich in erster Linie um ihre Kinder kümmern. Doug hat sie so gefeuert, wie ihr beide überlegt, mich zu feuern. Dabei war Tess richtig, richtig gut. Aber sie hat stattdessen einen Job als Telefonverkäuferin angenommen, damit sie von zu Hause aus arbeiten kann. Ich weiß, dass es sie unheimlich nervt und sie liebend gern in ein Restaurant zurückkehren würde.«

Eriks Blick wurde nur noch finsterer. »Wenn sie schon mal wegen ihrer Unzuverlässigkeit gefeuert wurde, warum sollen wir uns noch mehr Probleme ins Haus holen, indem wir sie einstellen?«

»Weil sie an Können genau das mitbringen würde, was ihr braucht.« Karen war fest entschlossen, sich von seiner Skepsis nicht unterkriegen zu lassen. Sie musste für sich kämpfen. Und dafür musste sie die beiden davon überzeugen, es mit Tess zumindest zu versuchen. »Sie ist flink. Sie lernt schnell. Sie ist kreativ. Sie lässt sich von einer Krise nicht aus der Ruhe bringen. Und sie kennt sich in der Küche bereits aus.«

»Damit ist das Hauptproblem trotzdem nicht gelöst«, warf Erik ein.

»Jetzt lass sie ausreden, Herrgott noch mal«, herrschte Helen ihn an.

»Tja, du musst schon verzeihen, wenn ich mich frage, wie das irgendwas lösen soll«, konterte Erik hitzig und sah Helen dabei mürrisch direkt in die Augen.

Und plötzlich kapierte Karen. Was auch immer der Grund für ihre Reiberei sein mochte, es war etwas Persönliches zwischen ihnen. Zwar hatte sie nichts davon gehört, dass sie etwas miteinander gehabt hatten, trotzdem hielt sie es durchaus für möglich. Zwischen den beiden sprühten genug Funken, um das Tischtuch in Brand zu setzen.

Sie verkniff sich ein Grinsen, als sie die Hand schwenkte, um sich die Aufmerksamkeit zu sichern. Dana Sue wirkte verhalten belustigt.

»Also, meine Idee wäre folgende«, sagte Karen. »Lasst mich den Job als Souschef mit Tess teilen.«

Helen schaute verdutzt drein, doch zu Karens Erleichterung wirkte Dana Sue eher neugierig.

»Wie soll das funktionieren?«, fragte Dana Sue. »Braucht ihr nicht beide einen Vollzeitjob?«

Karen nickte. »Aber wir haben doch sechs Tage die Woche geöffnet, oder? Und mehr als acht Stunden täglich. Einer von uns könnte drei Tage arbeiten, die andere vier, und du könntest unsere Schichten überschneidend planen. An den Wochenenden ist die zusätzliche Hilfe ohnehin nötig. Teilen würden Tess und ich uns den Job insofern, als wir uns untereinander abstimmen könnten, wenn bei einer von uns Not an der Frau ist. So würdet ihr nie ohne Souschef dastehen. Ihr hättet zwei geschulte Mitarbeiterinnen und wärt rund um die Uhr abgesichert. Die Wahrscheinlichkeit, dass bei uns beiden am selben Tag ein Notfall eintritt, ist ja eher gering.«

»Gefällt mir!«, bekundete Helen begeistert. »Dana Sue, was meinst du?«

Karen hielt den Atem an.

»Könnte funktionieren«, sagte Dana Sue langsam. »Wir brauchen die zusätzliche Absicherung wirklich. Natürlich muss ich mich erst mit Tess treffen und mir ein Bild davon machen, ob sie der Aufgabe gewachsen ist oder den Job überhaupt will. Aber es würde etliche Probleme lösen. Erik, was meinst du?«

Obwohl seine Miene grimmig blieb, nickte er. »Solange wenigstens eine von euch verlässlich aufkreuzt, hat es Potenzial«, räumte er widerwillig ein. Zum ersten Mal sah er Karen richtig an. »Das gehört mit zu den Dingen, die ich schon immer an dir gemocht habe. Du denkst über den Tellerrand hinaus und scheust dich nicht, Neues auszuprobieren.«

Karen lächelte ihn an. »Danke. Diesmal zwar hauptsächlich aus Verzweiflung, aber ich glaube wirklich, dass ihr beide begeistert von Tess sein werdet. Sie ist aufgeweckt, energiegeladen und loyal. Somit würde sie perfekt ins Team passen. Und ich weiß, dass sie und ich es unter uns so regeln können, dass ihr nie unterbesetzt seid.«

»Na schön, dann gib ihr Bescheid, dass sie mich anrufen soll«, sagte Dana Sue. »Wir laden sie ein und versuchen es mit ihr.«

Helen lehnte sich mit einem zufriedenen Lächeln im Gesicht zurück. »Eine Lösung, von der alle profitieren. Gut gemacht, Karen. Danke, Dana Sue.«

Karen fiel auf, dass sie Erik demonstrativ ignorierte, als sie aufstand. »Ich muss zurück in die Kanzlei«, kündigte Helen an.

Erik sprang förmlich vom Tisch auf. »Ich begleite dich«, erklärte er in einem Ton, der keinen Widerspruch duldete. »Dana Sue, ich bin in zehn Minuten zurück.«

Sie starrte ihm hinterher. »Nimm dir so viel Zeit, wie du brauchst.«

Kaum waren sie gegangen, sah Karen ihrer Chefin in die belustigten Augen. »Sind die beiden …«

»Noch nicht«, erwiderte Dana Sue. »Aber ich sage voraus, dass es nicht mehr lange dauert.«

»Du meine Güte«, murmelte Karen. »Ich glaube, ich könnte jetzt einen Eistee vertragen. Ist ganz schön heiß hier drin geworden. Ich bin am Verdursten.«

Dana Sue lachte. »Kannst du laut sagen. Komm. Ich begleite dich. Mein Bauchgefühl sagt mir, dass wir eine Weile allein in der Küche sein werden.«

Helen bereute, zu Fuß aus der Kanzlei zum *Sullivan's* gegangen zu sein. Wäre sie gefahren, hätte sie einfach ins Auto steigen und Erik die Tür vor der Nase zuknallen können. Stattdessen stapfte er, zunehmend unangenehm schweigend, neben ihr her. Schließlich hielt sie es nicht länger aus.

»Wenn du was auf dem Herzen hast, dann spuck's aus«, forderte sie ihn auf. »Und wenn nicht, dann lass mich in Frieden.«

»Ich überlege gerade, was ich sagen soll«, gestand er.

»›Tut mir leid‹ würde sich anbieten. Oder: ›Ich hab mich geirrt.‹ Ja, das gefällt mir.«

»Na schön, beides«, räumte er ein. Seine Lippen zuckten.

Helen blieb stehen, wirbelte herum und sah ihm in die Augen. »Das war's? Ich werfe dir ein paar Möglichkeiten hin, und du wiederholst sie nicht mal oder kleidest sie in deine eigenen jämmerlichen Worte?«

»Du bist doch diejenige, die so gut mit Worten umgehen kann«, gab er nüchtern zurück. »Also dachte ich mir, du hast es genau so ausgedrückt, wie du's hören wolltest.«

Helen verdrehte die Augen. »Herrgott, weißt du überhaupt, wofür du dich entschuldigen willst?«

»Für den Kuss?«, schlug er unsicher vor.

Der Anschein von Verletzlichkeit eines Mannes, den sie immer für unerschütterlich selbstbewusst gehalten hatte, durchbrach ihre Mauern. »Das wäre ein guter Anfang«, pflichtete sie ihm bei.

»Gibt's denn noch mehr?«, hakte er nach.

Obwohl er dabei vollkommen ernst klang, vermeinte sie, einen verspielten Unterton herauszuhören. »Verdammt richtig, da ist noch einiges mehr. Zum Beispiel, dass du dich Karen gegenüber wie der Allerwerteste eines Gauls benommen hast.«

»Ich hab lediglich versucht, die Interessen des Restaurants zu wahren«, rechtfertigte er sich. »Da du Dana Sues Freundin bist, hätte ich eigentlich gedacht, dass dir auch etwas daran liegen müsste.«

»Natürlich ist mir das wichtig«, erwiderte sie. »Findest du denn nicht, dass die ausgearbeitete Lösung die beste für alle Beteiligten ist?«

»Kann sein«, räumte er ein. »Aber Karen hat selbst zugegeben, dass ihre Freundin wegen Unzuverlässigkeit gefeuert worden ist. In meinen Augen ist das nun mal keine optimale Empfehlung, ganz gleich, was sie sonst drauf hat.«

»Nicht nur unhöflich wie ein ins Gesicht gestreckter Pferdearsch, auch noch stur wie ein Esel«, brummelte Helen bei sich.

»Das hab ich gehört«, sagte er.

»Was meine volle Absicht war«, antwortete sie, bevor sie ihn neugierig musterte. »Ich dachte, du magst Karen.«

»Ich mag eine Menge Leute, die ich nicht in meiner Küche arbeiten lassen würde«, konterte er. »Und umso weniger, wenn sie nicht auftauchen, obwohl man fest mit ihnen rechnet.«

Helens Lippen verzogen sich zu einem verhaltenen Lächeln, und sie ging weiter. »Heißt das umgekehrt, es macht dir nichts aus, in deiner Küche jemanden arbeiten zu lassen, den du nicht leiden kannst?«

»Nur, wenn der- oder diejenige den Job beherrscht«, erwiderte er und verengte die Augen zu Schlitzen, während er weiter neben ihr herging. »Worauf willst du hinaus?«

»Na, mich scheinst du gerade nicht besonders gut leiden zu können.«

»Weil du mich gerade zur Weißglut treibst.«

»Gestern Abend auch?«, stichelte sie.

»Gestern Abend auch«, bestätigte er.

»Und doch haben wir so gut zusammengearbeitet. Interessant«, meinte sie nachdenklich.

»Was soll daran so interessant sein?«

»Wie dein Verstand tickt. Kann ich dich was anderes fragen?«

»Da Kreuzverhöre ja zum Standardrüstzeug deines Jobs gehören, kann ich dich wohl kaum davon abhalten.«

»Wie passte der Kuss dazu?« Damit überrumpelte sie ihn sichtlich. Röte stieg ihm in die Wangen.

»Dafür hab ich mich schon entschuldigt«, erinnerte er sie.

»Ich weiß, aber was hat ihn ausgelöst? Ein plötzlicher Anfall von Lust? Die Hitze des Gefechts? Der Drang, es mir heimzuzahlen, weil ich dir den Kuchen ins Gesicht geklatscht habe?«

»Ich wünschte, ich wüsste es«, sagte er.

»Komm schon. Denk nach«, bohrte sie nach und blieb stehen, um ihn anzusehen. »Ich will's nur wissen, damit ich künftig darauf achten kann, nicht noch mal eine solche Reaktion auszulösen.«

»Das sollten wir wohl beide«, erwiderte er und musterte sie eingehend. »Ich hatte nämlich den Eindruck, du bist ziemlich darauf abgefahren.«

»Mit Sicherheit nicht«, entgegnete Helen empört.

»Ich wette, ich könnte beweisen, was für eine Lügnerin du bist.«

Es erschien ihr besser, auf diese Herausforderung nicht einzugehen. Und da Eriks Nähe sie zunehmend aus der Bahn zu werfen schien, war es vielleicht an der Zeit, den Spieß umzudrehen. Immerhin war der Mann echt süß, wenn er verwirrt war. Weil sie sich wagemutig fühlte, streckte sie sich auf die Zehenspitzen, drückte ihm einen Kuss auf die Wange und hoffte, ihn damit noch mehr aus der Fassung zu bringen.

»Gib Bescheid, wenn du herausgefunden hast, warum deine Lippen auf meinen gelandet sind«, sagte sie. »Wir sind vor fünf Minuten an meiner Kanzlei vorbeigegangen, und ich muss dorthin zurück. Bis dann.«

»Warte!«, verlangte er, bevor sie gehen konnte. »Was ist mit der Entschuldigung, die du mir schuldest?«

Helen runzelte die Stirn. »Wie bitte?«

»Der Kuchen, den du mir ins Gesicht geworfen hast«, erinnerte er sie.

»Das hattest du verdient«, rechtfertigte sie sich.

»Dann hattest du ja vielleicht den Kuss verdient«, konterte er. »Vielleicht sollte ich die Entschuldigung dafür zurücknehmen. Könnte ja immerhin wieder passieren.«

Helen bedachte ihn mit einem eindringlichen Blick. »Denk nicht mal dran.«

Sie entdeckte einen verwegenen Schimmer in seinen Augen, als er einen Schritt auf sie zutrat. Helen wich zurück und wäre beinah über einen Riss im Bürgersteig gestolpert.

»Schon gut, schon gut. Es tut mir leid wegen dem verdammten Kuchen«, stieß sie hastig hervor. »Und jetzt muss ich wirklich los.«

Damit wirbelte sie herum und stöckelte in Richtung ihrer Kanzlei, so schnell es die sieben Zentimeter hohen Absätze ihrer Schuhe zuließen. Aus Eriks Sicht bot ihr hastiger Abgang wahrscheinlich keinen besonders ästhetischen Anblick, doch ihn zu beeindrucken stand derzeit nicht allzu weit oben auf ihrer Prioritätenliste.

»Weiber!«, brummelte Erik, als er beobachtete, wie Helen mit linkischem Gang quer über den Rasen lief und die Treppe zu ihrer Kanzlei hinaufstieg.

Allerdings verhielt es sich nicht so, dass Frauen ihn generell in den Wahnsinn trieben. Nur *diese* Frau. Er musste sich so weit wie menschenmöglich von Helen fernhalten. Vielleicht könnte er Dana Sue irgendwie dazu bringen, sie aus der Küche im *Sullivan's* zu verbannen. Nein, unmöglich, zumal es sich Dana Sue offenbar in den Kopf gesetzt hatte, Helen und ihn zu verkuppeln. Bei genauerer Überlegung hatte sie den Plan wohl schon vor Monaten gefasst, als Helen erstmals zum Küchendienst vergattert worden war. Wenn er vorschlüge, dass Helen nicht in die Restaurantküche gehörte, wäre beinah garantiert, dass sie nur umso öfter genau dort auftauchen würde. Daher schien es besser zu sein, den Mund zu halten.

Als er wieder im *Sullivan's* eintraf, mieden sowohl Karen als auch Dana Sue seinen Blick. Was jedoch nicht lange anhalten würde. Früher oder später würde Dana Sues Neugier sie überwältigen. Und in Sachen Kreuzverhör stand sie ihrer Anwaltsfreundin in nichts nach.

Zum Glück musste er noch Vorbereitungen für das Dessert des Abends abschließen, einen bei den Gästen überaus beliebten Apfel-Brotpudding. Er stand jeden Freitagabend auf der Speisekarte. Mit geübten Handgriffen sammelte er die Zutaten zusammen, füllte zwei große Backformen mit der Mischung für die Füllung, goss die flüssigen Zutaten darüber und schob beide Formen in den Ofen. Nach dem Backen wurde der Kuchen in Quadrate geschnitten. Serviert wurde er warm mit Karamellsauce, Schlagsahne oder Zimteis, je nach Wunsch des Gasts.

Kaum hatte er sie in den Ofen geschoben, bemerkte er, dass Dana Sue ihn eingehend musterte. Doch bevor sie ihn mit Fragen löchern konnte, kam ihr Mann herein. Sofort heftete sich ihre Aufmerksamkeit auf ihn. Erik fand, dass er dem Mann für das ausgezeichnete Timing ein Bier schuldete.

»Hi, Erik und Karen«, grüßte Ronnie, der schnurstracks auf seine Frau zusteuerte und sie in die Arme zog. »Hi, du. Wie geht's meiner Lieblingsköchin?«

Dana Sue warf einen pointierten Blick in Eriks Richtung. »Eigentlich wollte ich Erik gerade vor dem Abendansturm eine Pause vorschlagen.«

»Zu viel zu tun«, sagte Erik und ging zur Speisekammer, um die Zutaten für Walnussbrownies zu holen, die er sofort zubereiten und für später einfrieren konnte.

»Und was?«, hakte Dana Sue mit skeptischem Blick nach.

»Ich dachte mir, ich arbeite schon mal für nächste Woche vor und backe Brownies«, ließ er sie wissen.

Dana Sue strahlte ihn an. »Klingt total nach einer Ausrede, um nicht mit mir reden zu müssen.« Sie hängte sich bei ihm ein. »Wir machen Pause. Ronnie, bringst du Eistee für uns alle raus?«

Ronnie warf Erik einen mitfühlenden Blick zu. »Tut mir leid, Kumpel. Sie ist der Boss.«

»Auch zu Hause?«, fragte Erik.

Ronnie grinste. »Zu Hause herrscht ein empfindliches, stetig wechselndes Gleichgewicht der Kräfte«, antwortete er. »Zu deinem Pech sind wir gerade in ihrem Restaurant. Hier hab ich null Handhabe.«

»Erbärmlich«, sagte Erik. »Und ich dachte immer, Männer halten zusammen.«

»Normalerweise schon«, bestätigte Ronnie. »Aber ich muss zugeben, in dem Fall bin ich selbst neugierig, warum die Aussicht auf ein Gespräch mit meiner Frau deine Nerven dermaßen zum Flattern bringt.«

»Seid ihr dann bald fertig?« Dana Sue zeigte sich ungeduldig. »Wenn ihr so weitermacht, bleibt keine Zeit mehr für ein nettes, ausgiebiges Gespräch.«

»Was ein Grund zum Feiern wäre«, murmelte Erik.

Auf der anderen Seite der Küche kicherte Karen, bevor sie das Gesicht in einem Papiertuch vergrub, um ihr Lachen zu unterdrücken.

»Noch eine Verräterin«, merkte Erik an. »Na schön, dann bringen wir die Inquisition eben hinter uns.«

Dana Sue bedachte ihn mit einem stirnrunzelnden Blick. »Wohl kaum Inquisition«, entgegnete sie und führte ihn zu einem Tisch im Gastraum. »Nur Freunde, die sich gegenseitig auf den neuesten Stand bringen.«

Trotz seiner sinkenden Stimmung lächelte Erik. »Was gibt's denn groß Neues?«

»Du warst eine halbe Stunde weg«, sagte sie. »In einer halben Stunde kann viel passieren.« Damit setzte sie sich und klopfte auf den Platz neben ihr. »Pflanz dich da hin.«

»Ich denke, den Platz solltest du lieber für deinen Mann reservieren«, gab Erik zurück. »Ich sitze hier drüben.« Er ließ sich am Tisch auf der anderen Seite nieder, so weit entfernt wie möglich.

Dana Sue sah ihn belustigt an. »Wie ist das Gespräch mit Helen gelaufen? Habt ihr euch geküsst und versöhnt?«, fragte sie, als Ronnie zu ihnen stieß.

Ronnies Augenbrauen schossen in die Höhe. »Du und Helen? Hätte ich nie gedacht.«

»Sei still«, verlangte Dana Sue.

»Da ist nichts zwischen Helen und mir«, versicherte Erik ihm. »Das spielt sich nur in der Fantasie deiner Holden ab.«

»Den Kuss gestern Abend hab ich mir mit Sicherheit nicht eingebildet«, konterte Dana Sue. »Der Kuss war heiß genug, um Stahl zu schmelzen.«

»Was weißt du schon übers Stahlschmelzen?«, fragte Erik.

»Darum geht's nichts«, erwiderte Dana Sue. »Du weißt schon, was ich meine. Jetzt antworte mir. Habt ihr euch geküsst und versöhnt, als du sie zurück in ihre Kanzlei begleitet hast?«

»Wir sind nebeneinander hergelaufen, wir haben geredet. Basta. Kann ich jetzt gehen?«, sagte Erik. »Mein Brotpudding ist wahrscheinlich schon verbrannt.«

»Der kommt erst in zehn Minuten aus dem Ofen, und das weißt du genau«, entgegnete Dana Sue, ohne zu zögern. »Ich möchte Einzelheiten darüber, was zwischen Helen und dir gelaufen ist.«

Erik stand auf. »Dann ruf Helen an. Hier gehen in weniger als einer Stunde die Türen auf. Ich habe Arbeit. Man sollte meinen, du als Besitzerin müsstest das wissen.«

Damit ging er davon, ohne sich noch einmal umzudrehen.

»Ich werd's nicht auf sich beruhen lassen«, rief Dana Sue ihm nach.

Leider wusste er, dass es stimmte. Wie die meisten Frauen besaß auch Dana Sue ein langes Gedächtnis. Schlimmer noch, obendrein eine Entschlossenheit, die es mit der eines Generals im Krieg aufnehmen konnte. Sein Bauchgefühl sagte ihm, dass ihr Feldzug, ihn mit Helen zu verkuppeln, gerade erst begonnen hatte.

KAPITEL 4

Helen konnte nicht vergessen, wie ihr Abend im *Sullivan's* vor einigen Tagen geendet hatte. Ebenso wenig bekam sie die vielsagenden Blicke aus dem Kopf, die Dana Sue ihr und Erik bei der angespannten Besprechung mit Karen am Tag darauf zugeworfen hatte. Sie wusste, was sie bedeuteten. Ihre Freundin glaubte, dass zwischen Erik und ihr etwas lief. Vielleicht *wollte* sie auch nur, dass da etwas wäre, damit sie sich ihrer Verkupplungskünste rühmen könnte. So oder so freute sich Helen nicht auf ihre nächste Begegnung mit Dana Sue und die sie erwartenden Fragen.

Leider ließ es sich nicht länger hinauszögern. Heute stand eines der morgendlichen Treffen mit Dana Sue und Maddie im *Corner Spa* an. Und da Helen selbst diese regelmäßigen Treffen zur Besprechung von Angelegenheiten des Betriebs angeregt hatte, konnte sie es nicht gut schwänzen. Dadurch würde sie Dana Sues Fantasie nur zusätzlich anheizen.

Außerdem hatten sie drei ohnehin kaum noch Gelegenheit, sich zu sehen. Maddies Alltag wurde von ihrem neuen Ehemann und dem Baby vereinnahmt, Dana Sue hatte im *Sullivan's* alle Hände voll zu tun und genoss nebenher ihre zweite Ehe mit Ronnie. Helen fehlten ihre gemütlichen Treffen zum Plaudern. Allmählich fühlte sie sich neben den ausgefüllten Leben ihrer Freundinnen ein wenig wie eine Außenseiterin, obwohl beide entsetzt wären, wenn sie wüssten, dass sie so empfand.

Mit einem eigenartig beklommenen Gefühl trat sie den Weg durch den gutbesuchten Fitnessraum an. Personal Trainer Elliott Cruz winkte ihr ebenso zu wie einige der Frauen, die bei einem Spinningkurs schwitzten. Der Trainer ließ sie auf den Standrädern ein ziemliches Tempo vorlegen.

Helen blieb stehen und steckte den Kopf in den nach Lavendel duftenden Wellnessbereich, wo Jeanette gerade einer seligen Kundin eine Gesichtsbehandlung verpasste. Das entspannende Aroma erinnerte Helen daran, dass sie sich schon seit Wochen eine Massage versprach, weil sie hoffte, dadurch die ständigen Verspannungen in ihren Schultern zu lösen.

»Alles in Ordnung bei dir?«, fragte sie Jeanette, die sie aus einem noblen Spa in Charleston abgeworben hatten. Mit ihrem kurzen schwarzen Haar und den großen dunklen Augen strahlte Jeanette etwas Exotisches aus, das die meisten ihrer Kundinnen glauben ließ, sie wäre aus Europa. Zumindest, bis sie Jeanette sprechen hörten. Ihr gedehnter, süßer Akzent stammte unverkennbar aus South Carolina.

»Alles bestens«, antwortete Jeanette. »Frag Maddie unbedingt nach der Idee, die ich neulich hatte.«

»Mach ich«, versprach Helen.

Jeanette lieferte mehr Ideen als alle anderen zusammen, und die meisten entpuppten sich als hervorragend. Sie hatte viel Erfahrung und Kreativität mitgebracht, als sie bei ihnen angefangen hatte. Durch ihre Leistungen im Wellnessbereich stiegen die Einnahmen sogar noch rasanter als durch die Mitgliedschaften des Fitnessstudios.

Die Tage, in denen Helen ihre Investition in das *Corner Spa* noch als Abschreibposten für die Einkommensteuer betrachtet hatte, waren längst vorbei. Der Betrieb besetzte eine überraschend große Nische in der Region, und das Geschäft florierte.

Die Kosten für eine zusätzliche Mitarbeiterin zum Bewältigen der zunehmend umfangreicheren Schönheitsbehandlungen und Massagen für eine Kundschaft, die sich rundum verwöhnen lassen wollte, hatte Jeanette bereits mehr als gerechtfertigt. Sogar die Frauen von Serenity, die früher etwas so Extravagantes wie eine Massage nie auch nur in Betracht gezogen hatten, buchten zu besonderen Anlässen Termine. Und dank Jeanettes Mundpropaganda hatten sie allein in der letzten Woche ein Dutzend Geschenkgutscheine verkauft, bevor Maddie überhaupt einen Marketingplan für ihr Wellnesspaket zusammenstellen konnte. Wenn es so weiterginge, würde das *Corner Spa* die bisher als charmanter Geheimtipp gehandelte Kleinstadt Serenity im Alleingang in eine Touristendestination verwandeln.

Als Helen keine Sekunde mehr herausschinden konnte, ging sie auf die Terrasse, wo sie Maddie mit geschlossenen Augen im Schatten antraf. Offensichtlich hatte ihre Freundin die Gelegenheit für ein kleines Nickerchen genutzt. Helen zögerte, sie zu stören.

Maddie hatte ihnen erst kürzlich verraten, dass sie seit der Hochzeit mit Cal zum zweiten Mal schwanger war, womit sie laut ihren Worten beide nicht gerechnet hatten. Da es beim ersten Mal so reibungslos verlaufen war und Cal und sie nicht glücklicher über ihre kleine Tochter sein könnten, steckte Maddie die Überraschung freudig weg. Dennoch hatte sie zugegeben, dass sie ihren Zustand im ersten Trimester für sich behalten hatte, falls Komplikationen aufgetreten wären.

Tatsächlich hatte die Neuigkeit eher Helen aus der Bahn geworfen. Warum schien das Kinderkriegen für Maddie so einfach zu sein, während sie selbst nach wie vor mit der Entscheidung haderte, ob sie Maßnahmen ergreifen sollte, um Mutter zu werden oder nicht. Irgendwann im vergangenen Jahr, nachdem Maddie die Schwangerschaft reibungslos mit ihrem in sie vernarrten Ehemann an der Seite hinter sich gebracht hatte, war die winzige Jessica Lynn in Helens Armen gelandet. Und als sie den Puderduft des frisch gebadeten Babys eingeatmet hatte, war sie besessen von der Vorstellung eines eigenen Kindes geworden. Das Ausmaß der Sehnsucht danach hatte sie völlig überrumpelt. Bis dahin hatte sie gedacht, sie wäre mit ihrem Dasein als Single und der Rolle der hingebungsvollen Tante für die Kinder ihrer Freundinnen rundum zufrieden.

Aber seit jene Sehnsucht erstmals aufgetaucht war, beherrschte sie den Großteil ihrer wachen Momente, zumindest dann, wenn sie nicht gerade in einem Meer von Gerichtsdokumenten ertrank. In letzter Zeit hatte sie hart daran gearbeitet, ihren hohen Blutdruck in den Griff zu bekommen. Dazu hatten ihr beide auf Risikoschwangerschaften spezialisierte Gynäkologen geraten, die sie aufgesucht hatte. Inzwischen hatte sie bestimmt ein Dutzend Listen mit den Vor- und Nachteilen der Verwirklichung ihres Traums um jeden Preis erstellt. Aber vor dem nächsten Schritt zögerte sie. Und sie wusste nicht, was sie von dieser uncharakteristischen Unentschlossenheit halten sollte. Irgendetwas hielt sie davon ab, doch sie hatte keine Ahnung, was.

Helen verdrängte ihre Zweifel und ihren Neid auf Maddies Schwangerschaft, setzte ein Lächeln auf und ging zu ihrer Freundin.

»Bist du sicher, dass du erst im zweiten Trimester bist?«, fragte Helen und weckte Maddie damit aus ihrem Nickerchen. Sie tätschelte den Bauch ihrer Freundin. »Mir kommt vor, bei deinen anderen Kindern hat man es dir nicht so früh schon so deutlich angesehen. Vielleicht werden es ja Zwillinge.«

»Beschrei es bloß nicht«, sagte Maddie. »Ein Baby nach dem anderen ist mehr als genug. Ich will mir gar nicht vorstellen, wie fertig ich mit zwei auf einmal wäre.«

Helen musterte sie besorgt. »Wenn du so müde bist, warum bist du dann nicht zu Hause und legst die Füße hoch?«

Maddie grinste. »Ich arbeite für eine Leuteschinderin«, verkündete sie. »Aber im Ernst, es wird hier von Tag zu Tag voller und anstrengender. Ich kann mir unmöglich freinehmen. Und das Baby ist ja erst in mehreren Monaten fällig.«

Helen setzte sich und betrachtete Maddies strahlende Miene. Die zweiundvierzigjährige Maddie hatte bereits vier Kinder – drei aus ihrer ersten Ehe mit dem Kinderarzt Bill Townsend. Anfangs war sie nicht annähernd so erfreut wie Cal über einen neuerlichen Anlauf gewesen. Doch als Helen sie ansah, wusste sie, dass sie dem Neuankömmling mittlerweile genauso sehr entgegenfieberte wie er.

Maddie bedachte Helen mit einem wissenden Blick. »Du hast jetzt zwar schon länger nichts mehr davon gesagt, aber du spielst immer noch mit dem Gedanken an ein Kind, oder?«

Helen nickte. »Ich hatte keine Ahnung, dass ich je so starke Mutterinstinkte entwickeln würde. Aber jedes Mal, wenn du mich Jessica Lynn halten lässt und sie mich mit diesen großen blauen Augen ansieht und ihre winzigen Bläschen prustet und mich anlächelt, wird mir klar, wie viel ich im Leben verpasst habe.«

»Und?«, hakte Maddie nach. »Hast du schon mit einem Arzt darüber geredet, ob dein hoher Blutdruck ein zu großes Risiko ist? Weil du nichts mehr davon erwähnt hast, dachten Dana Sue und ich, du hättest die Idee verworfen.«

»Um ehrlich zu sein, überrascht mich, dass ihr mir nicht schon längst wieder damit in den Ohren gelegen habt«, erwiderte Helen. »Normalerweise habt ihr keine solchen Hemmungen, in meinem Leben herumzustochern.«

»Das ist eine Entscheidung, die jede Frau für sich allein treffen muss. Wir wollten dich beide nicht in die eine oder andere Richtung beeinflussen. Und hast du's jetzt gemacht oder nicht?«

Helen wusste nicht, warum sie die Arztbesuche geheim gehalten hatte. Als sie direkt danach gefragt wurde, sah sie keinen Grund dafür zu lügen. »Ich war bei zwei Experten für Risikoschwangerschaften«, gestand sie. »Beide haben gesagt, es spricht dann nichts gegen eine Schwangerschaft, wenn ich außerordentlich gut auf mich achte und bei den ersten Anzeichen von Blutdruckproblemen im Bett bleibe.«

Maddie zog die Brauen zusammen. »Warum siehst du dann so unglücklich aus? Sind das nicht genau die Neuigkeiten, auf die du gehofft hast?«

Helen nickte. »Nur hat mich dann die Realität eingeholt. Schwanger zu werden ist nicht so einfach, wie ich's mir vorgestellt habe. Schon klar, bei manchen Frauen schlägt es ein, wenn sie nur einmal mit jemandem ins Bett steigen. Nur irgendwie sehe ich mich nicht dabei, jemanden für einen One-Night-Stand abzuschleppen und zu hoffen, so zu einem Baby zu kommen.«

Maddie lächelte. »Stimmt. Du würdest von dem Mann zuerst die gesamte Krankengeschichte und seine Abstammung kennen wollen. Was einen One-Night-Stand so ziemlich ausschließt.«

Helen runzelte die Stirn, weil die Bemerkung der Wahrheit für ihren Geschmack zu nahe kam. »Was ich damit sagen will, ist, dass es etwas bedeuten sollte, verstehst du? Ich kann mir nicht vorstellen, meinem Sohn oder meiner Tochter irgendwann erzählen zu müssen, dass ich ihren Vater in einer Bar aufgegabelt und danach nie wiedergesehen habe.«

»Na schön. Was ist mit künstlicher Befruchtung?«

»Darüber hab ich schon nachgedacht«, sagte Helen. »Ich hab sogar schon Fruchtbarkeitskliniken recherchiert, die es anbieten. Sind durchaus renommierte Anbieter darunter. Ich könnte entweder selbst einen Spender mitbringen oder einen ihrer anonymen verwenden.« Es fiel ihr schwer, ihre Gefühle in Worte zu fassen. »Nur erscheint mir das so … ich weiß auch nicht … so *künstlich*. Um ehrlich zu sein«, fuhr Helen fort, »hat mich meine Reaktion darauf verwirrt. Du kennst mich. Ich übernehme gern das Kommando. Ich glaube nicht, dass ich irgendjemanden für irgendetwas brauche. Aber die Vorstellung, auf die Weise ein Baby zu bekommen, finde ich so kalt und unpersönlich.«

»Also hast du einfach aufgegeben?«, fragte Maddie unübersehbar überrascht.

»Nein«, widersprach Helen. »Ich bin nur einen Schritt zurückgetreten, denke darüber nach.«

»Und erstellst Listen?«, hakte Maddie nach.

»Ja, ich erstelle auch Listen«, räumte Helen ein. »Wenn das mehr Leute täten, würden ihnen weniger Fehler unterlaufen.«

»Oha!«, entfuhr es Maddie. »In welcher wie auch immer gearteten Hinsicht könnte ein eigenes Kind je ein Fehler sein?«

Die Leidenschaft in Maddies Stimme ließ Helen zusammenzucken. »Jetzt komm mir nicht so vorwurfsvoll. Wie gesagt, schwanger zu werden an sich ist nur eine meiner Sorgen. Was, wenn ich zu egoistisch, zu egozentrisch, zu beschäftigt bin, um eine gute Mutter zu werden?«

»Ah, das ist es also«, sagte Maddie. »Selbstzweifel plagen so gut wie jede Frau, die zum ersten Mal ein Kind bekommt. Damit stehst du nicht allein da.«

»Ich versuche bloß, verantwortungsbewusst zu denken«, wehrte Helen ab. »Ich bin älter. Ich bin alleinstehend. Ist das wirklich das Beste für ein Kind? Bis meines in der Vorschule wäre, haben andere schon Großmütter in meinem Alter.«

»Du übertreibst«, erwiderte Maddie.

»Nur ein bisschen.«

»Willst du wissen, was ich denke?« Maddie fuhr fort, ohne Helens Antwort abzuwarten. »Ich denke, du hast einfach nur Angst. Es wäre ein riesiger Schritt, eine gewaltige Veränderung in deinem Leben. Und sosehr du beteuerst, eine moderne, vollkommen unabhängige Frau zu sein, du hast Angst davor, letztlich auf etwas zu stoßen, worin du dich vielleicht nicht auszeichnen kannst.«

Verärgert über Maddies Auffassungsgabe, gab Helen zurück: »Na ja, du wirst zugeben müssen, dass es ziemlich übel wäre, das zu vermasseln.«

»Na schön, lass uns zu den Grundlagen zurückkehren«, schlug Maddie vor und sah Helen eindringlich an. »Bist du dir wirklich sicher, dass du ein Baby willst? Oder gefällt dir nur die *Vorstellung*, ein Baby zu haben?«

Helen schaute elend drein. »Ich wünschte, ich wüsste es.«

»Hast du schon mal irgendwas nicht durchgezogen, das du unbedingt wolltest?«, bohrte Maddie nach.

»Soll das heißen, du glaubst, ich will in Wirklichkeit gar kein Kind?« Der Gedanke erschreckte Helen regelrecht.

»Ich will damit nur sagen, dass deine biologische Uhr laut zu ticken begonnen hat, als ich mit Jessica Lynn schwanger geworden bin. Dir ist klar geworden, dass es jetzt oder nie heißt.« Sie griff nach Helens Hand. »Vielleicht ist die Antwort ja *nie*, Süße. Nicht jede Frau muss ein Kind haben, um Erfüllung zu finden. Vielleicht sehnst du dich in Wirklichkeit nach einer starken Verbindung zu jemandem.«

»Zu einem Mann?«, fragte Helen ungläubig. »Willst du damit sagen, ich soll mir ein Kind aus dem Kopf schlagen und mir stattdessen lieber einen Mann suchen? Na, das ist ja mal 'ne aufgeklärte Sichtweise. Komm schon, Maddie. Du solltest mich eigentlich besser kennen. Außerdem weiß gerade ich, dass Beziehungen nicht immer von Dauer sind. Warum soll ich dem Schicksal eine Steilvorlage für Kummer liefern?«

»Ich will damit doch nur sagen, dass diese Leere, die du in deinem Leben spürst, vielleicht auch anders gefüllt werden könnte. Wenn du bis jetzt noch nichts Konkretes unternommen hast, um ein Baby zu bekommen, ist dir vielleicht unterbewusst klar, dass du es eigentlich gar nicht willst.«

»Oder vielleicht will ich es auch nur auf die altmodische Art«, konterte Helen. Es ärgerte sie, dass Maddie ihre Entschlossenheit in Frage stellte, auch wenn ihr dieselben Gedanken selbst tausendfach durch den Kopf gegangen waren. »Schon mal daran gedacht? Vielleicht will ich einen Mann *und* ein Baby, das volle Familienprogramm, das du und Dana Sue haben.«

»Aber du hast doch gerade gesagt …«, begann Maddie sichtlich verwirrt.

Helen konnte ihr keinen Vorwurf daraus machen. Sie war ja selbst verwirrt. Zu ihrer Bestürzung traten ihr unverhofft Tränen in die Augen und kullerten ihr über die Wangen. »Entschuldige. Ich muss hier raus.«

»Helen?«, rief Maddie ihr nach. »Komm zurück. Lass uns darüber reden.«

Aber Helen machte sich aus dem Staub – worüber sie noch einiges zu hören bekommen würde. Tatsächlich würden Maddie und Dana Sue wahrscheinlich vor Sonnenuntergang bei ihr auf der Matte stehen. Aber vielleicht könnte sie bis dahin herausfinden, was zum Teufel mit ihr los war. Und warum ihre Entschlusskraft sie ausgerechnet bei dieser Entscheidung über ein Kind so jämmerlich im Stich ließ.

Erik war früh zur Arbeit gekommen. Er hoffte, so viel zu erledigen, dass er sich verabschieden könnte, sobald Dana Sue eintraf. So wollte er sich ein weiteres Gespräch über sein – nicht vorhandenes – Liebesleben ersparen.

Er wurde überrascht, als sich die Hintertür einen Spalt öffnete und Annie Sullivan den Kopf hereinsteckte, Dana Sues Tochter. »Darf ich reinkommen?«, fragte die Siebzehnjährige. »Oder hast du grade viel zu tun?«

»Ich fange heute bloß ein bisschen früher an«, erwiderte er und bedeutete ihr einzutreten. »Solltest du nicht in der Schule sein?«

»Erst in einer Stunde«, antwortete Annie. Sie legte ihre Bücher an der Tür ab und kletterte auf den Hocker neben seinem Arbeitsbereich. »Meine Mama ist noch nicht da, oder?«

»Nein. Warum?«, fragte er. »Hast du das gehofft?«

»Nein. Eigentlich wollte ich mit dir reden.«

Erik musterte sie argwöhnisch. »Wieso?«

»Weil du ein Mann bist und nicht mein Vater.«

»Also willst du einen unvoreingenommenen männlichen Standpunkt zu irgendwas hören«, folgerte er. »Bist du sicher, dass ich der Richtige dafür bin? In Beziehungsfragen bin ich nicht unbedingt ein Experte. Ich vermute mal, es geht um Ty.«

Sie grinste. »Natürlich.«

Seit Annies Krankenhausaufenthalt mit schweren Komplikationen durch ihre Magersucht waren sie und Maddies Sohn Tyler einander nähergekommen. Befreundet waren sie schon immer gewesen, aber Annie wollte mehr, und endlich schien auch Ty Interesse daran zu zeigen. Bevor Ty zum College abgereist war, hatten sie ein halbes Dutzend »richtiger« Dates, wie Annie es gern nannte. Dennoch behaupteten sie beide nicht, sie wären ein Paar.

»Und wie lautet die Frage?« Erik begutachtete sie aufmerksam auf Anzeichen dafür, dass sie in ihr altes, verheerendes Essverhalten zurückverfallen sein könnte. Ganz gleich, wie oft er sie sah, er tat es unwillkürlich jedes Mal. Zum Glück wirkte ihr Teint rundum gesund, und ihr Haar glänzte. Noch aufschlussreicher war ihre Kleidung. Ihre figurbetonte Kluft zeigte einen zwar immer noch etwas dünnen Körper, der jedoch kein Vergleich mehr mit dem besseren Skelett vor einem Jahr war.

»Du weißt ja, dass Ty am Duke ist«, begann sie.

Erik verkniff sich ein Grinsen. »Hast du das eine oder andere Mal erwähnt, seit er letzten Herbst die Schule abgeschlossen hat.«

Annie runzelte die Stirn über seinen Sarkasmus. »Das erwähne ich deshalb so oft, weil ich's nun mal irre finde, dass ich jemanden vom Duke kenne, der dort der Star der Baseballmannschaft ist. Und das schon in seinem ersten Jahr. Noch toller finde ich, dass wir hin und wieder ins Kino und auf Partys gehen. Er hat sogar …« Sie errötete heftig.

Erik verengte die Augen zu Schlitzen. »Was hat er sogar?«

»Mich geküsst«, gestand sie schüchtern. »Und es war unglaublich.«

Obwohl Erik nicht ihr Vater war, fühlte er sich durch sein Nahverhältnis mit der Familie manchmal so. Und wie ein waschechter Vater wollte er nicht hören, dass irgendein Kerl Annie küsste, nicht mal ein verantwortungsbewusster junger Bursche wie Tyler. Bestimmt würde auch Ronnie nicht begeistert sein, obwohl andere Jugendliche in ihrem Alter weit mehr taten, als sich nur zu küssen. Andererseits war es vielleicht ein gutes Zeichen, dass Annie offen darüber redete. Wären die beiden bereits übers bloße Küssen hinaus, würde sie es wohl für sich behalten.

Im Grund jedoch fühlte er sich mit dem Thema hoffnungslos überfordert.

»Weißt du, mich wundert überhaupt nicht, dass Ty dich mag«, entschied er sich dafür, ihr Selbstwertgefühl zu fördern. »Du bist eine umwerfende junge Frau. Wenn du wolltest, könntest du zehn feste Freunde an zehn verschiedenen Colleges haben.«

»Du bist genauso voreingenommen wie mein Papa«, meinte sie spöttisch. »Aber egal. Was ich fragen wollte, ist: Soll ich Ty bitten, nach Hause zu kommen und mit mir zum Abschlussball zu gehen? Oder wäre das total lahm.«

»Ist der Abschlussball nicht schon bald?«, fragte Erik. »Ich bilde mir ein, deine Mama hat erwähnt, dass sie mit nach Charleston fahren will, um dir ein Kleid zu kaufen.«

»Es sind noch drei Wochen«, sagte sie. »Also praktisch in letzter Minute, wenn ich ihn jetzt frage.«

»Warum hast du's so lange vor dir hergeschoben?«

»Es hat sich komisch angefühlt. Ist ja nicht so, als wären wir fix zusammen oder so. Und sprechen nicht eigentlich Männer lieber die Einladung aus?«

»In der Regel schon«, bestätigte Erik. »Aber in dem Fall ist es deine Veranstaltung, nicht seine. Wahrscheinlich wundert sich Ty, warum du ihn nicht schon längst gefragt hast. Du hast grade selbst gesagt, dass ihr nicht fix zusammen seid. Was, wenn er denkt, dass du mit einem anderen hingehst?«

»Aber das würde ich nie tun«, erwiderte Annie bestürzt. »Ich will mich nicht mit anderen Jungs treffen.«

»Na, wenn du willst, dass er mit dir hingeht, dann frag ihn. Männer wissen direkte Frauen durchaus zu schätzen.« Er zwinkerte ihr zu. »Im Gegensatz zu Frauen sind wir ziemlich simpel gestrickt. Geht man offen und ehrlich mit uns um, halten wir uns ans Programm. Frauen sind die geheimnisvollen, komplizierten Wesen.«

»Ich frage mich, ob Ty mich auch für geheimnisvoll und kompliziert hält.« Annie wirkte fasziniert von der Vorstellung.

»Das kann ich praktisch garantieren. Er ist neunzehn. Deshalb bezweifle ich stark, dass er Frauen auch nur ansatzweise durchschaut. Ich arbeite immer noch daran, und ich bin doppelt so alt.«

Annie hüpfte vom Hocker und umarmte ihn. »Danke.«

»Warum hast du nicht einfach deinen Papa oder deine Mama gefragt?«, wollte er wissen.

Sie zuckte mit den Schultern. »Die sind Eltern. Die flippen bei so was immer gleich aus, weil sie fürchten, ich könnte enttäuscht werden. Und dann kriege ich eine halbstündige Belehrung darüber zu hören, dass ich mir in Hinblick auf Ty nicht zu viel erhoffen soll. In der Regel geht das nahtlos in ein ernstes Gespräch über Enttäuschung über, die zu Depressionen, schlechten Entscheidungen und Essstörungen führen kann. Und so weiter und so fort.«

»Soll das heißen, ich hab unser Gespräch gerade vermasselt, weil ich keinen Vortrag eingebaut habe?« Erik scherzte natürlich größtenteils, obwohl er diesen kleinen Test seiner unerprobten erzieherischen Fähigkeiten tatsächlich ein wenig beunruhigend fand.

»Wofür ich sehr, sehr dankbar bin«, versicherte sie ihm. Sie schnappte sich einen Brownie von dem Tablett, das er gerade aus dem Ofen geholt hatte, und biss hinein, als wolle sie ihm etwas beweisen. »Dann noch einen schönen Tag.«

»Dir auch, Liebes. Lass mich wissen, was bei deinem Gespräch mit Ty herauskommt.«

Als sie lächelte, wirkte sie deutlich unbeschwerter als bei ihrer Ankunft. »Ich rufe dich heute Abend an, gleich nachdem ich mit ihm geredet habe.«

Kaum war Annie durch die Hintertür verschwunden, stieß Dana Sue die Tür zum Gastraum auf. »War das meine Tochter, die sich gerade hinten rausgeschlichen hat?«

Erik sah sie mit seiner besten Unschuldsmiene an. »Keine Ahnung?«

Dana Sue verdrehte die Augen über seinen jämmerlichen Versuch, sich vor der Antwort zu drücken. »Was hat sie gewollt?«

»Mit mir reden.«

»Worüber?«

»Tut mir leid, ist vertraulich.«

Sie verengte die Augen. »Du führst mit meiner Tochter vertrauliche Gespräche? Ich bin mir nicht sicher, was ich davon halten soll. War schon schlimm genug, als sie die mit Maddie hatte.«

»Sie hatte wohl nicht das Gefühl, sich damit an Maddie wenden zu können«, erwiderte Erik.

»Dann ist es um Ty gegangen«, vermutete Dana Sue sofort.

»Das hab ich nicht gesagt.«

»Lädt sie ihn jetzt zum Abschlussball ein oder nicht?«

»Ich weiß von nichts«, blieb Erik standhaft.

»Wir könnten stattdessen auch über dich und Helen reden«, schlug sie vor.

»Tut mir leid. Muss weg.«

»Wohin?«, fragte sie.

»Irgendwohin, wo du nicht bist«, antwortete er prompt. »Aber nimm's nicht persönlich. Du weißt, dass ich dich liebe.«

»Ich glaube eher, du liebst Helen«, konterte sie. »Oder zumindest magst du sie.«

»Was sagst du?« Er schloss bereits die Tür hinter sich. »Ich kann dich nicht hören.«

Bevor er die Flucht antreten konnte, wurde die Tür wieder aufgerissen. »Ich glaube, du bist verrückt nach Helen, hab ich gesagt«, rief sie ihm hinterher. »Und nur, damit du's weißt, ich bin mir ziemlich sicher, dass es auf Gegenseitigkeit beruht! Hast du mich jetzt gehört?«

Leider vermutete Erik, dass halb Serenity sie gehört hatte. Falls ja, war sein Leben von friedlich und ruhig, wie er es mochte, gerade in kompliziert umgeschlagen. In dieser Kleinstadt gab es keinen beliebteren Zeitvertreib, als ein Katz-und-Maus-Spiel zwischen einem Mann und einer Frau zu beobachten und ausgiebig darüber zu diskutieren.

Erik hatte gerade den äußeren Rand der Innenstadt von Serenity erreicht, als er buchstäblich mit der Frau zusammenstieß, die zur Geißel seines Daseins geworden war. Helen marschierte zielstrebig mit gesenktem Kopf und den Gedanken sichtlich woanders vor sich hin.

»He, wohin so eilig?«, fragte er und stützte sie. Blinzelnd schaute sie zu ihm auf.

Erschrocken stellte er fest, dass ihr Make-up verschmiert war und sie Tränen in den Augen hatte. »Helen, was ist denn los?« Erik kramte in der Tasche und fand eine Handvoll sauberer Taschentücher. Er reichte sie ihr.

Helen nahm sie an und tupfte sich die Augen ab. Auf ihren Wangen erblühten schillernde Flecke. Sie wollte an ihm vorbei. »Es geht mir gut«, murmelte sie.

»Ja, das seh ich«, erwiderte er sarkastisch. »Die stärkste, herrischste Frau, die ich kenne, läuft durch die Stadt, heult sich die Augen aus und behauptet, es ginge ihr gut. Kaufe ich dir nicht ab, Süße. Rede mit mir.«

»Erik, bitte«, flehte sie ihn förmlich an. »Lass mich einfach in Ruhe.«

»Tut mir leid. Liegt mir nicht im Blut, eine Frau in Not einfach stehen zu lassen.«

»Ich bin nicht in Not. Nur verwirrt. Und bevor du fragst, nein, ich will nicht darüber reden.«

»Na schön, dann gehen wir eben zu *Wharton's* und bestellen einen der Eisbecher mit heißer Karamellsoße, die ihr süßen Magnolien euch reinzieht, wenn ihr aufgebracht seid.«

Überrascht musterte sie ihn. »Davon weißt du?«

»Ich arbeite schon lang genug bei Dana Sue, um eine ganze Menge zu wissen«, erwiderte er.

»Sie plappert?«

Er lachte über ihre Entrüstung. »Nein, ich hab bloß für einen Mann eine außergewöhnliche Beobachtungsgabe. Außerdem höre ich das eine oder andere.«

»Du lauschst?«

»Ich achte auf meine Umgebung«, präzisierte er.

»Wo liegt da der Unterschied zum Lauschen?«

»Wenn du mitkommst, erklär ich's dir.«

»Ich will nicht mit dir kommen«, murmelte sie.

Er unterdrückte ein Grinsen. »Tu's trotzdem. Überleg mal, was ich dir gerade anbiete – einen Eisbecher mit heißer Karamellsoße und jemanden, der bereit ist, still dazuzusitzen und sich deine Sorgen anzuhören. Weißt du, wie viele Frauen an deiner Stelle darum betteln würden?«

»Tja, ich bin keine davon«, behauptete sie. »Ich will nur meine Ruhe haben.«

»Ich glaub dir aufs Wort, dass du sonst so mit deinen Gefühlen umgehst«, räumte er ein. »Nur heute scheint das nicht so gut zu klappen. Was hältst du also davon, mal was Neues auszuprobieren?«

»Indem ich dir mein Herz ausschütte?«

Erik nickte.

Sie schien das Angebot tatsächlich in Erwägung zu ziehen. Als sie letztlich nickte, empfand er deutlich mehr Erleichterung, als ihm lieb sein sollte. Er schrieb sie dem Umstand zu, dass er sie sich nicht über die Schulter werfen und zu *Wharton's* tragen musste.

»Dann mal los«, sagte er und hängte sie bei sich ein. »Ich werd mich bemühen, dass es schmerzlos wird.«

»Mir doch egal«, erwiderte sie und klang dabei wie ein bockiges Kind.

»Sieh's doch mal so: Würdest du einem Seelenklempner das Herz ausschütten, müsstest du dafür mindestens hundert Dollar die Stunde hinblättern. Im Vergleich dazu bin ich ein Schnäppchen.«

»Und du spendierst mir auch noch einen Eisbecher mit heißer Karamellsoße«, sagte sie widerwillig. »Ist heute mein Glückstag, oder was?«

»Hab ich dir doch gesagt.«

Es blieb abzuwarten, ob es sich auch als Eriks Glückstag erweisen würde oder nur als weiterer Schritt auf einem tückischen Pfad.

KAPITEL 5

Helen mied Eriks besorgten Blick, während sie sich genüsslich ihrem Eisbecher hingab. Es mochte erst neun Uhr morgens sein, aber Erik hatte recht gehabt. Die Kombination aus cremigem Vanilleeis, dickflüssiger Karamellsoße und Schlagsahne war genau, was sie brauchte. Sie konnte sich kaum noch erinnern, wodurch sie in eine solche emotionale Abwärtsspirale gestürzt und vor Maddie aus dem *Corner Spa* geflohen war.

Und was der Eisbecher nicht schaffte, das bekam Erik hin. Sie empfand ihn als überaus ungewöhnlichen Mann. Nur wenige andere hätten sie um diese Zeit zum Eisessen geschleppt oder auch nur geahnt, dass sie genau das brauchte. Die meisten Männer hätten ihre Tränen vermutlich abgeschreckt und in die andere Richtung davonlaufen lassen.

»Bereit, mir zu erzählen, was los ist?«, fragte er schließlich.

Sie stopfte sich einen überquellenden Löffel voller Eiscreme in den Mund, um nicht sprechen zu müssen, und schüttelte den Kopf.

»Früher oder später hast du das Eis aufgegessen. Dann hast du keine Ausrede mehr, nicht zu reden«, erinnerte er sie, lehnte sich auf dem Sitz ihr gegenüber zurück und nippte zufrieden an seinem Kaffee, während sie unansehnlich völlerte.

»Sobald ich damit fertig bin, muss ich los«, sagte sie schließlich und freute sich über den perfekten Vorwand. »Ich bin jetzt schon zu spät zur Arbeit dran. Barb schickt einen Suchtrupp los, wenn ich nicht bald aufkreuze.«

Seine Lippen krümmten sich zu einem Lächeln. »Gut. Dann fängst du vielleicht endlich an zu reden.«

»Hör mal«, sagte sie, »ich hab das Frühstück ausgelassen. Nur deshalb hab ich mich überreden lassen herzukommen. Mein Blutzucker muss zu niedrig gewesen sein.«

»Und deshalb hast du in aller Öffentlichkeit geweint?«

Sie zuckte mit den Schultern. »So was kann alle möglichen merkwürdigen Auswirkungen haben.«

»Glaub mir, das gehört in der Regel nicht dazu«, entgegnete er.

Erik klang ziemlich überzeugt. Neugierig musterte sie ihn. »Was weißt du denn darüber?«

»Du hast ja keine Ahnung, wie viele verschiedene Informationen ich hier oben gespeichert habe.« Er tippte sich an den Kopf.

»Aber das gerade hast du mit einer bestimmten Autorität gesagt«, konterte Helen. »Hast du dich über Diabetes informiert, damit du Dana Sue im Auge behalten kannst?«

»Ja, genau«, bestätigte er, wirkte dabei jedoch seltsam verschlossen. Helen witterte, dass weitaus mehr dahintersteckte. Sie schob den Eisbecher beiseite, stützte die Ellbogen auf den Tisch und beugte sich ihm zu. Vielleicht könnte sie seine bohrenden Fragen umschiffen, indem sie selbst einige abfeuerte. »Mir ist gerade klar geworden, wie wenig ich eigentlich über dich weiß. Wer bist du, Erik Whitney? Und was warst du, bevor du Koch geworden bist?«

»Wie kommst du darauf, dass ich vorher irgendwas anderes war?«, fragte er.

»Weil du gerade erst das Atlanta Culinary Institute abgeschlossen hattest, als Dana Sue dich eingestellt hat. Wenn du nicht sehr langsam lernst, was ich bezweifle, musst du vorher was anderes gemacht haben.«

Die Richtung, in die sich das Gespräch entwickelte, schien ihm zunehmend unangenehmer zu werden. »Hör mal, wir sind nur deshalb bei *Wharton's*, damit du dir von der Seele reden kannst, was dich bedrückt«, rief er ihr ins Gedächtnis. »Hier geht's nicht um mich.«

»Aber du bist viel interessanter. Zumindest ist es deine Reaktion. Was verbirgst du, Erik?«

Ungläubig sah er sie an. »Wie kommst du drauf, dass ich was verberge? Und was genau glaubst du denn? Vielleicht eine schändliche Vergangenheit als Bankräuber? Oder denkst du, ich wäre von der Marine desertiert?«

»Ich bin Anwältin. Mein Geschäft sind Fakten. Ich bemühe mich, keine vorgefasste Meinung zu haben. Deshalb frage ich dich ja.« Sie legte den Kopf schief und bemerkte den verschlossenen Ausdruck in seinem Gesicht. »Weißt du, was ich absolut faszinierend finde?«

»Keinen Schimmer.«

»Dass du auf einmal zum geheimnisvollen, starken, schweigsamen Typen mutiert bist. Warum, wenn du nichts zu verbergen hast?«

»Dafür gibt's keinen besonderen Grund, außer dass ich nicht gern in die Vergangenheit schaue«, antwortete er in gleichgültigem Ton, den jedoch ein Zucken in seiner Kieferpartie Lügen strafte.

»Also, nur damit du's weißt, genau so was bringt die Neugier einer Anwältin auf Hochtouren. Ein erfolgreiches Kreuzverhör hängt stark von der Kunst ab, Körpersprache und Mimik zu deuten.« Nachdem sie ihn einige Herzschläge lang gemustert hatte, fügte sie hinzu: »Ich gelte als sehr, sehr gut darin.«

»Es ist nicht die große Sache, die du daraus machen willst«, sagte er. Als sie ihn weiter mit ihrem starren Blick fixierte, lenkte er ein und zuckte mit den Schultern. »Na schön, hier die Kurzfassung. Ich war Rettungssanitäter. Dann hab ich beschlossen, dass es an der Zeit für eine Veränderung war. Kein großes Drama dahinter.«

Die Enthüllung überraschte Helen weniger, als sie es wahrscheinlich sollte. Das erklärte, warum er so aufmerksam über Dana Sues Diabetes wachte und ständig Annies Essverhalten im Auge behielt. Doch obwohl es nichts zu sein schien, das man verheimlichen würde, hatte er sehr offensichtlich gezögert, damit herauszurücken. Unwillkürlich fragte sie sich, warum.

»Hat dir die Arbeit gefallen?«, erkundigte sie sich.

»Lange Zeit schon, ja.« Seine Miene blieb reserviert. »Du, falls es dir jetzt besser geht, muss ich zurück ins Restaurant.«

»Du willst davonrennen, wenn's gerade interessant wird?« Sie schüttelte den Kopf. »Ich finde es faszinierend, dass ein Mann, der noch vor wenigen Minuten in meiner Psyche herumwühlen wollte, die Vorstellung nicht erträgt, mir ein paar persönliche Fragen zu beantworten.«

»Ich war nicht derjenige, der einen öffentlichen Nervenzusammenbruch hatte«, gab er zurück. »Wenn du das mal miterlebst, kannst du mir so viele Fragen stellen, wie du willst.« Damit warf er einige Geldscheine auf den Tisch und verschwand, bevor sich Helen eine Erwiderung zurechtlegen konnte.

Helen starrte ihm eine Weile hinterher, bevor sie gedankenverloren den Löffel aufhob und den Rest ihrer mittlerweile geschmolzenen Köstlichkeit verspeiste.

»Das ist mal ein attraktiver Kerl«, meinte Grace Wharton und stellte sich neben Helen. »Wieso hast du ihn dir durch die Lappen gehen lassen?«

»Ich glaube, ich habe ihn vergrault«, gestand Helen und fühlte sich dabei unangenehm schuldig. Er war freundlich zu ihr gewesen, hatte ihr eine Gelegenheit eröffnet, sich eine kurze Auszeit zu nehmen, um die Fassung wiederzuerlangen, die sie beim Gespräch mit Maddie verloren hatte. Und wie hatte sie es ihm vergolten? Sie hatte ihn ins Kreuzverhör genommen, als wäre er ein Krimineller.

»Ein Mann wie er lässt sich nicht so leicht vergraulen«, entgegnete Grace. »Du hast doch nicht etwa irgendwas von Heirat oder so erwähnt, oder? Mir fällt nichts anderes ein, was einen eingefleischten Junggesellen ins Bockshorn jagen könnte.«

»Das Thema ist eindeutig nicht zur Sprache gekommen«, versicherte Helen ihr. »Wie kommst du darauf, dass er eingefleischter Junggeselle ist?«

»Ich hab schon miterlebt, wie sich so ziemlich jede Frau im Ort irgendwann an ihn rangemacht hat«, verriet Grace. »Flirtversuche erwidert er zwar, aber damit hat es sich auch schon. Eine Zeit lang dachte ich, er hätte sich vielleicht in Dana Sue verguckt. Aber dann ist Ronnie zurückgekommen, und damit war das vom Tisch.«

»Interessant«, murmelte Helen. Sie fragte sich, was Grace denken würde, wenn sie von dem Kuss wüsste, den Erik ihr vor nicht allzu langer Zeit gestohlen hatte. Ihre Lippen kribbelten immer noch jedes Mal, wenn sie daran zurückdachte. Allerdings hatte er kein echtes Interesse daran gezeigt, das zu wiederholen. Wenn er tatsächlich eingefleischter Junggeselle war und ihn jener Kuss genauso erschüttert hatte wie sie, reichte vielleicht allein das für seine Zurückhaltung ihr gegenüber, umso mehr als das Gespräch persönlicher wurde.

Bevor sie ihre Theorie eingehender analysieren konnte, klingelte ihr Handy. Rasch holte sie es aus der Handtasche.

»Hast du vor, heute noch irgendwann zur Arbeit zu erscheinen?«, fragte Barb sarkastisch. »Ich hab hier ein Wartezimmer voller Mandanten, die allmählich quengelig werden.«

»Oh mein Gott«, entfuhr es Helen mit einem Blick auf die Armbanduhr. Kurz vor zehn. »Ich bin abgelenkt worden.«

»Von Erik Whitney, wenn's stimmt, was man sich erzählt«, gab Barb zurück und bewies damit, dass sich Gerüchte in Serenity mit Überschallgeschwindigkeit verbreiteten.

Helen tappte ihr nicht in die Falle. »Ich bin in fünf Minuten da.«

»Mach lieber vier draus«, erwiderte Barb. »Dein Neunuhrtermin sieht aus, als könnte er jeden Moment anfangen, irgendwas zu zerdeppern.«

»Bin unterwegs«, sagte Helen.

Sie steckte das Handy zurück in ihre Handtasche, schaute auf und bemerkte Grace' überraschte Miene. »Ich habe noch nie erlebt, dass du zu spät zur Arbeit kommst«, kommentierte die Frau. »Muss wohl an der Gesellschaft gelegen haben.«

Helen runzelte die Stirn über ihren belustigten Gesichtsausdruck. »Fang gar nicht erst damit an.«

»Fällt dir ein anderer Grund ein, warum du so die Zeit aus den Augen verloren hast?«, stichelte Grace.

»Mir geht zu viel im Kopf herum«, stellte Helen klar. »Das ist alles. Mit Erik hat das nichts zu tun.«

»Wenn du das sagst …« Grace klang äußerst skeptisch. »Vielleicht hast du ja gehofft, er würde dich wieder küssen wie vor ein paar Tagen im *Sullivan's*.«

Um ein Haar hätte Helen gestöhnt. Also wusste Grace doch davon. Leider hatte Helen keine Zeit, noch zu bleiben und ihr zu erklären, wie es dazu gekommen war. Und was würde es überhaupt bringen? Sie würde nur noch mehr Öl ins Feuer gießen. Grace hatte so schon genug Material für ihre mittägliche Gerüchteküche.

»Mami, ich hab Bauchweh«, klagte Daisy, als Karen mit ihr bei der Kindertagesstätte aus dem Auto steigen wollte.

Sie hatte die Kleine erst vor fünf Minuten aus der Vorschule abgeholt und dort auf einem Klettergerüst kraxeln gesehen, als sie vorgefahren war. Bestürzt sah sie ihre Tochter an. »Du hast mir nicht krank ausgesehen, als du vorhin mit deinen Freunden auf dem Spielplatz warst.«

»Weil ich da auch nicht krank war«, gab Daisy sichtlich gereizt zurück. »Ich will nach Hause.«

»Du kannst nicht nach Hause. Dort ist niemand, der auf dich aufpassen kann, und ich muss zur Arbeit. Ich hab heute die Spätschicht.«

Daisys Unterlippe bebte. »Aber ich bin krank«, jammerte sie. »Ich kann ja bei Frances bleiben.«

»Frances kann sich nicht den ganzen Nachmittag und Abend um dich kümmern, Daisy.«

»Bitte!«

Karen spürte, wie sich ihr Magen zusammenkrampfte. Dabei hatte sie gedacht, sie hätte die Krisen überwunden. Sie hatte eine neue Kindertagesstätte gefunden, in der beide Kinder bis fünf Uhr betreut wurden. Dank Helen und Dana Sue hatte sie außerdem eine hervorragende Babysitterin aufgetrieben, die ihre Kleinen danach abholte und bei ihnen blieb, bis Karen nach Hause kam. Eine Woche lang war alles reibungslos gelaufen.

Dana Sue hatte außerdem ein Vorstellungsgespräch mit Tess geführt und sie für morgen zum Probearbeiten eingeladen. Karen wusste, dass Tess den Test mit Bravour bestehen würde. Und dann könnten sie Karens Plan für Notfälle umsetzen.

Sie streckte sich auf den Rücksitz und legte die Hand auf Daisys Stirn. Gott sei Dank kein Fieber. »Schätzchen, hast du Bauchweh? Oder ist dir nur schlecht?«

»Schlecht«, antwortete sie kläglich, bevor sie sich wie zum Beweis prompt übergab.

Am liebsten hätte Karen geweint. Aber Daisy konnte nichts dafür. Das musste sie sich vor Augen halten. In der Schule schnappten Kinder unzählige Keime auf, vor allem in Daisys Alter. Karen griff sich mehrere Packungen Feuchttücher, stieg aus und öffnete die Hintertür, um ihre Tochter zu säubern.

»Es tut mir leid, Mami«, entschuldigte sich Daisy schniefend.

»Schon gut, Schatz. Du kannst ja nichts dafür.« Bei der Vorstellung, im Restaurant anzurufen und Dana Sue und Erik informieren zu müssen, was los war, wurde auch ihr speiübel.

»Muss ich trotzdem in die Kita?«, fragte Daisy kläglich.

»Nein, Liebes. Ich bringe dich nach Hause.«

»Und bleibst du bei mir?«

»Ja, ich bleibe bei dir.« Vielleicht könnte sie zur Arbeit, sobald die Babysitterin da wäre – vorausgesetzt, sie würde dann noch einen Job haben.

Eine halbe Stunde später hatte sie Daisy mit einem Glas Ginger Ale auf die Couch vor den Fernseher gesetzt. Sie wappnete sich gerade für Eriks Reaktion, als ihr unverhofft eine mögliche andere Lösung einfiel. Karen rief Tess an.

»Tess, ich weiß, du bist erst morgen zum Probearbeiten eingeladen, aber ich hab ein Problem«, erklärte sie. »Daisy hat sich grade im Auto übergeben. Die Babysitterin kommt erst in drei Stunden. Gibt's irgendeine Möglichkeit, dass du heute arbeiten kannst, wenn Dana Sue damit einverstanden ist?«

»Warte, ich rede kurz mit meiner Mutter. Sie ist früher vom Gemüseernten zurückgekommen, weil ihr die Hitze zu viel ist. Wenn's ihr gut genug zum Kinderhüten geht, kann ich einspringen.«

Nach wenigen Minuten meldete sie sich wieder. »Geht von meiner Seite aus klar«, verkündete Tess. »Ruf mich an, sobald du mit Dana Sue gesprochen hast. Inzwischen mache ich mich schon mal fertig. Sag ihr, dass ich in einer halben Stunde da sein kann.«

»Danke! Du bist ein Goldschatz.« Sobald Karen aufgelegt hatte, rief sie im Restaurant an. Leider ging Erik ran. »Ich bin's, Karen«, meldete sie sich.

»Du bist spät dran.« Er klang genervt.

»Ich weiß. Ich wäre pünktlich gewesen, nur dann hat sich Daisy übergeben. Ich musste sie nach Hause bringen.«

»Und bist du inzwischen unterwegs?«

»Eigentlich muss ich bei ihr bleiben«, gab sie zu.

»Nicht schon wieder«, raunte er und klang mehr als verärgert. »Karen, so kann's nicht weitergehen. Ich dachte, diese Absagen in letzter Minute würden aufhören.«

»Ich weiß. Dachte ich auch. Aber es ist nicht mehr so schlimm wie früher. Ich hab mit Tess telefoniert. Sie könnte sofort zum Probearbeiten kommen und für mich einspringen. Wenn es euch recht ist, könnte sie in einer halben Stunde da sein.«

»Na schön«, willigte Erik verkniffen ein.

»Es tut mir leid«, entschuldigte sich Karen. »Wirklich. Aber zumindest wird es beweisen, dass mein Vorschlag mit uns beiden für dieselbe Aufgabe funktionieren wird.«

»Das bleibt abzuwarten«, gab er zurück. Schließlich seufzte er. »Sag Daisy gute Besserung von mir. Ich weiß, dass sie es in letzter Zeit schwer gehabt hat.«

»Danke«, erwiderte Karen. »Vielleicht kannst du ja mal wieder zu einer Teeparty mit ihr vorbeikommen. Davon war sie begeistert.« Auch Karen hatte einen Heidenspaß daran gehabt, den überaus maskulinen Erik dabei zu beobachten, wie er eine von Daisys winzigen Teetassen hielt und so tat, als schlürfte er Tee.

»Gern«, erwiderte er. »Das bekommen wir schon hin.«

Damit legte Karen auf und rief erst noch mal Tess an, dann die Babysitterin, um ihr mitzuteilen, dass sie an diesem Abend nicht gebraucht wurde. Entweder würde sie Frances bitten, ein paar Minuten auf Daisy aufzupassen, während sie Mack von der Kindertagesstätte abholte, oder sie würde Daisy mitnehmen.

Vorerst sank sie auf die Couch neben die mittlerweile schlafende Daisy und schloss die Augen. Dem Himmel sei Dank für Tess. Würde sie nicht einspringen, wäre

Karens Job Geschichte, das wusste sie. Weder Helen noch sonst jemand hätte etwas tun können, um ihn zu retten. Eriks strapazierte Geduld war offensichtlich erschöpft. Und Dana Sue mochte zwar die Besitzerin des *Sullivan's* sein, dennoch hatte Erik bei Entscheidungen über die Küche erheblichen Einfluss.

Nicht zum ersten Mal überwältigte Karen beinah, auf was für einem schmalen Grat sie wandelte. Sie hatte praktisch keine Ersparnisse und kaum noch Energiereserven für die ständigen Notfälle. Manchmal, wenn die Kinder schrien und sie mit Rechnungen jonglierte, fragte sie sich, wie lange sie es noch aushalten würde, ohne durchzudrehen.

Dann betrachtete sie ihre schlafende Tochter, deren lange, dunkle Wimpern einen Kontrast zur blassen Haut bildeten, und spürte, wie die Kraft ihrer Liebe zu Daisy sie durchströmte. Sie würde alles, wirklich *alles* tun, um ihre Kleinen zu beschützen und ihnen ein liebevolles Zuhause und Geborgenheit zu bieten, die sie selbst nie erfahren hatte.

Helen war kein bisschen überrascht, als sie an jenem Abend um acht Uhr die Haustür öffnete und Maddie und Dana Sue auf der Schwelle standen. Überraschend fand sie höchstens, dass sich die beiden so lange Zeit gelassen hatten.

»Solltest du nicht zu Hause sein?«, fragte sie Maddie, bevor sie Dana Sue genauso abweisend ansah. »Und solltest du nicht bei der Arbeit sein?«

»Wir wären beide dort, wo wir hingehören, wenn du heute Morgen nicht weinend aus dem Spa gerannt wärst«, sagte Maddie.

»Und dann mit Erik bei *Wharton's* gelandet wärst, wo er dich vor lauter Sorge für einen Eisbecher mit Karamellsoße hingeschleppt hat«, fügte Dana Sue hinzu.

»Wie ich sehe, hat es nicht lang gedauert, bis die Neuigkeit die Runde gemacht hat«, kommentierte Helen sarkastisch.

»Sie hatte es ja nicht weit«, erwiderte Dana Sue. »Erik hat es mir erzählt.«

»Wirklich? Überrascht mich. Er scheint nicht gern über sich zu reden«, sagte Helen.

»In dem Fall hat er ja auch über dich geredet«, gab Dana Sue zurück. »Er fand, ich sollte wissen, wie aufgebracht meine Freundin war. Dann hat Maddie angerufen und es bestätigt. Sie war auch besorgt, und wir waren uns einig, dass wir vorbeikommen und nach dir sehen müssen.«

»Hier bin ich, und überhaupt nicht aufgebracht«, sagte Helen. »Also könnt ihr wieder gehen.«

»Wohl kaum«, widersprach Maddie und drängte sich an ihr vorbei. »Ich muss die Füße hochlegen. Und Dana Sue auch. Sie hat einen anstrengenden Abend im Restaurant hinter sich.« Maddie steuerte auf das Sofa zu und ließ sich auf die Polsterung sinken. »Ich hoffe, ihr zwei könnt mich auf die Beine ziehen, wenn's Zeit zum Gehen ist. Vorerst fühlt sich das einfach nur himmlisch an.«

»Das kriegen wir hin«, versicherte Helen ihr, bevor sie Dana Sue musterte und feststellte, dass ihre Freundin tatsächlich geschlauchter als sonst wirkte. »Was war heute Abend im Restaurant?«

»Karen ist wieder nicht gekommen. Zum Glück konnte sie organisieren, dass ihre Freundin Tess eingesprungen ist. Nur ist es in mancher Hinsicht dadurch komplizierter geworden.«

Helens Stimmung sank. »Wieso das? Ist sie doch nicht gut?«

»Sie ist großartig. Ich bin mir ziemlich sicher, dass sie hervorragend zu uns passt. Nur ist es nicht wirklich ideal, jemanden mitten in der Hektik des Abendansturms einzuarbeiten. Ihr zu erklären, was wir wie machen, hat mich mehr Zeit gekostet, als wenn Erik und ich es selbst gemacht hätten.«

Helen musterte sie besorgt. »Aber ihr gebt Karens Idee trotzdem eine Chance, oder?«

Dana Sue nickte. »Das habe ich doch versprochen, oder?«

»Ich sollte Karen anrufen und ihr Bescheid geben«, meinte Helen. »Bestimmt hat sie eine Heidenangst, dass du genug von ihr und ihren Problemen hast.«

»Ich hab vor Kurzem mit ihr telefoniert und ihr gesagt, dass wir Tess auf jeden Fall einstellen und alles in Ordnung ist«, erwiderte Dana Sue. »Und du hast recht. Sie war unheimlich erleichtert.«

»Jetzt zurück zu dir«, meldete sich Maddie zu Wort, womit sie Helen daran erinnerte, wie ungemein zielstrebig sie sein konnte, wenn es sein musste.

»Wie wär's mit was zu trinken?«, schlug Helen vor. »Mineralwasser? Saft? Koffeinfreier Kaffee?«

»So einfach lenkst du uns nicht ab.« Dana Sue wirkte belustigt. »Du solltest uns wirklich besser kennen. Maddie hat mich in dein Baby-Dilemma eingeweiht. Was hältst du davon, wenn du eine der zig Listen holst, die du zweifellos erstellt hast, und wir gehen sie zusammen durch? Vielleicht können wir dir ja helfen, klarer zu sehen.«

»Nein«, entgegnete Helen rundheraus. »Maddie hatte heute Morgen recht, als sie gemeint hat, das müsste ich mit mir selbst ausfechten.«

Beide Frauen sahen sie stirnrunzelnd an.

»Das war heute Morgen«, sagte Maddie. »Jetzt ist jetzt.«

»Du hast *geweint*«, betonte Dana Sue. »In der Öffentlichkeit. Das sieht dir überhaupt nicht ähnlich. Offensichtlich ist es zu viel für dich, um es allein zu bewältigen.«

Helen seufzte. »Ich bin stärker, als ihr denkt.«

»Vor heute Morgen hätte ich dir da zugestimmt«, sagte Maddie.

»Okay, hör zu«, begann Dana Sue. »Maddie hat erwähnt, dass du vielleicht mehr als nur ein Baby willst. Sie sagt, du hast dein gesamtes Leben überdacht und wünschst dir möglicherweise das volle Familienprogramm.«

»Und weiter? Schnippt ihr einfach mit den Fingern und beschafft es mir?« Helen bereute bitter, dass sie je die große Klappe darüber aufgerissen hatte.

»Könnten wir«, sagte Dana Sue. »Eigentlich bräuchtest du nur die Augen aufmachen und erkennen, was du direkt vor der Nase hast. Dann könntest du alles haben.«

Helen seufzte. Das hatte sie schon von Weitem gewittert. »Ich nehme an, du meinst Erik.«

»Na ja, klar meine ich Erik«, bestätigte Dana Sue. »Er ist klug. Er sieht irre gut aus. Und er ist scharf auf dich.«

Maddie starrte sie unübersehbar überrascht an. »Wirklich? Wie konnte mir das entgehen?«

»Du hattest andere Dinge im Kopf«, sagte Dana Sue zu Maddie. »Du hast den Kuss verpasst.«

»Welchen Kuss?«, fragte Maddie sichtlich fasziniert.

»Lange Geschichte«, sagte Dana Sue. »Vertrau mir einfach. Mich hat der Anblick dazu gebracht, sofort nach Hause zu fahren und mich Ronnie an den Hals zu werfen.«

Helen stöhnte. »Darüber rede ich nicht mit euch. Und hör endlich auf zu kuppeln. Erik und ich sind bloß Freunde«, sagte sie, bevor sie sich korrigierte. »Noch nicht mal das. Wir sind Bekannte.«

»Süße, wenn dich ein Mann so küsst, dann bist du für ihn mehr als eine Bekannte«, konterte Dana Sue. »Ihr seid etwa zehn Minuten davon entfernt, im Bett zu landen.«

»Grace Wharton sagt, dass Erik eingefleischter Junggeselle ist«, entgegnete Helen.

»Unsinn«, wischte Dana Sue die Behauptung vom Tisch. »Nur weil er sich bei seinem Sozialleben nicht in die Karten schauen lässt, heißt das noch lange nicht, dass er keines hat.«

»Wenn er eines hat, wie kommst du dann darauf, dass er Interesse an einer Beziehung hat?«, fragte Helen. »So geht das nicht. Es wäre wohl am besten, wenn du dich von der Idee verabschiedest, Erik und mich zu verkuppeln. Ich weiß, dass du dir deshalb immer neue Ausreden einfallen lässt, um mich im Restaurant aushelfen zu lassen. Jedenfalls mit Sicherheit nicht, weil du an mir ein verborgenes kulinarisches Talent entdeckt hast.«

Dana Sues Gesicht stellte den Inbegriff einer Unschuldsmiene zur Schau. »Wir waren jedes einzelne Mal, wenn du ausgeholfen hast, hoffnungslos überfordert, das weißt du genau.«

»Warum hast du dann noch nie Maddie eingespannt? Sie kann sogar wirklich kochen. Ronnie übrigens auch. Früher hast du oft ihn gebeten.«

»Ja, warum wendest du dich eigentlich nicht an mich?«, verlangte Maddie zu erfahren.

»Weil du in den letzten zwei Jahren mit kurzer Unterbrechung dauernd schwanger warst«, antwortete Dana Sue.

»Du solltest nicht zu viel auf den Beinen sein. Und seit Ronnie mit dem Baumarkt durchgestartet ist, muss er die spärliche Freizeit, die ihm bleibt, mit Annie verbringen.«

»Klar«, kommentierte Helen skeptisch. »Gib's ruhig zu, Dana Sue. Ich weiß, was du vorhast, und ich fordere dich auf, es sofort bleiben zu lassen.«

»Aber ich denke …«, begann Dana Sue.

»Denk gar nichts. Geh nach Hause zu deinem Mann und schlepp ihn ins Bett. Vielleicht hörst du auf, dir Sorgen um mein Liebesleben zu machen, wenn du mal wieder richtig flachgelegt wirst.«

»Glaub mir, in der Hinsicht hab ich keine Probleme«, erwiderte Dana Sue mit geröteten Wangen. »Du bist meine Freundin. Ich will, dass du so glücklich bist wie ich.«

»Das will ich auch«, fügte Maddie hinzu.

»Dann hört bitte auf, mich mit Erik und der Sache mit einem Kind zu bedrängen. Darüber werde ich mir selbst klar werden, wenn die Zeit reif ist.«

»Wir wollen einfach nicht, dass du mit fünfzig aufwachst und feststellst, dass du etwas zutiefst bereust«, sagte Maddie. »Die traurigste Frage von allen ist: ›Was wäre gewesen, wenn …‹«

»Also zum Beispiel: Was, wenn ich vor euch beiden nie erwähnt hätte, dass ich mir ein Baby wünsche?«, sagte Helen giftig.

Maddie sah sie stirnrunzelnd an. »Nein. Ich meine, was, wenn du zu spät erkennst, wie sehr du dir ein Kind gewünscht hättest. Dann gibt es kein Zurück mehr, Helen.«

Die schmerzende Leere in Helen, die Sehnsucht, die sie in letzter Zeit so mühsam zu überspielen versucht hatte, kehrte mit voller Wucht zurück.

»Glaub mir, das weiß ich«, erwiderte sie leise. »Das werde ich wohl nie vergessen. Deshalb stehe ich ja unter solchem Druck. Ich weiß, dass ich mir für die Entscheidung nicht ewig Zeit lassen kann.«

»Dann hol deine Listen, und wir reden über die Vor- und Nachteile«, drängte Dana Sue.

»Aber …«, begann Helen. Schließlich jedoch seufzte sie, als beide Frauen sie mit unnachgiebigen Blicken ansahen. »Okay, schon gut. Ich hole die Listen.«

Sie schnappte sich ihre Aktentasche und kramte darin herum, bis sie den Notizblock fand, den sie eigens für dieses Thema benutzte. Ihre Gedanken dazu füllten etliche Seiten, die unter anderem alles enthielten, was ihr die von ihr konsultierten Gynäkologen gesagt hatten.

Trotz ihrer Vorbehalte gegen dieses Gespräch reichte sie ihre Notizen Maddie, deren Augen sich zunehmend weiteten, als sie durch die Seiten blätterte.

»Damit könnte man glatt eine Doktorarbeit schreiben«, meinte sie.

»Ich fand es eben wichtig, gut informiert zu sein«, rechtfertigte sich Helen.

Dana Sue schaute über Maddies Schulter. »Du hast in medizinischen Lehrbüchern geschmökert?«, fragte sie ungläubig.

»Na ja, sicher«, antwortete Helen. »Du glaubst doch wohl nicht, dass ich mich bei etwas so Wichtigem auf nur zwei Quellen verlasse, oder?«

Dana Sue setzte sich wieder. »Ich glaube, du zerdenkst die Sache zu sehr. Genau darin liegt das Problem. Unter dem Strich läuft es einfach auf Folgendes hinaus, Helen: Willst du ein eigenes Kind oder nicht?«

»So einfach ist das *nicht*«, protestierte Helen. »Ich kann keinen Zauberstab schwingen, um schwanger zu werden.«

Dana Sue sah sie mit einem verruchten Grinsen an. »Aber der richtige Mann könnte es.«

Maddie lachte prustend. »Dana Sue!«

»Na ja, geht es unter dem Strich nicht genau darum?«, konterte Dana Sue.

»Nein!«, widersprach Helen heftig. »Ich muss mit jeder Faser meines Wesens überzeugt davon sein, dass ich es will und die für ein Baby nötigen Veränderungen in meinem Leben vornehmen kann. Ihr wart beide viel jünger, als ihr zum ersten Mal schwanger geworden seid. Und ihr wart verheiratet. Bei euch war es nur natürlich und ist zum richtigen Zeitpunkt in eurem Leben passiert. Für jemanden wie mich, der bisher nur mit seiner Karriere verheiratet war, ist das nicht so einfach. Verdammt, Maddie, sogar du hast mit der Entscheidung gerungen, nach der Hochzeit mit Cal noch ein Baby zu bekommen, und du hattest seine volle Unterstützung dabei.«

»Stimmt«, räumte Maddie ein. »Trotzdem ist mir noch nicht ganz klar, was dir solche Sorgen bereitet. Hast du Angst, dass du nicht genug Zeit erübrigen kannst, um ein Kind großzuziehen? Fürchtest du dich vor der Schwangerschaft selbst – ob natürlich oder mit künstlicher Befruchtung? Quält dich die Frage, was aus deinem Kind werden soll, falls dir etwas zustößt? Oder bist du einfach nur unsicher, ob du es genug willst, um dein Leben völlig umzukrempeln? Falls Letzteres zutrifft, sorgst du dich zu Recht. Ein Kind erfordert uneingeschränkte Aufopferung.«

Dana Sue streckte sich vor und ergriff Helens Hand. »Du weißt schon, dass wir beide da wären, um dich bei jedem einzelnen Schritt zu unterstützen, oder? Dein Baby und du hätten praktisch eine Großfamilie. In einer schwierigen Phase wärst du jedenfalls nicht allein, auch wenn du dich für den unkonventionellen Weg entscheidest. Du wärst eine unglaubliche Mutter. Findet Annie auch.«

»Meine Kinder denken genauso«, fügte Maddie hinzu. »Sie vergöttern dich.«

Zum zweiten Mal an diesem Tag verschwamm Helens Sicht vor Tränen. »Das weiß ich«, flüsterte sie und wischte den irritierenden Beweis für etwas weg, das sie als Schwäche empfand. »Ich hab wohl bloß nicht damit gerechnet, dass ich je in diese Lage kommen könnte. Ursprünglich wollte ich ja schon eine traditionelle Familie. Mir ist nur irgendwie … die Zeit davongelaufen.«

»Es ist noch nicht zu spät«, sagte Dana Sue mit fester Stimme.

»Nicht aus medizinischer Sicht, das weiß ich«, erwiderte Helen. »Aber ihr habt etwas angesprochen, das mir tatsächlich Kopfzerbrechen bereitet. Was, wenn mir etwas zustößt? Mit nur einem Elternteil könnte sich ein Kind entsetzlich unsicher fühlen.«

»Nur würde dein Kind wissen, dass es sich jederzeit an eine von uns wenden kann«, erinnerte Dana Sue sie. »Also, legen wir los. Wenn's hilft, können wir die ganze Nacht hierbleiben und deine Listen Punkt für Punkt abarbeiten.«

Der Zuspruch und die Beteuerungen ihrer Freundinnen erleichterten Helen ein wenig. Dennoch schüttelte sie den Kopf. »Danke für das Angebot, aber nein. Ich werde mir allein darüber klar.«

»Bald«, betonte Maddie.

»Bald«, versprach Helen, obwohl sie sofort spürte, wie sich der Druck wieder aufbaute. Sie haderte schwer mit dem Wissen, dass sie keine Zeit zu verlieren hatte und eine Entscheidung solcher Tragweite keinen großen Aufschub mehr duldete.

Mühsam kämpfte sich Maddie mit Dana Sues Hilfe vom Sofa hoch. Wenn sie schon im fünften Monat so schwerfällig war, konnte sich Helen gar nicht vorstellen, wie es ihr im neunten Monat gehen würde. Bei dem Gedanken wurde Helen erneut zum Weinen zumute. Genau das wollte sie auch, unbedingt. Die Schwerfälligkeit, den prallen Bauch, die Tritte ihres Babys, die sie nachts wachhalten würden.

Angst machte ihr die Zeit danach – das Füttern mitten in der Nacht; das Auf-und-ab-Laufen, um ein weinendes Baby zu beruhigen; das Loslassen einer winzigen Hand am ersten Schultag; die Entschuldigungen bei Gericht, wenn sie einen Termin verpasste, weil ihr Kind die Windpocken hatte; das Überwachen der Hausaufgaben; das Aufklären ihres Sohns oder ihrer Tochter über die Gefahren von Alkohol, Rauchen und vorehelichem Sex. Die Litanei der Dinge, die den Ausschlag geben konnten zwischen einem glücklichen, ausgeglichenen Kind und einem, das auf eine Katastrophe zusteuerte, erfüllte sie mit blankem Grauen. Was, wenn sie trotz der Vorschusslorbeeren von Dana Sue, Maddie und deren Kindern lausig darin wäre? Was dann?

»Du zerdenkst es ja schon wieder«, riss Maddie sie aus ihrer Grübelei. Sie tippte sich auf die Brust. »Hör drauf, was dein Herz dir sagt. Es führt dich schon nicht in die Irre.«

Helen umarmte ihre beiden Freundinnen innig. »Danke, dass ihr nicht auf mich gehört habt, als ich wollte, dass ihr verschwindet.«

Dana Sue grinste. »Kein Problem. Wir haben ja schon ein Leben lang Übung darin, deine Befehle zu ignorieren. Und haben mächtig Spaß daran.«

»Stimmt«, pflichtete Maddie ihr bei. »Jetzt geh am besten schlafen. Vielleicht siehst du morgen früh alles viel klarer.«

Das bezweifelte Helen zwar, doch sie fühlte sich durch die bedingungslose Unterstützung ihrer beiden alten, heißgeliebten Freundinnen bereits besser. Eigentlich hätte sie schon vor diesem Abend längst wissen müssen, dass sie sich darauf immer verlassen konnte.

KAPITEL 6

Erik hatte sich darauf eingestellt, Tess Martinez nicht zu mögen. Vor allem, weil ihn ärgerte, wie manipulativ Helen eingegriffen hatte, um Dana Sue zu überreden, noch jemanden für die Küche einzustellen. Außerdem hatte er nach den Problemen mit Karen schwere Bedenken dagegen, es mit einer weiteren alleinerziehenden Mutter zu versuchen.

Allerdings hatte er festgestellt, dass es so gut wie unmöglich war, die kaum höher als ein Truthahn aufragende Frau nicht zu mögen. Durch ihre aufgeweckte Art, ihre Gutmütigkeit und ihren Arbeitseifer nötigte sie ihm unwillkürlich sowohl Respekt als auch Anerkennung ab. Schon nach wenigen Tagen hatte er sich – nicht jedoch Dana Sue und erst recht nicht Helen – eingestanden, dass Tess einen waschechten Glücksgriff verkörperte.

Im Augenblick beobachtete Tess eine Stunde nach Lokalschluss neben ihm aufmerksam jeden seiner Handgriffe, während er die Torte für den Hochzeitsempfang dekorierte, der am Samstag im *Sullivan's* stattfinden würde.

»So viele Blumen«, flüsterte sie ehrfürchtig. »Sieht wie ein Foto aus.«

»Wie war deine Hochzeitstorte?«, fragte Erik.

»Nicht annähernd so schön wie die hier«, antwortete sie traurig. »Für so was hatten wir kein Geld.«

Tess war als Tochter mexikanischer Einwanderer in den USA geboren worden. Ihre Eltern waren legal eingereist, um in Florida bei der Zuckerernte zu arbeiten. Sie sprach mit einer bezaubernden Mischung aus spanischem und Südstaatenakzent. Die Familie hatte hart gearbeitet, eisern gespart und schließlich eine kleine Gemüsefarm in South Carolina, wenige Kilometer von Serenity entfernt, gegründet. Die Waren wurden an örtliche Lebensmittelläden und Restaurants verkauft, außerdem auf Bauernmärkten am Wochenende, auch auf jenem, den es seit vergangenem Sommer regelmäßig auf dem Hauptplatz von Serenity gab. Dana Sue hatte gleich bei der ersten Begegnung mit Tess erkannt, dass sie für das *Sullivan's* viel Gemüse von Tess' Eltern bezog. Erik hatte in dem Moment des Vorstellungsgesprächs gewusst, dass Dana Sue sie einstellen würde, selbst wenn die junge Frau gerade mal ein Ei kochen könnte.

Außerdem hatte Tess ihnen erzählt, dass man ihren Mann, Diego Martinez, bei der Arbeit verhaftet hatte, weil er keine gültige Green Card vorweisen konnte. Noch bevor gerichtlich geklärt werden konnte, dass er sich legal im Land aufhielt, hatte man ihn nach Mexiko abgeschoben. Unabhängig davon hätte ihn allein die seit drei Jahren bestehende Ehe mit Tess zum Aufenthalt in den USA berechtigt.

Erik ahnte, dass sich Helen des Falls annehmen wollen würde, sobald sie die Einzelheiten darüber hörte. Ein Kampf gegen das System zur Wiedervereinigung zweier Menschen, die sich liebten, würde vielleicht eine willkommene Abwechslung zu ihren üblichen Scheidungsfällen sein. In letzter Zeit schien sie die Nase in alles Mögliche zu stecken, was sie nichts anging, warum also nicht auch in diese Angelegenheit?

Vorläufig jedoch hatte Tess schwer zu kämpfen, um mit zwei Kindern im Alter unter drei Jahren über die Runden zu kommen. Anfangs hatte sie versucht, sich allein durchzuschlagen, aber nachdem sie den Job im Diner verloren hatte, war sie zurück zu ihrer Familie gezogen. Ihre Eltern halfen ihr zwar mit den Kindern, mussten jedoch selbst lange, harte Arbeitstage auf ihren Feldern bestreiten. Tess unterstützte sie, so gut sie konnte, und sparte für das Rechtsverfahren, um ihren Mann zurück nach South Carolina zu holen. Natürlich ließ ihre Lage Erik nicht kalt, überzeugt jedoch hatte sie ihn mit ihrer schnellen Auffassungsgabe bei jeder Aufgabe, die man ihr in der Küche anvertraute. Schon nach weniger als einer Woche kannte sie viele der Rezepte auswendig und bereitete sie tadellos zu.

»Möchtest du das auch können?«, fragte er sie.

»Wirklich?«, fragte sie verblüfft. »Du würdest mir beibringen, wie man so schöne Torten backt?«

»Klar. Wir kriegen so viele Anfragen für Hochzeitsfeiern, dass es toll wäre, wenn jemand bei den Torten mithelfen könnte. Erst diese Woche musste Dana Sue jemandem absagen, weil wir für den gewünschten Tag schon ausgebucht waren.«

»Ich könnte früher kommen«, bot Tess sofort an. »Fürs Lernen sollte ich nicht bezahlt werden.«

Erik lächelte sie an. »Ich denke, dafür finden wir auch während deiner gewöhnlichen Schichten genug Zeit, Tess. Ich rede mit Dana Sue darüber, das geht bestimmt in Ordnung.«

»Aber es macht mir nichts aus, früher zu kommen«, beteuerte sie. »Bitte sag ihr das, damit sie nicht denkt, ich will sie ausnutzen.«

»Niemand würde so was denken«, versicherte er ihr. »Du arbeitest hier unheimlich hart. Wir schätzen uns glücklich, dass wir dich gefunden haben.«

Ein strahlendes Lächeln breitete sich in ihrem schmalen Gesicht aus, das große, braune, vor Humor funkelnde Augen beherrschten. »Ach was, ich bin hier die Glückliche, weil ich einen Job gefunden habe, den ich liebe. Ich bin Karen so dankbar, dass sie mich empfohlen hat. Und dir und Dana Sue dafür, dass ihr mir eine Chance gegeben habt. Glaub mir, ich werde euch nicht enttäuschen.«

Erik beschloss, ein Thema anzusprechen, das ihr zweifellos schwer auf der Seele lastete. »Weißt du, Tess, Dana Sue hat eine gute Freundin, die Anwältin ist«, begann er. »Vielleicht könnte sie dir bei Diegos Fall helfen.«

Sofort trat Bedauern in Tess' Züge. »Ich hab noch nicht genug gespart, um wieder jemanden zu engagieren. Der letzte Anwalt hat sich von mir bezahlen lassen und rein gar nichts getan.«

Zorn regte sich in Erik beim Gedanken, dass jemand ihre Lage so schamlos ausnutzte. »Ich bin sicher, Helen wäre gern bereit, mit dir eine Lösung für die Bezahlung auszuarbeiten. Vielleicht kann sie sogar das Geld von dem Anwalt zurückholen, der nichts gemacht hat.« Sein Bauchgefühl verriet ihm, dass Helen sogar ihre helle Freude daran hätte.

»Meinst du wirklich?«, fragte Tess in ernstem Ton. Dann warf sie einen Blick auf die Armbanduhr. »Wie üblich bin ich spät dran. Meine Eltern werden sich Sorgen machen. Brauchst du noch was, bevor ich gehe?«

»Nein. Wir sehen uns morgen.«

»Und du redest mit Dana Sue übers Tortendekorieren?«

»Auf jeden Fall«, versprach er.

»*Muchas gracias*«, sagte sie. »*Adios.*«

Tess war erst wenige Minuten weg, als Dana Sue hereinkam. Erik sah sie mit gerunzelter Stirn an. »Ich dachte, du wärst vor Stunden nach Hause gegangen.«

»Papierkram.« Sie zog sich einen Hocker neben ihn und setzte sich darauf. »Die Torte ist wunderschön. Die Lamberts werden begeistert sein.«

»Fand Tess auch. Sie will lernen, wie man das macht.«

»Ja, sie ist unheimlich wissbegierig, oder?« Dana Sue lächelte. »Ich mag sie. Was ist mit dir?«

»Sie stellt sich viel besser an, als ich erwartet habe«, räumte er ein. »Auch für Karen hat sich die Lage durch sie eindeutig entspannt. In den letzten Tagen wirkt sie nicht annähernd so gestresst wie früher.«

»Karen und Helen haben uns einen ganz schönen Gefallen getan, was?«, deutete sie verschmitzt an.

»Ja, Dana Sue. Deine Freundin hat uns einen Gefallen getan. Soll ich ihr jetzt einen Orden anstecken?«

»Nein. Ich will nur, dass du aufhörst, sie auf Distanz zu halten.«

»Tu ich doch gar nicht«, stritt Erik die Behauptung ab, obwohl er sehr wohl wusste, dass Dana Sue recht hatte. Seit er Helen in Tränen aufgelöst über den Weg gelaufen war, mied er sie, so gut er konnte. Dieser Anflug von Verletzlichkeit einer so starken Frau war durch seine Verteidigung gepflügt wie eine Dampframme. Na schön, das und der Kuss, den er immer noch lebhaft in Erinnerung hatte.

»Hast du seit *dem Kuss* überhaupt zwei Sekunden mit ihr allein verbracht?«, fragte Dana Sue.

»Ich hab ihr bei *Wharton's* einen Eisbecher mit heißer Karamellsoße spendiert, schon vergessen? Das war erst letzte Woche.«

»Richtig, ich meine, mich zu erinnern, dass du dabei die Flucht ergriffen hast, sobald sie dir mit persönlichen Fragen gekommen ist. Okay, und seither? Hast du sie gesehen? Sie um ein Date gebeten?«

Erik sah sie stirnrunzelnd an. »Die Gelegenheit hat sich nicht ergeben«, antwortete er. »Dabei fällt mir ein – hast du mit Helen über die Sache mit Tess' Ehemann geredet?«

Dana Sue schüttelte den Kopf. »Ich war mir nicht sicher, ob mir das zusteht. Vielleicht will Tess nicht, dass wir uns in ihre Privatangelegenheiten einmischen.«

»Ich finde, du solltest es tun. Klingt für mich nach etwas, in das sich Helen nur zu gern verbeißen würde. Vor allem, wenn ein anderer Anwalt Tess um ihr Geld betrogen hat.«

Dana Sue sah ihn bestürzt an. »Davon hatte ich noch gar nichts gehört. Das ist wirklich schäbig.«

»Finde ich auch«, sagte er. »Ich dachte mir, das würde Helen sicher zur Weißglut treiben.«

»Stimmt«, bestätigte Dana Sue. »Warum redest nicht du mit ihr?«

Er zuckte unverbindlich mit den Schultern. »Du siehst sie regelmäßig. Ich nicht.«

»Könntest du aber«, konterte Dana Sue. »Schnapp dir einfach das Telefon und ruf sie an. Sag halt, du willst mit ihr bei einem Kaffee eine rechtliche Angelegenheit besprechen, wenn du schon zu feige bist, sie zu einem richtigen Date einzuladen.«

Eriks Miene verfinsterte sich. »Ich bin kein Feigling. Ich will bloß nicht mit ihr ausgehen.«

»Oh bitte«, sagte Dana Sue verächtlich. »Erzähl mir lieber etwas, das ich auch glaube. Du stehst auf sie, und das jagt dir eine Heidenangst ein. Ich verstehe bloß nicht, warum.«

Darüber hatte Erik mehr nachgedacht, als er wahrscheinlich sollte. Deshalb hatte er tatsächlich eine Antwort für sie parat. »Zum einen, weil wir total gegensätzlich sind. Zum anderen, weil mir aggressive Anwälte unheimlich sind. Die Liste lässt sich eine ganze Weile fortsetzen.«

»Noch nie gehört? Gegensätze ziehen sich an. Und aggressiv ist Helen nur im Gerichtssaal.«

»Ja, hab ich gemerkt, als ein Kuchen in meinem Gesicht gelandet ist, weil sie ein bisschen sauer auf mich war.«

Dana Sues Lippen zuckten. »Du musst zugeben, das war unvorhersehbar und witzig, weil's von Helen gekommen ist. Sonst ist sie ja immer so verdammt beherrscht.«

»Hast du mich lachen gesehen?«

»Nein, ich hab gesehen, wie du ihr genauso unberechenbar einen Kuss auf die Lippen gedrückt hast. Nur war der viel zu heiß, um auch nur ansatzweise witzig zu sein.«

»Wie du meinst.«

Seine geheuchelte Gleichgültigkeit schien Dana Sue nur zusätzlich anzustacheln. »Tja, es liegt ganz bei dir. Ich denke, du hast recht – Helen wäre perfekt dafür, Tess' Fall zu übernehmen. Nur werd ich es nicht ansprechen. Das überlasse ich dir.«

Erik durchschaute ihren Plan auf Anhieb und fiel nicht darauf herein. »Komm schon, Dana Sue. Rede du mit ihr.«

»Ich denke nicht. Jedenfalls nicht darüber.«

»Du würdest Tess im Regen stehen lassen, nur um Helen und mir eins auszuwischen?«

»Ich sehe es eher als Motivation für euch beide zusammenzukommen. Ich weiß, was für ein wundervoller, einfühlsamer Mensch du bist. *Du* wirst Tess nicht lange im Regen stehen lassen. Und am Ende kriegen wir alle, was wir wollen.«

»Du bist fast so nervtötend wie Helen«, brummelte er. »Das weißt du schon, oder?«

»Natürlich weiß ich das«, erwiderte sie vergnügt. »Nur empfehle ich dir, mich nicht zu küssen, um mich zum Schweigen zu bringen, sonst kriegst du üblen Ärger mit Ronnie.«

Erik schmunzelte. »Ja, das glaub ich gern. Geh nach Hause, Dana Sue. Es ist spät. Hol deine Sachen, dann begleite ich dich zum Auto.«

»Ich denke, ich schaffe die zwanzig Meter dorthin auch ohne Leibwächter«, gab sie zurück.

»Kommt nicht in Frage. Nicht unter meiner Aufsicht, nicht mal im biederen Serenity«, beharrte er. »Hol deine Handtasche, oder was du sonst brauchst. Wir treffen uns an der Vordertür.«

Nachdem er sie wohlbehalten bei ihrem Auto abgeliefert hatte und sie eingestiegen war, ließ sie das Fenster runter. »Helen braucht jemanden wie dich«, sagte Dana Sue zu ihm. »Jede Frau braucht jemanden wie dich.«

»Jemanden wie mich? Was soll das heißen?«

»Einen Ritter in glänzender Rüstung«, erklärte sie.

»Ich fürchte, da hast du den Falschen erwischt«, antwortete er. »Meine Rüstung ist schon lange beschlagen.«

»Dann kaufe ich dir gleich morgen früh Politur«, bot sie an. »Aber glaub mir, das würde nur an der Optik etwas ändern. Nichts an der Wahrheit darunter. Gute Nacht, Erik. Schlaf gut.«

Er starrte ihr hinterher, als sie in die Dunkelheit davonfuhr, die nur von wenigen Sternen erhellt wurde.

Ihn verblüffte, dass sie ihn so sah, obwohl es so weit von der Wahrheit entfernt zu sein schien. Er selbst sah sich seit dem Tod seiner Frau völlig anders. Alle Politur, die es in Serenity gab, würde wohl nicht reichen, um seine Rüstung wieder zum Glänzen zu bringen.

Helen saß im Gerichtssaal und schaute über den Gang zu Jimmy Bob West und Brad Holliday.

»Was meinen Sie, mit welchem Vorwand sie diesmal ankommen werden, um den nächsten Aufschub zu kriegen?«, fragte Caroline Holliday, die sich offenbar bereits mit einer weiteren Verzögerung bei ihrem Scheidungsverfahren abgefunden hatte.

»Tatsächlich dachte ich mir, wir könnten den Spieß umdrehen«, sagte Helen. »Natürlich nur, wenn Sie einverstanden sind.«

Caroline setzte sich aufrechter hin. »Was schwebt Ihnen vor?«

»Ich habe einen Detektiv beauftragt, ein bisschen herumzuschnüffeln. Und ich denke, ich habe genug an Beweisen, um den Richter zu überzeugen, dass Brad versucht, einige Vermögenswerte vor uns zu verstecken. Diesmal möchte ich eine Vertagung beantragen, damit wir jeden Cent aufspüren können, den der Mann verschleiert.«

Caroline sah sie erstaunt an. »Aber wir haben doch Finanzunterlagen bekommen, die ziemlich genau mit den Aufzeichnungen übereinstimmen, die ich hatte.«

»Natürlich. Die haben uns alles gegeben, was sie nicht verbergen konnten. Zu ihrem Pech haben sie ein paar unscheinbare, aber belastende Unterlagen übersehen. Brad ist an einigen Immobiliengeschäften außerhalb des Bundesstaats beteiligt, die sich zusammen auf ein hübsches Sümmchen belaufen.«

»Im Ernst?« Carolines Stimmung besserte sich schlagartig erheblich. »Und davon steht mir etwas zu?«

»Oder vom Erlös aus dem Verkauf der Immobilien«, sagte Helen. »Und wenn sich jemand solche Mühe gibt, seine Aktiva zu verschleiern, ist das meiner Erfahrung nach wahrscheinlich nur die Spitze des Eisbergs.« Sie musterte die Frau neben ihr. Endlich kehrte etwas Farbe in ihre Wangen zurück, und ein entschlossenes Funkeln trat in ihre Augen. »Also tun wir es?«

»Auf jeden Fall«, willigte Caroline ein. »Und sei es nur, weil ich den Ausdruck in Brads selbstgefälliger Visage sehen will, wenn er merkt, dass wir ihm auf die Schliche gekommen sind.«

Helen schmunzelte. »Darauf freue ich mich selbst schon.«

Als der Richter wenige Minuten später den Gerichtssaal betrat, stand Helen bereits, noch bevor Jimmy Bob seinen Stuhl zurückschieben konnte.

»Euer Ehren«, begann sie und warf Jimmy Bob einen vernichtenden Blick zu, der ihn bewog, sich wieder zu setzen. »Wir beantragen eine Vertagung.«

Einen Moment lang schaute Brad drein, als hätte er gerade im Lotto gewonnen. Jimmy Bob hingegen musterte Helen mit zu Schlitzen verengten Augen und argwöhnischem Blick. Offensichtlich ahnte er, dass sie etwas im Schilde führte und es für seinen Mandanten nichts Gutes verheißen konnte.

»Bestimmt wollen Sie mir auch erklären, warum«, sagte der Richter. »Vor allem, da Sie sich gegen jeden von der gegnerischen Partei beantragten Aufschub gewehrt haben.«

»Und ob ich es erklären will«, bestätigte Helen. »Darf ich an die Richterbank treten? Ich habe einige Dokumente zur Unterstützung meines Antrags dabei.«

Einen Satz übergab sie dem Richter, einen zweiten Jimmy Bob. Er warf einen Blick auf die erste Seite, dann drehte er sich mit finsterer Miene seinem Mandanten zu.

»Was ist das?«, verlangte Brad zu erfahren.

Helen bemühte sich, nicht zu grinsen. »Wenn Sie gestatten, Euer Ehren, erkläre ich es gern.«

»Nur zu.«

Helen fuhr damit fort, die Erkenntnisse des Detektivs zu schildern. »Diese Unterlagen haben mich davon überzeugt, dass Mr Holliday wissentlich seine Frau und das hohe Gericht über das Ausmaß seiner finanziellen Beteiligungen täuschen wollte. Wir möchten mehr Zeit, um dem gründlich nachzugehen. Damit bei der letztlich vor diesem Gericht erzielten Einigung *alle* Vermögenswerte berücksichtigt werden, nicht nur jene, die Mr Holliday so selektiv offengelegt hat.«

Der Richter warf einen Blick auf die Unterlagen, bevor er über den Rand seiner Lesebrille hinweg zu Brad Holliday und Jimmy Bob schaute. Er wirkte alles andere als erfreut über die Lage, in die sie ihn brachten.

»Irgendwelche Einwände?«, fragte er Jimmy Bob.

Der Anwalt lehnte sich seufzend zurück. »Nein«, murmelte er.

»Tja, ich aber schon«, kam von Brad, der mit zornig funkelnden Augen aufsprang. »Ich habe sogar eine Menge Einwände. Was für ein Recht haben die, in meinen Angelegenheiten herumzuschnüffeln?«

Richter Rockingham ließ seinen Hammer auf den Tisch niedersausen, bevor er Brad mit einem Blick durchbohrte, der ihn prompt wieder Platz nehmen ließ. »Jedes Recht«, sagte er.

»Danke«, kam zuckersüß von Helen, die sich unheimlich darüber freute, dass Brad ausnahmsweise mal in die Schranken gewiesen wurde. »Darf ich dem Gericht noch eine kleine Bitte vortragen?«

Der Richter forderte sie mit einer Geste auf fortzufahren.

»Könnten Sie Mr Holliday und seinen Rechtsbeistand anweisen, uns eine weitere Aufstellung sämtlicher Vermögenswerte zu übermitteln? Diesmal vollständig. Ich werde sie zwar nicht für bare Münze nehmen, aber es wäre interessant, sie damit zu vergleichen, was wir finden.«

»Ist hiermit angeordnet«, entschied der Richter. »Wir sehen uns alle in zwei Wochen wieder hier. Mr West, sorgen Sie dafür, dass Ms Decatur die überarbeitete finanzielle Offenlegung bis Büroschluss an diesem Freitag erhält.«

»Aber …«, begann Jimmy Bob.

»Tun Sie es!«, herrschte ihn der Richter an. Seine Geduld war sichtlich erschöpft.

Brad wirkte erbost über die Verfügung seines Kumpels und stinksauer darüber, dass Caroline und Helen ihn ausgebootet hatten. Kaum hatte sich die Tür zum Richterzimmer hinter Rockingham geschlossen, stürmte er an den Frauen vorbei aus dem Gerichtssaal. Jimmy Bob warf Helen einen bewundernden Blick zu.

»Die Runde geht wohl an Sie«, sagte er.

Helen sträubte sich gegen die Vorstellung, dass es sich um eine Art Spiel handelte, obwohl sie wusste, dass

Scheidungen oft zu einem Wettstreit ausarteten, bei dem Strategie und Geistesgegenwart über den Ausgang entschieden. »Würden Sie und Ihr schmieriger Klient mit offenen Karten spielen, könnten wir die Sache endlich hinter uns bringen, statt sie endlos in die Länge zu ziehen.« Sie zuckte mit den Schultern. »Andererseits freut Sie ja vielleicht, wie sich die Stundenabrechnungen auftürmen. Sind sie schon hoch genug für die Anzahlung für ein Häuschen am Strand?«

Damit klappte sie die Aktentasche zu und ging an ihm vorbei, während er den Mund öffnete und schloss wie ein Fisch am Haken. Caroline folgte ihr dicht auf den Fuß.

Draußen im Flur blieben sie stehen, und ihre Mandantin sah sie vergnügt an. »Das hat beinah Spaß gemacht. Noch lieber wäre mir zwar, wenn die Scheidung endlich durch wäre, aber Brad so auf die Palme zu bringen hatte schon auch etwas.«

»Ich sage voraus, dass wir es bei der nächsten Sitzung hier beenden«, gab Helen zurück. »Die haben sich darauf verlassen, dass wir teilnahmslos dabei zusehen, wie sie ihre Spielchen treiben. Scheint ihnen gar nicht zu gefallen, dass wir den Spieß umgedreht haben. Ich vermute, jetzt wird Brad die Sache so schnell wie möglich abschließen wollen, bevor wir noch mehr von seinen schmutzigen kleinen Geheimnissen aufdecken.«

Carolines Züge ernüchterten. »Er ist gerade unheimlich wütend. So habe ich ihn noch nie erlebt.«

Helen runzelte die Stirn. »Befürchten Sie, er könnte sich rächen wollen?«

Sofort schüttelte Caroline ihre düstere Miene ab. »Nein, natürlich nicht. Um Himmels willen, ich war jahrelang mit ihm verheiratet.«

Obwohl sie mit fester Stimme sprach, vermeinte Helen, eine Spur von Zweifeln herauszuhören. »Sind Sie sicher?«

»Bin ich«, bekräftigte Caroline und sah auf die Armbanduhr. »Wir haben fast Mittag. Haben Sie Zeit zum Essen? Geht auf mich. Wir könnten zu *Sullivan's* gehen.«

»Ich wünschte, ich könnte«, erwiderte Helen. »Aber ich muss mich sputen. Mein Terminkalender ist heute den ganzen Tag randvoll. Aber gern ein anderes Mal.«

Sie fasste in ihre Aktentasche und holte einen Gutschein für das *Corner Spa* heraus. Dana Sue, Maddie und Helen hatten je ein halbes Dutzend davon dabei, um sie zu Werbezwecken zu verteilen. Schenkte man sie den richtigen Frauen, eigneten sie sich hervorragend, um die Mundpropaganda anzukurbeln. »Ein Vorschlag. Was halten Sie davon, sich zur Feier des heutigen Siegs im *Corner Spa* eine Massage oder eine Gesichtsbehandlung zu gönnen? Ich rufe Jeanette an und sorge dafür, dass Sie einen Termin für Sie einschiebt.«

Carolines Augen leuchteten auf. »Liebend gern. Das wollte ich schon lange mal ausprobieren, weil alle meine Freunde davon schwärmen. Aber seit das Chaos mit der Scheidung ausgebrochen ist, muss ich alles weglassen, was nicht unbedingt notwendig ist.«

»Das wird sich ändern, sobald wir das endgültige Scheidungsurteil haben«, versprach Helen. »Sie und die Kinder werden gut versorgt sein.«

»Nach Ihrem Auftritt heute fange ich allmählich wirklich an, daran zu glauben«, erwiderte Caroline. »Danke.«

»Ich mache nur meine Arbeit«, sagte Helen.

Karen rührte die Gazpacho, die sie als Mittagssuppe zubereitet hatte, noch einmal halbherzig um und stellte sie dann zum Abkühlen in den Kühlschrank. Sie war so erschöpft, dass sie kaum einen Fuß vor den anderen setzen konnte, trotzdem war sie zur Arbeit gekommen. Obwohl sie gewusst hatte, dass Tess für sie einspringen würde, hatte sie nicht erneut um eine Auszeit gebeten.

Offenbar sah man Karen ihren Zustand an, denn als Erik in die Küche kam, fragte er: »Geht's dir gut?«

»Nur müde«, antwortete sie. »Daisy ist immer noch krank, aber heute konnte die Babysitterin sie übernehmen.«

»Hält sie dich nachts wach?«, fragte Erik.

Karen nickte. »Aber mir geht's gut. Die Gazpacho ist fertig, die Salate sind auch eingekühlt.«

»Warum machst du dann nicht ein paar Minuten Pause?«, schlug er vor. »Nimm dir was von der Gazpacho. Als du sie das letzte Mal gemacht hast, war sie überragend. Seitdem verlangen die Gäste lauthals danach, vor allem an heißen Tagen.«

»Weißt du, ich denke, das mache ich.« Karen schöpfte etwas von der gekühlten Suppe mit ihrer würzigen Mischung aus Tomaten, grünem Paprika und Zwiebeln in eine Schüssel. Sie zog sich einen Hocker zur Arbeitsplatte und probierte. Zu ihrem Entsetzen explodierte ihr beinah der Gaumen.

»Oh, mein Gott!«, entfuhr es ihr, bevor sie den Mundvoll zurück in die Schüssel spuckte. »Wir müssen sie wegschütten.«

Erik sah sie bestürzt an. »Was stimmt nicht damit?«

Karen zuckte zusammen. »Ich muss zu viel scharfe Soße reingetan haben und sie für die Worcestershire-Sauce gehalten haben«, sagte sie. »Es tut mir so, so leid. Keine Ahnung, wo ich mit dem Kopf war.«

»Der hat wahrscheinlich versucht, versäumten Schlaf nachzuholen«, erwiderte Erik. »Kann passieren. Zum Glück ist noch Zeit, einen neuen Schwung zu machen. Ich helfe dir, das Gemüse zu schneiden.«

»Vielleicht solltest du besser das Würzen übernehmen«, meinte Karen. »Offensichtlich kann man mir nicht trauen.«

Erik musterte sie besorgt. »Karen, steckt mehr dahinter, als du zugibst? Wirst du auch krank?«

»Nein«, entgegnete sie bestimmt, weil sie fürchtete, er könnte sie sonst nach Hause schicken. Nicht nur, weil es ein weiterer Minuspunkt für sie wäre, sondern auch, weil sie dringend das Einkommen brauchte. Ihre letzten beiden Gehaltsschecks hatten schwer unter dem unbezahlten Urlaub gelitten, den sie hatte nehmen müssen. »Ich trinke noch eine Tasse Kaffee, dann bin ich zu Mittag wieder topfit.«

»Wenn du meinst …« Erik blieb unverkennbar skeptisch.

»Weißt du, mir ist klar, dass ihr mit mir und meiner Arbeit nicht zufrieden seid, aber ich gebe mir wirklich Mühe«, beteuerte sie. »Bitte habt noch ein bisschen Geduld mit mir.«

»Das versuchen wir ja«, erwiderte er. »Aber dir muss auch klar sein, dass es dafür eine Grenze gibt. Wir können es uns nicht leisten, dass die Qualität der Gerichte leidet, weil du nur halbwach bist.«

Tränen traten ihr in die Augen. »Ich weiß. Es gibt nur einfach Tage, da wird mir alles zu viel. Ich kriege nie genug Schlaf. Und ich sehe kein Licht am Ende des Tunnels. Obendrauf kommen auch noch die Sorgen wegen der Rechnungen.« Abrupt bremste sie sich. »Entschuldige.

Ich hab wirklich kein Recht, dich vollzujammern. Sind ja nicht deine Probleme.«

Erik musterte sie voll unerwartetem Mitgefühl. »Aber du gehörst zu unserem Team«, erinnerte er sie in deutlich sanfterem Ton. »Auch wenn ich streng mit dir bin, liegt mir sehr wohl was dran, was sich in deinem Leben abspielt. Wenn Dana Sue und ich irgendwie helfen können, dann wollen wir das auch.«

»Ich kann mir nicht vorstellen, dass ihr auf meine Kinder aufpassen wollt, damit ich eine Woche durchschlafen kann. Sonst fällt mir nichts ein, was ihr tun könntet, außer Geduld mit mir zu haben. Ich tue wirklich, was ich kann, um in der Spur zu bleiben.«

»Das weiß ich«, sagte er.

Vielleicht lag es an seinem sanften, mitfühlenden Ton. Vielleicht auch an der Angst, entschieden zu knapp davorzustehen, alles zu vermasseln. Jedenfalls brach Karen in Tränen aus, flüchtete aus der Küche und ließ Erik völlig verwirrt zurück.

In der Toilette spritzte sie sich kaltes Wasser ins Gesicht, bevor sie sich am Rand des Waschbeckens abstützte, während sie versuchte, sich zu beruhigen. Sie stand so kurz davor, völlig außer Kontrolle zu geraten, dass es ihr Angst einjagte. Dank der Verantwortungslosigkeit ihrer Mutter hatte sie sehr früh gelernt, dass sie sich nur auf sich selbst verlassen konnte. Die meiste Zeit war ihre Mutter zu beschäftigt mit ihren Lovern gewesen, um ihre Tochter überhaupt wahrzunehmen. Und sogar, als Karens Ehe in die Brüche gegangen war, hatte sie alles zusammengehalten. In letzter Zeit jedoch schienen die kleinsten Kleinigkeiten sie zu überwältigen.

»Reiß dich zusammen«, murmelte sie, während sie ihr blasses Gesicht im Spiegel betrachtete. »Du kannst es dir echt nicht leisten, den Job hier zu verlieren.«

Karen holte erst einmal tief Luft, dann noch mal, bis sie sich endlich ruhiger und gefasster fühlte. Sie kramte einen Lippenstift aus der Tasche und zog den glänzenden Rosaton ihrer Lippen nach. Die Farbe half.

Sie wollte gerade zurück in die Küche und sich entschuldigen, als Dana Sue mit besorgter Miene hereinkam.

»Geht's dir gut? Erik steht völlig neben sich, weil er dich zum Weinen gebracht hat.«

»Es war nicht seine Schuld«, versicherte Karen. »Ich bin nur gerade ein Wrack.« Sie rang sich ein Lächeln ab. »Trotzdem bereit für den Mittagsansturm, ehrlich.«

Sie wollte rasch an Dana Sue vorbei, bevor sie einen weiteren Zusammenbruch erleiden konnte, doch ihre Chefin hielt sie auf.

»Brauchst du eine Auszeit?«, fragte sie. »Ich finde schon einen Weg, dich ein, zwei Wochen zu bezahlen, wenn das hilft.«

Karen schüttelte den Kopf. »Ich muss lernen zu bewältigen, was sich in meinem Leben abspielt. Sonst ändern ein paar Wochen Urlaub auch nichts.«

»Du könntest dich ausruhen. Man nimmt immer alles viel schlimmer wahr, wenn man erschöpft ist.«

»Ich weiß das Angebot wirklich zu schätzen, aber nein.«

»Karen, kehr Hilfe nie den Rücken zu, wenn man sie dir anbietet«, ließ Dana Sue nicht locker. »Du nützt weder uns noch deinen Kindern etwas, wenn du zusammenbrichst.«

»Viele alleinerziehende Mütter haben es schwerer als ich«, blieb Karen stur. »Du hast schon viel mehr für mich getan, als man erwarten kann.«

»Weil du in Topform eine erstklassige Anwärterin auf den Posten des Souschefs bist«, sagte Dana Sue.

»Und ich werde dein Vertrauen in mich rechtfertigen«, erwiderte Karen. »Ich schwöre dir, ich bekomme alles wieder auf die Reihe.«

Dana Sue seufzte. »Sag einfach Bescheid, falls du es dir anders überlegst und doch eine Auszeit willst.«

Karen nickte. »Jetzt gehe ich besser wieder an die Arbeit. Ich muss noch einen Schwung Gazpacho zubereiten.«

Außerdem hatte sie diesen beiden Menschen, die sich weit aus dem Fenster gelehnt hatten, um ihr durch ihre Krisen zu helfen, eine Menge zu beweisen. Sie zu enttäuschen kam nicht in Frage.

KAPITEL 7

»Was stimmt nicht mit dir?«, fragte Dana Sue barsch, als Helen die Terrasse des *Corner Spa* betrat. Es war einige Morgen nach dem Tag, an dem sie versucht hatte, Erik dazu zu bringen, sie anzurufen.

Helen sah sie mit verwirrt gerunzelter Stirn an. Sosehr sie Konfrontationen und Wortgefechte im Gerichtssaal genoss, bei ihren Freunden konnte sie gut darauf verzichten. »Wie bitte? Was hab ich dir denn getan?«

»Nicht mir. Erik. Der heißeste und netteste Mann, der dir seit Jahren über den Weg gelaufen ist, küsst dich um den Verstand, und du machst nichts darauf«, warf Dana Sue ihr vor. »Ich dachte, du willst eine aufrichtige Beziehung im Leben. Hat das nicht vor einiger Zeit auf der endlosen Liste deiner Ziele gestanden? Das und ein Baby? Und zu lernen, wie man mal abschaltet und loslässt? In letzter Zeit bist du ungefähr so entspannt wie eine Giftschlange kurz vor dem Angriff. Ich frage mich, was Doc Marshall und die teuren Gynäkologen, bei denen du warst, dazu sagen würden.«

Helen schaute von ihr zu Maddie. »Und du bist wohl ihrer Meinung, was?«

Maddie zuckte mit den Schultern. »So ziemlich.«

»Hatten wir dieses Gespräch nicht schon mal?« Ihr Blick verfinsterte sich zusätzlich, als sie Dana Sue die Stirn bot. »Ich will es wirklich, wirklich nicht noch mal führen.«

»Seh ich so aus, als würde mich das interessieren?«, konterte Dana Sue bestimmend. »Du bist dabei, die vielleicht beste Chance wegzuwerfen, alles zu bekommen, was du dir angeblich wünschst. Und das nur, weil du so unglaublich stur bist.«

»Ich bin nicht …« Maddies Lächeln und Dana Sues ungläubiger Blick hielten sie davon ab, den Satz zu Ende zu sprechen. »Na schön, ich bin stur, aber das ist nicht das Problem. Wir reden hier von meinem Leben. Ich treffe meine eigenen Entscheidungen.«

»Dann triff eine!«, herrschte Dana Sue sie an. »Hör auf herumzutrödeln.«

»Ich kann eine Entscheidung über ein Baby nicht überstürzen«, argumentierte Helen. »Dafür steht zu viel auf dem Spiel.«

»Dann geh wenigstens mit Erik aus«, verlangte Dana Sue eindringlich. »Die Entscheidung kann jetzt echt nicht so schwer sein.«

Helen zuckte mit den Schultern. »Er hat mich nicht um ein Date gebeten.«

»Dann mach du es«, sagte Dana Sue. »Seit wann bist du ein schüchternes, zurückhaltendes Mauerblümchen, das darauf wartet, gefragt zu werden? Bist du nicht die Frau, die immer stolz darauf war, direkt zu sein und sich zu holen, was sie will?«

»Ganz meine Rede«, sagte Maddie und legte eine Hand auf ihren Bauch. »Und so faszinierend es ist, dir zuzusehen, wie du versuchst, dich aus Dana Sues Kuppelversuchen zu winden, ich finde, wir sollten das für heute Morgen gut sein lassen. Wir müssen uns einen Plan überlegen, wie wir den Laden hier weiterführen, während ich im Mutterschaftsurlaub bin.«

Helen holte tief Luft, erleichtert über den Themenwechsel. Sie grinste Maddie an. »Du planst wirklich gern weit voraus, oder? Nach meinen Berechnungen haben wir noch reichlich Zeit.«

»Trotzdem werde ich mich besser fühlen, wenn wir einen Plan zu Papier gebracht haben«, gab Maddie zurück. »Dann kann ich einen Punkt von meiner Liste streichen. Cal scheint eine eigene Liste zu haben, der ich mich widmen muss.«

»Was steht denn auf seiner Liste?«, fragte Helen neugierig.

»Er will den Dachboden in ein Spielzimmer umbauen. Klingt für mich wie etwas aus einem Roman von Jane Austen. Du weißt schon, wo man die Kinder oben mit einer Aufpasserin wegsperrt.« Sie schüttelte den Kopf. »Jedenfalls ist er fest dazu entschlossen. Er findet, Jessica Lynn und das neue Baby sollten einen besonderen Ort bekommen. Gestern ist er aus Ronnies Laden mit genug Tapeten- und Farbmustern für die halbe Stadt nach Hause gekommen. Wird Tage dauern, das alles durchzusehen.«

»Ich könnte helfen«, bot Helen an. »Würde Spaß machen.«

»Nur zu«, lud Maddie sie ein. »Aber jetzt konzentrieren wir uns mal. Wir brauchen einen Plan.«

Dana Sue zuckte mit den Schultern. »Ich dachte, du könntest den Betrieb auch von zu Hause aus leiten«, sagte sie mit sarkastischem Unterton. »Hast du das nicht auch letztes Mal gemacht, obwohl wir offiziell Jeanette die Leitung übertragen haben?«

»So erinnere ich mich auch daran«, bekräftigte Helen.

Maddie sah die beiden mürrisch an. »Na schön, wir

wissen alle, dass ich ein Kontrollfreak bin. Und vielleicht konnte ich mit einem Baby im Haus die Dinge noch im Auge behalten. Aber zwei kleine Kinder sind eine völlig andere Liga. Kyle weigert sich, auch nur eine weitere Windel zu wechseln. Und Katie knabbert daran, dass sie seit Jessica Lynn nicht mehr das Nesthäkchen ist. Sie ist alles andere als begeistert, dass weitere Konkurrenz im Anmarsch ist. Auf die Hilfe der beiden werde ich wohl kaum zählen können. Da wir Frühling haben, ist Cal fast jeden Tag beim Baseballtraining oder einem Match. Und Tyler ist noch zwei Wochen an der Duke. Obwohl er so oder so keine große Hilfe wäre. Er will über den Sommer unbedingt arbeiten.«

Helen warf einen Blick auf Dana Sue, die nickte. »Ist zwar noch ein bisschen früh dafür, aber wir dachten uns schon, dass du dich vielleicht überfordert fühlen könntest«, sagte sie, griff in ihre Aktentasche und holte ein flaches, rechteckiges Päckchen heraus. »Deshalb haben wir eine Kleinigkeit für dich besorgt, da du dich ja weigerst, uns wieder eine Babyparty schmeißen zu lassen.«

Maddie nahm das Päckchen entgegen und beäugte es misstrauisch. »Was ist das?«

»Wirst du schon sehen«, meldete sich Dana Sue zu Wort. »Mach's einfach auf.«

Helen beobachtete, wie Maddie feierlich die Schleife löste, behutsam das Geschenkpapier entfernte und es ordentlich zusammenfaltete. »Geht's auch ein bisschen schneller?«, drängte sie.

Maddie grinste sie an. »Ich zögere die Spannung halt gern hinaus«, sagte sie, während sie einen Geschenkgutschein aus dem Seidenpapier zog. Einige Sekunden lang betrachtete sie ihn, dann glotzte sie ihre Freundinnen fassungslos an. »Ihr habt eine Kindermädchenagentur für mich gebucht? Für ein Jahr?«

Beim verblüfften Ton in ihrer Stimme klatschten Helen und Dana Sue miteinander ab.

»Die Vorstellungsgespräche führst natürlich du«, versicherte Helen ihr. »Aber es ist alles bezahlt. Wir brauchen dich glücklich und ausgeglichen. Und wir dachten uns, dabei könnte ein Kindermädchen helfen. Cal hat uns zugestimmt, dass es das perfekte Geschenk wäre.«

»Perfekt?«, wiederholte Maddie. »Es ist spitze und unheimlich großzügig. Zu großzügig.«

»Mach dich nicht lächerlich«, sagte Dana Sue. »Kannst es ja als Zusatzvorteil deines Jobs betrachten, ganz abgesehen davon, dass du unsere Freundin bist. Dank dir ist der Laden zu einer Goldmine geworden. Außerdem lieben wir dich.«

Mit dem Gutschein fest in der Hand, lehnte sich Maddie auf dem Stuhl zurück. »Ich bin .... Ich bin überwältigt.«

»Hoffentlich nicht zu überwältigt, dass zu dir durchdringt, was wir dir noch zu sagen haben. Wir wollen, dass du die ersten sechs Wochen nach der Geburt nicht mal dran denkst, hier aufzukreuzen. Länger, wenn du es aushältst«, sagte Helen. »Du hast Jeanette bis ins letzte Detail eingeschult. Lass sie nur machen.«

»Und wir sehen ja auch nach ihr«, versprach Dana Sue. »Wenn's ein Problem gibt, kann sie sich an uns beide wenden. Ruh dich aus, erfreu dich an deiner Familie und nutz das kostenlose Privattraining, das Elliott dir für zu Hause anbietet, wann immer du bereit bist, zu deiner knackigen Mädchenfigur zurückzukehren.«

»Meine Figur ist seit zwanzig Jahren nicht mehr mädchenhaft«, erwiderte Maddie bedauernd. »Aber wisst ihr was? Ich werd vielleicht ausnahmsweise mal auf euch hören und ein paar Wochen lang nichts tun.«

Dana Sue sah sie belustigt an. »Zwei Kinder im Alter unter zwei Jahren, und du glaubst ernsthaft, du könntest damit durchkommen, nichts zu tun? Du musst unter Wahnvorstellungen leiden.«

»Aber das Kindermädchen hilft dir«, sagte Helen. »Und Dana Sue und ich sind auch nur einen Anruf entfernt, falls du zusätzliche Verstärkung brauchst.«

Maddie verengte die Augen zu Schlitzen. »Weil du die Übung gebrauchen kannst?«

»Fang nicht davon an«, bat Helen. »Ich ringe immer noch mit den verschiedenen Möglichkeiten. Und nein, ich will nicht darüber reden, falls ihr denkt, ich hätte meine Meinung in den letzten drei Minuten geändert.«

»Dann gibt's hier wohl nichts Interessantes mehr zu erfahren«, sagte Dana Sue resigniert. »Ich muss ins Restaurant. Karen ist in letzter Zeit nicht in Bestform, deshalb muss ich sie im Auge behalten.«

Helen runzelte die Stirn. »Du hast immer noch Probleme mit ihr? Ich dachte, mit Tess an Bord wäre das Geschichte.«

»Es hat geholfen, keine Frage«, erwiderte Dana Sue. »Aber in dem Fall geht's um Karens geistige Verfassung. Wenn du mich fragst, leidet sie unter schwerem Schlafmangel. Sie kommt zwar zur Arbeit, trotzdem ist sie nicht ganz da. Aber keine Sorge. Ich bin überzeugt davon, dass sie nur ein wenig Zeit braucht, um zu lernen, mit allem in ihrem Leben zu jonglieren. Als alleinerziehende Mutter hat man's selbst unter den besten Umständen nicht leicht.«

»Amen«, bestätigte Maddie. »Die Monate, die ich auf mich allein gestellt war, gehören mit zu den schlimmsten meines Lebens – Ty hat sich damals unmöglich aufgeführt, Kyle hat sich abgekapselt und Katie hat sich jeden Abend die Augen nach ihrem Papa aus dem Kopf geheult. Und das, obwohl er nur einen Anruf entfernt war, meine Mutter mir geholfen hat *und* dann noch Cal dazugekommen ist. Ich wüsste nicht, wie ich das ohne all die Unterstützung und euch als Klagemauer hätte stemmen sollen.«

»Ich könnte noch mal mit Karen reden«, bot Helen an, die sich irgendwie verantwortlich für die jüngere Frau fühlte. Vielleicht fürchtete sie sogar tief in ihrem Innersten, Karens offensichtliche Mühe, Kinder und Arbeit unter einen Hut zu bringen, könnte ein Omen dafür sein, was ihr selbst blühte, wenn sie sich für ein eigenes Baby entschiede.

»Jetzt hör aber auf«, protestierte Dana Sue. »Das ist wirklich nicht dein Problem.«

»Mag sein, aber Karen hat anscheinend keinen solchen Rückhalt wie wir alle«, argumentierte Helen. »Vielleicht fällt uns ein Weg ein, ihr welchen zu beschaffen.«

Dana Sue schüttelte den Kopf. »Nein, ich denke, im Augenblick würde sie durch jede Einmischung, vor allem von mir, nur noch mehr Druck verspüren.«

Helen überlegte kurz, bevor sie seufzte. »Wahrscheinlich hast du recht. Aber gib Bescheid, wenn du meinst, dass ich irgendwie helfen kann.«

»Gern«, erwiderte Dana Sue. »Etwas gibt es tatsächlich, das du dir ansehen könntest, aber Erik hat versprochen, mit dir darüber zu reden.«

Helen musterte sie mit verkniffenem Blick. »Seine Idee oder deine?«

»Spielt das eine Rolle?«, fragte Dana Sue.

»Höchstwahrscheinlich schon«, murmelte Helen.

Seltsamerweise verspürte sie bei der Aussicht darauf, wieder mit ihm zusammenzutreffen – unabhängig vom Grund – einen knisternden Anflug von Vorfreude.

Vermutlich kein gutes Zeichen.

Erik bemühte sich, jeden Nachmittag zwischen dem Ende des Ansturms zu Mittag und vor Beginn jenes zu Abend einen Spaziergang zu unternehmen. Früher mal wäre er gejoggt, doch in letzter Zeit machten ihm seine Knie zu schaffen, wenn er es versuchte. Nur zu spazieren war nicht dasselbe, doch zumindest bot es ihm eine Gelegenheit, seine zuletzt oft chaotischen Gedanken zu ordnen. Helen Decatur schien ihm mehr im Kopf herumzuspuken, als ihm lieb war.

An jenem warmen, schwülen Nachmittag beschleunigte er die Schritte durch die Innenstadt von Serenity – wenn man es denn so nennen wollte. In Wirklichkeit säumten nur *Wharton's Pharmacy* mit ihrem Getränkespender und Ronnies Baumarkt den Hauptplatz. Viele Geschäftslokale standen leer. So würde es wohl auch bleiben, bis mehr Leute bereit wären, dasselbe Risiko wie Ronnie einzugehen. Er hatte den alten Eisenwarenladen kreativ wiederbelebt, zu einem Baumarkt ausgeweitet und so auf wirtschaftlich überlebensfähige Beine gestellt. Die Zusammenarbeit mit örtlichen Bauträgern, die ihren Bedarf bei ihm deckten, funktionierte hervorragend.

Als Erik den Stadtpark erreichte, wo Schwäne in einem kleinen, funkelnden Teich schwammen, war er dankbar für den Schatten, den die alten, dicht von Moos überwucherten Eichen spendeten.

Er konzentrierte sich so darauf, sein Tempo zu halten, dass er Helen beinah erreicht hatte, bevor er sie bemerkte.

Sie saß mit seltsam nachdenklicher Miene auf einer Bank.

»Hi«, grüßte er sie und blieb vor ihr stehen. »Schwänzt du wieder mal die Kanzlei?«

Sichtlich überrumpelt von seiner Stimme, schaute sie zu ihm auf. Farbe kroch ihr in die Wangen. »So ähnlich«, erwiderte sie.

»Beschäftigt dich dasselbe wie neulich?«

»Kann sein«, gab sie mit tonloser Stimme zurück. »Was machst du um diese Zeit draußen? Solltest du nicht längst fürs Abendessen schneiden, hacken und marinieren?«

»Bald.« Er ließ sich neben ihr nieder. »Eigentlich hab ich sogar gehofft, dir über den Weg zu laufen.«

»Ach ja? Wieso das?«

Er grinste über den Argwohn in ihrer Stimme. »Vermutest du immer gleich Hintergedanken, wenn jemand mit dir reden will?«

Mit reumütiger Miene zuckte sie mit den Schultern. »Meistens.«

»Tja, meine Motive sind rein. Es geht um Tess, Karens Freundin.«

»Ah ja«, sagte Helen. »Wie macht sie sich?«

»Das hat Dana Sue dir sicher schon erzählt«, erwiderte er.

»Hat sie, aber ich würde gern deine Meinung hören.«

»Sie ist spitze«, sagte er mit einem Seitenblick zu ihr. »Dana Sue findet, dass wir dir dafür was schulden.«

»Ich hab sie ja nicht gefunden. Das war Karen.«

»Aber du hast uns dazu gedrängt, eine andere Lösung zu finden, als Karen zu entlassen und zu ersetzen«, sagte er.

»Wenn es mit Tess so gut läuft, warum wolltest du dann mit mir über sie reden?«

Erik holte tief Luft. »Sie könnte Rechtsberatung gebrauchen, verdient aber nicht viel. Nur glaube ich nicht, dass es auf die lange Bank geschoben werden sollte, bis sie es sich leisten kann, die Beste oder den Besten zu engagieren. Vor allem, weil ihr schon ein Anwalt Geld abgeknöpft und nichts für sie getan hat.«

Sofort setzte sich Helen aufrechter hin. »Erklär mir das«, verlangte sie forsch.

Er schilderte ihr, was er über Diego Martinez' Fall und Tess' früheren Anwalt wusste, obwohl es nicht viel war. »Kannst du da irgendetwas machen?«

»Zumindest kann ich diesen Arsch zurechtstutzen und dafür sorgen, dass sie ihr Geld zurückbekommt. Und den Fall ihres Ehemanns kann ich mir ansehen, obwohl Einwanderungsrecht alles andere als mein Spezialgebiet ist. Weiß sie, dass du mit mir darüber redest?«

»Ich hab nur erwähnt, dass eine Freundin von Dana Sue ihr vielleicht helfen könnte. Aber Tess wollte sich wegen der Sache mit dem Honorar nicht an dich wenden.«

»Sag ihr, sie soll sich darüber nicht den Kopf zerbrechen. Sorg dafür, dass sie mich anruft.« Sie warf einen Blick auf die Armbanduhr. »Arbeitet sie gerade? Falls ja, begleite ich dich zum *Sullivan's* und rede sofort mit ihr.«

»Nein, heute hat sie frei. Morgen kommt sie wieder«, erwiderte Erik. »Könntest du dann vorbeischauen?«

»Ich werd's versuchen. Und bevor du mich daran erinnerst, ich werd nicht mitten im Hochbetrieb aufkreuzen.«

»Weil du's satthast, zur Arbeit in der Küche vergattert zu werden?«, stichelte er.

»Nein. Um ehrlich zu sein, gehört das zu den wenigen Dingen, bei denen ich in letzter Zeit abschalten kann.«

Überrascht sah er sie an. »Wirklich? Was könntest du für einen Grund haben, angespannt zu sein? Du bist intelligent. Erfolgreich. Wunderschön.«

»Danke. Aber in letzter Zeit ist mir bewusst geworden, dass es mehr im Leben gibt.«

Darüber lachte er, wenngleich er ihr dabei einen mitfühlenden Blick zuwarf. »Hat Dana Sue dir wieder mal Flausen in den Kopf gesetzt, Helen?«

»Zusammen mit Maddie«, bestätigte sie. »Dann kennst du das wohl auch.«

»Und ob«, bejahte er.

»Hast du irgendeinen Rat für mich?«

»He, du kennst Dana Sue länger als ich. Wahrscheinlich könntest eher du mir Tipps geben.«

»Mir gehen allmählich die Argumente aus, die bei ihr ziehen. Vor allem, seit sie wieder mit Ronnie zusammen ist und meint, dass die Welt nach dem Prinzip der Arche Noah funktioniert. Du weißt schon, paarweise.«

Erik sah ihr in die Augen. Er konnte den Blick nicht von einem Anflug von Verletzlichkeit abwenden, den er erneut darin entdeckte. »Wir müssen wohl beide einfach standhaft bleiben.«

»Wahrscheinlich«, erwiderte sie mit erstaunlich wenig Überzeugung.

»Wir könnten ja mal auf einen Kaffee gehen und uns eine Strategie dafür zurechtlegen, wie wir Dana Sue davon abhalten, sich in unser Leben einzumischen«, schlug er vor. »Wie viel Elend kann sie schon anrichten, wenn wir beide uns einig sind?«

Über ihre Züge huschte etwas, das verdächtig nach Enttäuschung aussah. Aber es verschwand so schnell wieder, dass Erik überzeugt davon war, sich geirrt zu haben.

»Klingt nach einem Plan«, stimmte sie schließlich zu, wenngleich es gezwungen klang. »Grace hatte wohl recht, was dich angeht.«

»Grace? Was um alles in der Welt hat sie damit zu tun?«

»Sie sagt, du bist eingefleischter Junggeselle.«

»War ich nicht immer«, erwiderte er, womit er sie sichtlich überraschte.

»Du warst verheiratet?«

Erik nickte.

»Geschieden?«

Erik schüttelte den Kopf. »Sie ist gestorben.« Bevor Helen ihn mit Fragen bombardieren konnte, die er nicht beantworten wollte, stand er auf. »Danke, dass du dir Tess' Problem ansiehst, Helen.«

»Gern. Siehst du? Aggressive Anwältinnen haben auch ihre Vorteile.«

Erik zuckte zusammen. »Tut mir leid, dass ich dich so genannt habe.«

»He, jeder hat ein Recht auf seine Meinung. Und eigentlich bin ich sogar stolz darauf. Wenn man vor Gericht ziehen muss, will man, dass ein aggressiver Anwalt für einen kämpft.«

»Also sind wir noch Freunde?«

Sie grinste ihn an. »Klar. Obwohl's nicht schaden würde, wenn du auch mal ein paar meiner Fragen beantwortest, statt zu mauern. Weißt du, echte Freundschaft ist in Unterhaltungen ein Geben und Nehmen.«

»Hab ich auch gehört«, sagte Erik.

»Also verrätst du mir deine dunkelsten Geheimnisse?«, fragte sie.

»Nein«, antwortete er. »Wo bliebe denn da der Spaß? Mir ist lieber, du bist frustriert und willst mehr.«

»Ist das so 'ne Ego-Sache?«

»Nein. Männersache. Wir sehen uns. Komm mal wieder zum Schneiden und Hacken vorbei«, lud er sie ein. »Wir vermissen dich in der Küche. Und demnächst gehen wir den vereinbarten Kaffee trinken.«

Während er sich entfernte, wurde ihm klar, wie wahr die beiläufige Bemerkung darüber war, dass er sie vermisste. In der Küche genoss er es, sie unter seiner Fuchtel zu haben. Wenn sich Helen in seinem Revier befand, blieb von der aggressiven Anwältin nichts übrig. Dann war sie nur eine intelligente, attraktive Frau, die seine Hormone in Wallung versetzte. Es war sehr lange her, dass eine Frau etwas Vergleichbares bei ihm bewirkt hatte.

Erik konnte nur hoffen, dass Dana Sue *das* nie herausfinden würde. Sonst würde sie mit ihren Kuppelversuchen ihrer beider Leben zum Albtraum werden lassen.

Der dreijährige Mack hatte die Augen am Abend noch kaum geschlossen, als er schreiend wieder aufwachte. Karen war vor dem Fernseher eingeschlafen. Abrupt schreckte sie hoch und rannte ins Schlafzimmer, wo Mack aus seinem Kinderbett klettern wollte, Daisy ihn zurückschob und Mack dadurch nur umso lauter weinte.

»Schon gut«, wandte sich Karen an ihre Tochter. »Ich übernehme.«

»Wenn er aufbleiben darf, dann darf ich auch«, sagte Daisy mit ihrer Sturkopfmiene.

»Nein«, widersprach Karen. Ihre Geduld hing an einem seidenen Faden. »Du musst jetzt schlafen. Du musst morgen früh zur Schule.«

»Das ist unfair«, klagte Daisy.

»Mir egal, ob es fair ist oder nicht. So ist es nun mal«, sagte Karen, während Mack weiter in ihren Armen schluchzte. »Bitte, Schatz, lass mich jetzt versuchen, deinen Bruder zu beruhigen. Leg dich wieder schlafen.«

»Er ist zu laut«, beschwerte sich Daisy.

»Deshalb gehe ich ja mit ihm nach nebenan«, erklärte Karen geduldig. »Jetzt kriech zurück ins Bett und leg den Kopf aufs Kissen. Dann schläfst du im Nu wieder ein.«

Nach einem letzten störrischen Blick kam Daisy der Aufforderung endlich nach. Karen beugte sich vor und drückte ihr einen Kuss auf die Stirn, bevor sie Mack ins Wohnzimmer trug.

»Also, Schatz, was ist los?«, fragte sie und legte eine Hand auf Macks feuchte, seidenweiche Wange. »Hast du Fieber? Oder hast du nur schlecht geträumt?«

Wimmernd starrte Mack sie an. Tränen waberten in seinen dunkelblauen Augen. Er klammerte sich mit schraubstockartigem Griff an Karens Hals fest. Als sie versuchte, ihn zu lockern, fing Mack wieder zu schluchzen an.

»Ach, Schatz, was hast du denn? Bitte beruhig dich. Mami ist ja da. Es ist alles gut.« Sie ließ sich auf einem alten Schaukelstuhl aus Holz nieder, den sie vor Daisys Geburt auf einem Flohmarkt entdeckt hatte. Dort versuchte sie, Mack wieder in den Schlaf zu wiegen. Was sonst wunderbar funktionierte. An diesem Abend jedoch döste Mack jedes Mal nur kurz ein, und kaum waren ihm die Augen zugefallen, erwachte er mit einem Ruck wieder und heulte laut drauflos. Was auch immer Karen versuchte, nichts schien ihn zu beruhigen.

Und jedes neue Schluchzen strapazierte ihre Nerven ein bisschen mehr. Als Daisy auftauchte und um ein Glas Wasser bat, brannte in ihr eine Sicherung durch.

»Nein!«, brüllte sie. »Ich will, dass du sofort zurück ins Bett gehst!«

Einen Herzschlag lang starrte ihre Tochter sie, sichtlich erschrocken von dem scharfen Ton, an, dann begann auch sie zu weinen. Der Chor der beiden heulenden Kinder schwoll dermaßen laut an, dass Karen vor Wut und Entsetzen zitterte. Hoffnungslos überfordert rannte sie praktisch aus der Wohnung und durch den Flur, Mack noch in den Armen, Daisy dicht hinter ihr. Ohne darauf zu achten, wie spät es inzwischen war, hämmerte sie verzweifelt an Frances' Tür.

»Was um alles in der Welt ist denn los?«, fragte Frances, als sie im Bademantel und mit Lockenwicklern im Haar öffnete. Ein Blick auf Karen und die beiden schreienden Kinder genügte. Rasch ließ sie die drei hinein. Im eingeschalteten Fernseher lief gerade eine spätabendliche Talkshow. Sie nahm Mack aus Karens Armen entgegen und tätschelte ihm sanft den Rücken. Daisy schickte sie in die Küche, um sich ein Glas Wasser zu holen.

Ihr beruhigender, nüchterner Tonfall bewirkte, was Karen nicht geschafft hatte. Beide Kinder beruhigten sich fast auf Anhieb.

»Ich schaffe das nicht mehr«, klagte Karen und wischte sich die Tränen aus den Augen. Sie hätte nie für möglich gehalten, dass sie zu einer Mutter werden könnte, die spontan ausrastete und eines ihrer Kinder schlug oder auch nur anbrüllte, wie sie es bei Daisy getan hatte. »Ich halte das keine Minute länger aus. Und ich hab Angst davor, was passieren könnte, wenn ich es versuche.«

»Ganz ruhig«, murmelte Frances und beruhigte sie, als wäre auch sie ein aufgewühltes Kind. »Du bist eine gute Mutter. Du bist doch mit ihnen hergekommen, oder? Du würdest den Kleinen nie und nimmer wehtun.«

»Oh Gott«, stieß Karen hervor. »Mir wird schon schlecht, wenn ich mir nur die Möglichkeit ausmale.«

»Dann wollen wir mal sehen, was wir tun können, um das Problem zu lösen«, erwiderte Frances im selben ruhigen, sachlichen Ton. »Lass die beiden vorerst einfach bei mir, ja? Geh du zurück nach Hause und mach ein Nickerchen.«

»Ich kann sie nicht bei Ihnen lassen! Das wäre viel zu viel.«

»Wir kommen schon klar. Aber du brauchst mal eine Nacht mit ordentlichem Schlaf. Vor morgen Nachmittag will ich dich hier nicht wiedersehen. Ich rede mit Dana Sue und erkläre ihr, was los ist.«

»Das geht nicht«, protestierte Karen. »Das würde das Fass zum Überlaufen bringen. Ganz sicher.«

»Mach dich nicht lächerlich«, gab Frances tadelnd zurück. »Sie wird es verstehen. Dafür sorge ich schon. Und jetzt geh. Heute Nacht kommen die Kinder und ich klar. Morgen früh bringe ich sie zur Schule und zur Tagesstätte. Ich hab ja einen Schlüssel, um ihre Sachen zum Anziehen zu holen. Und ich kenne die Routine.«

»Sind Sie sicher?«, fragte Karen halbherzig. Die Vorstellung, eine Nacht durchzuschlafen, lockte sie wie ein Leuchtturm, der ihr den Weg nach Hause zeigte. Unterbrechungsfreier Schlaf würde ein wahrer Segen sein.

»Bin ich«, betonte Frances. »Wir reden morgen weiter. Wenn du aufwachst, kannst du rüberkommen, dann mache ich dir ein schönes, großes Frühstück.«

Impulsiv warf Karen die Arme um Frances und den mittlerweile eingeschlafenen Mack. »Danke. Ich weiß ehrlich nicht, was ich gemacht hätte, wenn Sie nicht zu Hause gewesen wären. Und danke für das Angebot, mit Dana Sue zu reden.«

Selbst wenn Karen morgen gefeuert werden sollte, eine ganze Nacht im Bett, ohne darauf achten zu müssen, ob die Kinder aufwachten, und ein Morgen, an dem sie vielleicht tatsächlich erfrischt statt geschlaucht erwachen würde, wären es wert. Sie konnte nicht wie bisher weitermachen. Das hatte dieser Abend bewiesen.

Niedergeschlagen schleppte sie sich zurück durch den Flur und in ihrer Wohnung ins Bett. Dort umklammerte sie das Kissen und begann, heftig zu schluchzen, ließ all die Frustration und Angst heraus, die sich über Wochen in ihr aufgestaut hatten. Sie wusste nicht, was der nächste Tag bringen würde, doch es musste einfach besser sein als die emotionale Achterbahnfahrt, die sie hinter sich hatte.

KAPITEL 8

Der Anruf weckte Helen aus tiefem Schlaf. Sie war an juristische Notfälle gewöhnt, die gelegentlich bei ihren Mandaten auftraten. Deshalb war sie schlagartig hellwach, schaltete das Licht ein und hatte einen Stift für Notizen in der Hand, noch bevor sie den Hörer abnahm.

»Helen, hier Dana Sue. Wir haben ein Problem.« Sie klang erschüttert.

»Was für ein Problem?«, hakte Helen mit einem mulmigen Gefühl nach. Bei Dana Sues letzter Krise mitten in der Nacht war ihre Tochter wegen Komplikationen durch Magersucht ins Krankenhaus eingeliefert worden. Sie befürchtete das Schlimmste und fragte: »Geht's um Annie?«

»Nein, um Karen.«

»Karen? Das versteh ich nicht. Was ist um die Zeit los mit ihr? Und warum rufst du mich an?«

»Kannst du bitte sofort zu ihr nach Hause kommen? Ich bin schon hier und erkläre dir alles, sobald du da bist.«

Helen verlor nie Zeit damit, in einer Krise unnötige Fragen zu stellen, erst recht nicht, wenn es um eine der süßen Magnolien ging, die Hilfe brauchte. Also notierte sie sich nur die Adresse. »Bin unterwegs. Gib mir zehn Minuten.«

»Danke.«

Helen schlüpfte in eine Hose, zog sich eine Bluse an und sparte sich die Mühe, sie in die Hose zu stecken. Die

Füße steckte sie in ein Paar teure Pantoletten, so ziemlich die legersten Schuhe, die sie besaß. Auf dem Weg nach draußen schnappte sie sich aus Gewohnheit ihre Aktentasche und verließ das Haus nach weniger als fünf Minuten.

Als sie am anderen Ende der Stadt bei Karens Wohngebäude eintraf, stellte sie fest, dass in den beiden Apartments im Erdgeschoss trotz der späten Stunde noch Licht brannte. Kaum war sie durch die Eingangstür getreten, wurde sie von Dana Sue in Empfang genommen und in eine Wohnung rechts gezogen.

»Karen hat irgendeinen Zusammenbruch«, sagte sie mit leiser Stimme, den Blick auf eine geschlossene Tür gerichtet, hinter der sich höchstwahrscheinlich das Schlafzimmer der beengten Wohnung befand. »Ihre Nachbarin hat mich angerufen, nachdem Karen bei ihr angeklopft und sie flehentlich um Hilfe gebeten hatte. Sie hat mir erzählt, dass Karen Angst hatte, ihren Kindern etwas anzutun. Frances – du kennst sie noch, oder? Frances Wingate?«

Helen nickte. Frances hatte sie alle in der Schule unterrichtet. Die Frau war streng, aber fair gewesen und hatte nie einen Hang zu Übertreibungen erkennen lassen. Wenn sie um Karen und die Kinder fürchtete, dann bestand guter Grund dazu.

Sie bemühte sich, nicht überzureagieren, und fragte: »Hat Karen sie geschlagen? Geschüttelt?«

»Nein, den beiden geht's gut«, sagte Dana Sue. »Aber Karen ist im Schlafzimmer und ziemlich hysterisch. Frances wollte mich eigentlich erst morgen früh anrufen, weil sie dachte, Karen würde ins Bett gehen und sich ordentlich ausschlafen. Aber als sie nach ihr sehen wollte, hatte sich Karen im Schlafzimmer eingeschlossen, und man konnte sie schluchzen hören. Deshalb hat Frances mich angerufen und gefragt, was sie meiner Meinung nach tun sollte. Sie dachte, Karen bräuchte vielleicht ärztliche Hilfe oder so.«

»Also bist du prompt hergeeilt«, sagte Helen.

»Natürlich. Was hätte ich denn sonst tun sollen? Karen ist meine Mitarbeiterin und Freundin. Und offensichtlich völlig aufgelöst. Sie will mir die Tür nicht aufmachen. Ich hab schon überlegt, ob ich Ronnie herholen soll, damit er die Tür aufbricht und wir Karen ins Krankenhaus bringen können, aber irgendwie scheue ich mich davor. Ich bin mir nicht sicher, ob dann die Fürsorge aufkreuzt und die Kinder mitnimmt. Deshalb wollte ich dich hierhaben, bevor wir was unternehmen.«

Helen nickte. »Lass mich mit ihr reden. Geht's den Kindern drüben vorerst gut?«

Dana Sue nickte. »Du kennst ja Frances. Die Frau ist unerschütterlich. Anscheinend bleiben die Kinder öfter bei ihr, wenn Karen Besorgungen erledigt oder so. In ihrem Alter kann sie nicht mehr ständig auf sie aufpassen, aber man kann nicht übersehen, dass sie die Kleinen vergöttert. Wie eine Großmutter. Ich glaube, weder Daisy noch Mack bekommen mit, was los ist. Im Augenblick schlafen beide.«

Mit dem beruhigenden Wissen, dass die Kinder unversehrt und vorerst in Sicherheit waren, klopfte Helen an die Schlafzimmertür. »Karen, ich bin's, Helen. Bitte lass mich rein, damit wir reden können. Was auch immer los ist, ich will dir helfen.«

»Geh weg«, flehte Karen. »Ich will nicht, dass mich jemand so sieht. Es wird alles wieder gut, wenn ich nur ein bisschen schlafe.«

»Klingt für mich nicht so, als wärst du auch nur annähernd schläfrig. Es entlastet und verschafft Erleichterung, sich Dinge von der Seele zu reden«, sagte Helen. »Ich jedenfalls kann nie schlafen, wenn sich meine Gedanken überschlagen.«

Ihre Worte wurden mit Schweigen quittiert. Sie unternahm einen neuen Anlauf. »Hoffentlich denkst du nicht, ich renne gleich zu Dana Sue, wenn du mit mir redest. Sie ist zurück in Frances' Wohnung gegangen. Das hier bleibt ganz unter uns.«

»Geh einfach weg«, bat Karen erneut. »Ich muss selbst damit klarkommen.«

»Womit?«, hakte Helen nach. »Sag's mir. Zwei Köpfe sind immer besser als einer. Was es auch ist, ich kann dir beim Überlegen helfen.«

»Dana Sue hätte dich nie anrufen dürfen«, sagte Karen. »Ich brauch keine Anwältin.«

»Wie wär's dann mit einer Freundin?«, fragte Helen sanft. »Bitte lass mich eine Freundin sein.«

Eine lange Minute verging, bevor letztlich die Bewegung eines Schlüssels im Schloss ertönte. Die Tür blieb zwar geschlossen, doch als Helen den Knauf drehte, ließ sie sich öffnen. Sie tastete im stockfinsteren Schlafzimmer nach einem Schalter und machte die Deckenbeleuchtung an. Karen lag mit dem Gesicht nach unten auf dem Bett. Sie trug einen alten Chenille-Bademantel, ihr Haar war zerzaust. Kurz schaute sie entschuldigend zu Helen auf, dann vergrub sie das vom Weinen verquollene Gesicht wieder im Kissen.

»Tut mir so leid, dass Dana Sue dich mitten in der Nacht aufgescheucht hat.« Karens Worte klangen gedämpft. »Und mir tut auch leid, dass sie in die Sache reingezogen worden ist. Ist mir fürchterlich unangenehm, dass meine Chefin jetzt in mein persönliches Drama verwickelt ist.«

Helen setzte sich behutsam auf die Bettkante. »Mach dir darüber keine Gedanken. Das ist nicht wichtig. Kannst du mir sagen, was passiert ist?«

Karen nickte mit ausdrucksloser Miene. »Weißt du, in letzter Zeit fühle ich mich zunehmend überfordert. Mit dem Job. Mit den Rechnungen. Ray zahlt immer noch keinen Unterhalt. Und obwohl Tess und ich mit Dana Sue einen Plan ausgearbeitet haben, bleibe ich im Restaurant immer noch hinter den Erwartungen zurück. Dana Sue geht großartig damit um, aber ich weiß, dass Erik denkt, ich würde sie übervorteilen. Und machen wir uns nichts vor, sie kann mich nicht bezahlen, wenn ich nicht auftauche, also ist mein Gehalt auch nicht mehr das, was es mal war. Hinzu kommt, dass alle naselang eines der Kinder krank zu werden scheint. Mir wird das alles zu viel. Ich schaffe es nicht mehr.«

»Was ist heute Nacht passiert?«, bohrte Helen vorsichtig nach.

»Mein Dreijähriger – Mack – ist weinend aufgewacht«, begann sie, bevor ein Schluchzen sie unterbrach. Sie wischte sich mit dem Ärmel des Bademantels die Tränen von den Wangen. »Egal, was ich versucht habe, nichts konnte ihn beruhigen.« Wieder stockte sie. »Dann wurde Daisy zornig, weil ich Mack die ganze Aufmerksamkeit gewidmet habe, also hat auch noch sie angefangen, sich aufzuspielen.«

Der Blick, den sie Helen zuwarf, flehte um Verständnis. »Natürlich hatten sie beide schon öfter Trotzanfälle, aber noch nie gleichzeitig und wenn ich ohnehin schon am

Ende meiner Kräfte war. Ich konnte richtig spüren, wie mir die Kontrolle entglitten ist. Als mir klar wurde, dass ich Mack am liebsten geschüttelt hätte, damit er aufhört zu weinen, und dann auch noch Daisy angeschrien habe, wusste ich, dass ich irgendwas unternehmen musste. Also bin ich über den Flur zu Frances und hab sie um Hilfe gebeten. Sie hat darauf bestanden, die Kinder zu übernehmen, aber sie können ja nicht ewig bei ihr bleiben. Ich muss mir irgendwas anderes einfallen lassen. Zumindest so lange, bis ich mir die zwei wieder zutrauen kann.«

»Du hast genau das Richtige getan, indem du sie zu Frances gebracht hast«, beruhigte Helen sie. »Es war gut, dass du selbst erkannt hast, dass du mit deinem Latein am Ende warst.«

Plötzlich sah Karen sie erschrocken an. »Es wird doch deswegen niemand versuchen, sie mir wegzunehmen, oder?«

»Nicht, wenn ich etwas dabei mitzureden habe«, sagte Helen. »Aber du musst dir Hilfe beschaffen, das ist dir schon klar, oder? Du kannst das nicht einfach verdrängen und hoffen, dass diese Gefühle verschwinden.«

Karen nickte mit niedergeschlagener Miene. »Aber in ein Krankenhaus kann ich nicht. Sonst verliere ich mit Sicherheit den Job und die Kinder.«

Helen wusste, dass die Möglichkeit durchaus bestand, deshalb konnte sie ihr nicht gut widersprechen. »Wie wär's damit?«, sagte sie stattdessen. »Wir organisieren dir Therapiesitzungen. Dana Sue kennt eine Psychologin. Sie heißt Dr. McDaniels und hat ihrer Tochter geholfen, ihre Essstörung zu überwinden. Vielleicht kann sie dich gleich morgen früh einschieben und für ein paar Wochen tägliche Sitzungen für dich einplanen.«

»Aber das ist bestimmt unheimlich teuer«, protestierte Karen.

»Du bist im Restaurant doch krankenversichert, oder?«, fragte Helen. »Damit sollte es gedeckt sein. Und wenn nicht, lassen wir uns was einfallen. Am wichtigsten ist, dass dir jemand hilft, dich zu beruhigen und eine neue Perspektive zu finden. Vielleicht kann Dr. McDaniels dir auch Möglichkeiten zur Stressbewältigung aufzeigen. Danach sehen wir weiter, wo wir stehen.«

»Und die Kinder können bei mir bleiben?«, fragte Karen hoffnungsvoll.

Das hielt Helen für weniger ratsam. »Ich bin mir nicht sicher, ob das eine gute Idee wäre. Im Moment tragen sie nur zu deinem Stress bei. Ich denke, du brauchst ein wenig Zeit, um wieder zu Kräften zu kommen. Das heißt aber nicht, dass ich dich für eine schlechte Mutter halte, Karen. Überhaupt nicht. Ich denke nur, dass du erschöpft bist und eine Auszeit brauchst.«

»Aber was ist mit den Kindern?«, fragte Karen besorgt. »Frances und die Babysitterin können zwar mithelfen, aber sie nicht länger zu sich nehmen.«

»Es gibt Pflegefamilien …«, begann Helen. Kaum hatte sie die Worte ausgesprochen, schüttelte Karen bereits vehement den Kopf.

»Auf keinen Fall«, sagte sie mit Nachdruck. »Ich will meine Kinder nicht bei Fremden haben. Und wenn sie erst mal in dem System sind, bekommt man sie schwer wieder heraus. Das weiß ich aus eigener Erfahrung. Ich bin selbst lange Zeit zwischen Pflegefamilien herumgereicht worden, weil meine Mutter ihr Leben nicht in den Griff bekommen konnte. Und ich hab mir geschworen, dass ich nie in ihr Muster verfallen werde.« Sie vergrub das Gesicht in den Händen. »Gott, ich fühle mich wie eine Versagerin. Ich hab meine Mutter immer dafür verurteilt, dass sie nichts auf die Reihe gekriegt hat. Und jetzt bin ich genau wie sie.«

»Hör mal«, sagte Helen, »wie wär's damit? Ich nehme sie vorübergehend zu mir.« Die Worte sprudelten aus ihr heraus, bevor sie sich die verrückte, impulsive Idee ausreden konnte. Zu ihrer Überraschung jedoch verspürte sie keinerlei Drang, sie zurückzunehmen. »Sie können bei mir bleiben. Wir behalten dieselbe Babysitterin, und ich sorge dafür, dass Frances täglich zu Besuch kommt, damit sie sich nicht zu sehr aus ihrer vertrauten Umgebung gerissen fühlen. Du kannst natürlich auch vorbeikommen, so oft du willst.«

»Aber das kann ich doch nicht von dir verlangen.« Karen wirkte fassungslos. »Sie sind anstrengend. Du hast nie Kinder gehabt. Ehrlich, du hast keine Ahnung, worauf du dich damit einlässt.«

»Oh, eine Ahnung hab ich sehr wohl«, erwiderte Helen. Maddies Kinder hatten früher öfter bei ihr übernachtet. Natürlich nie längerfristig, aber wenn die Babysitterin und Frances mithalfen, würde sie es bestimmt hinbekommen. Außerdem könnte sie dabei testen, wie gut es ihr gelingen würde, berufliche Anforderungen und Kinderbetreuung unter einen Hut zu bringen. Vielleicht bot sie es in Wirklichkeit eher deshalb an – nicht vor lauter Großzügigkeit, sondern aus egoistischen Gründen. Wenn die Angst vor dem Scheitern sie davon abhielt, eine Entscheidung über ein eigenes Kind zu treffen, würde das ein guter Prüfstein werden. Allerdings hatte sie im Augenblick keine Zeit, ihre Beweggründe weiter zu analysieren. Das Angebot lag auf dem Tisch.

»Und?«, fragte sie Karen. »Wäre das für dich in Ordnung?«

»Natürlich.« Karen schien sichtlich erleichtert zu sein. Zum ersten Mal seit Helens Ankunft wirkte ihre Miene nicht verkrampft und verzweifelt.

»Dann machen wir es so«, entschied Helen. »Pack ein paar Sachen für sie ein. Ich rede mit Dana Sue, damit sie gleich morgen früh Termine mit der Psychologin für dich vereinbart. Vielleicht solltest du heute Abend mitkommen und auch bei mir übernachten. Das würde den Kindern den Übergang erleichtern. Oder wir lassen die Kleinen heute Nacht schlafen, und ich hole sie morgen.«

»Das wäre vielleicht besser, wenn sie endlich eingeschlafen sind«, meinte Karen. »Und du bist dir wirklich ganz sicher? Ich will dein Leben nicht noch mehr durcheinanderbringen, als ich's schon getan habe. Und ich stehe bereits tief in deiner Schuld, weil du mir den Job gerettet hast.«

»Es wird alles gut«, versicherte Helen ihr. Dann machte sie sich auf die Suche nach Dana Sue. Ihre Freundin war inzwischen in Karens Wohnung zurückgekehrt und wartete im Wohnzimmer.

Als Helen ihr den Plan erklärte, starrte Dana Sue sie ungläubig an. »Du nimmst sie mit? Alle? Auch Karen?«

»Ja, Karen kommt heute Nacht mit zu mir«, bestätigte Helen. »Ich finde, sie sollte nicht hier allein bleiben. Morgen hilft sie mir mit den Kindern, dann bringe ich sie zur Schule und zur Tagesstätte. Hierher kann sie zurück, wenn die Ärztin grünes Licht dafür gibt. Sie braucht bloß Zeit, um sich neu zu orientieren. Bei der Arbeit muss sie auch wieder in die Spur kommen. So verschaffe ich ihr ein bisschen Freiraum dafür, ohne dass sie sich um die Kinder sorgen muss.«

»Hast du eine Ahnung, worauf du dich damit einlässt?«, fragte Dana Sue herausfordernd. »Bist du überhaupt dafür eingerichtet, von jetzt auf gleich eine Familie bei dir unterzubringen, und sei es nur für ein paar Wochen? Himmel, bei dir wimmelt's nur so von zerbrechlichen Antiquitäten!«

»Ich schaffe das schon«, gab Helen zurück. Ihr Organisationstalent schimmerte durch. »Sobald ich zu Hause bin, verschwindet alles Zerbrechliche in einem Schrank. Außerdem stelle ich eine Liste mit allem zusammen, was ich brauche, und lasse es mir morgen liefern. Dabei kannst du mir helfen. Ich besorge mir von Karen ihre Stundenpläne und bringe sie rechtzeitig zur Schule und zur Tagesstätte. Ihre Babysitterin kommt zu mir nach Hause. Frances lasse ich auch jeden Nachmittag zu Besuch kommen.«

Dana Sue schüttelte den Kopf. »Hätte ich mir ja denken können, dass dir in zehn Sekunden oder weniger eine durchdachte Strategie einfällt«, meinte sie augenzwinkernd. »Aber etwas solltest du dabei noch bedenken.«

»Und das wäre?«

»Kinder haben die Eigenheit, Pläne zu Hackfleisch zu verarbeiten. Sie sind unberechenbar.«

Helen hörte die Besorgnis in der Stimme ihrer Freundin, tat sie jedoch mit einem Schulterzucken ab. »Dann wird das ein guter Test meiner Flexibilität, nicht wahr?«

Dana Sue bedachte sie mit einem zweifelnden Blick. »Genau darauf will ich hinaus, Süße. Du bist nicht flexibel.«

»Wenn ich je ein eigenes Kind will, muss ich das aber sein«, erwiderte Helen. »Also wird das eine hervorragende

Praxisübung. Sogar besser, als wenn Maddies Kinder oder Annie eine Nacht bei mir verbringen.«

»Bist du dir wirklich sicher, dass du dir das antun willst?«

Helen nickte. Zu ihren sorgfältig versteckten Ängsten mischte sich ein wenig freudige Erwartung.

»Na schön«, sagte Dana Sue forsch. »Dann helfe ich Karen, ihre Sachen zu packen. Du solltest zumindest einen Blick auf die Kinder werfen. Könnte hilfreich sein, sie zu erkennen, wenn du sie morgen abholst.«

»Nicht witzig«, erwiderte Helen. Mit einem etwas mulmigen Gefühl durchquerte sie den Flur zu Frances' Wohnung. Die alte Dame führte sie in ein Gästezimmer, wo beide Kinder tief und fest schliefen.

Ein Blick in diese süßen, unschuldigen Gesichter genügte, und Helen wusste, dass sie das Richtige tat. Sie würde sich um sie kümmern und sie beschützen, bis Karen sie wieder übernehmen könnte. Wie schwer konnte das schon sein?

»Sie sehen aus wie kleine Engel, nicht wahr?«, fragte Frances.

»Ja«, bestätigte Helen.

»Glaub das mal lieber nicht«, fügte Frances hinzu. In ihrer Stimme schwang sowohl Belustigung als auch Zuneigung mit. »In Wirklichkeit sind sie kleine Satansbraten wie alle Kinder in dem Alter. Kommt morgen früh her, dann bringen wir sie zusammen zur Schule und zur Tagesstätte. Und am Nachmittag schaue ich bei dir vorbei. Nur für den Fall, dass du dir bis dahin schon die Haare raufst.«

»Aber die Babysitterin …«, begann Helen.

»Ist keinen Cent wert, den Karen ihr zahlt«, fiel Frances ihr angewidert ins Wort. »Ich weiß, dass du sie für Karen aufgetrieben hast, aber sie hat keinen Schimmer, wie man mit diesen Kindern umgeht. *Ich* schon. Zu zweit bekommen wir das auch ohne Babysitterin hin. Und Karen spart Geld, wenn sie weg ist.«

»Aber ich muss arbeiten …«, setzte Helen zu einem Protest an, bevor sie seufzte. Sie ahnte, dass es nur der erste von vielen erforderlichen Kompromissen sein würde. »Ich rufe meine Sekretärin an und lasse sie meine Nachmittagstermine verschieben.«

Frances bedachte sie mit einem anerkennenden Blick. »Jetzt haben wir einen Plan.«

Helen beschlich das seltsame Gefühl, dass ihr das Schicksal nicht nur zwei Kinder als Test ihrer Eignung als Mutter beschert hatte, sondern auch eine weise, erfahrene Beraterin, die ihr helfen würde, wenn es schwierig wurde.

Erik starrte Dana Sue an, als hätte sie gerade verkündet, Helen wäre von Außerirdischen entführt worden.

»Du sagst also, Helen kümmert sich in nächster Zeit um Karens Kinder«, wiederholte er, immer noch nicht sicher, ob er richtig gehört hatte.

»Ganz genau«, bestätigte Dana Sue. »Mich hätte auch fast der Schlag getroffen.«

»Weiß sie überhaupt irgendwas über Kinder?«

»Mir hat sie Annie immer in einem Stück zurückgebracht. Und Maddie ihre Kinder auch.«

Erik schüttelte den Kopf. »Die Frau steckt voller Überraschungen, was?«

»Und ob«, pflichtete Dana Sue ihm bei. »Aber damit hat sie sogar mich aus den Socken gehauen. Die gute Nachricht für uns ist, dass sich Karen schon weniger gestresst fühlt, weil sie weiß, dass die Kinder in Sicherheit und gut versorgt sind. Sie hatte schon eine erste Sitzung bei Dr. McDaniels und wird heute pünktlich da sein. Die Auszeit will sie unbedingt dafür nutzen, ihr Leben in den Griff zu bekommen.«

»Aber was passiert, wenn die Kinder wieder nach Hause zu ihr kommen? Werden sie ja irgendwann, oder?«

»Das ist der Plan. Helen ist überzeugt davon, dass Karen nur eine kleine Verschnaufpause braucht. Wir werden sehen, ob Dr. McDaniels es auch so einschätzt. Hoffentlich. Ich mag Karen. Deshalb wünsche ich mir für sie, dass es klappt.«

»Du hast doch nichts dagegen, wenn ich skeptisch bleibe, oder?«, fragte Erik.

»Kann ich dir nicht verdenken, aber ich bin fest entschlossen, optimistisch zu sein. So, ich muss jetzt für eine Stunde weg. Halte du so lange die Stellung, okay?«

Dana Sue war noch kaum zur Tür hinaus, als das Telefon klingelte. Erik hätte es beinah ignoriert, da das Restaurant noch nicht geöffnet hatte, aber als es hartnäckig weiterklingelte, ging er doch ran.

»Ich brauche Dana Sue«, verkündete Helen sofort, ohne zu grüßen.

»Sie ist nicht hier«, erwiderte er. »Kann ich dir helfen?«

»Nur, wenn du weißt, wer oder was Elmo ist«, sagte sie. »Das will Mack unbedingt haben.«

Erik verkniff sich ein Lachen über die Panik in der sonst so selbstbewussten Stimme. »Es ist ein Spielzeug«, erklärte er geduldig. »Eine Figur aus *Sesamstraße.*«

»Woher weißt du das?«

»Ich hab Neffen«, verriet er. »Weißt du, es ist nicht nötig, einem Kind jedes Spielzeug zu besorgen, das es will.«

»Bring das mal einem Dreijährigen mit der Entschlossenheit eines Pitbulls bei«, brummte sie.

»Lenk ihn ab«, riet Erik. »Er ist drei. Sollte nicht so schwierig sein.«

»Womit denn?«

»Kekse«, schlug er vor. »Eiscreme. Zeichentrickserie im Fernsehen. Und falls zufällig gerade *Sesamstraße* läuft, schlägst du zwei Fliegen mit einer Klappe: Ablenkung *und* Elmo.«

»Am Nachmittag laufen Kindersendungen?«

Diesmal lachte Erik wirklich über die Verwirrung in ihrer Stimme. »Süße, du bist gerade in eine völlig neue Welt eingetaucht. Das ist nur eine der Freuden von Kabelfernsehen.«

»Ich werd's versuchen. Danke.«

»Du, Helen«, fügte er hinzu, weil er sie aus irgendeinem Grund nicht auflegen lassen wollte.

»Ja?«

»Was du machst, ist echt unglaublich«, sagte er und gab sich keine Mühe, die Bewunderung aus seinem Ton zu verbannen.

»Mit Komplimenten solltest du vielleicht warten. Ich hab noch reichlich Zeit, es gründlich zu vermasseln.«

»Wirst du nicht«, entgegnete er zuversichtlich.

»Woher weißt du das?«

»Weil ich dich kenne. Wann hast du zuletzt was vermasselt, das du dir in den Kopf gesetzt hattest?«

Ihr Schweigen lieferte die Antwort.

»Keine weiteren Fragen«, sagte er leise. »Ruf ruhig wieder an, falls du noch einen Rat brauchst, okay?«

»Mach ich. Danke, Erik.«

Er legte auf, dann stand er da und starrte das Telefon wie ein Idiot an. Helen war wirklich eine erstaunliche, unberechenbare Frau. Karen hatte Daisy und Mack ein paarmal mit ins Restaurant gebracht. Deshalb kannte er sie und wusste, worauf sich Helen ahnungslos eingelassen hatte. Er hätte nur zu gern gesehen, wie sie in ihrem Designeranzug und den hohen Stöckelschuhen hinter den Kleinen herhetzte. Ihm kam der Gedanke, am Abend noch Schokoladenkekse zu backen, bevor er nach Hause gehen würde. Er konnte sie Helen morgen früh vorbeibringen, und sie könnte sie den Kindern als Snacks einpacken. So könnte er einen Blick auf die allzeit so souveräne Helen in einer Situation erhaschen, die sie unmöglich im Griff haben konnte. Was ihm wahrscheinlich den Tag versüßen würde.

Zwei kleine Kinder dafür vorzubereiten, vor acht Uhr morgens das Haus zu verlassen, erschöpfte und zermürbte Helen dermaßen, dass sie kurz davorstand, das Handtuch zu werfen. Als es an der Tür klingelte, ließ sie Mack unter Daisys Aufsicht zurück, eilte hin und betete, es würde die Kavallerie in Gestalt von Maddie oder Dana Sue sein. Stattdessen stand Erik davor. Mit selbstgefälligem Gesichtsausdruck betrachtete er ihr Haar, das in alle Richtungen abstand, ihr fehlendes Make-up, ihre aus der Hose ragende Bluse und ihre nackten Füße.

»Ich dachte mir, du brauchst vielleicht ein wenig Hilfe«, sagte er. »Und ich hab Kekse dabei.«

»Es ist Viertel vor acht Uhr morgens, und du hast Kekse dabei?«, fragte sie. »Bist du verrückt? Das Letzte, was die beiden gerade brauchen, ist noch mehr Zucker.«

»Heb die Kekse als Snack nach der Schule auf«, sagte er. »Oder pack ihnen einen in die Brotzeitdose.«

Helen starrte ihn an. »Ich muss ihnen Essen mitgeben?«

»Denke schon«, erwiderte er und konnte sich ein Grinsen kaum verkneifen.

»Ich dachte, ich gebe ihnen einfach Geld für die Schulkantine mit«, sagte sie. »Können sie sich nicht in der Schule etwas zu essen kaufen?«

Erik schüttelte den Kopf. »Unwahrscheinlich. Wo ist Daisy? Wir können sie fragen.«

»Daisy passt auf Mack auf, während er sich entscheidet, was er heute anziehen will«, sagte Helen. »Meine Vorschläge hat er alle kategorisch abgelehnt.«

Erik schmunzelte. »Du lässt einen Dreijährigen selbst entscheiden?«

»Natürlich«, gab sie verschnupft zurück. »Na ja, zumindest mit Daisys Hilfe. Kinder sollten schon früh ein eigenes Stilgefühl entwickeln.«

»Vielleicht gehe ich ihm mal helfen«, schlug Erik vor. »Pack du etwas zu essen für sie zusammen. Mein Vorschlag wären Sandwiches mit Erdnussbutter und Marmelade. Das ist nicht kompliziert.«

Helen runzelte die Stirn. »Okay, davon hab ich von Katies letztem Besuch noch was da. Aber sind nicht manche Kinder allergisch gegen Erdnussbutter? Ich hab mal einen Artikel gelesen …«

Eriks schnitt ihr das Wort ab. »Nicht die zwei. Sie sind schon das eine oder andere Mal im Restaurant gewesen, da hatte Karen auch Sandwiches mit Erdnussbutter und Marmelade für sie dabei.«

»Bist du sicher?«, fragte Helen besorgt.

»Ganz sicher. Geh jetzt, sonst kommt Daisy zu spät zur Schule, und du musst erklären, warum du sie statt ihrer Mutter bringst. Das wäre vielleicht nicht ideal.«

»Und du hast recht. Es wäre unangenehm. Ich beeile mich. In zwei Minuten hab ich sie fertig und bin herzeigbar«, versicherte sie ihm.

Der skeptische Ausdruck in Eriks Gesicht ließ sie zusammenzucken. »Wirklich«, beteuerte sie und wieselte los, um es ihm zu beweisen. Vielleicht würde sie später darüber nachdenken, warum sie Eriks Ankunft eher als erlösend statt als lästige Störung empfand.

Erik wanderte durch das geräumige Haus, bis er Mack in einem Zimmer fand, in das wahrscheinlich beinah Karens gesamte Wohnung gepasst hätte. Der Kleine wirkte ein wenig verloren. Er saß in knallroten Shorts und Turnschuhen auf dem Boden, umgeben von einem Stapel umgedrehten T-Shirts. Daisy durchstöberte den Haufen.

»Sein Superman-T-Shirt ist nicht da«, erklärte sie. »Das zieht er zu den roten Shorts an.« Sie legte die Stirn in Falten, bevor sie mit Nachdruck hinzufügte, falls Erik es nicht verstanden hatte: »Immer!«

Er betrachtete den Stapel verworfener Shirts und heftete den Blick auf eines mit Spider-Man-Motiv. »Das würde ziemlich cool zu roten Shorts aussehen«, meinte er. »Tatsächlich ist Spider-Man so spitze, dass er zu allem passt.«

Daisy betrachtete das Shirt skeptisch. »Meinst du?«

»Ich *weiß* es«, bekräftigte Erik und zog es Mack bereits über den Kopf. »Und jetzt Beeilung, Kumpel. Du musst in die Kita.«

»Wie komme ich zur Schule?«, fragte Daisy.

»Helen bringt dich.«

»Kannst du auch mitkommen?«, bohrte sie nach.

»Kann ich, wenn du das möchtest. Gibt's einen bestimmten Grund, warum du mich dabeihaben willst?«

»Damit du Helen sagen kannst, sie soll im Auto bleiben und mich nicht an der Hand zur Tür begleiten. Ich kann das allein.«

Erik verkniff sich ein Grinsen. »Da bin ich ganz sicher.«

»Also sagst du's ihr?«

»Du könntest es ihr auch selbst sagen«, schlug Erik vor.

»Ich will ihre Gefühle nicht verletzen. Mama hat gesagt, wir müssen nett zu ihr sein.«

»Na dann, okay. Ich sag's ihr«, versprach er.

Wenige Minuten später hatte Helen die beiden Kleinen in ihren jeweiligen Autositzen angeschnallt, die sie sich von Karen geliehen hatte. Sie wollte gerade die Fahrertür öffnen, als sie bemerkte, dass Erik auf der Beifahrerseite einsteigen wollte. Sie starrte ihn an.

»Du kommst mit?«

»Auf besonderen Wunsch«, sagte er leise und deutete unscheinbar auf Daisy. »Ich soll dich dazu bringen, dass du sie nicht an der Hand zur Eingangstür begleitest.«

Helen schnappte nach Luft. »Ich dachte, das machen Mütter so. Am Gesichtsausdruck hab ich ihr zwar angemerkt, dass es ihr nicht passt, aber sie hat nichts gesagt.«

»Weil sie deine Gefühle nicht verletzen wollte.«

Sie seufzte. »Glaubst du, ich werde das alles je durchschauen?«

»Für jemanden ohne Erfahrung schlägst du dich gut.«

»Aber du hast keine Kinder und scheinst zu wissen, was zu tun ist. Du hast über dieses Spielzeug, Kinderfernsehen und die Sandwiches Bescheid gewusst.«

»Wie schon am Telefon gesagt, ich habe Neffen. Das ist keine Raketenwissenschaft, Helen. Es braucht nur Übung.«

»Hoffentlich«, erwiderte sie resigniert.

Vor der Schule rollte sie rechts ran, drehte sich zu Daisy um und schenkte ihr ein Lächeln, das kaum gezwungen wirkte. Nur ihr verkrampfter Griff um das Lenkrad verriet ihre Anspannung. »Hab einen schönen Tag, ja? Frances holt dich am Nachmittag ab.«

Daisy strahlte sie an. »Okay. Äh, lass Mack nicht allein zur Tür gehen, er hat nämlich keine Ahnung. Er würde sich verlaufen.«

Helen sah sie mit ernster Miene an. »Ich werd's mir merken.«

Nachdem Daisy wohlbehalten im Gebäude verschwunden war, wandte sie sich Erik zu. »Das ist doch gut gelaufen, oder? Und ich bin nicht mal Mutter«, sagte sie.

Er musterte sie. »Willst du das denn werden?«

»Ich denke darüber nach«, räumte sie in einem Ton ein, der ihn davor warnte, weitere Fragen zu stellen. »Willst du Kinder?«

»Wollte ich früher mal, vor langer Zeit«, gab er zu.

»Bevor deine Frau gestorben ist«, sagte sie.

Erik nickte. »Ja, der Traum ist so ziemlich mit ihr gestorben.« Irgendwie gelang es ihm, seiner Stimme einen unbeschwerten Klang zu verleihen, als er nach hinten schaute, um nach Mack zu sehen. Der Kleine schenkte ihm ein strahlendes Lächeln, das mühelos das Herz eines Mannes zum Schmelzen bringen konnte. »Schaffen wir den kleinen Racker in die Kita. Ist nur ein paar Häuserblocks von hier. Irgendwas sagt mir, dass er in seine Windelzeit zurückverfallen ist. Wenn du dich nicht damit herumschlagen willst, müssen wir schleunigst verschwinden.«

Helen grinste über seinen verschwörerischen Ton, dann lachte sie leise. »Da bin ich voll dabei. Kannst du ihn schnell reinbringen, während ich den Motor laufen lasse?«

»Klar«, erwiderte er. »Wir können am anderen Ende der Stadt sein, bevor sie es merken.«

Zum ersten Mal, seit Erik bei Helen zu Hause eingetroffen war, wirkte sie entspannt.

»Wie wär's, wenn ich dir nach geglückter Flucht eine Tasse Kaffee und ein Frühstück spendiere?«, schlug er spontan vor, obwohl es womöglich klüger gewesen wäre, es sich zu verkneifen.

»Kann ich dich vielleicht überreden, den Kaffee im *Sullivan's* zu machen?«, schlug sie vor. »Ist einfach der beste in der Stadt.«

Er grinste. »Willst du auch eins von meinen Omeletts?«

Sie sah ihn voll unübersehbarer Dankbarkeit an. »Gern.«

»Hilfst du mir dabei?«

»Nach zwei Tassen Kaffee mache ich alles, was du willst«, gelobte sie feierlich.

Erik starrte sie an, bis ihr Farbe in die Wangen stieg. »Interessantes Angebot«, kommentierte er. »Das werd ich im Hinterkopf behalten.«

Tatsächlich würde es wohl eine lange Weile dauern, bis er den Gedanken abschütteln könnte.

KAPITEL 9

»Ich muss nur eine Routine entwickeln«, sagte Helen, zog ein Notizbuch aus ihrer Aktentasche und legte es auf den Tisch neben ihren leeren Teller. Sie hatte Eriks Schinken-Käse-Omelett bis auf den letzten Krümel aufgegessen, dazu genug Bratkartoffeln mit Zwiebeln und Paprika, um sich eine Woche lang satt zu fühlen. Außerdem trank sie gerade ihre dritte Tasse seines aromatischen französischen Röstkaffees. Sie fühlte sich geradezu unbesiegbar. Kein Vergleich mehr mit ihrer Verfassung vor einer Stunde.

Als sie »Routine« oben auf die erste Seite schrieb und das Wort unterstrich, ertappte sie Eriks Lippen beim Zucken. »Was ist?«, verlangte sie zu erfahren.

»Du redest von Daisy und Mack, richtig?«, fragte er belustigt. »Zwei kleinen Menschlein, ungefähr so hoch?«

Helen sah ihn stirnrunzelnd an. »Ja. Worauf willst du hinaus?«

»Ich denke, eine Routine anzustreben ist zu optimistisch«, meinte er.

»Aber Kinder brauchen Routine«, argumentierte sie und sah ihn fragend an. In ihrer Kindheit hatte es eindeutig daran gemangelt. Deshalb stand es ganz oben in der Liste der Dinge, die sie anders machen würde, sollte sie je eigene Kinder haben. Helen führte es für Erik näher aus. »Sie müssen wissen, dass sie sich auf bestimmte

Dinge verlassen können. Sie brauchen Ziele und Erwartungen.«

»Im Alter von fünf und drei?«

»Es ist nie zu früh, damit anzufangen, ihnen das beizubringen«, beharrte Helen. »Es ist wichtig, klar zu vermitteln, was man erwartet und welche Konsequenzen es hat, wenn diese Erwartungen nicht erfüllt werden. Und man muss dabei konsequent sein. Widersprüchliche Botschaften verwirren sie.«

»Du hast Erziehungsratgeber gelesen, oder?«

»Na ja, klar«, bejahte sie. »Und auf ein bisschen Erfahrung kann ich auch zurückgreifen.«

»Annies gelegentliche Übernachtung bei dir oder die Besuche von Maddies Kindern?«

»Nein, mehr als das. Meine eigene Kindheit war äußerst chaotisch um es harmlos auszudrücken. Ich hab nie gewusst, wann wer von meinen Eltern auftauchen würde. Ich musste nie um eine bestimmte Zeit zu Hause sein. Gegessen wurde, wann es halt gerade gepasst hat. Vor allem nach dem Tod meines Vaters, als meine Mutter zwei, manchmal sogar drei Jobs hatte, die sie schaukeln musste.«

Erik nickte. »Das erklärt es.«

»Es erklärt was?«

»Deine Besessenheit von Organisation und Routine.«

»Du verstehst es einfach nicht«, warf sie ihm vor. »Wenn ich Daisy und Mack bei mir habe, und sei es nur für ein paar Wochen, muss ich es so handhaben, wie es gehandhabt werden *sollte*. Was, wenn ich sonst etwas Dummes anstelle und sie dauerhaft traumatisiere? Ich muss für alle Eventualitäten gewappnet sein. Das nennt man Verantwortungsbewusstsein.«

»Sag mal, wie viele Bücher hast du eigentlich gelesen, Helen?«, stichelte er.

Sie mied seinen Blick, als sie ausweichend antwortete: »Weiß ich nicht genau. Ein paar halt.«

Während Erik zunehmend belustigt wirkte, schämte sie sich allmählich für ihr zwanghaftes Bedürfnis, so viel wie möglich über Erziehung zu lesen. Offenbar gingen andere Menschen instinktiv an das Thema heran. Ihr fehlte jede Ahnung davon. Ihren eigenen Eltern hätten ein paar Bücher nicht geschadet. *Dicke* Bücher.

Natürlich fand man mit zwei überaus lebhaften Kindern in der Nähe kaum fünf durchgehende Minuten Zeit zum Lesen. Deshalb war sie vergangene Nacht bis weit nach Mitternacht wach gewesen. Ihre Überforderung an diesem Morgen schrieb sie dem Schlafmangel zu. Sie konnte bereits deutlich besser nachvollziehen, warum sich Karen so gestresst gefühlt hatte.

»Was hast du gemacht? Deine tüchtige Sekretärin in einen Buchladen geschickt und alles aus dem Bereich Kindererziehung kaufen lassen?«, fragte Erik.

Helen sah ihn stirnrunzelnd an. Tatsächlich traf er damit den Nagel auf den Kopf. Es irritierte sie, wie gut er sie zu kennen schien. »Ich wollte eben verschiedene Meinungen.«

Erik nickte. »Verständlich. Willst du noch eine hören?«

»Du hast keine Kinder«, protestierte sie. »Und du hast gesagt, du denkst nicht mal darüber nach, irgendwann welche zu haben.«

»Mag sein, aber ich war mal eines. Du auch. Du hast selbst gesagt, dass Erfahrungen dieser Art zählen. Ich habe meine Neffen. Du hast Annie und Maddies Kinder. Hat ihnen noch nie geschadet, dass sie bei dir gewesen sind, oder?«

»Das nicht, aber sie sind auch nie länger als eine Nacht geblieben. Ich glaub nicht, dass man ein Kind in einer Nacht ruinieren kann, weil man es hemmungslos verwöhnt. Das habe ich nämlich getan. Pizza, Süßigkeiten, Popcorn, Eiscreme, Videos die halbe Nacht – das volle Programm. In meinem Haus hat's für sie praktisch keine Regeln gegeben.« Bei seinem ungläubigen Blick zuckte sie mit den Schultern. »Was soll ich sagen? Ich wollte eben die lustige Tante Helen sein. Ich wollte, dass sie mich mögen. Nur ist mir natürlich klar, dass es so nicht auf Dauer geht. Wenn ich das bei Daisy und Mack mache, kriegt Karen sie mit unzumutbaren schlechten Angewohnheiten zurück. Das kommt also wohl kaum in Frage.«

Erik nickte. »Okay, Punkt für dich. Vielleicht liegt die richtige Antwort darin, eine Routine für dich zu finden, nicht für die Kinder. Ich hab so den Eindruck, dass du hier die größte Umstellung durchmachst.«

Helen sah ihn verblüfft an. »Du hast völlig recht«, sagte sie sofort und griff den Gedanken auf wie die Rettungsleine, die er sein sollte. »Wenn ich organisiert und in der Spur bin, läuft alles viel reibungsloser. Der Zeitplan heute hat eindeutig nicht funktioniert. Ich muss um 4:30 Uhr aufstehen, nicht erst um fünf.«

Sie notierte es und vermerkte die zusätzliche halbe Stunde als Zeit zum Vorbereiten ihrer Brotzeitdosen, zum Frühstücken und für Kaffee. Jede Menge Kaffee.

»Wie hat es gestern Abend beim Baden geklappt?«, fragte Erik.

Helen schaute bestürzt zu ihm auf. »Baden?«, echote sie. »Mein Gott, das haben wir nicht gemacht, Erik. Ich hab die Kinder verdreckt in die Schule geschickt.«

»Keine Panik«, beruhigte er sie. »Ich bin mir sicher, sie waren begeistert darüber. Wahrscheinlich hat Daisy dich deshalb nicht daran erinnert. Das solltest du vielleicht auch notieren. Und Zähneputzen natürlich.«

Ans Zähneputzen hatte Helen gedacht, doch sie schrieb in dicken Buchstaben »Bad« auf, bevor sie Erik einen nachdenklichen Blick zuwarf. »Du hast nicht zufällig Lust, vorbeizukommen und mir zu helfen, oder?«, schlug sie hoffnungsvoll vor.

»Ich komme erst gegen Mitternacht aus dem *Sullivan's* raus«, erinnerte er sie. »Die Kinder müssen lang davor im Bett sein.«

Helen seufzte. »Natürlich.«

Erik bedachte sie mit einem mitfühlenden Blick. »Aber morgen hab ich frei. Wie wär's, wenn ich dann vorbeikomme und dir helfe? Wir können mit ihnen Burger essen gehen, danach bringen wir sie zusammen ins Bett.«

»Essen gehen?«, wiederholte sie ungläubig. Mit Maddies Kindern und Annie war sie nie in irgendein Restaurant gegangen, bevor die jüngsten mindestens sechs Jahre alt waren. »Werden sie die anderen Gäste nicht stören? Es gibt ja kaum was Nervigeres, als wenn fremde Kinder herumtollen, während man ein gemütliches Abendessen genießen will.«

»Das ist einer der Vorzüge von Fast-Food-Restaurants«, erwiderte Erik. »Dort ist man umgeben von anderen Leuten mit herumtollenden Kindern. Niemand wird auf deine achten.«

»Fast Food. Natürlich.« Helen notierte es. »Das ist perfekt.«

Man musste Erik zugutehalten, dass er keine Miene verzog. »Dann komme ich morgen Nachmittag gegen halb sechs vorbei«, versprach er. »Jetzt gehe ich mal besser an die Arbeit, bevor Dana Sue mir noch den Lohn kürzt.«

Helen bedachte ihn mit einem anerkennenden Blick. »Ich weiß gar nicht, wie ich dir für die Hilfe heute Morgen danken soll. Ich war kurz vor einer ausgewachsenen Panikattacke, bevor du aufgetaucht bist.«

»He, das war doch nichts. Du hättest es auch allein geschafft.«

»Da bin ich mir nicht so sicher. Mit den Kindern läuft's nicht so, wie ich es mir vorgestellt habe. Sie zeigen null Angst vor mir.«

»Wolltest du etwa auf Einschüchterung setzen?«

»Ich hab mit dem Gedanken gespielt«, gestand Helen. »Aber es schien mir eine schlechte Idee zu sein.«

»Siehst du? Ein weiterer Beweis, dass du im Hinblick auf die Kinder kluge Entscheidungen treffen kannst«, lobte er.

Dabei klang er so überzeugt, dass Helen das *Sullivan's* mit dem Gefühl verließ, die Lage wieder unter Kontrolle zu haben. Wahrscheinlich eine Illusion, aber zumindest würde sie der Gedanke durch den Tag bringen, bis die nächste Hürde käme.

Helen war noch kaum gegangen, und Erik räumte gerade das Geschirr weg, als Dana Sue ins Gästezimmer des *Sullivan's* fegte.

»War das Helen, die ich gerade wegfahren gesehen habe?«, fragte sie.

»Schwer zu sagen«, antwortete er ausweichend.

Dana Sue sah ihn stirnrunzelnd an. »Wag es ja nicht, mir mit deinen Spitzfindigkeiten zu kommen, auf die du so stehst. Ist dir eigentlich klar, dass du dabei immer genau wie Helen klingst, wenn sie Zeugen ins Kreuzverhör nimmt?«

»Dann höre ich sofort damit auf«, gab er belustigt zurück.

»Und versuch auch nicht, mich abzulenken. War Helen nun hier oder nicht?«

»War sie«, räumte er widerwillig ein.

»Und ihr habt zusammen gefrühstückt«, folgerte sie mit einem Blick auf die Teller, Tassen und das Besteck in seinen Händen.

»Ja.«

»Interessant«, murmelte sie, bevor sie ihn eingehend musterte. »Wie hat sich das denn ergeben?«

Diese Büchse der Pandora wollte Erik bei der örtlichen Kupplerkönigin auf keinen Fall öffnen. Er zuckte mit den Schultern. »Einfach so. Wir sind uns zufällig über den Weg gelaufen.«

»Wo?«, bohrte sie nach. »Und warum hast du sie hierher mitgenommen? Warum nicht zu *Wharton's?* Die haben zum Frühstück auch geöffnet.«

Wieder zuckte er mit den Schultern. »Was soll ich sagen? Unser Kaffee schmeckt ihr besser. Wenn du nichts dagegen hast, muss ich jetzt an die Arbeit.«

»Und ich sage dir, du hast noch Zeit, um ein paar Fragen zu beantworten.«

»Wenn ich so viel Zeit habe, kann ich ja auch gehen und ein paar Besorgungen erledigen«, konterte er.

»Du willst mir nur wieder ausweichen«, warf sie ihm vor.

Erik grinste. »Ach, glaubst du echt?«

»Frage ich eben Helen.«

»Nur zu.«

»Sie wird mir sagen, was du verheimlichst«, warnte sie ihn.

»Das bezweifle ich. Sie hält von deinem fiesen Plan genauso wenig wie ich.«

»Und was für ein Plan wäre das?«

»Uns zusammenzudrängen, bis es hält.«

Dana Sue sah ihn stirnrunzelnd an. »Ganz so würde ich es nicht ausdrücken.«

Erik lachte. »Nein, bestimmt nicht. Du würdest es in schöne, romantische Worte mit einer Schleife obendrauf verpacken. Trotzdem läuft's unter dem Strich darauf hinaus, dass du dich in etwas einmischst, das dich nichts angeht.«

»Ihr seid beide meine Freunde. Also geht's mich sehr wohl etwas an,« behauptete sie, als er sich an ihr vorbeischob und in Richtung der Küche ging.

Es wäre zu viel gehofft, dass sie einfach aufgeben würde. Sie folgte ihm.

»Hast du mit ihr schon über Tess' Problem geredet?«, fragte sie.

»Neulich«, antwortete Erik, erleichtert über den Themenwechsel.

»Worum ist's dann heute Morgen gegangen?«, hakte sie mit nachdenklicher Miene nach. »Und was hat sie gesagt, als du ihr davon erzählt hast?«

»Dass sie mit Tess darüber reden würde. Ich hab sie heute nicht daran erinnert, weil sie momentan mit Karens Kindern bei ihr zu Hause genug um die Ohren hat.« Sein Gesichtsausdruck verfinsterte sich. »Jetzt geh weg, Dana Sue. Ich mein's ernst. Beim Backen muss man sich konzentrieren.«

»Oh bitte. Das könntest du mit einer auf den Rücken

gefesselten Hand, während du Musik auf dem iPod hörst.«

»Nichts davon ist so ablenkend, wie dir zuzuhören, während du endlos plapperst«, erwiderte er. »Ich muss für heute und für morgen backen, schon vergessen? Oder sollen die Gäste morgen als einziges Dessert billige Eiscreme aus dem Supermarkt auf der Speisekarte finden?«

Dana Sue seufzte, steckte aber zurück. »Na schön. Ich bin im Büro, falls du mich brauchst oder doch noch reden willst.«

»Werd ich nicht«, versicherte er ihr.

Die Begegnung war eine Warnung, sagte er sich, nachdem sie gegangen war. Wenn er je so tollkühn wäre, Helen um ein richtiges Date zu bitten, könnte er genauso gut Dana Sue und Maddie dazu einladen. Dann müsste er ihnen nicht danach jede Einzelheit schildern.

Er fragte sich, wie um alles in der Welt es Ronnie Sullivan und Cal Maddox angestellt hatten, ihre Liebsten unter den Argusaugen der beiden anderen Frauen zu umwerben. Mit Helen auszugehen wäre so schon heikel genug. Es würde ihn in den Wahnsinn treiben, wenn auch noch die beiden anderen ständig ihren Senf dazu abgäben. Kam nicht in Frage. Das würde er sich vor Augen halten, wenn er das nächste Mal dieses Kribbeln in der Magengrube oder den plötzlichen Drang verspürte, Helen in die Arme zu nehmen und zu küssen.

Und dann würde er in die andere Richtung flüchten, als wäre der Leibhaftige höchstpersönlich hinter ihm her.

Karen vermisste ihre Kinder wie verrückt. Wenn sie nach der Arbeit im *Sullivan's* nach Hause kam, fühlte sich die Wohnung stets entschieden zu still und einsam an.

Eigentlich hätte sie sich darüber freuen sollen, dass sie einfach ins Bett fallen und Schlaf nachholen konnte, den sie in den letzten Wochen verpasst hatte. Stattdessen ging sie von Zimmer zu Zimmer, schaltete in einem den Fernseher ein, in einem anderen das Radio, um Hintergrundgeräusche zu schaffen.

Sie redete jeden Nachmittag mit Mack und Daisy, wenn sie von der Schule und der Tagesstätte zurückkamen, später noch einmal vor dem Schlafengehen. Offensichtlich lebten sie sich gut bei Helen ein, doch gerade das traf sie besonders schwer. Sie wollte, dass ihre Kinder sie vermissen, wenigstens ein bisschen. Karen hatte an diesem Morgen mit Dr. McDaniels über ihre gemischten Gefühle gesprochen.

»Es ist völlig normal, sich darüber zu sorgen, dass Sie für das Leben Ihrer Kinder entbehrlich werden könnten«, hatte Dr. McDaniels gemeint. »Aber glauben Sie mir, das wird nicht passieren. Sie sind und bleiben ihre Mutter. Helen wird Sie in dieser Rolle nicht ersetzen, ganz gleich, wie gut sie vorübergehend für Sie einspringt. Seien Sie froh, dass Mack und Daisy so gut damit umgehen, und nutzen Sie die Zeit, um zurück in die Spur zu finden und wieder stark zu werden. Ich empfehle Ihnen sogar, regelmäßig im *Corner Spa* zu trainieren. Sport wäre gut für Sie.«

Als Karen argumentierte, dass sie sich dort keine Mitgliedschaft leisten konnte, wischte Dr. McDaniels den Einwand weg. »Wenn Sie versprechen hinzugehen, kümmere ich mich darum.«

Karen hatte zwar zwangsläufig den Sportunterricht an der Highschool über sich ergehen lassen, sich jedoch als Erwachsene nie in irgendeiner Form regelmäßig sportlich betätigt. »Glauben Sie wirklich, das wäre gut für mich?«, fragte sie zweifelnd. »Ich war im Sportunterricht immer eine Null.«

Die Psychologin lachte. »Das waren viele von uns«, meinte sie zu Karen. »Aber zahlreiche Studien belegen, dass selbst mäßige sportliche Betätigung nicht nur den Körper in Form hält, sondern auch den Serotoninspiegel im Gehirn erhöht. Dadurch fühlt man sich glücklicher.«

»Im Ernst?« Karen war zwar skeptisch, aber bereit, es zu versuchen. »Wenn Sie etwas arrangieren können, gehe ich hin. Sie haben gesagt, Sie hätten zwei Empfehlungen für mich. Was ist die andere?«

»Ich möchte, dass Sie mit einem Finanzberater einen Plan ausarbeiten, mit dem Sie Ihre wirtschaftliche Lage in den Griff bekommen. Es wird viel Druck von Ihnen abfallen, wenn Sie wissen, dass Sie mit dem verfügbaren Einkommen etwaige Schulden abbauen und über die Runden kommen.«

Auch dem konnte Karen nicht widersprechen. »Können Sie mir jemanden empfehlen?«

Kaum war sie bei der Arbeit eingetroffen, hatte sie die Visitenkarte hervorgeholt, die Dr. McDaniels ihr gegeben hatte, und einen Termin vereinbart. Nächste Woche würde sie sich mit dem Finanzberater zu einem Erstgespräch treffen. Und bei der Arbeit teilte Dana Sue ihr mit, dass sie eine kostenlose Mitgliedschaft im *Corner Spa* für sie organisieren würde.

»Hat Dr. McDaniels dich angerufen?« Karen fühlte sich gedemütigt. »Tut mir so leid.«

»Muss es nicht«, gab Dana Sue sofort zurück. »Das Geschäft im Spa boomt. Wir können es uns leisten, dich das Fitnessstudio kostenlos benutzen zu lassen. Und Elliott hat gesagt, dass er dir gern bei den ersten Schritten hilft.«

Karen hatte schon den einen oder anderen Blick auf den attraktiven Personal Trainer erhascht. Sie hatte definitiv nichts dagegen, ihn mal aus der Nähe zu betrachten.

Karen ließ sich auf der Kante des Sofas nieder und dachte an alles Gute, was ihr widerfahren war, seit sie sich endlich dem Chaos stellte, zu dem ihr Leben verkommen war. Allmählich glaubte sie tatsächlich, dass sie es wieder in den Griff bekommen könnte. Und bei all der Unterstützung von Dana Sue und Helen schuldete sie es den beiden, ihre Chance nicht zu vermasseln.

Dennoch spürte sie in sich diese riesige Leere, wo eigentlich ihre Kinder sein sollten. Karen wollte sie wieder zu Hause haben. Niemand hatte einen genauen Zeitplan dafür aufgestellt, wann ihre Babys zurückkommen würden. Sie hoffte, eher früher als später. Mit ihnen zu telefonieren oder alle paar Tage eine Stunde mit ihnen zu verbringen reichte nicht annähernd aus.

Als sie Macks Lieblingsstofftier, einen Bären, am anderen Ende des Sofas bemerkte, griff sie danach und drückte es sich an die Brust. Das Fell war verfilzt, das Band um den Hals zerfleddert und fleckig von Kleinkindnahrung, aber das Plüschtier roch nach Babypuder, Shampoo und vor allem nach Mack. Es wunderte Karen, dass ihr kleiner Sohn ohne es einschlafen konnte, aber Helen hatte nichts von irgendwelchen Problemen dabei erwähnt, Mack hinzulegen. Dennoch beschloss Karen, ihn gleich am nächsten Morgen zu Helen zu bringen. Vielleicht könnte sie dabei einen Blick auf ihre Kinder erhaschen, bevor sie zu ihrer ersten Trainingseinheit im Fitnessstudio des

Corner Spa aufbrechen würde. Kaum vorstellbar, dass sie sich noch vor wenigen Tagen hoffnungslos überfordert von ihren Kindern gefühlt hatte.

Ein leises Klopfen an ihrer Tür erschreckte sie. Erleichtert von der Aussicht auf Besuch ließ sie den Bären fallen und eilte zur Tür. Frances stand davor. Sie hatte ein Behältnis mit Suppe in einer Hand und einen mitfühlenden Ausdruck im Gesicht.

»Ich hab gehört, dass du vor ein paar Minuten gekommen bist. Da dachte ich mir, du fühlst dich vielleicht ein bisschen verloren«, sagte sie. »Lust auf Gesellschaft?«

»Oh ja, bitte«, erwiderte Karen inbrünstig und zog die alte Dame förmlich in ihre Wohnung. »Es ist viel zu ruhig hier.«

Frances tätschelte ihren Arm. »Das kann ich nachvollziehen. Ich weiß noch genau, wie leer ich mich gefühlt habe, als mein letztes Schulkind zum College aufgebrochen ist. Das Empty-Nest-Syndrom ist kein Mythos. Als Lehrerin und mit meinem Mann hatte ich ein erfülltes Leben. Aber ich wäre fast durchgedreht, als ich keine Teenager mehr um mich gehabt habe, die Tag und Nacht nach Essen verlangt haben. Meine eigenen Kinder sind eins nach dem anderen ausgezogen, nachdem ich sie achtzehn Jahre lang großgezogen und behütet hatte. Deine sind noch klein und praktisch über Nacht verschwunden. Für so was kann man unmöglich gewappnet sein.«

»Ich will sie zurück«, gestand Karen, als sie Frances die Suppe abnahm und sie in die Küche stellte. »Als ich von der Arbeit nach Hause gekommen bin, musste ich den Fernseher und das Radio einschalten, um die unerträgliche Stille zu vertreiben.«

Frances manövrierte sie zu einem Stuhl am Tisch. »Setz dich und lass mich die Suppe aufwärmen. Du hast doch noch nichts gegessen, oder?«

»Im Restaurant arbeite ich den ganzen Tag mit Essen«, sagte Karen, bevor ihr klar wurde, wie hungrig sie war. »Aber Suppe klingt hervorragend.«

Frances holte einen Topf hervor und goss die dicke Erbsensuppe hinein, bevor sie den Gasherd auf niedriger Stufe einschaltete. »Wie wär's mit einem Sandwich dazu? Falls du nichts zu Hause hast, kann ich schnell von mir etwas holen. Ich habe köstlichen Honigschinken daheim.«

Als Karen protestieren wollte, dass es zu viel Mühe wäre, winkte Frances ab. »Unsinn. Ich bin gleich wieder da. Behalte inzwischen die Suppe im Auge. Sie darf nicht kochen.«

Karen nickte und verbarg ihre Belustigung darüber, dass Frances dachte, sie bräuchte Anweisungen, wie man eine Suppe aufwärmte. Sehr wohl jedoch konnte sie es gebrauchen, ein bisschen bemuttert zu werden. Davon hatte sie leider zu wenig im Leben gehabt.

Als Frances zurückkam, hatte sie den Schinken bereits dick auf Mehrkornbrot aus einer Bäckerei in der Stadt verteilt. »Ich war mir nicht sicher, ob du lieber Senf oder Mayonnaise magst, deshalb hab ich noch nichts draufgetan«, sagte sie zu Karen.

»Mayonnaise. Ich hole sie«, erwiderte Karen.

»Nein, du bleibst schön sitzen und entspannst dich. Du warst den ganzen Tag auf den Beinen, während ich nur rumgesessen habe.«

Karen lachte. »Frances, ich habe Sie noch nie länger als ein paar Minuten am Stück stillhalten gesehen. Sie sind jeden Tag unterwegs.«

Frances zuckte mit den Schultern. »Nur so bleibt man körperlich und geistig rege«, erwiderte sie. »Aber ich lege durchaus auch mal ein paar Stunden lang die Füße hoch und mache gar nichts. Jetzt erzähl mir von deinem Tag.«

Karen berichtete ihr von dem Plan mit der Finanzberatung und der Mitgliedschaft im Spa.

»Das klingt wunderbar«, zeigte sich die ältere Dame begeistert. »Die Bewegung wird dir unheimlich guttun. Das weiß ich, weil ich mich nach meinem Aerobic-Kurs im Seniorenzentrum immer besser fühle – obwohl sie uns dort mit Samthandschuhen anfassen, weil sie fürchten, wir würden sonst tot umfallen.«

Sie stellte eine Schale mit Suppe vor Karen, bevor sie sich einen Stuhl herauszog. »Weißt du«, begann sie in verschwörerischem Ton, »ich hab gehört, dass in dem Laden ein Personal Trainer arbeitet, der wie ein griechischer Gott aussieht. Ich bin ja versucht, mir eine Probemitgliedschaft zu holen, nur um ihn mir anzusehen.«

»Frances!« Karen lachte. »Ich bin schockiert.«

»Eine Frau, die behauptet, dass sie nicht gern ab und an einen Blick riskiert, lügt wie gedruckt«, sagte Frances. »Du könntest für mich eine Kamera reinschmuggeln und ein paar Fotos für mich schießen. Dann kann ich mir den Weg sparen.«

»Ganz sicher nicht«, entgegnete Karen. »Aber ich kann Sie mal als Gast mitnehmen, wenn Sie glauben, dass Ihr Herz es verkraftet. Ich hab den Mann schon gesehen. Er ist *wirklich* umwerfend.«

»Dann könnte es sich lohnen, für einen Blick auf ihn im Krankenhaus zu landen.« Sie tätschelte Karens Hand. »Ich gehe jetzt, damit du in Ruhe essen und dich dann hinlegen kannst. Bestimmt willst du gut aussehen, wenn du ins Fitnessstudio gehst.«

»Ich gehe fürs Training hin«, betonte Karen.

»Aber natürlich«, erwiderte Frances. »Kann ja trotzdem nicht schaden, gleichzeitig die Libido zu trainieren, oder? Du könntest einen Mann im Leben gebrauchen.«

»Dasselbe könnte ich über Sie sagen«, gab Karen zurück. »Zufällig weiß ich, dass mindestens ein halbes Dutzend Männer im Seniorenzentrum gern mit Ihnen ausgehen würde.«

»Ach, hör auf«, sagte Frances abschätzig. »Wer will schon einem Haufen alter Trottel zuhören, die herumsitzen und über ihre Wehwehchen jammern? Davon hab ich selbst genug.«

»Ein bisschen Gesellschaft könnte trotzdem ihre Vorteile haben«, ließ Karen nicht locker. »Bestimmt müssen Sie auch einsam sein.«

»Hin und wieder«, räumte Frances ein. »Aber langweilig wird mir nie. Man findet immer genug zu tun, wenn man die Augen danach offenhält. Außerdem habe ich ja dich, Daisy und Mack. Ihr nehmt den großen Platz in meinem Leben ein, den meine eigenen Kinder und Enkel hätten, wenn sie in der Nähe wären. Du siehst also, mein Leben ist durchaus erfüllt. Ich hab wirklich keinen Grund zum Klagen.«

»Sie sind bemerkenswert«, sagte Karen uneingeschränkt aufrichtig. »Ich kann nur hoffen, irgendwann genau wie Sie zu werden.«

»Du wirst deine eigene Persönlichkeit sein«, stellte Frances klar. »Es gibt auf der Welt niemanden wie dich. Das darfst du nie vergessen, Karen. Nutz die Zeit, die du für dich allein hast, um herauszufinden, wer du bist und wer du werden willst. Mit einer selbstbewussten Mutter, die genau weiß, wohin sie will und wie sie es schaffen kann, werden deine Kinder viel glücklicher sein.«

»Glaubst du wirklich, dass ich das hinbekomme?«, fragte Karen kläglich. »Ich war noch kaum mit der Highschool fertig, als ich Ray kennengelernt habe. Er fand, das Community College wäre Zeitverschwendung, deshalb hab ich darauf verzichtet. Ich hab stattdessen im Diner gearbeitet. Dann wurde ich mit Daisy schwanger, wir haben geheiratet, und die Kinder sind zur Welt gekommen. Nichts davon hatte ich geplant. Und im Moment scheint mein einziges Ziel zu sein, den Kopf irgendwie über Wasser zu halten.«

»Ich *weiß*, dass du darüber hinwegkommst«, betonte Frances. »Jetzt schlaf ein bisschen. Und morgen musst du unbedingt bei mir vorbeischauen, um mir diesen sexy Personal Trainer im Spa in allen Einzelheiten zu beschreiben.«

»Hab dich lieb«, duzte Karen die ältere Frau spontan und zog sie impulsiv in eine Umarmung. »Ich bin so froh, dass du meine Nachbarin und Freundin bist.«

»Gilt umgekehrt genauso«, erwiderte Frances. »Gib den Kleinen einen Schmatz von mir, wenn du sie morgen früh siehst. Sag ihnen, ich schaue am Nachmittag vorbei. Ich backe Kekse mit Haferflocken und Rosinen für sie.«

»Sie werden begeistert sein.«

Karen wartete im Flur, bis Frances die Wohnungstür geschlossen und verriegelt hatte. Dann kehrte sie in ihre Wohnung zurück und räumte die Küche auf. Sie fühlte sich um hundert Prozent besser als zuvor, als sie den Fernseher und die Lichter ausschaltete, in ihren Lieblingspyjama schlüpfte und ins Bett kroch. Dann stellte sie am Radio den Wecker und drehte ihn so leise, dass die Klänge von Oldies sie sanft einlullten.

Zu ihrer Verblüffung spürte sie, wie sie mit einem Lächeln auf den Lippen in den Schlaf sank, kaum dass ihr Kopf das Kissen berührt hatte. Tief in ihrem Innern keimte ein winziges Körnchen Zukunftshoffnung, die sie seit Monaten, vielleicht sogar seit Jahren nicht mehr empfunden hatte.

KAPITEL 10

Karen war schon öfter im *Corner Spa* gewesen, um Salate, Muffins und andere leichte Gerichte zu liefern, die das *Sullivan's* für das Café im Spa zubereitete. Allerdings hatte sie noch nie zuvor den Fitnessraum betreten. In Shorts, alten Turnschuhen und einem T-Shirt steuerte sie zögerlich darauf zu. Als sie eintrat, verblüfften sie die Vielfalt der Geräte und die schiere Zahl der Frauen darin. Die meisten schienen sich zu kennen.

Die Wände waren in einem beschwingten Gelbton gehalten. Geöffnete Schiebetüren ließen die Frühlingsbrise herein und boten eine beschauliche Aussicht auf einen Wald. Im Hintergrund dudelte leise und beruhigend klassische Musik, die jedoch von Unterhaltungen und Gelächter übertönt wurde.

Karen fühlte sich zu unsicher, um eines der Geräte auszuprobieren. Stattdessen stand sie nur da und überlegte, was sie tun sollte. Dabei bereute sie, nicht nach Hause zurückgekehrt zu sein, nachdem sie bei Helen vorbeigeschaut hatte, um Macks Plüschbären abzugeben und vor der Schule ein paar Minuten mit den Kindern zu verbringen. Sie fühlte sich an diesem Ort genauso überfordert und fehl am Platz wie damals an der Highschool, als man von ihr erwartet hatte, sich für Feldhockey zu begeistern.

»Du musst Karen sein«, sagte eine tiefe Männerstimme, die sich ihr von hinten näherte.

Inmitten all der höheren Frauenstimmen kam dieses sinnliche Brummen, das ihr im Bett sofort eine Reaktion entlockt hätte, besonders unerwartet. Sie drehte sich um und blickte in dunkelbraune Augen der Farbe von Espresso. Zum ersten Mal sah sie Elliott Cruz aus der Nähe und konnte den Blick nicht mehr von ihm lösen. Der Personal Trainer hatte langes, pechschwarzes, zu einem Pferdeschwanz zusammengebundenes Haar, schier unglaublich gefühlvolle Augen, eine breite Brust, noch breitere Schultern und beeindruckende Oberschenkel. Karen begriff auf Anhieb, warum die gesamte Frauenwelt Serenitys von ihm schwärmte.

»Ich bin Elliott Cruz«, stellte er sich vor. »Dana Sue hat mir gesagt, ich soll nach dir Ausschau halten.«

Ein Grinsen umspielte ihre Lippen. »Und meine Nachbarin hat gesagt, ich soll nach dir Ausschau halten«, erwiderte sie.

Überraschung zeigte sich in seinen Augen. »Ach ja? Ist sie Mitglied hier?«

»Nein. Wäre sie aber gern, nur um einen Blick auf dich zu werfen«, platzte es aus Karen heraus, bevor sie sich bremsen konnte. »Sie ist allerdings über achtzig. Ich glaub nicht, dass die Aufregung gut für sie wäre.«

Zu ihrer Überraschung rötete sich sein olivfarbener Teint. »Entschuldige. Ich wollte dich nicht in Verlegenheit bringen.«

Er schmunzelte. »Ich könnte nicht mit so vielen Frauen arbeiten, wenn ich ein paar begehrliche Blicke und haufenweise anzügliche Bemerkungen nicht vertragen könnte. Dagegen bin ich praktisch immun.«

Das sah Karen anders. Seine Verlegenheit war augenscheinlich und legte nahe, dass ihn die offenkundige

Bewunderung der Frauen trotz allem verblüffte. Er führte sie durch den Fitnessraum zu einem Laufband.

»Was hältst du davon, wenn wir hier anfangen?«, schlug er vor und legte die Hand auf das Gerät.

»*Da* soll ich raufsteigen?«, fragte sie.

»Wenn deine Vorstellung von Sport nicht nur darin besteht, rumzustehen und anderen beim Schwitzen zuzusehen, musst du irgendwo anfangen«, erwiderte er. »Das hier ist wie ein Spaziergang, die einfachste Übung von allen. Das kannst du doch, oder?«

»Auf einem Bürgersteig, nicht auf einer Maschine.«

»Ist so ziemlich dasselbe. Nur hast du hiermit die Möglichkeit, die Geschwindigkeit zu steuern und dich herauszufordern«, sagte er und zeigte auf Werte auf dem digitalen Display. »Du kannst dir Tempo, Entfernung, Kalorienverbrauch und so weiter anzeigen lassen. Spring rauf, dann sehen wir uns mal an, was du drauf hast.«

Karen tat, wie ihr geheißen, und stellte die Füße dorthin, wo Elliott sie haben wollte. Er schaltete die Maschine ein.

»Wenn du bereit bist, steigst du einfach aufs eigentliche Laufband und legst los«, sagte er. »Vorerst hab ich die Geschwindigkeit ziemlich niedrig eingestellt.«

Sie tat wie ihr geheißen. Sofort umklammerte sie geradezu panisch die Haltegriffe vor ihr, während sie das Höllentempo der Maschine zu bewältigen versuchte.

»Ist ein bisschen schnell, oder?«, fragte sie und spürte, wie sie rückwärtsbefördert wurde, obwohl sie sich angestrengt vorwärtsbewegte.

Er grinste. »Das bedeutet nur, dass du ein bisschen schneller gehen musst«, sagte er und weigerte sich, die Geschwindigkeit zu drosseln. »Du schaffst das. Es ist kein

Training, wenn du nicht ein wenig an deine Grenzen gehst.«

Sie beschleunigte die Schritte, bis sich der Rhythmus natürlich anfühlte. Es erwies sich als gar nicht so schlimm. »Wie lange muss ich das machen?«

»Heute für zehn Minuten. Mal sehen, wie es dir damit geht. Irgendwann will ich dich bei dreißig Minuten haben.«

Zehn Minuten klangen nicht allzu schwierig. Kaum hatte sie sich an die Maschine gewöhnt, fühlte es sich kinderleicht an. »Wie viel hab ich schon?«

»Zwei Minuten.«

Sie runzelte die Stirn. Konnte das sein? Es war bestimmt mehr gewesen. Wie zum Hohn wurden ihre Beine plötzlich schwerer, und ihre Atmung geriet leicht ins Stocken. »Und du willst noch acht Minuten?«, fragte sie.

Mit ernster Miene sah er sie an. »Ja, will ich.«

»Bist du sicher, dass du nicht heimlich die Geschwindigkeit erhöht hast?«

»Ja. Die Geschwindigkeit ist unverändert. Du schaffst das. Ich hab gehört, du hast Kinder. Die halten dich sicher auf Trab. Also musst du fit genug für einen zügigen Spaziergang sein.«

Etwas in seinen wunderschönen Augen weckte in ihr den Wunsch, alles zu tun, was er von ihr wollte. Vermutlich war er deshalb ein guter Personal Trainer. Wahrscheinlich wollte jede Frau im Spa seine Erwartungen erfüllen, ganz gleich, wie unmöglich sie zu sein schienen.

Mit dem schelmischen Wunsch, ihn genauso zu quälen wie er sie, sah sie ihm direkt in die Augen und fragte: »Wenn ich die vollen zehn Minuten durchhalte, machst du dann was für mich?«

Argwöhnisch verengte er die Augen zu Schlitzen. »Und was?«

»Dein Shirt ausziehen, damit ich sehen kann, ob deine Bauchmuskeln dem Hype gerecht werden«, erwiderte sie im selben ernsten Ton, den er bei ihr benutzt hatte.

Sein leises Lachen erfasste sie. »Wenn ich das für jede Frau täte, die mich darum bittet, könnte der Laden hier den Ruf eines Stripclubs abkriegen.« Er sah ihr seinerseits in die Augen. »Wenn du meinen Körper sehen willst, Karen, musst du dir schon mehr Mühe geben.«

Unwillkürlich schnappte Karen beim anzüglichen Unterton seiner Stimme nach Luft. Sie rechnete mit Belustigung in seinen Augen. Stattdessen entdeckte sie darin etwas Dunkleres, Ernsteres. Und es wirkte so herrlich männlich, dass ihre Knie weich wurden. Um ein Haar wäre sie gestolpert und vom Laufband befördert worden. Gerade noch rechtzeitig schaltete er es aus und stützte sie.

»Alles in Ordnung?«, erkundigte er sich.

Eine gute Frage. Sie hatte jahrelang nicht mehr mit einem Mann geflirtet. Und noch länger lag es zurück, dass eine einfache sexuelle Anspielung ihr Blut in Wallung versetzt und ihren Körper zum Beben gebracht hatte. In ihrer Ehe war jener Funken schon lange erloschen gewesen, bevor sie offiziell geendet hatte. Vielleicht wurden ihre Hormone deshalb von etwas auf Hochtouren gebracht, das für Elliott Cruz höchstwahrscheinlich nicht mehr als ein »Hallo« oder »Auf Wiedersehen« bedeutete.

Sie setzte ein gekünsteltes Lächeln auf. »Alles bestens«, sagte sie. »Was kommt als Nächstes?«

Sein nach und nach herzlicher werdendes Lächeln ließ den Rest ihrer Abwehr dahinschmelzen.

»Irgendetwas sagte mir, dass du dich mächtig ins Zeug legen wirst«, meinte er.

Und ob Karen das würde. Leider spornte sie dabei weniger das an, was Elliott in der nächsten Stunde an Folter für sie auf Lager haben würde, sondern eher die Vorfreude darauf, was in einem intimeren Rahmen passieren könnte.

»Idiotin«, schimpfte sie sich leise. Zweifellos glaubte jede Frau in diesem Raum, dass sie seine Aufmerksamkeit zu bannen vermochte. Sie musste schon ziemlich dumm sein, um zu glauben, dass er ausgerechnet sie nach nur wenigen Minuten ihrer Bekanntschaft auserkoren hatte.

»Hast du was gesagt?«, hakte er nach.

»Nein, nichts«, beteuerte sie. »Nur ein Selbstgespräch.«

Mit etwas Glück würde die Botschaft auch bei ihrer entfesselten Libido ankommen. Irgendwie glaubte sie nicht, dass Dr. McDaniels von Glücksgefühlen dieser Art gesprochen hatte, als sie auf die positiven Begleiterscheinungen von regelmäßigem Training hingewiesen hatte.

Helen war unheimlich stolz auf sich. Als Erik um 17:30 Uhr an der Tür klingelte, um sie zum Abendessen abzuholen, hatte sie beide Kinder gebadet und in ordentlich gebügelter Kleidung.

»Meine Güte, was seht ihr zwei gut aus«, sagte er zu Daisy und Mack, bevor er Daisy schwungvoll hochhob und ihr einen lauten Schmatz auf die Wange drückte, der sie zum Kichern brachte. Mack streckte die Arme aus, weil er auch drankommen wollte.

Dann fiel sein Blick auf Helen, und sein Gesichtsausdruck veränderte sich. Er schien sich mühsam ein Lachen zu verkneifen.

»Was ist?«, fragte sie.

»Hast du in letzter Zeit mal in den Spiegel geschaut?«, gab er vorsichtig zurück.

»Nein.« Seit sie von der Arbeit nach Hause gekommen war, hatte sie zu viel damit zu tun gehabt, Mack und Daisy für ihren Ausflug herzurichten. Vor Eriks Ankunft hatte sie keine Gelegenheit gehabt, ihr Make-up zu überprüfen, geschweige denn, sich umzuziehen.

»Solltest du vielleicht tun«, schlug er vor. »Nicht falsch verstehen, ich finde, du siehst spitze aus.« Ein verruchtes Grinsen breitete sich über sein Gesicht aus. »Wirklich, glaub mir.«

Helen runzelte die Stirn, denn sein Blick schien auf ihrer Brust zu verharren. »Bin gleich wieder da.«

Als sie im Badezimmer in den Ganzkörperspiegel an der Rückseite der Tür blickte, stöhnte sie auf. Ihre Seidenbluse war beim Baden der Kinder in der Wanne völlig durchnässt worden. Sie klebte an ihrer Brust und enthüllte das Muster ihres Spitzen-BHs … und einiges mehr. Kein Wunder, dass Erik so geglotzt hatte.

Ihr Rock offenbarte zwar weniger, war jedoch genauso triefnass. Hastig verschwand sie in ihr Schlafzimmer, griff sich eine andere Bluse und eine Leinenhose und steckte die Füße in einigermaßen vernünftige Schuhe. Die Frisur und das Make-up hatte sie im Nu erledigt.

Als sie sich wieder herzeigbar fühlte, kehrte sie nach unten zurück und fand alle drei auf dem Sofa, wo sie sich Zeichentrickfilme ansahen. Erik wirkte davon genauso gebannt wie die Kinder.

»Ich störe ja ungern, aber sollten wir nicht los?«, fragte sie.

Daisy protestierte, doch ein Blick von Erik genügte, um sie zum Schweigen zu bringen. Mack schien rundum zufrieden mit allem zu sein, was Erik vorschlug. Besonders entzückt zeigte er sich, als Erik sich ihn auf die Schultern hievte.

»Hüa!«, befahl der Kleine gebieterisch.

Erik lachte. »Er kommt schon ganz nach dir«, meinte er auf dem Weg zur Tür sarkastisch zu Helen.

»Fühlt sich irgendwie nicht nach einem Kompliment an.« Sie folgte ihm hinaus und schloss das Haus hinter ihnen ab.

Zwar stiegen sie alle in Helens Auto ein, weil sie die Kindersitze hatte, doch als Erik anbot zu fahren, willigte Helen gern ein. Tatsächlich konnte sie kaum noch die Augen offen halten. Sie hatte keine Ahnung gehabt, wie anstrengend es sein würde, mehrere Tage hintereinander Kinder zu betreuen.

Erik fuhr zu einem Fast-Food-Restaurant in der nächsten Ortschaft. Es besaß eine Spielecke. Daisy sichtete sie sofort.

»Dürfen wir spielen gehen?«, bat sie.

»Erst, wenn wir gegessen haben«, antwortete Erik. »Sucht ihr schon mal einen Tisch, und ich hole das Essen. Daisy, kommst du mit und hilfst mir?«

»Gern!«, willigte sie ein, sichtlich erfreut über Eriks Aufmerksamkeit.

Helen setzte Mack in einen Kindersitz, dann beobachtete sie, wie sich Erik bückte, um beim Bestellen mit Daisy zu beratschlagen. Es verblüffte sie, wie gut er mit den Kindern konnte. Obwohl auch sie in den letzten Tagen deutlich entspannter geworden war, begleiteten nach wie vor viele Unsicherheiten den Umgang mit ihnen. Sie redete sich ein, es läge daran, dass sie so unverhofft in ihr Leben geplatzt waren. Davor hatte sie die beiden nicht mal gekannt. Aber in Wahrheit steckte mehr dahinter – die Last der Verantwortung, für ihre Sicherheit und Geborgenheit zu sorgen, bis sie zurück zu ihrer Mutter könnten. Sosehr sie es sich nicht eingestehen wollte, sie brauchte genauso dringend Unterstützung wie Karen. Frances sprang zwar gelegentlich ein, doch das reichte nicht. Vielleicht würde Annie babysitten oder auch nur abends vorbeikommen, damit Helen ein wenig verschnaufen könnte. Sie grübelte noch über die Möglichkeiten, als Erik und Daisy auf sie zukamen.

»Warum die gerunzelte Stirn?«, flüsterte Erik ihr ins Ohr, als er das Tablett mit dem Essen auf den Tisch stellte. »Zerdenkst du schon wieder alles?«

Sie rang sich ein Lächeln ab. »Höchstwahrscheinlich.«

»Süße, es sind nur kleine Menschen. Erfreu dich an ihnen.« Er verteilte die riesige Bestellung, dann schlug er vor: »Daisy, warum erzählst du Helen nicht von der Geschichte, die deine Lehrerin heute in der Schule vorgelesen hat?«

Daisy richtete einen hoffnungsvollen Blick auf Helen. »Willst du sie hören?«

»Liebend gern«, antwortete Helen.

Daisy begann mit Worten, die nach der allerersten Seite klangen, und erzählte die ganze lange, ausschweifende Geschichte eines Dinosauriers. Dabei fügte sie Ausschmückungen hinzu, die wohl nicht im Original standen, vermutete Helen. Ihre Schilderung fiel jedoch so dramatisch und enthusiastisch aus, dass sie Mack damit in ihren Bann zog und Helen zum Lachen brachte.

»Bravo!«, schwärmte sie begeistert, als Daisy geendet hatte. »Du bist eine tolle Geschichtenerzählerin.«

»Ich könnte sie dir heute Abend vorlesen«, bot Daisy eifrig an. »Ich hab das Buch aus der Schule mitgebracht. Meine Lehrerin hat gesagt, das darf ich.«

»Das wäre sehr schön«, erwiderte Helen und merkte, dass sie es ernst meinte.

»Können Mack und ich jetzt spielen gehen?«, bettelte Daisy nach dem Essen bei Erik.

Er sah Helen an. »Dürfen sie?«

Sie betrachtete die Spielgeräte, an denen sich bereits mehrere andere kleine Kinder vergnügten. »Bist du sicher, dass auch nichts passieren kann?«

Erik nickte. »Bin ich.«

Sie erteilte ihre Zustimmung. »Bleibt schön da, wo wir euch sehen können.«

Nachdem die beiden weg waren, musterte Erik sie. »War doch nicht so schwer, sie gehen zu lassen, oder?«

»Nein. Ich bemühe mich, besser darin zu werden.« Sie seufzte. »Ich weiß, ich bin zu steif, aber diese Elternsache ist echt beängstigend.«

»Ich könnte mir vorstellen, dass alle so empfinden, die mit ihrem ersten Baby vom Krankenhaus nach Hause kommen. Du bist mit zwei Kindern nach Hause gekommen, die bereits eine Persönlichkeit und einen Wortschatz haben und mobil sind. Kein Wunder, dass es deine Welt auf den Kopf stellt. Aber du bekommst den Dreh schon noch raus.«

»Was ich nicht kapiere …« Neugierig musterte sie ihn. »Warum will jemand, der so gut mit Kindern umgehen kann wie du, nicht einen ganzen Stall davon?«

Seine Miene wurde schlagartig verschlossen, als hätte sie sich damit in einen persönlichen Bereich vorgewagt, den jeder vernünftige Mensch instinktiv als tabu empfunden hätte.

»Habe ich was Falsches gesagt?« Unwillkürlich fragte sie sich, warum er so empfindlich auf das Thema reagierte.

Erik schüttelte den Kopf. »Natürlich nicht. Ich hab bloß keine Pläne, eine Familie zu gründen. Das hab ich dir schon gesagt.«

»Aber du wärst …«

Er fiel ihr ins Wort. »Es wird nicht passieren, okay?«

Hätte er nicht so erschüttert gewirkt, sie hätte vielleicht nicht locker gelassen. So jedoch ließ sie es auf sich beruhen. »Tut mir leid.«

Er legte die Hand auf ihre. »Nein, *mir* tut's leid, dass ich dich angeschnauzt habe. Die Frage war völlig harmlos. Ich bin da nur ein bisschen überempfindlich. Alle Pläne für Kinder waren mit meiner Frau verknüpft. Mit ihr ist auch dieser Teil meines Lebens gestorben.«

Er klang so traurig, dass sich Helen fragte, wann er sie verloren hatte. »Wann ist sie gestorben?«

»Vor sechs Jahren und sieben Monaten«, antwortete er mit tonloser Stimme.

Helen wusste, dass es keinen strikten Zeitplan für Trauer gab, doch das kam ihr ziemlich lange vor.

»Bevor du die Kochschule besucht hast?«, riet sie.

Erik nickte. »Nach ihrem Tod hab ich eine völlige Veränderung gebraucht. Eine Freundin hat mir die Kochschule vorgeschlagen, hauptsächlich als Ablenkung, weil sie wusste, wie gern ich koche. Am Ende hab ich mich restlos darin verliebt. Die Ausbilder haben gemeint, ich wäre ein Naturtalent. Und letztlich hat es mich ins Leben zurückgebracht.«

»Aber nicht ganz«, rutschte Helen heraus, bevor sie sich bremsen konnte.

Erik starrte sie mit eindringlichem Blick an. »Soll heißen?«

»Bitte versteh mich nicht falsch, aber ich hab den Eindruck, dass trotzdem ein Teil von dir mit deiner Frau gestorben ist«, sagte sie.

Statt erneut schroff zu reagieren, nickte er nur. »Da hast du wohl recht.«

»Du musst sie sehr geliebt haben«, meinte sie leise.

»Sie war unglaublich.« In seine Augen trat ein Kummer so intensiv, wie er am Tag ihres Tods gewesen sein musste. »Nicht perfekt. Nicht annähernd, trotzdem unglaublich.«

Helen konnte den Blick nicht abwenden, obwohl sie sich wie ein Eindringling dabei fühlte, so persönlichen Schmerz zu bezeugen. Schließlich zwang sie sich, nach den Kindern in der Spielecke zu sehen. Dabei ging ihr durch den Kopf, wie schade es war, dass sich ein so grundanständiger Mann wie Erik emotional so abgekapselt hatte.

»Warum bist du plötzlich so nachdenklich?«, fragte Erik. »Ich wollte dich nicht runterziehen.«

»Ich bin wohl ein bisschen neidisch«, gestand sie. »Ich hatte schon ein paar Beziehungen, wenn man sie so nennen will, aber keiner der Männer hat mir je so viel bedeutet wie dir offensichtlich deine Frau. Bis vor Kurzem hab ich wohl nicht mal geglaubt, dass so innige Liebe überhaupt möglich ist.«

»Und was hat dich in letzter Zeit davon überzeugt, dass sie doch möglich ist?«

»Cal und Maddie zusammen zu sehen«, antwortete sie. »Und zuletzt haben mich sogar Dana Sue und Ronnie bekehrt.«

»Ich schätze mal, du bist durch deinen Beruf ein wenig zynisch geworden«, sagte Erik.

»Du bist nicht der Erste, von dem ich das höre«, erwiderte sie.

»Schon mal daran gedacht, dein Spezialgebiet zu ändern?«

Sie schüttelte den Kopf. »Nicht wirklich. Ich setze mich gern für Frauen ein, deren Ehen in die Brüche gegangen sind. In der Regel sind sie emotional so am Ende, dass sie dringend jemanden brauchen, der stark genug ist, um dafür zu kämpfen, was ihnen zusteht.«

»Aber sieh dir nur an, was es dir abverlangt«, gab er zu bedenken. »Du hast selbst zugegeben, dass du dich emotional abgekapselt hast.«

»Du dich aber auch«, konterte sie.

Er schenkte ihr ein reumütiges Lächeln. »Touché. Aber wenigstens hab ich einmal mit allem geliebt, was in mir steckt.«

Langsam nickte sie. Zum ersten Mal verstand sie wirklich, was Tennyson gemeint hatte, als er schrieb, es wäre besser, geliebt und verloren zu haben, als überhaupt nie geliebt zu haben. Sie schaute erneut zum Spielbereich und sah, dass Mack und Daisy gerade anfingen, sich zu zanken. »Im Moment hab ich andere Probleme im Leben. Wie's aussieht, werden die zwei allmählich müde. Wir sollten sie wohl besser nach Hause bringen.«

Als Erik sie einsammelte und Helen auf sie wartete, überkam sie eine eigenartige Empfindung. Einen flüchtigen Moment lang hatte sie das Gefühl, Teil einer Familie zu sein.

Und es gefiel ihr richtig, *richtig* gut.

Erik wurde die düstere Stimmung nicht los, die Helens Fragen in ihm aufgewühlt hatten. Er wusste, dass sie nur durch ihre angeborene Neugier in seiner Vergangenheit herumstocherte. Aber jede Erinnerung daran, was er verloren hatte, als Samantha und sein ungeborenes Kind gestorben waren, versetzte ihn immer in die Nacht zurück, in der es geschehen war. Er hatte in Gedanken jede Minute tausendmal analysiert und sich gefragt, ob er etwas hätte anders machen können, irgendetwas, das den Ausgang verändert hätte. Erik hatte damals mit mehreren Ärzten und Rettungssanitätern darüber gesprochen. Alle hatten ihm versichert, er hätte alles richtig gemacht. Aber ihre Beteuerungen hatten nicht gereicht. Er machte sich trotzdem Vorwürfe.

Wenn es nach ihm gegangen wäre, hätte er Helen und die Kinder nur abgesetzt und wäre direkt nach Hause gefahren. Allerdings hatte Daisy andere Pläne.

»Ich lese eine Geschichte vor, weißt du noch?«, sagte sie zu ihm, als er sich an der Haustür verabschieden wollte.

»Ich finde, Mack und Helen sind ein tolles Publikum«, erwiderte er. »Mich brauchst du nicht.«

»Bitte …«, bettelte sie und sah ihn so flehentlich an, dass er einfach nicht nein sagen konnte.

»Na schön, eine halbe Stunde«, willigte er widerstrebend ein.

»Ja!«, rief Daisy freudig aus. »Ich hole das Buch.«

»Sie hat dich um den Finger gewickelt«, kommentierte Helen und schüttelte belustigt den Kopf.

Erik zuckte mit den Schultern. »Was soll ich sagen? Ich hab eine Schwäche für Frauen, die betteln.«

»Noch ein Grund, warum wir beide nicht zusammenpassen würden«, antwortete sie. »Ich bettle *nie*.«

Erik lachte. »Setz das auf die Liste und sag es Dana Sue, wenn sie sich das nächste Mal einmischt.« Er streckte sich nach Mack und nahm ihn ihr ab. »Der Kleine ist völlig erledigt. Ich bringe ihn ins Bett.«

Helen gab den Jungen frei. »Daisy wird am Boden zerstört sein, dass ihr Publikum auf uns geschrumpft ist.«

»Ich glaube, dass *wir* am wichtigsten für sie sind. Mack ist nur ihr kleiner Bruder. Ihm kann sie jederzeit vorlesen.«

»Tja, ich freue mich schon drauf. Kann mich gar nicht erinnern, wann ich zuletzt ein gutes Dinosaurierbuch gelesen habe.«

Erik legte Mack in sein Bett. Es wies die Form eines knallrot lackierten Autos auf. »Du hast ihm ein Bett gekauft?«, fragte er Helen. »Warum, wenn er nur kurz hier ist?«

Sie errötete. »Ich wollte, dass er etwas Besonderes hat. Ich dachte mir, so wird sein Aufenthalt bei mir für ihn zu einem größeren Abenteuer.«

»Er ist drei. Er könnte auch auf einem Stein einschlafen.«

Helen schmunzelte. »Kann mir allerdings nicht vorstellen, dass es empfehlenswert wäre.«

Erik deckte Mack zu, dann drehte er sich um und erblickte einen seltsam wehmütigen Ausdruck in Helens Gesicht. »Alles in Ordnung?«

Sie nickte. »Ihn so zu sehen, unschuldig und süß, erinnert mich bloß daran, was ich verpasst habe.«

Nicht zum ersten Mal an diesem Abend stand sie kurz davor zu gestehen, dass ihr Leben nicht wie erhofft verlaufen war. Was nur bewies, dass Menschen komplizierter waren, als sie zu sein schienen.

»Du wolltest Kinder?«, fragte er.

»Irgendwie hab ich es als selbstverständlich angesehen, dass ich mal welche haben würde, nur ist mir die Zeit zwischen den Fingern zerronnen«, gab sie zu. »Das bereue ich neuerdings.«

»Es ist ja noch nicht zu spät«, meinte er, obwohl er ihren Kinderwunsch der Liste der Gründe hinzufügte, warum sie nicht zueinander passten. »Heutzutage bekommen Karrierefrauen haufenweise in deinem Alter noch Kinder.«

»Ich weiß.«

»Und?«

»Ich bin noch dabei, meine Möglichkeiten abzuwägen«, sagte sie. »Ich muss gestehen, dass es mir die Augen geöffnet hat, Mack und Daisy hier zu haben.«

»In positiver Hinsicht?«

Ohne den Blick von Mack zu lösen, nickte sie. »Ja.«

In dem Moment tauchte Daisy an der Tür auf. »Kommt ihr dann *irgendwann*, um euch die Geschichte anzuhören?«

Erik schmunzelte über ihre Ungeduld. Er hob sie sich schwungvoll in die Arme. »Was hältst du davon, wenn wir dich ins Bett bringen und Helen sie dir vorliest?«, schlug er vor. »Mack schläft schon.«

Daisy sah Helen mit ernster Miene an. »Würdest du das tun? Ich mag's, wenn Mami mir vorliest.«

Helen wirkte zunächst leicht überrumpelt von der Bitte, dann jedoch verzogen sich ihre Lippen zu einem Lächeln. »Ich lese sie dir gern vor – aber nur, wenn Erik die Dinosauriergeräusche beisteuert.«

»Geht klar«, willigte er sofort ein und wollte diese Erfahrung überraschend gern mit ihr teilen.

In den letzten Tagen entdeckte er immer mehr neue Seiten an Helen, und mit jeder kippten seine Vorurteile wie Kegel in einer Bowlingbahn. Nicht gut für einen Mann, der beschlossen hatte, sie auf Abstand zu halten.

KAPITEL 11

Einige Tage nach dem Ausflug zum Essen mit Erik erwachte Helen am Samstagmorgen mit dem Gefühl, beobachtet zu werden. Als sie ein Auge einen Spalt öffnete, erblickte sie Mack mit dem Daumen im Mund neben dem Bett. Er sah so müde aus, wie sie sich noch fühlte, obwohl sie die Nacht durchgeschlafen hatte – zum ersten Mal, seit sie die Kinder bei sich hatte. Und zum zweiten Mal in der vergangenen Woche nahm sie sich fest vor, so schnell wie möglich Verstärkung zu suchen.

Als sie zum Wecker spähte, stellte sie fest, dass es bereits 8:00 Uhr war. So lange schlief sie sonst nie, nicht mal am Wochenende. Kein Wunder, dass sich Mack auf die Suche nach ihr gemacht hatte. Als sie aufmerksam lauschte, hörte sie den Fernseher im Wohnzimmer. Anscheinend hatte ihn die selbständigere Daisy bereits in Beschlag genommen.

Mack nahm den Daumen kurz aus dem Mund, um hoffnungsvoll zu fragen: »Bist du wach?«

»Jetzt schon«, bestätigte sie. »Hast du Hunger?«

Er nickte mit Nachdruck.

»Du siehst auch aus, als könntest du saubere Sachen vertragen«, meinte sie. »Das Spider-Man-Shirt musst du ja langsam satthaben.«

»Nein!«, rief Mack.

»Okay, verstehe. Wie wär's, wenn ich es heute Morgen wasche?«

»Nein!«, wiederholte er.

Helen fand, es lohnte sich nicht, darüber zu diskutieren. Sie würde Barb gleich am Montagmorgen losschicken, um ein paar identische Spider-Man-Shirts zu besorgen.

Vorerst schlüpfte sie in einen Morgenmantel und trat den Weg ins Wohnzimmer an. Mack trabte hinter ihr her. Daisy saß vor dem Fernseher – und weinte! Helen spürte, wie ihr der Anblick die Kehle zuschnürte. Sie wirkte trotz ihrer fröhlichen Aufmachung mit rosa T-Shirt, orangefarbenen Shorts und knallroten Turnschuhen so verloren und allein. Das seidige Haar war zerzaust. Tränen glänzten auf ihren Wangen.

Rasch durchquerte Helen das Zimmer, setzte sich neben sie und zog sie an sich. »Ach, Schätzchen, was ist denn los?«

Daisy hob das feuchte Gesicht, sah Helen an und fragte kläglich: »Werden wir je wieder bei Mami wohnen?«

»Natürlich«, antwortete Helen sofort.

»Wann?«

»Sehr bald.«

»Aber wann?«, bohrte Daisy hartnäckig nach.

»Sobald die Ärztin sagt, dass es ihr gut geht«, erwiderte Helen.

»Ist sie richtig, richtig krank?«, fragte Daisy. »Wenn ich krank bin, bleibe ich nur immer kurz von der Schule daheim. Mami ist jetzt schon länger krank.« Hoffnungsvoll sah sie Helen an. »Als sie uns zuletzt besucht hat, da hat sie nicht mehr krank ausgesehen. Vielleicht geht's ihr jetzt besser.«

Wie um alles in der Welt erklärt man das einer Fünfjährigen?, fragte sich Helen. »Ich weiß, es muss dir sehr lang vorkommen, aber ihr seid erst seit wenigen Wochen bei mir«, begann sie und konnte sich gut vorstellen, dass ein Kind zwei Wochen wie eine Ewigkeit empfinden musste. »Und was deine Mama hat, ist nicht wie Bauchweh oder Masern«, erklärte sie vorsichtig. »Es verschwindet nicht einfach so.«

»Wie kann sie dann gesund werden?« Daisy wirkte nur noch verwirrter.

»Sie muss sich ausruhen und mit einigen Leuten reden, dann wird sie wieder stark.«

»Aber sie ist jetzt schon richtig stark«, protestierte Daisy. »Sie kann alles Mögliche heben.«

Helen gelangte zu dem Schluss, dass sie sich um Kopf und Kragen redete. »Was hältst du davon, wenn wir sie jetzt gleich anrufen, damit du und Mack mit ihr reden könnt? Vielleicht hat sie sogar noch Zeit vorbeizukommen, bevor sie zur Arbeit muss.«

Daisys Augen leuchteten auf, obwohl immer noch Tränen darin glänzten. »Wir können sie anrufen?«

»Natürlich«, bestätigte Helen und bedauerte, Daisy nicht schon viel früher darauf aufmerksam gemacht zu haben. Sie hatte sich stattdessen darauf verlassen, dass Karen anrief und vorbeikam. Offensichtlich brauchte Daisy das Wissen, dass sie selbst anrufen konnte, wenn sie wollte. »Hol du das Telefon, dann helfe ich dir.«

Daisy kletterte vom Sofa und rannte zum Tisch, wo das Telefon in der Ladestation steckte.

»Reden«, verlangte Mack.

»Gleich«, sagte Daisy zu ihm. Dann fügte sie für Helen stolz hinzu: »Ich weiß die Telefonnummer.«

»Dann kannst du sie eingeben«, erwiderte Helen.

Gleich darauf ging Karen offensichtlich ran, denn in Daisys Gesichtchen breitete sich ein Lächeln aus.

»Mami! Ich bin's.«

»Will auch mit Mami reden!«, quengelte Mack.

Helen bedachte Daisy mit einem eindringlichen Blick, der sie bewog, das Telefon ihrem Bruder zu reichen. Eine Minute lang ließ Daisy ihn freudig plappern, bevor sie sich das Gerät zurückholte.

»Mami, kannst du herkommen?«

Was auch immer Karen erwiderte, es ließ Daisy die Stirn runzeln und Helen das Telefon hinhalten.

»Sie will mit dir reden«, sagte sie und klang enttäuscht.

Helen nahm das Gerät entgegen. »Hi, Karen.«

»Alles in Ordnung?«, fragte Karen besorgt. »Daisy scheint aufgebracht zu sein. Weint sie?«

»Ja, aber es ist eigentlich alles gut. Du fehlst ihr nur sehr. Ich dachte mir, vielleicht magst du mit uns frühstücken, falls du Zeit hast.«

»Wirklich?«

Der überraschte Ton in Karens Stimme verblüffte Helen. »Natürlich. Ich hab dir doch gesagt, du bist hier jederzeit willkommen.«

»Ich weiß«, erwiderte Karen. »Nur als ich das letzte Mal da war, wurde ich das Gefühl nicht los, dass ich ihre neue Routine durcheinanderbringe. Du kümmerst dich so liebevoll um sie, da wollte ich es dir nicht unnötig erschweren.«

»Ach, Karen, das tut mir leid«, sagte Helen geknickt. »Ich hatte ja keine Ahnung, dass ich dir das Gefühl vermittelt habe. Obwohl ich der totale Fan von Routine bin, hab ich inzwischen festgestellt, dass die besten Dinge im

Leben manchmal unerwartet passieren. Bitte komm vorbei. Sie müssen ihre Mutter sehen.«

»Ich bin in fünfzehn Minuten da«, versprach Karen. »Und koch nichts. Lass mich das machen. Ist wohl das Mindeste, was ich tun kann, für euch alle Frühstück zuzubereiten.«

»Das wäre toll«, gestand Helen. Ihr auf Müsli und Rührei beschränktes Repertoire war schon vor Tagen eintönig geworden. »Bis bald.«

»Kommt sie?«, fragte Daisy, kaum dass Helen aufgelegt hatte.

»In ein paar Minuten«, bestätigte sie und hob Mack hoch. »Wasch du dir schon mal das Gesicht und putz dir die Zähne, während ich mich anziehe. Wenn noch Zeit bleibt, flechte ich dir die Haare.«

»Ist gut!«, rief Daisy enthusiastisch und wieselte los.

Helen jedoch ging nicht in ihr Zimmer zum Umziehen, sondern tätschelte nur Macks Rücken und genoss das Gefühl seines warmen kleinen Körpers in ihren Armen. Vorerst war er rundum zufrieden damit, sich von ihr festhalten zu lassen. Was nicht so bleiben würde, sobald er seine Mutter sah, das wusste sie. Helen fiel es zunehmend schwerer, sich damit abzufinden, dass ihr die beiden wunderbaren Kinder höchstens noch für ein paar Wochen geliehen wurden. Aber sie hatten bereits eine Mutter, die gerade tat, was sie konnte, um sich bald wieder um sie kümmern zu können.

Unwillkürlich empfand Helen Bewunderung dafür, wie hart Karen daran arbeitete, ihr Leben zu ordnen. Dennoch hoffte ein winziger Teil von ihr – obwohl sie es niemals einer anderen atmenden Seele gestehen würde –, dass es sehr, sehr lange dauern würde. Trotz der anfänglichen Unsicherheiten und Zeiten völliger Erschöpfung entpuppte sich die – vorübergehende – Mutterschaft als lohnenderes Gefühl, als Helen je gedacht hätte.

Helen schien abgetaucht zu sein. Erik hatte sie seit Wochen nicht mehr gesehen. Schließlich riskierte er es, Dana Sue zu fragen, ob die Kinder sie vielleicht in einem Schrank eingesperrt hatten.

»Nein, aber sie ist hoffnungslos überfordert, auch wenn sie's nie zugeben würde«, sagte Dana Sue. »Annie ist praktisch jeden Abend bei ihr, um auszuhelfen. Sie sagt, kaum dass sie die Kinder hingelegt haben, steckt Helen im Pyjama und ist selbst bettfertig. Und das will bei einer Nachteule wie Helen was heißen.«

»Bereut sie es, die Kinder zu sich genommen zu haben?«, fragte er.

Dana Sue musterte ihn neugierig. »Warum so interessiert, Erik?«

Er heuchelte Gleichgültigkeit. »Ist nur ungewöhnlich, dass sie nie hier aufkreuzt.«

»Du kannst sie ja jederzeit anrufen, um zu fragen, wie's ihr geht«, schlug Dana Sue vor.

»Verkneif es dir«, warnte er. »Ich hab nur nach ihr gefragt. Da steckt nichts dahinter.«

Dana Sue grinste. »Ich denke doch. Ich denke, sie fehlt dir.«

Er verdrehte die Augen und steuerte auf den Lagerraum zu. Dana Sue rief ihm hinterher.

»Nein, sie bereut es nicht, die Kinder zu sich genommen zu haben. Sie sagt, es wäre das Beste, was sie je getan hat.«

Erik wusste nicht recht, was er davon halten sollte. Natürlich freute er sich, dass sie die Erfahrung als vorübergehende Ersatzmutter genoss. Aber wenn sich dadurch der Wunsch nach einem eigenen Kind festigte, würde es keine Zukunft für sie beide geben. Was ihn mehr störte, als er sich eingestehen wollte. Und noch mehr beunruhigte ihn die Erkenntnis, dass Dana Sue recht hatte. Helen fehlte ihm *wirklich*.

Einige Tage nach dem Gespräch mit Dana Sue grübelte Erik immer noch über die Offenbarung, dass er Helen vermisste, als er ihr bei *Wharton's* über den Weg lief. Niedergeschlagen starrte sie in eine kaum angerührte Tasse Kaffee. Er ließ sich ihr gegenüber am Tisch nieder. Ihn überraschte, dass sie bei dieser offensichtlichen Stimmung keinen leeren Eisbecher vor sich hatte.

»Harter Tag am Gericht?«, fragte er.

Sie schüttelte den Kopf.

»Führen sich die Kinder auf?«

Sie seufzte schwer. »Nein, sie sind toll.«

»Warum schaust du dann drein, als hättest du gerade den besten Freund verloren?«

»Ich hab heute mit Dr. McDaniels über Karen gesprochen.«

Erik versteifte den Körper. Gab es noch mehr Ärger, von dem er bisher nichts gehört hatte? Dana Sue würde ihm vielleicht nichts davon gesagt haben, da sie wusste, dass er Karen gegenüber seine abwartende Haltung nicht aufgegeben hatte.

»Ach ja?«, brummte er beiläufig. »Was ist los mit ihr?«

»Dr. McDaniels sagt, dass es Karen super geht, besser als erwartet. Ihrer Einschätzung nach können die Kinder in ein, zwei Wochen zurück nach Hause zu ihrer Mama. Sie ist fest überzeugt davon, dass Karen wieder in der Spur ist.«

Helen sah ihn mit einem Ausdruck an, den er nicht recht zu deuten vermochte. Beinah so, als hoffte sie, die Psychologin läge falsch.

»Was denkst du?«, fragte sie.

Damit bestätigte sie seinen Verdacht nur, und er wusste, seine Antwort würde nicht dem entsprechen, was sie hören wollte. »Ich kann nur sagen, dass sie inzwischen dann bei der Arbeit aufkreuzt, wenn sie sollte. Sie legt sich richtig ins Zeug, und ihre Stimmung hat sich deutlich gebessert. Dementsprechend muss ich der Ärztin zustimmen. Es ist wohl an der Zeit, dass sie ihre Kinder zurückbekommt.«

Helen seufzte. »Für mich sieht's ja auch danach aus. Ich denke, anfangs sollten sie vielleicht nur an ihren freien Tagen bei ihr bleiben. Aber es wird nicht lange dauern, bis sie dauerhaft wieder zu Hause leben.«

»Ich hätte gedacht, du würdest außer dir vor Freude darüber sein, dein Leben und dein Haus zurückzubekommen«, sagte er.

»Vor einem Monat hätte ich auch so gedacht«, gestand sie. »Ich hatte keine Ahnung, dass sie mir so sehr ans Herz wachsen würden. Das Loslassen wird schwieriger, als ich erwartet habe.«

»Sie gehören zu ihrer Mutter«, erinnerte er sie.

»Glaub mir, das weiß ich«, erwiderte sie. »Nur macht es das nicht einfacher.«

»Nein, das wohl nicht, aber was du für sie alle getan hast, ist unglaublich. Das sollte dir zumindest ein Gefühl von Zufriedenheit hinterlassen.«

»Ja, ich bin ’ne echte Heilige.« Der Anflug von Verbitterung in ihrem Ton überraschte ihn.

Er starrte sie an. »Also gut, was ist los? Geht’s um deinen Wunsch nach eigenen Kindern?«

Als sie aufschaute und ihn ansah, entdeckte er zu seinem Entsetzen Tränen in ihren Augen. Sie nickte.

Erik sagte sich, dass er sie nicht an sich heranlassen durfte. Aber wie sollte er sich dagegen wehren? Sie sah so elend aus. Instinktiv streckte er sich über den Tisch und ergriff ihre Hand. »Helen, du kannst was tun, wenn du das wirklich willst. Nebenbei gesagt, Mack und Daisy sind nicht die einzigen Kinder, die ein vorübergehendes oder sogar dauerhaftes Zuhause brauchen. Du kannst Pflegemutter werden. Oder adoptieren. Was immer nötig ist, um dieses Bedürfnis zu erfüllen, wenn es dir so wichtig ist.«

»Findest du nicht, dass ich egoistisch bin?«

»Nein, ich finde, Kinder zu adoptieren oder zur Pflege bei sich aufzunehmen ist ungeheuer großzügig. Dir ist aber klar, dass es dein Leben völlig verändern wird, oder? Bei Daisy und Mack hast du von Anfang an gewusst, dass sie irgendwann nach Hause zurückkehren werden. Wenn du ein Kind adoptierst, ist das für immer. Und es wird nicht ständig alles eitel Wonne sein.«

Sie schenkte ihm ein verhaltenes Grinsen. »Seit einem Monat krame ich Chipskrümel zwischen den Sofakissen hervor. Das Gästebad steht praktisch dauernd unter Wasser und ist von Gummientchen besetzt. Ich kenne jedes Lied aus einem halben Dutzend Kinderfilmen auswendig. Also denke ich, allmählich begreife ich, was ein Kind für mein Leben bedeuten würde.«

»Bisher hast du Glück gehabt. Sie sind nicht krank geworden. Du musstest deinen Tagesplan noch nie für sie auf den Kopf stellen. Kinder sind unberechenbar, und du führst gern ein *sehr* berechenbares Leben. Die letzten Monate sind für dich ein Abenteuer gewesen, aber dabei ist ein Ende in Sicht.«

Sie runzelte die Stirn über seine Skepsis. »Das weiß ich. Mir ist durchaus klar, dass ich ein Kind nicht einfach zurückgeben kann, wenn es zu viel Ärger verursacht. Ich verstehe sehr gut, dass es eine lebenslange Verpflichtung ist.«

»Wirklich?«

»Warum sprichst du dich im einen Moment dafür aus und im nächsten dagegen?«

»Weil ich dich gut genug kenne, um zu wissen, dass du auf Ordnung stehst, nicht auf Chaos. Und wie du selbst zugibst, hast du dich noch nie auf eine Beziehung eingelassen, die länger als ein paar Dates gehalten hat.«

»Soll das heißen, du glaubst nicht, dass ich das Zeug zur Mutter hätte?«, fragte sie.

»Ich würde mir nie anmaßen, das zu behaupten. Worauf ich hinauswill, ist lediglich, dass Mack und Daisy demnächst weg sein werden und du den Verlust schon jetzt spürst. Da ist es nur natürlich, dass man sich nach etwas umsieht, um die plötzliche Leere im Leben zu füllen. Du sollst dir nur sicher sein, dass du es tust, weil es langfristig das Richtige für dich ist. Nicht als vorübergehende Lösung, weil du dich ohne Mack und Daisy ein bisschen einsam fühlen wirst.«

Ihr finsterer Blick ließ erahnen, dass er damit der Wahrheit zu nahe kam.

»Ich muss zur Arbeit«, verkündete sie steif und wollte sich vom Tisch erheben.

Er griff nach ihrer Hand. »Warte«, verlangte er. »Ich sage das doch nicht, weil ich dir wehtun will.«

»Das weiß ich. Du denkst einfach, dass ich zu egoistisch für eine Mutter bin.«

Ungläubig starrte er sie an. »Das hab ich definitiv *nicht* gesagt. Ich halte dich für eine erstaunlich kompetente Frau, die alles schaffen kann, was sie sich vornimmt. Im Multitasking macht dir niemand was vor. Ich hab bloß den Teufel an die Wand gemalt. Wenn du dich darauf einlassen willst, Mutter zu werden, solltest du genau wissen, was auf dich zukommt. Kinder brauchen Eltern, die sich voll dafür aufopfern, ihnen zu bieten, was sie brauchen und verdienen.«

»Das weiß ich wahrscheinlich sogar besser als du«, erwiderte sie. »Ich wäge das Für und Wider schon so lange gegeneinander ab, dass mir fast schwindlig davon ist.«

Plötzlich verpuffte ihre angriffslustige Haltung, und sie sah ihn resigniert an. »Aber das war bisher alles Theorie, verstehst du, was ich meine? Mack und Daisy bei mir zu haben, war echt. Sie bei mir aufzunehmen war so was wie ein Experiment, um herauszufinden, ob ich damit zurechtkomme. Ich hab nicht damit gerechnet, dass sie mir so ans Herz wachsen würden. Auch nicht damit, dass sie mein Leben derart auf den Kopf stellen und mich so viel mehr als das wünschen lassen würden, was ich schon habe. Es macht mir Angst, wie sehr ich mir Kinder wünsche. Bisher bin ich immer so unabhängig gewesen. Und so hat es mir gefallen. Auf einmal kommt es mir vor, als hätte ich die letzten zwanzig Jahre nur eine Routine abgespult und nicht wirklich gelebt.«

Das konnte Erik nachvollziehen. Das wahre Leben verlief immer wesentlich chaotischer, als man es erwartete. Das erlebte er regelmäßig bei Hochzeitsfeiern. Sie wurden mit so viel Liebe zum Detail geplant, doch dann wurde unverhofft etwas nicht geliefert, worauf man sich verlassen hatte, oder die Braut änderte eine Woche vor dem Termin ihre Meinung über das Menü.

Wer Kinder hatte oder im Gastgewerbe arbeitete, musste gelassen, flexibel und spontan sein, sonst endete man mit einem Magengeschwür oder einem frühen Herzinfarkt. Allerdings war es nicht einfach, sich auf kurzfristige Änderungen und Unberechenbarkeit einzustellen. Helen mit ihrem bisher so geordneten Leben hatte diese Wahrheit gerade erst erkannt und festgestellt, dass sie doch damit zurechtkam. Davon schien sie genauso überrascht zu sein wie er.

»Ich weiß, du hast mich nicht gefragt, was du tun sollst, aber ich sag's dir trotzdem«, kündigte er an. »Ich weiß nur zu gut, wie kurz das Leben sein kann und wie unerwartet sich die Dinge manchmal ändern. Wenn man etwas wirklich will, muss man es sich sofort greifen. Wenn man wartet, bis es zu spät ist, muss man mit Bedauern leben.«

»So wie *du?*«, fragte sie.

Erik nickte. »So wie ich.«

Er würde bis zum Tag seines Tods bedauern, dass er nicht zugestimmt hatte, Kinder zu bekommen, als Samantha das Thema gleich nach ihrer Heirat erstmals angesprochen hatte. Damals waren sie Mitte zwanzig, hatten noch ganz am Anfang gestanden und zu kämpfen gehabt, um über die Runden zu kommen. Er wollte ihre Ehe und ihr wirtschaftliches Auskommen erst auf solide Beine stellen, bevor er Vater werden wollte. Samantha hatte widerwillig zugestimmt zu warten.

Hätten sie es schon früher versucht, als sie noch jünger waren, wäre vielleicht alles anders gekommen und er hätte sowohl seine Frau als auch eine Familie.

Leider jedoch konnte er das Rad der Zeit nicht zurückdrehen. Er würde nie erfahren, ob es etwas geändert hätte oder nicht. Die Ungewissheit darüber, über die Nacht, in der Sam und sein Kind gestorben waren, und so viel mehr würden ihn ins Grab begleiten.

Er begegnete Helens beunruhigtem Blick. »Wenn du ein Kind willst und es aus jedem Blickwinkel betrachtet hast, dann tu es, Helen. Du hast großartige Unterstützung von mehreren Seiten. Also wirst du dabei nicht allein sein. Und du hast die finanziellen Mittel, um die nötige Hilfe einzustellen. Lass nicht Zweifel und Unsicherheit dein Leben beherrschen. So bist du nicht.«

Ein verblüffend strahlendes Lächeln breitete sich in ihrem Gesicht aus. Es erinnerte ihn an das von Sam, als er endlich zugestimmt hatte, sich an einem Baby zu versuchen.

»Danke«, sagte Helen leise. »Du hast keine Ahnung, wie sehr du mir geholfen hast, meine Gedanken zu ordnen und klar zu sehen.«

Wieder stand sie auf, und diesmal ließ er sie. Als sie sich zu ihm beugte und ihm einen Kuss auf die Wange drückte, ereilte ihn ein verwirrender Anflug von Sehnsucht. Mehr als das sexuelle Verlangen, das er bei Helen schon öfter verspürt hatte. Halb handelte es sich um den Wunsch, zu dem neuen Leben zu gehören, das sie für sich plante, halb um Bedauern, weil es dazu nie kommen würde. Sie steuerte in eine Richtung, in die er sich nie wieder wagen würde. Erik hatte sich damit abgefunden, dass er nie eine eigene Familie haben würde. Er hatte sich eingeredet, dass er es nicht anders verdient hatte.

Doch trotz allem konnte er es sich nicht verkneifen, einen unverschämten Vorschlag zu unterbreiten. Er wollte einfach sehen, wie sie reagieren würde. Im Grunde ein Test, wie flexibel und wagemutig sie wirklich geworden war.

»Ich hab 'ne Idee«, sagte er unschuldig, bevor sie davongehen konnte.

»Ja?«

»Was hältst du davon, wenn ich später heute Abend bei dir vorbeikomme und Campingausrüstung mitbringe?«

Sie starrte ihn an. »Campingausrüstung?« Es hörte sich an, als probierte sie ein Fremdwort aus.

»Ja. Ein Zelt und einen kleinen Grill, um Burger zu braten oder Marshmallows zu rösten. Das Wetter wäre perfekt für Camping im Garten. Die Kinder wären begeistert.« Er musste gegen ein Lächeln über das Entsetzen ankämpfen, dass sie wacker zu verbergen versuchte. »Bist du dabei?«

Er konnte ihr am Gesicht ablesen, dass sie noch nie im Leben gezeltet hatte und die Vorstellung alles andere als reizvoll fand.

»Meinst du wirklich, das wäre gut für die Kinder?«, fragte sie zweifelnd.

Erik nickte. »Mack und Daisy würde es gefallen. Was ist mit dir?«

Sie schien mit sich zu hadern. Schließlich jedoch lächelte sie. »Ich glaub zwar, du hast den Verstand verloren, aber klar, warum nicht?«, sagte sie verspielt. »Wird ein weiteres Abenteuer.«

Erik bewunderte ihren Wagemut. »Spitze. Ich komme nach dem Mittagsansturm vorbei und baue schon mal das Zelt in deinem Garten auf. Dann könnt ihr mit dem Campen anfangen, bevor ich nachher wiederkomme. Wir haben Freitag, da könnte es spät werden.«

»Bis dahin schaffe ich das schon. Die Kinder können ein Nickerchen machen – dann können sie länger aufbleiben.« Sie warf ihm einen warnenden Blick zu. »Aber nur, damit wir uns verstehen: Es wird keine grusligen Geistergeschichten geben, da ist bei mir Schluss.«

»Das dachte ich mir schon«, erwiderte er. »Wie stehst du zu Insekten?«

»Versuche ich, um jeden Preis zu meiden.« Helen schauderte leicht.

Erik drängte ein Lachen zurück. »Ich bringe ein Spray mit.«

»Was hab ich mir nur dabei gedacht?«, murmelte sie, als sie ging.

»Das wird lustig«, rief er ihr nach.

Mit skeptischer Miene drehte sie sich um. »Wenn nicht, bin ich fünf Sekunden nach deiner Ankunft in meinem Seidenpyjama und meinem gemütlichen Bett.«

Beinah hätte Erik gestöhnt. Das Bild konnte er nicht im Kopf gebrauchen, nur wenige Stunden vor einer freundschaftlichen, rein platonischen Nacht mit ihr. Andererseits war ihm bereits in dem Moment, als er den Vorschlag unterbreitet hatte, klar gewesen, dass die Nacht eine Qual werden würde.

Um halb fünf am Nachmittag packte Helen einen Stapel juristischer Unterlagen und ihre Aktentasche und verließ ihr Büro. Barb schaute verdattert vom Computer auf ihrem Schreibtisch auf.

»Du gehst schon?«, fragte sie ungläubig.

»Keine Termine mehr«, sagte Helen. »Schau in den Kalender.«

»Trotzdem gehst du sonst nie vor sechs.«

»Ich hatte auch noch nie zwei Kinder zu Hause. Daran passe ich mich eben an. Und Frances muss früher weg, weil sie noch ihren Sohn und dessen Familie besuchen will. Ich hab versprochen, dass ich sie spätestens um fünf ablöse.«

Barb bedachte sie mit einem neugierigen Blick. »Wie läuft die Sache mit der Leihfamilie? Immer noch alles in Ordnung? Du hast die letzten Wochen nicht viel darüber erzählt, also bin ich davon ausgegangen, dass es gut läuft.«

Helen setzte sich neben den Schreibtisch. »Überraschend gut. Mack und Daisy sind so neugierig auf alles. Beide sind klug und lebhaft. Abends bin ich zwar total geschlaucht, aber es ist Erschöpfung der guten Art, verstehst du?«

»Oh ja«, sagte Barb. »Um ehrlich zu sein, hätte ich nie gedacht, dass du so lange durchhältst.«

»Was hatte ich schon für eine Wahl?«, erwiderte Helen. »Ich musste mich eben anpassen.«

»Nein, müssen hättest du nicht. Du hast dich dafür *entschieden*. Das ist ein großer Unterschied. Du hast sogar freiwillig angeboten, die Kinder zu dir zu nehmen, während ihre Mutter die nötige Hilfe bekommen hat.« Ein besorgtes Stirnrunzeln trat in ihre Miene. »Was passiert, wenn sie zu ihrer Mutter zurückkehren? Kommst du damit klar?«

»Natürlich«, antwortete Helen. »Das war ja von Anfang an der Plan.«

»Pläne sind schön und gut«, gab ihre Sekretärin zurück. »Nur neigen Emotionen dazu, sich nicht daran zu halten. Die Kinder haben sich in dein Herz geschlängelt, oder?«

Obwohl sie es Erik erst an diesem Morgen gestanden hatte, war Helen nicht sicher, ob sie auch Barb anvertrauen wollte, wie sehr sie ihr in so kurzer Zeit ans Herz gewachsen waren. Kaum hatte sie ansatzweise eine Routine entwickelt gehabt und festgestellt, wie anpassungsfähig Daisy und Mack waren, hatte sie es genossen, die beiden um sich zu haben. Sie hatte eine völlig neue Welt aus Spielen, Fernsehsendungen und Familienfilmen entdeckt. Tatsächlich empfand sie als Höhepunkt ihrer Tage nicht mehr den Sieg im Gerichtssaal für eine Mandantin, sondern den Abend, wenn Daisy, Mack und sie auf dem Sofa kuschelten und vor dem Schlafengehen noch gemeinsam eine DVD ansahen. Das Beisammensein mit ihnen hatte eindeutig ihren Wunsch nach einem eigenen Kind gefestigt. Nur hatte es ihr keinen Hinweis darauf geliefert, wie sie das am besten anstellen sollte.

Leider hatten ihre neu entdeckten mütterlichen Instinkte, wie von Barb angedeutet, auch eine Kehrseite. Sie begann, sich ein klein wenig über die Zeit zu ärgern, die Karen mit Mack und Daisy verbrachte, wenn sie vorbeikam. Was nicht nur unfair, sondern auch ein so lautes Warnsignal war, dass man es eigentlich in der ganzen Stadt hätte hören müssen, das wusste Helen. Sie nicht nur für einige Tage, sondern dauerhaft zurück zu ihrer Mutter gehen zu lassen würde ihr ein kleines Stück ihres Herzens herausreißen.

»Also?«, drängte Barb. »Du hast sie gern bei dir, nicht wahr?«

»Na ja, sicher«, erwiderte sie.

»Was passiert, wenn sie nach Hause gehen?«

»Das werde ich dir wohl am Montag sagen können.« Helen zwang sich, ihrer Stimme einen unbekümmerten Klang zu verleihen. »Karen holt sie am Sonntag zu einem zweitägigen Besuch zu Hause ab. Ist ihr freier Tag, und alle sind sich einig, dass sie bereit ist, sie wieder zu sich zu nehmen, zumindest teilweise.«

Sofort wurden Barbs Züge mitfühlend. »Oh Helen, tut mir leid.«

»Muss es nicht. Sie sollten ja bei ihrer Mutter sein. Sie gehören zu ihr.« Die Worte hatte sie auswendig gelernt und bemühte sich zwar, sie auch so zu meinen, scheiterte jedoch kläglich.

Zudem plagten Helen Zweifel, ob der Übergang so reibungslos ausfallen würde, wie sie es klingen ließ. Vergangenen Abend hatte sie nach ihrem Gespräch mit Dr. McDaniels erst neben Macks Bett, dann neben dem von Daisy gesessen, die Kinder beim Schlafen beobachtet und versucht, sich ihr Leben ohne sie vorzustellen. Bei der Aussicht darauf, am Ende des Tages wieder von Stille begrüßt zu werden, ganz ohne innige Umarmungen und klebrige Küsse, zog sich ihr Herz schmerzhaft zusammen.

»Helen, ich mach mir Sorgen um dich«, sagte Barb. »Ich seh es in deinen Augen. Der Besuch bei ihrer Mutter ist eine Sache, aber sie für immer gehen zu lassen wird dir das Herz brechen.«

»So weit ist es ja noch nicht. Vorerst sind sie bei mir, und ich muss jetzt zu ihnen nach Hause. Erik kommt vorbei, sobald er im *Sullivan's* Schluss macht, dann campen wir im Garten.«

Barb glotzte Helen an. »Wie bitte? Hab ich richtig gehört? Ihr wollt im Garten übernachten? Im Dunklen? Worin? In einem Zelt?«

»Ja, in einem Zelt«, bestätigte Helen. »Erik hat eines.«

»Klingt gemütlich.« Belustigung tänzelte in Barbs Augen. »Weiß er, dass du noch nie in etwas Schlechterem als einem Viersternehotel übernachtet hast?«

»Wahrscheinlich.« Helen dachte an das Funkeln in seinen Augen zurück, als er den Vorschlag unterbreitet hatte. Sie hatte durchschaut, worum es sich in Wirklichkeit handelte – eine kaum verhohlene Mutprobe. »Ich glaube, er rechnet damit, dass ich beim Anblick des ersten Käfers in Panik verfalle.«

Barb lachte. »Ich hoffe, er filmt es.«

Helen sah sie mit irritiert gerunzelter Stirn an. »Kameras sind tabu. Ihr zwei hättet mit einem solchen Video entschieden zu viel Spaß.«

»Spaß?« Barb schüttelte den Kopf. »Ich dachte eher daran, dich damit zu erpressen und genug für den vorzeitigen Ruhestand aus dir rauszuquetschen.«

»Du bist so was von unlustig«, warf Helen ihr vor.

»Ich muss nicht lustig sein«, konterte ihre Sekretärin. »Ich bin effizient und deshalb bald reich.«

Helen warf ihr einen letzten finsteren Blick zu, doch kaum war sie zur Tür hinaus, grinste sie. Tatsächlich empfand sie die Vorstellung von Camping, und sei es nur im eigenen Garten, selbst als ziemlich lächerlich. Allerdings hatte sie sich in letzter Zeit oft dazu verleiten lassen, Neues auszuprobieren, und hatte vieles davon für gut befunden. Und eine Nacht mit Erik zu verbringen, selbst in einem Zelt mit zwei Kindern als Anstandswauwaus, erschien ihr sogar interessanter als die meisten Dates der letzten Jahre.

Als er Camping vorgeschlagen hatte, musste sie die ablehnende Antwort unterdrücken, die ihr sofort auf der Zunge gelegen hatte. Sie brauchte nämlich noch ein paar solche Erinnerungen, die sie sich ins Gedächtnis brennen konnte. Auch mehr von Eriks vernünftigen, rationalen Ratschlägen konnte sie gebrauchen. Und mit den Kindern lief es immer noch reibungsloser, wenn er dabei war. Es ließ sich nicht übersehen, dass sie ihn vergötterten. Sie hatte sich in letzter Zeit mehr als einmal gefragt, warum er und Karen nicht zueinandergefunden hatten, zumal seine Verbindung zu den Kindern eindeutig schon länger bestand. Vielleicht würde sie ihn an diesem Abend danach fragen. Ihr Bauchgefühl wies auf tiefere Gründe als Anstand hin, weil er nichts mit einer Untergebenen anfangen wollte. Vielleicht hatte es mehr mit seiner erklärten Absicht zu tun, dass er nie Kinder wollte.

Und vielleicht wäre es doch besser, die Frage nicht zu stellen. Er würde bloß erwidern, dass sein Liebesleben sie genauso wenig etwas anging wie Dana Sue. Und nach ihrem Gespräch von diesem Morgen schien klar zu sein, dass er mit seiner Vergangenheit längst noch nicht abgeschlossen hatte. Grace Wharton hatte also doch recht. Erik war ein ziemlich eingefleischter Junggeselle. Dass er es nicht immer gewesen war, spielte keine Rolle. Wenn er ihr nicht mehr als Freundschaft anbieten wollte, würde sie auch das nehmen. Sie war noch nie mit einem Mann nur befreundet gewesen. Zumindest mit keinem, der so in ihre Seele blicken konnte wie Erik von Zeit zu Zeit. Es war schön. Sogar mehr als schön.

Wenn dabei gelegentlich ein Kuss abfiele, der ihre Welt erschütterte, wäre es natürlich nur umso besser.

KAPITEL 12

Zu Eriks Erleichterung trug Helen keinen Seidenpyjama, als er an dem Abend gegen halb zehn zum Camping bei ihr eintraf. Als Dana Sue erfahren hatte, was er plante, hatte sie darauf bestanden, dass er sofort losfuhr, nachdem sich der Abendansturm gelegt hatte. Wahrscheinlich würde er noch teuer dafür bezahlen, indem er am nächsten Morgen eine Flut von Fragen über sich ergehen lassen müsste.

Nach einem weiteren Blick auf Helen verdrängte er Dana Sue und ihre Neugier aus seinen Gedanken. Helen trug enganliegende Jeans und ein hellrosa T-Shirt, das ihrem Teint schmeichelte. Dazu Turnschuhe im selben Rosaton mit weißen Akzenten. Sofort fiel Erik ein, dass Dana Sue sie regelmäßig damit aufzog, dass sie sich selbst gestaltete Turnschuhe bestellte, die zu ihren Outfits passten. Davon abgesehen jedoch wirkte Helen deutlich bodenständiger und nahbarer als sonst.

Erik drückte ihr einen Kuss auf die Wange. Anschließend beobachtete er, wie sie versuchte, die Holzkohle im Grill anzuzünden, den er auf der Terrasse aufgestellt hatte. An den Rändern schimmerte es zwar rot, doch die Hitze reichte noch nicht annähernd aus, um vernünftig zu grillen.

»Hast du schon mal gegrillt?«, fragte er.

»Nein. Warum? Mache ich etwas falsch?«

»Na ja, du brauchst genug Hitze.«

»Ich wollte nicht, dass die Holzkohle verbrennt, bevor du kommst«, behauptete sie. »Du bist früh dran. Wie kommt's?«

»Dana Sue hat mich vorzeitig rausgeworfen.«

Sie bedachte ihn mit einem fragenden Blick. »Wieso das?«

»Weil sie gewusst hat, dass ich hierherkomme.«

»Bist du verrückt? Wieso erzählst du ihr so was?«

»Ich hab ihren Schlüssel für dein Haus gebraucht. Hast du nicht das Tablett mit Burgern gesehen, das ich dir vorhin in den Kühlschrank gestellt habe?«

»In meinem Kühlschrank sind Burger?«

»Und ein paar andere Sachen, die wir vielleicht brauchen«, bestätigte er und ignorierte, wie ihre Wangen rot anliefen. »Ich hole das Essen.«

Sie verengte die Augen zu Schlitzen, als sie ihm ins Haus folgte. »Was genau hast du Dana Sue erzählt, um sie zu überreden, dir meinen Hausschlüssel zu geben?« Ihr frostiger Ton ließ erahnen, dass sie weder von dem Gespräch noch von seinem Eindringen in ihr Haus etwas hielt.

Erik ging über ihre Verärgerung hinweg. Bestimmt würde sie darüber hinwegkommen – irgendwann. »Die Wahrheit«, sagte er. »Dass ich für dich koche, bei dir übernachte und dafür ein paar Vorbereitungen treffen muss. Hat wunderbar geklappt.«

»Also glaubt sie, du bist hier, um mich zu verführen?«

»So ungefähr«, bestätigte er ungeniert. »Hat sie ziemlich begeistert.«

»Kann ich mir vorstellen. Und stell du dir vor, wie überglücklich sie sein wird, wenn ich ihr erzähle, dass der Abend heute völlig anders verlaufen ist.«

Helen wirkte dermaßen aufgeregt und irritiert, dass Erik es sich nicht verkneifen konnte, sie damit aufzuziehen.

»Du kannst dir ja nicht sicher sein, was vielleicht passiert, wenn die Kinder schlafen.« Damit gab er ihr einen Kuss auf die Nasenspitze, als er auf dem Weg nach draußen mit dem Essen an ihr vorbeiging.

»Oh, und ob ich mir sicher sein kann«, entgegnete sie und erlangte ihr Selbstvertrauen zurück. »Und nur, damit du dich keinen Illusionen hingibst, schön wird es nicht. Du kannst von Glück reden, wenn du nicht in Handschellen von hier abgeführt wirst.«

»Wir werden sehen«, gab er selbstgefällig zurück, völlig unbeeindruckt von ihrer Drohung. Er sah sich im Garten um. »Wo ist eigentlich Mack?«

»Im Zelt. Er ist beim Warten auf dich eingeschlafen.« Ihr Blick fiel auf Daisy, die auf einer Decke lag und der bereits die Augen zufielen. »Irgendwas sagt mir, dass noch jemand die Burger verpassen wird.«

»Auf keinen Fall«, murmelte Daisy schläfrig. »Ich hab so lang darauf gewartet. Und auf die Marshmallows.«

»Dann lege ich mal einen Zahn zu«, versprach Erik, fächerte der Holzkohle Luft zu und schürte damit die Glut. »Und wenn alles fertig ist, wecken wir Mack.«

»Nur über meine Leiche«, brummelte Helen. »Hast du eine Ahnung, wie schwer es ist, ihn wieder zum Einschlafen zu bringen, wenn er mal wach ist?«

»Aber das ist doch gerade der Spaß beim Campen«, erklärte Erik. »Die ganze Nacht aufzubleiben ist das A und O dabei.«

»Ja!«, jubelte Daisy, mittlerweile hellwach. »Ich bin noch nie die ganze Nacht aufgeblieben.«

»Komm schon, Süße, mach mit«, sagte Erik zu Helen. »Wir könnten Musik gebrauchen.«

»Gleich neben der Hintertür ist eine Stereoanlage. Aber nicht zu laut aufdrehen. Die Nachbarn wären wohl nicht begeistert, wenn sie um die Zeit zu laut mit Klassik beschallt werden.«

Erik warf ihr einen tadelnden Blick zu. »Klassik? Wohl kaum. Vergessen wir deine CDs. Ich gehe jetzt rein, den Kartoffelsalat holen. Wenn ich zurückkomme, singen wir.«

»Und was?«, fragte Helen.

»Da fällt mir spontan ›Old MacDonald‹ ein«, erwiderte er. »Das kennt jeder, oder, Daisy?«

»*Ich* schon«, betonte sie und sang sofort laut und falsch drauflos.

Erik grinste Helen an. »Jetzt campen wir richtig!«

Helens mürrischem Blick nach war sie nicht allzu beeindruckt davon.

Zwei Stunden später hatten sie alle Lieder durch, die Erik kannte. Helen hatte zwar gelegentlich mitgesungen, aber ihre Stärke waren Lagerfeuerlieder offenbar nicht. Mittlerweile war die Glut erloschen, und die Kinder schliefen tief und fest im Zelt, obwohl sie sich so sehr bemüht hatten, wach zu bleiben. Sie hatten sich den Bauch mit Hamburgern, verbrannten, klebrigen Marshmallows und Kirschlimonade vollgeschlagen. Ein für Eriks kulinarische Verhältnisse eher widerliches Menü, doch Daisy und Mack waren begeistert davon gewesen. Sogar Helen hatte sich auf die Marshmallows eingelassen. Es klebten noch Rückstände davon an ihren Mundwinkeln.

Bevor er sich bremsen oder über Konsequenzen nachdenken konnte, legte Erik ihr impulsiv die Hand in den

Nacken und beugte sich vor, um den süßen Marshmallow-Geschmack von ihrem Mund zu genießen.

Als er sie losließ, schluckte sie schwer und starrte ihn an. »Was war das denn?«

»Konnte nicht widerstehen«, erwiderte er schulterzuckend.

»Bist du sicher, dass du nicht eher was zu beweisen versuchst?«, fragte sie.

Er grinste über ihre misstrauische Miene. »Und was?«

»Dass du Dana Sue nicht angelogen hast, als du angedeutet hast, du würdest mich heute Abend verführen.«

»In dem Zelt da sind zwei Kinder«, erinnerte er sie und ließ einen selbstgerechten Ton in seine Stimme einfließen. »Ich würde nie versuchen, dich praktisch vor ihnen zu verführen.«

»Würdest du denn überhaupt je versuchen, mich zu verführen?«

Bei ihrem überraschend wehmütigen Tonfall schoss ihm Blut in einen Teil seiner Anatomie, den er den ganzen Abend lang zu ignorieren versucht hatte. »Willst du damit andeuten, dass du es wollen würdest?«, fragte er mit belegter Stimme.

»Ich bin mir nicht sicher«, gestand sie. »Aber ich hab darüber nachgedacht.«

»Ich auch.«

»Vielleicht sollten wir weiter darüber nachdenken«, meinte sie.

Langsam nickte er. Sie beide befanden sich an so unterschiedlichen Punkten in ihrem Leben, dass ihn die Äußerung nicht überraschte. »Halt mich über deine Erkenntnisse auf dem Laufenden, ja?«

Ihre Lippen krümmten sich leicht nach oben. »Du erfährst mit Sicherheit als Erster davon.«

Erik zwang sich, den Blick von der Lust in ihren Augen loszureißen. Er starrte auf die letzte erlöschende Glut im Grill und wünschte, seine eigene Lust würde ebenso schnell verblassen. Nein, eigentlich wünschte er, sie wäre nie entfacht. Das Gerede von Verführung, der Kuss – das alles führte auf einen Weg, den er sich geschworen hatte, nie wieder zu beschreiten, am allerwenigsten mit Helen.

»Geh du zu den Kindern«, schlug er schroff vor. »Ich bleibe hier draußen.«

»Du willst nicht im Zelt schlafen? Warum nicht?«

»Ist besser so«, antwortete er kurz angebunden.

Helen bedachte ihn mit einem Blick, der ihm verriet, dass sie ihn durchschaute. Nicht besser. Sicherer.

Als es wenige Wochen nach dem Zelten an einem Sonntagnachmittag an der Tür klingelte, schien Helens Herzschlag auszusetzen. Noch während Daisy und Mack hinrannten und dabei »Mami! Mami!« riefen, versuchte sie, sich irgendeine Ausrede einfallen zu lassen, die Tür nicht zu öffnen.

Dabei war es ja nicht annähernd das erste Mal, dass Karen die Kinder abholte. Für zweitägige Besuche waren sie mittlerweile ein halbes Dutzend Mal zu Hause gewesen. Nur würde es diesmal für immer sein. Die Kurzbesuche waren so erfolgreich verlaufen, dass Dr. McDaniels grünes Licht für ihre dauerhafte Rückkehr nach Hause gegeben hatte. Vor dem Tag hatte Helen seit Monaten gegraut.

Trotzdem zwang sie sich, die Tür zu öffnen. Davor erblickte sie nicht Karen, sondern Maddie und Dana Sue, beladen mit Einkaufstüten.

»Was ist denn hier los?«, fragte Helen.

»Wir wissen, dass es heute hart für dich wird. Deshalb haben wir was mitgebracht«, verkündete Dana Sue. »Zutaten für Nachos und einen großen Schwung meiner schärfsten Guacamole.«

»Und ich hab alles für Margaritas dabei«, fügte Maddie hinzu.

»Du darfst nicht trinken«, erinnerte Helen sie. »Du bist schwanger.«

»Stimmt, aber ihr könnt. Und mit einem schön kalten Glas Limonade werd ich mich fühlen, als würde ich mit euch feiern.«

Daisy starrte Helen anklagend an. »Eine Party? Warum? Weil wir gehen? Freust du dich darüber?«

Helen hob sie hoch. »Überhaupt nicht. Ich werd dich und Mack wie verrückt vermissen.«

»Können wir dann für die Party bleiben?«, fragte Daisy. »Ich liebe Nachos.«

»Nachos!«, zeigte sich auch Mack begeistert.

Dana Sue grinste. »Ich bereite sie sofort vor, dann könnt ihr welche haben, bevor eure Mama kommt. Maddie, setz dich hin, bevor du umkippst. Dein Bauch ist locker so groß wie sechs Wassermelonen. Keine Ahnung, wie du dich überhaupt auf den Beinen halten kannst. Langsam glaub ich, dein Baby wird ausgewachsen und bereit fürs College rausschlüpfen.«

»Anscheinend haben der Arzt und ich den Geburtstermin falsch geschätzt. Nach dem letzten Ultraschall hat er gemeint, dass Baby würde viel früher als erwartet kommen«, sagte Maddie. Sie legte die Hand auf den Bauch. »Ich war so erleichtert, dass ich ihn fast geküsst hätte. Ich dachte nämlich schon, ich würde explodieren, wenn ich noch einen Monat vor mir hätte.« Skeptisch beäugte sie ihren Lieblingssessel. »Wenn ich mich da draufsetze, komme ich nie wieder hoch.«

Helen grinste. Irgendwie gefiel ihr, dass der einstige Star ihrer Ballettaufführung als Kinder mittlerweile zu schwerfällig war, um sich noch anmutig zu bewegen. »Keine Sorge. Wir ziehen dich hoch.«

»Wie? Mit einem Kran?«

»Wenn's sein muss«, gab Dana Sue zurück. »Jetzt setz dich schon hin. Ich bin gleich wieder da. Helen, mach du die Getränke für Maddie und die Kinder und die Margaritas für uns, und ich kümmere mich um die Nachos.«

Als Helen den Raum verlassen wollte, bemerkte sie, wie sich Daisy scheu auf Maddie zubewegte. Als sie ihr nah genug war, legte sie eine kleine Hand auf Maddies Bauch. »Ist da ein Baby drin?«

Helens Herz zog sich bei der Ehrfurcht in Daisys Stimme und der Zärtlichkeit ihrer Berührung unwillkürlich zusammen.

»Genau«, bestätigte Maddie. »Du bist sehr klug.«

»Mack war früher in meiner Mami drin. Ich erinnere mich daran.«

»Du warst auch in deiner Mami drin«, sagte Maddie zu ihr.

Daisy schaute fasziniert drein. »Daran kann ich mich nicht erinnern.«

»Das liegt daran, dass es für Babys nach der Geburt so viel Neues zu entdecken gibt. Deshalb vergessen sie den warmen, sicheren Ort, an dem sie vorher waren«, erklärte Maddie. Dabei schaute sie auf und sah Helen in die Augen.

Und in dem Moment erkannte Helen mit völliger Klarheit, was sie wollte. Nicht irgendein Baby, sondern ihr eigenes. Ein Kind, das neun Monate lang behütet in ihr heranwuchs, bevor sie es auf die Welt brachte. Das Verlangen danach wurde so stark, dass es sie beinah überwältigte. Aus Angst, sich mit ihrem Gesichtsausdruck zu verraten, folgte sie Dana Sue hastig in die Küche und beschäftigte sich damit, die Getränke vorzubereiten.

Dana Sues munteres Geplapper nahm sie nur als Hintergrundgeräusch wahr. Helen konnte nur an jenen Moment denken, in dem sich in ihrem Kopf mit verblüffender Klarheit alles zusammengefügt hatte. Ein Gefühl von Gelassenheit breitete sich in ihr aus und blieb ihr auch nach Karens Ankunft erhalten. Sogar, als Karen, Daisy und Mack ihr Haus zum letzten Mal verließen, bewahrte sie es sich.

Sie kehrte zwar schon mit Tränen in den Augen zurück, aber mit nicht annähernd so schwerem Herzen, wie sie befürchtet hatte. Und es lag an ihrer unverhofften Erkenntnis.

»Geht's dir gut?«, fragte Maddie und musterte sie besorgt. »Ich weiß, wie schwer es gewesen sein muss, sie gehen zu lassen, auch wenn du dich schon wochenlang darauf vorbereitet hast.«

Helen nickte. »Ich hab mir einfach immer wieder vorgesagt, dass es ihnen zu Hause gut gehen wird und ich sie bald wiedersehe. Ist ja nicht so, als würden sie ans andere Ende der Welt ziehen. Nur ans andere Ende der Stadt. Und Karen hat versprochen, sie herzubringen, wann immer ich sie einlade.«

»Du bist ruhiger, als ich erwartet hätte.« Dana Sue

legte die Stirn in Falten. »Warum? Bist du erleichtert, dass du das Haus wieder für dich allein hast?«

»Nein, daran liegt's überhaupt nicht«, beteuerte Helen. »Ich hab mich bloß damit abgefunden, dass sie nach Hause zurückkehren.«

»Das kauf ich dir nicht ab«, ließ Dana Sue nicht locker. Dann wurde ihr Gesichtsausdruck verschlagen. »Oder hat dir Erik was anderes zum Nachdenken aufgegeben, als er vor ein paar Wochen hier übernachtet hat? Ist er öfter bei dir, als ich weiß?«

Maddie starrte beide an. »Erik hat hier übernachtet?«

»Nur einmal. Wir haben im Garten hinter dem Haus gezeltet«, stellte Helen klar. »Mit den Kindern.« Sie bedachte Dana Sue mit einem mürrischen Blick. »Das bringst du jedes Mal, wenn ich dich sehe. Lass es gut sein. Mach daraus nicht etwas, das es nicht war.«

»Irgendwas hat dir aber geholfen, den Nachmittag zu überstehen«, beharrte Dana Sue. »Vielleicht ein Mann in deinem Leben.«

»Vielleicht ja auch euer Beistand«, schlug Helen vor.

»Kauf ich dir auch nicht ab«, wiederholte Dana Sue.

»Willst du, dass sie sich elend fühlt, Dana Sue?«, fragte Maddie. »Wenn sie sagt, dass es ihr gut geht, sollten wir ihr einfach glauben und uns für sie freuen. Es war ein harter Nachmittag für sie, und sie hat ihn überstanden, ohne zusammenzubrechen. Ich sage, darauf stoßen wir an.«

Als Maddie ihr Glas erhob, zuckte sie plötzlich zusammen und schnappte zischend nach Luft.

»Was ist?« Helen eilte an ihre Seite. »Geht's dir gut, Maddie?«

»Ich bin mir nicht sicher, aber das könnte eine Wehe gewesen sein«, erwiderte Maddie.

Helen sah sie erschrocken an. »Wie kannst du dir nicht sicher sein? Du hast schon vier Kinder bekommen. Solltest du da nicht wissen, wie sich eine Wehe anfühlt?«

»Seit ein paar Stunden zwackt es immer wieder mal unregelmäßig«, sagte Maddie. »Ich dachte, ich hätte es bloß übertrieben, als ich Cal geholfen hab, im neuen Spielzimmer unter dem Dach ein paar Sachen zu verschieben.« Sie holte tief Luft, dann nickte sie. »Ja, bestimmt hat's daran gelegen. Seht ihr? Alles gut. Kein Grund zur Sorge.«

Dana Sue meldete sich beunruhigt zu Wort. »Vielleicht sollten wir dich trotzdem ins Krankenhaus bringen und sicherheitshalber untersuchen lassen. So spät in der Schwangerschaft solltest du nicht mehr mit Möbeln herumhantieren. Überrascht mich, dass Cal es dir erlaubt hat.«

Maddie verdrehte die Augen. »Soll das ein Scherz sein? Er hat mich nur ein paar Spielsachen durchs Zimmer tragen lassen. Als ich den Schaukelstuhl verschieben wollte, ist er fast ausgerastet und hat drauf bestanden, dass ich mich hinsetze und ihm einfach sage, wo ich alles haben will.«

»Aber jetzt geht's wieder?«, hakte Helen nach. »Kein Zwacken mehr?«

»Nein«, sagte Maddie. Gleich darauf jedoch stöhnte sie und fasste sich an den Bauch. »*Das* war jetzt eindeutig eine Wehe.« Trotz der unübersehbaren Schmerzen grinste sie. »Dieser Kleine steckt offensichtlich voller Überraschungen.«

Helen sah Dana Sue an. »Was machen wir jetzt?«

»Du hievst sie aus dem Sessel und begleitest sie zum Auto«, erwiderte Dana Sue ruhig. »Ich rufe Cal an und sage ihm, er soll sich im Krankenhaus mit uns treffen. Wenn die Wehen schon so knapp hintereinander kommen, bleibt uns nicht viel Zeit.«

Helen forderte Maddie auf, sich an ihren Schultern festzuhalten. Halb zog und halb hob sie ihre Freundin auf die Beine. Als sie aufrecht stand, sah Helen ihr in die Augen. »Du kriegst dein Kind nicht auf dem Rücksitz meines Autos, verstanden?«

Maddie bedachte sie mit einem ironischen Blick. »Dann schlage ich vor, wir verlieren keine Zeit damit, hier rumzustehen und zu schwatzen. Mit Jessica Lynn hab ich es mit Ach und Krach ins Krankenhaus geschafft. Irgendwie hab ich das Gefühl, dass dieses Baby noch ungeduldiger ist.«

Sie versuchte einen Schritt und stieß einen wüsten Fluch aus.

»Was ist?«, fragte Helen.

»Meine Fruchtblase ist geplatzt«, sagte Maddie. »Wir sollten vielleicht einen Zahn zulegen.«

Dana Sue klappte ihr Handy zu. »Cal ist unterwegs zum Krankenhaus. Sehen wir zu, dass wir auch in die Gänge kommen. Wenn er vor uns eintrifft, kriegt er glatt eine Panikattacke.«

»Er hat mich noch davor gewarnt, heute Nachmittag auszugehen«, sagte Maddie. »Wenn dieses Baby irgendwo anders als im Kreißsaal zur Welt kommt, wird er stinksauer sein.«

»Kannst du nicht schneller watscheln?«, fragte Dana Sue und handelte sich damit einen finsteren Blick von Maddie ein. »Okay, okay. Du gibst schon dein Bestes.«

Fünf Minuten später lag Maddie ausgestreckt auf dem Rücksitz. Dana Sue hatte sich neben sie gepfercht, Helen saß am Steuer. Bei jedem Aufschrei von Maddie umklammerten Helens Hände das Lenkrad ein wenig fester, und sie drückte das Gaspedal etwas tiefer durch.

Sie schafften die eigentlich halbstündige Fahrt zum Regionalkrankenhaus in Rekordzeit, doch Cal war noch schneller gewesen. Mit Panik im Gesicht wartete er am Eingang zur Notaufnahme. Ein Pfleger mit einem Rollstuhl stand neben ihm.

»Wir müssen uns um die Aufnahmeformulare kümmern«, sagte der Pfleger.

»Keine Zeit«, entgegnete Maddie mit zusammengebissenen Zähnen. »Kreißsaal. Sofort!«

»Aber …«

»Tun Sie es«, fiel Cal ihm ins Wort. »Der Papierkram kann warten.«

»Darum kümmere ich mich«, sagte Helen. »Gehen Sie einfach.«

Sie verbrachte zwanzig Minuten damit, eine verärgerte Mitarbeiterin am Aufnahmeschalter zu beschwichtigen, danach machte sie sich auf die Suche nach Dana Sue. Kaum hatte sie ihre Freundin im Wartezimmer der Geburtshilfestation gefunden, kam Cal mit benebeltem Blick aus dem Kreißsaal.

»Es ist ein Junge«, teilte er ihnen mit, als wäre es eine Neuigkeit. Das wussten sie bereits seit Monaten. »Er ist schreiend herausgekommen.«

»Wahrscheinlich hatte er was gegen meine Guacamole«, scherzte Dana Sue.

»Herzlichen Glückwunsch«, sagte Helen und empfand dabei eine wilde Mischung aus Freude, Verwunderung und Neid. Könnte sie nächstes Jahr um diese Zeit hier sein? Vielleicht, wenn sie alles daransetzte. Könnte sie es ohne jemanden wie Cal an ihrer Seite schaffen? Natürlich, sagte sie sich beherzt. Ihre beiden besten Freundinnen würden ihr beistehen. Sogar Cal und Ronnie. Höchstwahrscheinlich auch Erik. Das wäre mehr als genug. Davon war sie überzeugt. So überzeugt, dass sie gleich morgen früh mit der Planung des nächsten Schritts beginnen wollte.

Karen stand an der Tür zum Kinderzimmer und betrachtete die Kleinen im Mondlicht, das durch das Fenster einfiel. Sie wieder zu Hause zu haben – diesmal für immer – hatte sie so überglücklich gemacht, dass sie kaum mit einer Wimper gezuckt hatte, als Mack ein Glas Milch großflächig über den Küchenboden verschüttet hatte und Daisy so bockig gewesen war, weil Karen ihr vor dem Abendessen nichts Süßes geben wollte.

Tatsächlich hatte sie nur darauf gewartet, dass ihr Kopf zu pochen beginnen würde oder sich ihre Schultern verkrampften – wie so oft, bevor Helen die Kinder zu sich genommen hatte. Aber sie hatte beide Zwischenfälle vollkommen gelassen weggesteckt. Nicht mal auf die Beruhigungstechniken, die Dr. McDaniels ihr beigebracht hatte, musste sie zurückgreifen. Sie war schlichtweg zu glücklich, als dass sie an diesem Abend irgendetwas aus der Fassung bringen konnte.

Als Daisy und Mack nach dem letzten Besuch zu Helen zurückgekehrt waren, hatte Karen ihr Zimmer umdekoriert. Mack hatte die Veränderungen kaum bemerkt, Daisy hingegen hatte sich begeistert gezeigt. Karen hatte den zuvor kahlen, rein funktionalen Raum in etwas Besonderes verwandelt. Die Wände wiesen denselben Butterfarbton auf wie die im *Corner Spa*. Tatsächlich stammte die Farbe sogar von dort. Dana Sue hatte sie ihr spontan angeboten, als sie erfahren hatte, dass Karen das Kinderzimmer verschönern wollte. Die Farbe war vom Renovieren des alten viktorianischen Hauses übriggeblieben, das mittlerweile als eine der besten Wellness- und Fitnesseinrichtungen der Region galt.

Dana Sue und ihr Mann hatten Karen sogar einen Nachmittag lang beim Ausmalen geholfen. Außerdem hatten sie in mehreren Secondhandläden einige Möbel aufgestöbert, die sie weiß gestrichen hatten, und eine sattgelbe Spielzeugkiste mit roten, blauen und grünen Tupfen und Streifen. Mit etwas Glück würden Macks und Daisys Spielsachen wenigstens manchmal darin landen, statt überall in der Wohnung verstreut herumzuliegen.

Frances hatte für das Zimmer neue Vorhänge aus einem zur Spielzeugkiste passenden, gepunkteten Stoff genäht. Es blieb sogar noch genug für Bezüge der Kissen auf den Betten übrig.

Als Tüpfelchen auf dem i hatte Karen bunte Aufkleber gekauft und über die Wände verteilt. Sie wollte, dass die fröhliche Gestaltung ihre Zukunft repräsentierte – hell und neu für sie alle.

Nachdem sie das Kinderzimmer verlassen hatte, fand sie Frances in der Küche. Die ältere Dame räumte gerade das Geschirr vom Abendessen weg – selbstgemachte Makkaroni mit Käse, frische Erbsen und Eriks liebster Apfelkuchen mit Vanilleeis.

»Haben sich die Kinder gut eingewöhnt?«, erkundigte sich Frances.

»Sie schlafen schon tief und fest. Ich hoffe, du weißt, wie dankbar ich dir für die Hilfe beim Herrichten ihres Zimmers bin. Daisy ist begeistert davon. Mack bestimmt auch.«

»Vielleicht sollten wir uns als Nächstes dein Zimmer vornehmen«, schlug Frances vor. »Du wohnst hier schon zu lange, als wäre es nur ein vorübergehendes Dach über dem Kopf. Du solltest es in ein richtiges Zuhause verwandeln.«

»Mit anderen Worten, es ist an der Zeit, die Zitronen zu Limonade zu verarbeiten«, erwiderte Karen augenzwinkernd. »Und du hast recht. Ich war so verbittert darüber, mich mit einer winzigen Zweizimmerwohnung begnügen zu müssen, dass ich nie irgendwas machen wollte, um sie zu verschönern. Ich wollte nur weg.«

»Dort glücklich zu sein, wo man gerade ist, kann nie verkehrt sein«, meinte Frances zu ihr. »Und es ist auch kein Eingeständnis einer Niederlage.«

Über die Äußerung runzelte Karen die Stirn. »Soll heißen?«

»Ich glaube, du denkst, wenn du aus der Wohnung ein Zuhause machst, würdest du dich mit dem schlechten Blatt abfinden, das dir das Schicksal ausgeteilt hat, als dein Mann dich verlassen hat. Als würdest du dadurch kapitulieren. Was gar nicht stimmt. Du kannst immer noch Ambitionen haben, Liebes. Das ist nur vorläufig deine Realität. Mach das Beste daraus.«

»Ich glaube, jetzt verstehe ich das endlich«, sagte Karen. »Ich hoffe nur, meine Kinder haben keinen zu hohen Preis dafür bezahlt, dass ich so lang gebraucht habe.«

»Mack und Daisy geht's gut. Die Zeit bei Helen war für sie ein großes Abenteuer, aber sie gehören hierher, zu dir. Ist dir nicht aufgefallen, wie sehr sie sich gefreut haben, als sie heute Nachmittag angekommen sind? Und das Beste ist, du bist jetzt wieder stark und bereit, alles zu bewältigen, was auch immer als Nächstes um die Ecke lugt.«

»Meinst du?«, fragte sie. »Wirklich?«

»Ich *weiß* es. Das hab ich heute Abend beim Essen gesehen. Als Mack die Milch verschüttet hat, hast du mit keiner Wimper gezuckt. Und ich weiß nicht, ob es dir aufgefallen ist, aber in Daisys Augen konnte man Erleichterung sehen, als du sie einfach wortlos aufgewischt hast.«

Karen seufzte. »Sie hat mich viel zu oft ausrasten erlebt, oder?«

»Wahrscheinlich, aber an der Vergangenheit kann man nichts ändern. Du kannst es nur von jetzt an anders machen. Schon irgendeine Vorstellung, wie deine Zukunft aussehen soll?«

»Vorläufig bin ich zufrieden damit, den Ball flach zu halten«, erwiderte Karen. »Ich muss mich wieder daran erinnern, wie man eine gute Mutter ist.«

Frances runzelte die Stirn. »Ich denke, das ist fürs Erste in Ordnung«, stimmte sie zu. »Aber längerfristig brauchst du Träume, Karen. Du brauchst eigene Ziele. Auch du verdienst es, glücklich zu werden.«

»Ich *bin* glücklich, wenn's meinen Kindern gut geht«, betonte sie.

»Das akzeptiere ich nur für den Moment«, warnte Frances. »Aber du musst dir Gedanken über deine Zukunft machen. Versprich es mir.«

»Versprochen«, sagte Karen und umarmte sie.

»Na, dann ist's gut.« Frances zeigte sich zufrieden. »Jetzt lass mich gehen, damit du dich ausschlafen kannst. Falls du morgen irgendetwas brauchst, gib einfach Bescheid. Scheu dich nicht davor, Unterstützung anzunehmen, Karen. Es hat dich schon mal in Schwierigkeiten gebracht, dass du krampfhaft versucht hast, alles allein in den Griff zu kriegen.«

Karen umarmte Frances erneut innig. »Ich weiß ehrlich nicht, was ich ohne dich machen würde.«

Frances strahlte sie an. »Dann ist doch wunderbar, dass du's nie herausfinden musst, oder?«

»Ich hab dich lieb.«

Frances strich ihr eine Strähne aus dem Gesicht. »Und du bist für mich wie eine meiner Töchter, Karen. Gute Nacht, Liebes.«

»Gute Nacht«, sagte Karen leise. Tränen brannten ihr in den Augen.

In dem Moment schien ihr Leben nahezu perfekt zu sein. Dennoch fand sie es schön zu wissen, dass sie direkt nebenan auf jemanden zählen könnte, wenn es das nächste Mal aus den Fugen geriete. So viele Jahre lang hatte sie sich gefragt, wie anders ihr Leben verlaufen wäre, wenn sie je eine richtige Mutter gehabt hätte, ein richtiges Zuhause, auf das sie sich verlassen konnte. Mittlerweile hatte sie die Antwort in vielerlei Hinsicht gefunden.

Maddie war seit zwei Wochen aus dem Krankenhaus zurück zu Hause, und Helen schaute jeden Abend bei ihr vorbei. Den kleinen Cole Maddox in den Armen zu halten hatte die Erkenntnis von jenem Tag gefestigt, an dem Maddie von dem warmen, sicheren Plätzchen in ihrem Körper gesprochen hatte.

Und gerade eben hatte sie Maddie offenbart, dass sie eine Entscheidung getroffen hatte. Sie wollte schwanger werden und ein Kind bekommen, ganz gleich, was man in Serenity deswegen von ihr denken mochte. Den Klatsch könnte sie ertragen. Und wenn sie ihrer Tochter oder ihrem Sohn ein liebevolles Zuhause mit einer großen

Ersatzfamilie böte, würde sie oder er sich bestimmt nie benachteiligt fühlen.

Maddie musterte Helen eingehend. »Bist du dir ganz sicher? Du hast entschieden, auf althergebrachte Weise ein Baby zu bekommen? Und ich dachte, Karens Kinder bei dir zu haben hätte dich vielleicht abgeschreckt.«

»Das dachte ich in den ersten Tagen auch. Aber dann ist es immer einfacher geworden. Ich hab mich gut dabei angestellt, besser als erwartet.« Sie sah Maddie fest in die Augen und fügte leidenschaftlich hinzu: »Die Sehnsucht nach irgendetwas, die ich all die Monate verspürt habe, ist in etwas handfest Mütterliches umgeschlagen. Es ist richtig so. Das weiß ich.«

»Aber weißt du, Süße, es ist schon ein haushoher Unterschied, ob man in die Rolle der Mutter auf Zeit schlüpft oder sie dauerhaft übernimmt«, erwiderte Maddie mahnend.

»Das ist mir klar«, gab Helen ungeduldig zurück. »Hab ich in letzter Zeit oft genug gehört. Aber ich bin bereit, sie zu übernehmen. Ich *will* es.«

»Und wie sieht's mit der Ehe aus? Siehst du in dem Bild auch einen Vater?«, fragte Maddie.

»Kann ich mir, ehrlich gesagt, nicht vorstellen«, gestand Helen. »Ich bin zweiundvierzig. Wenn ich in der ganzen Zeit nie jemanden kennengelernt habe, den ich heiraten gewollt hätte, wie sollte ich es dann in den nächsten Monaten oder auch nur im nächsten Jahr schaffen?«

»Stimmt schon, das wäre eine Kennenlernphase im Schnelldurchlauf«, räumte Maddie belustigt ein. »Was aber für eine zielstrebige Frau wie dich kein Problem sein sollte.«

»Leider dürften die meisten Männer wohl eher allergisch reagieren, wenn ich beim ersten Date erwähne, dass meine biologische Uhr laut genug tickt, um sie bis nach Georgia zu hören.«

»Das könnte sie abschrecken.« Maddies Grinsen wurde breiter.

»Was also soll ich tun?«

»Gibt's denn gar keinen Mann, zu dem du dich hingezogen fühlst und der ein guter Ehemann und Vater sein könnte?«, fragte Maddie. »Du bist ja nicht gerade bekannt dafür, Männern groß Zeit zu geben, um einen guten Eindruck zu machen. Vielleicht wär's an der Zeit, deine Liste durchzugehen und ein paar der Verflossenen noch eine Chance einzuräumen.« Sie warf ihrer Freundin einen verschmitzten Blick zu. »Und dann ist da noch Erik. Dana Sue ist felsenfest überzeugt davon, dass sich zwischen euch was zusammenbraut.«

Beim Klang seines Namens flammte in Helens Kopf die allzu frische Erinnerung an einen knisternden Kuss auf wie ein Leuchtfeuer in der Dunkelheit. Vielleicht musste sie gar keinen Mann zum Heiraten finden. Vielleicht brauchte sie niemanden, der Vollzeitvater werden wollte. Sie hatte eine Karriere. Sie besaß finanzielle Mittel. Und sie war durchaus in der Lage, ein Kind allein aufzuziehen. Vielleicht brauchte sie also in Wirklichkeit nur einen Mann, der bereit wäre, ohne jegliche Verpflichtungen mit ihr zu schlafen. Dafür schien Erik auf jeden Fall in Frage zu kommen.

Es bestand kein Zweifel daran, dass er sich zu ihr hingezogen fühlte – was auf Gegenseitigkeit beruhte. Ebenso bestand kein Zweifel daran, dass er nicht das geringste Interesse hatte, zu heiraten oder Vater zu werden. Das hatte er überdeutlich zum Ausdruck gebracht. Eigentlich der perfekte Kandidat. Helen mochte und respektierte ihn, hatte sogar echte Gefühle für ihn. Somit würde sie es nicht als berechnet und unpersönlich empfinden. Und sie würde ihrem Kind eines Tages aufrichtig sagen können, dass sein Vater ein anständiger Mann war, für den sie tiefe, liebevolle Gefühle hegte.

Sobald sie schwanger wäre, könnte sie bei Bedarf alle erforderlichen Dokumente aufsetzen, um Erik zuzusichern, dass sie nie von ihm Unterhalt verlangen würde. Und um seine Rolle im Leben des Kindes nach seinen Wünschen zu begrenzen. Und wenn er darin gar keine spielen wollte – auch gut. Helen fand zwar, dass es sowohl für ihn als auch für sein Kind ein herber Verlust wäre. Aber er hatte so kategorisch ausgeschlossen, je Vater zu werden, dass es vermutlich darauf hinauslaufen würde.

Im Wesentlichen würde er dadurch zu einem Samenspender, wenn auch auf direktere und verlockendere Weise. Sie sah für ihn beim besten Willen keinen Nachteil darin. Erik würde eine Zeit lang tollen Sex haben. Mehr erhoffte er sich von einer Beziehung anscheinend ohnehin nicht. Und sie würde ein Baby bekommen. Hätten sie davon nicht beide etwas?

»Was in aller Welt geht gerade in deinem Kopf vor?«, fragte Maddie nach einer Weile. »Hat es was damit zu tun, was ich über Erik gesagt habe?«

»Nein, überhaupt nicht«, flunkerte Helen mit Nachdruck und betete, Maddie von der Fährte abbringen zu können. Sie rang sich ein Lächeln ab. »Aber ich hab vielleicht trotzdem einen Plan.«

»Wirklich? Welchen?« Maddie wirkte eher besorgt als erleichtert.

»Ist wahrscheinlich besser, wenn du's nicht weißt«, meinte Helen zu ihr. Und vor allem wäre es am besten, wenn Dana Sue nichts davon erfuhr. Sie könnte komisch darauf reagieren, dass Helen ihren Stellvertreter im *Sullivan's* benutzen wollte, um zu ihrem sehnlich gewünschten Baby zu kommen.

Verdammt, es bestand durchaus die Möglichkeit, dass Erik selbst komisch darauf reagieren würde. Was, wenn er sie mit ihrem Vorschlag abblitzen ließe? Und wenn sie ihn einfach verführte und es ihm später erzählte? Ihr gefiel nicht, was eine solche Hinterlist über sie aussagte. Außerdem würde es wohl alles Negative bestätigen, was Erik je über sie gedacht hatte. Und es würde die unbeschwerte Freundschaft zerstören, die sich in letzter Zeit zwischen ihnen entwickelt hatte. Das beunruhigte Helen zwar etwas mehr, als sie zugeben wollte, aber der Wunsch nach einem eigenen Kind überwog es.

Und sie würde dafür sorgen, dass ihr Kind alles bekommen würde, was es brauchte – Liebe, eine gute Ausbildung, ein schönes Zuhause. Unter dem Strich zählte nur das.

Was ist mit einem Vater?, fragte eine nagende Stimme in ihrem Hinterkopf. Viele Kinder entwickelten sich ohne einen Vater im Leben prächtig, argumentierte sie innerlich. So wie sie selbst. Sie hatte mit angesehen, wie sich ihre Mutter bei einem Aushilfsjob nach dem anderen abgerackert hatte, um Helen nach dem Tod ihres Vaters ein anständiges Leben zu ermöglichen. Für Helen war daraus der Ansporn entstanden sicherzustellen, dass sie immer für sich und eine etwaige Familie sorgen könnte, die sie einmal haben würde. Durch diese Entschlossenheit war sie überhaupt erst in ihre gegenwärtige Lage geraten. Sie hatte sich von nichts ablenken lassen, das nicht zu finanzieller Sicherheit und Erfolg beigetragen hätte.

Zufrieden mit ihrer Logik stand sie abrupt auf. »Ich muss weg«, teilte sie Maddie mit.

»Aber Dana Sue und Jeanette werden jeden Moment hier sein«, klagte Maddie. »Wir wollten doch darüber reden, mit dem *Corner Spa* zu expandieren.«

»Sag ihnen, es tut mir leid«, bat Helen. »Wir holen es nächste Woche nach.«

»Aber du wolltest über die Eröffnung einer Filiale reden«, protestierte Maddie, als Helen ihr den kleinen Cole wieder in die Arme legte. »Das Treffen heute war dein Vorschlag.«

»Es kann warten«, sagte Helen. »Spiel die Idee einfach mit Dana Sue und Jeanette durch. Gebt mir anschließend Bescheid, was ihr davon haltet.«

Maddie verengte die Augen zu Schlitzen. »Mein Blasendruck sagt mir, dass du was Impulsives tun wirst. Das endet bei dir nie gut.«

»Es ist nicht impulsiv, und ich muss nicht darüber reden. Ich hab es aus allen Blickwinkeln betrachtet. Wahrscheinlich hab ich's praktisch zu Tode analysiert.« Gut, vielleicht nicht den Teil mit Erik. Aber es könnte besser sein, gerade darüber nicht zu intensiv nachzudenken. Sonst könnten ihr Zweifel an ihrem Plan kommen, und für Zweifel hatte sie keine Zeit.

»Du weißt ja, dass Dana Sue und ich dich immer unterstützen werden, ganz gleich, was du tust«, sagte Maddie trotz ihrer besorgt zerfurchten Stirn.

Helen umarmte sie. »Ich weiß, und du hast keine Ahnung, wie viel mir das bedeutet. Danke, dass du mich nicht für verrückt hältst.«

Maddie grinste. »Wie kommst du darauf?«

»Na ja, du hast mir zugehört und trotzdem nicht gesagt, dass ich spinne. Das werte ich als gutes Zeichen.«

»Kann ich irgendwas sagen, um dich von deinem Vorhaben abzubringen, wie es auch aussehen mag?«, fragte Maddie.

Helen zuckte mit den Schultern. »Eher nicht.«

Tatsächlich konnte sie sich in dem Augenblick nichts vorstellen, was sie von ihrem Plan abweichen lassen könnte. Und auf dem Weg zum *Sullivan's* würde sie entscheiden, wie viel davon sie Erik preisgeben und wie viel sie für sich behalten würde.

KAPITEL 13

Als Nächstes musste der Fondant über die oberste Schicht der dreistöckigen Hochzeitstorte ausgebreitet werden. Erik drehte sich Tess zu, die ihn aufmerksam beobachtet hatte.

»Mach du es«, forderte er sie auf.

Ihre braunen Augen weiteten sich erschrocken. »Das kann ich nicht«, sagte sie, obwohl sie schwer in Versuchung geriet.

»Natürlich kannst du's. Wie oft hast du es inzwischen geübt?«

Kopfschüttelnd trat sie einen Schritt zurück. »Aber das war eben nur Übung. Das hier ist eine echte Torte. Was, wenn ich sie ruiniere?«

»Wirst du nicht«, entgegnete er zuversichtlich. »Aber falls doch, geht davon die Welt nicht unter. Dann machen wir sie neu. Komm schon, Tess. Du hast genug geübt. Irgendwann musst du über deinen Schatten springen.«

In dem Moment, als Tess die dünne Lage Zuckerguss über die Torte ausbreiten wollte, flog die Küchentür auf, und Helen fegte herein. Erschrocken ließ Tess den Zuckerguss auf den Boden fallen und sah Erik mit gequälter Miene an.

»Tut mir so leid«, sagte sie und deutete auf das Chaos. »Ich hab doch gesagt, dass ich's nicht kann.«

Erik seufzte und warf Helen einen irritierten Blick zu. »Ist dir nie in den Sinn gekommen, vielleicht anzuklopfen, bevor du um die Zeit hier reinplatzt?«

»Genauso wenig wie dir in den Sinn gekommen ist, mich um meinen Hausschlüssel zu bitten«, konterte Helen. Von ihrem Finger baumelte ein Schlüssel. »Meiner für das *Sullivan's*. Den hab ich schon, seit Dana Sue den Laden eröffnet hat.«

Erik schüttelte den Kopf. »Wieso hab ich das nicht gewusst?«

»Äh … weil's nicht dein Restaurant ist?«, gab sie zuckersüß zurück.

»Egal«, brummelte er und bückte sich, um Tess zu helfen, die bereits die Reste des Fondants aufwischte.

Als er sich aufrichtete, musterte Helen ihn mit einem Hauch von Unsicherheit im Gesicht. »Ist es gerade ein ungünstiger Zeitpunkt?«

Er verkniff sich ein Grinsen. »Was glaubst du wohl? Du hast die arme Tess halb zu Tode erschreckt und um ein Haar Jane Downings Hochzeitstorte ruiniert.«

»Jane Downing heiratet zum vierten Mal«, erwiderte Helen. »Die Ehe dürfte genauso zum Scheitern verurteilt sein wie die Torte. Ist also kein großer Verlust.« Sie wandte sich an Tess. »Aber es tut mir leid, dass ich Sie erschreckt habe. Ich bin Helen Decatur, eine Freundin von Dana Sue. Und trotz seiner schnippischen Art auch eine Freundin von Erik.«

»Helen ist die Anwältin, von der ich dir erzählt habe, Tess«, fügte Erik hinzu. »Sie hat gesagt, sie hilft dir bei der Sache mit Diego.«

»Das würden Sie tun?«, fragte Tess, als wagte sie nicht recht, darauf zu hoffen.

»Auf jeden Fall. Ich wäre schon viel früher gekommen, um mit Ihnen darüber zu sprechen. Nur hatte ich Karens Kinder bei mir und war damit, um ehrlich zu sein, ganz schön eingespannt.«

Tess schenkte ihr ein scheues Lächeln. »Kinder sind schon ein Haufen Arbeit.«

»Und ob«, pflichtete Helen ihr bei. »Lassen wir doch Erik die Torte fertigstellen, und Sie erzählen mir inzwischen, was mit Ihrem Mann passiert ist. Was halten Sie davon?«

»Gute Idee«, kommentierte Erik. Er war erleichtert, dass er Zeit haben würde, sich daran zu erinnern, warum er sich nicht zu Helen hingezogen fühlen und dem starken Wunsch, sie zu küssen, nicht nachgeben sollte. Mittlerweile hatte er den festen Entschluss gefasst, seine Gefühle fest im Griff zu behalten, bis sie zu ihm käme und unmissverständliches Interesse an einer unverbindlichen Beziehung bekundete. Als sie vor einer Minute durch die Tür gekommen war, hatte ein Teil von ihm spontan vermutet, er würde gleich die Antwort auf die Frage bekommen, die ihm seit mehreren Nächten den Schlaf raubte.

»Möchten Sie lieber unter vier Augen sprechen?«, wandte sich Helen an Tess.

Erik hatte auf Freiraum gehofft, um die Fassung wiederzuerlangen. Zu seiner Enttäuschung verneinte Tess.

»Erik weiß, was mit Diego passiert ist«, antwortete sie Helen. »Macht mir nichts aus, wenn er zuhört.«

Helen zog zwei Hocker heran und ließ sich auf einem nieder. Dabei rutschte ihr schmaler Rock bis zur Hälfte der Oberschenkel hoch und bot Erik eine faszinierende Aussicht auf nackte Haut. Er konnte nicht verhindern, dass sein Blick der Kurve ihres Beins hinunter zu den zierlichen Fußgelenken und dem neuesten Paar sexy High Heels an ihren Füßen folgte. Die Frau liebte Schuhe. Er konnte sich nicht erinnern, sie zweimal mit demselben Paar gesehen zu haben. Von Designerschuhen verstand er nicht viel, aber Qualität erkannte er. Es ließ sich nicht übersehen, dass ihre Gewohnheit sie ein Vermögen kostete.

Offenbar bemerkte sie die Richtung seines Blicks, denn sie streckte einen Fuß aus. »Manolo Blahnik«, erklärte sie, als müsste ihm das etwas sagen.

Er grinste sie an. »Stehen dir gut.« Und sie setzten seine Entschlossenheit einer harten Probe aus. Diese Schuhe stellten Verführung pur in Leder dar.

»Finde ich auch«, pflichtete sie ihm bei und wandte sich Tess zu. »Erik sagt, Sie hatten einen Anwalt, der Ihnen Rechnungen gestellt, aber nie etwas gemacht hat. Stimmt das?«

Tess nickte. »Jimmy Bob West. Er war der einzige Anwalt, den ich kannte.«

Erik sah, wie Helen sichtlich den Körper versteifte. Da verpuffte seine Entschlossenheit, sich aus dem Gespräch herauszuhalten. »Kennst du den Anwalt?«, fragte er.

»Unsere Wege haben sich schon öfter gekreuzt«, antwortete Helen. »Jimmy Bob ist beileibe kein Heiliger, aber ich hätte nie gedacht, dass er so tief sinken würde. Tess, Sie müssen mir genau beschreiben, was er Ihnen versprochen hat, wie viel er Ihnen berechnet hat und was er unternommen hat.«

Während Tess die traurige Geschichte erzählte, kritzelte Helen mit zunehmend tiefer gerunzelter Stirn einige Notizen. Als Tess endete, sprach aus ihren Augen blanke Wut.

»Sie haben Ihr Geld bis zum Ende der Woche zurück«, versicherte sie Tess. »Auf die eine oder andere Weise.«

»Aber was ist mit Diego? Für mich zählt nur er«, sagte Tess. »Ich habe alle Dokumente, die beweisen, dass er legal im Land gewesen ist. Wie können wir seine Abschiebung rückgängig machen?«

»Auch darum kümmere ich mich«, versprach Helen. »Und falls ich auf zu viel Bürokratie stoße, weiß ich genau, wer sie für mich entwirren kann. Es wird nicht über Nacht passieren, Tess, aber wir holen Ihren Mann zurück.«

»Ich weiß gar nicht, wie ich Ihnen danken soll«, sagte Tess. »Das wäre für mich und die Kinder wie ein Wunder.« Sie warf einen Blick zur Uhr an der Wand. »Ist schon ziemlich spät. Ich muss nach Hause.« Sie warf Erik einen besorgten Blick zu. »Heute Abend war ich dir ja keine große Hilfe.«

»Du kriegst deine Chance ein anderes Mal«, beteuerte er. »Du stellst dich gut an, Tess. Ist nur eine Frage der Übung.«

»Morgen hab ich frei«, sagte sie. »Ich denke, ich werd zum Üben als Überraschung eine besondere Geburtstagstorte für meine Mutter backen. Wenn sie gut wird, bringe ich ein Foto mit.« Sie bedachte Erik mit einem nachdenklichen Blick. »Weißt du, wir sollten ein Album anlegen. Damit die Leute die schönen Torten sehen können, die du machst. Wir könnten auch eine Website einrichten. Mein Bruder könnte das machen. Er studiert am Junior College im Hauptfach Website-Design und IT. Es gibt nichts, was er nicht hinbekommt.« Ihr Gesicht strahlte vor Stolz.

Überrascht, dass sich Tess solche Gedanken über die geschäftlichen Aspekte des Restaurants machte, nickte

Erik. »Das ist 'ne großartige Idee, Tess. Ich rede mit Dana Sue darüber. Dein Bruder soll mich anrufen, okay?«

»Sag ich ihm«, versprach sie. »Nochmals vielen Dank, Ms Decatur. Ich weiß wirklich zu schätzen, was Sie für mich tun.«

»Das mache ich gerne, Tess«, erwiderte Helen. »Gute Nacht.«

Nachdem Tess gegangen war, warf Erik einen abwägenden Blick auf Helen. »Du hilfst doch nicht nur gern, weil dir was an Tess und Diego liegt, oder? Es hat was mit diesem Jimmy Bob West zu tun.«

Sie grinste. »Du bist ziemlich scharfsinnig. Ich möchte die Haut dieses Schleimbeutels an die Wand nageln. Was er mit ihr gemacht hat, ist sittenwidrig.«

»Er ist nicht zufällig der gegnerische Anwalt bei einem deiner Scheidungsfälle, oder?«

»Ist er tatsächlich. Unsere letzte Begegnung im Gerichtssaal war nur mein erster Warnschuss. Anwälte wie Jimmy Bob ziehen unseren gesamten Berufsstand in den Dreck.«

»Und doch scheinst du selbst stolz darauf zu sein, als aggressive Anwältin zu gelten«, merkte Erik an.

»Ein aggressives Auftreten ist eine Sache. Der Typ ist tiefster Abschaum, ein unethischer Mistkerl.«

»Mit anderen Worten, du kannst ihn nicht leiden.«

»Ich muss nicht alle Anwälte mögen, mit denen ich es zu tun bekomme«, sagte sie. »Aber mir ist es lieber, wenn ich sie zumindest respektieren kann. Und in Jimmy Bobs Fall kann ich's kaum erwarten, mich mit ihm zu unterhalten, sobald ich ein paar Nachforschungen über die Sache angestellt habe.«

Erik grinste. »Da ich dich jetzt auf ihn angesetzt habe,

warum bist du eigentlich hergekommen? Dass Dana Sue nicht hier ist, musst du ja wohl gewusst haben. Sie hat mir nämlich erzählt, dass sie eine Besprechung mit dir und Maddie hat. Sag bloß, die hast du geschwänzt, nur um mich zu sehen.«

Sie wirkte leicht verstimmt darüber, dass er von der Besprechung wusste. »Ich bin früher gegangen.« Ihre Worte klangen merkwürdig defensiv. »Weil ich mir dachte, es wäre der perfekte Zeitpunkt für ein Gespräch mit dir ohne Dana Sues wachsame Augen und Ohren in der Nähe.«

»Interessant«, sagte er. Er fand, dass Helen erstaunlich unbehaglich wirkte. »Schwebt dir was Bestimmtes vor?«

»Nicht gleich euphorisch werden«, sagte sie. »Ich hatte bloß in letzter Zeit kein gutes Wortgefecht.«

»Wirklich? Und deshalb bist du hergekommen? Für einen verbalen Schlagabtausch mit mir?«

»So ungefähr.«

Erik schüttelte den Kopf. »Das kauf ich dir nicht ab, Süße. Du führst was anderes im Schilde. Komm schon. Spuck's aus.«

Zu seiner Verblüffung stieg ihr schillernde Farbe in die Wangen. »Du wirst rot«, sagte er verdattert.

»Gar nicht. Wahrscheinlich bloß eine Hitzewallung.«

Bei den Worten zuckte er innerlich zusammen. Wenn sie Hitzewallungen hatte, wollte er definitiv nichts davon wissen. Aber war sie nicht ein bisschen zu jung dafür? Er versuchte, sich in Erinnerung zu rufen, was er bei der Ausbildung zum Rettungssanitäter über die Wechseljahre gelesen hatte. Aber da sich die meisten seiner Kurse auf Notfallmedizin konzentriert hatten, brachte sein Gedächtnis nicht viel zum Vorschein.

Ihm gefiel, dass es ihm irgendwie gelungen war, sie aus dem Konzept zu bringen. Erik beschloss, dafür zu sorgen, dass es so blieb.

»Du kannst ruhig zugeben, dass du hier bist, weil du's keine Sekunde länger ohne mich ausgehalten hast«, sagte er. »Ist kein Grund zur Schande, mich unwiderstehlich zu finden.«

Mit empörter Miene sah sie ihm direkt ihn die Augen, bevor sie den Blick abwandte. »Das war ein Fehler.«

»Was war ein Fehler?«

»Ich dachte, ich könnte mehr als fünfzehn Minuten mit dir verbringen, ohne dich erwürgen zu wollen.«

Er verkniff sich ein Grinsen. »Vor nicht allzu langer Zeit haben wir eine ganze Nacht zusammen verbracht, und ich kann mich nicht erinnern, dass du mich damals erwürgen wolltest.«

»Ist dir meine Reaktion darauf entgangen, dass du Dana Sue überredet hast, dir meinen Schlüssel zu geben?«

»Ach das«, wiegelte er ab. »Darüber warst du nicht wirklich verärgert.«

»Doch, war ich.«

»Aber du bist drüber hinweggekommen«, konterte er. »Du hast nur deshalb 'ne große Sache daraus gemacht, weil du dachtest, das müsstest du.«

Sie schaute finster drein. »Ich hab deshalb 'ne große Sache daraus gemacht, weil es hinterhältig und heimtückisch war, was du getan hast.«

Plötzlich verschwand die in ihren Wangen verbliebene Farbe, und sie wurde aschfahl. »Ich muss gehen«, sagte sie, schnappte sich ihre Handtasche und steuerte auf die Tür zu.

Besorgt über ihre plötzliche Blässe, stellte Erik sich ihr in den Weg. »Geht's dir gut? Dir ist doch nicht etwa schlecht, oder?«

»Nein. Mir, äh, ist nur gerade etwas eingefallen, das ich erledigen muss.«

Er erkannte einen Eiertanz, wenn er mit einem konfrontiert wurde. »Du musst was erledigen?«, fragte er zweifelnd. »Um diese Zeit?«

»Ja. Hätte ich schon vor Stunden tun sollen.« Sie drängte sich an ihm vorbei. »Wir sehen uns.«

Er starrte ihr hinterher. Was um alles in der Welt sollte das? In einem Moment gab sie sich als die alte, temperamentvolle Helen, im nächsten lief sie davon wie ein verängstigtes Häschen. So, wie sie seinen Blick gemieden hatte, stand für ihn fest, dass sie wie gedruckt gelogen hatte. Das Einzige, was sie zu erledigen hatte, war die Flucht vor ihm.

Er schüttelte seine Verwirrung ab. Nur eine weitere Erinnerung daran, dass sie entschieden zu komplex und kompliziert für ihn war. Falls er je schwach werden sollte und wieder eine Frau in sein Leben ließe, wollte er eine ausgeglichene und einfach berechenbare. Helen war alles andere als das.

Warum also ging sie ihm nicht aus dem Kopf?

Helen stufte die Begegnung als völlige Katastrophe ein, als sie vom *Sullivan's* wegfuhr. In dem Moment, als sie Erik wegen eines albernen Schlüssels vorgeworfen hatte, hinterhältig und heimtückisch zu sein, war ihr klar geworden, dass ihr Vorhaben tausendmal schlimmer wäre. Und dennoch: Der Gedanke, ihn zum Vater ihres Kindes zu machen hatte sich derart festgesetzt, dass sie ihn nicht mehr loswurde.

Zu Hause spulte sie auf Autopilot die abendliche Routine ab. Ihr fehlte das Chaos, das Daisy und Mack dabei regelmäßig verursacht hatten. Helen griff bereits nach dem Telefon, um sie anzurufen, doch bei einem Blick auf die Uhr erkannte sie, dass es dafür längst zu spät war.

Im Bett erstellte sie eine gedankliche Liste aller Vor- und Nachteile davon, Erik in ihren Plan für ein eigenes Kind einzubeziehen. Dabei überwogen eindeutig die positiven Aspekte. Oder vielleicht gewichtete Helen sie auch nur so, dass sie daran festhalten konnte. Jedenfalls würde sie am Ende das Kind bekommen, das sie sich so sehnsüchtig wünschte. War das nicht alles, was zählte?

Aber was ist damit, was Erik will?, gab eine nagende Stimme in ihrem Hinterkopf zu bedenken. Er hätte kaum deutlicher zum Ausdruck bringen können, dass er keine Kinder wollte. Nachdem sie fast die gesamte Nacht und den nächsten Tag lang damit gehadert hatte, gelang es ihr, sich einzureden, es würde in Ordnung für ihn sein, wenn er wüsste, dass sie nichts von ihm erwartete. In der Zwischenzeit musste sie nur eine Möglichkeit finden, mit dem schlechten Gewissen darüber zu leben, dass sie ihm den wahren Grund verheimlichte, warum sie eine Affäre mit ihm anzufangen gedachte.

Nach mehreren schlaflosen Nächten und unzähligen frustrierenden Anrufen bei der Einwanderungsbehörde, um Diegos Status zu klären, verließ Helen am Mittwochmorgen erschöpft und mürrisch das Haus und trat direkt den Weg zu Jimmy Bobs Büro an. Sie war in der perfekten Stimmung, um ihn für sein Verhalten gegenüber Tess zur Rede zu stellen.

Die Anwaltskanzlei *West & Davis* befand sich im neuesten Geschäftskomplex von Serenity, einer Ansammlung einstöckiger, hellrosa gestrichener Backsteingebäude mit schwarzen Fensterläden. Es war vor einigen Jahren von einer Gesellschaft errichtet worden, die mehrere Gewerbetreibende aus dem Ort als Abschreibposten für die Steuer gegründet hatten. Maddies Exmann war einer der Gesellschafter. Bill Townsend hatte seine Kinderarztpraxis über eines der Gebäude ausgebreitet. *West & Davis* waren in einem anderen untergebracht. Ein drittes beherbergte die bescheideneren Räumlichkeiten eines Zahnarztes, eines Buchhalters und eines örtlichen Bauunternehmers. Eine aufstrebende Immobiliengesellschaft hatte erst unlängst das gesamte vierte Gebäude übernommen.

Es war noch früh, daher herrschte auf dem Parkplatz weitgehend Leere. Helen entdeckte sofort Jimmy Bobs neues, auf Hochglanz poliertes BMW-Cabrio, das vor der Kanzlei parkte. Die Plätze der Mitarbeiter und seines Partners waren noch leer. Das bedeutete, Helen könnte bei Jimmy Bob bedenkenlos laut werden und müsste nicht fürchten, dass sie belauscht wurden.

Mit der Aktentasche in der Hand marschierte sie hinein und direkt in sein Büro, ohne anzuklopfen. Jimmy Bob schaute abrupt und erschrocken auf, was er rasch mit einem gekünstelten Lächeln überspielte.

»Helen, wie schön, Sie zu sehen. Hatten wir heute Morgen einen Termin?«

»Nein. Ich habe gehofft, Sie könnten ein paar Minuten erübrigen, bevor der Tag losgeht.«

»Aber natürlich. Nehmen Sie Platz. Möchten Sie Kaffee? Ist aus einer speziellen Mischung, die ich online bestellt habe. Einen besseren werden Sie in der Stadt nicht finden.«

»Dann bitte«, sagte sie. »Ich hätte gern eine Tasse.«

Er schenkte ihr ein, bevor er sich hinter seinen imposanten Schreibtisch zurückzog – eine Taktik, die einschüchternd wirken sollte. »Ich nehme an, es geht um den Fall Holliday. Ist Caroline bereit zu einem Vergleich?«

Ungläubig starrte sie ihn an. »Während Ihr Mandant in den Seilen hängt? Wohl kaum«, gab Helen zurück. »Ich könnte mir denken, dass Sie fasziniert von Brads versteckten Vermögenswerten sein werden. Wir jedenfalls sind es. Richter Rockingham auch. Deshalb hat er den zweiten von mir beantragten Aufschub ebenfalls genehmigt. Plötzlich scheint er Brads Finanzen genauso gründlich aufdecken zu wollen wie wir.«

Sie bedachte ihn mit einem Unschuldsblick. »Sorgt auf dem Golfplatz bestimmt für eine angespannte Atmosphäre, wenn Sie drei zusammen spielen.«

Er zuckte zusammen. »Hören Sie, ich hatte keine Ahnung, dass Brad mir etwas verheimlicht hat«, sagte Jimmy Bob. »Ich hoffe, das wissen Sie. Der Richter war auch ahnungslos. Er ist stinksauer darüber und lässt es Brad spüren. Ich erkläre meinen Mandanten immer, dass in solchen Situationen eine lückenlose Offenlegung nötig ist.«

»Glaub ich Ihnen aufs Wort«, erwiderte Helen, obwohl sie es in Wirklichkeit bezweifelte. Doch das war eine Schlacht für ein andermal. »Aber ich will über einen anderen Fall reden.«

Jimmy Bob schaute verwirrt drein. »Vertreten wir bei noch einer Scheidung gegnerische Parteien?«

»Nein. Es geht um Tess Martinez.«

Einen Moment lang wurde seine Miene ausdruckslos, dann jedoch nickte er langsam. »Natürlich. Ich erinnere mich an Tess. Sehr bedauerliche Geschichte. Sie hat behauptet, ihr Mann wäre abgeschoben worden, obwohl er sich legal im Land aufgehalten hat.«

»Sie hat es nicht nur behauptet, Jimmy Bob. Es ist die Wahrheit.«

»Das sagen sie alle«, erwiderte er schulterzuckend. »Meistens ist es gelogen.«

»Im Fall von Diego Martinez nicht. Er besitzt die nötigen Dokumente, Jimmy Bob. Ich weiß, dass Tess sie Ihnen gezeigt hat. Und ich weiß, dass Sie dafür bezahlt worden sind, sie zu vertreten und die Sache zu klären, damit ihr Mann zurück zu seiner Familie kann.«

Mit gerunzelter Stirn betrachtete er die Papiere, die Helen auf dem Weg zu ihm von Tess abgeholt hatte. »Ausgezeichnete Fälschungen«, kommentierte er. »Deshalb konnte ich nichts für sie tun.«

»Sie sind entweder schier unglaublich faul, ein Idiot oder vielleicht auch nur mieser Abschaum«, fauchte sie. »Ich konnte diese Informationen mit wenigen Telefonaten überprüfen.« Gut, es hatte zwei Tage gedauert, aber trotzdem. »Alles völlig legitim. Diegos Papiere sind in Ordnung. Er hätte schon vor Monaten wieder hier sein sollen. Stattdessen haben Sie Tess' Geld genommen und sie dann in die Wüste geschickt.«

Unbehaglich wetzte er auf seinem Stuhl. »Sie lassen sich von ihr vereinnahmen, Helen. Ich hätte Sie nie für so weich gehalten, dass Sie auf jede rührselige Geschichte hereinfallen.«

Helen starrte ihn vernichtend an. »Soll das heißen, ich bin leichtgläubig und Sie haben nur Ihre Bürgerpflicht erfüllt, indem Sie Geld von einer Mandantin genommen und nicht das Geringste für sie getan haben?«

»Ich konnte nichts tun«, beharrte er.

Sie schüttelte den Kopf. »Eigenartig. Denn ich habe bei der Einwanderungsbehörde die Auskunft bekommen, dass die Sache bis zum Ende der Woche geklärt ist und Diego in spätestens ein, zwei Wochen wieder bei seiner Familie sein kann.«

»Auf keinen Fall.« Jimmy Bob lief hochrot an. »Diese Stadt braucht nicht noch mehr illegale Einwanderer, die herkommen und unseren Leuten die Jobs wegnehmen, Helen. Was stimmt bloß nicht mit Ihnen?«

Helen konnte über seine unerhörte Äußerung nur den Kopf schütteln. »Mit mir ist alles in bester Ordnung. Ganz und gar verkehrt hingegen ist ein Anwalt, der einer Mandantin ihre spärlichen Mittel abknöpft, ohne auch nur irgendetwas für sie zu tun.«

»Ich sage Ihnen, Sie werden verladen«, plusterte er sich auf.

»Die Bundesregierung sieht das anders«, konterte sie. »Aber statt hier zu sitzen und mit Ihnen über Diegos Fall zu streiten, wäre mir ohnehin lieber, wenn Sie Tess einfach einen Scheck über den Betrag ausstellen, den sie Ihnen gegeben hat. Das Geld können Diego und sie gut gebrauchen, sobald er zurück ist. Und wenn Sie schlau sind, packen Sie noch etwas an Zinsen drauf, damit ich die Geschichte nicht überall verbreite.«

»Das ist Erpressung«, warf er ihr vor.

»Das können wir gern vorm Ethikausschuss der Anwaltskammer erörtern«, bot sie ihm an.

Jimmy Bob sah ihr in die Augen. Als Helen mit keiner Wimper zuckte, holte er widerwillig ein Scheckbuch aus dem Schreibtisch hervor und stellte einen Scheck aus. Sie warf einen Blick auf die Zahl und nickte zufrieden. »Danke. Wir sehen uns in ein paar Tagen vor Gericht. Ich denke, das nächste Mal können wir den Fall Holliday dann abschließen, oder?«

»Ich werde mich bemühen, Brad zu überzeugen, aber er ist stinksauer über Ihren Winkelzug vom letzten Mal. So aufgebracht habe ich ihn nie zuvor erlebt. Er tobt immer noch und wirft mit allen möglichen lächerlichen Drohungen um sich.«

Helen verengte die Augen zu Schlitzen. »Drohungen?«

Jimmy Bob schwenkte abwiegelnd die Hand. »Kein Grund zur Sorge. Er lässt nur Dampf ab.«

»Sind Sie sicher?«

»Natürlich. Brad ist schon den Großteil seines Lebens ein angesehenes Mitglied der Gemeinde. Er wird keine Dummheiten machen.« Jimmy Bob schüttelte den Kopf. »Das heißt aber nicht zwangsläufig, dass ich ihn bei der Schlichtung des Falls zur Vernunft bringen kann.« Kurz verstummte er und musterte Helen abwägend. »Wissen Sie, Trent und ich spielen mit dem Gedanken, einen weiteren Partner aufzunehmen. Wären Sie interessiert?«

»Daran, mit Ihnen zusammenzuarbeiten?«, fragte Helen. Sollte das ein Scherz sein?

»Warum nicht? Sie sind intelligent. Sie sind taff. Das bewundere ich.«

»Danke für das Kompliment, Jimmy Bob, aber ich fürchte, für die Zusammenarbeit mit Ihnen fehlen mir die nötigen Nerven.«

Zu ihrer Überraschung grinste er. »Genau das gefällt mir so an Ihnen, Helen. Sie nehmen kein Blatt vor den Mund. Denken Sie über das Angebot nach.«

»Nicht nötig«, versicherte sie ihm.

»Nicht mal, wenn Sie dadurch nebenher versuchen könnten, mich zu bekehren?«

Darüber lachte sie. »Irgendetwas sagt mir, dass Sie ein hoffnungsloser Fall sind, Jimmy Bob.« Sie winkte mit dem Scheck, bevor sie ihn in der Aktentasche verstaute. »Aber wenigstens diesmal haben Sie das Richtige getan. Das weiß ich zu schätzen.«

Er begleitete sie zur Tür. »Passen Sie auf sich auf.«

»Sie auch.«

Als sie wegfuhr, fragte sie sich, ob Jimmy Bob wirklich der Mistkerl war, für den sie ihn immer gehalten hatte, oder lediglich ein Schlitzohr der alten Schule, dem es Vergnügen bereitete, alle Möglichkeiten auszuschöpfen und abzuwarten, ob ihm dafür jemand auf die Zehen steigen würde. Da sie den Scheck für Tess samt Zinsen ohne allzu großen Protest von ihm bekommen hatte, vermutete sie allmählich eher Letzteres.

Karen ging mittlerweile gewissenhaft jeden Nachmittag in der Pause zwischen dem Mittag- und dem Abendansturm im *Sullivan's* für eine Stunde ins *Corner Spa*. Sosehr sie den Sport anfangs gehasst hatte, sie hatte festgestellt, dass sie sich danach immer besser fühlte. Sie würde zwar nie einen Marathon bestreiten oder ihr Körpergewicht in Form von Hanteln stemmen können, aber die bescheidenen Ziele und Herausforderungen, die Elliott ihr gab, bewirkten etwas bei ihrer allgemeinen Ausdauer und Fitness.

Sie war enttäuscht gewesen, als er sie für bereit erklärt hatte, ihr Training allein zu absolvieren. Aber natürlich verstand sie, dass seine Zeit kostbar war. Er hatte andere, zahlende Kundinnen, die seine volle Aufmerksamkeit verdienten. Trotzdem konnte sie einen gewissen Neid nicht verleugnen, wenn sie vom Laufband oder Ergometer aus beobachtete, wie er diese anderen Frauen trainierte.

Sie seufzte, als er sich zu einer neuen Kundin beugte und ihr so ermutigend zuflüsterte wie früher einmal ihr. Karen hielt sich vor Augen, dass er nur seine Arbeit machte. Ungeachtet des Knisterns, das sie gespürt hatte, ließ sich nicht übersehen, dass sie für ihn bloß eine gewöhnliche Kundin gewesen war. Warum hatte sie sich nur gestattet, sich etwas über ihre gemeinsame Zeit einzubilden? Weil sie eine Idiotin war, deshalb.

Sie beendete ihre Dehnübungen zum Abkühlen und steuerte auf den Umkleideraum zu. Plötzlich stellte sich Elliott ihr in den Weg.

»Du hast dich heute nicht wirklich angestrengt«, sagte er. »Was ist los?«

Sie errötete unter seinem eindringlichen Blick. »Ich war wohl abgelenkt.«

»Willst du darüber reden?«

Sicher nicht mit ihm. Sie schüttelte den Kopf.

»Wie wär's dann, wenn du dieses Wochenende mit mir ins Kino gehst?«

Da sie sich eben erst davon überzeugt hatte, dass sie sich jegliches Interesse von Elliott an ihr nur eingebildet haben konnte, überrumpelte seine Frage sie völlig. »Ins Kino?«

Er grinste. »Ich bin bekannt dafür, dass ich mich hin und wieder im Dunklen hinsetze und mir bewegliche Bilder auf einer großen Leinwand ansehe. Finde ich entspannend.«

»Und ich dachte, du hältst nie länger als eine Minute still.«

»Du hast mir nicht geantwortet«, erinnerte er sie. »Was hältst du von Kino?«

Karen geriet schwer in Versuchung zuzusagen. Allerdings gab es nach wie vor so viele Komplikationen in ihrem Leben, dass sie nicht sicher war, ob sie weitere verkraften würde. Vielleicht wäre es besser, einfach bei ihren Fantasien zu bleiben. »Ich weiß nicht recht, ob das eine gute Idee ist«, sagte sie schließlich.

Elliott wirkte aufrichtig enttäuscht. »Ein anderes Mal?«

Karen beschloss, ihm zu erklären, warum sie ihn abwies. »Hast du Zeit für eine kurze Pause?«, fragte sie. »Ich würde gern mit dir darüber reden.« Er sollte verstehen, dass ihre Ablehnung nicht das Geringste mit ihm zu tun hatte. Vielleicht würde sie dadurch die Tür nicht endgültig zuschlagen.

»Klar kann ich kurz Pause machen«, erwiderte er bereitwillig. »Ich hole uns Mineralwasser, und wir treffen uns auf der Terrasse.«

»Gib mir zehn Minuten zum Duschen und Umziehen.«

»Geht klar.«

Karen war froh über ihr kurzes Haar. Dadurch konnte sie es in Form bringen, obwohl es noch feucht war, und sah trotzdem halbwegs herzeigbar aus, als sie hinaus zu Elliott ging. Mehrere Frauen beäugten sie neugierig, als sie sich zu ihm an den Tisch setzte.

Er reichte ihr eine Wasserflasche, bevor er sich auf seinem Stuhl zurücklehnte. Obwohl er sich völlig auf sie konzentrierte, wirkte er rundum entspannt und gelassen. Darum beneidete ihn Karen.

»Elliott«, begann sie zögerlich. »Ich hab nicht abgelehnt, weil ich dich nicht mag. Ich …« Sie versuchte es erneut. »Mein Leben ist kompliziert und …« Abrupt bremste sie sich. »Nein, in Wirklichkeit ist es ein einziges Chaos. Oder war es zumindest. Ich hab zwei kleine Kinder. Mein Exmann zahlt keinen Unterhalt, seit er uns sitzen gelassen hat. Meine Kinder sind oft krank. Ich hab regelmäßig bei der Arbeit gefehlt, war total gestresst. Tatsächlich bin ich hauptsächlich hier, weil meine Psychologin fand, der Sport würde gegen den Stress helfen. Und weil Dana Sue eine kostenlose Mitgliedschaft für mich arrangiert hat. So sieht mein Leben in Kurzzusammenfassung aus.«

Elliotts Miene blieb ungerührt, während alles aus ihr heraussprudelte. Als sie fertig war, nickte er nur. »Das hab ich alles gewusst. Den Großteil zumindest. Nicht, dass dein Ex so ein Stinkstiefel ist. Aber den Rest hatte ich schon gehört.«

»Und du willst trotzdem mit mir ausgehen?«, fragte sie verblüfft.

Er schmunzelte über ihre Reaktion. »Ich sag dir mal, was ich sehe. Du bist eine wunderschöne Frau, die eine schwere Zeit durchgemacht hat. Du bist eine gute Mutter. Du arbeitest hart daran, dein Leben wieder in den Griff zu kriegen. Deine Kinder sind inzwischen wieder bei dir, was beweist, wie viel Mühe du dir gibst. Was daran könnte man nicht bewundern und mögen?«

»Aber warum willst du in mein Drama verwickelt werden?«, fragte sie aufrichtig verwirrt.

»Hab ich nicht erwähnt, dass du hinreißend bist? Und witzig?«

Karen lachte. »Nein, du hast nicht erwähnt, dass ich witzig bin«, schäkerte sie. »*Jetzt* versteh ich's natürlich.«

»Schau, es ist doch nur Kino. Wir können deine Kleinen auch mitnehmen, wenn das einfacher für dich ist, weil du dann niemand zum Babysitten brauchst. Ich mag Kinder. Sollte ich wohl besser. Durch meine Geschwister hab ich insgesamt zehn Nichten und Neffen. Sie sind ständig bei meinen Eltern zu Hause. Meine Mutter nimmt ihre Pflichten als *abuela* sehr ernst.«

Karen dachte darüber nach. »Daisy, meine Fünfjährige, würde zu gern den neuen Animationsfilm sehen. Könntest du den ertragen?«

»Meine Nichten haben mir erzählt, dass er spitze ist – und sie haben echt Ahnung von Animationsfilmen«, erwiderte er.

Zum ersten Mal seit einer Ewigkeit traf Karen eine impulsive Entscheidung. »Am Samstag muss ich arbeiten. Wäre Sonntagnachmittag für dich in Ordnung?«

»Sonntagnachmittag wäre prima. Nach dem Film könnten wir Pizza essen gehen.«

»Du bist ein sehr mutiger Mann«, meinte sie.

»Ja, voll der Held, oder?«, scherzte er.

Sie lachte. »Vielleicht.«

Allerdings musste sie sich eingestehen, dass er tatsächlich alle Merkmale eines herausragenden Helden besaß.

Erik konnte sich nicht erklären, was um alles in der Welt vor sich ging. Plötzlich schien Helen in der Küche des *Sullivan's* aufzutauchen, wann immer er sich umdrehte. Und sie schien nicht wegen Dana Sue zu kommen. Vielmehr beschlich ihn das eigenartige Gefühl, dass sie aufkreuzte, um mit ihm zu flirten. Was nicht den geringsten Sinn ergab. Sie hatten darüber gesprochen, dass sie beide keine ernsthafte Beziehung wollten. Wenngleich sich der kokette Unterton ihrer Unterhaltungen nicht überhören ließ, hatte Helen noch nichts gesagt oder getan, was ihre Bereitschaft andeutete, auf eine andere Ebene zu wechseln. Stattdessen sandte sie derart gemischte Signale aus, dass Erik sie bisher nicht entschlüsseln konnte. Allerdings hatte der Versuch durchaus seinen Reiz.

Noch merkwürdiger als Helens Verhalten war der Umstand, dass nicht Dana Sue dahinterzustecken schien. Sie wirkte vielmehr genauso überrascht von Helens ständiger Anwesenheit wie er.

Nachdem sie eine Woche lang jeden Abend aufgetaucht war, beschloss Erik, sie darauf anzusprechen. Dana Sue war mit Ronnie nach Hause gefahren, nachdem sich Helen freiwillig dafür gemeldet hatte, Erik beim Aufräumen in der Küche zu helfen. Im Augenblick schien sie es zur Mission erhoben zu haben, jeden sichtbaren Quadratzentimeter Chrom auf Hochglanz zu polieren.

Erik hievte sich auf eine Arbeitsplatte und sah ihr zu. Sie hatte die Stirn gerunzelt, und ihr Haar kräuselte sich um das Gesicht herum vom Dampf, der beim Öffnen des Geschirrspülers ausgetreten war. Sie hatte sich die Schuhe von den Füßen gestrampelt, ein weiteres Paar hochhackiger Sandalen, die Aufmerksamkeit auf ihre wohlgeformten Beine lenkten. Ihre Hüften wiegten sich im Takt zu der Melodie, die sie ziemlich falsch vor sich hin sang. Er konnte nicht verhindern, dass sich ein Grinsen in seinem Gesicht ausbreitete, während er lauschte, wie sie den Text und die Melodie misshandelte. Eine weitere unerwartete Seite einer überaus komplexen Frau, die er genauso faszinierend wie unerträglich fand.

Offenbar spürte sie seinen Blick, denn sie drehte sich langsam um. »Was glotzt du so an?«

»Dich«, antwortete er.

»Warum putzt du nicht?«

»Weil's mehr Spaß macht, dir dabei zuzusehen.«

»Wenn ich so unterhaltsam bin, sollte ich vielleicht Bezahlung verlangen.«

»Da du uns überredet hast, Karen zu behalten, Tess einzustellen, und Dana Sue zu mehr Teilzeitpersonal drängst, ist kein Budget übrig, um dich auch noch zu bezahlen.

Verrat mir etwas.« Sein Tonfall wurde ernst. »Warum hängst du in letzter Zeit so viel hier rum? Ist dir langweilig? Sind dir plötzlich die hochkarätigen Fälle ausgegangen?«

Zu seiner Überraschung sah sie ihm tief in die Augen. »Vielleicht liegt's an der Gesellschaft hier.«

Damit nahm sie ihm den Wind aus den Segeln. Mit solcher Direktheit hatte er nicht gerechnet. Andererseits sollte es ihn nicht wundern. Helen gehörte zu den direktesten Frauen, die er je kennengelernt hatte. Sie nahm nie ein Blatt vor den Mund. Überraschend war eigentlich eher, dass sie so lang damit zugewartet hatte.

Sie warf ihren Schwamm in Richtung des Spülbeckens, durchquerte die Küche und stellte sich direkt vor ihn. Sie legte ihm die Hand auf die Brust. »Wir haben uns inzwischen mehrmals geküsst. Das geht mir irgendwie nicht mehr aus dem Kopf.« Sie klang ein wenig atemlos. »Und dir?«

Er zuckte mit den Schultern, wollte nicht zugeben, welche Mühe er hatte, die Erinnerung an ihre Küsse zu verdrängen. »War nicht so schwer, sie zu vergessen«, behauptete er. »Du hast ja gesagt, du willst Zeit, um über alles nachzudenken. Also dachte ich mir, du wirst es mich schon wissen lassen, wenn du damit fertig bist.«

Helen wirkte skeptisch. »Wirklich? Du denkst überhaupt nicht mehr an diese Küsse? Vielleicht hab ich sie ja völlig falsch in Erinnerung. Wollen wir noch mal einen versuchen? Diesmal natürlich, ohne dass ich dich vorher mit einem Kuchen bewerfe. Und ohne Kinder, die dafür sorgen, dass es nicht außer Kontrolle gerät.«

Als sie sich näher zu ihm beugte, legte Erik die Hände auf ihre Schultern und musterte sie. Er wollte sich völlig sicher sein. Und dasselbe musste für sie gelten. Irgendwie ahnte er, dass diesmal ein Kuss zu einem weiteren und anschließend zu wesentlich mehr führen würde.

»Was ist hier wirklich los, Helen?«

Ihre Lippen zuckten. »Eigentlich dachte ich, dass ich mich in der Regel recht verständlich ausdrücke. Ich will, dass du mich noch mal küsst, Erik. Oder ich dich. Spielt nicht wirklich eine Rolle, wer anfängt.«

Er grinste. »Hast du's noch nie gehört? Männer ergreifen gern die Initiative.«

»Tja, dann tu's«, forderte sie ihn auf.

Stattdessen strich er mit dem Daumen erst über ihre Wange, dann ihre Kieferpartie entlang. Ihre Haut errötete unter seiner Berührung. »Du bist so widersprüchlich«, murmelte er und verlor allmählich den Halt an der Vernunft, die ihn lauthals aufforderte, sich von der Frau fernzuhalten. So direkt sie sein mochte, irgendetwas war im Busch. Erik spürte, dass er es herausfinden sollte, bevor er sich auf mehr einließ. Und dennoch …

Er streichelte mit einer Hand über ihren Arm, über die seidige Haut. »So widersprüchlich«, wiederholte er. »Hart wie Stahl in mancher Hinsicht, weich wie warme Butter in anderer.«

Wartend begegnete sie seinem Blick und schwieg ausnahmsweise. Dann leckte sie sich über die Lippen, und er war verloren. Ihr Mund suchte ihn schon seit geraumer Zeit in seinen Träumen heim. Was nur noch schlimmer geworden war, seit er sie geküsst hatte und wusste, wie weich sich ihre Lippen anfühlten und wie leidenschaftlich sie sein konnte. Es war gelogen, dass er all das vergessen hatte. In Wirklichkeit dachte er seit Wochen an kaum etwas anderes.

»Das ist eine so schlechte Idee«, murmelte er, bevor er sich vorbeugte und ihre Lippen eroberte.

Als er zwei Stunden später in seinem Bett erwachte, umgeben von verhedderten Laken und mit ihrem Körper an seinen geschmiegt, erschien ihm die Idee viel besser als auf den ersten Blick.

KAPITEL 14

Helen war sich nicht sicher, womit sie gerechnet hatte, als sie sich fest vorgenommen hatte, Erik an diesem Abend zu verführen. Jedenfalls nicht mit der Flut von Schuldgefühlen, die keine fünf Sekunden nach einem der überwältigendsten Orgasmen ihres Lebens über sie hinwegschwappte. In der Regel schwieg ihr Gewissen, weil sie immer ein relativ ehrbares Leben geführt hatte. Nun jedoch brüllte es so laut, dass es den Teil von ihr übertönte, der still den Augenblick genießen wollte. Sie hatte ihm sogar wegen der Verhütung ins Gesicht gelogen und behauptet, er müsste sich keine Gedanken darüber machen, sie hätte sich darum gekümmert. Zu dem Zeitpunkt war es so heiß und wild hergegangen, dass er nicht nachgebohrt hatte.

»Was geht dir gerade durch den Kopf?«, fragte Erik und stützte sich neben ihr auf einen Ellbogen, während seine andere Hand auf ihrer nackten Hüfte ruhte.

»Nur, dass wir das schon vor Monaten hätten tun sollen«, erwiderte sie. Was nicht ganz gelogen war. Das war ihr mehrmals in den Sinn gekommen, während er mit ihr geschlafen hatte. Sie hatten Wochen mit einem Eiertanz vergeudet, dessen Ende von Anfang an unausweichlich gewesen war. Wie hatte sie sich eigentlich der Chemie zwischen ihnen bis zu diesem Abend entzogen?

Erik grinste sie an. »Vor Monaten warst du noch nicht bereit. Ich auch nicht.«

Helen wollte einwenden, dass sie ihr gesamtes Erwachsenenleben auf einen Mann gewartet hatte, der sich ihrem Vergnügen so aufmerksam widmete wie er, doch sie schwieg. Unter anderen Umständen hätte sich eine solche Bemerkung nur natürlich angefühlt. Stattdessen erschütterte sie Helen. Sie hatte nicht damit gerechnet, dass sie sich dem Mann nach nur einem Liebesakt so verbunden fühlen würde. Sie hatte nicht damit gerechnet, mehr als eine vorübergehende Entladung und gegenseitige Befriedigung zu spüren. Irgendwie hatte sie sich eingeredet, sie könnte so lange mit Erik intim sein, wie es dauerte, um schwanger zu werden, und gleichzeitig emotional abgekapselt bleiben. Diese Illusion hatte der Abend gründlich zerschmettert. Sie könnte es vielleicht beenden, wenn die Zeit reif wäre, weil sie es musste – aber nicht ohne emotionale Folgen.

»Du denkst immer noch zu angestrengt über irgendetwas nach«, sagte er, während er sie eingehend musterte. »Rede mit mir. Und versuch's diesmal mit der Wahrheit.«

Stattdessen streckte sie sich nach ihm. »Reden ist Zeitverschwendung«, sagte sie, bevor sie ihn küsste.

Erik zog sich zurück und sah ihr tief in die Augen. Einen Moment lang dachte sie, er würde eine Diskussion anzetteln. Dann jedoch widmete er sich wieder ihrem Mund.

Erstaunt stellte sie fest, wie ihr Körper in einen Freudentaumel verfiel, während er sie streichelte, liebkoste und erkundete, an manchen Stellen länger verweilte, andere hauchzart streifte, ihre Lust gekonnt höher und höher schraubte, bis sich ihr gesamtes Wesen nach einer weiteren herrlichen Befreiung sehnte.

»Ich liebe es zu beobachten, wie sich deine Augen verdüstern, kurz bevor du kommst«, sagte er und blickte ihr dabei ins Gesicht.

»Sind sie jetzt düster?«

Erik nickte.

»Worauf wartest du dann noch? Ich will dich in mir spüren, Erik. Bitte.«

»Noch nicht«, gab er zurück und begann erneut, ihren Körper zu erkunden, ließ sich dabei Zeit und kostete jede Berührung aus.

Helen hatte sich noch keinem anderen Mann so uneingeschränkt hingegeben. Vielleicht, weil sie ein Kontrollfreak war. Vielleicht auch, weil sie sich vor der Verwundbarkeit scheute, die damit einherging.

Erik jedoch ließ ihr keine große Wahl. Er schien ihren Körper zu kennen, als hätte er ihn jahrelang studiert. Instinktiv spürte er, wann sie kurz davorstand, die Ziellinie zu überqueren, und bremste sich gerade rechtzeitig ein. Ebenso wusste er, wie lang er die Ekstase abkühlen lassen musste, bevor er sie wieder ankurbelte. Zu ihrer kombinierten Frustration und Freude erwies er sich als Experte aufreizender Verführung.

Jedes Mal schraubte er sie ein wenig höher und ließ sie wieder absinken, bis sie bereit war, selbst die Kontrolle zu übernehmen und die erlesene Folter zu beenden.

»Jetzt«, befahl sie und sah ihm mit unnachgiebigem Blick in die Augen.

»Jetzt?«, fragte er unschuldig. »Meinst du wirklich?«

»Ja!« Ihre Hüften krümmten sich, als er verspielt mit den Fingern über ihre feuchte Hitze strich. In dem Moment hatte die Dringlichkeit rein gar nichts damit zu tun, dass sie schwanger werden wollte. Nur damit, den Höhepunkt zu erreichen, den er ihr so geschickt knapp außerhalb ihrer Reichweite vor der Nase baumeln ließ. Es ging nur um sie beide und eine so starke Verbindung, dass sie ihr Angst eingejagt hätte, wenn sie noch klar hätte denken können.

»Na gut«, sagte er schließlich und ging über ihr in Stellung. »Wenn du dir sicher bist …«

»Ich bin mir so was von sicher«, flüsterte sie und hob ihm die Hüften entgegen.

Als er diesmal in sie eindrang, verspürte sie ein schier unglaubliches Gefühl der Vervollständigung, als hätte sie ihr Leben lang darauf gewartet, nicht erst die letzte halbe Stunde. Sie bäumte sich auf, wollte ihn tiefer in sich ziehen, aber Erik bestimmte den Rhythmus und stützte sie so, dass sie sich in seinen Takt fügte. Langsam, dann schneller, wieder langsam, bis sie in einer Blase reinen Verlangens schwebte.

Die erste Welle der Ekstase überraschte sie, ein schneller, intensiver Ausbruch, der sich in ihrem Innersten entlud und durch sie fegte. Während sie das noch auskostete, steigerten sich die Empfindungen zur Kraft der Eruptionen eines Vulkans, die in einer sinnlichen Welle nach der anderen über sie hinwegrollten.

Als sich schließlich Eriks gesamter Körper anspannte und er sich in ihr entlud, schauderte Helen bereits. Ein dünner Schweißfilm bedeckte jeden Quadratzentimeter ihrer Haut. Es bedurfte nur einer streifenden Bewegung seines Fingers, einer Berührung seines Munds an ihrer Brust, schon löste sie sich mit ihm in einer schillernden Explosion auf, die ihr Herz in der Brust donnern und ihren Verstand taumeln ließ.

Noch nie zuvor in ihrem Leben hatte es ihr derart die Sprache verschlagen. Schweigend sah sie Erik tief in die

Augen. Der Moment verlangte nach irgendetwas, einem Ausdruck der Anerkennung oder zumindest einem ehrfürchtigen *Wow!* Doch nicht mal das brachte sie zustande.

»Alles gut?«, fragte er sie mit besorgter Miene. »Du siehst ein bisschen benommen aus.«

»Benommenheit beschreibt es nicht mal annähernd«, flüsterte sie.

Er grinste mit selbstgefälliger, männlicher Überlegenheit. »Wirklich?«

»Du weißt, dass du gut bist. Das musst du wissen.«

»Ist schon eine Weile her. Ich dachte, ich hätte vielleicht das Gespür verloren.«

»So lange auch wieder nicht. Das war gerade das zweite Mal heute Nacht.«

Erik lachte. »Ich meinte davor.«

»Tja, offensichtlich ist dir das alles wieder eingefallen«, meinte sie.

»Du warst aber auch nicht von schlechten Eltern.«

»Ich kann es besser«, sagte sie. »Bin selbst ein bisschen aus der Übung.«

»Noch besser würden wir wohl beide nicht überleben«, merkte er an. »Jetzt kommt der heikle Teil.«

»Der da wäre?«

»Bleibst du über Nacht oder wieselst du davon wie ein verängstigtes Häschen?«

Das Bild gefiel ihr nicht, zumal sie sich tatsächlich bereits eine Ausrede überlegt hatte, um zu gehen. »Wie kommst du darauf, dass ich verängstigt bin?«

»Ich seh's in deinen Augen.«

»Bin ich aber nicht«, protestierte sie. »Ich bleibe.«

Man musste ihm zugutehalten, dass er keinerlei Häme

erkennen ließ. Er nickte nur. »Das freut mich. Hast du Hunger? Ich könnte dir was machen.«

Helen dachte über das Angebot nach. »Weißt du, eigentlich esse ich nie so spät, aber ich bin am Verhungern.«

»Gut. Ich nämlich auch. Du bleibst hier. Ich bin gleich wieder da.«

»All das, und er kocht auch noch«, murmelte sie, als er aus dem Bett stieg. »Womit verdiene ich das nur?«

»Ich denke, die Antwort darauf kennen wir beide«, sagte er augenzwinkernd. »Bin gleich zurück.«

Als er das Zimmer verlassen hatte, sah sich Helen um. Bei der Ankunft hatte sie kaum etwas von seinem Haus wahrgenommen. Sie waren nicht etwa hergekommen, weil er darauf bestanden hatte, sondern weil es zu ihm einen Häuserblock näher als zu ihr gewesen war. Und zu dem Zeitpunkt hatten sie es beide kaum noch erwarten können, sich gegenseitig die Kleider vom Leib zu reißen und im Bett zu landen. Nun eröffnete sich ihr die Gelegenheit, seine spartanische Einrichtung in Augenschein zu nehmen. Keine Fotos zierten die Kommode, nur ein kleiner Fernseher stand an einem Ende. Auf dem Nachttisch neben dem Bett befand sich nur eine Lampe, abgesehen von der Kerze, die Erik im Vorbeigehen vom Wohnzimmertisch mitgenommen hatte.

Im Augenblick erhellte nur die Flamme jener duftlosen Kerze den Raum, wodurch der Großteil in Schatten verblieb. Dennoch konnte Helen erkennen, dass er das Schlafzimmer in keiner Weise persönlich gestaltet hatte. Sie fragte sich sogar, ob er das Haus fertig eingerichtet angemietet hatte, denn die Möbel wirkten zwar solide, aber uninteressant. Nicht mal der einzige Stuhl im Zimmer erfüllte mehr als seinen schlichten Zweck – ein Platz zum Ablegen von Kleidung statt eines gemütlichen Sessels, in dem sich ein Mann spätabends vielleicht gern bei Sport im Fernsehen entspannen würde.

Selbst ohne einen Blick ins Wohnzimmer beschlich Helen das Gefühl, sich im Zuhause eines Mannes zu befinden, der ursprünglich nicht vorhatte, in Serenity zu bleiben. Es überraschte sie, wie sehr die Erkenntnis sie beunruhigte. Offensichtlich wäre es in einer bestimmten Hinsicht bequemer für sie, wenn er irgendwann beschlösse wegzuziehen. Dennoch krampfte sich ihr Herz allein beim Gedanken daran schmerzhaft zusammen.

Sie grübelte noch darüber nach, als er mit einem Tablett mit zwei Tellern zurückkam. Er hatte eine Frittata gemacht, Zwiebel, Paprika und Tomaten unter die Eier gemischt, sie mit einer Käsemischung verfeinert, im Ofen gebacken und in dicke, fluffige Scheiben aufgeschnitten.

»Das ist spitze«, lobte sie nach dem ersten Bissen.

»Jetzt tu doch nicht so überrascht. Immerhin *bin* ich Koch.«

»Ich weiß, aber ich kann mir nicht mal vorstellen, dass ich genug Zutaten im Kühlschrank hätte, um so was zu zaubern.«

»Mir ist neulich Nacht bei dir aufgefallen, dass in deinen Schränken gähnende Leere herrscht. Kochst du nie?«

»Wenn's sein muss, bekomme ich mit einem Rezept etwas hin«, gab sie zu. »Aber meine Inkompetenz in der Küche ist nur gut für das *Sullivan's*. Ich bin eure beste Kundin.«

»Das stimmt«, erwiderte er und betrachtete sie immer noch neugierig. »Wenn du nicht kochst, nehme ich mal an, es macht dir keinen Spaß. Warum hilfst du dann immer so bereitwillig im Restaurant mit?«

»Wegen Dana Sue. Für eine Freundin würde ich alles tun.«

»Und was ist mit dem *Corner Spa?* Ich weiß genau, dass du keine Fitnessfanatikerin bist. Hast du das Startkapital dafür bereitgestellt, weil Maddie einen Job gebraucht hat?«

»In gewisser Weise«, antwortete sie. »Und theoretisch sollte es mich zum Sport animieren. Der Arzt hat mir damals wegen meinem Blutdruck in den Ohren gelegen.«

»Ist er zu hoch?«, fragte er mit Besorgnis in den Augen. »Warum hast du davon nichts erwähnt?«

»Er *war* hoch«, stellte sie klar. »Inzwischen ist er unter Kontrolle. Ich überwinde mich zu genug Bewegung, um den Stress wenigstens teilweise abzubauen. Und für den Rest habe ich eine kleine Pille. Keine große Sache. Warum hätte ich es dir gegenüber erwähnen sollen? Ist für das hier doch nicht wirklich relevant.« Sie deutete auf die zerknitterten Laken.

Ihr leichtfertiger Ton ließ ihn die Stirn runzeln. »Du bist zu jung für so ein gesundheitliches Problem. Du musst besser auf dich achten.«

»Das versuche ich, vor allem in letzter Zeit.«

»Gut«, brummte er und verstummte kurz. Als er das Wort wieder ergriff, klang er unsicher. »Wie willst du jetzt damit umgehen?«

»Womit?«

»Mit dir und mir«, sagte er und deutete so auf das zerwühlte Bett wie kurz zuvor sie. »Damit.«

»Wir könnten so tun, als wäre es nie passiert«, schlug sie vor und scherzte nur halb.

»Das würde nahelegen, dass es nicht wieder vorkommen wird«, meinte er. »Ich denke, das wissen wir beide besser.«

Helen verspürte bei der Andeutung einen wohligen Schauder. »Ach ja?«

»Ich schon. Du nicht?«

»Wäre eine Schande, etwas so Unglaubliches nicht zu wiederholen«, räumte sie ein und grinste ihn an.

»Also, erzählen wir Dana Sue davon oder nicht?«

»Auf keinen Fall«, antwortete sie sofort. Sein Stirnrunzeln vertiefte sich.

»Okay, ich hab einen Grund, warum mir das sinnvoll erscheint, aber irgendwie hab ich das Gefühl, dass du einen völlig anderen hast«, sagte er.

Helen hatte nicht vor, ihm zu erklären, dass Dana Sue sofort zwei und zwei zusammenzählen und ihren Plan für ein Baby durchschauen könnte. Also erwiderte sie stattdessen: »Ist das nicht offensichtlich? Sie würde die Sache viel zu groß aufbauschen. Außerdem glaub ich nicht, dass ich ertragen könnte, wie selbstgefällig sie sich damit brüsten würde, dass sie recht hatte. Sie sagt das hier ja schon seit Monaten voraus.«

Erik lachte. »Ja, die Selbstgefälligkeit wäre schwer zu ertragen. Also behalten wir es vorerst für uns?«

»Einverstanden«, willigte sie ein.

»Irgendeine Idee, wie wir das anstellen sollen?«, fragte er.

»Kein Küssen, kein Anfassen, keine langen Blicke in der Öffentlichkeit«, schlug sie vor. »Und ich werd so tun, als wäre ich stinksauer auf dich. Sollte nicht allzu schwer sein. Normalerweise machst oder sagst du ja täglich etwas, das mich auf die Palme bringt.«

»Dann werde ich darauf achten, damit weiterzumachen«, versprach er.

Trotz Helens Überzeugung, dass es richtig war, die Sache zu verheimlichen, verspürte sie beim Gedanken, dass sie es ihren beiden besten Freundinnen nicht erzählen konnte, einen leichten Stich im Herzen.

Aber was gibt's eigentlich schon groß zu erzählen?, fragte sie sich. Immerhin ließ sie sich nicht auf eine zukunftsträchtige Beziehung ein, von der zu hören Dana Sue und Maddie hocherfreut wären. Helen hatte lediglich eine Affäre begonnen, von der sie sich erhoffte, schwanger zu werden. Und das blieb am besten unausgesprochen. Tief im Herzen wusste sie, dass ihr dafür keine ihrer beiden Freundinnen auf die Schulter klopfen würde. In dem Moment fühlte sie sich selbst nicht besonders stolz auf sich.

Erik befand sich in der Vorratskammer im *Sullivan's*, als er Maddie mit Dana Sue reden hörte. Obwohl Dana Sue wusste, dass er sich in der Nähe aufhielt, schien sie weder darauf zu achten, was sie sagte, noch warnte sie Maddie, dass sie belauscht werden könnten. Dana Sue betrachtete seine Diskretion als selbstverständlich. Tatsächlich hatte er bereits weit mehr intime Details über Maddies Erholung nach der Schwangerschaft erfahren, als er je hören wollte.

»Hast du eine Ahnung, was mit Helen los ist?«, hörte er Maddie fragen. »Ich hab sie seit mittlerweile Wochen nicht mehr gesehen. Ist sonst überhaupt nicht ihre Art, uns zu meiden.«

»Glaubst du, das tut sie?« Dana Sue klang überrascht. »Ich dachte einfach, sie hätte viel zu tun. Du weißt ja, wie sie ist, wenn sie an einem großen Fall arbeitet. Dann verkriecht sie sich wie ein Bär im Winterschlaf. Der letzte Gerichtstermin im Fall Holliday ist demnächst, und sie ist fest entschlossen, Caroline alles zu verschaffen, was ihr zusteht.«

»Ich glaub nicht, dass es daran liegt«, gab Maddie zurück. »Stimmt schon, dass sie in letzter Zeit mit der Holliday-Scheidung eingespannt war, aber Caroline hat mir erzählt, dass mittlerweile praktisch alles in trockenen Tüchern ist. Und um Tess' Problem mit Jimmy Bob West hat sich Helen auch bereits gekümmert.«

»Ich weiß«, erwiderte Dana Sue. »Tess ist überglücklich. Diego ist zurück zu Hause und arbeitet auch wieder. Sie hält Helen für die Größte.«

»Wenn die beiden Geschichten geregelt sind, sollte Helen eigentlich ein bisschen freie Zeit haben. Wo steckt sie? Hast du überhaupt mit ihr geredet?«

»Jetzt, da du's erwähnst, nein«, antwortete Dana Sue. »Eine Zeit lang ist sie fast jeden Tag hier aufgekreuzt, aber dann hat es plötzlich aufgehört.«

»Und was hältst du davon?«

»Neuer Mann in ihrem Leben?«

»Warum sollte sie uns davon nichts erzählen?«, konterte Maddie. »Sie erzählt uns alles.«

Erik beschloss, dass es an der Zeit war, in Erscheinung zu treten, bevor Dana Sues wacher Verstand einen unerwünschten Schluss ziehen könnte. Er hatte geahnt, dass Helens Abwesenheit zu Spekulationen führen würde. Außerdem wusste er, dass sie das *Sullivan's* mied, weil sie fürchtete, ihr könnte vor Dana Sue etwas herausrutschen, das ihre neue Beziehung mit Erik verraten könnte – Helen war alles andere als überzeugt davon gewesen, dass es ihnen beiden gelingen würde, sich an den Plan zu halten.

Er verließ die Vorratskammer mit Säcken voller Mehl und Zucker und schenkte Maddie, die nach ihrer Schwangerschaft allmählich wieder in Form kam, ein Lächeln. Persönlich fand er ja, dass sie auch in anderen Umständen umwerfend ausgesehen hatte, aber sie schien sich mit schlankerer Figur wohler zu fühlen.

»Wie geht's der frischgebackenen Mama?«, fragte er. »Siehst fit aus.«

»Ich fühle mich großartig«, antwortete sie. »Nur ist mir todlangweilig. Dana Sue und Helen haben darauf bestanden, dass ich Jeanette das Spa sechs Wochen lang leiten lasse. Seit vier Wochen bin ich hibbelig, obwohl Elliott seit einiger Zeit zu mir nach Hause kommt und mich mit seinen schrecklichen Trainingseinheiten quält.«

»Das heißt, du hast dir nach der Geburt deines Sohns genau eine Woche Zeit genommen, um dich zu entspannen«, sagte er nach einer kurzen Berechnung.

Sie grinste ungeniert. »So ungefähr.«

Erik bemerkte, dass Dana Sue ihn stirnrunzelnd ansah.

»Wie viel von unserem Gespräch hast du mitbekommen?«, verlangte sie zu erfahren. »Natürlich vertraue ich darauf, dass du nie ein Wort davon wiederholen würdest, trotzdem muss ich es wissen.«

»Süße, ich hab Wichtigeres zu tun, als euch zu belauschen.«

»Das hat dich noch nie abgehalten«, konterte sie. »Wie viel?«

»Na schön, alles. Warum? Wenn du weißt, dass du mir vertrauen kannst, warum interessiert's dich dann?«

»Du hast also gehört, dass wir über Helen geredet haben. Weißt du was darüber, was sie neuerdings treibt? Hat sie dir was anvertraut?«

»Wohl kaum«, gab er zurück und wandte den Blick ab. »Warum in aller Welt sollte sie mir etwas anvertrauen?«

»Weil mir jeder Instinkt in mir sagt, dass du irgendwas weißt, mit dem du nicht herausrückst. Sonst wärst du schon vor zehn Minuten wieder hier gewesen. So lange dauert es nicht, was aus dem Lager zu holen.«

»Doch, tut es, wenn immer wieder jemand, den ich kenne, da reingeht und alles durcheinanderbringt«, konterte er und nutzte die Gelegenheit, um einerseits das Thema zu wechseln und gleichzeitig ein lästiges Problem anzusprechen. »Warum machst du das eigentlich? Ich habe ein System.«

»Ich auch«, erwiderte sie. »Und meines zählt.«

»Nicht, wenn's ums Backen geht«, entgegnete er.

»Okay, das reicht. Ich bin weg«, verkündete Maddie. »Wenn ihr zwei anfangt, darüber zu diskutieren, wer wobei was zu sagen hat, sind Unbeteiligte nur im Weg.« Sie umarmte Dana Sue. »Gib mir Bescheid, wenn du was von Helen hörst.«

»Und du mir«, sagte Dana Sue.

Maddie drückte Erik einen Schmatz auf die Wange und flüsterte: »Gib bloß nicht nach. Die Desserts sind das Beste auf der Speisekarte.«

»Das hab ich gehört«, kam von Dana Sue.

Maddie grinste. »Dann denk dran, wenn ihr über die Ordnung im Lagerraum diskutiert. Erik könnte triftige Argumente haben.«

»Vielleicht«, räumte Dana Sue mürrisch ein.

Kaum war Maddie gegangen, heftete sie einen eindringlichen Blick auf Erik. »Willst du jetzt wirklich über die Vorratskammer diskutieren, oder erzählst du mir, was du über Helen weißt?«

»Diskutieren wir über die Vorratskammer«, sagte er.

»Also weißt du *tatsächlich* was über Helen«, folgerte sie.

»Das hab ich nicht gesagt«, beharrte er.

»War auch nicht nötig«, erwiderte sie selbstgefällig. »Steht dir ins Gesicht geschrieben. Aber schon gut. Diesmal lasse ich's gut sein. Ich kitzle es dir in einem unachtsamen Moment heraus.«

»In deiner Nähe bin ich immer auf der Hut«, versicherte er ihr.

Nur für den Fall, dass er sich damit irrte, würde er in nächster Zeit besonders wachsam sein müssen. Oder vielleicht würde er den Ball einfach Helen zuspielen und es ihr überlassen, sich mit ihren Freundinnen auseinanderzusetzen. Immerhin wollte sie die beiden genauso sehr aus ihrem Liebesleben heraushalten wie er.

Karen ging es seit mehreren Wochen richtig gut. Vielleicht lag es daran, dass sich die Kinder von ihrer besten Seite zeigten. Sie schienen instinktiv zu spüren, dass sie wieder getrennt werden könnten, wenn sich neuerlich eine Schieflage einstellte. Vielleicht lohnten sich auch die Sitzungen mit Dr. McDaniels. Karen hoffte es, denn früher oder später würden die Kinder etwas tun, das ihre Grenzen austesten würde.

Elliott hatte die beiden von der ersten Begegnung an ins Herz geschlossen. Mit unerschöpflicher Geduld ließ er Daisys elendslange Beschreibungen ihrer Tage in der Schule über sich ergehen. Tatsächlich schien er sich aufrichtig für die Einzelheiten in der Vorschule zu interessieren, für die Bastelprojekte, die sie mit nach Hause brachte, und für den Jungen, in den sie sich verknallt hatte. Bei Mack war es Elliott wie durch ein Wunder im Verlauf von

Besuchen gelungen, ihm das Daumenlutschen abzugewöhnen – ein Unterfangen, an dem Karen verzweifelt war.

Auch Frances hatte Elliott mit dem Daumen hoch bewertet. »Er ist ein sehr aufmerksamer junger Mann«, hatte sie zu Karen gemeint. »Und obendrein heiß«, hatte sie, verrucht zwinkernd, hinzugefügt.

Trotz allem hielt Karen ihn nach wie vor auf Abstand. Sie hatte das Gefühl, dass er sie bald darauf ansprechen würde, vielleicht schon an diesem Abend, wenn sie allein zum Essen ausgehen würden, während Frances auf Daisy und Mack aufpasste.

Ein Klopfen an der Tür kündigte die Ankunft ihrer Nachbarin an. Nach nur einem Blick auf Karen, die immer noch ihren alten Chenille-Bademantel trug, schüttelte Frances den Kopf. »Warum bist du nicht längst fertig? Elliott wird doch jeden Moment hier sein, oder?«

»Ich kann mich nicht entscheiden, was ich anziehen soll«, sagte Karen.

Frances bedachte sie mit einem wissenden Blick. »Ich weiß, dass du Angst hast.«

»Angst wovor?«, fragte sie mit defensivem Unterton.

»Davor, dass der Mann dich attraktiv findet und Zeit mit dir verbringen will. Du hast getan, was du konntest, um ihn zu vergraulen, aber nichts hat funktioniert, stimmt's?«

Karen runzelte die Stirn. »Ich hab nicht versucht, ihn zu vertreiben«, protestierte sie.

»Wirklich? Tja, du hast ihn dafür eingeteilt, Mack das Daumenlutschen abzugewöhnen, als hinge das Leben des Kleinen davon ab«, argumentierte Frances. »Das sollte ihm wohl vor Augen führen, worauf er sich mit einer Mutter von zwei kleinen Kindern einlässt, davon bin ich überzeugt. Was kommt als Nächstes? Hast du vor, ihn Daisys Geburtstagsparty nächste Woche organisieren zu lassen? Ich sag's dir ja nur ungern, Liebes, aber Elliott scheint mir ein Mann zu sein, der ein Dutzend Sechsjährige, selbst mit einer Hand auf den Rücken gefesselt, bewältigt.«

Karen seufzte. »Wahrscheinlich hast du recht. Ich dachte, es wäre ein Scherz, dass er durch seine Nichten und Neffen viel über Kinder weiß, aber es scheint zu stimmen.«

»Warum versuchst du dann, ihn zu vertreiben?«

Karen ließ sich auf die Sofakante nieder. »Glaubst du wirklich, dass ich das versuche?«

»Ich finde, jede eurer Verabredungen bisher war so was wie ein Test. Was hast du vor, wenn er sie alle besteht, statt zu verschwinden?«

»Ich wünschte, ich wüsste es.« Karen seufzte. Sie sah Frances an. »Er ist wirklich ein anständiger Kerl, oder?«

»Sieht ganz so aus«, bestätigte Frances. »Mal abgesehen von deiner Angst, was empfindest du für ihn?«

»Ich mag ihn«, gestand Karen. »Ich mag ihn wirklich.«

»Dann gib ihm eine echte Chance. Ihr zwei braucht mehr Abende wie heute. Nur ihr beide, damit ihr euch richtig kennenlernen könnt.« Sie lächelte Karen an. »Und mach dir keine Gedanken darum, wann du nach Hause kommst. Ich kann auch hier auf deinem Sofa schlafen.«

Karen errötete bei der unterschwelligen Andeutung. »Frances! Ich werde *nicht* die ganze Nacht wegbleiben.«

Frances' Lächeln wurde breiter. »Das liegt natürlich ganz bei dir. Du sollst nur wissen, dass es kein Problem ist, falls doch.«

»Hättest du das auch zu deiner Tochter gesagt?«, fragte Karen neugierig.

»Himmel, nein!«, erwiderte Frances lachend. »Aber sie war zwanzig, als sie zuletzt unter meinem Dach gewohnt hat. Und bei Verabredungen hat sie ohnehin gemacht, was sie wollte.«

»Und war es dir recht, wenn sie die ganze Nacht weggeblieben ist?«

»Nicht wirklich, aber sie war alt genug, um eigene Entscheidungen zu treffen. Genau wie du. Ich war so klug, meine Meinung für mich zu behalten.«

»Ich will nicht, dass du je schlecht von mir denkst«, sagte Karen. »Du bist für mich wie eine Mutter.«

»Es macht mich stolz, dass du so denkst. Und einen Rat kannst du jederzeit von mir haben, wenn du einen willst. Aber ich werde nicht über dich urteilen, Liebes. Niemals. Jetzt geh und mach dich fertig, bevor der Mann dich in der Aufmachung sieht. *Das* könnte ihn wirklich vergraulen. Falls er kommt, bevor du fertig bist, quetsche ich ihn einfach ein paar Minuten lang über seine Absichten aus.«

Karen lachte. »Dann beeile ich mich lieber.«

»Nein, bitte. Lass dir ruhig Zeit. Ich hab nicht oft Gelegenheit, ein paar Minuten mit einem so umwerfenden Kerl zu verbringen.«

»Ich auch nicht«, erwiderte Karen.

»Dann ist's an der Zeit, dass du anfängst, jede Minute davon zu genießen, meinst du nicht auch?«

»Ich denke, du hast völlig recht«, bestätigte Karen.

Aber als sie das Schlafzimmer betrat, lagen sämtliche Sachen, die sie als mögliches Outfit für ihre Verabredung aus dem Schrank geholt hatte, als wirrer Haufen am Boden. Mack saß mittendrin. Daisy probierte vor dem

Spiegel ihr Make-up aus – gründlich. Sie hatte Lippenstift, Puder, Rouge und Lidschatten in Hülle und Fülle aufgetragen und die Behältnisse überall verstreut.

Karens über Wochen mühsam erarbeitete Gelassenheit zerbrach auf einen Schlag. Zorn über das wilde Durcheinander stieg in ihr auf.

»Daisy, was hast du dir dabei gedacht?«, brüllte sie. Ihre kleine Tochter hatte sich eben noch mit zufriedener Miene im Spiegel betrachtet – bei Karens scharfem Ton brach sie abrupt in Tränen aus.

Karen wirbelte zu Mack herum. »Jetzt sieh nur, was du mit Mamas Sachen gemacht hast«, schrie sie ihn an. Prompt flüchtete er auf wackligen Beinen aus dem Zimmer.

Wenige Augenblicke später stand Frances mit dem weinenden Mack an der Hand vor der Tür. »Was um alles in der Welt …«, begann sie, dann sah sie sich um. »Ach du meine Güte.«

Wochenlange Fortschritte verflüchtigten sich, als Karen von einem niederschmetternden Gefühl des Versagens überwältigt wurde. Im Zimmer herrschte Chaos, und schlimmer noch, ihre Kinder weinten bitterlich, weil Karen sie angeschrien hatte – im Wesentlichen dafür, dass sie nun mal Kinder waren.

»Ist schon gut«, sagte Frances, obwohl nicht klar war, wen sie mit den Worten beruhigen wollte. »Daisy, du und Mack kommt mit.« Sie schenkte Karen ein ermutigendes Lächeln. »Keine Sorge. Ich bin gleich wieder da und helfe dir. Zieh du dich an. Das Aufräumen übernehme ich.«

»Aber das solltest du nicht müssen. Du kannst ja nichts dafür«, erwiderte Karen zerknirscht.

»Tja, du auch nicht. Aber wir können uns wohl kaum darauf verlassen, dass die Übeltäter es zu unserer

Zufriedenheit in Ordnung bringen. Das geht ratzfatz. Zieh dich an, Karen. Dann geh zu deiner Verabredung und überlass den Rest mir.«

»Ich hätte Daisy und Mack nicht anschreien dürfen«, sagte sie müde. »Ich hab sie zum Weinen gebracht.«

»Laut zu werden ist eine völlig normale Reaktion. Das kommt schon mal vor. Jetzt beeil dich. Ich sehe inzwischen nach den Kleinen.«

Karen zitterte noch leicht von dem Adrenalinschub, der sie beim Betreten des Zimmers ereilt hatte. Trotzdem gelang es ihr, ein Outfit aus dem Haufen auf dem Boden zu retten und sich mit unsteten Fingern zu schminken.

Als sie ins Wohnzimmer zurückkehrte, hörte sie, wie Daisy zu Elliott sagte: »Mack und ich haben Mami wütend gemacht.«

Sie klang so untröstlich, dass Karen einen Stich im Herzen verspürte.

»Aber jetzt bin ich nicht mehr wütend«, sagte sie zu ihrer Tochter, bückte sich und hob sie sich in die Arme. »Alles gut, Schatz. Ich hätte mich nicht so aufregen sollen.«

»Ich wollte keine Unordnung machen«, flüsterte Daisy an ihrer Wange.

»Ich weiß.«

»Ich wollte nur so hübsch sein wie du.«

Mit eigenen Tränen in den Augen warf Karen einen hilflosen Blick zu Elliott. Prompt nahm er ihr Daisy ab.

»Du bist sogar noch hübscher als deine Mama«, sagte er zu ihr. »Wenn du älter bist, werden die Jungs vor deiner Tür Schlange stehen. Du wirst das beliebteste Mädchen der Schule sein.«

Daisys Augen leuchteten auf. »Wirklich?«

Elliott nickte. »Wirklich.«

Daisy bedachte ihn mit einem nachdenklichen Blick. »Vielleicht heirate ich ja lieber dich, wenn ich groß bin.«

Elliott grinste. »Glaub mir, bis dahin bin ich so alt, dass du mich nicht mehr haben willst.«

»Dann solltest du vielleicht stattdessen meine Mami heiraten«, schlug Daisy vor.

Elliotts Blick heftete sich auf Karen. »Vielleicht sollte ich das«, sagte er leise. »Gut möglich, dass wir eines Tages darüber reden.«

Karens Herz pochte heftig, als sein Blick dem ihren begegnete. Das konnte er nicht ernst meinen! Bisher hatte sich zwischen ihnen noch kaum mehr als ein Kuss zum Abschied abgespielt. Wie konnte er einen solchen Sprung in Erwägung ziehen?

»Wir sollten besser los«, sagte sie und hatte Mühe, ihrer Stimme einen ruhigen Klang zu verleihen.

Sie legte Daisy die Hand auf die Wange. »Hab dich lieb, Schatz.« Dann hob sie Mack hoch und drückte ihm einen Schmatz auf die Wange. »Dich auch, kleiner Mann. Ich komme nicht zu spät«, sagte sie pointiert zu Frances.

»Amüsiert euch gut«, gab Frances zurück. »Werden wir.«

Karen stürmte förmlich zur Tür hinaus. Sie musste Elliott unbedingt sagen, dass er keine solchen Versprechungen wie gerade vor Daisy äußern durfte.

Doch kaum waren sie draußen, ergriff er ihre Hand. »Ich hab das ernst gemeint«, betonte er und sah ihr dabei tief in die Augen. »Irgendwann werden wir über eine Hochzeit reden. Ich weiß, was ich will, Karen. Aber ich lasse dir gern Zeit, um zu mir aufzuschließen.«

»Das kannst du unmöglich schon wissen«, protestierte sie und konnte das Zittern nicht bändigen, das seine Worte ausgelöst hatten. Sie wusste nicht recht, was ihr mehr Angst einjagte – die freudige Erwartung, die er in ihr geweckt hatte, oder die unumstößliche Gewissheit, die er vermittelte. »Das ist unser erstes richtiges Date.«

»All die anderen Male, die wir mit den Kindern zusammen waren, haben mir alles gezeigt, was ich wissen musste«, ließ er sich nicht beirren. »Diese Gelegenheiten waren echt. Ich weiß jetzt, wie es wäre, mit dir eine Familie zu haben. Was könnte wichtiger als das sein?«

»Aber ich bin eine Rabenmutter. Ich hab meine Kinder zum Weinen gebracht«, flüsterte sie und schämte sich für die Szene, die er miterlebt hatte.

»Du bist viel zu streng mit dir«, meinte er. »Glaubst du etwa, du bist die erste Mutter, die aus der Haut fährt, wenn ihre Kinder etwas anstellen? Meine Mama besitzt die Geduld einer Heiligen, trotzdem ist sie mehr als einmal an ihre Grenzen gestoßen. Und du kannst mir glauben, dass meine Schwestern regelmäßig laut bei ihren Kindern werden.«

Er begegnete ihrem Blick. »Du hast doch nicht die Kontrolle verloren, oder?«

Karen dachte darüber nach und stellte fest, dass dem nicht so war. Sie hatte nicht völlig die Nerven weggeschmissen wie vor einigen Monaten. »Nicht wirklich.«

»Na also. Dann bist du keine Rabenmutter. Sind wir uns einig?«

Sie lächelte. »Denke schon.«

»Gut.« Er legte ihr einen Finger auf die Lippen. »Über den Rest müssen wir nicht jetzt reden. Ich dachte nur, ich sollte deutlich machen, was mir für uns vorschwebt.«

Karen sah ihn stirnrunzelnd an. »Tja, nur dass du's weißt, ich bin jetzt ein nervöses Wrack.«

»Wieso?«

»Weil ich das vielleicht Beste, was mir je passiert ist, nicht vermasseln will«, gestand sie freimütig.

Er legte ihr die Hand auf die Wange. »Könntest du nicht, selbst wenn du's versuchst.«

Davon war Karen nicht überzeugt. Aber vielleicht genügte vorerst, dass er es glaubte.

KAPITEL 15

Endlich würde die Anhörung zur Scheidung von Caroline und Brad Holliday stattfinden. Helen hatte genug Unterlagen über Brads Finanzen zusammengetragen, um Caroline und ihren Kindern eine abgesicherte Zukunft zu garantieren. Allerdings gab sie sich nicht der Illusion hin, dass es reibungslos ablaufen würde. Sie bezweifelte, dass es Jimmy Bob gelungen sein würde, seinem Mandanten Vernunft einzureden. Brad würde um jeden Cent kämpfen.

Im Gerichtssaal wandte sich Helen an ihre Mandantin. »Sind Sie bereit?«

»Wird es heute wirklich enden?«, fragte Caroline mit zittriger Stimme. »Keine Tricks mehr von denen?«

»Diesmal nicht«, versicherte Helen ihr. »Die Nachweise über Brads versteckte Vermögenswerte haben Jimmy Bob endlich wachgerüttelt. Ganz zu schweigen davon, dass Richter Rockingham stinksauer darüber ist. Jimmy Bob weiß, dass sich nicht abschätzen lässt, was wir noch alles aufdecken könnten, wenn die Sache nicht sofort abgeschlossen wird.«

Caroline schluckte schwer und sah Helen schuldbewusst an. »Brad hat mich gestern Abend angerufen.«

Es kostete Helen erhebliche Mühe, nicht die Fassung zu verlieren, obwohl sie die Neuigkeit nicht sonderlich überraschte. Das entsprach ganz einer Nummer der Art, wie sie ein Mann am Rand der Niederlage abziehen würde. »Ach ja?«, sagte sie in neutralem Ton.

»Er wollte reden.«

Ein flaues Gefühl nistete sich in Helens Magengrube ein. »Worüber?«

»Versöhnung.«

Helen unterdrückte ein Stöhnen. »Was haben Sie zu ihm gesagt?«

Caroline setzte sich aufrechter hin. »Dass er gern zum Reden vorbeikommen könnte, eine Versöhnung aber nicht in Frage kommt«, antwortete sie.

Bevor Helen aufatmen konnte, fragte Caroline unsicher: »War das richtig so?«

»Das können nur Sie beantworten«, gab sie zurück. »Wie haben Sie sich dabei gefühlt, als Sie es gesagt haben?«

»Fürchterlich«, gestand Caroline. »Irgendwo tief in mir habe ich mich an den Mann erinnert, der er mal war. Den Mann, den ich geliebt habe. Wenn ich den zurückhaben könnte …« Sie verstummte.

»Den gibt es nicht mehr«, sagte Helen sanft zu ihr. »Zumindest ist das nicht der Mann, den ich kennengelernt habe. Aber wenn Sie Zweifel haben, können wir das Verfahren einstellen. Es ist noch nicht zu spät. Glauben Sie aufrichtig, dass Hoffnung für Ihre Ehe besteht?«

Caroline schaute über den Gang zu ihrem Mann, der mit Jimmy Bob tuschelte. Mit versteinerter Miene begegnete er ihrem Blick. Anscheinend entging ihr seine Haltung nicht, denn ihr Körper versteifte sich.

»Das war nur eine List, um mich einzukochen, oder?«, fragte Caroline geknickt. »Brad dachte wohl, wenn er mich dazu bringt, ihn für ein paar Wochen oder sogar

Monate zurückzunehmen, müssten wir den Prozess von vorn beginnen. Es war nur eine versuchte Hinhaltetaktik, nicht wahr?«

»Was denken Sie?«, fragte Helen.

»Ich hab's gerade in seinen Augen gesehen«, antwortete Caroline irritiert. »Er ist wütend, weil es nicht geklappt hat. Ich konnte es auch in seiner Stimme hören, als ich ihm am Telefon gesagt habe, dass mich eine Versöhnung nicht interessiert. Ihm ist es gestern Abend gar nicht darum gegangen, wieder zusammenzufinden. Sonst wäre er vorbeigekommen und hätte versucht, mich von seiner Aufrichtigkeit zu überzeugen. Er wollte mir bloß unter die Haut gehen, damit ich wieder einknicke und nachgiebig werde.«

Helen ergriff ihre Hand und drückte sie. »Ist doch gut, dass Sie so schlau sind, ihn zu durchschauen, oder?«

Mit finsterer Miene warf Caroline einen weiteren Blick über den Gang, bevor sie sich mit gefestigter Entschlossenheit wieder Helen zuwandte. »Knöpfen Sie ihm jeden Cent ab, der mir zusteht«, sagte sie.

Helen grinste. »Wird mir ein Vergnügen sein.«

Drei mühsame Stunden später hatten sie die Bedingungen für die Einigung ausgehandelt. Brad Holliday hatte dabei zähneknirschend um jeden Cent gefeilscht. Zum Glück hatte Jimmy Bob erkannt, was es geschlagen hatte, und die Verhandlungen auf Kurs gehalten. In regelmäßigen Abständen hatte er Brad davor gewarnt, dass er mit seiner Einstellung keinen Blumentopf gewinnen würde.

»Davon wird sie nie einen Cent sehen«, brüllte Brad an einer Stelle. Richter Rockingham, dem sichtlich die Geduld mit ihm ausging, strafte ihn dafür mit einem vernichtenden Blick.

»Dann landen Sie mit einer Klage wegen Missachtung des Gerichts in einer Zelle«, versicherte er Brad. »Habe ich mich klar genug ausgedrückt, Mr. Holliday?«

»Absolut, Euer Ehren«, beteuerte Jimmy Bob mit einem warnenden Blick zu Brad, der aussah, als würde er am liebsten etwas zertrümmern. Sein Gesicht war hochrot angelaufen, die Hände hielt er an den Seiten zu Fäusten geballt.

Helen dachte an die Drohungen, die Jimmy Bob nicht ernst genommen hatte, und überlegte, ob sie Kontaktverbot zu Carolines Schutz beantragen sollte. Sie beugte sich zu ihrer Mandantin.

»Caroline, halten Sie es für möglich, dass Brad seine Wut über die Entscheidung heute an Ihnen auslassen könnte?«

Die Frage schien Caroline aufrichtig zu erschüttern. »Nein, natürlich nicht«, antwortete sie wie aus der Pistole geschossen.

»Ich könnte ein Kontaktverbot beantragen«, sagte Helen.

»Nein«, entgegnete Caroline. »Das ist wirklich nicht nötig.«

Helen nickte. »Wie Sie meinen, aber geben Sie mir Bescheid, falls Sie es sich anders überlegen.«

Auch ohne Helens Antrag auf ein Kontaktverbot erkannte Richter Rockingham offenbar, dass Brads Temperament unberechenbar war. Nach dem Ende der Anhörung wies er den Gerichtsdiener an, einen Beamten zu holen, der Brad aus dem Gebäude eskortieren sollte. Ein weiterer sollte dafür sorgen, dass Helen und Caroline auf dem Weg nach draußen nicht behelligt würden.

»Können Sie bei irgendjemandem ein paar Tage unterkommen?«, wandte sich Helen an Caroline. Die Besorgnis des Richters gab ihr zu denken. Wenn Rockingham im Verhalten seines alten Golfkumpels eine Gefahr erkannte, musste sie ernstgenommen werden. »Ich finde, Sie sollten im Augenblick nicht allein sein.«

»Sehe ich auch so«, überraschte Jimmy Bob sie. »Am besten wär's, eine Weile bei einer Freundin zu wohnen, Caroline. Oder mit den Kindern für eine Woche zu verreisen. Irgendwann kriegt sich Brad wieder ein, aber im Moment traue ich ihm zu, dass er etwas Unbesonnenes anstellt. Wie ich Helen schon gesagt habe, hat er in den letzten Tagen mit wüsten Äußerungen um sich geworfen. Das meiste davon ist Unsinn, den er nicht so meint. Nur ist er gerade derart wütend, dass ich an Ihrer Stelle vorsichtig wäre.«

Helen nickte. »Das ist ein guter Rat, Caroline.«

Die Frischgeschiedene wirkte zwar unbehaglich, schien jedoch fest entschlossen zu sein, sich nicht umstimmen zu lassen. »Früher oder später muss ich mich mit ihm auseinandersetzen«, argumentierte sie. »Brad ist nie gewalttätig gewesen.«

»Er ist auch noch nie so weit getrieben worden. Setzen Sie sich lieber später mit ihm auseinander«, beharrte Jimmy Bob. »Ich kenne ihn schon lange und habe ihn noch nie so erlebt.« Er sah Helen an. »Sie sind gerade auch nicht sein Lieblingsmensch. Ich weiß, ich hab gesagt, dass er meiner Meinung nach nur so daherredet, aber es schadet nicht, vorsichtig zu sein. Passen Sie auf sich auf, ja?«

Helen schauderte angesichts der aufrichtigen Besorgnis, die sie in seiner Stimme hörte. »Mach ich«, versprach sie.

In letzter Zeit verbrachte sie die meisten Nächte mit Erik, entweder bei ihm oder bei ihr. Sie würde ihn fragen, ob sie eine Weile bei ihm unterkommen könnte, bis sich Brad Holliday beruhigt hätte und wieder klarer sehen würde.

»Caroline, was ist mit Ihnen?«, ließ sie nicht locker.

»Ich glaube, Sie beide sorgen sich umsonst«, erwiderte Caroline. »Brad mag wütend sein, aber er würde mir nie etwas antun. Trotzdem werde ich ein, zwei Wochen meine Schwester besuchen, damit Sie beruhigt sind. Sie will eh schon länger, dass ich komme, nur konnte ich bisher nicht.«

»Perfekt«, befand Helen. »Bitte rufen Sie bei mir in der Kanzlei an und sagen Sie Brenda, wie wir Sie erreichen können. Soll ich Sie nach Hause begleiten und bleiben, während Sie packen?«

»Nicht nötig«, sagte Caroline.

Der Beamte, der sie aus dem Gerichtsgebäude eskortiert hatte, warf Helen einen Blick zu. »Ich bleibe bei ihr, Ms Decatur.«

»Danke«, sagte Helen. Ganz gleich, was Caroline dachte, sie vertraute Jimmy Bobs Einschätzung von Brads Stimmungslage mehr als jener der Frau, die immer noch um jeden Preis etwas Gutes in ihm sehen wollte.

Als sie beobachtete, wie Caroline, von einem Streifenwagen gefolgt, davonfuhr, fühlte sie sich immer noch unbehaglich. Sie drehte sich zu Jimmy Bob um und stellte fest, dass auch er besorgt wirkte.

»Für wie gefährlich halten Sie Brad?«, fragte sie ihn.

»Ich würde gern glauben, dass wir alle überreagieren«, erwiderte er. »Aber Brad hat heute im Gerichtssaal eine Menge verloren. Und ich rede dabei nicht nur von Geld und Vermögenswerten. Auch von einem schweren Schlag für sein Ego. Und immerhin hat die ganze Sache überhaupt erst angefangen, weil er unbedingt beweisen wollte, dass er immer noch ein Mann ist. Ich will ehrlich zu Ihnen sein. Jemand in Brads Gemütsverfassung wird damit nicht gut umgehen.« Er begegnete ihrem Blick. »Ich sage es noch mal – passen Sie auf sich auf, Helen.«

Sein düsterer Ton brachte sie zum Schaudern. Sie hatte schon etliche schwierige Scheidungen abgewickelt, manche sogar hässlicher als diese, doch zum ersten Mal in ihrer Laufbahn verspürte sie echte Angst. Wenn Brad so labil war, wie Jimmy Bob und Richter Rockingham offenbar fürchteten, wer konnte dann schon sagen, wozu er fähig sein könnte?

Erik warf immer wieder verstohlene Blicke zu Helen. Sie war kurz vor der Sperrstunde im *Sullivan's* eingetroffen, hatte Dana Sue umarmt und ihm einen Kuss auf die Wange gedrückt. Prompt hatte Dana Sue die Augenbrauen hochgezogen.

»Alles in Ordnung?«, hatte Dana Sue sofort gefragt. Helen hatte die Frage abgetan.

Sie hatte behauptet, es ginge ihr gut. Dann hatte sie sich eine Scheuerbürste geschnappt und sich über die Töpfe und Pfannen hergemacht, die sich im Spülbecken stapelten. Normalerweise scheute sie sich davor, erst recht, wenn sie einen der eleganten Anzüge trug, mit denen sie vor Gericht erschien. An diesem Abend hatte sie sich nicht mal die Mühe gemacht, eine Schürze anzulegen.

Dana Sue rückte dicht zu Erik. »Was soll das denn?«, flüsterte sie und warf einen fragenden Blick zu Helen.

Ihre Freundin malträtierte gerade eine besonders fettige Pfanne, in der Dana Sue eine Lasagne gebacken hatte.

»Ich hab keine Ahnung«, erwiderte Erik. »Aber es gefällt mir nicht. Sie ist offensichtlich aufgewühlt und entschieden zu ruhig.«

»Vielleicht solltest du gehen«, schlug Dana Sue vor. »Wenn wir allein sind, öffnet sie sich mir eher.«

»Kannst du vergessen«, entgegnete er, ohne den Blick von Helen zu lösen.

Dana Sue musterte ihn mit verwirrter Miene. »Erik, was ist da los zwischen euch beiden?«

»Wir sind befreundet«, antwortete er. »Wenn sie aufgebracht ist, gehe ich sicher nicht, bevor ich weiß, warum.«

»Tja, ich auch nicht«, erwiderte Dana Sue.

In dem Moment wirbelte Helen herum und funkelte sie beide an. »Ihr könnt aufhören, hinter meinem Rücken zu tuscheln. Dana Sue, geh nach Hause.«

Dana Sue glotzte sie verdattert an. »Was?«

»Bitte«, fügte Helen hinzu. »Wir reden morgen.« Plötzlich flammte ein besorgter Ausdruck in ihren Augen auf. »Erik, du musst Dana Sue zum Auto begleiten.«

»Ich brauche niemanden, der mich rausbringt«, protestierte Dana Sue.

Helens angespannter Gesichtsausdruck verriet Erik, dass sie kurz vor dem Überschnappen stand. »Hol deine Handtasche, Dana Sue«, sagte er. »Ich begleite dich.«

»Aber …«

»Tu's einfach.« Er warf einen pointierten Blick zu Helen. Sie stand steif wie eine Salzsäule da, schien drauf und dran zu sein, bei einem einzigen weiteren Widerwort in die Luft zu gehen. Anscheinend hatte Dana Sue denselben Eindruck, denn letztlich nickte sie.

Draußen auf dem Parkplatz warf sie ihm einen hilflosen Blick zu. »Ruf mich an, falls du mich brauchst«, wies sie ihn an. »Das gefällt mir nicht. Kein bisschen.«

»Mir auch nicht. Irgendjemand klärt dich morgen auf, entweder sie oder ich. Versprochen.«

Nach einem letzten Blick zurück zum Restaurant stieg sie in ihr Auto. Sie war bereits vom Parkplatz gerollt, bremste jedoch ab und ließ das Fenster runter. »Kümmere dich gut um sie«, verlangte sie. »Versprich es mir.«

»Mach ich.«

»Und mach dich auf eine Menge Fragen darüber gefasst, warum sie sich an dich wendet statt an mich oder Maddie.«

Ihre Empörung entlockte ihm ein halbherziges Lächeln. »Ich dachte mir schon, dass dich das genauso beunruhigt wie alles andere.«

»Na ja, warum auch nicht? Sie ist schon eine Ewigkeit unsere Freundin.«

»Findest du wirklich, dass es der richtige Zeitpunkt ist, um darüber zu diskutieren, wer besser mit ihr befreundet ist?«, fragte er.

»Nein.« Seufzend fuhr sie davon.

Als Erik wieder hineinging, hatte Helen die Schuhe abgestreift und saß mit hängenden Schultern und trostloser Miene auf einem Hocker.

»Bereit, mir zu sagen, was los ist?«, fragte er leise.

»Kannst du mich einfach festhalten?«

»Gern. Kann ich machen«, erwiderte er, trat zu ihr und zog sie in seine Arme. Ihr Zittern beunruhigte ihn zutiefst. »Komm schon, Süße, raus damit. Was ist heute passiert, dass du so drauf bist?«

»Ich hab eine echt gute Scheidungsvereinbarung für

Caroline Holliday herausgeschlagen«, sagte sie. Ihre Stimme ertönte gedämpft an seiner Brust.

Erik war verwirrt. »Ist das nicht gut?«

»Sollte man meinen, oder?«

»Was entgeht mir?«

»Ihr Ehemann – baldiger Exehemann – ist dabei ziemlich ausgerastet.«

Unwillkürlich spannte Erik den Körper an. »Soll heißen?«

»Sein Anwalt und der Richter scheinen zu glauben, er könnte Caroline etwas antun wollen.« Als sie zu ihm aufschaute, erkannte er tief in ihren Augen einen ungewohnten Schimmer von Angst. »Oder mir.«

»Großer Gott!«, entfuhr es Erik. »Was zum Teufel denkst du dir dann dabei, dich so spät abends allein auf der Straße herumzutreiben?«

»Ich hab keine Angst«, behauptete sie, obwohl alles an ihr auf das Gegenteil hinwies. »Ich wollte nur fragen, ob ich vielleicht ein paar Tage bei dir bleiben kann. Du weißt schon, bis Gras darüber gewachsen ist. Nicht dauerhaft.«

»Natürlich kannst du bei mir bleiben«, sagte er sofort. »Du hättest nicht mal fragen müssen.«

»Doch, hätte ich. Ist ja nicht so, als hätten wir je darüber geredet, zusammenzuziehen oder so. Du sollst nicht auf die verrückte Idee kommen, das könnte eine List sein, um etwas zwischen uns zu ändern.«

Erik seufzte. »Helen, ich denke, ich kenne dich gut genug, um es zu merken, wenn du eine Heidenangst hast.«

»Hab ich nicht«, protestierte sie empört.

Er grinste sie an. »Auch gut. Dann bist du eben nicht ängstlich, sondern nur sehr vorsichtig.«

»Genau. Vorsicht ist die Mutter der Porzellankiste. So sagt man doch, oder?«

»M-hm. Musst du noch nach Hause und Sachen packen?«

»Ich habe einen Koffer im Auto«, erwiderte sie. Kurz blitzte Zorn in ihren Augen auf. »Es macht mich rasend, dass ich mich von diesem Idioten aus meinem eigenen Haus vertreiben lasse.«

»Denk dran, was du vor fünf Sekunden selbst gesagt hast«, erinnerte er sie. »Mutter der Porzellankiste.«

»Hast recht.«

»Was ist mit Caroline? Ist sie in Sicherheit?«

»Sie ist zu ihrer Schwester gefahren. Die jüngeren Kinder hat sie mitgenommen. Ihr Ältester ist am College. Hoffentlich beruhigt sich Brad, bevor sie zurückkommen.«

Natürlich verblieb somit Helen als einzige unmittelbare Zielperson auf dem Radar dieses Penners, ging Erik durch den Kopf. Nicht gut.

»Komm«, forderte er sie auf. »Fahren wir nach Hause.«

Dort würde er für ihre Sicherheit sorgen, und wenn er Tag und Nacht Wache halten müsste. Natürlich würde er sich dazwischen mit Dana Sues und Maddies unvermeidlichen Fragen herumschlagen müssen. Die würden ihm gleich am nächsten Morgen in Hülle und Fülle um die Ohren fliegen.

Helen konnte kaum glauben, dass sie sich von Jimmy Bob und Richter Rockingham in einen derart panikähnlichen Zustand versetzen ließ. Bisher hatte sie sich noch nie im Leben vor irgendjemandem gefürchtet. Sie war immer in der Lage gewesen, auf sich selbst aufzupassen. Aber aus irgendeinem Grund hatten sie Brads Verhalten vor Gericht und die Reaktionen seiner Freunde darauf zutiefst verunsichert.

Am Ende des Tags war sie nach Hause gefahren, fest entschlossen, gegen ihre Angst anzukämpfen und sich nicht aus dem eigenen Haus verjagen zu lassen. Aber ein, zwei Stunden nach Einbruch der Dunkelheit hatte sie sich mehrfach vor dem eigenen Schatten erschrocken. Als auf der Straße ein Auto eine Fehlzündung hatte, wäre sie um ein Haar hinter das Sofa gehechtet. Da hatte sie eine Tasche gepackt und sich auf den Weg zum *Sullivan's* gemacht.

»Hast du heute Abend schon gegessen?«, fragte Erik, nachdem sie die letzten Sachen ausgepackt und in einer von ihm für sie geräumten Schublade verstaut hatte. Ihre Anzüge hingen in seinem fast leeren Kleiderschrank neben einigen seiner Hemden und mehreren dunklen Anzügen. Ihre Schuhe hatte sie darunter aufgereiht, drei Paar ihrer liebsten High Heels mit Pfennigabsätzen.

Als sie von der mit Dessous gefüllten Schublade aufschaute, beobachtete Erik sie mit besorgter Miene vom Bettende aus. Sie ging zu ihm hinüber, setzte sich neben ihn und lehnte sich an seine Seite.

»Hör auf, dir Sorgen um mich zu machen«, forderte sie ihn auf. »Bestimmt ist Brad zu intelligent, um überhaupt irgendwas zu versuchen.«

»Warum bist du dann so verängstigt?«

»Um ehrlich zu sein, komme ich mir ein bisschen dumm vor. Wahrscheinlich sollte ich einfach nach Hause fahren.«

»Auf keinen Fall«, widersprach er entschieden. »Zumindest nicht in den nächsten Tagen. Nicht, bevor wir wissen, was der Kerl vorhat. Vielleicht sollte ich ein Wörtchen mit ihm reden.«

Helen schüttelte den Kopf. »Wenn er zu glauben anfängt, dass man sich in der Stadt gegen ihn verschwört, wird es nur noch schlimmer.«

»Könnte ihn aber auch einschüchtern und zur Vernunft bringen«, erwiderte Erik. »Gerade Tyrannen, die Frauen gegenüber den harten Kerl mimen, ziehen oft ganz schnell den Schwanz ein, wenn sie jemand zur Rede stellt, der größer und stärker ist.«

Sie lächelte ihn an. »Du kennst Brad Holliday ja nicht mal. Er könnte zwei Köpfe größer sein als du.«

»Stimmt, aber wenn ich in Fahrt bin, kann ich trotzdem beeindruckend sein.«

Ein Grinsen umspielte seine Lippen, als er ihr einen Seitenblick zuwarf. »Ist er größer?«

»Nein, aber ich find's toll, dass du's so oder so mit ihm aufgenommen hättest«, sagte sie. »Aber noch toller fände ich was zu essen. Hast du erst vor einer Minute erwähnt, bilde ich mir ein.«

»Kann's sein, dass du dir die Dauereinladung hierher bloß erschlichen hast, damit ich dich regelmäßig und kostenlos durchfüttere?«

»Nein, ist aber eindeutig ein erfreulicher Nebeneffekt«, gab sie zurück. »Irgendwas Gutes im Kühlschrank?«

Er zog eine Augenbraue hoch. »Was denkst du denn?«,

»Irgendwas Schokoladiges?«

»Du willst zuerst ein Dessert?«

»Ich will ein Dessert und dann dich«, sagte sie und genoss, wie sofort Lust in seinen Augen aufflammte. »Mir fiele nichts ein, was mich schneller von Brad Holliday ablenken könnte, als diese Kombination.«

Er strich mit einem Finger an ihrer Kieferpartie entlang und klemmte ihr dann eine Haarsträhne hinters Ohr. »Ist das eine Krise, die nach einem Eisbecher mit heißer Karamellsoße schreit, oder reicht ein Brownie?«

»Beides, wenn du's zu Hause hast«, antwortete sie. Als er sie belustigt ansah, fügte sie hinzu: »Na gut, ich sehne mich schon den ganzen Tag nach etwas Süßem.«

»Und nach mir?«

»Nach dir in letzter Zeit rund um die Uhr.«

»Gut zu wissen, dass ich wenigstens höher als ein Eisbecher eingestuft bin«, sagte er, bevor er den Mund auf ihren senkte.

Als er sie schließlich losließ, war sie atemlos und verlangend. »Der Eisbecher kann warten«, entschied sie und zog ihn wieder an sich. Allmählich wurde sie richtig gut darin, mit ihren Prioritäten zu jonglieren.

Um acht Uhr morgens traf Helen in ihrer Kanzlei ein, hinbegleitet von Erik, der sich standhaft geweigert hatte, sie allein gehen zu lassen. Im Augenblick genoss sie seinen Beschützerinstinkt, ahnte jedoch, dass sie bald genug davon bekommen würde. Wenngleich sie es schön und unerwartet fand, zur Abwechslung verhätschelt zu werden, hatte sie sich zu sehr daran gewöhnt, sich um sich selbst zu kümmern.

Sie saß kaum fünfzehn Minuten an ihrem Schreibtisch, als Dana Sue und Maddie hereinplatzten und sie dermaßen erschreckten, dass es sie gefühlte zehn Lebensjahre kostete.

»Was stimmt nicht mit euch?«, stieß sie mürrisch hervor, während sie sich bemühte, die Fassung zurückzuerlangen.

»Dasselbe wollen wir über dich erfahren«, gab Dana Sue ohne jede Spur von Reue zurück und nahm ihr gegenüber Platz. »Du warst gestern Abend ein Wrack, und jetzt will ich wissen, warum.«

»Und warum hast du dich an Erik statt an uns gewandt?«, fragte Maddie.

Dana Sue nickte. »Das ist vielleicht sogar die interessantere Frage. Ich hab bis drei Uhr morgens bei dir zu Hause angerufen. Wo warst du gestern Nacht, nachdem du aus dem *Sullivan's* weg bist? Bitte, bitte sag, dass du irren, leidenschaftlichen Sex mit Erik gehabt hast.«

Helen runzelte die Stirn über die schlaue Vermutung. Da sie sich nicht dazu durchringen konnte, ihrer Freundin ins Gesicht zu lügen, gab sie ausweichend zurück: »Und warum sollte dich das was angehen?«

»Weil du dich in unser Leben eingemischt hast. Jetzt sind wir bei dir dran«, sagte Maddie. »Läuft da was zwischen dir und Erik?«

Helen warf den beiden einen strengen Blick zu. »Das ist zu persönlich.«

Dana Sue quittierte ihre Antwort mit einer finsteren Miene. Die gleich darauf einem breiten Grinsen wich. »Das ist ein Ja, oder?«, sagte sie triumphierend. »Du wirst es nicht zugeben – obwohl ich mir nicht erklären kann, warum nicht –, aber ihr zwei seid zusammen. Ich weiß, dass es stimmt. Hab ich eigentlich schon gewusst, als sich Erik gestern Abend so komisch und beschützerisch verhalten hat.«

»Wenn's stimmt, warum sagst du's dann nicht einfach?«, fragte Maddie.

»Ich bestätige nicht, dass es stimmt«, erwiderte Helen.

»Aber du leugnest es auch nicht«, kam von Dana Sue.

»Ich wusste es! Ich wusste, dass ihr zwei perfekt zueinander passt. Warum verheimlicht ihr es? Schämst du dich, weil Erik kein angesagter Anwalt ist oder so?«

Helen entsetzte, dass eine ihrer besten Freundinnen so etwas überhaupt denken konnte. »Nicht im Geringsten. Ich bin doch kein Snob. Bin ich nie gewesen. Außerdem weißt gerade du, was für ein toller Kerl Erik ist.«

»Und prompt verteidigt sie ihn«, wandte sich Dana Sue an Maddie. »Ich werte das als weitere Bestätigung.«

Maddie hingegen schien nicht überzeugt zu sein. »Ich dämpfe deinen Enthusiasmus ja ungern, Dana Sue, aber ich glaube, hier geht's um was anderes«, sagte sie.

»Mach dich nicht lächerlich«, stieß Helen hastig hervor, weil sie fürchtete, Maddie könnte zwei und zwei zusammenzählen und eine Bombe platzen lassen, die alles zunichtemachen könnte. »Vielleicht wollen Erik und ich – sofern überhaupt etwas zwischen uns läuft – einfach nicht, dass ihr beide euch in unsere Angelegenheiten einmischt.«

»Finde ich verständlich«, sagte Dana Sue. »Vor allem, da er ja für mich arbeitet. Also gehen wir noch mal einen Schritt zurück. Was hat dich gestern Abend so verstört?«

Helen schilderte den beiden, was sich bei der letzten Anhörung zur Holliday-Scheidung zugetragen hatte. »Es besteht die winzige Chance, dass Brad irgendwas Verrücktes tun könnte«, schloss sie. »Bei Jimmy Bobs Warnungen nach dem Ende der Verhandlung ist mir ein bisschen mulmig geworden. Heute Morgen geht's schon wieder. War verrückt, mich wegen nichts so aufzuregen.«

»Ich könnte mir vorstellen, dass sich Erik genauso sehr darüber aufgeregt hat«, sagte Dana Sue. »Der Mann hat einen unheimlich ausgeprägten Beschützerinstinkt. Über Annie wacht er mit Argusaugen. Bei mir beobachtet er jeden Bissen, den ich mir in den Mund stecke. Ist ein wenig anstrengend, aber wirklich süß.«

Helen dachte daran zurück, wie er an diesem Morgen nicht von ihrer Seite weichen wollte, bis sie ihn praktisch aus ihrem Büro geworfen hatte. Und selbst da musste sie ihm versprechen, alles abgesperrt zu lassen, bis Barb eingetroffen wäre. Maddie und Dana Sue hatten ihre Schlüssel benutzt, um hereinzukommen. Die süßen Magnolien hatten untereinander Schlüssel für alles ausgetauscht.

Maddies Lippen zuckten. »Das muss wohl auch der Grund sein, warum er immer noch draußen auf dem Parkplatz sitzt«, sagte sie.

Helen starrte sie an. »Erik ist gerade draußen?« Sie ging zum Fenster und spähte hinaus. Und tatsächlich lümmelte er hinter dem Lenkrad seines Autos und tat so, als würde er die Morgenzeitung lesen. Helen schüttelte den Kopf. »Ich dachte, er wäre weg. Das ist doch verrückt. Ich gehe jetzt sofort raus und …«

»Nein, tust du nicht«, fiel Maddie ihr ins Wort. »Er braucht das. Und offen gestanden, bin ich nicht überzeugt, dass du so sicher und unbesiegbar bist, wie du zu glauben scheinst. Manche Menschen sind zu allem Möglichen fähig, wenn sie denken, sie hätten nichts mehr zu verlieren.«

»Sehe ich auch so«, sagte Dana Sue. Dann grinste sie. »Abgesehen davon, welche Frau würde nicht wollen, dass sich ein Mann wie Erik um sie kümmert? Ich finde, das solltest du in vollen Zügen auskosten. Wer weiß, was sich daraus entwickeln könnte?«

»Sei einfach vorsichtig«, mahnte Maddie. »Und ich rede nicht nur von Brad Holliday.«

Bei der Eindringlichkeit ihres Blicks zog sich Helen innerlich alles zusammen. Zum zweiten Mal an diesem Morgen spürte sie, dass Maddie durchschaute, was sie mit Erik vorhatte. Und sie schien es alles andere als gutzuheißen.

Und wenn schon Maddie abscheulich fand, dass sie Erik ohne sein Wissen in ihren Plan für ein Baby einbezog, würde Dana Sue durch die Decke gehen. Helen konnte nur beten, dass es keinen irreparablen Schaden an ihrer lebenslangen Freundschaft anrichten würde.

KAPITEL 16

In der Küche des *Sullivan's* herrschte eine Atmosphäre freudiger Erregung statt der Anspannung eines Abends mit vollem Haus. Für die Öffentlichkeit hatte das Restaurant geschlossen. Alle Reservierungen waren abgelehnt worden, und ein Schild an der Tür verhinderte Laufkundschaft.

»Glaubst du, sie weiß es?«, flüsterte Tess zu Dana Sue.

Erik grinste. »Glaub mir, Helen weiß Bescheid.«

Dana Sue sah ihn finster an. »Woher sollte sie wissen, dass wir eine Überraschungsparty zu ihrem Geburtstag für sie schmeißen? Es sei denn, du hast es ausgeplaudert.«

»He, es war meine Idee. Warum sollte ich es ausplaudern? Ich will damit nur sagen, dass sie sich nicht leicht hinters Licht führen lässt. Sie ist schlau«, begann er, Gründe aufzuzählen, warum es seiner Ansicht nach nicht gelingen würde, sie mit der Party völlig zu überraschen. »Sie ist aufmerksam. Sie ist von Natur aus misstrauisch.« Er grinste Dana Sue an. »Und außerdem kann niemand von euch ein Geheimnis für sich behalten.«

»Dagegen erhebe ich Einspruch«, sagte Dana Sue. »Ich hab im Verlauf der Jahre über eine Menge Dinge den Mund gehalten.«

Unwillkürlich wurde Erik neugierig. »Zum Beispiel?«, hakte er nach.

Dana Sue bedachte ihn mit einem stirnrunzelnden Blick. »Oh nein, das kannst du knicken, du hinterhältiger Teufel. Mir wird mit Sicherheit keins von Helens dunklen Geheimnissen herausrutschen. Kitzle sie doch aus ihr heraus, wenn sie dich so interessieren.«

»Helen hat dunkle Geheimnisse? Interessant«, sagte er. Ein großartiges Thema für später, wenn er Helen gründlich abgelenkt hätte, was ihm in letzter Zeit zunehmend besser gelang.

Dana Sue musterte ihn mit skeptischer Miene. »Wag es ja nicht, bei ihr anzudeuten, ich hätte dir irgendwas verraten«, ermahnte sie ihn. »Vielleicht sollte ich sie vorwarnen, damit sie auf keinen hinterhältigen Trick von dir hereinfällt.«

Tess beobachtete den Schlagabtausch fasziniert, dann wandte sie sich an Erik. »Läuft da was zwischen dir und Ms Decatur?«

Erik zuckte zusammen. Natürlich war zu erwarten gewesen, dass sie es sich als Letzte zusammenreimen würde. Er hegte den Verdacht, dass Dana Sue und Maddie es seit einigen Wochen wussten. Mit Sicherheit, seit Helen bei ihm eingezogen war. Vor allem Dana Sue schwieg in letzter Zeit auffallend über das Thema. Was nur bedeuten konnte, dass sie ihre Verkupplungsbemühungen als nicht mehr nötig erachtete. Allerdings bezweifelte er, dass sie etwas von der Unverbindlichkeitsklausel seiner Beziehung mit Helen ahnte. Sonst würde sie keine Ruhe mehr geben.

»Wir sind befreundet«, sagte er zu Tess und betonte es so, dass Dana Sues Lippen vor kaum verhohlener Belustigung zuckten.

»Nennt man das heutzutage so?«, fragte Dana Sue. »Freundschaft plus vielleicht?«

»Raus hier«, befahl er gespielt verärgert. »Du bist mir im Weg.«

»Nein, ich bin dir bloß auf die Schliche gekommen, und das kannst du nicht leiden«, konterte sie vergnügt. »Aber ich sehe mal im Gastraum nach, wie Maddie und Jeanette mit der Dekoration vorankommen.«

Nachdem sie gegangen war, musterte Tess ihn unverändert. »Ich kann's mir gut vorstellen«, meinte sie schließlich. »Dich und Ms Decatur. Ihr würdet euch gegenseitig ausgleichen.«

Erik verspürte das Bedürfnis, sie vom Gedanken abzubringen, die Sache zwischen Helen und ihm könnte etwas Dauerhaftes sein. »Wir sind total gegensätzlich, Tess. So was kann kurzfristig funktionieren, aber nie auf lange Sicht.«

Tess schüttelte den Kopf. »Da liegst du falsch. Über uns sagen auch alle, Diego und ich wären grundverschieden, trotzdem funktioniert es.« Ein Lächeln erstrahlte in ihrem Gesicht. »Wunderbar sogar. Ich werd Ms Decatur nie genug dafür danken können, dass sie ihn mir zurückgebracht hat.«

»Hat sie gern gemacht, Tess.«

In dem Moment fegte Karen in die Küche, gefolgt von einem muskulösen Mann, den Erik noch nie gesehen hatte.

»Erik, das ist Elliott Cruz«, verkündete Karen. »Elliott, das ist Erik. Ihr könnt euch später miteinander bekanntmachen. Jetzt hab ich eine Mission. Dana Sue will die rosa Stoffservietten, nicht die grünen. Und sie will sie sofort.«

Erik schmunzelte. »Sag ihr, wenn sie auf Barbie-Dekor besteht, suchen wir Jungs alle das Weite.«

»Sag du's ihr doch, wenn du den Mumm dafür hast«, entgegnete Karen. »Ich für meinen Teil suche die rosa Servietten.«

»Ich weiß, wo sie sind«, sagte Tess. »Ich zeig's dir.«

Während die beiden Frauen gingen, um im Wäscheschrank nachzusehen, begutachtete Erik den Neuankömmling, dessen Blick Karen folgte.

»Elliott Cruz«, sagte Erik und lenkte die Aufmerksamkeit des Mannes von der Richtung, in die Karen gegangen war, auf sich. »Den Namen hab ich schon mal gehört.«

»Ich bin Personal Trainer im *Corner Spa*«, erklärte Elliott. »So hab ich Karen kennengelernt.«

»Und jetzt stehst du auf sie«, mutmaßte Erik.

Elliott warf ihm einen ironischen Blick zu. »Könnte man so sagen. Wir sind inzwischen seit ein paar Wochen zusammen.«

»Ah, deshalb lächelt sie in letzter Zeit so viel«, folgerte Erik. Dann setzte sein Beschützerinstinkt ein. »Ist es dir ernst mit ihr? Denn wenn nicht, muss ich dir sagen, dass sie Liebeskummer nicht gebrauchen kann.«

»Oh, und ob es mir ernst ist«, beteuerte Elliott, ohne zu zögern. »Es ist eher Karen, die immer ausweicht, wenn ich über die Zukunft reden will. Sie denkt, ich hätte keine Ahnung, worauf ich mich einlasse.«

»Aber du weißt es?« Erik gefiel die Ehrlichkeit und Bereitschaft des Mannes, offen über seine Gefühle zu sprechen. Früher hatte er das auch getan. Allerdings nie wieder.

»Alles andere wäre schwierig. Sie gibt sich nämlich alle Mühe, mir ständig das Schlimmste daran aufzuzeigen, was es heißt, mit ihr und den Kindern zusammen zu sein.

Als Mack vergessen hat, wie man aufs Töpfchen geht, hat sie mich damit beauftragt, ihn daran zu erinnern.«

Erik konnte sich kaum ein Lachen verkneifen. Das hatte Karen nicht erwähnt. »Und wie ist das gelaufen?«

Elliott zuckte mit den Schultern. »Ich hab fünf Neffen. Hab mit meinen Schwestern geredet. War ein Kinderspiel. War's auch, als sich Daisy überallhin übergeben musste, nachdem sie beim Jahrmarkt zu viel genascht hatte. Bei Daisys Geburtstagsparty hat sich Karen verdünnisiert und mich eine Viertelstunde mit einer Horde kichernder Sechsjähriger allein gelassen, die gerade Blindekuh gespielt haben. Und sie hat mich gebeten, Mack in die Notaufnahme zu bringen, als er sich im Park an einer Glasscherbe das Knie aufgeschnitten hatte.« Er bedachte Erik mit einem resignierten Blick. »Bestimmt verstehst du, was ich meine.«

»Das hat Karen wohl kaum eigens für dich eingeplant«, erwiderte Erik.

»Schon richtig, aber glaub mir, jeder einzelne Vorfall war ein Test«, sagte Elliott.

»Und wie hast du dich dabei geschlagen?«

Elliott zuckte mit den Schultern. »Das gehört alles zum Leben mit Kindern dazu. Man bewältigt es irgendwie.«

Erik beneidete ihn um seine unbeirrbare Haltung. Er hatte einiges an Erfahrung mit seinen eigenen Neffen gesammelt – was mit ein Grund dafür war, warum er keine weiteren Kinder im Leben wollte. Diese liebenswerte, aber ungestüme Rasselbande im Alter zwischen drei und zwölf Jahren reichte mehr als vollauf. Und am Ende eines anstrengenden Tags konnte er nach Hause gehen, in seinem Bett einschlafen und musste nicht fürchten, von einer der etlichen mit Kindern einhergehenden Krisen geweckt zu werden. Als Sam noch gelebt hatte und er mit ihr alles teilen wollte – sowohl Freud als auch Leid –, hatte er anders gedacht. Mittlerweile jedoch begnügte er sich gern damit, alles so zu belassen, wie es war.

Bevor er etwas dazu sagen konnte, kehrten Karen und Tess mit einer Ladung rosa Servietten zurück.

»Komm mit«, sagte Karen zu Elliott. »Du kannst mir helfen, sie zu falten.«

Elliott verengte die Augen zu Schlitzen. »Ich mach keine putzigen Schwänchen«, ließ er sie wissen.

Karen grinste ihn an. »Wirst du, wenn ich mit dir fertig bin.«

Elliott warf Erik einen kläglichen Blick über die Schulter zu, als er Karen in den Gastraum folgte. Irgendwie konnte Erik kein Mitgefühl für ihn aufbringen. Beinah wünschte er, selbst so verliebt in Helen zu sein, statt sie nur zu begehren.

Natürlich war auch eine rein körperliche Beziehung mit der Frau unglaublich. In manchen Nächten, wenn sie eng umschlungen zusammen unter den Laken lagen, konnte er sich sein Leben nicht mehr anders vorstellen. Vielleicht war er ja doch ein wenig in sie verliebt. Demnächst würde er darüber nachdenken müssen, wie er das im Keim ersticken könnte, bevor es ihn auf einen Weg führte, den er nicht beschreiten wollte. Er konnte es sich nicht leisten, sein Herz aufs Spiel zu setzen.

Helen wollte gerade noch letzten Papierkram im Büro erledigen und es dann für den Tag gut sein lassen, als Barb den Kopf zur Tür hereinsteckte.

»Bist du bald fertig?«, fragte ihre Sekretärin.

»Ja, Gott sei Dank.«

»Dann lass uns was trinken gehen«, schlug Barb vor.

Helen sah sie stirnrunzelnd an. »Musst du nicht nach Hause?«

»Ich hab Zeit. Deshalb dachte ich mir, wir stoßen auf deinen Geburtstag an. Ich hab sogar ein Geschenk für dich. Aber das kriegst du erst, wenn wir dort sind.«

Überrascht starrte Helen sie an, bevor sie einen Blick auf den Kalender am Schreibtisch warf und sich vergewisserte. Tatsächlich. Ihr Geburtstag. Den hatte sie völlig vergessen. Sie wurde dreiundvierzig, und in Wirklichkeit war ihr nicht nach Feiern zumute. Mit jedem Tag und jeder Woche, die ohne das geringste Anzeichen auf eine Schwangerschaft vergingen, wurde sie entmutigter. Die Zeit lief ihr nur allzu schnell davon. Daran musste sie nicht auch noch erinnert werden.

»Ich weiß nicht, ob …«

Barb schnitt ihr das Wort ab. »Papperlapapp. Geburtstage müssen gefeiert werden. Und ich weiß, dass du heute Abend nichts vorhast, sonst hättest du's erwähnt.«

Derart überführt konnte Helen nur widerstrebend einlenken. »Na schön. Ein Drink.« Warum eigentlich nicht? Seit einiger Zeit mied sie Alkohol in der Hoffnung, vielleicht bereits schwanger zu sein. Aber wozu? Der Anlass rechtfertigte ein Glas Champagner.

»Wohin willst du gehen?«, fragte sie Barb, als sie ihre Handtasche holte.

»Wir haben im Ort nur einen Laden, der stilvoll genug für eine Geburtstagsfeier ist«, erwiderte Barb. »Wir gehen zu *Sullivan's*. Vielleicht lade ich dich sogar zum Essen ein.«

»Gut«, sagte Helen. Dann geriet ihr zu Bewusstsein, dass sie den ganzen Tag nichts von Dana Sue und Maddie gehört hatte. Normalerweise gratulierten die beiden ihr als Erste zum Geburtstag. Aber bei allem, was sich derzeit in ihrem Leben abspielte, war es natürlich kein Wunder, dass sie es vergessen hatten. Sie blieben trotzdem Helens beste Freundinnen. In all den Jahren, die sie sich schon kannten, hatten sie noch nie einen Geburtstag verpasst. Was Helen nur wieder daran erinnerte, dass sie neuerdings entschieden zu wenig Zeit miteinander verbrachten. Teilweise durch ihre eigene Schuld. Sie hatte beide gemieden, um keine Fragen über ihre Beziehung zu Erik beantworten zu müssen.

Der Parkplatz des *Sullivan's* erwies sich wie üblich als gerammelt voll, doch letztlich fand Helen ein Plätzchen in der Gasse hinter dem Gebäude. »Wir können durch die Küche reingehen«, sagte sie zu Barb.

Ihre Sekretärin runzelte die Stirn. »Ich glaub kaum, dass Dana Sue eine Freude hätte, wenn du an einem offenbar so arbeitsreichen Abend wie heute mit mir durch ihre Küche spazierst. Wir können auch vornherum gehen.«

Helen setzte zu einem Protest an, dann jedoch zuckte sie stattdessen mit den Schultern. Vielleicht hatte Barb ja recht. Helen wusste nur zu gut, wie chaotisch es da drin zugehen konnte.

Vorn angekommen öffnete Barb die Tür für sie und hielt sie auf. Kaum war Helen eingetreten, gingen im Raum blinkende Lichter an, und es klang, als riefen um die hundert Leute: »Überraschung!«

Erschrocken riss Helen die Hand an den Mund, bevor sie herumwirbelte und Barb einen finsteren Blick zuwarf. »Hast du davon gewusst?«

»Ohne mich hätten sie es nicht durchziehen können.« Ihre Sekretärin wirkte entschieden zufrieden mit sich.

»Bei mir hast du am wenigsten damit gerechnet, dass ich dich in eine Falle führen würde.«

»Du bist ein sehr hinterhältiges Frauenzimmer«, warf Helen ihr vor, umarmte sie jedoch innig. »Danke.«

»Dank nicht mir. Die Party war nicht meine Idee.«

In dem Moment erschienen Dana Sue und Maddie.

»Warst du echt überrascht?«, fragte Dana Sue.

»Völlig von den Socken«, versicherte Helen ihr. »Ich kann nicht fassen, dass ihr zwei das gemacht habt. Und dabei war ich schon ein bisschen traurig, weil ich dachte, ihr hättet es vergessen.«

»Du kannst wohl eher nicht glauben, dass wir's über die Bühne gebracht haben, ohne dir auch nur einen einzigen Hinweis darauf zu liefern, was wir vorhatten«, sagte Maddie. »Und du solltest uns eigentlich gut genug kennen, um zu wissen, dass wir deinen Geburtstag nie vergessen würden.«

»Dachte ich auch.«

»Übrigens solltest du dich nicht bei uns bedanken, zumindest nicht nur«, fügte Dana Sue hinzu. »Die Party war Eriks Idee.«

Helens Blick wanderte durch den Raum zu Erik, der an der Tür zur Küche stand. *Du warst das?*, bildete sie mit den Lippen in seine Richtung.

Er zuckte mit den Schultern und nickte verlegen.

»Woher um alles in der Welt hat er überhaupt gewusst, dass ich Geburtstag habe?«, fragte sie Dana Sue.

»Hat er auf deinem Führerschein gesehen. An dem Morgen, an dem du deine Brieftasche bei ihm vergessen hast«, antwortete Dana Sue pointiert. »Die Geschichte dahinter würde ich gern mal hören. Ich weiß, dass du wegen Brad Holliday bei ihm übernachtet hast. Aber Vergesslichkeit? Von dir? Undenkbar.«

»Sehe ich auch so«, pflichtete Maddie ihr bei. »Aber jetzt komm erst mal und begrüß alle.«

Der Gastraum erwies sich als gerammelt voll mit alten Freunden, ehemaligen Mandantinnen und Mandaten, Richterinnen und Richtern, darunter Lester Rockingham und Jimmy Bob West … der Abstand zu Tess wahrte.

»Brad hat Sie doch nicht belästigt, oder?«, fragte Jimmy Bob, als Helen ihn begrüßte.

»Bisher nicht«, erwiderte sie. »Und inzwischen sind ein paar Wochen vergangen. Eigentlich sollte er darüber hinweg sein.«

»Da wäre ich mir nicht so sicher«, sagte Lester Rockingham. »Er weigert sich immer noch, mit uns Golf zu spielen. Tatsächlich nimmt er nicht mal meine Anrufe an. Wenn er findet, dass Jimmy Bob und ich ihm in den Rücken gefallen sind, lässt sich unmöglich sagen, was er über Sie denkt.«

Erik kam gerade näher und hörte die Warnung. Sein Körper versteifte sich sichtlich. »Glauben Sie wirklich, dass der Kerl eine Gefahr für sie sein könnte?«, fragte er die beiden Männer.

»Ich sage nur, sie sollte die Augen offen halten«, erwiderte Jimmy Bob.

»Warum stecken Sie ihn nicht einfach ins Gefängnis?«, wollte Erik wissen.

»Dafür gibt's keine Grundlage«, antwortete der Richter. »Er hat keine Drohungen offen ausgesprochen und erst recht keine umgesetzt. Jimmy Bob und ich haben bloß so ein Bauchgefühl, dass er eines nahen Tags ausrasten könnte. Soweit ich gehört habe, hockt er die ganze Zeit mit einer Flasche Schnaps zu Hause und brütet darüber, wie unrecht das Gericht und Helen ihm getan haben. Das ist nie gut.«

Erik bedachte Helen mit einem stirnrunzelnden Blick. »Dann ziehst du noch nicht zurück zu dir, und damit basta«, entschied er.

Obwohl Jimmy Bob etwas verdattert wirkte, nickte er. »Wäre sinnvoll, irgendwo zu bleiben, wo Sie nicht allein sind und Brad Sie eher nicht vermuten würde.«

Helen wusste nicht recht, was sie davon halten sollte, dass gerade weitere Leute von ihren derzeitigen Lebensumständen erfahren hatten. Dadurch würden auch mehr Leute die Wahrheit erkennen, wenn sie am Ende schwanger wäre. Alle würden Fragen haben und Erik höchstwahrscheinlich als Buhmann hinstellen, wenn sie nicht heirateten. So hatte Helen das nicht gewollt.

»Ich werd darüber nachdenken«, sagte sie zu allen. »Jetzt muss ich erst mal noch ein paar Leute begrüßen.«

Als sie davonging, folgte Erik ihr dicht auf den Fuß. »Warum bist du gerade so steif und merkwürdig geworden? Weil ich erwähnt habe, dass du bei mir wohnst?«

»Ich dachte, wir hätten uns darauf geeinigt, es wäre besser, wenn so wenige Leute wie möglich davon erfahren«, erwiderte sie. Sie beschloss, den wahren Grund zu umschiffen, warum sie ihre Beziehung möglichst geheim halten wollte. »Soll Brad vielleicht erfahren, wo er mich finden kann?«

Sofort schaute Erik schuldbewusst drein. »Daran hab ich gar nicht gedacht,« gestand er. »Andererseits ist es vielleicht gut, wenn er weiß, dass jemand auf dich aufpasst.«

»Darauf will ich mich lieber nicht verlassen«, sagte sie, stellte sich auf die Zehenspitzen und drückte ihm einen Kuss auf die Wange. »Danke, dass du an die Party gedacht hast. Ich hatte noch nie eine Überraschungsparty. Zumindest keine, die wirklich eine Überraschung war.«

»Noch nie?«

Helen schüttelte den Kopf. »Ich bin zu neugierig. Normalerweise finde ich es heraus.«

»Eigentlich war ich mir sicher, du würdest auch von dieser Wind bekommen. Dann hätte ich einfach Dana Sue und Maddie vorgeworfen, dass sie kein Geheimnis für sich behalten können«, sagte er.

»Darin sind sie echt mies«, gab sie ihm recht. »Aber ich hab die beiden in den letzten Wochen kaum gesehen. Ich bin anderweitig eingespannt gewesen.«

»Wirklich?« Er zog sie in seine Arme. »Angenehm eingespannt?«

»So was von angenehm«, gab sie zurück und drückte die Lippen auf seine.

Als er sie schließlich losließ, bedachte er sie mit einem merkwürdigen Blick. »Du hast mich gerade das erste Mal richtig in der Öffentlichkeit geküsst.«

»Heute ist mein Geburtstag. Da darf ich impulsiv sein und alle Vorsicht in den Wind schlagen. Außerdem haben die meisten hier sowieso längst spitzgekriegt, dass zwischen uns etwas läuft. Also können wir ruhig dazu stehen, zumindest unter Freunden. Es für uns zu behalten funktioniert ja sowieso nicht wirklich.«

»Und Brad?«

»Von den Leuten hier wird er nichts davon erfahren«, sagte sie.

Erik schaute quer durch den Raum zu Maddie und Dana Sue, die Helen und ihn interessiert beobachteten. »Ich hoffe nur, du bist bereit für die Folgen dieser neuen Offenheit«, warnte er. »Die Hauptfolge scheint sogar gerade in unsere Richtung zu steuern. Ich denke, ich ziehe mich in die Küche zurück und verpasse deiner Torte den letzten Schliff.«

»Feiges Huhn«, rief sie ihm nach.

»*Gock-gock*«, machte er und verzog sich lachend außer Sicht.

»Warum gebt ihr zwei nicht einfach zu, was los ist?«, fragte Maddie.

»Keine Ahnung, wovon du redest«, gab Helen zurück.

»Die Nummer funktioniert nicht mehr«, sagte Dana Sue. »Du hast eine Affäre. So viel ist klar. Ich will wissen, wann ihr's auf die nächste Stufe erhebt.«

»Und die wäre?«, fragte Helen.

»Hochzeit«, antwortete Dana Sue.

Helen schüttelte den Kopf. »Steht nicht zur Debatte«, entgegnete sie schlicht.

»Das ist doch lächerlich«, befand Maddie.

»Wieso um alles in der Welt solltest du einen Mann wie Erik nicht heiraten wollen?«, fragte Dana Sue. »Er ist perfekt für dich.«

»Wir sind hier bei einer Party«, sagte Helen. »Ich diskutiere jetzt nicht mit euch über mein Liebesleben.«

»Dann eben morgen«, entschied Dana Sue. »Komm um acht ins Spa, sonst machen wir uns auf die Suche nach dir. Wäre interessant, wenn wir dich in Eriks Bett finden, oder?«

Helen seufzte, als die beiden weggingen. Ihr Plan geriet plötzlich völlig außer Kontrolle. Für sie bestand kein Zweifel, dass es schwierig werden würde, Maddies und Dana Sues Fragen zu bewältigen. Und ihr fiel keine einzige Möglichkeit ein, sie zu vermeiden.

Karen sah, dass sich Elliott mühelos in die Party fügte. Einerseits keine Überraschung, immerhin arbeitete er für Helen, Maddie und Dana Sue im Spa, aber er verstand sich auch wunderbar mit Maddies Mann Cal, Dana Sues Mann Ronnie und sogar mit Tess' Mann Diego. Anscheinend hatte er sich zudem in der Küche gut mit Erik unterhalten.

Was Karen freuen sollte. Obwohl sie für Dana Sue arbeitete, betrachtete sie all diese Leute mittlerweile auch als Freunde. Zum ersten Mal im Leben hatte sie echten Rückhalt und wusste, dass sie es allein schaffen konnte. Das wollte sie nicht für eine Beziehung mit einem Mann aufs Spiel setzen, der ihre hart erkämpfte Unabhängigkeit zerstören und sie anschließend genau wie ihr Exmann verlassen könnte.

»Du bist entsetzlich still gewesen«, merkte Elliott an, als er sie nach Hause fuhr. »Hast du dich auf der Party nicht amüsiert?«

»Ich hatte eine wunderbare Zeit«, erwiderte sie. »Was war das für ein Spaß, Helens Gesicht zu sehen, als sie reingekommen ist. Ich glaube, sie war aufrichtig überrascht.«

»Sie scheint sich sehr über das Bild von Daisy und Mack gefreut zu haben, das du ihr geschenkt hast«, meinte Elliott. »Es hat sie zum Weinen gebracht.«

Karen runzelte bei dieser Erinnerung die Stirn. »Hoffentlich Freudentränen, aber sicher bin ich mir nicht.«

»Warum nicht?«

»Nur so ein Gefühl«, erwiderte sie. »Ich glaub, sie wünscht sich eine eigene Familie.«

»Dann kommen sie und Erik ja vielleicht zusammen. Irgendwas läuft eindeutig zwischen den beiden.«

»Die Chemie zwischen ihnen stimmt, so viel steht fest«, räumte sie ein.

Elliott sah sie an. »Genau wie zwischen uns.«

Wieder runzelte sie die Stirn. »Elliott, bitte. Ich will nicht über uns reden.«

Diesmal ließ er es nicht dabei bewenden. »Warum nicht, Karen?«, fragte er. »Wir passen gut zusammen. Mehr als gut.«

Das stimmte. Er ging wunderbar mit den Kindern um und sowohl freundlich als auch liebevoll mit ihr. Aber der Gedanke, den Gefühlen nachzugeben, die er in ihr erweckte, jagte ihr Angst ein.

Sie griff nach seiner Hand. »Ich weiß, dass du unmöglich verstehen kannst, wie ich mich aufführe, und es tut mir leid. Ich mag dich, Elliott. Ich verbringe gern Zeit mit dir.«

»Aber was? Du bist nicht in mich verliebt?«

»Das hab ich nicht gesagt. Keine Ahnung, was ich fühle.«

Er hielt vor ihrem Wohngebäude an und schaltete den Motor aus. Mit starr geradeaus gerichtetem Blick fragte er: »Willst du es beenden?«

»Nein«, flüsterte sie. Tränen traten ihr in die Augen. »Aber ich kann dir nichts versprechen. Also ist es auch nicht fair, dich hinzuhalten.«

»Du redest Unsinn«, warf er ihr vor. »Bist du verwirrt? Verängstigt? Was?«

Karen holte tief Luft, bevor es aus ihr herausplatzte. »Alles. Ich hab gerade erst angefangen, mein Leben wieder in den Griff zu kriegen. Endlich hab ich das Gefühl, ein bisschen Kontrolle darüber zu haben. Und wenn man sich verliebt, gibt man diese Kontrolle teilweise auf. Ich weiß nicht, ob ich das noch mal kann.«

Elliott legte ihr einen Finger unters Kinn und zwang sie, ihn anzusehen. »Das kann ich verstehen, Karen.

Wirklich. Ich weiß, was du durchgemacht hast. Wahrscheinlich ist es zu früh dafür, dich so zu drängen. Du sollst nur wissen, was in mir vorgeht. Ich kann warten, wenn du mir nur sagst, dass eine Chance für uns besteht. Wenn nicht – wenn du dir nicht vorstellen kannst, je wieder darauf zu vertrauen, dass ein Mann dir nicht wehtun wird –, dann sag's mir, und ich lasse dich in Ruhe. Ich will nicht Jahre damit verbringen, dir zu beweisen, dass ich nicht wie dein Exmann bin.«

»Ich will dir ja vertrauen«, sagte sie leise, die Wangen feucht von Tränen. »Ich sehe Sanftmut und Güte in dir.«

»Dann gib uns eine Chance«, bat er genauso leise. »Mehr nicht, nur eine Chance. Aber wenn du schon weißt, dass du dein Herz nie wieder öffnen kannst, dann bitte quäl uns nicht beide.«

Es wäre so einfach, ja zu ihm zu sagen, dachte sie. So einfach, eine Beziehung zu beginnen und abzuwarten, wohin sie führte. Aber die Panik, die sich beim bloßen Gedanken daran in ihr ausbreitete, bewies eindeutig, dass es zu früh dafür war.

Langsam schüttelte sie den Kopf. Sie legte ihm eine Hand auf die Wange und sagte: »Ich kann nicht, Elliott. Ich bin nicht bereit, so ein Risiko einzugehen. Wäre ich es, dann wärst du der Mann, für den ich mich entscheiden würde. Aber ich kann einfach nicht.«

Mit einem schweren Seufzen lehnte er sich zurück. »Na schön. Wenn du es wirklich so willst, ziehe ich mich zurück.«

Karen musste Tränen zurückhalten, als sie nickte. »Ich denke, das wäre am besten.«

»Ich begleite dich hinein.«

»Musst du nicht.«

»Doch, muss ich«, widersprach er, stieg aus, ging um das Auto herum und öffnete ihre Tür für sie.

Auf dem Weg zu ihrer Wohnung sprach er kein Wort. An der Tür schaute sie zu ihm auf. »Es tut mir leid.«

»Mir auch.«

Sie schloss die Tür auf, aber als sie hineingehen wollte, hielt er sie zurück. »Du bist eine tolle Frau, Karen. Ich weiß, du selbst entdeckst das gerade erst, aber für mich war es schon bei unserer ersten Begegnung offensichtlich. Ich hoffe, dass du irgendwann genug an dich glauben kannst, um wieder einen Mann in dein Leben zu lassen.«

Damit wandte er sich ab, ging davon und ließ sie allein auf ihrer Türschwelle zurück … wo sie sich so einsam fühlte wie seit Jahren nicht mehr.

KAPITEL 17

Karen schlich auf Zehenspitzen in ihre Wohnung, um Frances nicht zu wecken, die auf dem Sofa eingeschlafen war. Im Fernsehen lief noch eine spätabendliche Talkshow. Nachdem Karen nach den Kindern gesehen hatte, war Frances leider wieder hellwach und quoll vor Fragen über.

»Wie war dein Abend?«, wollte sie wissen und harrte gespannt der Antwort.

»Nett«, murmelte Karen. Ihr widerstrebte es gerade zutiefst, mit einer Frau zu reden, die in ihr lesen konnte wie in einem Buch. Die alte Dame würde aus allen Wolken fallen, wenn sie hörte, dass Karen sich von Elliott getrennt hatte. Sie hatte mindestens hundertmal betont, für wie glücklich sie Karen hielt, weil sie ihn gefunden hatte.

»Ich erzähle dir alles morgen«, versprach Karen. »Da du schon wach bist, was hältst du davon, nach Hause zu gehen und in deinem Bett zu schlafen statt so beengt auf meinem Sofa?«

Frances ignorierte den Vorschlag und beäugte sie misstrauisch. »Komm mal her, damit ich dich besser sehen kann«, befahl sie. »Hast du geweint?«

Da Karens Wangen noch feucht waren, konnte sie es nicht gut leugnen. »Ist keine große Sache.«

»Raus damit«, verlangte Frances. »Was hat Elliott gemacht?«

Dass sie sich sofort auf Karens Seite schlug, entlockte Karen ein Lächeln. »Er hat gar nichts gemacht«, antwortete sie. »Sondern ich. Ich habe mit ihm Schluss gemacht.«

Frances schaute fassungslos drein. »Wieso um alles in der Welt machst du so was Verrücktes?« Bevor Karen etwas erwidern konnte, fuhr sie fort: »Weil du Angst hast, stimmt's? Das hätte ich kommen sehen müssen. Je mehr Zeit Elliott hier verbracht hat, desto distanzierter bist du geworden.«

Karen bestätigte die Wahrheit mit einem Nicken. »Er ist bereit für mehr, Frances. Er will eine echte Beziehung mit einer Zukunft, und das kann ich ihm nicht versprechen. Ich kann kaum bis morgen vorausdenken.«

»Geht's hier um Sex?« Frances' Empörung kehrte zurück. »Hat er dich unter Druck gesetzt, mit ihm zu schlafen?«

Eine solche Unterhaltung mit Frances fühlte sich für Karen merkwürdig an. Sie hatte nie mit einer ihrer Pflegemütter über so intime Themen gesprochen. Alles, was sie über Sex wusste, hatte sie von Mitschülerinnen in der Schule aufgeschnappt. Und damit war sie bestenfalls notdürftig auf ihre Ehe vorbereitet gewesen. Aber sie hielt sich vor Augen, dass sie Frances vor sich hatte, die immer zuhörte, ohne zu urteilen.

»Nein«, gestand Karen. »So ist es nicht gewesen. Glaub mir, die Chemie zwischen uns hat total gestimmt. Es ist vielmehr um die emotionale Bindung gegangen. Elliott ist bereit dafür. Ich bin es nicht.«

»Verstehe. Also wär's für dich sogar einfacher gewesen, wenn es sich nur um Sex gedreht hätte, oder?«

Karen nickte. »Mit ihm zu schlafen wäre fantastisch, davon bin ich überzeugt. Aber mehr? Das sehe ich einfach nicht. Ich stehe ja noch kaum auf eigenen Beinen«, erklärte sie Frances. »Du hast es miterlebt. Du weißt, wie es mir noch vor wenigen Monaten ergangen ist. Ich kann die erzielten Fortschritte nicht aufs Spiel setzen. Inzwischen mag ich stärker sein, aber ich will nicht zurück in die Abhängigkeit von einem Mann.«

»Wäre es denn nicht schön, jemanden zu haben, an den man sich anlehnen und auf den man sich verlassen kann?«

»Natürlich«, räumte Karen ein. »Aber es könnte genauso gut anders ausgehen. Früher dachte ich, dass ich mich auf meinen Mann verlassen könnte. Und sieh dir nur an, wie das geendet hat.«

»Elliott ist nicht wie dein Exmann«, betonte Frances mit Nachdruck. »Er würde nie die Mutter seiner Kinder sitzen lassen. Überleg doch nur, wie geduldig er alle deine Versuche ertragen hat, ihn zu vergraulen. Er ist solide und verlässlich. Ein Familienmensch. Das merkt man schon daran, wie nah er seinen Geschwistern und deren Kindern steht. Nicht jeder Mann in seinem Alter wäre so versessen darauf, sich auf eine Frau mit zwei kleinen Kindern einzulassen. Schon gar kein Mann, der wohl so ziemlich jede bekommen könnte. Ich könnte mir vorstellen, dass im Spa etliche Frauen ein Auge auf ihn geworfen haben. Mit vielen davon könnte er wahrscheinlich unverbindlichen Spaß haben. Aber Elliott hat sich für dich entschieden, Karen. Das spricht für mich Bände. Es verrät mir, dass er dich schätzt und respektiert.«

»Ich weiß«, sagte Karen müde. »Wie gesagt, es liegt allein an mir. Ich traue meinem Urteilsvermögen nicht mehr.«

»Dann gib der Sache doch Zeit«, riet Frances. »Du musst nicht heute Abend eine Entscheidung über deine Zukunft treffen.«

»Zu spät«, erwiderte Karen mit stockender Stimme. »Ich hab's nicht fair gefunden, ihn hinzuhalten, obwohl ich vielleicht nie bereit für mehr sein werde. Es ist vorbei, Frances. Dafür hab ich gesorgt.«

Die alte Dame bedachte sie mit einem mitfühlenden Blick. »Ach, Liebes, solange der Mann keine andere heiratet, ist gar nichts vorbei. Wenn ihr füreinander bestimmt seid, dann fällt dir schon was ein. Und wenn er dich kampflos gehen lässt, ist er nicht der Mann, für den ich ihn halte.«

Beim Gedanken, nie wieder Zeit mit Elliott zu verbringen, musste Karen gegen ein Schluchzen ankämpfen. Auch Daisy und Mack würden am Boden zerstört sein. Sie vergötterten Elliott. »Ich hoffe, du hast recht. Und ich hoffe, ich hab nicht gerade den größten Fehler meines Lebens gemacht.«

»Auf keinen Fall«, versicherte Frances ihr. »Ich sehe in Elliott einen Mann, der bis über beide Ohren verliebt ist und weiß, dass es sich lohnt, auf dich zu warten.«

Karen dachte an den düsteren, so endgültig scheinenden Ausdruck zurück, den sie zuvor in Elliotts Gesicht gesehen hatte. Sie konnte nur beten, dass sie ihn falsch gedeutet hatte. Hoffentlich schätzte Frances mit ihrer jahrelangen Erfahrung der menschlichen Natur die Lage richtig ein.

Erik fuhr früher zum *Sullivan's*, weil er hoffte, bei den Vorbereitungen für das Tagesdessert einen Vorsprung herauszuarbeiten. Er wollte ein neues Rezept ausprobieren. Dafür musste er sich konzentrieren, was selten gelang, während in der Küche die hektischen Vorbereitungen für den Mittagsansturm anliefen.

Leider hatte er noch kaum die Zutaten bereitgelegt – Mehl, Zucker, Sahne und dunkle Schokolade –, als jemand an die Hintertür klopfte. Mürrisch brummelnd ging er hin, um zu öffnen. Cal Maddox und Ronnie Sullivan standen draußen.

»Ich hätte ja meinen Schlüssel benutzt«, sagte Ronnie, als er eintrat, »aber das mach ich nicht gern, wenn jemand hier ist. Dana Sue hab ich damit abends mal so erschreckt, dass es sie glatt zehn Lebensjahre gekostet haben könnte, weil sie so gar nicht mit mir gerechnet hatte. Und ich hätte dafür um ein Haar eine Bratpfanne aus Gusseisen über die Rübe bekommen. Die Frau kann sich beängstigend gut verteidigen.«

Erik grinste trotz der unerwünschten Unterbrechung. »Sie hat schon ihre Momente, nicht wahr?«

»Genug geplaudert«, brummte Cal. »Wo ist der Kaffee? Ronnie hat versprochen, dass es Kaffee gibt.«

»Da drüben.« Erik zeigte zu der vollen Kanne, die er gleich nach seiner Ankunft gebrüht hatte. »Und was wollt ihr beide hier?«

»Kannst dich bei unseren Frauen bedanken«, erwiderte Ronnie. »Sie machen sich Sorgen um Helen. Deshalb finden sie, du könntest Unterstützung dabei brauchen, sie zu beschützen.«

»Und Maddie will wissen, was du für Absichten hast«, fügte Cal hinzu. Dabei grinste er Erik mitfühlend an. »Ich schlage vor, du überlegst dir eine sorgfältig formulierte Antwort oder suchst das Weite, als wäre der Leibhaftige hinter dir her.«

Erik ignorierte Cals Frage, weil sie ihm wesentlich heikler zu sein schien als die Andeutung, dass er Helen nicht allein beschützen konnte. »Solange sich Helen vernünftig verhält und auf mich hört, denke ich, haben wir ihren Schutz allein im Griff.«

Die beiden Männer wechselten einen skeptischen Blick.

»Wir reden hier von *Helen*«, sagte Ronnie schließlich. »Ich kenne die Frau schon fast mein Leben lang. Sie ist intelligent, aber ein Sturkopf. Helen glaubt, sie könnte das ganze Universum kontrollieren. Wahrscheinlich ist sie überzeugt davon, sie könnte Brad Holliday, mit einer Hand auf dem Rücken gefesselt, selbst überwältigen und an den Sheriff übergeben.«

Erik grinste. »Ganz sicher sogar.«

»Und das beunruhigt dich nicht?«, fragte Cal. »In meinen Augen könnte sie das unvorsichtig werden lassen.«

Erik musste sich eingestehen, dass sie seit jener ersten Nacht, in der sie darum gebeten hatte, bei ihm bleiben zu dürfen, immer weniger darauf geachtet hatte, wann sie wohin ging. Irgendwie ahnte er, dass sie trotz der Warnung, die Jimmy Bob West und Richter Rockingham erst vergangenen Abend wiederholt hatten, nicht mehr wirklich besorgt war.

»Damit könntest du recht haben«, räumte er schließlich ein. »Aber sie ist ihre eigene Herrin. Was soll ich denn machen?«

»Dazu hätte ich eine Idee«, erwiderte Cal. »Ich kenne Brad. Sein jüngster Sohn hat in meinem ersten Jahr hier bei mir Baseball gespielt. Brad war einer dieser Väter, die jede Entscheidung vom Schiedsrichter gegen ihren Jungen grundsätzlich für falsch halten. Außerdem dachte er immer, er wäre als Trainer besser als ich. Er hat dem Jungen das Leben zur Hölle gemacht. Bis ich mich eines Abends mit ihm unterhalten und ihm gedroht habe, ihm

Besuchsverbot bei den Spielen zu verpassen, wenn er nicht die Klappe hält.«

»Worauf willst du hinaus?«, fragte Ronnie. »Dass er ein Tyrann ist? Das ist nicht sonderlich beruhigend.«

»Nein, ich will damit sagen, dass Tyrannen oft kneifen, wenn sie von jemandem, der größer und taffer ist, direkt konfrontiert werden«, erklärte Cal geduldig. »Ich schlage vor, dass wir drei ein nettes kleines Gespräch mit Mr. Holliday führen und ihm die Grenzen aufzeigen.«

Ronnie grinste und wirkte für Eriks Geschmack ein bisschen zu begeistert von dem Vorschlag.

»Bin dabei«, sagte Ronnie. »Was ist mit dir, Erik?«

»So gern ich dem Kerl Vernunft einbläuen würde, ich seh dabei ein Problem«, antwortete Erik. »Helen wird stinksauer, wenn wir ihre Kämpfe für sie übernehmen.«

»Besser stinksauer als in der Notaufnahme«, sagte Ronnie. »Jimmy Bob hat gestern Abend unter vier Augen mit mir geredet. Obwohl ich dem Kerl nicht weiter traue, als ich ihn werfen kann, war seine Sorge um Helen aufrichtig. Er hat mich davon überzeugt, dass es dazu kommen könnte.«

Bei dem Gedanken zog sich Erik alles zusammen. »Dann müssen wir sofort eine Schutzanordnung besorgen«, sagte er. »Rockingham stellt sie mit Sicherheit aus.«

Als er die Worte aussprach, betrat Helen die Küche. Offenbar hatte sie weniger Vorbehalte als Ronnie, ihren Schlüssel zu benutzen, und war durch die Vordertür hereingekommen.

»Was stellt Richter Rockingham auf?«, fragte sie und betrachtete die drei Männer mit argwöhnischer Miene. Selbst wenn sie kein Wort von der Unterhaltung aufgeschnappt hätte, wäre es ihr zweifellos spanisch vorgekommen, sie alle so früh an einem Wochentag im *Sullivan's* versammelt anzutreffen.

»Ein Kontaktverbot, um Brad Holliday von dir fernzuhalten«, ergriff Erik das Wort. Er hielt es für das Beste, ihr reinen Wein einzuschenken. »Das will ich heute noch erledigt haben.«

Helen schüttelte sofort den Kopf. »Auf keinen Fall. Das würde Brad nur noch mehr auf die Palme bringen. Er ist so schon überzeugt davon, dass sich das Justizsystem gegen ihn verschworen hat.«

»Na ja, irgendwas müssen wir machen«, beharrte Erik.

»Plan A«, murmelte Cal.

»Plan A«, stimmte Ronnie ihm zu.

Helen sah Erik in die Augen. »Was ist Plan A?«

»Mach dir darüber keine Gedanken«, erwiderte er und hielt ihrem Blick unbeirrt stand. »Wir haben alles unter Kontrolle.«

»Warum beruhigt mich das nicht?«, fragte sie.

»Keine Ahnung«, antwortete Erik mit einem Schulterzucken und richtete die Aufmerksamkeit auf die beiden Männer.

»Ich rufe dich später mit den Einzelheiten an«, sagte Cal, trank seinen Kaffee aus und steuerte auf die Tür zu.

Ronnie folgte ihm dicht auf dem Fuß. »Viel Glück, Kumpel. Bis bald.«

Nachdem sie gegangen waren, drehte sich Erik zu Helen um und stellte fest, dass sich ihre Miene verfinstert hatte.

»Fang an zu reden«, verlangte sie.

»Worüber?«

»Erspar mir den Blödsinn«, sagte sie. »Was habt ihr drei vor? Wehe, es hat was mit mir oder Brad Holliday zu tun.«

»Wir treffen nur Vorsichtsmaßnahmen«, sagte er unbeschwert, trat näher zu ihr, küsste sie und hoffte, sie damit abzulenken.

»Guten Morgen«, murmelte er, als er sich von ihr löste. »Wie hast du letzte Nacht geschlafen?«

Sie knuffte ihn in den Arm. »Glaub ja nicht, dass mich ein Kuss einfach so vergessen lässt, dich darüber auszuquetschen, was ihr vorhabt.«

»Bist du nicht mal ein bisschen abgelenkt?«, fragte er. »Dann hab ich's wohl nicht mehr drauf.«

»Mit deinen Berührungen ist alles in Ordnung, keine Bange, aber mit meinem Gedächtnis auch. Jetzt rede, Freundchen. Sofort. Und wenn mir nicht gefällt, was ich höre, schiebst du Plan A besser schleunigst einen Riegel vor.«

»Es ist nichts weiter«, versicherte er ihr. »Wir haben nicht vor, Holliday in eine Seitengasse zu schleifen und dort zu Brei zu prügeln.«

»Na, wie beruhigend«, gab sie trocken zurück. »Falls das der Plan war, solltest du dich besser nicht drauf verlassen, dass ich dich gegen Kaution aus dem Knast hole. Von Selbstjustiz halte ich nämlich nichts. Abgesehen davon finde ich, dass ihr alle überreagiert. Brad mag die Klappe weit aufreißen, aber gemacht hat er noch nichts. Er hat sich mir nicht mal genähert.«

»Bist du dir sicher?«, fragte Erik. »Achtest du darauf, wer sich in deiner Nähe herumtreibt, wenn du draußen unterwegs bist? Siehst du dich um, ob dir jemand mit dem Auto folgt?«

»Jetzt wirst du aber melodramatisch«, warf sie ihm vor.

Er hörte ein leichtes Zittern in ihrer Stimme. Das genügte, um ihn davon zu überzeugen, dass sie auf nichts dergleichen geachtet hatte.

»Findest du?«, konterte er. »Ich bin nicht der Einzige, der den Mann für gefährlich für dich hält. Das tun auch Leute, die ihn wesentlich besser kennen als du oder ich.«

»Sie *glauben*, er könnte gefährlich sein«, korrigierte sie ihn. »Das ist ein Unterschied. Je mehr Zeit vergeht, desto weniger Sorgen mache ich mir.«

»Und *das* wiederum bereitet mir Sorgen«, gab Erik zurück. »Du musst ständig auf der Hut sein.«

»So will ich nicht leben«, sagte sie.

»Dann lass uns Plan A durchziehen. Ich verspreche dir, dass niemand verletzt wird, auch Holliday nicht. Und vielleicht kann es dich schützen.«

»Oder es lässt Brad noch wütender auf mich werden«, hielt sie entgegen. »Könnt ihr es nicht einfach alle gut sein lassen?«

Erik schüttelte den Kopf. »Wohl kaum. Tut mir leid.«

»Aber ich bitte gar nicht um deine Hilfe«, sagte sie unübersehbar frustriert. »Ich *will* sie nicht.«

Erik zuckte mit den Schultern. »Pech gehabt. Du kriegst sie trotzdem.«

»Männer!«, brummelte sie genervt. »Dann tut, was ihr müsst, aber gebt bloß nicht mir die Schuld, wenn's nach hinten losgeht. Denkt nur dran, dass ich diejenige bin, die dann den Preis dafür zahlen muss.«

Damit steuerte sie mit steifem Rücken auf die Tür zu. Erik wollte irgendetwas sagen, um sie zu beruhigen, nur fiel ihm nichts ein. Sobald sie Brad Holliday zur Rede gestellt hätten, würde er einschätzen können, ob sie ihn damit ausreichend gewarnt oder die Lage verschlimmert hatten. Bis dahin würden Helen und er sich wohl damit abfinden müssen, dass sie unterschiedlicher Meinung waren.

Helen betrat das *Corner Spa* und marschierte direkt zur Terrasse, wo Dana Sue und Maddie sie erwarten würden, wie sie wusste. Offensichtlich hatten sie ihre Ehemänner zu dem kleinen Stelldichein angestiftet, in das sie im *Sullivan's* hineingeplatzt war. Vielleicht würden sie wissen, worin Plan A bestand und ob darin wirklich eine Hinterhofschlägerei vorkam.

»Da ist sie ja«, sagte Maddie fröhlich, als sie Helen kommen sah. »Und sie sieht keinen Tag älter aus als vor ihrem Geburtstag.«

Helen bedachte sie mit einem mürrischen Blick. »Über die Party hab ich mich sehr gefreut, aber übers Älterwerden will ich nicht reden. Außerdem müssen wir besprechen, was eure Ehemänner vorhaben. Ich habe sie im *Sullivan's* bei einer Verschwörung mit Erik überrumpelt.«

Maddie und Dana Sue wechselten einen Blick.

»Interessant«, meinte Dana Sue. »Sie hat bei Erik vorbeigeschaut, bevor sie hergekommen ist. Was glaubst du, warum?«

»Weil er heißer ist als ihr!«, sagte Helen barsch. »Jetzt hört auf, mir auszuweichen, und antwortet. Ich weiß, dass sie dort waren, um irgendeinen Plan auszuhecken, bei dem es um Brad Holliday geht. Was habt ihr euren Ehemännern gesagt, um sie dazu anzustiften? Habt ihr die Gefahr übertrieben?«

»Das war gar nicht nötig. Die Lage war ihnen längst klar«, beschwichtigte Maddie.

»Aber ihr habt sie dazu ermutigt, irgendwas auszuhecken, nicht wahr?«, bohrte Helen nach. »Seid ihr verrückt? Ihr wisst doch, wie Kerle sind. Irgendjemand wird verletzt werden. Und das geht dann auf eure Kappe.«

»Das wird Cal nicht zulassen«, versicherte Maddie ihr. »Er ist die Stimme der Vernunft. Erik auch.«

Dana Sue runzelte die Stirn. »Du hast Ronnie ausgelassen.«

»Wohl absichtlich«, sagte Helen. »Er war schon immer ein Hitzkopf.«

»Früher vielleicht«, stellte Dana Sue klar. »Nicht mehr, seit er zurück in der Stadt ist und wir wieder geheiratet haben. Das weißt du genau.«

»Das bedeutet lediglich, dass er längst überfällig damit ist, was Unbesonnenes anzustellen«, konterte Helen.

»Moment«, ging Maddie dazwischen. »Sie sind alle erwachsene Männer. Sie versuchen nur, auf dich aufzupassen, Helen. Die wissen schon, was sie tun.«

Alles andere als beruhigt, lehnte sich Helen auf dem Stuhl zurück. »Tja, ich hoffe, du hast recht.«

»Wenden wir uns lieber einem viel interessanteren Thema zu«, schlug Dana Sue vor. »Wie ernst ist es zwischen dir und Erik?«

»Es ist eine Affäre«, sagte Helen. »Keine große Sache.«

Dana Sues Züge verdüsterten sich. »Gefällt mir nicht, wie sich das anhört. Spielst du nur mit ihm, Helen?«

»Nicht mehr, als er mit mir«, versicherte sie ihr. »Wir sind zwei einvernehmliche Erwachsene, Dana Sue. Wir haben beide Bescheid gewusst, als wir damit angefangen haben.«

»Ach wirklich?«, fragte Maddie spitz. »Erik hat Bescheid gewusst?«

Dana Sue schaute mit zu Schlitzen verengten Augen von Helen zu Maddie. »Was willst du damit andeuten?«, fragte sie mit argwöhnischer Miene.

»Nichts«, warf Helen hastig ein. »Maddie weiß nicht mehr als du. Stimmt's, Maddie?«

Der Blick ihrer Freundin kollidierte mit ihrem, doch Maddie blinzelte als Erste. »Stimmt, ich weiß nichts Genaues.«

Dana Sue stürzte sich auf das sehr offensichtliche Schlupfloch. »Aber du hast einen begründeten Verdacht, nicht wahr?«

Helen sah Maddie tief in die Augen, bis ihre Freundin den Kopf schüttelte.

»So was kann man sich bei Helen sparen«, sagte Maddie schließlich. »Dafür ist sie zu unberechenbar.«

Helen versuchte, ihre Erleichterung mit einem gekünstelten Lächeln zu überspielen. »Das betrachte ich als Kompliment.«

»Bin mir nicht sicher, ob du das solltest«, gab Maddie düster zurück.

Es wurde eindeutig höchste Zeit, sich abzusetzen, bevor das Gespräch noch heikler werden konnte. »Tja, ich muss zur Arbeit«, verkündete Helen forsch und stand auf. »Dana Sue, was ist mit dir?«

»Ich bleibe noch«, erwiderte sie zu Helens Bestürzung.

»Okay, wie du willst«, sagte Helen. »Wir sehen uns.«

Ihr blieb keine andere Wahl, als darauf zu vertrauen, dass Maddie schweigen würde, nachdem sie gegangen wäre. Was auch immer Maddie wusste – oder zu wissen glaubte –, Helen wollte nicht, dass sie es Dana Sue mitteilte.

Als Helen das *Corner Spa* verließ und zu Fuß den Weg zur Kanzlei antrat, bemerkte sie ein Auto, das langsam um die Ecke bog und dann neben ihr her rollte. Den Fahrer nahm sie zwar aus dem Augenwinkel wahr, doch er fuhr nie weit genug nach vorn, damit sie sehen konnte, wer hinter dem Steuer saß. Ein Schauder lief ihr über den Rücken.

»Du bist nur wegen all dem Gerede über Brad nervös«, murmelte sie bei sich. »Wahrscheinlich ist es bloß eine kleine alte Dame, die nie schneller als acht Stundenkilometer fährt.«

Aber als sie schließlich in die Straße bog, in der sich ihre Kanzlei befand, beschleunigte sie die Schritte. Als das Auto ihr folgte, musste sie alle Selbstbeherrschung aufbieten, um nicht stehen zu bleiben und sich umzudrehen.

»Nervös, Ms Decatur?«, rief Brad Holliday ihr mit kalter Miene zu. »Sollten Sie auch sein.«

Bevor sie etwas erwidern konnte, gab er Gas und brauste davon.

»Nur ein großmäuliger Rüpel, mehr nicht«, sagte sich Helen wacker, als er um die nächste Ecke verschwand. »Er will mir bloß Angst einjagen.«

Tja, es war ihm gelungen, stellte sie fest, während sie ihm hinterherstarrte. Galle stieg ihr in die Kehle. Einen Moment lang dachte Helen, sie müsste sich übergeben. Aber sie zwang sich, mehrmals tief durchzuatmen. Dann setzte sie den Weg zu ihrer Kanzlei fort.

Sie wusste, dass sie den Richter oder die Polizei anrufen sollte, konnte sich jedoch nicht dazu durchringen. Was hatte Brad schon wirklich getan? Er hatte lediglich zu ihr gesagt, sie sollte nervös sein. Und wenn schon. Das würde nicht reichen, um ein Kontaktverbot zu erwirken. Außerdem würde ihn das ohnehin nicht abhalten, wenn er sich wirklich an ihr rächen wollte. Sie hatte schon zu oft erlebt, wie wirkungslos dieses fadenscheinige Stück Papier sein konnte.

Vielleicht war Plan A, wie auch immer er aussehen mochte, doch keine so schlechte Idee.

In der nächsten Woche fühlte sich Helen so unruhig, dass sie sich überwinden musste, Eriks Haus oder die relative Sicherheit ihrer Kanzlei zu verlassen, wo niemand ohne eingehende Befragung an Barb vorbeikam. Nur ihr sturer Stolz sorgte dafür, dass sie weiter ihrer üblichen Routine nachging.

Als sie Mitte der folgenden Woche feststellte, dass ihre Periode ausblieb, dachte sie zuerst sofort an Stress, nicht an eine mögliche Schwangerschaft. Dann jedoch berücksichtigte sie auch die leichte Übelkeit, die sie in letzter Zeit manchmal am Morgen verspürte. Konnte es sein, dass …

Sobald Erik das Haus verließ, schnappte sie sich ihren Tagesplaner und sah ihren Kalender durch. Bei jedem pünktlichen Einsetzen ihrer Periode hatte sie heimlich ein paar Tränen vergossen und einen kleinen Vermerk angebracht. Mit zittrigen Fingern blätterte sie durch die Seiten, erst eine Woche zurück, dann zwei, schließlich drei.

»Oh mein Gott«, flüsterte sie, als sie bei sechs Wochen ohne den kleinen Vermerk oben in der Ecke der Seiten ankam.

Sie war so beschäftigt gewesen, so gefangen in ihren unerwarteten Gefühlen für Erik und in letzter Zeit so nervös wegen Brad Holliday, dass sie den vor einigen Monaten begonnenen Babyplan völlig aus den Augen verloren hatte. Anfangs war sie geradezu besessen von den verdammten kleinen Vermerken gewesen, zuletzt jedoch waren sie in Vergessenheit geraten. Oder vielleicht hatte sie auch nur die Hoffnung aufgegeben.

Nun aber verspätete sich ihre Periode. Sehr sogar.

»Oh mein Gott«, wiederholte sie. »Ich bin schwanger!«

Schiere Zurückhaltung bewog sie, sich prompt zu korrigieren. »Ich könnte schwanger sein.«

Zum Glück hatte sie in Erwartung dieses Tags in einer Apotheke in Charleston mehrere Schwangerschaftstests für zu Hause gekauft und in ihrem Koffer ganz hinten in Eriks Schrank versteckt.

Sie schob ihre Kleidung beiseite, holte den Koffer heraus und fingerte am Schloss, bevor sie mit den Tests ins Badezimmer verschwand. Helen zitterte so heftig, dass sie die erste Schachtel kaum lang genug ruhig halten konnte, um die Anleitung zu lesen.

Während sie auf das Ergebnis wartete, machte sie sicherheitshalber einen weiteren Test. Und dann einen dritten.

Bei der ersten positiven Anzeige traten ihr Tränen in die Augen. Die zweite löste einen Jubelschrei aus. Bei der dritten ließ sie sich auf den Toilettendeckel plumpsen und hielt sich mit einer Hand den Bauch.

»Baby, wenn du wirklich da drin bist, werde ich mich so was von gut um dich kümmern. Das verspreche ich dir.«

Fünf Minuten später hatte sie bei ihrem bevorzugten Gynäkologen einen Termin für die nächste Woche vereinbart. Wenn er bestätigte, was drei Heimtests ergeben hatten, würde sich ihr Leben dramatisch verändern.

Und dasselbe galt für ihre Beziehung zu Erik.

Helen verhielt sich merkwürdig. Und Erik glaubte nicht, dass es allein an ihrer Meinungsverschiedenheit über den Umgang mit Brad Holliday lag. *Das* war nämlich zu einem fast täglichen Streitpunkt geworden.

An diesem Abend jedoch hatte sie ein eigenartiges, verhaltenes Lächeln im Gesicht, seit er nach Hause gekommen war. Aber als er sie gefragt hatte, was ihr durch den Kopf ging, war sie ihm ausgewichen.

»Heute Morgen warst du noch nicht so glücklich.« Er musterte sie unverändert argwöhnisch.

»Doch, war ich«, entgegnete sie. »Dann hat meine Stimmung umgeschlagen, als Maddie angerufen und mir gesagt hat, dass du, Cal und Ronnie die Umsetzung von Plan A vorbereiten. Da ist mir wieder eingefallen, wie verärgert ich über euch und euren Macho-Plan war.«

»Aber darüber bist du inzwischen wohl hinweg«, sagte er.

»Wie kommst du darauf?«

»Du bist hier. Wenn du wirklich so wütend darüber wärst, dann wärst du bei dir zu Hause.« Suchend musterte er ihr Gesicht. »Es sei denn, du hast immer noch Angst vor Holliday, obwohl du es abstreitest, und das überwiegt deine Verärgerung über mich. Um ehrlich zu sein, würde ich das beruhigend finden.«

»Ach, um Himmels willen, müssen wir wirklich immer wieder über Brad Holliday reden?«, fragte sie.

»Nein.«

Je weniger, desto besser. Erik wollte keine Fragen darüber, wann Cal, Ronnie und er Plan A umsetzen wollten. Sie hatten sich darauf geeinigt, den Mann am Samstagmorgen bei ihm zu Hause zur Rede zu stellen. Erik gefiel es zwar nicht, noch zwei Tage ins Land ziehen zu lassen, aber sie hatten bereits eine Woche gewartet, und auch er hatte es für kontraproduktiv gehalten, den Kerl bei der Arbeit aufzusuchen. Eine Konfrontation in der Öffentlichkeit würde einen Mann, dessen Selbstbeherrschung am seidenen Faden hing, nur noch mehr in Rage versetzen.

»Kann ich dir irgendwas bringen?«, fragte er Helen. »Ich dachte an ein Schlückchen Wein vor dem Schlafengehen.«

»Für mich nicht.« Helen hielt ein Glas hoch. »Ich hab Wasser.«

Auch das fand Erik ungewöhnlich. Normalerweise genehmigte sich Helen abends mit ihm ein Gläschen Wein. Aber er hielt es nicht für wichtig genug, um darauf herumzureiten.

Als er ins Wohnzimmer zurückkam, ließ er sich neben ihr auf dem Sofa nieder. »Wie wär's mit einem Film? Ein Klassiker mit Katharine Hepburn und Spencer Tracy wäre im Angebot. Ich weiß, dass du darauf stehst.«

»Nicht heute Abend. Ich bin müde. Es war ein langer Tag.« Sie stand auf. »Ich denke, ich geh jetzt ins Bett.«

»Warte«, sagte Erik und legte die Stirn in Falten. »Bist du immer noch sauer auf mich wegen Holliday?«

»Nein. Das liegt ganz bei dir. Tu, was du tun musst.«

»Aber du billigst es nicht?«

»Richtig«, bestätigte sie. »Weil er *mein* Problem ist. Also liegt es an mir, es zu lösen.«

»Kannst du uns nicht einfach als Verstärkung betrachten?«

»Verstärkung ist eine Sache«, gab sie zurück. »Einmischung eine völlig andere.«

»Das stört dich wirklich, oder?«

»Ach, glaubst du echt?«

»Ich kann mit Cal und Ronnie reden«, bot er wider besseres Wissen an. »Wir können noch eine Weile warten. Willst du das wirklich?«

Sie sah ihn mit ernster Miene an. »Ja, das will ich wirklich.«

»Dann kläre ich es mit ihnen«, lenkte er ein. »Aber weißt du, wir wollen alle nicht deine Unabhängigkeit untergraben. Wir wollen nur, dass du in Sicherheit bist.«

Da seufzte sie und setzte sich wieder. »Ich weiß. Mir gefällt bloß der Gedanke nicht, dass ich so verwundbar bin und Schutz brauche.«

»Ist es nicht besser, auf Nummer sicher zu gehen? Ich könnte es mir nie verzeihen, wenn dir was zustößt, obwohl wir es hätten verhindern können.«

Den seltsamen Ausdruck, der bei den Worten über ihr Gesicht huschte, konnte er nicht richtig deuten. Aber irgendetwas, das er gesagt hatte, war offensichtlich bei ihr angekommen.

»Zieht euren Plan A durch«, sagte sie und überraschte ihn mit der plötzlichen Kehrtwende völlig. »Schwör mir nur, dass ihr euch dabei nicht in Gefahr bringt.«

»Tun wir nicht«, versprach er.

Erik hätte zu gern gefragt, was den unverhofften Sinneswandel ausgelöst hatte, wagte es aber nicht. Tief in seinem Inneren hielt er es für zu wichtig, den Plan umzusetzen, um das Risiko einzugehen, ihre hart erkämpfte Zustimmung wieder zu verlieren. Besser, sie jagten Brad Holliday sofort Angst ein, als ihn später umbringen zu müssen, weil er Helen etwas angetan hatte.

KAPITEL 18

Oben im Schlafzimmer dachte Helen über Eriks Sorge um ihre Sicherheit nach. Dabei fragte sie sich, was er wohl empfände, wenn er wüsste, dass er auch ihr Kind beschützen würde. Mitten in ihrer Diskussion war Helen plötzlich klar geworden, dass sie nicht mehr nur an sich denken durfte. Sie musste tun, was immer nötig wäre, um dafür zu sorgen, dass dem möglicherweise in ihr heranwachsenden Baby nichts geschehen konnte.

Bis der Schlamassel mit Brad Holliday begonnen hatte, wollte sie die Beziehung zu Erik langsam auflösen, sobald feststand, dass sie schwanger war. Aber die Drohungen dieses Kerls, auch wenn er sie höchstwahrscheinlich nie wahrmachen würde, zwangen sie praktisch, noch etwas länger bei Erik zu bleiben. Sie hoffte inständig, dieser Plan A würde das Problem beseitigen, damit sie nach Hause zurückkehren und die Sache mit Erik beenden könnte, ohne ihn allzu sehr zu verletzen.

Seit Beginn der Affäre hatte sie sich einzureden versucht, dass er froh sein würde, das Drama loszuwerden, das sie in sein Leben gebracht hatte. Allerdings wusste sie nur zu gut, dass sie sich damit etwas vorgemacht hatte. Sie würden beide Narben vom Ende der Beziehung davontragen, ganz gleich, wie sehr sie es sich anders wünschte.

Helen war keineswegs entgangen, wie sehr sie Erik mit ihrem abrupten Sinneswandel über Plan A verblüfft hatte.

Aber es war ihr gelungen, sich davonzumachen, bevor er unangenehme Fragen dazu stellen konnte. Sie hatte darauf gesetzt, dass er vor Erleichterung über ihre Zustimmung schweigen würde. Und das hatte er getan, zumindest lang genug, dass sie sich aus dem Staub machen konnte.

Als er ins Schlafzimmer kam, lag sie, von ihm abgewandt, auf der Seite und stellte sich schlafend. Sie lauschte dem vertrauten Geräusch, mit dem er seine Kleidung in Richtung eines Stuhls in der Ecke des Zimmers warf. Dann wurde die Dusche aufgedreht. Als er sich schließlich zu ihr unter die Decke schob und ihr einen gehauchten Kuss auf die Wange gab, bereute sie ihre Scharade beinah.

Es wäre schön gewesen, sich in seine Umarmung zu schmiegen, sich leise über ihren Tag zu unterhalten, sich vielleicht sogar zu lieben und sich danach vom gleichmäßigen Takt seines Herzens in den Schlaf lullen zu lassen. Daran hatte sie sich in letzter Zeit allzu sehr gewöhnt. Nach so vielen Jahren allein hatte sie nicht damit gerechnet, dass sie sich derart schnell an die kleinen intimen Momente gewöhnen würde, die eine Beziehung ausmachten. All das würde sie schrecklich vermissen, wenn sie in ihr eigenes Haus und zu ihrer Einsamkeit zurückkehrte. Wenigstens die Einsamkeit würde nur vorübergehend sein.

Irgendwann würde es ein Baby geben, das sie im Arm halten, lieben und umsorgen könnte, und das würde auf seine eigene Art erfüllend sein. Helen berührte mit einer Hand ihren noch flachen Bauch und versuchte, sich vorzustellen, dass darin ein winziges Leben heranwuchs. Der Gedanke erfüllte sie mit Ehrfurcht. *Bitte, Gott, lass mich nicht falschliegen. Lass ein Baby in mir sein.*

»Helen?«, flüsterte Erik. »Bist du wach?«

Sie gab ihrem Verlangen nach ihm nach und murmelte: »Ja.«

Er rollte sich zu ihr und zog sie an sich. Sie spürte seine nackte Haut am Rücken. Seine Wärme und sein männlicher Duft umfingen sie, ließen sie wacher werden. Als er die Hand auf ihre Brust legte, vermeinte sie, eine neue Empfindsamkeit zu verspüren, denn sofort raste Lust durch ihren Körper.

Schlagartig war sie hellwach und erfüllt von Verlangen. Als hätte Erik es wahrgenommen, wechselte er von zärtlichen zu ungeduldigeren Berührungen. Seine Eindringlichkeit und ihre jähe, lustvolle Reaktion darauf überrumpelten sie.

In einem Anflug wilder Leidenschaft fielen sie förmlich übereinander her. Ihr Atem vermischte sich, ihre Hände tasteten forsch und entschlossen, ihre Hüften fanden sich zu einem sinnlichen Tanz, der innerhalb weniger Herzschläge außer Kontrolle geriet. Die heftige Explosion, die ihren Leib durchfuhr, löste seine aus und schien ewig anzudauern.

Als Helen schließlich wieder denken konnte, fragte sie sich angesichts ihrer so vollkommen aufeinander abgestimmten Vereinigung, wie sie ihre Körper gegenseitig so gut kennengelernt hatten. Wenn nur ihre Herzen genauso im Einklang wären, dachte sie wehmütig, bevor sie in seinen Armen einschlief. Das leise Surren des Deckenventilators und dessen sanfte Brise trugen sie hinfort zu einem imaginären Versteck auf einer romantischen tropischen Insel. *Wenn es nur so wäre*, dachte sie erneut. *Wenn es nur so wäre …*

Helen arbeitete sich gerade durch einen riesigen Stapel von Gerichtsdokumenten, als sich Barb über die Gegensprechanlage meldete. Sie klang erschrocken und kündigte an, jemand vom Regionalkrankenhaus wäre am Telefon.

»Worum geht's?«, fragte Helen.

»Caroline Holliday.«

Helen schnappte sich das Telefon. »Helen Decatur am Apparat.«

»Ms Decatur, hier Emily Wilson. Ich bin Ärztin in der Notaufnahme im Regionalkrankenhaus. Caroline Holliday hat gesagt, Sie haben sie unlängst bei ihrer Scheidung vertreten.«

»Ja. Warum? Was ist passiert?«

»Sie ist vor ungefähr einer Stunde eingeliefert worden, kaum noch bei Bewusstsein. Sie ist geschlagen worden. Der Polizei hat sie gesagt, es wäre ihr Exmann gewesen, aber man hat ihn noch nicht aufgespürt. Ich habe hier einen Ermittler, der gern mit Ihnen reden würde. Können Sie herkommen?«

»Ich bin innerhalb einer Stunde da«, erwiderte Helen mit wild hämmerndem Herzen. Verdammt, das war ihre Schuld! Warum hatte sie nicht mehr zu Carolines Schutz unternommen? Ein Kontaktverbot mochte nicht das wirksamste Mittel der Welt sein, trotzdem hätte sie an jenem letzten Tag vor Gericht, als alle bezeugt hatten, wie Brad ausgerastet war, sofort eines beantragen sollen. Stattdessen hatte sie auf Caroline gehört, die gemeint hatte, sie würde ein, zwei Wochen aus Serenity verreisen. Und damit hatte sich Helen zufriedengegeben. Natürlich war von vornherein klar gewesen, dass sie wieder zurückkommen würde – und das hatte sie erwartet.

»Wie geht es ihr?«, fragte Helen, der das Herz bis in den Hals schlug.

Die Ärztin zögerte, bevor sie antwortete: »Sie sind keine Angehörige, deshalb darf ich Ihnen eigentlich gar nichts sagen. Aber Caroline wollte unbedingt, dass Sie erfahren, wie durchgedreht ihr Exmann ist, deshalb tue ich es trotzdem. Sie wird gerade operiert. Sie hat eine gerissene Milz, andere innere Verletzungen, einen gebrochenen Arm und etliche Platzwunden und Prellungen. Brad Holliday hat sich richtig an ihr ausgetobt.«

Helen schnappte nach Luft. »Oh mein Gott«, flüsterte sie. »Wird sie durchkommen?«

»Die besten Chirurgen arbeiten gerade an ihr. Es liegt in ihren und Gottes Händen. Ich glaube, bei Bewusstsein hat sie nur die Entschlossenheit gehalten, Sie zu warnen. Ich will Ihnen nicht vorschreiben, was Sie zu tun haben, aber ich denke, Sie sollten lieber nicht allein sein. Caroline hat darauf gedrängt, dass Sie Schutz brauchen.«

»Den besorge ich mir«, versprach Helen. »Bitte passen Sie gut auf sie auf. Das ist meine Schuld.«

»Weil Sie ihr geholfen haben, von einem Tyrannen loszukommen?«, fragte die Ärztin ungläubig.

»Nein, weil ich ihn dabei zur Weißglut gebracht habe«, gab Helen zurück, zerfressen von Schuldgefühlen. Bestimmt hätte es auch eine andere Möglichkeit gegeben, Carolines Interessen zu wahren. Sie hätte sie nur finden müssen. In ihren schlimmsten Albträumen hätte sie sich nicht vorstellen können, dass Brad je so gewalttätig werden könnte. Selbst, als er sie vor ein paar Tagen auf der Straße angesprochen hatte, war ihr nicht in den Sinn gekommen, er könnte derart verstört sein. Wieso hatte sie nur alle Warnhinweise ignoriert?

»Bitte sagen Sie dem Ermittler, dass ich unterwegs bin und ihm auch Richter Lester Rockingham und Brads Anwalt Jimmy Bob West Informationen liefern können.«

»Ich richte es ihm aus«, versprach Dr. Wilson.

Helen zitterte, als sie auflegte. Sie schaute auf und stellte fest, dass Barb in ihr Büro gekommen war, während sie telefoniert hatte.

»Wie schlimm ist es?«, fragte ihre Sekretärin.

»Sie ist gerade im OP. Ich muss sofort hin.«

»Sicher nicht allein«, gab Barb zurück. »Hat man Brad verhaftet?«

»Anscheinend noch nicht.«

»Dann muss dich jemand begleiten«, erklärte Barb in einem Ton, der keinen Widerspruch duldete.

Helen warf einen Blick auf die Uhr. Kurz vor Mittag. Erik würde im Restaurant alle Hände voll zu tun haben.

Anscheinend ahnte Barb, was ihr durch den Kopf ging, denn sie verkündete entschlossen: »Ich rufe Erik an. Mir egal, wie viel er zu tun hat. Er wird dich begleiten wollen. Hol ihn unterwegs ab. Versprich es mir, Helen.«

Zu aufgewühlt für eine Diskussion, nickte Helen. »Sag ihm, dass ich vorbeikomme und ihn abhole. Ich fahre hinten in die Gasse.«

Zehn Minuten später bog sie in die Gasse hinter dem *Sullivan's*, wo Erik und Dana Sue bereits warteten. Dana Sue schaute entsetzt drein, Erik zutiefst besorgt. Er riss die Autotür auf und stieg ein.

»Alles in Ordnung?«, fragte er angespannt.

Helen konnte nur nicken. Mit einem Blick zu Dana Sue sagte sie: »Ich ruf dich an, sobald wir mehr wissen.«

Dana Sue bedachte Erik mit einem ernsten Blick. »Lass ja nicht zu, dass ihr was passiert«, befahl sie.

»Sicher nicht in meiner Obhut«, beteuerte er.

»Wir müssen los«, sagte Helen, trat aufs Gas und raste aus der Gasse.

»Langsam«, verlangte Erik. »Versuch bitte, uns nicht auf dem Weg umzubringen.«

»Würdest du dich besser fühlen, wenn du am Steuer wärst?«, herrschte sie ihn an.

»So, wie du gerade fährst – ja.«

Helen wusste, dass er recht hatte. Sie war entschieden zu erschüttert, um hinter dem Lenkrad zu sitzen. Also fuhr sie auf einen Parkplatz, trat heftig auf die Bremse und schaltete den Motor aus. »Nur zu«, sagte sie, stieg aus und ging auf die andere Seite.

Erik stieg ebenfalls aus und packte sie am Handgelenk, bevor sie seinen Platz auf dem Beifahrersitz einnehmen konnte. Er sah ihr tief in die Augen und ergriff in sanfterem Ton das Wort. »Es wird alles wieder gut.«

Tränen brannten in Helens Augen. »Das hoffe ich, aber du hast nicht gehört, was die Ärztin über Carolines Verletzungen gesagt hat. Es geht ihr überhaupt nicht gut, Erik. Vielleicht schafft sie es nicht.«

Sein Blick verfinsterte sich. »Das hättest auch du sein können.«

»War ich aber nicht«, gab sie zurück. Sie verschwieg, dass Caroline und die Polizei dachten, sie könnte ohne Weiteres die Nächste sein.

Als sie wieder unterwegs waren, konnte sie sich nicht dazu durchringen, ihre Erleichterung darüber zuzugeben, dass Erik am Steuer saß und bei ihr war. Obwohl sie die von ihm abgestrahlte Anspannung regelrecht fühlen konnte, beruhigten seine Stärke und seine bloße Gegenwart sie.

»Danke, dass du mitkommst«, brachte sie schließlich heraus.

Er schaute zu ihr. »Deine Idee oder die von Barb?«

»Beides«, gestand sie mit einem verhaltenen Lächeln. »Sie war ein bisschen überzeugter als ich, dass es in Ordnung wäre, dich mitten im Mittagsgeschäft zu stören.«

»Du kannst mich jederzeit anrufen, Tag und Nacht«, betonte er. »Wenn ich zwischen der Zubereitung irgendwelcher Desserts und dir entscheiden muss, gewinnst immer ganz klar du, okay?«

Helen musterte ihn. »Du meinst das ernst, oder?«

»Natürlich. Warum fragst du das überhaupt?«

»Weil du immer so deutlich zum Ausdruck gebracht hast, dass du keine emotionale Bindung willst«, antwortete sie offenherzig.

»Wir sind Freunde, Helen. Und Freunde kommen bei mir immer an erster Stelle.«

Freunde, dachte sie, lehnte sich zurück und verkniff sich ein Seufzen. Gut, dass er sie daran erinnerte. Nicht, dass an Freundschaft etwas verkehrt wäre. Ganz und gar nicht. Und Freunde zu sein, die miteinander schliefen, fand sie großartig. Aber für ihn wies die Beziehung eine klare Grenze auf, was Helen in der Überzeugung bestärkte, dass er nichts mit dem in ihr heranwachsenden Kind zu tun haben wollte.

Bedauern breitete sich in ihr aus. Der Mann, den sie zum Vater des neuen Lebens in ihr auserkoren hatte, würde für jenes Kind nie dieselbe unerschütterliche Loyalität und dasselbe Beschützerverhalten zeigen wie für sie. Was für ein tragischer, entsetzlicher Verlust für beide!

Erik spähte zu Helen, als er auf den Parkplatz der Notaufnahme des Krankenhauses einbog. An ihren auf dem Schoß zu Fäusten geballten Händen traten die Knöchel weiß hervor, ihre Züge wirkten steif vor Anspannung. Vermutlich gab sie sich die Schuld daran, was Caroline Holliday widerfahren war, statt sie direkt beim eigentlichen Täter zu suchen.

Als Barb ihm mit knappen Worten die Lage erklärt hatte, war in ihm eine schier überwältigende Wut auf Brad Holliday aufgestiegen – und Panik davor, dass Helen sein nächstes Opfer werden könnte. Er hatte sich die Kochjacke vom Leib gerissen, noch bevor er aufgelegt hatte, dann war er zur Tür hinausgeeilt, dicht gefolgt von Dana Sue, die er unterwegs aufgeklärt hatte. Beide hatten ohne jedes Zögern entschieden, dass Helens Sicherheit natürlich Vorrang vor dem Mittagsgeschäft im *Sullivan's* hatte.

»Falls nicht ausreicht, was wir derzeit haben, servieren wir einfach Eiscreme«, hatte sie zu ihm gesagt. »Geh du nur und pass auf Helen auf.«

Unterwegs zum Krankenhaus hatte er mit Argusaugen nach verdächtigen Autos Ausschau gehalten, weil er fürchtete, Holliday könnte Helen von ihrer Kanzlei gefolgt sein. Hoffentlich plagte den Mann nach der schweren Misshandlung seiner Exfrau eine Heidenangst davor, gefasst zu werden, und er würde sich Helen deshalb nicht nähern.

Obwohl Erik niemanden gesichtet hatte, der ihnen gefolgt war oder auf dem Krankenhausparkplatz lauerte, wies er Helen an, im Auto zu warten, bis er ihr die Tür öffnete.

Ihren Protest würgte er kurzerhand ab. »Jetzt reg dich nicht auf, Süße, das ist nur vernünftig.«

Sie seufzte. »Ich weiß, aber beeil dich.«

Er zog eine Augenbraue hoch. »Wir sind in weniger als dreißig Minuten hier gewesen. Das ist eilig.«

Rasch ging er zur Beifahrerseite herum und schirmte sie ab, als sie ausstieg. Mit einem Arm um sie und unablässig umherwanderndem Blick führte er sie in die Notaufnahme. Ein uniformierter Polizist und ein Mann in einem zerknitterten Anzug, der Erik an die alte Fernsehserie *Columbo* erinnerte, standen in der Nähe des Aufnahmeschalters.

»Wir kommen wegen Caroline Holliday«, erklärte Erik der diensthabenden Krankenpflegerin und erregte damit die Aufmerksamkeit der Männer.

»Sind Sie Helen Decatur?«, fragte der Beamte in Zivil. »Ich bin Detective Myers.«

Helen nickte. »Ich beantworte gern alle Ihre Fragen, aber zuerst muss ich wissen, wie es Caroline geht.« Sie wandte sich an die Krankenpflegerin. »Ist Dr. Wilson zu sprechen?«

»Ich sehe nach, ob sie frei ist«, erwiderte die Frau. »Ich schicke sie zu Ihnen in den Warteraum.«

»Danke«, sagte Erik, weil Helen so aussah, als wollte sie direkt in den Behandlungsbereich stürmen und selbst nach der Ärztin suchen. Er führte sie durch den Flur.

»Ich hole Kaffee«, kündigte er an.

»Der ist hier ziemlich widerlich«, warnte der uniformierte Beamte mit verzogenem Gesicht.

»Ich hätte sowieso lieber einen Kräutertee«, sagte Helen.

»Geht klar. Ich hole Tee«, sagte Erik. »Lassen Sie sie bloß keine Minute allein, okay?«

»Auf keinen Fall«, versicherte ihm der Ermittler.

Erik machte sich auf die Suche nach der Kantine oder einem Verkaufsautomaten. Die Geräusche und Gerüche im Krankenhaus kannte er so gut wie jene in der Küche des *Sullivan's*, aber seit Sams Tod verursachten sie ihm ein mulmiges Gefühl. Er musste mit sich ringen, um nicht schnurstracks auf den Parkplatz zurückzukehren, in der frischen Luft durchzuatmen und zu versuchen, sich wieder in den Griff zu bekommen.

Es dauerte nicht lange, einen Automaten zu finden, der für ihn einen Becher mit einer erbärmlich schwach aussehenden Brühe ausspuckte. Helens Tee besorgte er aus der Kantine.

Als er am Anmeldungsschalter vorbeikam, winkte die Krankenpflegerin ihn zu sich. »Dr. Wilson ist gerade bei einer anderen Patientin, aber ich soll Ms Decatur ausrichten, dass sie sich nach Mrs Hollidays Zustand erkundigt und so schnell wie möglich kommt, um sie zu informieren.«

»Danke«, sagte Erik. »Ich sage es ihr.«

Als er im Wartezimmer eintraf, hörte er, wie Helen die Ereignisse vom Tag der Scheidung Caroline Hollidays schilderte. Auch die vom Richter und Brads Anwalt geäußerten Bedenken um Carolines und Helens Sicherheit erwähnte sie. Erik nahm neben ihr Platz und reichte ihr den Tee. Dabei verdrehte er die Augen. »Sei froh, dass du dich dafür entschieden hast«, sagte er nach dem ersten Schluck von seinem Kaffee.

»Aber du trinkst ihn«, merkte sie an.

»Pure Verzweiflung. Mir ist jedes Koffein recht.«

Helen schüttelte den Kopf. »Wäre nicht koffeinfreier besser gewesen?«

»Hätte nichts geändert«, sagte der Polizist. »Das Zeug trinkt man so oder so nur aus Verzweiflung. Ich bin fast jede Nacht hier, sei es wegen eines Unfalls oder häuslicher Gewalt. Seit zwei Jahren bettle ich förmlich darum, sie sollen versuchen, eine der großen Kaffeeketten für eine kleine Filiale in der Notaufnahme zu begeistern. Die würden hier ein Vermögen scheffeln.«

Bei den Worten wurde Helen neben Erik hellhörig. »Vielleicht muss es ja keine Filiale einer großen Franchisekette sein«, meinte sie und sah ihn an. »Was meinst du, Erik? Es könnte auch ein *Sullivan's* Café sein wie das im *Corner Spa.*«

Detective Myers sah sie überrascht an. »In dem Restaurant hab ich schon Kaffee getrunken. Der beste weit und breit.«

Helen grinste. »Er ist einer der Köche dort«, sagte sie und zeigte auf Erik.

Einige Minuten lang lockerte sich die Spannung, als die vier über das Essen und den Kaffee im *Sullivan's* plauderten. Doch kaum betrat eine gehetzt wirkende Frau in grünem Ärztekittel den Warteraum, wurde die Atmosphäre schlagartig wieder düster.

»Hallo, Doktor«, sagte Detective Myers. »Irgendetwas Neues?«

»Gutes und Schlechtes.« Sie nickte Helen zu. »Danke fürs Kommen.«

»Was ist die gute Nachricht?«, fragte der Ermittler.

»Sie hat die Operation überstanden«, antwortete Emily Wilson, doch ihr Gesichtsausdruck blieb verkniffen.

»Aber?«, hakte Erik nach.

»Sie erholt sich nicht wie erhofft, und ihr Blutdruck hat sich nicht stabilisiert. Er sinkt sogar.«

»Also blutet sie noch«, mutmaßte Erik, bevor die anderen reagieren konnten.

Die Ärztin nickte. »Das befürchten wir. Der Chirurg war sich zwar sicher, er hätte alle Blutungen gefunden und gestillt, aber er könnte etwas übersehen haben. Ihre inneren Organe haben ganz schön was abgekriegt.«

»Macht er sie noch mal auf?«, fragte Erik, der Helens Blick auf sich spürte. »Es könnte heikel sein, zu lange zu warten.«

»Die Entscheidung trifft er in der nächsten halben Stunde«, bestätigte Dr. Wilson. »Sie scheinen sich damit auszukennen.«

»Ich war eine Zeit lang Rettungssanitäter«, erklärte er.

Der Ermittler starrte ihn an. »Und jetzt Koch. Ich wette, dahinter steckt eine Geschichte.«

Erik zuckte mit den Schultern. »Keine besonders interessante«, sagte er.

»Ich halte Sie weiter auf dem Laufenden«, versprach Dr. Wilson. »Detective, haben Sie ihre Kinder erreicht?«

»Den ältesten Sohn. Er trommelt die anderen zusammen. Sie sollten bald hier sein.«

»Je früher, desto besser«, sagte die Ärztin.

Helen zitterte neben Erik. Er legte ihr den Arm um die Schultern und drückte sie an sich. »Vielleicht sollten wir lieber gehen«, schlug er vor.

»Nein«, widersprach Helen sofort. »Ich bleibe. Wenn du zurückmusst, dann nimm ruhig mein Auto. Maddie oder sonst jemand kann mich später abholen.«

»Kommt nicht in Frage«, gab Erik zurück. »Wenn du bleibst, dann bleibe ich auch. Ich dachte nur, vielleicht willst du nicht hier sein, wenn ihre Kinder kommen.«

Helen schüttelte den Kopf. »Sie haben unter Umständen Fragen, die ich beantworten kann.«

»Oder sie könnten dir die Schuld an allem in die

Schuhe schieben«, erwiderte er. »Vergiss nicht, dass sie ihre Mutter *und* ihren Vater lieben.«

»Er hat recht«, meldete sich Detective Myers zu Wort. »Unter solchen Umständen verhalten sich die Menschen nicht immer rational. Ich habe von Ihnen vorläufig alles an Informationen, was ich brauche. Fahren Sie lieber nach Hause.« Er sah Erik an, obwohl er weiter mit Helen sprach. »Sorgen Sie nur dafür, dass ständig jemand bei Ihnen ist, bis wir den Kerl gefunden haben, okay? Er ist eindeutig übergeschnappt.«

»Es *wird* ständig jemand bei ihr sein«, versicherte Erik dem Ermittler.

»Ich benachrichtige Ihren Sheriff, dass er Ihr Haus und Ihre Kanzlei unter Beobachtung stellen soll«, sagte Myers.

»Sie verbringt viel Zeit bei mir«, merkte Erik an. »Meistens ist sie dort nicht allein.« Er nannte ihm die Adresse.

»Ich sorge dafür, dass er auch darüber Bescheid weiß«, versprach Detective Myers. »Sie dürfen das nicht auf die leichte Schulter nehmen, Ms Decatur. Ich weiß, dass Mrs Holliday besorgt war. Außerdem habe ich inzwischen mit dem Richter und Hollidays Anwalt gesprochen. Beide haben sich auch besorgt um Sie gezeigt. Niemand will, dass Sie im gleichen Zustand wie Mrs Holliday hier landen.«

»Verstanden«, sagte sie mit blassem Gesicht. »Ich werde vorsichtig sein.«

Die beiden Polizisten begleiteten sie zu Helens Auto. Es wirkte zwar ungezwungen, doch Erik entging nicht, wie wachsam sie die Blicke in alle Richtungen über den Parkplatz wandern ließen und anschließend warteten, bis Erik aus der Parklücke zurückgesetzt hatte, bevor sie wieder hineingingen.

»Ich hätte bleiben sollen«, meinte Helen, kaum dass sie auf den Highway aufgefahren waren.

»Nein«, widersprach Erik. »So ist es besser. Du kannst ja wieder hin, wenn Caroline in einem Zimmer ist und Gesellschaft braucht. Vorerst braucht sie nur deine Gebete.«

Helen wirkte zwar nicht völlig überzeugt, schwieg aber. Sogar so lange, dass Erik allmählich besorgt wurde, bis ihm ein kurzer Blick verriet, dass sie eingedöst war. Offensichtlich hatten die Neuigkeiten und die rasante Fahrt ihren Tribut gefordert.

Bei ihm zu Hause ließ sie sich von ihm eine Suppe und einen Salat zubereiten. Sie aß drei Löffel von der Suppe und nur ein, zwei Bissen vom Salat.

»Könntest du im Krankenhaus anrufen und nach ihr fragen?«, bat sie Erik, als sie das Essen von sich geschoben hatte. »Du scheinst den medizinischen Kram besser zu verstehen als ich. Dann kannst du's mir in verständlichen Worten weitergeben.«

»Sicher.« Er rief an und bekam Dr. Wilson in die Leitung. »Gibt es etwas Neues über Caroline Holliday?«

»Man hat sie noch mal aufgemacht und die übersehene Blutung gefunden«, teilte sie ihm mit. »Ihr Blutdruck ist fast wieder normal, daher bin ich vorsichtig optimistisch. Aber sie hat trotzdem einen weiten Weg vor sich. Ihr Körper hat ein schweres Trauma erlitten. Ihre Kinder sind jetzt bei ihr, alle außer ihrer Tochter. Anscheinend kann sie nicht glauben, dass ihr Vater so was tun würde. Sie redet sich ein, es müsste jemand anders gewesen sein, und ihre Mutter würde es nur benutzen, um sich an ihrem Vater zu rächen.«

»Totale Verleugnung«, kommentierte Erik. »Ist nicht

allzu ungewöhnlich. Darf ich mich wieder bei Ihnen melden, um mich nach Mrs Hollidays Zustand zu erkundigen? Helen ist unheimlich besorgt um sie.«

»Natürlich«, antwortete sie. »Übrigens hat Detective Myers mir erzählt, dass Ms Decatur vorgeschlagen hat, hier im Krankenhaus ein *Sullivan's* Café zu eröffnen. Ich hoffe, Sie denken wirklich darüber nach. Könnte die hier verbrachten Stunden ein bisschen weniger schlauchend machen, wenn ich ab und zu eine gute Tasse Kaffee oder eine anständige Mahlzeit kriegen könnte.«

»Ich rede gleich morgen früh mit meiner Chefin über die Idee«, versprach er. »Gut möglich, dass sie sich dafür begeistert.«

Er legte auf und kehrte ins Wohnzimmer zurück, wo Helen rastlos auf und ab lief.

»Hat ja ganz schön lange gedauert«, murmelte sie. »Haben die Ärztin und du nett geplaudert, ja?«

Er schrieb den Ton in ihrer Stimme eher Besorgnis zu, nicht Eifersucht. Ruhig erwiderte er: »Caroline ist auf dem Weg der Besserung. Man hat sie noch mal operiert. Die innere Blutung scheint gestillt zu sein. Dr. Wilson ist optimistisch.«

»Es kann nicht so lang gedauert haben, dir das zu sagen. Worüber habt ihr noch geredet?«

Überrascht sah er sie an. »Du kannst unmöglich eifersüchtig sein, immerhin wolltest ja du, dass ich sie anrufe«, sagte er.

Sie runzelte die Stirn. »Natürlich bin ich *nicht* eifersüchtig.«

»Gut. Denn so eine Beziehung haben wir nicht, richtig?«

Sie seufzte. »Nein, natürlich nicht. Tut mir leid.«

»Du bist besorgt. Das versteh ich«, sagte er leise. »Sehen wir uns den Film an, den ich gestern erwähnt habe. Der wird dich ablenken.«

Sichtlich hin- und hergerissen sah sie ihn an, schließlich jedoch nickte sie. »Na schön.«

Er grinste. »Du liebst es doch, wenn Katharine Hepburn ihren Spencer Tracy um den kleinen Finger wickelt.«

Ihre Züge hellten sich auf. »Das stimmt«, pflichtete sie ihm eine Spur munterer bei.

Flüchtig fragte er sich, ob er je genug davon bekommen würde, welche erstaunlichen Haken ihr Geist oft schlug. Irgendwie bezweifelte er es. Allerdings lag in der Richtung eine Zukunft, die zu erwägen er sich nicht gestatten wollte.

KAPITEL 19

Am nächsten Morgen war Helen schon fast zur Tür hinaus, als ihr Handy klingelte.

»Ich will, dass du im Spa vorbeikommst«, verlangte Maddie im Befehlston. »Ich will genau erfahren, was gestern passiert ist. Warum hast du mich nicht angerufen? Ich hätte dich ins Krankenhaus fahren können.«

»War sinnvoller, Erik anzurufen«, erwiderte Helen. »Ich weiß, dass du taff bist, Maddie, aber du hast inzwischen fünf Kinder. Ich konnte nicht das Risiko eingehen, dass dir was passiert, weil du bei mir gewesen wärst.«

»Da ist vielleicht was dran«, räumte Maddie ein, klang aber immer noch verärgert darüber, in einer Krise außen vor gelassen worden zu sein. Die süßen Magnolien hielten immer zusammen. »Trotzdem will ich wissen, was passiert ist. Wie schnell kannst du hier sein?«

»Erik setzt mich in der Kanzlei ab«, erklärte Helen. »Ich muss dringend Arbeit nachholen.«

»Das kann warten. Er soll dich stattdessen hier absetzen«, forderte Maddie. »Elliott kann dich nachher in die Kanzlei bringen. Ich denke, Erik würde zustimmen, dass Elliott ein angemessener Leibwächter ist.«

»Na schön. Dann sehen wir uns in fünf Minuten«, willigte Helen ein, weil sie wusste, dass Maddie keine Ruhe geben würde, bis sie sich mit eigenen Augen davon überzeugt hätte, dass es ihr gut ging. Obwohl Helen noch keinen Blick in die Morgenzeitung geworfen hatte, vermutete sie, dass Brads Angriff auf Caroline – der so schon schlimm genug war – durch die Kombination der Medienberichte und der Gerüchteküche von Serenity um ein Vielfaches aufgebauscht wurde.

Im Auto erklärte sie Erik die Planänderung. »Du brauchst nicht auf mich zu warten. Ich weiß, dass du ins *Sullivan's* musst. Maddie hat mir versprochen, dass Elliott mich in die Kanzlei bringt.«

Erik runzelte die Stirn. »Und du wirst nicht spontan entscheiden, dass du ihm nicht zur Last fallen willst, und allein losgehen?«

»Nein«, versprach sie. »Glaub mir, seit ich weiß, was Brad mit Caroline angestellt hat, will ich genauso wenig ein Risiko eingehen, wie du es mich eingehen lassen willst.«

»Na schön«, lenkte er ein und fuhr vor dem *Corner Spa* rechts ran. »Ruf mich an, wenn du in der Kanzlei bist. Ich will wissen, ob du draußen Anzeichen auf Leute des Sheriffs siehst, okay? Wenn dir nicht wie versprochen angemessener Schutz bereitgestellt wird, wenden wir uns direkt an den Richter. Und keine Diskussion darüber, okay?«

»Jawohl, du Glucke«, gab sie zurück und küsste ihn auf die Wange. »Ich rufe dich an.«

Als sie Maddies Büro betrat, fand sie dort ein Dutzend auf dem Schreibtisch ausgebreitete Handtücher vor.

»Fühl die mal«, forderte sie Helen auf. »Sag mir, was du denkst.«

Helen zuckte mit den Schultern und ergriff eines nach dem anderen. Manche fand sie zu grob, manche zu dünn. Zwei waren dick und flauschig, aber wahrscheinlich unverschämt teuer. »Ich nehme mal an, wir tauschen die Handtücher aus«, sagte sie.

»Beim ersten Einkauf sind wir Kompromisse zwischen Qualität und Kosten eingegangen«, erwiderte Maddie. »Deshalb sind sie so gut wie abgenutzt.« Sie zeigte auf die dünnen Handtücher. »Jeanette meint, wir sollten ein bisschen mehr ausgeben und etwas kaufen, das länger hält. Außerdem sollen sich unsere Kundinnen bei uns ja rundum verwöhnt fühlen. Mich überrascht immer wieder, wie viele Frauen in der Region bereit sind, für einen luxuriösen Verwöhntag ordentlich was springen zu lassen. Workouts sind nur schweißtreibend und anstrengend. Aber die Wellnessbehandlungen sind ein pures Vergnügen, das sie entweder zu verdienen glauben oder gern Freundinnen schenken. Hast du gesehen, wie weit die Geschenkgutscheinverkäufe über den Prognosen liegen? Und stell dir nur vor, was sich erst abspielt, wenn die Feiertage vor der Tür stehen. Also müssen wir unseren Teil dazu beitragen, die Fantasie auch wahrwerden zu lassen.«

»Ich vertraue dir und Jeanette dabei blind«, versicherte Helen ihr. »Hast du einen Preisvergleich für die beiden hier?« Sie betastete die luxuriöseren Modelle und empfand Erleichterung darüber, sich über etwas so Banales statt über Brad Holliday zu unterhalten.

Maddie schob einen Zettel über den Tisch. »Du hast gerade Jeanettes Favoriten in der Hand, aber bei den Kosten zieht sich mir alles zusammen.«

»Wir müssen auch abwägen, wie viel wir sparen, wenn wir sie nicht so bald austauschen müssen. Bei den Bademänteln hatte sie ja auch recht, nicht wahr? Die halten immer noch, die günstigeren Handtücher hingegen nicht.«

»Stimmt«, räumte Maddie ein. »Okay, welches der beiden?«

Helen zuckte mit den Schultern. »Ich merke keinen großen Unterschied, und der Preisunterschied ist marginal. Ist ein Anbieter zuverlässiger als der andere?«

»Von einem haben wir die Bademäntel, und die Zusammenarbeit mit ihm ist bisher ausgezeichnet.«

»Dann bestell bei ihm. Vielleicht lässt er sogar beim Preis noch etwas nach, wenn wir mehr Artikel ausschließlich von ihm beziehen«, sagte Helen und legte die Handtücher zurück auf den Schreibtisch. »Aber du hast mich nicht herzitiert, um mich in alltägliche Entscheidungen hier einzubeziehen. Das ist dein Hoheitsgebiet. Willst du mich einlullen, bevor du die unangenehmen Fragen abfeuerst?«

Maddie grinste. »Du kennst mich viel zu gut.«

»Na gut, schieß los. Bringen wir's hinter uns.«

»Bist du von Erik schwanger?« Maddies Frage verschlug Helen kurzzeitig die Sprache.

»Wo kommt das auf einmal her? Ich dachte, du willst über Brad und darüber reden, was er Caroline Holliday angetan hat«, gab sie irritiert zurück.

»Das hab ich am Telefon gesagt. Aber ich dachte mir, vielleicht kriege ich eine ehrliche Antwort von dir, wenn ich dich damit überrumple.«

»Wie kommst du überhaupt drauf, dass ich schwanger bin?«

»Wie du am Telefon so richtig angemerkt hast, habe ich fünf Kinder. Ich kenne die Anzeichen. Du bist in letzter Zeit ein paarmal grün um die Nase geworden, wenn du hier warst, und du bist noch reizbarer als sonst. Willst du damit sagen, ich hab recht?«

»Ich will damit gar nichts sagen«, murmelte Helen. »Und das werde ich auch nicht.«

»Und warum nicht? Weil du weißt, dass dir alles um die Ohren fliegen wird, sobald du dazu stehst, was du getan hast, nicht wahr?«

»Maddie, halt dich da raus«, bat Helen. »Überlass das mir.«

Maddie hob die Hände. »Glaub mir, ich würde es liebend gern dir überlassen, wenn ich überzeugt davon wäre, dass du auch nur die geringste Ahnung hast, wie du es anstellen sollst.«

»Ich habe einen Plan«, ließ Helen sie wissen.

»Und der war von Anfang an das Problem«, warf Maddie ihr vor. »Du hattest einen Plan, der nicht berücksichtigt, wie sich andere dabei fühlen könnten, insbesondere Erik. Und Dana Sue.«

»Eriks Gefühle hab ich sehr wohl berücksichtigt«, entgegnete Helen abwehrend. »Er und ich haben eine klare Vereinbarung über die Grenzen unserer Beziehung.«

Maddie sah sie unverhohlen skeptisch an. »Irgendwie bezweifle ich, dass bei der Unterhaltung zur Sprache gekommen ist, dass du schwanger von ihm werden willst. Oder liege ich falsch?«

Helen seufzte. »Nein, liegst du nicht.«

Maddies Blick wurde besorgt. »Ach, Süße, was um alles in der Welt willst du jetzt machen?«

»Das wird schon«, erwiderte Helen zuversichtlich.

»Wirklich? Glaubst du etwa, Dana Sue wird hocherfreut darüber sein?«

»Das geht sie nichts an. Es ist etwas zwischen Erik und mir.«

»Im Moment geht's nur um dich und darum, was *du* willst«, widersprach Maddie. »Erik hat dabei nichts mitzureden. Wann hast du vor, es ihm zu sagen?«

»Ich bin noch gar nicht hundertprozentig sicher, ob es überhaupt was zu sagen gibt«, erwiderte Helen. »Mein Arzttermin ist am Montag. Danach entscheide ich, was zu tun ist. Wegen der Sache mit Brad Holliday ist es ein bisschen kompliziert geworden. Erik rastet aus, wenn ich versuche, bei ihm auszuziehen und mich von ihm zu distanzieren, solange Brad noch eine Bedrohung sein könnte.«

Maddie starrte sie entsetzt an. »*Das* ist dein Plan? Du ziehst einfach bei ihm aus und sagst ihm nicht, dass du schwanger bist?«

»Erik will keine Ehefrau. Er will auch keine Kinder. Also ja, das ist der Plan. Er muss davon nichts erfahren. Ich komme mit der Schwangerschaft, dem Baby und allem anderen allein zurecht.«

»Du hast den Verstand verloren«, entfuhr es Maddie barsch. »Der Mann kann doch zählen, um Himmels willen. Meinst du nicht, er wird in, na sagen wir mal fünf Monaten einen Blick auf dich werfen und messerscharf folgern, das Kind in dir könnte von ihm sein? Wie kann man das einem Mann antun, den man als Freund bezeichnet, wenn schon sonst nichts? Und soweit ich das beurteilen kann, liegt Erik etwas an dir. Eine Menge. Hast du je die Möglichkeit in Betracht gezogen, dass er sich über die Neuigkeit vielleicht freuen könnte?«

»Würde er nicht«, erwiderte Helen, obwohl Maddies Worte ihre Überzeugung erschütterten.

Maddie schaute besorgt drein. »Ach, Helen, was hast du dir nur gedacht?« Sie wischte die Frage weg. »Egal. Ist ja offensichtlich, dass du gar nicht nachgedacht hast, zumindest nicht besonders klar.«

»Schönen Dank auch für die Unterstützung«, gab Helen frostig zurück.

»Ich werd dich immer unterstützen«, antwortete Maddie. »Aber ich sehe nicht tatenlos dabei zu, wie du einen echt idiotischen Fehler begehst. Sag es erst Erik und dann Dana Sue, bevor du zwei der besten Freunde verlierst, die du je hattest. Du schuldest ihnen die Wahrheit, Helen. Und sie müssen sie von dir hören, bevor jemand anders zum selben Schluss kommt wie ich und die Katze aus dem Sack lässt.«

Maddies harte Worte erschütterten Helen auf eine Weise, wie es selbst Brads Drohungen nicht geschafft hatten. »Ich darf sie nicht verlieren«, flüsterte sie. »Sie bedeuten mir alles.«

»Nur nicht genug, damit du ehrlich zu ihnen bist«, schalt Maddie sie. »Ich mein's ernst, Helen. Rede mit ihnen, sonst tu *ich* es.«

Schockiert starrte sie Maddie an. »Das würdest du nicht wagen.«

»Und ob«, entgegnete Maddie in unerbittlichem Ton. »Ich weiß, dass es mir eigentlich nicht zusteht. Trotzdem kann ich nicht mit ansehen, wie du dein Leben ruinierst, ohne alles in meiner Macht zu tun, um dich daran zu hindern. Lass Erik die Chance, sich einen Ruck zu geben und das Richtige zu tun. Vielleicht überrascht er dich ja.« Sie richtete einen eindringlichen Blick auf Helen. »Du hast bis Dienstag Zeit.«

»Dienstag?«, sprach Helen nach.

»Bis dahin weißt du es mit Sicherheit. Verlier keine Sekunde dabei, mit der Neuigkeit herauszurücken, okay? Ich mein's ernst.«

Helen sah die Entschlossenheit in Maddies Blick und wusste, dass ihre Freundin tatsächlich jedes einzelne Wort ernst meinte. Maddie würde Helens Wut egal sein, wenn sie der Meinung wäre, auf lange Sicht damit richtig zu handeln.

»Es ist noch zu früh, um es jemandem zu sagen«, klammerte sich Helen an einen Strohhalm und hoffte, Maddie damit zum Einlenken zu bewegen. »Du weißt genau, dass in meinem Alter ein hohes Risiko für eine Fehlgeburt besteht. Sogar du hast uns erst deutlich nach dem ersten Trimester von deiner letzten Schwangerschaft erzählt.«

»Komm mir bloß nicht mit der Ausrede«, entgegnete Maddie. »Cal hab ich es sehr wohl gesagt, weil der Vater ein Recht darauf hat, es von Anfang an zu wissen. Aus demselben Grund musst du es Erik sagen.«

»Aber wenn ich das Baby verliere, kriege ich nie wieder eine Chance. Jedenfalls nicht mit Erik.«

»Das Risiko wirst du eingehen müssen«, erwiderte Maddie unverrückbar.

Helen seufzte. »Komm schon, Maddie, ich muss das nach meinem Zeitplan machen, nicht nach deinem.«

»Dienstag«, wiederholte Maddie mit Nachdruck. »Ich hole jetzt Elliott. Er bringt dich in deine Kanzlei.«

»Wann hast du gelernt, mit so harten Bandagen zu kämpfen?«, fragte Helen mit widerwilliger Bewunderung.

»Ich hab mein Leben lang viel Zeit mit dir verbracht«, erwiderte Maddie. »Da musste ja was abfärben.«

»Ich hätte wissen müssen, dass ich meinen Einfluss auf dich noch mal bereuen würde«, sagte Helen. »Ich melde mich bei dir.«

Maddie nickte. »Tu das mal besser.«

Helen konnte nicht verhindern, dass sich ein verhaltenes Lächeln auf ihren Lippen ausbreiten wollte. »Du kannst jetzt aufhören, die Harte raushängen zu lassen. Deine Botschaft ist angekommen.«

Tatsächlich so eindringlich und wirkungsvoll, dass sich Helen fragte, ob sie aus dem von ihr angerichteten Schlamassel noch irgendetwas retten könnte. Vor einem Absturz in tiefe Verzweiflung bewahrte sie einzig der Gedanke, dass sie in wenigen Monaten ihr eigenes Kind in den Armen halten würde. Das wäre alle Konsequenzen wert, die sie dafür erleiden müsste.

Karen betrat für ihr morgendliches Training das *Corner Spa*, als sie sah, wie Elliott mit Helen wegging. Ein Anflug reiner Eifersucht durchzuckte sie. Sie verlor sich so darin, die beiden zu beobachten – Elliott bückte sich, um besser zu hören, was Helen sagte –, dass sie mit Maddie zusammenstieß, die gerade aus ihrem Büro kam.

»Tut mir so leid«, murmelte Karen eine Entschuldigung.

Maddie folgte der Richtung ihres Blicks. »Hast du nicht Schluss mit Elliott gemacht?«

»Ja«, gestand Karen.

Maddie musterte sie mitfühlend. »Aber jetzt bereust du es?«

»Ich war vielleicht ein bisschen voreilig«, räumte Karen ein. »Aber anscheinend hat er schon damit abgeschlossen.«

Maddie schüttelte den Kopf. »Keine Ahnung, was mit den Frauen los ist, die ich kenne«, klagte sie. »Keine scheint auch nur einen Funken gesunden Menschenverstand zu haben.«

Karen starrte sie an. »Wie bitte?«

»Vergiss es.« Maddie schwenkte wegwerfend die Hand. »Glaub mir, Elliott ist nicht an Helen interessiert, und sie definitiv nicht an ihm. Er bringt sie nur in ihre Kanzlei, weil irgendein Kerl sie bedroht hat und sie im Moment zu keinem Zeitpunkt allein sein sollte.«

Vielsagende Erleichterung überkam Karen. »Verstehe«, sagte sie leise.

»Wenn du ihn willst, dann tu was dafür«, riet Maddie ihr. »Helen ist deine geringste Sorge. Elliott ist den ganzen Tag von Verlockungen umgeben. Soweit ich das beurteilen kann, zeigt er keinerlei Interesse an den Frauen, die sich ihm hier an den Hals werfen. Aber das könnte sich im Handumdrehen ändern.«

»Was soll ich tun?«

»Sag ihm, was du empfindest. Sei ehrlich. Die Strategie wird heutzutage nicht annähernd oft genug eingesetzt«, sagte Maddie hitzig.

Karen schaute verdattert drein. »Reden wir immer noch von Elliott und mir?«

»Nicht ganz«, gab Maddie zu. »Denk einfach dran, was ich gesagt habe. Direktheit und Ehrlichkeit sollten in jeder Beziehung hochgehalten werden. Es kann verhängnisvoll sein, wenn etwas davon vernachlässigt wird.«

Karen nickte. »Ich werd's mir merken.«

Maddie drückte kurz ihre Schulter, bevor sie in den Behandlungsbereich davonging.

Als Elliott fünfzehn Minuten später wieder zur Tür hereinkam, bemerkte Karen ihn auf Anhieb. Sie schaltete das Laufband aus, auf dem sie halbherzig trainiert hatte, stieg ab und durchquerte den Raum, bis sie unmittelbar vor ihm stand. Zum ersten Mal seit ihrer Trennung erzwang sie damit eine Begegnung.

Sie legte ihm die Hände auf die Schultern, stellte sich auf die Zehenspitzen und drückte ihm einen Kuss auf den Mund, der die Temperatur in der Dampfsauna locker um zehn Grad in die Höhe getrieben hätte. Als sie zurücktrat, wirkte er benommen.

»Ich dachte, wir hätten uns getrennt«, sagte er schließlich.

Sie zuckte mit den Schultern. »Ich hab's mir anders überlegt. Es war wohl eine schlechte Idee. Was ist mit dir?«

Seine Lippen zuckten. »Ich hab's von Anfang an für eine schlechte Idee gehalten.«

»Können wir am Sonntag ausgehen? Nur wir beide?«

Als er den Kopf schüttelte, sackte ihr das Herz zu den Knien.

»Wir können am Sonntag nur ausgehen, wenn du die Kinder mitbringst. Da ist der erste Geburtstag meiner Nichte Angela. Wir haben eine Familienfeier.«

Karen starrte ihn an. »Und du willst uns mitnehmen?«

»Klar«, bestätigte er ernst.

»Deine Familie wird Fragen stellen«, warnte sie ihn.

»Glaub mir, das weiß ich besser als du. Bist du dafür bereit?«

Karen überlegte und rief sich Frances' überzeugte Worte darüber ins Gedächtnis, dass Elliott ein Familienmensch wäre, der ihr durch dick und dünn zur Seite stehen würde. Vielleicht war das ihre Chance, es selbst herauszufinden. Hoffentlich würde es ihr alles verraten, was sie wissen musste, bevor sie ihr Herz vollständig öffnete.

Sie schaute zu ihm auf und nickte. »Ich denke, das bin ich.«

»Dann hole ich dich zu Mittag ab. Du musst kein Geschenk besorgen. Das mache ich, und es ist von uns allen.«

»Von uns allen?«, wiederholte Karen. Das käme gewissermaßen einer Erklärung gleich.

Erik nickte. »Ist das ein Problem?«

»Nein«, antwortete sie langsam. »Nein, überhaupt kein Problem.«

Zum ersten Mal schenkte er ihr ein vollwertiges Lächeln und berührte ihre Wange. »Ich bin froh, dass du's dir anders überlegt hast, *querida*.«

Er benutzte diesen Kosenamen zum ersten Mal. Und berührte damit eine Stelle in ihr, die viel zu lange kalt und einsam gewesen war. »Bin ich auch«, sagte sie. »Aber lass uns nicht zu weit vorpreschen, okay?«

»Wie weit ist zu weit?«, hakte er nach. »Nur, damit ich die Regeln verstehe.«

Plötzlich fühlte sich Karen wagemutiger als seit Jahren. »Keine Regeln. Improvisieren wir einfach.«

»Langsame Improvisation«, folgerte Elliott. »Das kriege ich hin. Tatsächlich freue ich mich schon drauf.«

Das tat Karen auch. Was nicht bedeutete, dass sie keine Angst mehr verspürte. Ebenso wenig bedeutete es, dass die Zukunft bereits feststand. Aber sie blickte ihr vorfreudig entgegen, nicht panisch und bang. Was sich verdammt gut anfühlte.

Helen zog sich nach der Untersuchung an und ging ins Büro des Gynäkologen. Es war ihr nicht gelungen, irgendetwas aus Dr. Matthew Dawsons Gesichtsausdruck herauszulesen, während er an ihr herumgefuhrwerkt hatte.

In seinem Büro setzte sie sich ihm gegenüber, während er Anmerkungen in ihre Akte kritzelte. Ihr Herzschlag raste, während sie darauf wartete, dass er das Wort ergriff. Würde er bestätigen, dass sie endlich ihr ersehntes Baby bekommen würde?

Schließlich schaute er mit ernster Miene auf. Ihr Puls

schaltete einen weiteren Gang höher. Würde er nicht freudig dreinschauen, wenn sie schwanger wäre? Oder zumindest neutral?

»Sie wollten unbedingt schwanger werden, nicht wahr?«, sagte er schließlich. »Darüber haben wir gesprochen, als Sie das letzte Mal hier waren.«

Helen brachte kein Wort heraus. Sie nickte nur.

»Die gute Nachricht ist, dass Ihr Wunsch in Erfüllung gegangen ist. Sie sind eindeutig schwanger.«

Helen hörte ein *Aber* heraus – ein sehr beunruhigendes *Aber*. »Warum habe ich das Gefühl, dass Sie darüber nicht so erfreut sind wie ich?«

»Das sehen Sie falsch«, erwiderte er. »Ich bin nur etwas besorgt. Ihr Blutdruck ist nicht so niedrig, wie ich ihn in diesem Stadium gern hätte. Bei Ihrer Vorgeschichte wird es so ein heikles Unterfangen, das Baby sicher auszutragen.«

»Ich hatte die letzten Tage unerwarteten Stress, aber ich werde härter daran arbeiten, den Blutdruck wieder runterzubekommen«, versprach Helen eifrig. »Ich tue, was immer Sie mir sagen. Ich will dieses Baby mehr als alles andere.«

»Genug, um sich an vollständige Bettruhe zu halten, falls ich das für nötig erachte?«, fragte er skeptisch.

»Unbedingt«, bestätigte sie wie aus der Pistole geschossen. Dafür würde sie eine Lösung finden. Sie würde ihre Mandantinnen und Mandanten an Kollegen abtreten. Sie würde eine Haushälterin einstellen. Was immer nötig wäre. Nichts sollte diese Chance gefährden, Mutter zu werden.

»Das sagen Sie jetzt«, erwiderte er, »aber Sie sind eine sehr ehrgeizige Frau, Helen. So haben Sie sich überhaupt erst an diesen Punkt getrieben. Stress gehört für Sie zum Alltag. Wie wollen Sie den Faktor beseitigen?«

Die Verhaftung von Brad Holliday würde mit Sicherheit dabei helfen, aber darauf wollte sie im Augenblick nicht eingehen. Sonst würde ihr der Arzt wahrscheinlich empfehlen, die gesamte Schwangerschaft auf einer schönen, ruhigen Insel zu verbringen.

»Ich werd Yogaunterricht nehmen. Meditieren. Sport treiben.«

»Das haben Sie mir alles schon vor Monaten versprochen«, erinnerte er sie.

»Und ich hab's auch getan«, gab sie zurück. »Größtenteils jedenfalls.«

»Ihr Blutdruck besagt etwas anderes.«

»Ich gebe mir mehr Mühe«, versprach sie. »Wirklich. Ich werde eine Vorzeigepatientin. Nichts bedeutet mir mehr, als ein gesundes Baby zu bekommen.«

Zu ihrer Erleichterung schien er ihr zu glauben. Er stellte ein Rezept aus. »Eines ist für Schwangerschaftsvitamine. Das andere für ein stärkeres Diuretikum als das bisherige. Wir müssen Wassereinlagerungen vermeiden. Nehmen Sie beides. Und machen Sie alles, was Sie gerade versprochen haben. Ich will Sie lieber in zwei Wochen als in einem Monat wiedersehen. Wir müssen Sie aufmerksam im Auge behalten, wenn wir wollen, dass Sie das Kind bis zum Ende austragen.«

»Können Sie mir sagen, wie weit ich schon bin?«

»Ich würde schätzen, in der vierten bis höchstens sechsten Woche. Beim nächsten Termin machen wir einen Ultraschall, dann wissen wir mehr.« Zum ersten Mal lächelte er. »Herzlichen Glückwunsch, Helen. Ich werde tun, was ich kann, damit Sie das gesunde Baby bekommen, das Sie sich so wünschen. Aber Sie müssen auch Ihren Beitrag leisten. Vermeiden Sie vor allem Stress. Verstanden?«

»Ja«, versicherte sie ihm.

Sie musste nur noch zwei stressige Gespräche überstehen, und bis dahin würde Brad hoffentlich im Gefängnis sein. Danach hatte sie vor, alles aus ihrem Leben zu verbannen, das auch nur an Stress erinnerte.

Sie beschloss, zuerst mit Dana Sue zu reden. Wenn sich ihre Freundin erst wieder beruhigt hätte, würde sie vielleicht die eine oder andere Idee haben, wie Helen es Erik beibringen sollte. Und ganz gleich, wie schlecht er oder Dana Sue darauf reagieren mochten, Helen musste es hinter sich bringen. Von nun an hatte das Baby für sie höchste Priorität. Punkt.

Seit drei Monaten befand sich Erik in einer Lage, die er sich nicht recht erklären konnte. Er lebte praktisch mit einer Frau zusammen, die außerhalb des Schlafzimmers offenbar keine Erwartungen hatte. Helen war nicht anspruchsvoll. Sie schien kein Interesse daran zu haben, irgendetwas zu verlangen. Alles, woran ihr etwas lag, war heißer, unverbindlicher Sex, wovon die meisten Männer träumten. Tatsächlich fühlte er sich von den vielen langen Nächten schon beinah ausgelaugt. So unglaublich toll er es fand, er konnte sich des Eindrucks nicht erwehren, dass etwas vor sich ging, das er nicht ganz verstand, vor allem in der vergangenen Woche.

Sein Drang, Helen zu beschützen, hatte sie verärgert, obwohl sie selbst fürchtete, Brad Holliday könnte es auf sie abgesehen haben. Aber es steckte mehr als das dahinter. Sie verhielt sich stiller als sonst, zurückhaltender, vor allem, seit Caroline Holliday im Krankenhaus gelandet war. Erik hätte es ja Angst zugeschrieben, nur kannte er Helen als Frau, die sich Ängsten stets frontal stellte. Deshalb beschlich ihn zunehmend das entmutigende Gefühl, dass es eher mit ihm zu tun hatte.

Er befand sich gerade auf dem Weg in die Küche des *Sullivan's*, als er laute Stimmen aus Dana Sues Büro hörte. Er erkannte die seiner Chefin und die von Helen. Unwillkürlich bewegte er sich näher zur Tür.

»Verdammt, Helen, was hast du dir dabei gedacht?«, tobte Dana Sue. »Wie konntest du so was tun? Maddie weiß es, nicht wahr? Darüber ist sie in letzter Zeit ständig so verschnupft gewesen.«

»Maddie hat es geahnt. Aber ich weiß wirklich nicht, warum du dich so aufregst«, gab Helen steif zurück. »Du hast von Anfang an gewusst, dass Erik und ich Zeit miteinander verbringen. Ach was, wir leben praktisch zusammen, seit Brad Holliday zu einer handfesten Bedrohung geworden ist.«

»Natürlich, und darüber hätte ich nicht glücklicher sein können«, sagte Dana Sue. »Ihr zwei passt so wunderbar zueinander. Ich warte seit Wochen von ihm oder dir auf das Geständnis, dass ihr euch ineinander verliebt habt. Stattdessen schneist du hier rein und erzählst mir, dass du schwanger bist und ihn abservieren willst. Du hast ihn benutzt, dein Ziel erreicht, und das war's? Wie konntest du nur, Helen?«

Erik blieb wie angewurzelt stehen, als ihm Dana Sues Worte ins Bewusstsein sickerten. Helen war schwanger? Wie zum Teufel war das passiert? Sie hatte ihm doch versichert … Was *genau* eigentlich? Er durchforstete sein Gedächtnis nach einer Unterhaltung über Verhütung. Sie mussten doch zu Beginn darüber gesprochen haben, dachte er. Dann erinnerte er sich an eine beiläufige Äußerung von ihr, dass alles in Ordnung wäre und er sich darüber keine Gedanken machen müsste. Und er hatte sich auf ihr Wort verlassen. Warum auch nicht? Helen galt als eine der vertrauenswürdigsten Bewohnerinnen der Stadt.

Plötzlich war sie schwanger? Und wenn er den Kern ihres Gesprächs mit Dana Sue richtig interpretierte, war das von Anfang an ihr Plan gewesen. Anscheinend hatte sie sich ein Baby gewünscht und ihn dafür auserwählt, ihr dazu zu verhelfen – obwohl er wiederholt betont hatte, dass Kinder für ihn nicht in Frage kamen.

Blinde Wut durchströmte ihn. Bevor er darüber nachdenken oder es sich anders überlegen konnte, stieß er die Tür auf und stürmte in Dana Sues beengtes Büro. Beide Frauen starrten ihn entsetzt an. Zuerst wandte er sich an Dana Sue.

»Raus«, befahl er barsch.

Ohne ein Widerwort stand sie rasch hinter ihrem Schreibtisch auf, warf ihm einen mitfühlenden Blick zu und ging.

Nach dem ersten Schrecken sah Helen ihn mit überraschend gefasster Miene an. »Also hast du es wohl gehört.«

»Genug jedenfalls«, sagte er. »Aber vielleicht solltest du noch mal ganz von vorn anfangen und es mir genauer erklären. Ich will mich vergewissern, dass ich auch alles richtig verstanden habe.«

»Du hast keinen Grund, dich aufzuregen«, begann sie in einem Ton der Vernunft, der in ihm den Drang erweckte, irgendetwas zu zertrümmern.

»Vielleicht lässt du lieber mich entscheiden, worüber ich mich wie sehr aufrege oder nicht«, gab er zurück. »Du bist schwanger, stimmt das?«

Sie nickte. »Aber ich erwarte nichts von dir. Ich bin glücklich darüber, Erik. Richtig glücklich. Ich wünsche mir seit Langem mehr als alles andere ein Baby.«

»Mehr als alles andere«, wiederholte er mit Frost sowohl in der Stimme als auch in den Adern. »Aber du hast es nicht für nötig gehalten, es mir gegenüber zu erwähnen?«

»Eigentlich haben wir schon darüber gesprochen, wenn auch eher allgemein«, erinnerte sie ihn.

»Allgemein?«, echote er. »Ach ja, ich erinnere mich daran. Allerdings kann ich mich *nicht* erinnern, dass du erwähnt hast, welche Rolle du *mir* dabei zugedacht hast. Ist dir nie in den Sinn gekommen, dass ich vielleicht wenigstens *ein bisschen* Mitspracherecht haben sollte?«

Sie schluckte schwer. »Ich kann deinen Standpunkt verstehen. Wahrscheinlich hätte ich es mit dir besprechen sollen.«

Erik sah rot. »Wahrscheinlich?«, brüllte er beinah, bevor er mühsam versuchte, sich im Griff zu behalten.

Sie musterte ihn mit ernster Miene. »Erik, ich schwöre dir, dass ich dem Baby alles bieten kann, was es braucht. Du bist in keiner Weise zu irgendetwas verpflichtet. Ich habe es nicht getan, um dich in eine Falle zu locken oder so.«

»Was am eigentlichen Problem nichts ändert, oder?«, konterte er. Erik musste die Hände zu Fäusten ballen, um sie nicht zu packen und zu schütteln. »Und was, wenn ich am Leben des Babys teilhaben *will?*«

Damit schien er sie völlig aus dem Konzept zu bringen. »Was?«

»Ich will wissen, was du davon hältst, wenn ich eine Rolle im Leben des Kindes spielen will.«

»Wie gesagt, das ist nicht nötig«, betonte Helen. »Ich weiß, dass du keine Kinder willst.«

»Und doch«, erwiderte er sarkastisch, »bist du von mir schwanger.«

»Aber es gibt keinen Grund, dass du dich zu irgendetwas verpflichtet fühlst«, betonte sie erneut. »Es ist mein Baby. Ich übernehme die volle Verantwortung dafür, was passiert ist.«

»Es ist passiert, weil du dafür gesorgt hast«, sagte er. »Ist es nicht so?«

Sie zuckte sichtlich zusammen. »Man könnte es wohl so sagen. Ich habe gewusst, dass die Möglichkeit besteht.« Sein finsterer Blick ließ sie hinzufügen: »Na schön, ich hab getan, was ich konnte, um dafür zu sorgen. Deshalb übernehme ich auch die Verantwortung dafür und erwarte nicht das Geringste von dir.«

»So funktioniert das nicht, Süße«, erwiderte Erik grimmig. Er konnte gar nicht sagen, worüber er wütender war – über ihre Entscheidung, ohne sein Wissen von ihm schwanger zu werden, oder über ihre Bereitschaft, ihn aus dem Leben des Kindes auszuschließen, als wäre er nichts weiter als ein anonymer Samenspender.

Zugegeben, er hatte nie vorgehabt, je Vater zu werden – nicht nach dem Verlust seines Babys mit dem Tod seiner Frau. Der Schmerz von damals war ihm geblieben, und er konnte den Gedanken nicht ertragen, eine Wiederholung zu riskieren.

Ebenso wenig hatte er je daran gedacht, wieder zu heiraten. Schon gar nicht Helen. Ihre zwanglose Beziehung ohne Verpflichtungen, mit atemberaubendem Sex und anspruchsvollen Gesprächen hatte ihm wunderbar behagt. Nun hatte sich alles auf einen Schlag geändert, und er hatte nicht die Absicht, sich aus ihrem Leben oder dem des Kindes ausschließen zu lassen.

Er schnappte sich den Stuhl hinter Dana Sues Schreibtisch, stellte ihn verkehrt herum direkt vor Helen und ließ sich darauf nieder. Durch die Enge des Büros blieb ihr keinerlei Bewegungsfreiraum. Sie hatte keine andere Wahl, als zu bleiben, wo sie war, und ihm zuzuhören.

»Es wird folgendermaßen ablaufen«, kündigte er an und musterte sie eingehend. Trotz des ursprünglichen Schocks angesichts der Neuigkeit wusste er mittlerweile mit unumstößlicher Gewissheit, was als Nächstes geschehen musste. »Anscheinend hast du ja deinen Willen gekriegt. Du bist schwanger. Jetzt mache ich, was *ich* will. Hörst du mir zu, Helen? Du musst dir wirklich jedes Wort aufmerksam anhören.«

Sie nickte mit großen Augen und erschütterter Miene.

»Du und ich werden heiraten«, erklärte er schlicht. »Wir gehen zusammen durch diese Schwangerschaft. Wenn du nach der Geburt immer noch die Supermama sein und das Kind allein großziehen willst, können wir über eine Scheidung reden, aber ich verlange ein gemeinsames Sorgerecht. Das ist alles.«

Mit unverkennbarer Panik im Gesicht starrte sie ihn an. »Das kann nicht dein Ernst sein.«

»Es ist mir todernst.«

»Aber warum?«

»Weil ich nicht das Geringste tun konnte, als ich einmal ein Baby verloren habe. Noch eines verliere ich nicht. Und falls du glaubst, ich würde es mir anders überlegen, wenn ich erst Zeit hatte, darüber nachzudenken, oder du könntest dich herauswinden, indem du es hinauszögerst, dann bist du auf dem Holzweg.«

»Du kannst mich nicht *zwingen,* dich zu heiraten«, protestierte sie. »Wir sind nicht ineinander verliebt.«

»Daran hättest du denken sollen, bevor du diesen absurden Plan ausgeheckt hast«, erwiderte Erik. »Du kannst dich ja mit dem Wissen trösten, dass zumindest der Sex toll sein wird.«

Damit stand er auf und verließ das Büro.

Erst in der Küche – von wo Dana Sue prompt in Richtung ihres Büros losrannte – wurde ihm klar, dass ihn der Gedanke an eine Heirat nicht annähernd so sehr störte, wie er gedacht hatte. Er mochte vor Wut darüber zittern, weil er derart benutzt worden war. Er mochte Panik bei der Vorstellung empfinden, er könnte ein weiteres Kind verlieren. Immerhin war Helen bereits dreiundvierzig und fiel somit unter eine Hochrisikoschwangerschaft.

Aber als sein Zorn verflachte, wurde ihm klar, dass er sich schon lange wünschte, den Rest seines Lebens mit Helen zu verbringen, und sich bisher nur davor gescheut hatte, dementsprechend zu handeln. Anscheinend hatte das Schicksal – mit kräftiger, berechnender Unterstützung Helens – eingegriffen und ihm einen Schubs gegeben.

KAPITEL 20

»Oh mein Gott, was hab ich getan?«, fragte Helen, als Dana Sue zurückkam, um nach ihr zu sehen.

»Aus dem Stegreif würde ich sagen, du hast in ein Hornissennest gestochen«, erwiderte ihre Freundin ohne großes Mitgefühl. »Mich überrascht ein wenig, dich in einem Stück vorzufinden. Ich dachte, ich hätte Dampf von Erik aufsteigen gesehen, als er in die Küche zurückgekommen ist. So hab ich ihn noch nie erlebt. Wie wütend war er genau?«

»Er sagt, er will mich heiraten«, murmelte Helen und sah Dana Sue völlig durcheinander an. »Ich glaub kaum, dass er ein Nein als Antwort akzeptiert.«

Zum ersten Mal, seit Helen mit der Neuigkeit ihrer Schwangerschaft herausgerückt war, wurde Dana Sues finsterer Blick milder. »Na, wenn das mal nicht eine interessante Wendung ist. Wenn auch nicht ganz unerwartet.«

»Das ist nicht witzig und total unerwartet«, gab Helen mürrisch zurück. »Ich wollte ihn nicht hintergehen, damit er mich heiratet. Das war das Letzte, das ich im Sinn hatte.«

»Vielleicht hätte es nicht das Letzte sein sollen«, meinte Dana Sue zu ihr. »Du weißt doch, was für ein Typ Erik ist. Grundsolide, verlässlich, ein Beschützer. Du hast selbst miterlebt, wie er immer auf Annie und mich aufgepasst hat. Hast du denn gar nicht überlegt, wie er sich erst verhalten würde, wenn es um ein Baby geht – noch dazu *seines?*«

»Gut, ich kann nachvollziehen, dass er das Baby beschützen will, vor allem nach der Sache mit Caroline Holliday. Aber heiraten? Geht das nicht zu weit?«

»Findet er offensichtlich nicht«, antwortete Dana Sue.

»Aber was ist mit Liebe?«, fragte Helen wehmütig.

Abermals sprach aus Dana Sues Blick keinerlei Mitgefühl. »Auch darüber hättest du dir den Kopf zerbrechen sollen, *bevor* du entschieden hast, die Sache selbst in die Hand zu nehmen. Abgesehen davon habt ihr beide starke Gefühle füreinander, das kann jeder sehen. Nenn es, wie du willst, mir jedenfalls scheint es Liebe nah genug zu kommen. Obwohl ich alles andere als begeistert davon bin, wie heimtückisch du vorgegangen bist, finde ich, es ist das Beste, was euch hätte passieren können. Sonst hättet ihr vielleicht noch über Jahre einen Eiertanz um eure Gefühle herum aufgeführt. Ihr seid beide sturer, als gut für euch ist. Ich persönlich denke, das ist genau der Schubs in die richtige Richtung, den ihr beide gebraucht habt.«

»Aber es ist bei all dem doch nie ums Heiraten gegangen«, protestierte Helen.

Dana Sue grinste. »Tja, jetzt tut es das.« Sie griff sich den Kalender von ihrem Schreibtisch. »Lass uns ein Datum festlegen. Für eine Hochzeit brauche ich Zeit zum Planen. Und da du ja solchen Wert auf dein Äußeres, Designerkleidung und schicke Treter legst, willst du bestimmt nicht wie ein Wal vor den Traualtar watscheln. Also sollte es besser bald sein.«

Helen bedachte ihre Freundin mit einem finsteren Blick. »Es wird keine Hochzeit geben«, sagte sie verkniffen.

Dana Sue lächelte nur. »Wollen wir wetten? Ich schlage vor, du hältst dich ans Programm. Sonst passiert der wichtigste Tag deines Lebens einfach, ohne dass du auch nur eine einzige Einzelheit kontrollieren kannst.«

»Keine Hochzeit«, wiederholte Helen.

Dana Sue fuhr fort, als hätte sie nichts gesagt. »Ich sag dir was: Wir treffen uns morgen früh mit Maddie im Spa, und wir fangen an, Listen zu erstellen. Darauf stehst du doch. Wir können um acht alles mit ihr durchgehen. Ich kann's kaum erwarten, ihr Gesicht zu sehen, wenn du ihr die Neuigkeiten erzählst.«

»Sie wird nicht so verblüfft sein, wie du vielleicht denkst«, murmelte Helen. »Sie hat versucht, mich zu warnen, dass ich es völlig falsch angehe. Ist ihr aber nicht gelungen, mir klar zu machen, was ich getan habe.«

»Passt mir immer noch überhaupt nicht, dass sie es herausgefunden hat und ich keine Ahnung hatte«, brummelte Dana Sue. »Ich muss wohl so mit meinem eigenen Leben mit Ronnie beschäftigt gewesen sein, dass ich es nicht mitbekommen habe. Darauf werde ich künftig achten müssen, vor allem, wenn du's zur Gewohnheit erhebst, mir Dinge zu verheimlichen.«

»So war das gar nicht«, widersprach Helen. Als Dana Sue vielsagend eine Augenbraue hochzog, schränkte sie ein: »Jedenfalls nicht ganz. Ich wusste halt nur, dass du versuchen würdest, es mir auszureden oder Erik zu warnen und alles zu ruinieren.«

»Wenn ich's herausgefunden hätte, müsstest du jetzt vielleicht keinen Mann heiraten, der wütend auf dich ist«, argumentierte Dana Sue.

»Ich sag's dir noch mal, wir werden *nicht* heiraten«, entgegnete Helen.

»Ich denke, die Leier solltest du ablegen«, sagte Dana Sue. »Das kauft dir niemand ab. Jedenfalls nicht mehr, sobald man Erik und die Entschlossenheit in seinen Augen gesehen hat. Setzen wir uns einfach morgen mit Maddie zusammen und gestalten wir die Hochzeit so, wie du sie haben willst.« Ihre Stimmung besserte sich sichtlich. »Das wird so ein Spaß.«

»Vergiss die Hochzeit«, wiederholte Helen. »Sich gegen mich zusammenzurotten wird nicht funktionieren. Und überhaupt, seit wann schlagen sich Maddie und du gegen eine von euch auf die Seite eines Außenstehenden?«

»Wenn es das Richtige ist, kennen wir da keine Hemmungen«, erwiderte Dana Sue ansatzlos. »Erik und du seid gut füreinander. Und ihr werdet großartige Eltern sein.«

»Bei dir hört es sich an, als würden wir eine glückliche kleine Familie, die im Hinterhof grillt«, brummte Helen. »Du hast es selbst gesagt, Dana Sue. Er ist stinkwütend auf mich. Und genau das ist der springende Punkt. Aus einer Ehe, die so beginnt, kann nichts werden. Da spiele ich nicht mit. Niemand von euch kann mich dazu zwingen.«

Aber noch während sie die Worte aussprach, erinnerte sie sich an die Entschlossenheit in Eriks Augen – die offenbar auch Dana Sue erkannte hatte. Ein Schauder ging ihr über den Rücken. Vielleicht sollte sie recherchieren, ob eine Frau gegen ihren Willen zur Heirat gezwungen werden konnte. Sie war sich ziemlich sicher, dass sie das Gesetz auf ihrer Seite hatte, aber falls es ein ihr unbekanntes Schlupfloch gab, bestand für sie kein Zweifel daran, dass Erik es finden würde.

Als Helen am nächsten Morgen die Kanzlei betrat, erwartete Barb sie mit einem Stapel Nachrichten. Das von Dana Sue für acht Uhr anberaumte Stelldichein mit ihren Freundinnen hatte Helen geschwänzt. Sie ahnte, dass sie dafür noch bezahlen würde, doch sie konnte sich den beiden und ihrer aktuellen Mission einfach nicht stellen – der Mission, Helen ordentlich mit einem Mann zu verheiraten, der ihr die Hochzeit nur aufzwang, weil er wütend auf sie war.

»Zehn der Nachrichten sind von Erik«, sagte Barb mit neugieriger Miene. »Er hat gereizt gewirkt. Stimmt irgendwas nicht?«

»Ich bin gestern bei ihm ausgezogen«, sagte Helen. »Und ich hab danach keinen seiner Anrufe angenommen.«

Barb starrte sie entsetzt an. »Wieso um Himmels willen machst du so was? Noch dazu jetzt, da Brad Holliday praktisch Amok läuft?«

»Weil es das Richtige war«, erwiderte Helen. Bereits um sieben Uhr hatte sie sein Haus mit Sack und Pack verlassen gehabt, lang bevor er vom *Sullivan's* kommen würde. Wäre ihr Terminplan in den nächsten Wochen nicht so voll gewesen, sie hätte einen neuen Koffer gepackt und wäre auf irgendeine tropische Insel geflogen, um sich zu entspannen, bis Eriks Wut abgekühlt wäre und er von diesem Irrsinn einer Ehe absehen würde.

Es hatte Helen ein wenig überrascht, dass sich Erik wegen ihres Auszugs bei ihm so aufregte. Ihm musste doch klar gewesen sein, dass sie nicht mehr weiter unter einem Dach leben konnten. Das hatte sie auch in der Mitteilung erwähnt, die sie ihm hinterlassen hatte, damit er nicht fürchtete, sie wäre von Brad entführt worden. Wie der

Grundtenor seiner Nachrichten verriet, hatte sie ihm damit nur einen weiteren Grund geliefert, wütend auf sie zu sein. Auch Barb war es sichtlich nicht entgangen, so finster, wie sie Helen anstarrte.

»Der Mann ist das Beste, was dir je widerfahren ist«, zeterte ihre Sekretärin. »Warum willst du das unbedingt sabotieren?«

»Weißt du, so was passiert halt. Menschen ändern sich. Emotionen kann man nicht trauen. Es war an der Zeit, damit abzuschließen.«

Plötzlich trat Begreifen in Barbs Augen. »Mit anderen Worten, du hast kalte Füße gekriegt. Er wollte mehr, als du bereit warst zu bieten, und du bist in Panik verfallen.«

Helen sah keinen Grund, Barb die ganze Wahrheit zu erzählen, auch wenn sie ihre Sekretärin mehr als Freundin denn als Angestellte betrachtete. Vorerst wäre es wohl am besten, den Kreis der Leute, die über den von Helen angerichteten Schlamassel Bescheid wussten, so klein wie möglich zu halten.

»So ähnlich«, räumte sie ein. »Wenn du dann fertig damit bist, in meinem Privatleben herumzuwühlen, geh ich in mein Büro und erledige meine Arbeit.«

Barbara bedachte sie mit einer enttäuschten Miene. »Wie du meinst«, sagte sie steif. »Sag mir nur, was ich tun soll, wenn Erik …«

Helen schnitt ihr das Wort ab. »Ich nehme seine Anrufe nicht entgegen.«

»Aber …«

»Keine Widerrede«, ließ Helen sie nicht ausreden. Untypischerweise zuckte Barb nur mit den Schultern und fügte sich.

Zwei Sekunden später verstand sie, warum ihre Sekretärin so einfach kapituliert hatte. Erik trat praktisch unmittelbar hinter ihr ein und schlug die Tür zu. Offensichtlich wollte Barb ihr mitteilen, dass er jeden Moment eintreffen würde. Helen folgerte daraus, dass sie wirklich anfangen sollte, den Leuten zuzuhören, statt sie mit Befehlen abzuwürgen.

»Was willst du hier?« Sie bedachte ihn mit einem der hochmütigsten scharfen Blicke in ihrem Repertoire.

»Früher hast du nie so dumme Fragen gestellt«, erwiderte er, ließ sich auf dem Sofa nieder und tätschelte den Platz neben ihm.

Helen ging demonstrativ hinter ihren Schreibtisch und setzte sich auf ihren Stuhl. »Schieß los. Sag, was immer du auf dem Herzen hast. Ich weiß, dass du wütend bist.«

»Und besorgt«, fügte er hinzu. »Vergessen wir mal nicht, dass es ein Verrückter auf dich abgesehen hat und du trotzdem beschlossen hast, einen Ort zu verlassen, an dem du vielleicht in Sicherheit gewesen wärst. Seit wann bist du eine Frau, die dumme Risiken eingeht, nur um sich vor einer Konfrontation zu drücken? Noch dazu, wo du genau weißt, dass du nicht ewig davor weglaufen kannst?«

Helen schauderte. Irgendwie hatte sie in ihrer Eile, von Erik wegzukommen, bevor die Lage noch schlimmer werden konnte, die Gefahr außer Acht gelassen, die Brad Holliday verkörperte.

»Ich bin sicher, die Polizei hat gewusst, wo ich war«, gab sie zurück. »Angeblich behält man mich ja im Auge.«

»Na, da fühle ich mich doch gleich viel besser. Ähnlich gut, wie als ich dich stundenlang nicht erreichen konnte.«

Trotz des schneidenden Sarkasmus hörte sie echte Besorgnis in seiner Stimme. »Es tut mir leid, dass du dir Sorgen gemacht hast«, sagte sie aufrichtig. »Deshalb hab ich dir ja eine Nachricht hinterlassen. Damit du weißt, wo ich bin. Ich dachte nur, es wäre das Beste, wenn ich nach Hause gehe.«

»Das Beste für wen?«

»Für uns beide«, erwiderte sie.

»Und was ist mit dem Kind? Ist es auch das Beste für das Baby, dass du dein Leben aufs Spiel setzt, um dich vor unangenehmen Fragen zu drücken, die ich stellen könnte?«

»Nicht deine Fragen bereiten mir Kopfzerbrechen«, konterte sie. »Sondern deine Forderungen.«

»Wegzulaufen, ändert daran nichts«, sagte er leise. »Wir *werden* heiraten, Helen.«

Der Nachdruck in seiner Stimme erschütterte sie. »Aber warum?«

»Weil mein Kind meinen Namen tragen wird. Es wird mit einer Mutter und einem Vater aufwachsen, selbst wenn wir vielleicht nur eine notdürftige Patchwork-Beziehung hinbekommen.«

Helen schüttelte den Kopf und seufzte. »Wer hätte gedacht, dass du so konservativ denken würdest? Noch vor wenigen Tagen hat sich für dich alles um großartigen Sex und gelegentlich eine angeregte Unterhaltung gedreht.«

Er quittierte Helens Einschätzung ihrer Beziehung mit einem schiefen Blick, bevor er mit den Schultern zuckte. »Na schön, ich geb's zu. Ich bin selbst überrascht davon. Aber so ist es nun mal. Gewöhn dich besser dran. Wer weiß, vielleicht entpuppst du dich ja auch noch als konservativ.«

Ein Teil von Helen sehnte sich genau danach. Nur sah sie keine Möglichkeit dafür, wenn eine Ehe so unkonventionell begönne, dass sie ihr von Erik aufgezwungen wurde. Und selbst, wenn sie irgendwie Bestand hätte, würde sie sich immer fragen, ob er sie wirklich liebte oder nur das Beste aus der Situation machte. Einer Situation, die er sich nicht ausgesucht hatte, sondern die ihm aufgedrängt worden war, weil sie blindwütig um jeden Preis bekommen wollte, was sie sich so sehr gewünscht hatte.

Er beugte sich vor und musterte sie eindringlich. »Vergessen wir die Sache mit der Ehe mal vorübergehend. Wir haben es mit einer ernsten Gefahr für dich und das Baby zu tun. Du musst zu mir zurückkommen, Helen. Das ist nicht der richtige Zeitpunkt, um allein zu leben.«

»Mir passiert nichts«, blieb sie stur.

»Du willst also nicht mal darüber nachdenken?«, fragte er frustriert.

»Nein.«

»Dann lass mich bei dir einziehen«, schlug er vor.

Sie bedachte ihn mit einem ungläubigen Blick. »Ich glaube, du verstehst nicht, worum es geht. Ich versuche, einen sauberen Schlussstrich zu ziehen.«

Darüber lächelte er tatsächlich. »Und ich hab dir schon gesagt, dass es dazu nicht kommen wird. Im Augenblick erreichst du damit nur, dass ich von Kopf bis Fuß verspannt bin.«

Sie runzelte die Stirn. »Wieso das?«

»Hast du schon mal versucht, die ganze Nacht vorn in einem Auto zu verbringen?«

Ungläubig starrte sie ihn an. »Warum? Bist du verrückt? Soll das heißen, du willst tatsächlich in deinem Auto vor meinem Haus schlafen?«

»Du lässt mir ja keine andere Wahl. Schon für die letzte Nacht wird mich mein Rücken noch monatelang büßen lassen. Wäre mir lieber, das nicht wiederholen zu müssen. Aber bis Brad im Knast ist oder wir beide verheiratet sind und zusammenleben, muss ich irgendwie ein Auge auf dich haben.«

»Oh, um Himmels willen«, klagte sie. »Du weißt schon, wie lächerlich du dich anstellst, oder?« Dennoch musste sie sich eingestehen, dass sie es ziemlich süß fand, wie viel ihm daran lag.

»Das sehe ich anders«, widersprach er. »Unter meiner Aufsicht wird dir und dem Baby nichts passieren.«

Sie feuerte einen wuchtigen Blick auf ihn ab, doch er zuckte mit keiner Wimper. »Du meinst das ernst, nicht wahr?«, sagte sie resigniert.

»Worauf du dich verlassen kannst.«

»Na schön. Dann ziehe ich zurück zu dir, aber ich schlafe im Gästezimmer.«

Erik zuckte mit den Schultern. »Wie du willst.«

Offenbar zufrieden, stand er auf und ging zur Tür, drehte sich jedoch noch einmal um. »Übrigens ist die Hochzeit am letzten Samstag diesen Monat. Dana Sue und ich sind uns einig. Die Zeremonie findet im Park statt, der Empfang im *Sullivan's*. Ich hab schon alles arrangiert.«

Bevor Helen darauf reagieren konnte, war er weg. Sie wusste nicht mal genau, was sie am meisten ärgerte – dass er die Frechheit besaß, Pläne ohne sie zu schmieden, dass er eine ihrer besten Freundinnen mit hineinzog oder dass es ihm egal zu sein schien, was sie davon hielt. Er ging einfach davon aus, dass sie mitmachen würde.

Sie schäumte noch vor Empörung darüber, als Dana Sue und Maddie hereinschneiten, gerüstet mit Brautmagazinen, Farbmustern und Alben voller Blumenarrangements. Offensichtlich hatten sie sich mit Erik zusammengetan.

»Da du nicht im Spa aufgetaucht bist, haben wir die Auswahl schon mal eingegrenzt«, ließ Dana Sue sie vergnügt wissen. »Das spart Zeit. Wir haben nur drei Wochen, um es über die Bühne zu bringen, wenn du modisch, rank und schlank auftreten willst. Danach fängt dein Körper an, sich zu verändern, und dein Kleid müsste vielleicht zu oft in letzter Minute geändert werden.«

»Also habt ihr das Datum auf der Grundlage meiner Kleidergröße ausgewählt?«, fragte Helen ungläubig. »Das ist fast noch absurder als die Vorstellung, dass wir überhaupt heiraten werden.«

»Süße, ich glaube, der Zug ist abgefahren«, gab Dana Sue zurück. »Erik ist fest entschlossen.«

»Seit wann geht's bei der Hochzeit nur darum, was Erik will?«, fragte Helen bockig.

»Bei dem Baby ist es nur darum gegangen, was *du* wolltest. Erscheint mir nur fair, dass jetzt er dran ist«, konterte Dana Sue. »Außerdem engagiert er sich mehr dafür als du. Ich hab's dir schon mal gesagt, und ich sag's noch mal – du solltest dich wirklich ans Programm halten.«

»Allmählich kriege ich den Hals voll von aufdringlichen Leuten, die mir vorschreiben wollen, was ich zu tun habe!«, sagte Helen barsch. »Wenn's eine Hochzeit gibt – und das ist längst noch nicht gesagt –, dann treffe *ich* die Entscheidungen.«

Sie griff nach der Zeitschrift, aus der die meisten kleinen gelben Post-its ragten. »Was habt ihr da drin markiert?«

»Hochzeitskleider«, antwortete Maddie begeistert. »Da ist eins von Vera Wang drin, in dem würdest du umwerfend aussehen.« Sie warf Helen einen verschmitzten Blick zu. »Und die dazu abgebildeten Schuhe sind zum Niederknien.«

»Herzeigen«, befahl Helen. Endlich fingen die beiden an, ihre Sprache zu sprechen. Es ging nichts über den Kauf eines unverschämt teuren Paars Schuhe, um ihre Laune zu heben. Obwohl dafür angesichts der Woche, die sie hatte, eher zehn Paar nötig wären.

Tess spähte über Eriks Schulter, während er die Hochzeitstorte skizzierte, die ihm für seine eigene Feier vorschwebte. Sie bot den Vorteil, dass sie einfach von drei auf fünf oder mehr Etagen erweitert werden konnte, je nachdem, wie überzeugend Dana Sue und Maddie bei Helen sein würden. Wenn sie mit an Bord käme, würde die Gästeliste vielleicht wachsen. Wenn nicht, wäre es eben eine kleinere Torte, aber immer noch dreistöckig. Alles darunter würde wie im Supermarkt gekauft aussehen.

»Werden das Orchideen?«, fragte Tess und zeigte auf die Blumen, die er auf eine Seite der Torte gemalt hatte.

Erik nickte. »So hätte ich mir das gedacht. Gefällt's dir?«

»Sehr elegant«, meinte sie. »Wie Helen.« Sie bedachte ihn mit einem wissenden Blick. »Für jemanden, der bald heiraten wird, kommst du mir nicht besonders glücklich vor.«

»Es ist kompliziert«, erwiderte er. Die wohl größte Untertreibung, die ihm je über die Lippen gekommen war. Die Braut sträubte sich immer noch dagegen, ihn zu heiraten, obwohl Dana Sue ihm am vergangenen Abend von Schuhen erzählt hatte, die Helen gefielen.

»Das Hochzeitskleid ist knapper Zweiter geworden«, hatte sie berichtet. »Noch ein bisschen Überredung, dann kriegen wir sie nach Charleston, um es anzuprobieren. Die legen es dort für sie zurück. Zum Glück hat sie die Größe des Musterexemplars, wir müssten also nicht mal auf Änderungen warten.«

»Vielleicht sollten wir auf eine formelle Hochzeit verzichten«, schlug Erik vor. »Wir könnten es auf eine standesamtliche Trauung beschränken.«

»Kommt nicht in Frage!«, widersprach Dana Sue vehement. »Helen mag sich mit Händen und Füßen dagegen wehren, trotzdem würde sie es uns, sich selbst und dir nie verzeihen, wenn sie nicht ihre Traumhochzeit bekommt, sei es auch kurzfristig und unter Zwang.«

»Es wird wohl kaum ihre Traumhochzeit werden, wenn sie sich mit Händen und Füßen dagegen wehrt«, erwiderte Erik.

»Deshalb musst du dich ins Zeug legen und sie mit deiner Magie verzaubern«, sagte Dana Sue. »Unter all der Streitlust und Rebellion liebt sie dich, Erik. Sie hat nur Angst, es zuzugeben, weil sie fürchtet, dich dazu gedrängt zu haben, sie zu heiraten. Wäre an der Zeit, dass du den Irrtum richtigstellst.«

»Ich bin mir nicht sicher, ob ich das kann«, hatte er erwidert. Die Wahrheit sah so aus, dass er genauso wenig wie Helen sein Herz aufs Spiel setzen wollte. Oh Mann, was gaben sie für ein Paar ab – beide derart erfüllt von Zweifeln, Unsicherheit und schierer Sturheit, dass ein Psychologe seine helle Freude an ihnen hätte.

Als er abrupt in die Gegenwart zurückkehrte, sah Tess ihn besorgt an. »Du solltest ihr sagen, was du wirklich für sie empfindest«, riet sie ihm, als hätte sie seine Gedanken gelesen. »Tief in deinem Herzen liebst du Helen. Das kann jeder sehen.«

»Aber obwohl Dana Sue es glaubt, ist Helen nicht in mich verliebt«, gab er zurück, ohne zu bestreiten, was Tess über seine Gefühle für Helen behauptet hatte. »Das hat sie klar zum Ausdruck gebracht.«

Tess verdrehte die Augen. »Manchmal frage ich mich, ob wirklich alle Männer solche Idioten sind.«

Erik sah sie stirnrunzelnd an. »Soll heißen?«

»Die Frau ist so verrückt nach dir, dass sie strahlt, wenn ihr euch im selben Raum aufhaltet.«

»Ich glaube eher, sie strahlt, weil sie schwanger ist«, rutschte ihm heraus, bevor ihm einfiel, dass Tess in den Teil nicht eingeweiht worden war.

Ihre Augen leuchteten auf. »Ein Baby«, hauchte sie entzückt. »Aber das ist doch perfekt. Es wird alles gut, Erik. Wenn sie ihre Liebe für dich verleugnet, liegt das bloß daran, dass ihre Hormone verrücktspielen. Bei meinen zwei Schwangerschaften ist es mir genauso ergangen. In der einen Minute hab ich Diego geliebt, in der nächsten gehasst. Ist eigentlich ein Wunder, dass er es mit mir ausgehalten hat – und erst recht, dass er es ein zweites Mal mit mir durchstehen konnte.«

Erik glaubte nicht, dass Helens Hormone etwas mit ihrer Entschlossenheit zu tun hatten, ihn nicht zu heiraten. Vielmehr war er sich ziemlich sicher, dass sie die Entscheidung schon vor langer Zeit getroffen hatte, als ihr Kopf noch klar war und sich ihre Hormone gesittet verhalten hatten.

Leider war Helen schlicht und ergreifend stur. Hatte sie erst eine Entscheidung getroffen, ganz gleich welche, hielt sie unerbittlich daran fest, und mochte es noch so unvernünftig sein.

Zum Glück hatte sie in ihm ihren Meister gefunden.

»Ihr stresst mich«, erklärte Helen, als Dana Sue und Maddie sie in eine Boutique in Charleston schleiften, in der es von Designerhochzeitskleidern nur so wimmelte. »Und ich soll Stress vermeiden. Das wisst ihr genau. Mein Arzt wird stinksauer auf euch sein.«

Maddie warf ihr einen tadelnden Blick zu. »Jetzt sind wir hier. Entspann dich einfach und genieß es. Du liebst es, Kleider anzuprobieren.«

»Ich liebe es, Kleider anzuprobieren, die ich auch *tragen* werde«, präzisierte Helen. »Und ich werde kein Hochzeitskleid tragen, weil es keine Hochzeit geben wird.«

»Ach, jetzt hör endlich auf«, stieß Dana Sue ungeduldig hervor. »Die Leier wird allmählich eintönig. Du heiratest in weniger als drei Wochen. Dabei sollst du wunderschön aussehen, auch wenn vielleicht nur vierzehn Hochzeitsgäste da sind, die dich zum Altar schreiten sehen.«

Helen runzelte die Stirn. »Ihr habt vierzehn Leute zu der Hochzeit eingeladen, ohne mich zu fragen?«

Maddie und Dana Sue wechselten einen Blick, den Helen nicht recht zu deuten vermochte.

»Wir sind davon ausgegangen, dass du Cal, mich und die Kinder dabeihaben willst«, sagte Maddie. »Na ja, vielleicht nicht den ganz Kleinen, der ist zu quengelig. Jessica Lynn könnte das Blumenmädchen machen, wenn sie nicht zu weit laufen muss. Sie ist noch ein bisschen wackelig auf den Beinen.«

»Und Ronnie, Annie und ich werden dabei sein«, fügte Dana Sue hinzu. »Dann noch Tess und Diego, Karen und Elliott und Barb. Das sollte reichen.« Sie bedachte Helen mit einem wissenden Blick. »Es sei denn, du willst etwas Aufwändigeres. Wir könnten arrangieren, dass deine

Mutter aus Florida herfliegt, gar kein Problem. Und natürlich kennst du so gut wie jeden in der Stadt, mal ganz abgesehen von all den Anwältinnen und Anwälten, Richterinnen und Richtern, Mandantinnen und Mandanten, mit denen du schon gearbeitet hast. Sag nur ein Wort, dann machen wir ein vollwertiges Spektakel daraus.«

Helen wollte ihnen gerade mitteilen, wohin sie sich ihre erweiterte Gästeliste stecken könnten, als eine große, elegante Frau in einem schlichten Designeranzug und Schuhen von Manolo Blahnik aus dem Hinterzimmer kam, um sie zu begrüßen. Sie strahlte Helen an.

»Sie müssen die Braut sein«, sagte sie sofort. »Ihre Freundinnen haben Sie perfekt beschrieben. Ich habe mehrere Kleider, die fantastisch zu Ihrer Figur passen. Wollen wir loslegen?«

Sosehr sich Helen sträuben wollte, etwas an der geschmackvoll eingerichteten Boutique mit ihren seidengepolsterten antiken Stühlen, der dezenten Beleuchtung und den frischen Blumensträußen hauchte einem lang verschütteten Traum neues Leben ein. Wie so viele kleine Mädchen hatte sich Helen ihre Hochzeit bis ins kleinste Detail ausgemalt, von den Blumen und den Kerzen am Ende jeder Kirchenbank bis hin zu den erhebenden Orgelklängen bei ihrem Auftritt. Bisher hatte sie Brautboutiquen nur zu Maddies und Dana Sues ersten Hochzeiten besucht. Was nicht dasselbe gewesen war. Ein winziger Teil von ihr hatte sich dabei immer nach einem Tag wie diesem gesehnt, an dem *sie* an der Reihe sein würde.

Im Verlauf der Jahre hatte sich der Traum gewandelt und vereinfacht. Das perlenbesetzte Kleid, das sie sich einst vorgestellt hatte, war zu einem Futteralkleid aus schimmerndem Satin geworden. Die aufwendigen Blumenarrangements waren einzeln platzierten, zarten weißen Orchideen gewichen. Der Schauplatz hatte sich von der Kirche, die sie nur selten besuchte, in den Pavillon im Stadtpark verlagert, mit den Azaleen in voller Blüte, dem See glitzernd in der Sonne und anmutigen Schwänen im Wasser.

Irgendwann jedoch war der Traum insgesamt verblasst. Sie war genauso überzeugt davon gewesen, dass es für sie nie eine Hochzeit geben würde, wie sie sich damit abgefunden hatte, nie Kinder zu bekommen. Plötzlich schien sich alles zu ändern – sie müsste dafür nur Eriks Drängen nachgeben, die Zeremonie abzuhalten.

Aber wie könnte sie das? Wie könnte sie zustimmen, einen Mann zu heiraten, der ihr nie seine Liebe gestanden hatte – der sich mit der Hochzeit lediglich Anspruch auf das Kind in ihr sichern wollte? Wie könnte sie ihn mit dem Wissen heiraten, dass eine Scheidung praktisch vorprogrammiert war?

Als die Verkäuferin mit dem ersten Kleid zurückkam, entsprach es haargenau dem, was sich Helen für den Gang zum Altar vorgestellt hatte – glänzender Stoff, über dem Dekolletee tief ausgeschnitten, an den Hüften eng anliegend. Einen Moment lang verlor Helen die Konzentration. Heftige Sehnsucht durchzuckte sie, als sie mit den Fingern über das schimmernde Material strich.

»Wo kann ich es anprobieren?«, fragte sie. Dabei bemerkte sie das verschwörerische Lächeln zwischen Maddie und Dana Sue. Sie warf den beiden einen finsteren Blick zu. »Bildet euch bloß nichts ein. Das bedeutet gar nichts.«

»Natürlich nicht«, murmelte Maddie, doch ihr stand Triumph ins Gesicht geschrieben.

Wenige Minuten später verließ Helen die winzige Umkleidekabine und stellte sich vor den dreiteiligen Spiegel. Der vordere Saum des Kleids reichte ihr gerade bis zu den Fußgelenken. Man konnte noch wunderbar die Schuhe sehen, die anzuprobieren die Verkäuferin sie überredet hatte. Hinten wies es eine kurze, fließende Schleppe auf. Helen sah darin schlank und zart wie eine Calla aus.

Die Verkäuferin trat näher und fügte ein schlichtes, geflochtenes Band aus zum Kleid passender Seide hinzu, das einen Schleier in ihrem Haar fixierte, und plötzlich war Helen die Braut ihrer Träume. Als sie ihr Spiegelbild betrachtete, war sie wie verzaubert. Sie schluckte schwer, während sie gegen die Verlockung ankämpfte. Tränen brannten ihr in den Augen.

»Du willst das«, flüsterte Maddie, als sie an ihre Seite trat. »Das weißt du. Und du willst das volle Programm, mit vielen Gästen und deiner Mutter.«

Helen löste den Blick vom Spiegel und sah Maddie in die Augen. »Aber ich will, dass es *echt* ist«, sagte sie mit belegter Stimme.

»Es *ist* echt«, betonte Dana Sue, als sie sich zu ihnen gesellte. Sie bedachte Helen mit einem schelmischen Blick. »Der Antrag hat vielleicht ein bisschen zu wünschen übriggelassen …«

»Mehr als ein *bisschen*«, fiel Helen ihr ins Wort. »Es war ein Befehl, kein Antrag.«

»Worauf ich hinauswill«, fuhr Dana Sue ungeduldig fort, »ist, dass die Hochzeit und die Ehe trotzdem genau so sein können, wie du es dir wünschst. Ihr könnt das schaffen, Süße. Das weiß ich.«

Maddie nickte. »Hast du schon mal eine süße Magnolie erlebt, die nicht alles Nötige getan hat, um zu bekommen, was sie will? Und ich weiß, dass du Erik willst. Unabhängig davon, wie es angefangen hat, du liebst ihn. Geh mal ein Risiko ein und gib es zu.«

Helen schüttelte den Kopf. »Ich glaube, das kann ich nicht. Ich hab es zu sehr vermasselt. Wie soll er mir je wieder vertrauen können? Und was für eine Beziehung könnten wir ohne Vertrauen schon haben?«

»Du tust, was Maddie und du selbst Ronnie und mir geraten haben, als wir wieder zusammengekommen sind, obwohl er mich betrogen hatte«, sagte Dana Sue. »Du verdienst dir sein Vertrauen jeden Tag ein Stück mehr zurück. Erik bietet dir ein Leben lang Zeit dafür. Eigentlich ein ziemlich guter Deal, wenn man darüber nachdenkt.«

Helen dachte über Dana Sues Worte nach, während sie erneut ihr Spiegelbild betrachtete. Wenn sie ja sagte, konnte sie die Braut werden, die sie immer sein wollte. Wenn sie ja sagte, hätte sie außerdem zumindest die Chance auf die Familie, die sie sich gewünscht hatte. Sie hatte ohnehin bereits so viel riskiert, um an diesen Punkt zu gelangen. Bestimmt könnte sie noch ein weiteres Risiko eingehen, um alles zu bekommen.

Sie holte tief Luft, bevor sie sich an die Verkäuferin wandte. »Ich nehme das Kleid«, erklärte sie mit fester Stimme.

»Wollen Sie sich nicht erst die anderen ansehen?«, fragte die Frau nach, sichtlich erstaunt, dass sich eine Kundin auf das erste anprobierte Hochzeitskleid stürzen wollte.

»Ich will genau dieses«, bestätigte Helen. Anscheinend konnte sie doch noch spontane Entscheidungen treffen. Nun musste sie nur beten, dass sie es nicht bereuen würde.

KAPITEL 21

Nachdem Helen die Pakete vom Shopping nach Hause gebracht hatte, entschied sie, dass es an der Zeit war, Caroline Holliday zu besuchen. Sie hatte täglich im Krankenhaus angerufen und sich nach ihr erkundigt. Einmal hatte sie sogar mit ihr telefoniert. Aber einen persönlichen Besuch hatte sie bisher vor sich hergeschoben. Gern hätte sie das Versäumnis auf das Chaos in ihrem Leben geschoben, seit Erik von dem Baby erfahren hatte, doch das wäre zu einfach gewesen. In Wirklichkeit wollte sie nicht mit eigenen Augen sehen, zu welcher Gewalt Brad fähig war. Dadurch würden sich seine Drohungen gegen sie zu real anfühlen.

Zur Frustration aller Betroffenen war der Mann nach wie vor nicht gefasst. Sie wollte glauben, dass er sich für immer abgesetzt, vielleicht sogar das Land verlassen hatte. Aber darauf konnte sie nicht zählen.

Maddie hatte darauf bestanden, sie nach Hause zu begleiten, damit sie nicht allein wäre. Ihre Freundin beäugte sie misstrauisch. »Du siehst aus wie ein Kind, das gerade was Süßes genascht hat und weiß, dass es jetzt Zeit für eklige Medizin ist. Was ist los?«

»Ich muss ins Regionalkrankenhaus, um Caroline zu besuchen«, sagte sie. »Darauf freue ich mich nicht wirklich.«

»Ich begleite dich«, verkündete Maddie.

»Nicht nötig«, erwiderte Helen, bevor sie den sturen Ausdruck in Maddies Kieferpartie bemerkte.

»Hat es etwa so geklungen, als würde ich dir eine Wahl lassen?«, erkundigte sich Maddie zuckersüß. »Wenn wir hinfahren, dann los. Ich rufe Cal an und gebe ihm Bescheid, wohin wir fahren.«

»Das ist lächerlich«, murrte Helen. »Brad hat sich mir seit dem Tag, an dem er mir zur Kanzlei gefolgt ist, nicht mehr genähert.«

Maddies Augen wurden groß. »Brad ist dir gefolgt? Hast du das jemandem gemeldet? Wo waren die Leute vom Sheriff, die dich im Auge behalten sollten?«

»Der Sheriff hat nicht genug Personal, um mich rund um die Uhr zu bewachen«, sagte Helen.

»Dann musst du eben einen privaten Sicherheitsdienst engagieren«, gab Maddie zurück.

»Ich besorge mir sicher keinen Leibwächter. Außerdem war es nur das eine Mal. Seither hab ich ihn nicht mehr gesehen. Wahrscheinlich ist er längst über alle Berge.«

Maddie runzelte die Stirn. »Das glaubst du doch genauso wenig wie ich.«

»Darüber zu debattieren bringt gar nichts«, sagte Helen. »Fahren wir einfach.«

»In Ordnung.« Maddies Ton ließ erahnen, dass sie das Thema längst nicht als abgeschlossen betrachtete.

Nachdem sie Maddie im Wartezimmer des Krankenhauses zurückgelassen hatte, sah Helen erschrocken, dass man einen Deputy vor Carolines Tür postiert hatte. Sie stellte sich ihm vor und fragte: »Hat es weitere Probleme mit ihrem Exmann gegeben?«

»Nein, ich bin nur als Vorsichtsmaßnahme hier. Die

Familie hat mich angefordert. Ihr Sohn wollte kein Risiko eingehen, bis man Mr Holliday gefasst hat.«

Helen nickte. »Kann ich nachvollziehen.«

Sie klopfte sachte an die Tür, bevor sie eintrat. Die Nachmittagssonne und entschieden zu viele Blumen beherrschten das Zimmer. Caroline schaute von einem Stuhl in der Ecke auf, als Helen hereinkam. Sie schenkte ihr ein zittriges Lächeln. Bei all den vergilbenden blauen Flecken in ihrem Gesicht und den Platzwunden an der Kieferpartie und den Wangen zweifellos ein schmerzliches Unterfangen. Helen musste Tränen zurückdrängen.

»Wie geht es Ihnen?«, fragte sie, durchquerte das Zimmer und hauchte Caroline einen behutsamen Kuss auf die geschundene Wange.

»Ich bin froh zu sehen, dass *Ihnen* nichts fehlt«, erwiderte Caroline. Sie schüttelte den Kopf. »Ich hoffe, Sie sind vorsichtig, Helen. Ich hätte Brad nie für fähig zu so etwas gehalten. Er ist früher nie handgreiflich geworden. Tatsächlich ist er nie auch nur laut geworden, wenn er wütend war. Als er am Abend meiner Rückkehr von meiner Schwester zu mir nach Hause gekommen ist, hab ich ihn reingelassen. Ich dachte, er wollte nur reden oder ein paar seiner Sachen abholen. Stattdessen hat er mich geschlagen, noch bevor die Tür geschlossen war. Er hat erst aufgehört, als einer der Nachbarn mich schreien gehört hat und angerannt gekommen ist.«

Sie schluckte schwer und sah Helen in die Augen. »Er hatte eine Pistole dabei«, flüsterte sie. »Keine Ahnung, wo oder wann er sie sich besorgt hat, aber ich glaube, er hatte vor, sie zu benutzen, um …« Caroline schauderte. »Wäre mein Nachbar nicht rechtzeitig gekommen …«

»Schon gut«, sagte Helen. »Jetzt ist es ja vorbei.«

»Es ist erst vorbei, wenn er hinter Gittern ist. Vorher werde ich mich nicht mehr sicher fühlen«, entgegnete Caroline. »Und Sie sollten das auch nicht.« Sie drückte Helens Hand. »Bitte seien Sie vorsichtig. Versprechen Sie es mir.«

»Ich werde kein Risiko eingehen«, versprach Helen, umso überzeugter, da sie nun von der Schusswaffe wusste. Sie hatte sich der Illusion hingegeben, dass sie sich bei einer körperlichen Auseinandersetzung mit Brad ihrer Haut wehren könnte, aber eine Pistole änderte alles. Schützend legte sie eine Hand auf den Bauch. Von nun an würde sie ihren dummen Stolz zurückschrauben und jeden Schutz annehmen, der sich ihr bot.

Erik hackte gerade Gemüse für einen herzhaften Eintopf, als Dana Sue vom Einkaufen in Charleston zurückkam. Seit sie mit Helen und Maddie aufgebrochen war, saß er wie auf Nadeln, weil er sich ständig fragte, ob sich Helen erneut gegen die Hochzeit gesträubt hatte. So entschlossen er sein mochte, er hatte noch keinen echten Plan dafür, wie er sie vor den Altar zerren würde, wenn sie sich wirklich weigerte.

Seit sie wieder bei ihm eingezogen war, verhielt sie sich still und distanziert. Sie redete nur mit ihm, wenn er sie dazu drängte, und selbst dann in frostigem, abschätzigem Ton. Da es mit seiner eigenen Stimmung nicht zum Besten stand, ließ er es dabei bewenden, doch die angespannte Atmosphäre konnte weder für sie noch für das Baby gut sein. Wenn es so weiterginge, würde er vielleicht einlenken und sie gehen lassen müssen, und sei es nur, um die Schwangerschaft nicht zu gefährden. Aus eigener Erfahrung und aus Dana Sues eindringlicher Warnung wusste er, dass Helen jeglichen Stress unter allen Umständen meiden sollte, insbesondere in diesem frühen Stadium. Er wollte auf keinen Fall zu etwas beitragen, das eine Fehlgeburt verursachen könnte. Damit würde er nicht nur Helen zerstören, sondern auch sich selbst.

Mit einem eindringlichen Blick in Dana Sues Gesicht versuchte er abzuwägen, wie die Einkaufsfahrt verlaufen war. Ihre Miene verriet nichts.

»Und?«, fragte er schließlich. »Redet ihr noch miteinander? Hat sie die Brautboutique niedergebrannt, als sie mitgekriegt hat, wohin ihr sie bringt? Jetzt sag schon!«

Dana Sues Lippen zuckten, bevor sie sich zu einem vollwertigen Lächeln verzogen. »Sie hat ein Kleid gekauft.«

»Ein Hochzeitskleid?«, fragte er verblüfft. »Wirklich?«

Dana Sue schüttelte den Kopf. »Du weißt echt gar nichts über Frauen, oder?«

»Wie meinst du das?«

»Sobald sie das perfekte Kleid anhatte, von dem sie ihr Leben lang geträumt hatte – zumindest ihr Leben als Erwachsene –, war es um sie geschehen. Das wollte sie sich nicht entgehen lassen.«

»Also geht es ihr nur um die Chance, ein Kleid zu tragen, das ihr gefällt?« Erik wusste nicht recht, was er davon halten sollte. Vielleicht sollte er einfach dankbar sein, dass sie dadurch zumindest vor den Traualtar treten würde.

Dana Sue tätschelte ihm die Wange. »Jetzt schmoll nicht. Oberflächlich betrachtet, mag es nur um das Kleid gehen, aber sie würde nie im Leben heiraten, wenn sie es nicht wollte. Ihre gesamte Karriere lang hat sie hässliche Scheidungen abgewickelt. Sie würde sich nicht auf eine Ehe einlassen, wenn sie nicht der Meinung wäre, sie könnte von Dauer sein. Da könnten wir alle sie noch so sehr bedrängen.«

Ein winziger Hoffnungsschimmer flammte in Erik auf. Vielleicht könnten sie zusammen doch noch ihren Widerstand und seinen Zorn über ihre Hinterlist überwinden.

»Willst du einen kleinen Rat?«, fragte Dana Sue.

»Wir wissen beide, dass du ihn mir so oder so erteilst, warum fragst du also überhaupt?«, stichelte er.

»Du solltest vielleicht darüber nachdenken, ihr irgendwann vor dem Tag der Hochzeit einen richtigen Antrag zu machen. Du willst bestimmt nicht, dass sie sich den Rest ihres Lebens so daran erinnert, dass du von ihr verlangt hast, dich zu heiraten. Das nimmt der Sache irgendwie die Romantik.«

»Um Romantik geht's dabei nicht«, erinnerte Erik sie.

Dana Sue sah ihm direkt in die Augen. »Wirklich nicht?«

»Hör mal, hier ist ein Kind im Spiel«, sagte er. »Darum geht es.« Vielleicht verhielt er sich stur, vielleicht wollte er sich seinen Stolz bewahren. Jedenfalls weigerte er sich, mehr als seine Entschlossenheit zuzugeben, ein Teil der Zukunft des Babys zu werden.

Dana Sue schüttelte den Kopf und bedachte ihn mit einem mitleidigen Blick. »Was bist du für ein Dickkopf. Du liebst die Frau. Sag es ihr, bevor es zu spät ist. Das würde Berge versetzen, Erik. Für euch beide.«

Er runzelte die Stirn. »Zu spät wofür? Glaubst du, sie könnte in letzter Minute einen Rückzieher machen?«

»Nein. Aber ich denke, wenn Helen die Zeremonie durchzieht, ohne davor die Worte zu hören, wird sie jahrelang an deinen Gefühlen zweifeln, egal, wie oft du sie ihr hinterher sagst. Sie muss sie jetzt gleich hören, Erik. Sie muss wissen, dass es nicht nur darum geht, dir einen rechtlichen Anspruch auf das Kind zu sichern.«

»Aber …«

»Jetzt hör mir zu«, schnitt Dana Sue ihm das Wort ab. »Bei allem Erfolg und Respekt, den Helen im Gerichtssaal hat, ist sie in Sachen Liebe genauso unsicher wie jeder und jede andere. Sie hat ihr Herz nie wirklich jemandem geöffnet, außer ihrer Mutter, Maddie und mir. Glaub mir, Maddie und ich mussten uns ihr Vertrauen auch erst erarbeiten, bereits in der Grundschule, als wir uns kennengelernt haben. Schon da war sie gezeichnet vom frühen Tod ihres Vaters und vom harten Alltagskampf ihrer Mutter.«

»Aber Helen hat doch erzwungen, dass es um das Sorgerecht geht«, führte er an. »Sie wollte mir die Chance verweigern, mit meinem Kind zusammen zu sein. Ich musste irgendwas unternehmen.«

»Da hast du völlig recht«, pflichtete Dana Sue ihm ein bisschen zu bereitwillig bei. Sie sah ihm tief in die Augen. »Und wird's dich nachts warmhalten, dass du recht hast?«

In den nächsten Tagen dachte Erik viel darüber nach. Doch jedes Mal, wenn er seine Gefühle Helen gegenüber ansprechen wollte, blieben ihm die Worte im Hals stecken. Er kam einfach nicht über das Ausmaß ihres Verrats und seine eigene Angst davor hinweg, sein Herz aufs Spiel zu setzen.

Und nach jedem gescheiterten Versuch, sich zu öffnen und seinen Gefühlen Ausdruck zu verleihen – so verworren sie auch sein mochten –, fiel ihm auf, dass sich Helen weiter zurückzuziehen schien. Sie glichen praktisch Fremden, die unter einem Dach lebten. Jedenfalls sicher nicht zwei Menschen, die in zwei Wochen heiraten würden oder die bis vor wenigen Wochen atemberaubende Intimität miteinander genossen hatten.

Tief in seinem Inneren wusste Erik, dass sie oder er einlenken musste, weil sie sonst keine Zukunft hätten. Dennoch konnte er sich trotz aller Anstrengung nicht dazu durchringen, den Schritt selbst zu tun.

Wenn er nachts allein im Bett lag, während Helen im Gästezimmer schlief, überlegte er mehr als einmal, ob sie die Zeremonie nicht absagen sollten. Dann jedoch dachte er an sein Kind, und seine Entschlossenheit kehrte zurück. Um des Babys willen würde er es durchziehen. Und vielleicht würden Helen und er irgendwann, irgendwie, wieder zueinanderfinden.

Die Hochzeit erinnerte definitiv nicht an etwas aus einer Brautzeitschrift. Obwohl der See im Park durchaus einen spektakulären Hintergrund bot. Wie Helen es sich vorgestellt hatte, standen die Blumen in voller Blüte, obwohl die Zeit der Azaleen längst vorbei war. Schwäne glitten über das Wasser, und die vierzehn Gäste – sie war standhaft geblieben und hatte ihren Freundinnen nicht erlaubt, etwas Größeres zu inszenieren – wirkten alle widerlich zufrieden. Cal und Maddie hielten Händchen. Dana Sue hatte sich bei Ronnie eingehängt. Und Annie warf immer wieder schmachtende Blicke zu Ty.

Im Gegensatz dazu stand Helen stoisch neben Erik und wünschte, sie wären in einer Hochzeitskapelle in Las Vegas mit einem Elvis-Imitator als Standesbeamten. Diese Zeremonie war ein solcher Witz, dass es so passender gewesen wäre.

Mehr als einmal hatte sie gedacht, Erik würde sich ihr öffnen und ihr seine wahren Gefühle mitteilen. Selbst weiteres Gebrüll hätte sie besser gefunden als die sture Entschlossenheit und das Schweigen, die sie jeden Morgen am Frühstückstisch begrüßten. Beinah hätte sie das Thema von sich aus angesprochen, aber der Mut hatte sie jedes Mal kurz davor verlassen. Dafür verabscheute sie sich. Vor Gericht bot sie regelmäßig hochkarätigen Gegnern die Stirn. Und meist gelang es ihr, sie zu übertrumpfen, die Oberhand zu behalten und den Sieg davonzutragen. Dennoch schien sie unfähig zu sein, ein wichtiges Gespräch mit dem Mann zu beginnen, den sie gleich heiraten würde – einen Mann, an dem ihr so viel lag, dass sie ihn als Vater ihres Kindes haben wollte.

Tausendmal hatte sie sich gesagt, sie würde sich aus dieser Farce zurückziehen. Trotzdem stand sie hier und wartete darauf, die Worte auszusprechen, die sie für immer an Erik binden würden – oder zumindest so lange, bis sich einer von ihnen aus der Ehe herauswinden würde.

»Versprichst du …«, begann der Priester.

Helen nahm seine Worte nur als Hintergrundrauschen wahr. Aber sie sagte an der richtigen Stelle »Ich will«, weil alles andere eine Szene verursacht hätte, die in den nächsten hundert Jahren niemand in der Stadt vergessen würde.

Eriks Gelübde ertönte mit unwesentlich mehr Begeisterung.

Dann war es vorbei, und die kleine Gruppe zog weiter zum Empfang im *Sullivan's*. Darauf hatte Dana Sue bestanden. Erik hatte sogar eine seiner spektakulären Hochzeitstorten mit Vanillefondant als Glasur gebacken. Eine Fülle weißer Orchideen zierte die Seiten. Bei dem Anblick wäre Helen beinah in Tränen ausgebrochen. Irgendwie hatte er in ihr Herz gesehen und die Torte genau richtig gestaltet.

Zum ersten Mal, seit Erik von der Schwangerschaft erfahren hatte, sah er sie mit etwas anderem als Zorn oder kalter Gleichgültigkeit in den Augen an.

»Was ist?«, fragte er und wirkte aufrichtig besorgt. »Geht's dir gut?«

Helen wischte eine Träne weg, die sich gelöst hatte. Sie konnte nur nicken.

»Liegt es an der Torte?« Er folgte der Richtung ihres Blicks.

Sie nickte. »Sie ist so wunderschön.«

Seine Miene wurde milder. »Hochzeitstorten sind meine Spezialität. Wie könnte ich mich da bei unserer mit etwas anderem als Perfektion zufriedengeben?«

Da brach sie zu ihrem Entsetzen in Tränen aus. In Gedanken schrieb sie ihre Reaktion den Hormonen zu, nicht seiner herzerweichenden Geste. Erik nahm sie an der Hand, schleifte sie in die Küche und zog sie dort in seine Arme. Helen verspürte dabei eine überproportionale Erleichterung. Vielleicht hasste er sie ja doch nicht.

»Alles gut«, murmelte er und tätschelte ihr unsicher den Rücken. »Es wird alles gut, versprochen.«

»Wie kann es das? Ich hab so ein Chaos angerichtet. Keine Ehe sollte so beginnen.«

Sie spürte, wie sich seine Brust unter einem Seufzer hob.

»Ich hab mich in letzter Zeit wohl auch idiotisch verhalten«, räumte er ein. »Es tut mir leid.«

Sie schaute zu ihm auf und erkannte Bedauern in seinem Gesicht, obwohl sie es durch einen Tränenschleier sah. »Ich wollte dir nie wehtun oder dich wütend machen«, beteuerte sie.

»Wollte ich umgekehrt auch nicht«, erwiderte er. Er legte die Hand auf ihre Wange, wischte die Feuchtigkeit darauf weg. »Lass uns heute neu anfangen und sehen, wie es läuft, okay? Können wir das versuchen?«

»Du hörst dich an, als hätten wir alle Zeit der Welt, um zusammen in die Spur zu finden.«

»Nach meinen Berechnungen bleiben uns noch etwas mehr als sechs Monate, bis das Baby zur Welt kommt«, sagte er. Seine Lippen zuckten mit einem gedämpften Anflug von Belustigung, als er hinzufügte: »Da einer von uns zu zwanghaftem Verhalten neigt, sollte die Zeit wohl reichen, um uns darüber klar zu werden, wie es jetzt weitergehen soll.«

Helen erkannte das ihr entgegengebrachte Friedensangebot. »Abgemacht«, sagte sie und streckte die Hand aus.

Erik ignorierte die Hand und drückte ihr stattdessen den Mund auf die Lippen. Damit küsste er sie zum ersten Mal, seit er von ihrer Schwangerschaft erfahren hatte. Der Kuss erinnerte sie daran, dass nicht alles schlecht an der vertrackten Lage war. Verlangen entflammte in ihr wie das Versprechen eines Neubeginns. Doch bevor sie sich davon mitreißen lassen konnte, fiel ihr etwas anderes ein, und ihr blieb ein Schluchzen im Hals stecken.

»Was ist?«, fragte Erik.

»Wir haben nicht mal Flitterwochen geplant«, flüsterte sie. Das Einzige, was sich zwischen ihnen so richtig anfühlte, ungenutzt zu lassen, empfand sie als fürchterlichen Start in ihr gemeinsames Leben.

»Ich war mir nicht sicher, ob du mit mir allein sein

willst«, gestand er. Dann setzte er ein Grinsen auf. »Aber ich hab's drauf ankommen lassen.«

Ihre Augen wurden groß. »Was meinst du damit?«

»Ich hab uns für ein paar Tage eine Suite in Paris gebucht.«

Ihr Mund klappte auf. Fassungslos starrte sie ihn an. »Paris? Woher hast du gewusst, dass ich dorthin schon immer mal wollte?«

Er lachte darüber. »Eine Reise nach Paris zum Shoppen wäre doch deine Belohnung gewesen, wenn du bei dem Wettbewerb mit Maddie und Dana Sue vor einer Weile deine Ziele erreicht hättest, oder?«

»Du weißt davon?«

»Du hast ja keine Ahnung, was ich alles weiß«, sagte er. »Also, willst du hin oder nicht?«

»Ich hab am Montagvormittag einen Gerichtstermin«, erwiderte sie kläglich.

Erik schüttelte den Kopf. »Nein, hast du nicht. Barb hat mit dem Richter gesprochen. Der Termin ist verschoben. Nur für den Fall, dass du ja sagst. Sie hat auch alle anderen Termine in der Woche verschoben. Wir kommen am Donnerstag zurück. Du könnest am Freitag im Büro aufarbeiten, was du verpasst hast, und dich übers Wochenende vom Jetlag erholen. Wie klingt das?«

»Spitze!«, rief sie freudig, schlang die Arme um seinen Nacken und küsste ihn impulsiv. »Tun wir's.«

In dem Moment steckte Dana Sue den Kopf in die Küche. Sie grinste. »Paris?«, mutmaßte sie.

Helen nickte.

»Ich wusste doch, dass du dich darüber freust.«

»Hast du dabei die Finger im Spiel?«, wollte Helen wissen.

»Es war Eriks Idee«, antwortete Dana Sue. »Er hat mich nur gefragt, was ich davon halte. Ich hab ihm gesagt, er soll sicherheitshalber den Einkaufsrahmen seiner Kreditkarte erhöhen.«

Helen schaute mürrisch drein. »Muss er nicht. Ich hab eine eigene Karte.«

Erik schüttelte den Kopf. »Wir sind jetzt verheiratet. Da kann ich dir ruhig ein paar der schicken Blusen kaufen, die dir so gefallen.« Ein Strahlen trat in seine Augen. »Vielleicht sogar ein paar sexy Dessous.«

In dem Moment kam Annie in die Küche. Dana Sue hielt ihrer Tochter demonstrativ die Ohren zu und schob Ty mit dem Ellbogen zurück nach draußen.

»Mama!«, protestierte Annie. »Ich weiß, dass Kerle auf sexy Unterwäsche stehen.« Sie grinste Erik an. »Aber ich würde zu gern dein Gesicht sehen, wenn du welche kaufen gehst.«

»Ich werd mir inzwischen im *Cordon Bleu* einen Kochkurs genehmigen«, erwiderte er.

»In den Flitterwochen solltet ihr alles *zusammen* unternehmen«, rückte ihm Annie den Kopf zurecht.

Erik zwinkerte ihr zu. »Kannst du dir Helen bei einem Kochkurs vorstellen?«

»Genauso wenig wie dich in einer Boutique für Dessous«, zog Annie ihn auf. »Aber im Ernst. Ihr müsst zusammen was unternehmen. Und ich will Fotos.«

Helen lauschte dem verspielten Wortwechsel mit Verwunderung. Es klang erstaunlich entspannt und normal. Fast so, wie es zwischen Erik und ihr gewesen war, bevor er von dem Baby erfahren hatte. Vielleicht würde sich auch zwischen ihnen ihre besondere Verbindung wieder einstellen.

»Wie war die Hochzeit?«, erkundigte sich Frances, als Karen und Elliott an jenem Abend nach Hause kamen.

»Angespannt«, antwortete Karen. »Aber beim Empfang muss irgendwas passiert sein. Keine Ahnung, was, jedenfalls war es danach lockerer.« Sie wandte sich an Elliott. »Ist es dir auch aufgefallen?«

Er zuckte mit den Schultern. »Ich hab nicht so auf Helen und Erik geachtet«, gestand er. »Mir sind andere Dinge im Kopf herumgegangen.«

Plötzlich sprang Frances auf und sammelte im Wohnzimmer hastig ihre Sachen ein. »Wir sehen uns morgen«, sagte sie.

Karen runzelte die Stirn. »Jetzt lauf nicht weg. Bleib noch und probier die Hochzeitstorte. Wir haben dir ein Stück mitgebracht.«

Frances zwinkerte Elliott zu. »Ich genehmige mir zu Hause ein feines Tässchen Tee. Ihr zwei habt Wichtigeres zu tun.«

»Nein, haben wir nicht«, widersprach Karen. »Wir werden hier nur rumsitzen und uns entspannen.«

»Viel Spaß dabei. Dasselbe mache ich zu Hause – mich entspannen. Mack und Daisy waren heute Abend ganz schön anstrengend. Ich bin ein bisschen müde.«

Karen bedachte sie mit einem besorgten Blick. »Waren sie zu viel für dich?«

»Nein, natürlich nicht«, entgegnete Frances. »Gute Nacht.«

Bevor Karen weitere Fragen stellen konnte, war sie zur Tür hinaus verschwunden.

»Das war jetzt schräg«, meinte sie zu Elliott. »Sonst bleibt sie immer gern und hört sich an, was wir erlebt haben. Hoffentlich haben die Kinder sie wirklich nicht ausgelaugt.«

»Ich glaube, sie wollte nur einen subtilen Abgang hinlegen.«

»Subtil?«

»Sie hat gemerkt, dass ich dich gern für mich allein hätte«, erklärte er.

Karen begegnete seinem Blick, und plötzlich wurde ihr klar, *was* ihn beschäftigte – schon seit Wochen. »Hier geht's um uns beide, nicht wahr?«

»Setzen wir uns«, schlug er vor, zog sie zu einem Sessel, ließ sich darauf nieder und setzte sie auf seinen Schoß. »Ich konnte heute ständig nur an uns denken.«

»Weil wir bei einer Hochzeit waren. Jeder wird bei einer Hochzeit ein bisschen verträumt und romantisch, sogar bei einer so überstürzten und verrückten wie dieser.«

»Du auch?«, fragte er. »Hat es dich zum Nachdenken darüber gebracht, was aus uns werden soll?«

»Waren wir uns nicht einig, dass wir es langsam angehen wollen?«, fragte sie. Gleichzeitig beschleunigte sich ihr Herzschlag vor lauter freudiger Erwartung.

Er zeichnete mit dem Finger ihre Lippen nach. »Hab's mir anders überlegt. Ich weiß, was ich will. Und ich will, dass wir eine Familie werden, Karen. Du sollst dich nicht mehr allein abrackern müssen. Wenn wir zusammen sind, können wir alles teilen, und ich kann dir ein wenig Last von den Schultern nehmen. Ich liebe deine Kinder, als wären sie von mir. Ich würde sie sogar gern adoptieren, wenn es möglich ist und ihr alle es wollt.«

So verlockend Karen das Bild fand, das er für sie malte, sie zögerte dennoch. Gleichzeitig wusste sie, dass ihre Gefühle für ihn rein und tief waren, vielleicht sogar Liebe. Umgekehrt empfand sie seine Zuneigung als unerschütterlich und echt. Die Kinder himmelten ihn an. Frances, die für Karen einer Mutter am nächsten kam, war restlos überzeugt von ihm. Warum also zögerte sie?

Ironischerweise lag es ausgerechnet an etwas, das sie so sehr an ihm bewunderte – seine Verbundenheit mit seiner Familie. Als überzeugte Katholiken missfiel seinen Angehörigen, dass Karen geschieden war, woraus sie auch keinen Hehl machten. Es hatte seiner Mutter und seinen Schwestern ins Gesicht geschrieben gestanden, als Elliott und sie die Geburtstagsfeier seiner Nichte besucht hatten.

»Deine Familie ist nicht glücklich über uns«, sagte sie schließlich. »Und ich kann den Gedanken nicht ertragen, der Grund für einen Bruch zwischen euch zu sein.«

»Um meine Leute kümmere ich mich«, erwiderte er. »Die kriegen sich schon ein.«

»Elliott, dass ich geschieden bin, ist ein Schlag ins Gesicht für ihren Glauben«, hielt sie ihm vor Augen. »Das hätte mir klar sein müssen, bevor ich sie überhaupt kennengelernt habe. Und dir auch.«

»Du könntest deine Ehe annullieren lassen«, schlug er vor.

»Ich bin nicht katholisch«, erinnerte sie ihn. »Ebenso wenig habe ich kirchlich geheiratet. Es war eine Zeremonie im Standesamt.«

»Dann erkennt die Kirche es ohnehin nicht als Ehe an«, sagte er. »Also, ich kenne jetzt nicht alle Kirchengesetze, aber das spielt für mich auch keine Rolle. Ich liebe dich. Du bist die Frau, mit der ich den Rest meines Lebens verbringen möchte. Das kriegen wir schon geregelt. Wir können uns an einen Priester wenden, der uns sagt, was zu tun ist.«

Bei ihm klang es so einfach. Allerdings berücksichtigte

er dabei etwas nicht, das ihr zutiefst am Herzen lag. »Ich werde nichts tun, wodurch meine Kinder auf einmal unehelich werden«, erklärte sie hitzig. Sie begegnete seinem Blick. »Das kann ich ihnen nicht antun, Elliott. Das werde ich nicht. Mein Exmann mag sich als Nichtsnutz erwiesen haben, trotzdem war er ihr Vater. Sie sind ehelich zur Welt gekommen. Ich bin damit aufgewachsen, dass ich nie gewusst habe, wer mein Vater war. Dadurch habe ich mich unerwünscht gefühlt, mich geschämt. Dass meine Mutter mich auch aufgegeben hat, zuerst nur emotional, dann auch physisch, hat dem noch die Krone aufgesetzt. Ich hatte immer das Gefühl, nicht gut genug zu sein. Mittlerweile weiß ich, dass ich ein guter, ein anständiger Mensch bin, aber es war ein langer, schwerer Weg zu der Erkenntnis. Mit einer solchen Unsicherheit sollen meine Kinder nie zu kämpfen haben.«

»Aber sie werden *mich* haben.« Elliott legte ihr die Hand auf die Wange, wollte sie mit der Berührung beruhigen. »Zusammen sorgen wir dafür, dass sie wissen, wer sie sind. Sie werden sich geliebt, respektiert und geschätzt fühlen. Wenn es rechtlich möglich ist, adoptiere ich sie auch gern. Es wird für sie nicht sein, wie es für dich gewesen ist, das verspreche ich dir.«

Karen wollte glauben, dass es so sein könnte. Hingegen wollte sie *nicht* glauben, dass sie den Mann ihrer Träume so kurz vor dem Ziel noch verlieren könnte.

»Lass uns mit dem Geistlichen reden«, sagte sie schließlich. »Ich höre mir an, was wir tun müssten, um in deiner Kirche heiraten zu können und deine Familie glücklich zu machen. Mehr kann ich vorläufig nicht tun.«

Erleichterung trat in seine Augen. »Also sind wir verlobt?«

»*Nein*«, entgegnete sie mit Nachdruck, bevor sie beim Aufblitzen von Schmerz in seinen Augen ihren Ton milderte. »Vielleicht die Vorstufe zu verlobt.«

Ein Lächeln umspielte seine Lippen. »Das reicht mir vorerst. Es wird sich alles regeln«, sagte er mit einer Gewissheit, die Karen nicht ansatzweise empfand.

Stattdessen erinnerte sie sich an den urteilenden Ausdruck in den Augen seiner Mutter, als sie erfahren hatte, dass Karen geschieden war. Seine Schwestern hatten sich zwar versöhnlicher gezeigt, aber genauso wenig begeistert über ihre Beziehung. Karen wusste, dass es ein harter Kampf würde, sie für sich zu gewinnen.

Dann sah sie in Elliotts Augen, erkannte die Liebe darin und dachte sich, dass es vielleicht ein Kampf wäre, den aufzunehmen sich lohnen würde.

Helen kehrte aus Paris mit sieben neuen Paar Schuhen, sechs neuen Designeranzügen und einem ganzen Koffer voller sexy französischer Dessous zurück. Außerdem mit frischer Hoffnung für die Zukunft ihrer Ehe. Die Flitterwochen hatten sich auf vier kurze, aber harmonische Tage beschränkt. In der exklusiven Kochschule hatte sie sogar gelernt, wie man Mehlschwitze zubereitete – obwohl sie sich nicht vorstellen konnte, dieses Wissen je zu brauchen. Aber es hatte Spaß gemacht, Erik in seinem Element zu erleben. Und da Annie darauf bestanden hatte, kamen sie mit haufenweise Fotos nach Hause. Es schienen Hunderte zu sein. Unter anderem zeigten sie Erik mit hochrotem Gesicht zwischen etlichen mit Spitzen-BHs und knappen Höschen bekleideten Schaufensterpuppen.

Im Augenblick lagen die Fotos auf einem Tisch der Terrasse des *Corner Spa* ausgebreitet und wurden von

Maddie und Dana Sue begutachtet. Helen ignorierte das neidische Seufzen ihrer Freundinnen, als sie den Fuß ausstreckte und einen ihrer neuen Schuhe bewunderte, eine hochhackige, spitze Pantolette aus so weichem Leder, dass es sich wie Butter anfühlte. Vermutlich blieben ihr nur wenige Wochen, bis sie zu schwerfällig sein würde, um in solchen Schuhen herumzulaufen.

Maddie sah sie an und folgte der Richtung ihres Blicks. »Habt ihr da drüben auch irgendetwas anderes gemacht, als Schuhe zu kaufen?«, fragte sie.

»Natürlich. Du siehst dir doch gerade Bilder an, die es beweisen.« Sie grinste verschmitzt. »Außerdem noch so einiges, über das ich nicht reden will. Und davon gibt's auch keine Fotos.«

»Also ist zwischen euch wieder alles gut?«, fragte Maddie mit Besorgnis in den Augen.

»Nicht perfekt, aber von Tag zu Tag besser«, antwortete Helen. »Es wird schon noch eine Weile dauern, bis Erik mir wieder vertraut. Und ich bin mir nicht sicher, wie es nach der Ankunft des Babys weitergeht.«

Dana Sue runzelte die Stirn. »Was meinst du damit?«

»Er hat mir von Anfang an gesagt, dass wir die Ehe danach beenden können, wenn ich will.« Helens Stimme klang belegt, obwohl sie sich bemühte, nicht so weit vorauszudenken.

»Das hat er nur gesagt, weil du so entschlossen warst, das Kind allein großzuziehen«, entgegnete Dana Sue irritiert. »Erik liebt dich.«

»Das hat er nie gesagt«, konterte Helen. »Jedenfalls nicht zu mir.«

Dana Sue seufzte. »Ich hab ihn davor gewarnt, dass ihm das noch auf den Kopf fallen wird«, brummelte sie. »Pass auf: Während er daran arbeitet, dir wieder zu vertrauen, solltest du vielleicht versuchen, auch einfach auf das eine oder andere zu vertrauen.«

Maddie warf Dana Sue einen schiefen Blick zu. »Du redest gerade mit einer Frau, für die es nur schwarz oder weiß gibt.«

»Komisch«, meinte Dana Sue dazu und heftete den Blick auf Helen. »Ich hab sie immer für eine Frau gehalten, für die Taten mehr bedeuten als Worte. Wie oft hast du Mandantinnen schon geraten, nicht auf das Süßholzraspeln ihrer verlogenen, sie betrügenden Ehemänner zu hören, sondern darauf zu achten, wie sie sich verhalten?«

Da Helen keine Ahnung hatte, was sie darauf erwidern sollte, sammelte sie ihre Fotos ein und erhob sich. »Ich muss in die Kanzlei. Barb sagt, ab Montag ist mein Terminkalender proppenvoll. Außerdem erwartet mich ein dicker Stapel Nachrichten, obwohl ich nicht mal eine ganze Woche weg war. Ich muss heute wenigstens anfangen, den Haufen abzuarbeiten.«

Maddie schaute regelrecht erschrocken drein. »Wag es ja nicht, dich an deinem ersten Tag zu übernehmen. Der Kurztrip ins Ausland war schon anstrengend genug für deinen Körper. Noch mehr Stress kannst du nicht brauchen.«

»Es ist ja nur ein Tag«, hielt Helen ihr vor Augen. »Danach hab ich das ganze Wochenende zum Erholen, während Erik im Restaurant arbeitet.«

»Ich will damit nur sagen …«, begann Maddie, doch Helen fiel ihr ins Wort.

»Ich weiß, was du damit sagen willst.« Sie bückte sich und umarmte ihre Freundin. »Und ich hab dich lieb dafür, wie sehr du dich um mich sorgst, aber ich stell nichts Dummes an, versprochen.«

»Na gut«, lenkte Maddie ein. »Aber ich ruf später bei dir in der Kanzlei an. Barb wird's mir sagen, falls du dich übernimmst.«

»Nicht, wenn sie ihren Job behalten will«, konterte Helen, griff ihre Aktentasche und steuerte auf den Ausgang vom Innenhof zu, statt durch das Gebäude zu gehen.

»Warte«, rief Maddie sie zurück. »Du musst durch das Spa. Elliott begleitet dich zur Kanzlei.«

»Ich hab ihn gesehen, als ich reingekommen bin. Er ist schon mit einer Kundin beschäftigt«, sagte Helen. »Mir passiert nichts.«

Maddie runzelte die Stirn. »Helen, bitte. Es ist immer noch nicht sicher für dich, wenn du irgendwo allein hingehst.«

Kurz blitzte Caroline so vor ihrem geistigen Auge auf, wie sie die Frau zuletzt gesehen hatte. Gleich darauf erinnerte sie sich an das Versprechen, das sie nicht nur Caroline, sondern auch sich selbst gegeben hatte.

»Na schön, ich hole Elliott«, gab sie nach, wendete und ging ins Spa.

»Wenn er sich nicht loseisen kann, fahre ich dich«, rief Maddie ihr nach.

Sosehr Helen das Beschützerverhalten der Menschen in ihrem Umfeld nervte, sie wusste, dass es seine Berechtigung hatte. Kurzerhand beschloss sie, den Sheriff anzurufen, sobald sie im Büro wäre, und sich nach dem Stand der Suche nach Brad zu erkundigen. Und wenn sie dabei das Gefühl bekäme, dass sich die Behörden für ihren Geschmack nicht intensiv genug mit Brad beschäftigten, würde sie ihre eigenen Detektive auf ihn ansetzen. Es war an der Zeit, das leidige Thema zu beenden.

KAPITEL 22

Mit Elliott an der Seite, spazierte Helen zu ihrer Kanzlei und versuchte, sich an dem herrlichen Tag zu erfreuen. Elliotts verkniffene Miene war dabei nicht hilfreich. Offensichtlich nahm er seine Pflichten als ihr Leibwächter überaus ernst. Sein Blick wanderte unterwegs unablässig hin und her. Ihre Fragen beantwortete er einsilbig, ohne sie dabei auch nur ein einziges Mal anzusehen. Schließlich gab Helen den Versuch einer Unterhaltung mit ihm auf.

Auf der Hauptstraße entdeckte sie Ronnie in dessen Eisenwarenladen und winkte ihm zu. Bei *Wharton's* bat sie Elliott, kurz zu warten, während sie den Kopf hineinsteckte, um Grace und Neville zu begrüßen.

»Ich hab dir was aus Paris mitgebracht«, verriet sie Grace. »Ich bringe es später vorbei.«

Grace war mit Tellern voller Rührei und Pfannkuchen beladen. »Also hattet ihr schöne Flitterwochen?«

»Wunderschön«, bestätigte Helen und wusste, dass die halbe Stadt darüber tratschen würde, noch bevor der Vormittag vorbei wäre. Vielleicht würde das den Gerüchten ein Ende setzen, die behaupteten, sie wäre unter Zwang vor den Altar getreten.

Als sie die Kanzlei erreichten, grinste sie Elliott an. »Damit ist dein Auftrag erfüllt«, meinte sie zu ihm. »Du hast mich wohlbehalten abgeliefert.«

»Was hältst du davon, wenn ich dich noch hineinbegleite?«, schlug er vor.

»Barb ist schon da«, erwiderte sie, als sie das Auto ihrer Sekretärin in der Einfahrt bemerkte. »Mir passiert nichts.«

»Na schön. Wenn du mich brauchst, um dich irgendwohin zu begleiten, gib einfach Bescheid, ja?«

»Danke, Elliott.«

Als er in lockerem Trab den Rückweg zum *Corner Spa* antrat, öffnete sie die Tür und ging ins Gebäude. Barb schaute von ihrem Telefonat auf und strahlte Helen an. Mit den Lippen bildete sie: *Willkommen zurück.*

Als Helen ihre Nachrichten mitnehmen und in ihr Büro gehen wollte, bedeutete Barb ihr zu warten. Schnell beendete sie ihr Telefonat.

»Ich wollte dich nur vorwarnen, dass in deinem Büro ein Mandant sitzt«, sagte Barb. »Er hat gesagt, es wäre ein Notfall. Weil du heute nichts im Terminkalender hast, hab ich ihm angeboten zu warten, bis du kommst.«

»Wer ist er, und was für einen Notfall hat er?« Es ärgerte Helen, dass sie nun doch nicht den ganzen Tag dafür hatte, ihre aktuellen Fälle aufzuarbeiten.

Barb warf einen flüchtigen Blick auf eine Notiz am Schreibtisch. »Er hat gesagt, er heißt Bryan Hallifax.«

»Ich kenne keine Familie Hallifax in Serenity.«

Barb zuckte mit den Schultern. »Er hat nicht erwähnt, ob er in der Stadt wohnt. Ich hab ihn auch nicht erkannt.«

»Und der Notfall?«

»Irgendwas darüber, dass seine Frau gedroht hat, ihm die Kinder wegzunehmen«, erwiderte Barb. »Sie hat es ihm vor den Latz geknallt, als er von einer Geschäftsreise zurückgekommen ist, und er hat Panik gekriegt. Einzelheiten hat er mir keine genannt.«

»Na schön, egal. Ich kümmere mich um ihn, aber keine weiteren Anrufe und schon gar keine weiteren Termine.«

»Verstanden«, sagte Barb. »Tut mir leid wegen ihm, aber er ist mir so aufgelöst vorgekommen.«

Helen drückte ihre Schulter. »Schon gut. Ich weiß ja, was für ein weiches Herz du hast.«

Als Helen die Tür zu ihrem Büro öffnete, entdeckte sie den Mann nicht sofort. Erst, nachdem sie die Tür wieder geschlossen hatte, sah sie ihn in den Schatten stehen. Und als er sich umdrehte, setzte ihr Herz einen Schlag aus. Brad Holliday. Aus seinen Augen sprachen zugleich Wut und Genugtuung darüber, sie überrumpelt zu haben.

Instinktiv wollte Helen die Tür aufreißen und Barb auffordern, die Polizei zu rufen. Dann jedoch bemerkte sie die Pistole in Brads Hand und erstarrte. Er hatte sie auf Helen gerichtet.

»Gut«, lobte er, als sie sich von der Tür entfernte. »Sie sind eine kluge Frau.«

»Was wollen Sie, Brad?«

»Gerechtigkeit. Genugtuung.« Er zuckte mit den Schultern. »Mal sehen, wie es läuft.«

Helen bewegte sich vorsichtig, bis sie sich hinter ihrem Schreibtisch befand, wo sie Platz nehmen konnte. Hoffentlich würde das massive Möbelstück dem Baby ein wenig Schutz bieten, falls Brad die Waffe abfeuerte. Leider hatte sie nie den Paniktaster installiert, den manche Anwälte auf dem Boden neben ihren Schreibtischen hatten. Immerhin befasste sie sich mit Scheidungen, nicht mit Strafrecht.

Sie zwang sich, Brad direkt in die Augen zu sehen. Blanker Hass sprach aus ihnen. Dennoch gelang es ihr, mit ruhigem, vernünftigem Ton das Wort zu ergreifen.

»Brad, finden Sie nicht, dass Sie nach dem Angriff auf Caroline schon in genug Schwierigkeiten stecken? Wollen Sie es wirklich noch schlimmer machen?«

Er bedachte sie mit einem sarkastischen Blick. »Wie Sie richtig sagen, stecke ich bereits tief in Schwierigkeiten. Was machen da schon ein paar mehr? Ich hab kaum noch was zu verlieren. Sie haben mir ja alles genommen.«

Helen war schlau genug, sich auf keine Diskussion mit jemandem einzulassen, der nicht klar denken konnte. Irgendein Instinkt riet ihr jedoch zu dem Versuch, zu ihm durchzudringen, ihn vielleicht vor sich selbst zu retten.

»Brad, Sie wissen genau, dass das nicht stimmt«, sagte sie leise. »Sie haben immer noch eine Menge Geld. Und Sie haben Ihre Kinder.«

»Die hassen mich jetzt.«

Helen wusste, dass seine Söhne wütend auf ihn waren. Bei seiner Tochter hingegen verhielt es sich anders. »Ihre Tochter nicht. Sie gibt sich alle Mühe, an Sie zu glauben. Aber wenn Sie mir etwas antun, war es das. Dann kann sie die Wahrheit nicht mehr ignorieren – dass Sie nicht der Mann sind, den sie immer in Ihnen gesehen hat.«

Sein Lachen klang verbittert. »Aber verstehen Sie denn nicht? Ich *bin* nicht der Mann, den sie in mir gesehen hat. Und alles wegen Ihnen.« Seine Züge verhärteten sich. »Ich will, dass Sie erfahren, wie es ist, wenn einem das Leben ruiniert wird.« Die Waffe in seiner Hand schwankte, während er sprach, blieb jedoch nach wie vor auf sie gerichtet.

Helen bezweifelte allmählich, dass es ihr gelingen würde, Brad dazu zu bringen, die Pistole zu senken. Eiskalte Angst nistete sich als Krampf in ihrer Magengrube ein. Ihr Blick suchte den Schreibtisch nach irgendetwas ab, das schwer genug wäre, um als Waffe zu dienen. Ein Briefbeschwerer aus Kristall, den sie als Auszeichnung von der Anwaltskammer erhalten hatte, könnte wahrscheinlich Schaden anrichten und lag in Griffweite. Sie würde zum Werfen nur den Bruchteil einer Sekunde haben, und sie könnte nur beten, dass sie ihn treffen würde. Wenn sie dafür sorgte, dass er weiterredete, könnte sie das Geschoss vielleicht in die Finger bekommen, bevor er merkte, was sie vorhatte.

Schweiß lief ihr über den Rücken, als sie die Hände offen auf den Schreibtisch legte und hoffte, er würde nicht groß auf sie achten. »Brad, Sie wollen bestimmt nichts tun, was sich nicht rückgängig machen lässt. Warum legen Sie die Waffe nicht weg, und wir reden? Vielleicht kann ich Ihnen zu einem Ausweg aus Ihrer Lage verhelfen.«

»Sie sind zwar um einiges besser als Jimmy Bob«, räumte er ein, »aber nicht mal Sie können das in Ordnung bringen. Mein Leben ist vorbei.«

»Jetzt hören Sie aber auf. Das muss es nicht sein. Für den Angriff auf Caroline sitzen Sie ein wenig Zeit ab. Vielleicht kommen Sie sogar auf Bewährung davon«, spielte sie bewusst herunter, was wahrscheinlich passieren würde. »Danach können Sie neu anfangen.«

Er schüttelte den Kopf. »Aus der Sache können Sie sich nicht einfach herausreden, Sie Ass.«

Helens Hand hatte sich langsam dem Briefbeschwerer genähert und schloss sich nun um ihn. Er fühlte sich solide an, aber würde er reichen?

In dem Moment klopfte Barb an die Tür. Brads Kopf schnellte in die Richtung. Helen nutzte seine Ablenkung und schleuderte ihm den Briefbeschwerer an den Kopf. Das Geschoss streifte ihn jedoch nur, nicht annähernd kraftvoll genug, um eine ernste Verletzung zu verursachen. Er wirbelte herum und schoss, ohne zu zielen. Das Projektil zersplitterte das Holz an der Ecke des Schreibtischs. Draußen vor der Tür stieß Barb einen schrillen Schrei aus.

Helen hechtete unter den Tisch, allerdings nicht schnell genug. Ein zweiter Schuss streifte ihren Arm. Sengende Schmerzen durchzuckten sie. Ein dritter Schuss ging daneben und zertrümmerte ein Fenster.

»Miststück!«, brüllte Brad, als die ersten heulenden Sirenen ertönten.

Helen brauchte eine Sekunde, um zu erkennen, dass es sich nicht um Polizeisirenen handelte, sondern um den Sicherheitsalarm des Gebäudes, ausgelöst vom zerbrochenen Fenster. Aber der Lärm genügte, um Brad fluchtartig aus dem Raum stürmen zu lassen.

Dann traf Barb bei Helen ein, half ihr auf ihren Stuhl und murmelte Entschuldigungen, während sie mit einem hastig aus dem Badezimmer geholten Handtuch versuchte, die Blutung zu stillen.

»Ich hatte keine Ahnung«, wiederholte sie unablässig. »Es tut mir so, so leid. Ich hätte mehr Fragen stellen sollen. Gott, was hab ich mir nur gedacht?«

Helen drückte ihre Hand. »Barb, ist schon gut. Wie hättest du es wissen sollen? Du hast Brad ja nie kennengelernt.«

»Aber ich hätte misstrauischer sein müssen. Alle in der Stadt haben gewusst, dass du diese Woche auf Hochzeitsreise warst. Als er angerufen und einen Termin ausgerechnet an deinem Reservetag wollte, hätte ich ahnen müssen, dass er nichts Gutes im Schild führt.«

»Barb, du kannst nicht die Motive jedes potenziellen Mandanten hinterfragen.«

»Aber der Mann hätte dich fast umgebracht!«, sagte sie. »Das werde ich mir nie verzeihen.« Mit panischem Gesichtsausdruck sah sie sich um. »Wo bleibt die Polizei, verdammt? Und wo der Krankenwagen? Du blutest!«

Plötzlich ertönte von draußen ein weiterer Schuss, gefolgt von einem kollektiven, entsetzten Schnappen nach Luft – offenbar von Schaulustigen, die sich eingefunden hatten, als der Alarm losgegangen war.

»Was ist passiert?«, fragte Helen, während sie vor und zurück wiegte, ihren blutenden Arm umklammerte und versuchte, die Schmerzen zu ignorieren.

»Ich weiß es nicht.« Mit verkniffener Miene drückte Barb das Handtuch fester auf die Wunde. »Die Sanitäter sollten jeden Moment hier sein. Atme tief und langsam – sonst hyperventilierst du. Komm schon. Langsame Atemzüge. So ist's gut.«

»Oh Gott, mein Baby«, flüsterte Helen und legte die Hand auf den noch flachen Bauch.

»Ganz ruhig. Deinem Baby passiert nichts«, versicherte Barb ihr.

Endlich, nach einer gefühlten Ewigkeit, trafen die Rettungssanitäter ein. Als Barb ihnen aus dem Weg gehen wollte, ergriff Helen ihre Hand und hielt sie fest. »Bitte bleib.«

»Ich geh nicht weg. Ich rufe nur schnell Erik an und bin gleich wieder da.«

»Nein«, widersprach Helen. »Sonst macht er sich nur Sorgen.«

»Darauf hat er wohl ein Recht, findest du nicht?«, gab Barb tadelnd zurück.

Helen musste unzählige Fragen beantworten, erst den Sanitätern, die darauf bestanden, sie ins Krankenhaus zu bringen, dann der Polizei, die sich erstaunlich bedeckt darüber hielt, ob man Brad in Gewahrsam hatte oder nicht.

Es kam ihr wie Stunden vor, wahrscheinlich jedoch verstrichen nur Minuten, bis Erik eintraf. Er kniete sich vor sie und ergriff ihre Hände.

Da Helen mit einer Standpauke wegen ihres Leichtsinns rechnete, überraschte es sie, als er seine gesamte Wut auf die Polizei richtete. »Wo zum Teufel sind Sie gewesen? Es sollte sie doch ständig jemand bewachen!«

Der Beamte, der ihnen am nächsten stand, ein Mann mit jungenhaftem Gesicht, der neu bei der Polizei zu sein schien, zuckte zusammen. »Der Sheriff dachte, Sie wären noch in den Flitterwochen. Niemand hat uns benachrichtigt, dass Sie zurück sind.«

Erik wurde blass. »Dann ist das meine Schuld«, murmelte er und sah Helen in die Augen. »Du bist meinetwegen angeschossen worden.«

»Red doch keinen Unsinn …«, begann sie, aber bevor sie weitersprechen konnte, stand er auf und verschwand zur Tür hinaus. Verwirrt starrte sie hinter ihm her.

»Ma'am, wir müssen Sie zur Untersuchung ins Regionalkrankenhaus bringen«, sagte einer der Sanitäter zu ihr. »Die Wunde ist zwar nicht tief, aber soweit ich weiß, sind Sie schwanger. Ein Gynäkologe sollte Sie sich ansehen.«

Helen nickte, bevor sie den Blick auf Barb heftete. »Ich brauche Erik.«

»Er wird dort sein. Ich sorge dafür. Geh du mit den Sanitätern. Ich komme nach. Und ich rufe Maddie und Dana Sue an. Darüber werden sie Bescheid wissen wollen.«

»Du musst sie nicht belästigen«, erwiderte Helen matt. Barb bedachte sie nur mit einem Blick, der besagte, dass vorerst sie die Entscheidungen traf. Helen vergeudete keinen weiteren Atemzug mit einer Diskussion.

Widerstandslos ließ sie sich von den Sanitätern auf einer Transportliege zum Krankenwagen bringen. Es gelang ihnen, ihr den Blick auf das Treiben auf der Straße zu versperren. Vielleicht war es gut so. Plötzlich fühlte sie sich entsetzlich ausgelaugt.

Im Krankenwagen schloss sie die Augen und versuchte, die Besorgnis zu unterdrücken, die alles andere verdrängte, sogar die Schmerzen. Sie verstand den trostlosen Ausdruck in Eriks Augen kurz vor seinem Abgang nicht, doch tief in ihrem Inneren ahnte sie, dass sie ihn ausgelöst hatte. Ihn plagten Schuldgefühle. Das wusste sie, auch wenn sie fand, dass er damit völlig falschlag. Außerdem vermutete sie, dass genau solche tiefreichenden Schuldgefühle den Grund dafür darstellten, warum er nie heiraten oder Kinder haben wollte.

Plötzlich erkannte sie mit völliger Klarheit, dass sie ihn deswegen verlieren könnte. Und die Erkenntnis erschreckte sie zu Tode.

Erik rührte gerade zerstreut den Teig für eine dreifache Ladung Brownies an, als Maddie und Dana Sue in der Küche des *Sullivan's* auf ihn zusteuerten. Sie wirkten dabei ein wenig wie Racheengel, und sie schienen es eindeutig auf ihn abgesehen zu haben.

Nicht, dass es ihn überraschte. Natürlich war es nur eine Frage der Zeit gewesen, bis ihnen irgendjemand berichten würde, was mit Helen passiert war und wie er sie zurückgelassen hatte. Aber er hatte es einfach nicht über sich gebracht, bei ihr zu bleiben. Ihre Schmerzen, das Blut – der Anblick hatte zu viele herzzerreißende Erinnerungen wachgerüttelt.

Schlimmer noch war die erdrückende Angst gewesen, er könnte diese Frau und dieses Baby verlieren. Obwohl ihm seine medizinische Ausbildung gesagt hatte, dass Helen wieder völlig gesund werden würde, war er in Panik geraten. Das ließ sich weder bestreiten, noch konnte er es vermeiden. Er war auch nur ein Mensch. Vielleicht war es an der Zeit, dass es allen klar wurde. Er war niemandes Held.

»Warum bist du hier?«, fragte Dana Sue.

»Jemand muss auch an das Restaurant denken«, erwiderte er und rührte weiter. »Wir öffnen in ein paar Stunden fürs Mittagsgeschäft.«

»Sollen sich die Leute doch Fast Food oder einen Burger bei *Wharton's* reinziehen«, gab Dana Sue unwirsch zurück. »Wie früher, bevor es das *Sullivan's* gegeben hat. Das halten sie für einen Tag schon aus.«

Erik sah sie stirnrunzelnd an. »Das meinst du nicht ernst.«

»Na, und ob«, entgegnete Dana Sue. »Deine Frau ist gerade von einem Irren angeschossen worden. Brownies interessieren momentan niemanden in der Stadt. Alle sind krank vor Sorge um Helen und das Baby. Wenn du Brownies für wichtiger hältst, dann stimmt irgendwas nicht mit dir. Du solltest bei Helen sein. Oder zumindest unterwegs zum Krankenhaus.«

»Ich war bei ihr. Sie ist in guten Händen«, betonte er. Wieder schnellte sein Puls allein beim Gedanken daran, wie knapp Helen davongekommen war, abrupt in die Höhe.

»Und das war's für dich?«, fragte Dana Sue ungläubig. »Du verbringst zwei Sekunden bei ihr und übergibst sie dann an Fremde?«

»Das waren keine Fremden. Sie hat jeden im Raum gekannt«, murmelte er abwehrend. Und alle waren in der Lage gewesen, eine Krise zu bewältigen, die ihn völlig aus der Bahn geworfen hatte.

Maddie hatte bisher geschwiegen. Nun meldete sie sich zu Wort. »Erik, du hast keinen Grund, dir die Schuld daran zu geben, was passiert ist«, sagte sie und musterte ihn eingehend. »Und im Moment ist die Schuldfrage ohnehin unwichtig. Du musst ins Krankenhaus und bei deiner Frau sein.«

Dana Sue riss ihm die Schüssel mit der Mischung für die Brownies aus den Händen. »Jetzt geh endlich, verdammt! Ich bin durchaus in der Lage, die dämlichen Brownies selbst zu backen. Hab ich oft genug gemacht, bevor ich dich eingestellt habe.«

»Ich fahre dich«, bot Maddie an.

Ein Teil von Erik wollte dagegen protestieren. Ein Teil von ihm wollte stur bleiben, sich hier in einer Welt verstecken, die er verstand. Aber tief in seinem Inneren wusste er, dass Maddie und Dana Sue recht hatten. Sein Platz war bei Helen. Durch die Erkenntnis, dass er sie um ein Haar verloren hätte, war er nur vorübergehend unzurechnungsfähig gewesen. Das Gefühl eines Déjà-vu hatte ihn überwältigt.

»Na schön, gehen wir«, lenkte er schließlich ein.

Dana Sue schaute triumphierend drein, Maddie eher erleichtert.

»Wir rufen dich vom Krankenhaus aus an«, versprach sie Dana Sue.

»Und ich bin rechtzeitig zum Abendansturm zurück«, fügte Erik hinzu.

»Ganz sicher nicht«, entgegnete Dana Sue. »Erst recht nicht, falls Helen aus dem Krankenhaus entlassen wird. Dann bleibst du gefälligst bei ihr. Tess und Karen können einspringen. Ich rufe sie gleich an und erkläre ihnen, was los ist.«

»Wir improvisieren einfach«, rang er sich ein Zugeständnis ab.

Im Auto sah Maddie ihn an. »Alles in Ordnung?«

»Ich bin nicht derjenige, der angeschossen worden ist.«

»Es heißt ja, wenn man jemanden liebt, dann kann man dessen Schmerz fühlen.«

»Oh bitte, erspar mir das Psychogelaber«, gab er zurück. »Aber ich weiß, worauf du damit hinauswillst.« Er wischte sich mit der Hand über die Augen. »Du hast ja keine Ahnung, was mir durch den Kopf gegangen ist, als ich den Anruf von Barb erhalten habe.«

»Oh, das denke ich doch«, entgegnete Maddie. »Vermutlich etwas Ähnliches wie Dana Sue und mir – was, wenn es ernster gewesen wäre, als Barb zugeben wollte? Was, wenn wir sie verloren hätten?« Sie begegnete seinem Blick. »Bin ich nah dran?«

Erik lächelte und verspürte Erleichterung durch das Wissen, dass nicht nur er sich mit schweren Selbstvorwürfen quälte. »Volltreffer sogar.«

»Ich könnte mir vorstellen, dass es Barb gerade genauso geht«, fuhr Maddie fort. »Immerhin hat sie Brad in Helens Büro gelassen. Aber die Wahrheit ist, dass die Schuld zur Gänze bei Brad liegt. Er ist derjenige, der jeden Bezug zur Realität verloren hat, nur weil seine Scheidung nicht so gelaufen ist, wie er es sich vorgestellt hat. Er war derjenige mit der Waffe. Er hat sich erschossen, als er die Polizei kommen gesehen hat. Kein vernünftiger Mensch würde sich so verhalten. Du kannst dich nur damit abfinden, was er getan hat, ihn vielleicht sogar bemitleiden, aber es dabei belassen. Jetzt zählt nur noch, dass es Helen und dem Baby gut geht.«

»Das hört sich alles sehr reif und vernünftig an, trotzdem hab ich noch diese überwältigenden Schuldgefühle.« Die Worte des jungen Beamten hallten in seinem Kopf nach. »Hast du gewusst, dass ich nicht dran gedacht habe, im Büro des Sheriffs Bescheid zu geben, dass wir aus Paris zurück sind? Hätte ich es getan, wäre jemand da gewesen und hätte ein Auge auf sie gehabt.«

»Ihr seid gerade erst von einer unglaublichen Hochzeitsreise zurückgekommen. Da ist es wohl verzeihlich, nicht an eine Wochen davor im Zorn ausgesprochene Drohung zu denken. Wir hatten alle zumindest Grund zu der Annahme, dass die Gefahr vorbei wäre.«

»Du nicht«, korrigierte er sie. »Du hast darauf bestanden, dass Elliott sie in die Kanzlei begleitet.«

Ihre Lippen krümmten sich leicht. »Ich bin Mutter. Ich sorge mich ständig über alles. Frag meine Kinder. Obwohl Ty am College ist, sorge ich mich darüber, ob er wohl einen Pullover anzieht, wenn es kalt ist, ob er sich abends die Zähne putzt oder ob er anständig isst. Macht der Gewohnheit.«

»Du rufst ihn doch hoffentlich nicht an und fragst ihn das alles, oder?« Das würde bei dem neunzehnjährigen angehenden Baseballstar wohl kaum gut ankommen, davon war Erik überzeugt.

»Bist du verrückt?«, gab Maddie lachend zurück. »Er würde nie wieder nach Hause kommen. Ich treibe nur Cal in den Wahnsinn, indem ich *ihn* frage, ob er glaubt, dass Ty all das macht. Von Zeit zu Zeit ertappe ich Cal dabei, wie er Ty erzählt, dass ich ihm ständig mit so was in den Ohren liege. Dann klagen sie zusammen darüber, wie durchgeknallt und was für eine *Glucke* ich bin.«

In dem Moment rollten sie vor den Eingang der Notaufnahme. »Geh du schon mal rein. Ich parke das Auto«, sagte sie zu Erik. »Helen braucht dich jetzt dringender als mich.«

»Da bin ich mir nicht so sicher«, entgegnete Erik. »Bisher hab ich mich im Umgang mit dieser speziellen Krise ziemlich lausig angestellt.«

»Mag sein, dafür hast du viele andere Vorzüge, die für dich sprechen. Unter anderem, dass du sie über alles liebst. Das ist das Wichtigste. Vielleicht kannst du es ihr jetzt endlich sagen.«

Mit Maddies Worten im Kopf, ging Erik hinein und machte sich auf die Suche nach seiner Frau.

Seiner *Ehefrau*. Dass er sie so nennen konnte, verblüffte ihn immer noch.

»Ich suche Helen Whitney«, teilte er der Krankenpflegerin an der Aufnahme mit. »Oder Helen Decatur. Ich bin mir nicht sicher, was sie angegeben hat.«

»Frisch verheiratet«, vermutete die Frau. »Sie war sich auch unsicher. Kabine acht. Ich glaube, sie wird sich freuen, Ihr hübsches Gesicht zu sehen. Sie wartet gerade auf den Gynäkologen.«

Eriks Herz zog sich panisch zusammen. »Gibt's ein Problem mit dem Baby?«

»Nicht, dass wir wüssten. Nur vorsichtshalber nach dem Trauma, das sie durchgemacht hat. Empfehlung von Dr. Wilson.«

Erik nickte und verspürte Erleichterung darüber, dass Emily Wilson gerade Dienst hatte. So würde Helen wenigstens ein bekanntes Gesicht gesehen haben. »Danke«, sagte er und marschierte los.

»Übrigens«, rief die Krankenpflegerin ihm nach, »sie ist als Helen Whitney registriert. Anscheinend nimmt sie ihr Gelübde ernst.«

Erik konnte nicht verhindern, dass sich ein Lächeln in seinem Gesicht ausbreitete, während er nach Helen suchte. Wenn sie ihre Ehe verleugnen wollte, weil er sie nicht beschützt hatte oder weil er einfach aus ihrem Büro geflüchtet war, hätte sie ihren Mädchennamen angegeben. Vielleicht hatte er doch noch eine Chance, es geradezubiegen.

Trotz ihrer Benommenheit von den Schmerzmitteln merkte Helen es sofort, als Erik ihre Kabine betrat und sich neben ihr niederließ.

Mühsam öffnete sie die Augen und rang sich ein mattes Lächeln ab. »Hi. Du bist doch gekommen. Ich war mir nicht sicher.«

»Maddie und Dana Sue waren ziemlich überzeugend«, gestand er.

Ihr Lächeln schwankte leicht. »Haben sie dich verprügelt?«, fragte sie und klang, als fürchtete sie, die beiden könnten es wirklich getan haben.

Erik lachte. »Nein, so weit mussten sie nicht gehen.« Seine Miene wurde nüchtern. »Wie fühlst du dich?«

»Beduselt. Meinen Arm haben sie verarztet.«

»Irgendwelche Auswirkungen auf das Baby?«

Sie schüttelte den Kopf. Instinktiv senkte sie die Hand auf den Bauch. »Ich glaube, es geht ihr gut, aber der Arzt vergewissert sich noch zur Sicherheit.«

Er bedachte sie mit einem verdutzten Blick. »Ihr?«

»Oder ihm«, sagte sie. »Hauptsache nicht ›es‹, okay?«

»Okay. Jetzt brauchst du erst mal Ruhe. Schlaf ein bisschen. Ich bin bei Maddie im Warteraum.«

Er wollte aufstehen, doch Helen umklammerte seine Hand. »Nein«, widersprach sie scharf. »Bitte geh nicht wieder. Ich hab Angst, Erik. Richtig Angst. Und niemand will mir sagen, was mit Brad passiert ist. Er ist doch nicht entkommen, oder?«

»Wegen Brad musst du dir nie wieder Sorgen machen.«

»Warum nicht? Sag's mir.«

»Er hat sich erschossen. Er ist tot«, antwortete Erik und setzte sich wieder neben sie. Während er ihre Hand hielt, streichelte sein Daumen ihre Knöchel. Mit den Gedanken schien er weit entfernt zu sein.

Ihre Erleichterung über Brads Tod währte nur wenige Herzschläge lang. »Erik?«

Er sah ihr in die Augen. »Was ist?«

»Warum bist du aus meinem Büro abgehauen? Du weißt, dass nichts davon deine Schuld war, oder? Du hättest nichts tun können, um es zu verhindern.«

»Da bin ich mir nicht so sicher«, widersprach er. »Aber Maddie hat mich davon überzeugt, dass die Schuld vielleicht nicht überwiegend bei mir liegt.«

»In dem Moment war was anderes mit dir los. Und es hat tiefer als das gereicht, was heute passiert ist. Das konnte ich spüren.«

Sein Gesichtsausdruck wurde verschlossen. »Nichts, worüber du dir Sorgen machen müsstest«, versicherte er ihr. »Es zählt nur, dass es dir und dem Baby gut geht. Jetzt mach die Augen zu und ruh dich aus, bis der Arzt kommt.«

Als sie nachbohren wollte, warf er ihr einen warnenden Blick zu. »Ich mein's ernst«, sagte Erik. »Schlaf jetzt, sonst gehe ich.«

Seufzend schloss sie die Augen. Im Augenblick konnte er sie vielleicht hinhalten, aber er musste wissen, dass er es nicht ewig konnte. Immerhin beherrschte sie Verhöre meisterlich, zumindest dann, wenn sie in Bestform war. In wenigen Tagen würde sie ihre Antworten bekommen. Vielleicht auch eher, wenn sie sich darauf konzentrierte, sich schnell zu erholen.

Karen und Tess wechselten einen Blick, während Dana Sue wie ein Derwisch durch die Küche fegte und Anweisungen blaffte. Schließlich packte Karen sie an den Schultern und führte sie zu einem Hocker.

»Hinsetzen«, befahl sie. »Du musst dich beruhigen und was essen.«

»Ich kann jetzt nichts essen«, brummelte Dana Sue. Dennoch nahm sie den Teller mit Hühnersalat entgegen, den Karen ihr reichte. »Warum haben wir noch nichts aus dem Krankenhaus gehört?«

»Wahrscheinlich, weil sie noch nichts wissen«, beruhigte Karen sie. »Ich bin sicher, dass es Helen gut geht. Wenn es ernst wäre, hätte sich Maddie doch sofort gemeldet, damit du hinfährst.«

»Wahrscheinlich«, räumte Dana Sue ein und nahm erst einen Bissen von dem Hühnersalat, dann noch einen. Schließlich schaute sie mit neugieriger Miene auf. »Irgendwas daran ist anders. Was hast du reingemacht? Dill?«

»Nur ein bisschen«, bestätigte Karen. »Ist er gut?«

»Er ist fantastisch.«

»Ich hab mit dem Gedanken gespielt, auch geröstete

Walnüsse oder vielleicht Mandeln hinzuzufügen. Was meinst du?«

Dana Sue probierte einen weiteren Bissen. »Mandeln, denke ich. Obwohl Walnüsse wunderbar zu Salaten passen, streut man sie am besten obendrauf. Die Leute müssen sie sehen können. Sonst könnten sie glauben, dass sie beim Essen auf Knochenstückchen beißen. Mandeln sind nicht ganz so knusprig.«

»Gutes Argument«, sagte Karen. »Jedenfalls dachte ich, es wäre eine nette Abwechslung zu dem Hühnersalat mit Ananas, den wir derzeit anbieten. Wir könnten saisonal wechseln oder so.«

»Daran hab ich selbst schon gedacht«, erwiderte Dana Sue. »Ich finde, wir sollten in jeder Jahreszeit eine eigene Speisekarte anbieten. Natürlich mit den beliebtesten Gerichten als fixe Größen, und zusätzlich mit jeweils neuen. Auch die Tagesspezialitäten bleiben, aber ich denke, durch Abwechslung würden unsere Stammgäste weiterhin kommen – du weißt schon, weil sie nicht immer nur dasselbe zur Auswahl hätten.«

»Also, ich hätte dazu ein paar Ideen, falls du sie hören willst.« Karen konnte ihre Aufregung kaum noch bändigen. Als Dana Sue nickte, zog sie sich einen Hocker neben sie.

»Es gibt noch frische Tomaten. Wir haben es bisher nie mit einem Salat aus Tomaten und Büffelmozzarella versucht. Oder mit einer Bruschetta. Passt beides hervorragend zu so warmem Wetter, das wir mindestens noch ein paar Monate haben.«

»Das wäre mal was anderes als der Haussalat oder Tomatenscheiben mit Zwiebeln«, sagte Dana Sue. »Meinst du, unsere Gäste wären offen für solche Änderungen?«

Karen nickte überzeugt. »Bestimmt. Sieh dir nur an, wie beliebt die Gazpacho ist. Das *Sullivan's* ist bekannt dafür, innovativ zu sein. Einen schlichten Salat oder Tomatenscheiben mit Zwiebeln können die Leute auch zu Hause zubereiten. Dafür brauchen sie uns nicht.«

Dana Sue grinste. »Gutes Argument. Okay, was noch?«

»Letzten Sommer hat Erik viele Obstkuchen gebacken. Aber wie wär's stattdessen mit Obsttörtchen?«

»Gefällt mir«, sagte Dana Sue und ließ sich sichtlich von Karens Begeisterung anstecken. »Er kann einen feinen Unterboden machen, ihn mit einer dünnen Schicht Pudding bestreichen und anschließend mit frischem Obst und Beeren belegen. Würde super schmecken und obendrein fabelhaft aussehen, falls wir endlich eine große Farbfotostrecke in einer der Regionalzeitschriften kriegen.« Sie sah Karen an. »Du bist gut. Ich hoffe, ich sage dir das oft genug.«

»Tust du«, beteuerte Karen.

Dana Sue musterte sie. »Und zu Hause läuft es jetzt besser, oder? Ist Ruhe in dein Leben eingekehrt?«

Karen nickte. »Ich hab endlich das Gefühl, wieder die Kontrolle zu haben. Elliott hilft mir dabei sehr. Er ist ein Fels in der Brandung. Frances auch.«

»Ist das zwischen dir und Elliott was Ernstes?«

»Ja«, bestätigte Karen. »Nur gibt's dabei ein paar Schwierigkeiten.«

Dana Sues Miene wurde besorgt. »Wirklich? Willst du darüber reden?«

»Nein«, antwortete Karen. »Ich bringe meine persönlichen Probleme nicht mit zur Arbeit. Nicht mehr.«

»Vielleicht könntest du es so sehen, dass du sie mit einer Freundin teilen würdest«, schlug Dana Sue vor.

»Du bist immer noch meine Chefin«, erinnerte Karen sie.

Dana Sue runzelte leicht die Stirn. »Wir sind ein Team, Karen. Du, Tess und Erik, ihr seid für mich wie eine Familie. Gut, eine Familie bei der Arbeit, trotzdem ist da eine Verbundenheit. Mir liegt etwas daran, wie es dir geht, ehrlich. Mir ist klar, dass es vor ein paar Wochen vielleicht nicht so ausgesehen hat. Aber obwohl Erik und ich gestresst und genervt waren, weil du praktisch nie da warst, haben wir uns trotzdem auch um dich gesorgt.«

Tränen brannten in Karens Augen. »Ich weiß. Aber ich muss wissen, dass ich meine Probleme allein bewältigen kann. Vielleicht ändert sich das irgendwann, aber im Moment ist das wichtig für mich.«

Dana Sue ergriff ihre Hand und drückte sie. »Solange du weißt, dass ich da bin, wenn du mich brauchst, kann ich respektieren, dass du deine Schwierigkeiten auf deine Weise aus der Welt schaffen musst.« Sie stand auf. »Jetzt machen wir uns lieber wieder an die Arbeit, sonst müssen die Abendgäste die mittags übriggebliebenen Käseklößchen essen. Die würden zwar gut zu einer Scheibe Schinken passen, aber als Hauptgericht eignen sie sich nicht wirklich.«

Damit ging sie davon, drehte sich aber noch einmal zu Karen um. »Danke für die Ablenkung. Du hast verhindert, dass ich die Wände hochgehe.«

»Kein Problem. Das war reiner Überlebensinstinkt.«

Dana Sue zuckte zusammen. »War es so übel?«

»Schon ziemlich, aber keine Sorge. Ich bin sicher, wir hören bald etwas aus dem Krankenhaus, dann kannst du dich wieder richtig entspannen.«

Danach verfielen sie alle in die gewohnte Routine, auch

Tess, die sich während Karens Gespräch mit Dana Sue rar gemacht hatte.

Es war schon fast fünf Uhr, als das Telefon klingelte. Dana Sue schnappte sich den Hörer beim ersten Klingeln, murmelte Antworten, die Karen nicht verstehen konnte, und legte dann auf. Als sie sich umdrehte, lächelte sie. »Helen und dem Baby geht's gut. Erik und Maddie bringen sie gerade nach Hause. Man hat nicht mal drauf bestanden, sie zur Beobachtung über Nacht dort zu behalten.« Dana Sue grinste. »Wahrscheinlich, weil sie sich die endlosen Diskussionen mit Helen ersparen wollten, wenn sie's versucht hätten.«

»Gott sei Dank«, sagte Karen, während sich Tess erleichtert bekreuzigte.

»Amen«, pflichtete Dana Sue ihr bei. »Also, zurück an die Arbeit, meine Damen. Die hungrige Horde wird jeden Moment hier sein. Und falls ich es noch nicht gesagt habe: Danke, dass ihr beide heute eingesprungen seid. Ihr seid Engel.«

Die Aufrichtigkeit in Dana Sues Stimme erfüllte Karen mit Freude und Stolz. Noch vor wenigen Monaten hätte sie um ein Haar ihren Job verloren. Jetzt wusste sie, dass sie eine echte Bereicherung für das *Sullivan's* sein konnte. Außerdem fühlte es sich tatsächlich so an, als hätte sie mehr als nur einen Job gefunden, nämlich eine Familie. Fügte man dem noch Daisy und Mack, Elliott und Frances hinzu, war ihr Leben erfüllt.

Erik wusste, dass er Helen zwanghaftes Verhalten vorgeworfen hatte. Doch wenn es um das Baby ging, schlug er sie dabei um Längen. Der Gedanke an eine weitere Schwangerschaft, ein weiteres Kind, warf auf alles einen

Schatten. Seit der Sache mit Brad Holliday ertappte er sich dabei, Helen praktisch rund um die Uhr zu beobachten. Er begleitete sie zu jedem Arzttermin, war jedoch nicht halb so beruhigt wie sie anscheinend, wenn er ihr einwandfreie Gesundheit bescheinigte. Zuletzt hatte er so viele Fragen gestellt, dass der Gynäkologe scherzhaft gemeint hatte, beim nächsten Mal würde er zwei Termine vergeben, einen für Helen und einen eigenen für Erik.

Wenn Helen mitten in der Nacht mit irgendwelchen Gelüsten aufwachte, sorgte er dafür, dass sie bekam, was immer sie wollte. Wenn sie müde wirkte, fand er keine Ruhe, bis sie im Bett oder auf dem Sofa lag und die Füße hochlegte. Ihm graute schon vor dem Zeitpunkt, zu dem der Arzt ihr völlige Bettruhe verordnen würde, weil Erik mit Sicherheit wusste, dass ihm dann ein schwerer Kampf bevorstand. Helen würde schlichtweg nicht in der Lage sein, Ruhe zu geben. Zum Glück blieb bisher zumindest ihr Blutdruck unter Kontrolle.

Als er das Baby zum ersten Mal auf dem Ultraschallbild sah, verflog der letzte Rest seiner Verärgerung darüber, unter welchen Umständen es gezeugt worden war. Stattdessen wurde er vollends verzaubert von diesem Kind, mit dem er nie gerechnet hatte. Die Macht, die dieses winzige Wesen über ihn hatte, verblüffte ihn.

Helen und er hatten sich darauf geeinigt, dass sie das Geschlecht nicht im Voraus wissen wollten, doch er war überzeugt davon, dass es ein Junge werden würde. Genauso überzeugt schien Helen von einem Mädchen zu sein. Sie diskutierten stundenlang über Namen. Ihre erste Liste umfasste zwei Seiten. Mittlerweile hatten sie es auf zehn Möglichkeiten für einen Jungen und acht für ein Mädchen zusammengestutzt. Durch all das war das Baby für ihn so real geworden, wie er sich geschworen hatte, es nie zuzulassen. Er hatte nicht gewollt, dass er anfangen würde, es so sehr zu lieben. Er hatte nicht gewollt, dass er dem Moment, in dem das Kind das Licht der Welt erblicken würde, so sehr entgegenfieberte.

Helen ertrug seine zwanghafte Fürsorge erstaunlich geduldig. Im Verlauf der Wochen verschwanden ihre letzten Ecken und Kanten. Nach und nach schien sie es sogar zu genießen, verwöhnt zu werden, obwohl sie ihn gelegentlich fasziniert ansah, wenn er darauf bestand, sich um die einfachsten Aufgaben zu kümmern.

Erst, als sie sich im sechsten Monat immer noch tadelloser Gesundheit erfreute, reagierte sie so, wie er es schon viel früher erwartet hatte. Ihr Geduldsfaden riss, und sie lehnte sich offen gegen seine übertriebene Fürsorglichkeit auf.

»Okay, jetzt reicht's aber. Was soll das denn?«, fragte sie, als er aufgesprungen war, um den Stift zu holen, den sie angeblich brauchte, um sich Notizen für ihr Schlussplädoyer vor Gericht am nächsten Vormittag zu machen. »Ich bin durchaus selbst in der Lage, ein Zimmer zu durchqueren und mir einen Stift zu holen. Sogar ein Glas Wasser schaffe ich, obwohl ich mich zehn Minuten später unweigerlich den Flur hinunter zur Toilette schleppen muss. Ich weiß, dass Ronnie während Dana Sues Schwangerschaft ein bisschen verrückt gespielt hat. Und Cal hat Maddie mit seiner Fürsorge fast in den Wahnsinn getrieben. Deshalb hab ich mich echt bemüht, geduldig zu sein. Aber du schlägst dem Fass den Boden aus, Erik. Warum eigentlich? Das muss aufhören.«

Erik schüttelte den Kopf. »Es wird *nicht* aufhören«, gab er kurz angebunden zurück.

»Dann frage ich dich erneut: Warum? Es geht dabei nicht nur um mich, oder? Noch nicht mal nur um unser Kind. Dahinter steckt mehr. Das vermute ich schon, seit du dich aus dem Staub gemacht hast, nachdem Brad auf mich geschossen hatte. Damals habe ich es dabei bewenden gelassen, dass du meiner Frage ausgewichen bist, aber jetzt reicht's. Rede mit mir.«

Erik wusste eigentlich gar nicht, warum er nicht längst mit der ganzen Geschichte herausgerückt war. Angedeutet hatte er sie bereits, als er von ihrer Schwangerschaft erfahren hatte. Nur waren sie an jenem Tag beide so aufgebracht gewesen, dass seine Bemerkung über ein bereits verlorenes Baby anscheinend an Helen vorbeigegangen war.

Natürlich hatten es nach Sams Tod alle in seinem Umfeld tunlichst vermieden, auch nur ihren Namen zu erwähnen. Deshalb hatte er sich daran gewöhnt, seine Gefühle in sich zu verbergen.

Schlimmer noch, alle hatten so getan, als hätte es das Baby nie gegeben. Aber für ihn war sein verlorenes Kind so real gewesen, als hätte er es in den Armen gehalten. Er hatte gespürt, wie es in Sams Bauch gestrampelt hatte. Und obwohl er sich dabei unglaublich albern vorgekommen war, hatte er dem Baby sogar Schlaflieder vorgesungen und Geschichten vorgelesen. Ebenso wusste er, dass es wie verrückt um sich getreten hatte, wenn Sam zu scharf gegessen hatte, und dass es beim Klang seiner Stimme friedlich eingeschlafen war.

Und immer noch, fast sieben Jahre später, fühlte sich die Wunde des Verlusts so schmerzhaft an wie damals, vor allem in letzter Zeit. Als er in Helens Augen blickte, sah er ihre Erwartung. Diesmal würde sie es nicht auf sich beruhen lassen. Die Einzelheiten über Sams Tod und den seines Kindes ließen sich nicht länger verschweigen. Jedenfalls nicht, wenn sie die Chance darauf wollten, dass ihre Ehe funktionierte.

»Du weißt ja, dass ich schon mal verheiratet war«, begann er und bemühte sich, seiner Stimme einen ruhigen Klang zu verleihen.

Helen nickte. »Und deine Frau ist gestorben, richtig?«

»Ja, ist sie.« Unwillkürlich wurde seine Stimme angespannt.

Mitgefühl trat in ihre Züge. »Du hast mir nie erzählt, was passiert ist. Sie muss so jung gewesen sein. War sie krank? Hatte sie einen Unfall?«

Angesichts Sams Alter bei ihrem Tod waren beide Vermutungen nur natürlich. Erik zögerte vor allem deshalb mit der Wahrheit, weil sie in wenigen Monaten ihr eigenes Kind erwarteten. Der Zeitpunkt für seine Enthüllung war lausig – was er sich jedoch selbst zuzuschreiben hatte.

»Ich weiß echt nicht, ob ich dir das gerade jetzt erzählen soll«, sagte er. »Es ist der falsche Zeitpunkt.«

»Ich muss es wissen«, beharrte Helen. »Bitte.«

Immer noch zögerte er, aber ihr Blick blieb unbeirrbar. Ihre Fragen würden nicht einfach verschwinden. »Na schön. Sam war schwanger. Sie hat vorzeitige Wehen bekommen. Dann haben Blutungen eingesetzt, und ich konnte sie nicht stillen. Du weißt ja, dass ich Rettungssanitäter war. Und ich war *dabei*. Ich hab alles vorschriftsmäßig gemacht. Das wurde von allen Seiten bestätigt.«

Er verschloss die Augen vor den Erinnerungen – oder vielleicht auch vor den Sorgen, die er Helen mit seinen Worten zwangsläufig bereiten würde. Schließlich zwang er sich, ihr ins Gesicht zu sehen, und wappnete sich für das Entsetzen, das er nach dem Rest darin entdecken würde. »Sie hatte schon zu viel Blut verloren, bevor wir im Krankenhaus angekommen sind. Nichts hat funktioniert, und Gott weiß, ich hab wirklich alles versucht. Bei der Ankunft in der Notaufnahme war Sam verblutet. Das Baby haben wir auch verloren.«

Prompt überkam ihn dasselbe Gefühl der Hilflosigkeit wie damals. »Ich weiß, dass ich dich mit meiner Überfürsorglichkeit ein bisschen in den Wahnsinn treibe, aber das kann ich nicht abstellen, Helen. Will ich auch nicht.«

»Oh Erik, es tut mir so leid«, flüsterte sie. »Ich kann mir nicht ansatzweise vorstellen, wie grauenhaft das für dich gewesen sein muss.«

Sie griff nach seiner Hand, zog ihn neben sich und legte seine Finger auf ihren Bauch. Das Baby strampelte gerade wie wild, als spürte es, dass es etwas beweisen musste.

»Siehst du? Uns geht's gut«, sagte Helen leise zu ihm.

Erik streckte sich neben ihr aus, ließ die Hand dabei auf ihrem prallen Bauch.

Diesmal nicht, flehte er zu Gott. *Lass mich nicht auch noch diese Frau oder dieses Kind verlieren.* Irgendwann hatte er sich hoffnungslos in Helen verliebt. Und auch dieses ungeborene Kind hatte sich wie jenes damals in seinem Herzen eingenistet. Er hatte bereits begonnen, darauf zu zählen, dass sie eine Familie sein würden. Erik glaubte nicht, dass er sich ein zweites Mal aus dem Elend ziehen könnte, wenn sich daran etwas änderte und er die beiden verlöre.

KAPITEL 23

Als Helen auf den neunten Monat zuging, fühlte sie sich wie ein Zeppelin. Ihre Füße waren derart angeschwollen, dass ihr kein einziges Paar der unzähligen sündhaft teuren Schuhe in ihrem Schrank mehr passte. Seit zwei Wochen lief sie mit einem alten Paar Turnschuhe ohne Schnürsenkel herum. Zum Glück konnte sie wegen des Umfangs ihres Bauchs die widerlichen Dinger nicht sehen.

Der Altweibersommer war mit voller Wucht hereingebrochen und zog sich so lange hin, dass man in der Stadt schon über eine Hitzewelle am Valentinstag murrte, wenn es so weiterginge. Die Schwüle verschlimmerte ihr Elend nur zusätzlich. Sie war launisch und unmöglich, was sich bei den meisten ihrer Scheidungsverhandlungen als erstaunlich vorteilhaft erwies. Entweder fürchteten die Ehemänner, die gegnerischen Anwälte oder beide, sie könnte vor ihren Augen Wehen bekommen, oder sie erinnerten sich an die Schwangerschaften ihrer eigenen Frauen und behandelten sie deshalb mit einem gewissen Respekt vor ihrem Zustand. In letzter Zeit hatte sie Zugeständnisse deutlich leichter als sonst errungen.

Nächste Woche hatte sie noch einen Gerichtstermin in Charleston, danach würde sie bis zur Ankunft des Babys im heimatlichen Umfeld bleiben. Helen gab ihr Bestes, um sich viel auszuruhen, vor allem, weil Erik sonst völlig ausflippte. Da sie mittlerweile wusste, was er durchgemacht hatte, bemühte sie sich, nicht zu seinem Stress beizutragen, indem sie nach Möglichkeit nichts tat, was sie oder das Baby seiner Meinung nach einem Risiko aussetzen könnte. Außerdem erhöhten Diskussionen mit ihm nur ihren eigenen Stresspegel, was seine regelmäßige Überwachung ihres Blutdrucks mehrfach bewiesen hatte.

An diesem Morgen jedoch hatte sie darauf bestanden, sich aus dem Bett zu mühen und zum *Corner Spa* zu watscheln, um sich mit Dana Sue und Maddie zu treffen. Ausnahmsweise hatte Erik nicht dagegen protestiert. Stattdessen hatte er nur geduscht, sie begleitet und an der Haustür mit der strikten Anweisung verlassen, sich entweder von jemandem zu ihrer Kanzlei fahren zu lassen oder ihn anzurufen, damit er sie abholte.

»Ich will nicht, dass du in dieser Hitze noch mehr zu Fuß gehst, verstanden?«

»Glaub mir, ich hab nicht das geringste Interesse, literweise zu schwitzen, indem ich irgendwohin laufe, wenn's noch ein paar Grad wärmer geworden ist«, versicherte sie ihm, bevor sie das Spa betrat. Drinnen lief die Klimaanlage auf Hochtouren. Was sich himmlisch anfühlte. Helen schloss kurz die Augen und atmete tief durch, bevor sie sich zu Maddies Büro in Bewegung setzte.

Unterwegs fiel ihr auf, dass seltsam wenig los war. Normalerweise wurden um diese Zeit bereits die Laufbänder benutzt, begleitet vom Klirren freier Gewichte und vom gequälten Stöhnen etlicher Frauen. An diesem Tag hörte Helen nur Musik. Noch seltsamer fand sie, dass es sich nicht, wie von Maddie bevorzugt, um Klassik oder Jazz handelte, sondern um ein altes Lied, das irgendetwas von einem »süßen kleinen Babygesichtchen« erzählte.

Als sie durch die Tür das Café betrat, ertönten explosiv Stimmen im Raum.

»Überraschung!«

Helen schnappte nach Luft, völlig verblüfft, dass es ihren Freundinnen gelungen war, so kurz nach ihrem Geburtstag eine weitere Überraschungsparty für sie zu organisieren. Sie starrte auf das Meer vertrauter Gesichter – natürlich Maddie und Dana Sue, aber auch Jeanette, Barb, Karen, Tess und eine Handvoll ehemaliger Mandantinnen. Als sie Caroline Holliday erblickte, traten ihr Tränen in die Augen. Helen sah sie zum ersten Mal, seit die Frau aus dem Krankenhaus entlassen worden und in die Nähe ihrer Schwester gezogen war. Ihre zwei jüngsten Kinder, beide im Teenageralter, hatte sie mitgenommen. Sie hatte Helen erzählt, dass sie geradezu besorgniserregend an ihr klebten.

»Ich weiß, dass sie um ihren Vater trauern und sich den Vorwurf machen, sie hätten mich nicht beschützt«, hatte Caroline einige Wochen nach der Entlassung aus dem Krankenhaus bei einem Telefonat gesagt. »Jetzt haben sie eine Heidenangst davor, dass mir etwas zustößt und sie ganz allein wären. Ich dachte, die Nähe zu meiner Schwester und ihrer Familie würde ihnen vor Augen führen, dass immer jemand da sein wird, auf den sie zählen können. Funktioniert aber nicht.«

Helen hatte ihr von Dr. McDaniels erzählt und ihr empfohlen, sich an die Psychologin zu wenden, wenn es nicht besser würde. »Sie ist großartig im Umgang mit Teenagern. Bei Dana Sues Tochter Annie hat sie Berge versetzt.«

Nun lächelte Caroline so breit, dass Helen einfach wusste, es konnte nur endlich besser in ihrem Leben laufen. Sie konnte es kaum erwarten, sich unter vier Augen mit der Frau zu unterhalten, um das Neueste zu erfahren. Im Augenblick jedoch wurde Helen von über zehn weiteren Gesichtern erwartungsvoll beobachtet.

»Schnell, sie muss sich setzen«, ergriff Maddie das Wort und nahm Helen am Arm. »Wir wollen doch nicht, dass sie umkippt, bevor sie die Geschenke aufmacht.«

»Sehr witzig«, gab Helen zurück, als sie sich auf die von der Terrasse herbeigebrachte Chaiselongue sinken ließ.

Maddie grinste sie an. »Darauf ausgestreckt siehst du geradezu königlich aus. Also, wie lautet der erste Wunsch, Majestät? Essen oder Geschenke?«

»Hoffentlich ist das Essen interessanter als die Haferflocken, die Erik mir jeden Morgen vorsetzt«, brummelte Helen.

Dana Sue schmunzelte. »Was glaubst du wohl? Für das Essen war natürlich ich zuständig.«

»Dann her damit«, erwiderte Helen.

Eine Stunde später war sie pappsatt, nachdem sie Dana Sues Käse-Pilz-Omelett und ein halbes Dutzend Orangen-Preiselbeer-Mini-Muffins verdrückt und mit gefühlten drei Litern süßem Tee hinuntergespült hatte. Zweimal hatte sie sich bereits zur Toilette geschleppt, und der nächste Gang würde sich nicht mehr lange aufschieben lassen, doch vorerst empfand sie den Anblick des Geschenkstapels auf der anderen Seite des Raums als zu verlockend.

»Noch nicht«, sagte Maddie, als sie die Richtung ihres Blicks bemerkte. »Vorher gibt's mindestens ein Spiel.«

»Aber Spiele bei Babypartys sind blöd«, klagte Helen, ohne den Blick von den riesigen Päckchen abzuwenden. »Die konnte ich nie leiden.«

»Und trotzdem wollen wir, dass du das volle Erlebnis einer Babyparty kriegst«, sagte Dana Sue. »Darauf hast du lange gewartet.«

»Na, meinetwegen«, lenkte Helen ein. »Dann sucht eines aus, und wir bringen es hinter uns.«

Maddie lachte. »Schön zu sehen, wie pflegeleicht du durch die Schwangerschaft geworden bist.«

Helen machte geduldig ein albernes Ratespiel über die Größe ihres Bauchs mit, danach ein weiteres, bei dem es um Babynamen ging – von denen keiner je für ihr Kind benutzt werden würde, solange sie dabei etwas mitzureden hatte!

Nach dem zweiten Spiel und einem weiteren Gang zur Toilette verkündete Maddie, dass es an der Zeit für Helen war, die Geschenke auszupacken.

»Aber vorher sollst du wissen, wie schwer du es uns allen gemacht hast, weil du dich weigerst, dir das Geschlecht sagen zu lassen«, fügte Maddie hinzu.

Helen warf ihr einen stirnrunzelnden Blick zu. »Früher mal hat das auch niemand gewusst. Und trotzdem hat's wunderbare Babypartys gegeben. Bestimmt wart ihr der Herausforderung alle gewachsen.«

Dana Sue reichte ihr das erste Päckchen und las die Karte. »Das ist von Tess«, sagte sie.

Helen betastete die kunstvolle gelbe Schleife. »Das ist ja viel zu schön, um es aufzumachen.«

Dana Sue verdrehte die Augen. »Du wolltest schon vor einer Stunde zu dem Teil kommen. Also trödle jetzt nicht rum.«

Helen kam sich ein wenig wie ein verhätscheltes Kind beim Auspacken von Geschenken am Weihnachtsmorgen vor. Freudig lächelnd, entfernte sie erst die Schleife, dann das Geschenkpapier. Als sie den Deckel von der Schachtel hob, entdeckte sie darin ein wunderschönes Taufkleid. Es ließ sich nicht übersehen, dass der feine weiße Stoff von Hand gesteppt und bestickt worden war. Die Detailverliebtheit war schier erstaunlich.

»Meine Mutter hat es gemacht«, sagte Tess schüchtern. »Wir wollten dir etwas Besonderes dafür schenken, dass du mir Diego zurückgebracht hast.«

Tränen brannten in Helens Augen. »Es ist unglaublich«, flüsterte sie mit erstickter Stimme. »So was hätte ich nie erwartet. Ich würde dich ja umarmen, wenn ich aufstehen könnte.«

Tess' Augen leuchteten. »Ich bin froh, dass es dir gefällt. Meine Mutter wird sich auch freuen.«

»Sag ihr, ich ziehe den Hut vor ihrem Geschick mit der Nadel«, erwiderte Helen. »Ich hätte gern, dass ihr alle zur Taufe kommt, damit ihr das Baby auch darin seht.«

»Jetzt das hier.« Dana Sue reichte ihr ein weiteres Päckchen. »Von Karen.«

Diesmal handelte es sich um drei Strampler in Hellgrün, Gelb und Flieder. »Ich weiß, Flieder ist hart an der Grenze, falls es ein Junge wird«, räumte Karen ein. »Aber er war einfach zu süß. Ich dachte mir, den sollst du unbedingt haben.«

Es folgten weitere Babykleidung, eine handgestrickte Babydecke von Frances und einige praktische Geschenke. Von Caroline Holliday bekam Helen eine gravierte silberne Babytasse mit dazu passendem Löffel.

»Ich weiß, so was hat man heutzutage nicht mehr oft«, räumte sie ein. »Aber selbst wenn man es nie benutzt, ist es ein wunderbares Erinnerungsstück.«

»Oh, Sie können mir glauben, für Helens Baby wird es benutzt. Für dieses Kind wird es kein billiges Plastikgeschirr geben«, warf Maddie ein. »Es wird buchstäblich mit dem sprichwörtlichen silbernen Löffel im Mund geboren. Ich weiß jetzt schon, dass es hoffnungslos verwöhnt werden wird. Wenn nicht von Helen, dann von Erik.«

»Warum auch nicht?«, fragte Helen. »Immerhin wird es ein spitzenmäßiges Baby.«

»Und deshalb haben Maddie und ich dir das hier gekauft«, sagte Dana Sue und kämpfte gegen ein Grinsen an, als sie Helen ein weiteres Päckchen reichte.

Als Helen es öffnete, fand sie darin einen Elternratgeber für den Umgang mit hochbegabten Kindern.

»Nur für den Fall, dass du mit dem kleinen Genie nicht mithalten kannst«, scherzte Maddie.

Helen setzte eine gespielt skeptische Miene auf. »Von wegen«, erwiderte sie.

»Oh, warte, da ist noch etwas«, sagte Dana Sue. Sie ging zur Tür und rief nach Elliott, der sich während dieser reinen Frauenveranstaltung rar gemacht hatte. »Könntest du das andere Geschenk für mich reinbringen?« Sie grinste Helen an. »Es ist von Ronnie und war zu groß, um es so einzupacken, dass man nicht sofort erkennt, was es ist.«

Einen Moment später kam Elliott mit einem großen, notdürftig verpackten Paket herein, das er vor Helen abstellte. Dann trat er hinter Karen und legte ihr zärtlich die Hand auf die Schulter. Helen fiel auf, wie Karen zu ihm aufschaute. In den Augen der jungen Frau strahlte dabei so viel Liebe, dass Helen beinah weinerlich wurde. Andererseits trieb ihr neuerdings alles Mögliche Tränen in die Augen.

Sie wandte die Aufmerksamkeit dem Geschenk zu,

griff nach der großen Schleife, löste sie und riss das Papier ab. Darunter kam eine Wiege zum Vorschein, so wunderschön handgeschnitzt, dass es ihr den Atem verschlug. Das Kopfteil zierte eine Parade kleiner Entlein, die beinah lebendig wirkten. Jede Spindel an der Seite war gleich zierlich gearbeitet. Am Fußteil ruhten eine Entenmama und ein Entenpapa dicht beisammen, die offenkundig liebevollen Blicke auf ihre Kleinen am anderen Ende gerichtet.

Sämtliche Anwesenden ließen begeisterte Laute vernehmen, und Helens Blick schnellte zu Dana Sue. »War das nicht Annies Wiege?«, fragte sie.

Dana Sue schüttelte den Kopf. »Nein, die heben wir für sie auf, aber die sieht ganz gleich aus. Ronnie meint, sie war das Einzige von ihm, das du je gut gefunden hast, deshalb wollte er, dass du eine bekommst. Er hat monatelang daran geschnitzt. Schon seit wir von dem Baby erfahren haben. Er hat gewusst, wie sehr dir die gefällt, die er vor Annies Geburt angefertigt hat.«

Prompt traten Helen schon wieder Tränen in die Augen. Ronnie und sie waren nicht immer gut miteinander ausgekommen. Nachdem er Dana Sue betrogen hatte, waren sie sogar regelrecht auf Kriegsfuß miteinander gestanden. Aber Helens Haltung ihm gegenüber hatte sich gemildert, nachdem sie gesehen hatte, wie sehr er Dana Sue und seine Tochter immer noch liebte und was er bereit war, auf sich zu nehmen, um die beiden zurückzugewinnen. Dieses so aufmerksame, überwältigende Geschenk bewies, dass auch er bereit war, ihre Differenzen hinter ihnen zu lassen.

»Kannst ihn vorwarnen, dass ich ihn mit Küssen überhäufen werde, wenn ich ihn das nächste Mal sehe«, wandte sich Helen an die vor Stolz strahlende Dana Sue.

»Ich glaube, damit rechnet er«, sagte Dana Sue. »Übertreib's nur nicht, sonst muss ich dich leider umbringen.«

Überwältigt von ihren Gefühlen lehnte sich Helen auf der Chaiselongue zurück. »Ich weiß nicht, wie ich euch allen danken soll – nicht nur für all die Geschenke, sondern auch dafür, wie ihr zu mir haltet. Ich weiß, dass ich manchmal eine Nervensäge sein kann.«

»Manchmal?«, stichelte Dana Sue.

»Meistens«, warf Maddie ein.

»Aber wir lieben dich«, fügte Dana Sue hinzu. »Immer.«

»Wir anderen sind vielleicht keine verwegenen, rastlosen süßen Magnolien, aber wir lieben Sie auch«, kam von Caroline Holliday. »Und wir sind dankbar, dass Sie immer für uns da waren, wenn wir Sie gebraucht haben.«

»Amen«, fügte Tess leise hinzu.

Zum ersten Mal wurde Helen wirklich bewusst, wie sehr sie das Leben einiger der Menschen berührt hatte, von denen sie im Verlauf der Jahre als Anwältin engagiert worden war. Für sie war es überwiegend ein Job, den sie so gut wie möglich erledigen wollte, aber sie hatte dadurch das Leben einiger der anwesenden Frauen zum Besseren verändert.

Und es lagen noch so viele wunderbare Jahre vor ihnen.

Karen war nur allzu bewusst, dass weder Elliotts Worte noch ihre Annäherungsversuche bei Maria Cruz oder deren Töchtern irgendetwas bewirkt hatten. Dass sie Karens Beziehung mit Elliott unverändert missbilligten, forderte allmählich seinen Tribut. Erst vergangenen Abend hatten sie sich wieder gestritten, weil Karen nicht an einem Treffen der Familie Cruz teilnehmen wollte.

Dabei waren sie sich davor, als Helen bei ihrer Babyparty die Wiege von Dana Sue und Ronnie ausgepackt hatte, so nah gewesen. Dabei hatte Elliott ihr die Schulter gedrückt. Die Geste hatte ihr verraten, dass er an einen Moment in der Zukunft dachte, in dem sie beide genauso glücklich wie Helen und Erik ein eigenes Kind erwarten würden.

Später jedoch hatte er sie auf das von seiner Mutter geplante Abendessen angesprochen, und Karen hatte rundheraus abgelehnt. Sosehr Elliott auch versucht hatte, sie zu überreden, nichts konnte sie dazu bringen, es sich anders zu überlegen. Er musste einsehen, dass in ihrer Welt beileibe nicht alles perfekt war. Früher oder später würde seine Mutter einen Weg finden zu zerstören, was sie miteinander hatten.

»Ich lasse weder meine Kinder noch mich selbst einen weiteren Abend lang wie Menschen zweiter Klasse behandeln«, hatte Karen schließlich erklärt.

»Aber wir müssen es weiterhin versuchen«, hatte Elliott vernünftig erwidert. »Was willst du sonst tun? Sie aus unserem Leben ausschließen?«

»Nicht aus *unserem* Leben«, hatte sie gesagt. »Aus meinem. Sie sind deine Familie. Ich würde nie von dir verlangen, sie zu meiden.«

Darüber hatte er skeptisch gewirkt. »Das ist doch keine Lösung.«

»Für mich schon. Was gibt's denn für eine Alternative? Hast du eine auf Lager?«

Da er ihr keine anbieten konnte, war er letztlich ohne sie zum Abendessen bei seiner Mutter gefahren.

Aber Karen wusste, dass es so nicht weitergehen konnte. Elliott stand seiner Familie zu nah, liebte sie zu sehr.

Wenn sie nicht irgendwie Frieden schließen könnten, würde der Zwiespalt ihn irgendwann zerreißen. Bevor es dazu käme, würde sie eher mit ihm Schluss machen.

Aber etwas wollte Karen noch probieren. Nachdem sie die Kinder zur Vorschule und Tagesstätte gebracht hatte, zog sie ihr schönstes Kleid an und nahm sich extra viel Zeit für ihre Frisur und ihr Make-up. Dann schnappte sie sich ihre Handtasche und fuhr durch die Stadt zu dem gemütlichen viktorianischen Haus, in dem Elliott und seine Schwestern unter Maria Cruz' wachsamen Augen aufgewachsen waren.

Als Karen davor parkte, konnte sie sich vorstellen, wie es früher mal ausgesehen haben musste. Wahrscheinlich hatte schon damals Spielzeug den Garten übersät, nur gehörte es mittlerweile den Enkelkindern. Die von der großen Eiche hängende Schaukel wirkte neu, doch Karen vermutete, dass sich schon vor Jahren an derselben Stelle eine andere befunden hatte.

Auf dem Gehweg durch den Garten stieg sie vorsichtig über Spielzeuglaster, ein Dreirad und verstreut herumliegende Bausteine aus Kunststoff hinweg. Als sie die Veranda betrat, schwang die Insektenschutztür auf, und Maria Cruz heftete einen misstrauischen Blick auf sie. Sonst fühlte sich Karen davon immer eingeschüchtert, diesmal jedoch stärkte es nur ihre Entschlossenheit, der Matriarchin die Stirn zu bieten.

»Ich hab gehofft, wir könnten reden«, sagte sie, ohne den Blick von den dunklen Augen abzuwenden, die sie alles andere als einladend anstarrten.

»Ein Jammer, dass anscheinend Ihr Telefon nicht funktioniert«, gab Mrs Cruz zurück. »Sonst hätte ich Ihnen gesagt, dass Sie sich den Weg schenken können.«

Karen gestattete sich ein verhaltenes Lächeln. »Genau deshalb habe ich nicht vorher angerufen.«

Damit schien sie die ältere Frau kurz zu verblüffen. Schließlich zuckte sie mit den Schultern. »Jetzt sind Sie ja schon hier. Also können Sie auch reinkommen«, sagte sie mürrisch.

»Danke«, erwiderte Karen und achtete darauf, nicht triumphierend zu klingen.

Für eine Frau mit so viel Macht in ihrer Familie war Maria Cruz überraschend zierlich und wirkte beinah zerbrechlich. Das immer noch dichte, schwarze Haar trug sie zu einem strengen Dutt am Hinterkopf zusammengesteckt. Der Stil passte zwar zu ihrer Persönlichkeit, schmeichelte ihren scharf geschnittenen Zügen allerdings nicht wirklich.

»Wir gehen in die Küche«, kündigte sie an und ging voraus. »Ich habe Kekse im Ofen. Adelia bringt die Kinder nach der Schule vorbei.«

»Die Kekse riechen köstlich«, sagte Karen. »Meine Nachbarin backt oft welche für Daisy und Mack.«

Mrs Cruz runzelte die Stirn. »Sollten Sie das nicht selbst tun?«

Karen bemühte sich, keinen Anstoß an der Andeutung zu nehmen, ihre Kinder kämen bei ihr zu kurz. Dass Karen arbeitete, statt nur Hausfrau und Mutter zu sein, betrachtete Mrs Cruz als weiteren Makel, wie sie mehr als einmal deutlich zum Ausdruck gebracht hatte. »Mache ich manchmal auch. Aber Frances freut sich so darüber, dass sie Kinder um sich hat, für die sie backen kann. Vermutlich genau wie Sie.«

Dass Karen die Bedürfnisse ihrer Nachbarin berücksichtigte, schien Mrs Cruz zu überraschen. »Ein gutes Argument«, räumte sie ein und bedeutete Karen, sich auf einen Stuhl zu setzen. »Nehmen Sie Platz. Ich schenke Tee für uns ein.«

Nachdem sie zwei gefüllte Gläser auf den Tisch gestellt hatte, warf sie einen Blick in den Ofen und schloss die Tür. Schließlich ließ sie sich Karen gegenüber nieder und bedachte sie mit einem herausfordernden Blick.

»Warum sind Sie hier?«

»Das können Sie sich bestimmt denken.« Karen beschloss, direkt und offen zu sein. »Ich weiß, dass Sie mich ablehnen, weil ich geschieden bin. Vielleicht auch aus anderen Gründen. Aber ich liebe Ihren Sohn, Mrs Cruz. Sie haben ihn zu einem wunderbaren, rücksichtsvollen Mann erzogen. Und Sie haben ihm beigebracht, mit allem zu lieben, was in ihm steckt. Er hält nichts zurück.« Sie sah Mrs Cruz direkt in die Augen. »Er liebt mich.«

Als die Frau einen abfälligen Laut von sich gab, hob Karen die Hand.

»Sie wissen, dass es so ist«, betonte sie. »Und ich weiß, dass es Sie stört. Aber für Elliott müssen wir irgendwie auf einen gemeinsamen Nenner kommen. Es ist nicht fair, ihm das Gefühl zu geben, er müsste zwischen uns entscheiden.«

»Sie behaupten, ihn zu lieben, und doch würden Sie ihn dazu zwingen?« Mrs Cruz zitterte praktisch vor Empörung. »Was für eine Liebe soll das sein?«

»Nicht ich zwinge ihn, sich zu entscheiden«, entgegnete Karen in mildem Ton. »Das tun *Sie*. Wenn es uns beiden nicht gelingt, Frieden zu schließen, trenne ich mich von ihm. Er glaubt zwar, es auch so verkraften zu können, aber das stimmt nicht. Bei jedem Feiertag, jeder Familienfeier – ob nun bei Ihrer Familie oder unserer – würde sich

Elliott grämen, weil wir nicht alle zusammen sind. Wollen Sie das? Wollen Sie mich so sehr loswerden, dass Sie Ihren Sohn dafür unglücklich machen würden?«

Mrs Cruz stutzte. »Sie würden sich lieber von meinem Sohn trennen, als Probleme zwischen ihm und seiner Familie zu verursachen?«

»Ich will es nicht«, erwiderte Karen. »Weil er in jeder Hinsicht der Mann meiner Träume ist. Aber ja, wenn es dazu kommt, würde ich es tun. Er liebt Sie. Er respektiert Sie. Die Familie bedeutet ihm alles. Sollten Sie eigentlich wissen, immerhin haben Sie es ihm beigebracht. Das will ich ihm nicht nehmen, selbst wenn ich dadurch das Beste verliere, was mir je passiert ist.«

Einen Moment wurde Mrs Cruz' Miene sanfter. »Er ist ein guter Sohn. Und der Mann in der Familie, seit mein Gatte gestorben ist. Wir alle zählen auf ihn.«

»Das weiß ich. Und er wird mal ein wunderbarer Ehemann und Vater sein«, sagte Karen. »Er könnte alles haben – aber nur, wenn Sie und ich uns verständigen können.«

»Sie sind geschieden.« Prompt setzte Mrs Cruz wieder eine sture Miene auf. »Das ist eine Sünde.«

»Und ist es keine Sünde, dass der Vater meiner Kinder mich verlassen hat?«, wollte Karen von ihr wissen. »Ist es keine Sünde, dass er keinen Cent Unterhalt bezahlt? Hätte ich mit einem solchen Mann verheiratet bleiben sollen? Einem Mann, der die eigenen Kinder im Stich gelassen hat?«

Elliotts Mutter hatte sichtlich damit zu kämpfen, was Karen ihr erzählte. »Er hat Sie mit zwei kleinen Kindern sitzen gelassen?«

Karen nickte. »Bei mir war es nicht so wie bei Ihnen, als Elliotts Vater gestorben ist. Mein Ehemann war nicht wohlhabend. Er hat mir keine Versicherung hinterlassen wie Ihr Mann Ihnen. Ich arbeite, weil ich es muss. Und ich liebe meinen Job.«

»Der Vater schickt kein Geld für seine Kinder?«, fragte Mrs Cruz mit ungläubiger Miene.

Wieder nickte Karen. »Früher dachte ich auch, eine Ehe wäre für die Ewigkeit. Ich habe mein Gelübde bei der Hochzeit ernst gemeint, aber mein Mann nicht. Nachdem er weg war und mir klar wurde, dass er nie zurückkommen und seinen Kindern ein Vater sein würde, habe ich die Scheidung eingereicht. Er war kein guter und anständiger Mann, Mrs Cruz. Nicht wie Ihr Sohn. Sollten Elliott und ich heiraten, würde es in Ihrer Kirche stattfinden und für immer sein. Er will meine Kinder adoptieren, sie zu seinen machen. Dann hätten wir die Familie, von der ich bis jetzt nur *träumen* konnte.«

Sie setzte eine Unschuldsmiene auf. »Und Sie hätten auf Anhieb zwei weitere Enkelkinder, die Sie anhimmeln würden. Die Kleinen würden Sie genauso sehr brauchen wie einen Vater. Sie brauchen Tanten, Onkel, Cousins, Cousinen. Ich will das alles für sie. Aber nicht auf Kosten eines Bruchs zwischen Ihnen und Ihrem Sohn.«

Langsam nickte Mrs Cruz. Ihr Gesichtsausdruck war wieder milder geworden, glich aber noch nicht annähernd dem liebevollen Blick, den sie für ihren Sohn, ihre Töchter und ihre Enkelkinder reserviert hatte. »Ich sage Elliott, dass er Sie und die Kinder am Sonntag zum Essen mitbringen soll«, verkündete sie schließlich.

Karen blieb skeptisch. »Sie geben uns eine Chance? Diesmal eine echte?«

»Ich will, dass mein Sohn glücklich ist«, erklärte sie Karen. »Sie wollen das auch. Das scheint mir ein guter Anfang zu sein.«

In Karen flammte ein leichter Hoffnungsfunke auf. »Danke.«

»Also werden Sie kommen?«, hakte Mrs Cruz nach und klang dabei überraschend zögerlich.

»Ja«, versicherte Karen ihr.

Die Geste mochte nicht groß sein, doch vorerst genügte sie. Elliotts Mutter war zwar nach wie vor sichtlich nicht begeistert von ihr oder der Situation, aber zumindest hatte sie akzeptiert, dass sie etwas Wichtiges gemeinsam hatten: ihre Liebe für Elliott.

Als eine Wehe abrupt sengende Schmerzen durch ihren Bauch jagte, schnappte Helen nach Luft und lenkte den Wagen sofort von der Straße. Insgeheim verfluchte sie diesen letzten Fall, der sie nach Charleston geführt hatte.

Nein!, schoss es ihr durch den Kopf. Sie durfte keine Wehen bekommen – nicht fast drei Wochen zu früh und nicht auf einer abgelegenen Straße, kilometerweit vom nächsten Krankenhaus entfernt. Nicht allein, ohne irgendeine Menschseele weit und breit. Der Gedanke, was es für Erik hieße, wenn ihr oder dem Baby etwas passierte, drang durch die Schmerzen und stärkte Helen. Sie würde die Situation bewältigen, sagte sie sich entschlossen. Das musste sie.

Nach einer Weile legten sich die Schmerzen ein wenig, und sie kramte in der Handtasche nach ihrem Handy. *Bitte lass mich Empfang haben*, betete sie in Gedanken, als sie die Nummer des *Sullivan's* tippte. Einen Moment später ging Dana Sue ran.

»Gott sei Dank«, murmelte Helen. »Ich bin's. Ich bin ungefähr 30 Kilometer vor Serenity. Auf der 522 mitten im

Nirgendwo, und …« Ein Schluchzen unterbrach sie. »Ich glaube, ich habe Wehen.«

»Ich hole Erik«, sagte Dana Sue sofort.

Sosehr sie ihn bei sich haben wollte, Helen konnte nur an die Qualen denken, die er erlitten hatte, als er mit ansehen musste, wie seine erste schwangere Frau gestorben war. »Nicht«, flehte sie. »Du darfst es ihm nicht sagen. Vielleicht ist es nur falscher Alarm. Diese Braxton-Hicks-Kontraktionen. Du weißt schon, was ich meine.«

»Spielt keine Rolle«, entgegnete Dana Sue. »Erik muss davon erfahren.«

Helen überlegte. »Na schön, du hast recht, aber er darf nicht herkommen, jedenfalls nicht allein. Bitte, Dana Sue. Ich weiß, du verstehst das nicht, aber ich kann ihm das nicht zumuten. Wenn etwas schiefgeht …«

»*Nichts* geht schief«, fiel Dana Sue ihr mit beruhigender Überzeugung ins Wort. »Ich schließe das Restaurant und breche sofort mit ihm auf. Und du wag es ja nicht weiterzufahren, verstanden? Wenn du mich noch mal brauchst, ruf auf dem Handy an. Wir sind in einer halben Stunde da, vielleicht auch ein paar Minuten mehr. Weniger, wenn ich Erik fahren lasse.«

»Dann lass ihn *nicht* fahren«, verlangte Helen und schnappte jäh nach Luft, als ein weiterer Anflug von Schmerzen ausbrach. Unwillkürlich fasste sie sich an den Bauch und ließ das Telefon fallen, das vergessen im Fußraum landete.

Sobald sie es konnte, streichelte sie mit der Hand ihren prallen Bauch. »Ich weiß, du bist ungeduldig«, sagte sie zu ihrem Baby. »Damit kommst du wohl nach mir. Aber kannst du bitte noch ein bisschen länger durchhalten? Dein Papa und Dana Sue sind schon mit Hilfe unterwegs.

Du willst bestimmt nicht am Straßenrand geboren werden. Es wird so viel schöner, wenn du in einem sauberen Krankenhaus zur Welt kommst, umgeben von Leuten, die wissen, was sie tun, und die dich in eine kuschlig warme Decke wickeln, sobald du da bist.«

Die Reaktion darauf bestand in einer weiteren Wehe, die durch ihren Leib fegte. Gott, sie war genauso schlimm wie Maddie. Helen hatte schon vorhin seltsame Rückenschmerzen verspürt. Aber sie hatte gedacht, es wären nur Verspannungen von der Autofahrt nach Charleston. *Verfluchte hohe Schmerzschwelle!* Offenbar hatte sie schon stundenlang Wehen und es nur nicht gemerkt.

»Das ist nicht gut«, murmelte sie und sah auf die Armbanduhr. Die Wehen folgten in viel zu knappen Abständen und waren entschieden zu stark, um falscher Alarm zu sein. Wie so vieles in ihrem Leben würde wohl auch die Geburt überhastet stattfinden.

Zwischen zwei Wehen gelang es ihr, auszusteigen und auf den Rücksitz zu kriechen, wo sie sich hinlegen konnte, wenn auch unbequem.

Schier endlose dreißig Minuten später hörte sie eine Sirene, bevor sie in der Ferne aufgewirbelten Staub sichtete. »Gott sei Dank«, murmelte sie und biss die Zähne gegen einen weiteren Anflug von Schmerzen zusammen.

Dann, kaum eine Minute vor den Rettungssanitätern, tauchte Erik mit leichenblassem Gesicht auf. Dana Sue befand sich neben ihm und wirkte fast genauso besorgt.

»Wie geht's dir, Schatz?« Eriks Stimme klang belegt vor Emotionen.

Obwohl sie sich unsagbar freute, ihn zu sehen, legte sie verkniffen die Stirn in Falten. »Was glaubst du wohl?«, gab sie barsch zurück, schnappte sich seine Hand und drückte sie mit beinah knochenbrecherischem Griff.

»Dann schaffen wir dich mal ins Krankenhaus«, sagte er in unbeschwertem Ton, obwohl sein gesamter Körper Anspannung abstrahlte.

»Ich glaub, dafür reicht die Zeit nicht. Die Wehen kommen schon ziemlich knapp hintereinander.«

Verwirrt starrte er sie an. »Wann haben sie denn angefangen?«

»Heute Vormittag, glaube ich.«

Erik murmelte einen gedämpften Fluch.

»Es tut mir leid«, flüsterte sie, ohne seine Hand loszulassen.

»Nein, nein, du kannst nichts dafür«, sagte er. »Woher hättest du es denn wissen sollen? Du hast ja noch nie Wehen gehabt. Manchmal sind die ersten trügerisch.«

Zwei Sanitäter kamen zum Auto geeilt, aber als sie Erik aus dem Weg schieben wollten, protestierte Helen.

»Mein Mann ist ausgebildeter Rettungssanitäter«, sagte sie und sah ihm dabei in die Augen. »Ich will, dass er unser Kind zur Welt bringt.«

Erik schaute entsetzt drein. »Nein. Das kann ich nicht. Die Leute hier wissen, was sie tun.«

»Das weißt du auch«, sagte sie leise. »Ich glaube an dich. Wir machen es zusammen, nur du und ich.«

In diesem Moment öffnete sich die gegenüberliegende Tür. Dana Sue kroch herein. »Dann bin ich wohl deine Atemtrainerin«, sagte sie leichthin und zwinkerte Erik zu.

Als er den Blick auf Helen richtete, entdeckte sie in seinen Augen so viel Sorge und Liebe, dass es sie beinah blendete.

»Bist du sicher?«, fragte er.

»Absolut«, erwiderte Helen. »Keinerlei Zweifel. Und das Baby scheint auch ziemlich überzeugt davon zu sein.«

»Vielleicht könnten wir es ja doch ins Krankenhaus schaffen«, meinte er und klang dabei ein wenig verzweifelt.

Helen schüttelte den Kopf. »Ich hab dem Kind schon gesagt, es soll warten«, flüsterte Helen ihm zu, als sie wieder zu Atem gelangte. »Davon scheint *sie* nichts zu halten.«

Ein mattes Lächeln umspielte seine Lippen. »Offensichtlich ist *er* jetzt schon ein kleiner Rebell. Das verheißt nichts Gutes für die Teenagerjahre.«

»Dann wird *sie* uns wohl beide brauchen, damit wir uns gegenseitig unterstützen können.« Helen musterte ihn bei den Worten aufmerksam.

»Sieht ganz so aus«, pflichtete er ihr bei. »Und ist das in Ordnung für dich?«

Sie schluckte schwer, als das Verlangen zu pressen sie fast überwältigte. »Äh, Erik, ich denke, das Gespräch verschieben wir lieber«, stieß sie zwischen zwei schnappenden Atemzügen hervor.

Sofort ging er in Position und schritt zur Tat. Wenige Augenblicke später forderte er sie zum Pressen auf.

Plötzlich spürte sie, wie das Baby kam. Glücksgefühle setzten ein. Sie wartete auf den ersten leisen Schrei des Kindes. Als er ausblieb, warf sie einen panischen Blick zu Erik, aber er arbeitete mit sicheren, selbstbewussten Handgriffen. Die Rettungssanitäter in der Nähe nickten anerkennend und hielten sich bereit, um bei Bedarf einzugreifen, doch Erik hatte sichtlich alles unter Kontrolle.

Dann ertönte endlich ein lautes, gesundes Weinen, und Erleichterung flutete Helen. Ihre Sicht verschwamm vor Tränen.

»Mädchen oder Junge?«, fragte sie und versuchte, sich auf die Ellbogen zu stützen, um etwas zu sehen.

Erik hielt ein in eine Decke gewickeltes Bündel in den Händen. »Mama«, sagte er und drückte Helen das Baby in die wartenden Arme, »ich würde dir gern deine Tochter vorstellen. Und wenn ich mich nicht irre, ist sie voll ausgebacken, keine Frühgeburt. Ihre Lunge jedenfalls klingt voll entwickelt.«

»Sarah Beth«, flüsterte Helen, während sie ehrfürchtig das schreiende Baby mit dem rosa Gesichtchen in ihren Armen betrachtete. Sie sah wieder Erik an, der den genauso ehrfürchtigen Blick nicht von der Kleinen lösen konnte. Helen stupste ihn mit dem Ellbogen. »Ein Mädchen braucht seinen Vater unbedingt.« Sie sah ihm tief in die Augen. »Und ich brauche ihn auch.«

Erik berührte mit einem Finger erst die Wange des Babys, dann ihre. »Süße, weißt du denn immer noch nicht, wie sehr ich dich liebe? Selbst, wenn du's wolltest, würdest du mich nicht los.«

Prüfend musterte sie sein Gesicht auf Zweifel, aber er schien es wirklich ernst zu meinen. »Bist du sicher?«

Langsam breitete sich ein Lächeln über seine Züge aus. »Uneingeschränkt. Wir haben vielleicht ein paar Umwege und Nebenstraßen eingeschlagen, aber für mein Gefühl sind wir dazu bestimmt, eine Familie zu sein.«

Helen ahmte seine Geste nach und berührte ebenfalls die blütenblattweiche Wange ihrer winzigen Tochter. Dann streckte sie die Hand aus und streichelte auch die leicht bartstoppelige Wange ihres Ehemanns. »Für mein Gefühl auch.« Sie schaute zu Dana Sue, die unverhohlen weinte. »Was sagst du? Ist die Welt bereit für eine weitere süße Magnolie? Wir sind nämlich auch eine Familie.«

»Überleg mal«, erwiderte Dana Sue und lächelte mit tränennassen Augen. »Annie, Katie, Jessica Lynn und jetzt Sarah Beth. In Serenity wird es nie wieder wie früher sein.«

»Irgendetwas sagt mir, dass es besser als je zuvor wird«, meinte Erik. »Ich kann's kaum erwarten zu erleben, was als Nächstes passiert.«

Helen wechselte einen Blick mit Dana Sue, bevor sie lächelnd ihr kostbares kleines Mädchen betrachtete. »Amen.«

Ende